DU MÊME AUTEUR,

DANS LA COLLECTION ICARES

LE SECRET DE JI
Le Secret de Ji, volume 2

LA MALERUNE
1 - *Les Armes des Garamont*
2 - *Le Dire des Sylfes* (en collaboration avec Michel Robert)
3 - *La Belle Arcane* (en collaboration avec Michel Robert)

AUX ÉDITIONS OCTOBRE

LES ENFANTS DE JI
1 - Le Testament oublié
2 - La Veuve barbare
3 - La Voix des Aînés
4 - Le Patriarche
5 - Le Sang du Jal

Les éditions MNÉMOS

Pierre Grimbert

LE SECRET DE JI

Volume 1

ICARES

L'aventure imaginaire

15, passage du Clos-Bruneau
75005 PARIS
info@mnemos.com
www.mnemos.com
*
ISBN : 978-2-35408-029-7

À ceux de mon clan.
Vous n'êtes pas dans l'histoire, mais vous y étiez toujours…

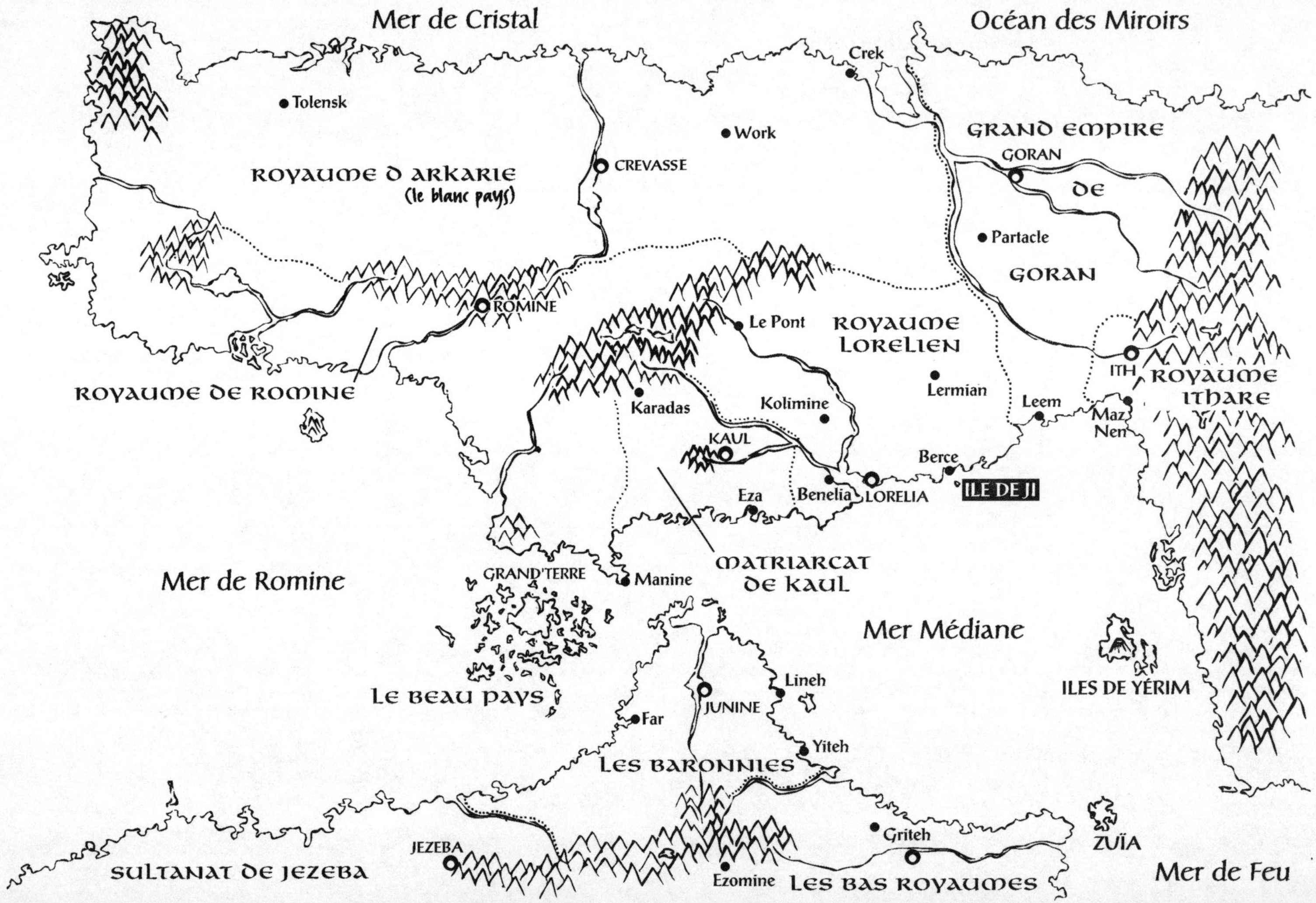
Mer de Cristal
Océan des Miroirs
Tolensk
Work
Crek
CREVASSE
ROYAUME D ARKARIE
(le blanc pays)
GRAND EMPIRE
GORAN
DE
Partacle
GORAN
ROMINE
Le Pont
ROYAUME
LORELIEN
ROYAUME DE ROMINE
Karadas
Kolimine
Lermian
Leem
ITH
ROYAUME
ITHARE
Maz
Nen
KAUL
Berce
Eza
Benelia
LORELIA
ILE DE JI
Mer de Romine
GRAND'TERRE
Manine
MATRIARCAT
DE KAUL
Mer Médiane
Lineh
JUNINE
Far
Yiteh
LE BEAU PAYS
ILES DE YÉRIM
LES BARONNIES
Griteh
ZUÏA
JEZEBA
SULTANAT DE JEZEBA
Ezomine
LES BAS ROYAUMES
Mer de Feu

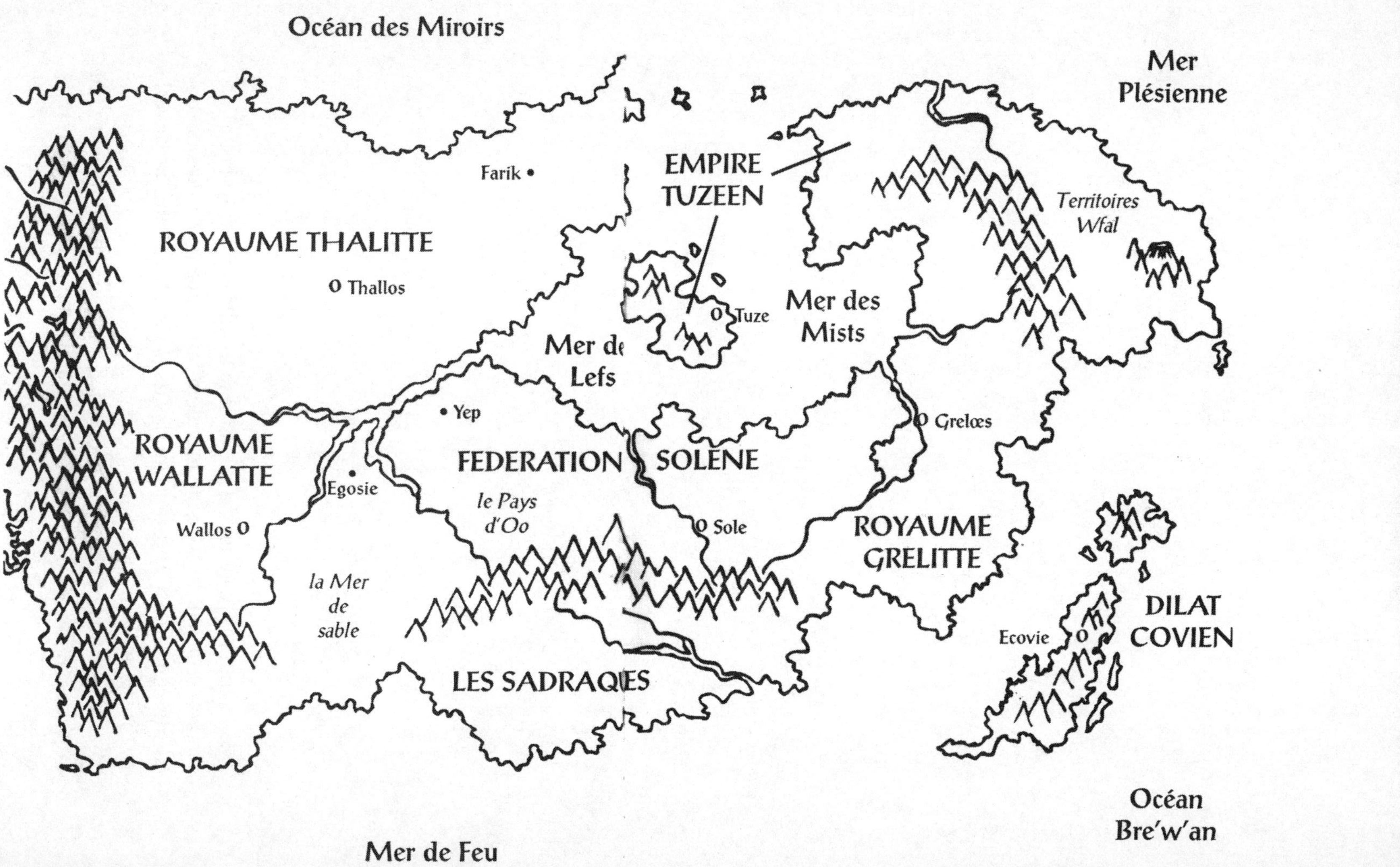
Océan des Miroirs
Mer Plésienne
Farik
EMPIRE TUZEEN
Territoires Wfal
ROYAUME THALITTE
Thallos
Tuze
Mer des Mists
Mer de Lefs
Yep
Greloœs
ROYAUME WALLATTE
FEDERATION
SOLENE
Egosie
le Pays d'Oo
Wallos
Sole
ROYAUME GRELITTE
la Mer de sable
DILAT COVIEN
Ecovie
LES SADRAQUES
Océan Bre'w'an
Mer de Feu

Le lecteur trouvera en fin de volume un glossaire définissant certains termes utilisés par le narrateur, ainsi que des précisions complémentaires n'apparaissant pas dans le récit… mais ne dévoilant pas l'intrigue, loin s'en faut.

La lecture de la Petite Encyclopédie peut donc être faite en même temps que celle de l'histoire, aux moments que le lecteur trouvera opportuns.

Première partie

SIX HÉRITIERS

Mon nom est Léti. Je fais partie du village d'Eza, le cinquième de la province sud du Matriarcat de Kaul. Cent dix-huit années avant ce jour, un homme inconnu se présenta devant le Conseil des Mères, se disant porteur d'un message de la plus haute importance. Il déclara s'appeler Nol, et n'être l'ambassadeur d'aucune nation connue. Pourtant, nombreuses furent celles qui virent en lui un Estien : Wallatte, Thalitte, Solene, ou autre habitant du Levant. C'est donc avec suspicion qu'elles s'apprêtèrent à l'écouter.

Nol s'exprima aisément, en respectant l'usage et les règles en cours au Conseil, si bien qu'il semblait avoir passé toute sa vie à Kaul. Les Mères le traitèrent avec le même respect en écoutant son discours sans l'interrompre, comme la Tradition l'exigeait.

Les débats du Conseil n'étaient pas encore mis par écrit à l'époque, c'est pourquoi il est difficile de donner une transcription exacte de ses dires. Voici à peu près ce qu'ils étaient :

« Honorées Mères, je me présente à vous sans mauvaises intentions. La sagesse des membres du Conseil est légendaire, aussi j'espère avoir bientôt l'honneur de votre confiance, même s'il m'est nécessaire de conserver le secret sur un grand nombre de choses.

Je ne puis dire pourquoi je suis là, ni d'où je viens. Je porte mon message à tous les rois du monde connu, et ne puis que souhaiter les convaincre de prêter foi à des propos que je sais étranges.

Voici, enfin, ma déclaration.

Dans un dessein qu'il m'est impossible de révéler, je vous demande de choisir une personne de votre peuple, réputée pour faire partie des plus sages, et digne de vous représenter.

Je la retrouverai sur l'île Ji, à l'aube du jour du Hibou, avec les émissaires des autres nations. La suite sera sans danger, aussi il est inutile de prévoir une escorte trop considérable, celle-ci ne pouvant pas nous accompagner dans notre voyage, de toute façon.

Le sage que vous choisirez ne sera absent que quelques décades. Qu'un bateau attende son retour au même endroit, à compter du jour de la Terre.

Ce qui se passera au retour n'est pas encore écrit. Je puis juste vous dire qu'une décision importante sera prise, et que le résultat vous en sera donné.

J'ai terminé, et je devine vos questions : ne les posez pas en pure perte, honorées Mères, car je ne puis y répondre. »

Bien sûr, Nol fut quand même questionné, et comme il l'avait dit, il conserva le silence. Lorsqu'il se fut retiré, les Mères discutèrent de la conduite à tenir. Quelques-unes parmi les plus jeunes, dont les maris combattaient encore aux côtés des troupes loreliennes, demandèrent qu'on chasse l'étranger, ou qu'on l'engeôle jusqu'à en apprendre davantage. D'autres pensaient avoir été confrontées à un fol inoffensif et qu'il n'y avait pas de suite à donner à l'affaire.

Seules quelques-unes, plus poussées par la curiosité qu'autre chose, estimaient que l'envoi d'un émissaire à Ji ne coûterait pas grand-chose, et que ce serait le meilleur moyen d'élucider le mystère. On procéda au vote et c'est cette sage proposition qui fut finalement retenue, sous réserve que Nol ait effectivement transmis son « message » à d'autres nations.

La confirmation vint de l'ambassadeur de Junine, qui relata quelques jours plus tard une rencontre similaire entre Nol et les barons réunis des Petits Royaumes.

Vint alors le moment du choix de l'émissaire. Il semblait acquis que les personnes les plus sages du Matriarcat étaient membres du Conseil, et désigner l'une d'entre elles permettait en outre d'agir en toute discrétion.

Toutes se tournèrent avec respect vers l'Aïeule, qui était la plus sage entre toutes. Heureusement, elle l'était assez pour se savoir trop âgée pour ce voyage aventureux. Elle demanda alors que des volontaires se manifestent, non pas au titre de la plus grande sagesse, ce qui eût été vaniteux, mais à celui du dévouement. Quatre Mères se proposèrent, et parmi elles Tiramis fut élue.

Tiramis est mon aïeule. C'est la mère de la mère de la mère de ma mère. La grand-mère de ma grand-mère.

Il fut décidé de la faire accompagner d'un homme pour la protéger. On choisit Yon, qui était le troisième fils de l'Aïeule et que l'on savait fort et dévoué. Pour amener Nol à l'accepter comme un second émissaire, il fut dit qu'il représenterait la gent masculine de Kaul, ce qui, après tout, pouvait être vrai. Enfin, on décida qu'une goélette suivrait à distance l'homme étrange et les sages, comme ultime mesure de sécurité.

Au jour du Hibou, Tiramis et Yon abordèrent l'île Ji, près des côtes loreliennes. C'était une petite terre inhabitée, dont on pouvait faire le tour à pied en moins d'une journée. Très peu de végétation, juste des rochers, encore des rochers, et du sable entre eux.

Nol les attendait sur la plage, l'air grave, mais apparemment satisfait du nombre de personnes venues. Tiramis en connaissait quelques-unes de vue ou de réputation, et un chambellan goranais autoproclamé maître de cérémonie se chargea de lui présenter les autres.

Il y avait là le roi Arkane de Junine, représentant des Baronnies ; le jeune prince Vanamel du Grand Empire de Goran, et son conseiller : Son Excellence Saat l'Économe, tous deux représentant bien sûr le Grand Empire ; le chef Ssa-Vez, qui était venu de la lointaine Jezeba ; Son Excellence Rafa Derkel, de Griteh ; le duc Reyan de Kercyan, envoyé par le roi Bondrian, de Lorelia ; Son Excellence Maz Achem, représentant d'Ith ; Son Excellence le sage Moboq, représentant du roi Qarbal d'Arkarie ; et enfin Leurs Excellences l'Honorée Mère Tiramis et Yon de Kaul, représentants du Matriarcat. Chacun de ces hauts personnages était venu en grande pompe – particulièrement le prince Vanamel –, si bien que le petit espace de plage laissé par les rochers était envahi par les tentures et les installations de fortune, rehaussées de bannières colorées qu'évitaient ou piétinaient une fourmilière de serviteurs et de soldats de tous uniformes.

Nol accueillit chacun des émissaires, les remerciant pour leur confiance, qui était de bon augure, et les informant qu'ils attendraient jusqu'à la tombée de la nuit l'arrivée d'autres émissaires. Il ne donna aucune information supplémentaire.

Rafa de Griteh émit une objection à propos de la représentation inégale des nations. Pour disperser les malentendus, Nol demanda alors si le Grand Empire de Goran et le Matriarcat de Kaul avaient quelque raison d'envoyer chacun deux émissaires. Tiramis lui servit le petit mensonge à propos de Yon, représentant des hommes de Kaul, et le prince Vanamel objecta que son pays étant bien plus grand que la plupart, il était normal qu'il soit représenté par deux personnes. Son Excellence le sage Moboq, à qui l'on avait traduit les débats, objecta alors à son tour que l'Arkarie était bien plus grande encore que le Grand Empire, et que le roi Qarbal aurait donc pu envoyer trois ou quatre représentants. Nol eut une petite moue découragée et coupa court aux dissensions en précisant qu'un nombre supérieur d'émissaires n'apporterait de toute façon aucun avantage particulier aux nations ; la limitation était simplement une question d'ordre pratique. Rafa de Griteh se déclara alors satisfait. Personne ne voulait vraiment contredire Nol à ce moment-là.

L'homme étrange s'exprimait dans les langues maternelles de chacun avec une aisance déconcertante. Il écoutait tout le monde, mais balayait de façon ferme et polie les objections de ces hauts personnages qui s'accordèrent tous pour lui reconnaître une personnalité hors du commun. Lorsque enfin il eut vu chacun d'eux et déclaré vouloir méditer seul, tous prirent leur mal en patience et l'observèrent avec respect, à la dérobée.

Puis le soir arriva et Nol déclara avec regret que ni le Beau Pays, ni Romine n'avaient envoyé d'émissaire, et que ces deux royaumes ne seraient donc pas représentés. Quelques-uns remarquèrent aussi qu'aucun diplomate estien n'était présent, mais ne surent qu'en conclure.

L'homme étrange invita les sages à le suivre, et s'engagea à pied à travers le labyrinthe rocailleux que formait l'île Ji. Après quelques instants d'étonnement – tous s'étant attendus à prendre la mer –, il fut suivi par Tiramis et Yon, puis le duc de Kercyan, puis tous les autres leur emboîtèrent le pas.

Restés sur la plage, les divers officiels, gardes et serviteurs étaient indécis. Puis plusieurs barques furent mises précipitamment à l'eau, l'idée venant que les sages pourraient embarquer de l'autre côté de l'île.

Au début pratiquement adversaires, les équipages s'organisèrent bientôt pour patrouiller chacun dans un secteur. Mais aucune embarcation inconnue ne fut repérée cette nuit-là...

Au petit matin, des hommes en armes furent envoyés dans l'intérieur de l'île. Les soldats fouillèrent le labyrinthe tout le jour, puis le lendemain, sans autre résultat que la découverte de grottes utilisées comme entrepôts par de quelconques contrebandiers loreliens.

Après le quatrième jour, tout espoir était perdu de retrouver la piste des émissaires. Une par une, les délégations quittèrent l'île à regret, en soupçonnant les autres d'avoir dissimulé des informations sur cette étrange aventure, ou pire, d'en être à l'origine.

Quatre décades passèrent, et aucune demande de rançon n'étant arrivée, la thèse de l'enlèvement que quelques-uns avaient avancée fut peu à peu abandonnée. Le jour de la Terre arriva, des bateaux furent de nouveau envoyés vers l'île, et on se prit dans les palais à espérer en un retour imminent des sages.

À l'aube du jour de l'Ours, une décade et demie après le jour de la Terre, sept personnes émergèrent difficilement d'entre les rochers, par le même chemin qu'elles avaient emprunté deux lunes plus tôt. Les soldats postés là observèrent avec incrédulité le duc Reyan, fatigué, les yeux vides de toute expression, et Rafa de Griteh, les cheveux brûlés et la face noircie, transporter sur une civière de fortune le roi Arkane de Junine, blessé à la tête et pressant un garrot rougi sur le moignon de son bras gauche. Ils virent Son Excellence Yon de Kaul tituber en portant dans ses bras une Honorée Mère Tiramis inconsciente. Enfin ils virent Leurs Excellences Maz Achem d'Ith et Moboq d'Arkarie fermer la marche en traînant les pieds.

Le prince Vanamel, Saat l'Économe et Ssa-Vez de Jezeba manquaient à l'appel.

Nol l'Étrange n'était pas revenu non plus.

* * *

Ramur le marchand était content : la journée avait été bonne. On n'était qu'au troisième jour des foires loreliennes, et il avait déjà écoulé plus des deux tiers de sa cargaison d'épices de Lineh, sans même avoir eu besoin de négocier ses prix.

Une bourse bien pleine à son côté, il se dirigeait d'un pas suffisant vers le centre-ville, où il comptait fêter dignement sa réussite… et, pourquoi pas, conclure une ou deux affaires de plus, si l'occasion s'en présentait.

Plus tard dans la nuit, peut-être même descendrait-il jusqu'à des quartiers moins fréquentables, histoire de voir si la jeune femme qu'il y rencontrait tous les ans était toujours aussi peu avare de ses charmes…

Ramur eut une pensée pour Dona, déesse du Plaisir et de l'Opulence, sa divinité préférée bien sûr. Il se promit de faire une offrande à son culte en remerciement de ses bienfaits… prochainement. Peut-être à la prochaine lune, après son retour à Lineh… Ou plutôt dans trois lunes, après la fin des récoltes. Mieux valait honorer Dona en une fois, après plusieurs bonnes aventures, que gaspiller, non, il voulait dire déranger ses prêtres avec de petites offrandes régulières mais insignifiantes.

Sans se l'avouer, il savait qu'il ne ferait son offrande qu'au seuil de la mort, pour pouvoir jouir de ses biens le plus longtemps possible. Aussi reconnaissant soit-il, il lui répugnait de donner ses terces aux représentants du culte, qui ne manqueraient pas de le voler.

Malgré l'arrivée de la saison du Vent, et de la nuit tombante, le soleil brillait fort et Ramur lui dédia un sourire. Voilà une chose dont il était prodigue : le sourire. Son expérience lui avait appris que les gens sont moins enclins à marchander avec quelqu'un qui présente un visage amical.

Il n'était plus très loin du centre, alors, et la foule, qui s'était éclaircie à la sortie de la foire basée dans le vieux port, était de nouveau de plus en plus dense. Ramur porta la main à sa bourse en un geste coutumier, tout en observant les gens qu'il croisait. Grâce à sa vigilance, il avait jusqu'à présent évité les tire-laine, mais il suffisait de quelques instants d'inattention pour se retrouver plus léger d'une bonne centaine de terces.

Plusieurs fois il avait été témoin de vols à la tire, derrière son étalage, mais il s'était bien gardé d'intervenir. À chacun ses problèmes ! Personne ne lui rendrait non plus sa bourse, si elle venait à disparaître.

La cohue se faisait plus importante, et un bon nombre des badauds qu'il croisait semblaient plus excités que la normale. Il commençait à regretter d'avoir laissé son homme de main au port. S'il prenait l'envie à l'un ou l'autre de ces gagne-petit de se faire quelque argent sur un cadavre, ce pourrait bien être le sien…

Quelqu'un le bouscula, qui venait en sens inverse. Ramur se retourna précipitamment et suivit l'homme du regard sur une bonne distance, tout en faisant un rapide inventaire de sa bourse et de ses bijoux.

L'indélicat s'éloignant portait une robe commune de prêtre, avec le capuchon relevé, si bien qu'on ne pouvait pas même voir la couleur de ses cheveux, ou s'il en avait.

Les terces de Ramur étaient toujours en place, mais l'alerte avait été chaude, aussi renonça-t-il avec regret au plaisir simple de parader avec une grosse bourse à son côté. Il entreprenait de la délier pour la glisser sous ses vêtements lorsqu'il fut de nouveau bousculé, par l'arrière, quelques instants seulement après la première fois. Ses doigts se crispèrent sur le sac de toile décoré quand une piqûre douloureuse lui enflamma le dos.

L'homme qui l'avait heurté, semblable en tout point au premier, lui chuchota simplement à l'oreille : « Mon nom est Zokin. Répète-le à Zuïa. »

Comme paralysé, les yeux écarquillés et les mains toujours cramponnées à la bourse qu'il tenait sur son torse, Ramur le regarda s'éloigner sans le voir, réalisant avec horreur les implications de ce qu'il venait d'entendre. Puis sa vue se troubla, ses jambes fléchirent et il s'écroula.

Il était mort avant d'avoir touché le sol.

* * *

Au retour des sages, le premier moment de stupeur passé, chacune des délégations voulut emmener son compatriote pour l'interroger. Rafa de Griteh déclara sur un ton agressif qu'il n'était pas question de les séparer les uns des autres.

Pas tout de suite.

Prenant la tête du groupe, il chemina jusqu'aux tentes ithares, où il s'enferma avec ses compagnons et deux prêtres eurydiens versés dans les arts de la guérison.

Ils furent pansés par ces derniers dans un silence respectueux. Ce n'est que lorsque Rafa fit quelques pas hors de leur retraite qu'il lui fut demandé des nouvelles des sages manquant à l'appel.

Il y répondit simplement qu'ils étaient morts, sans donner aucune précision.

Dans les jours qui suivirent, les survivants ne se mêlèrent que très peu à la foule bigarrée de rois, de barons, de notables et autres personnalités venues pour l'événement. Aux questions qui leur étaient posées, ils gardaient le silence, ou déclaraient ne se souvenir de rien. Puis, seule cette dernière réponse fut donnée.

Les nations en deuil – Goran, Jezeba – plièrent bagage rapidement et quittèrent l'île en mauvais termes avec les autres. On crut même à la possibilité d'une nouvelle guerre entre Goran et Lorelia, mais feu le prince Vanamel semblait trop peu estimé par l'empereur Mazrel pour justifier l'ouverture des hostilités.

Un par un, chacun des sages rentra chez lui. Ils furent de nouveau interrogés, séparément, mais ne répondirent que par le silence. Plusieurs suzerains les prirent alors en grippe...

On enleva à Maz Achem ses responsabilités au Grand Temple. Il abandonna par la suite toute activité religieuse et quitta Ith.

Rafa de Griteh fut interdit de commandement, ce qui, pour celui qui avait été le stratège personnel du roi, était une grande humiliation. Il demeura tout de même dans l'armée, et fit tellement parler de lui par ses exploits que dans ses dernières années son honneur et son titre lui furent rendus.

Arkane de Junine étant roi lui-même, il ne connut que la désapprobation publique de ses pairs des Baronnies. Sachant que la force des Petits Royaumes venait de leur union, il prévint tout désaccord en abdiquant en faveur de son fils.

Le sage Moboq rentra en Arkarie en déclarant simplement qu'il valait mieux que tous ignorent ce qui s'était passé. Comme c'était un sage, tout le monde accepta sa décision et s'empressa d'oublier l'affaire.

Reyan de Kercyan fut le plus lésé. On lui retira son titre de duc, on lui prit ses terres. Il fut publiquement disgracié. Il ne sombra pas dans le désespoir comme on aurait pu s'y attendre, mais vint s'installer à Lorelia même, où il survécut en faisant du commerce.

Tiramis quitta d'elle-même le Conseil des Mères. Elle déclara simplement, une seule fois, que le Matriarcat n'était pas en danger et qu'elle désirait qu'on ne l'interroge plus jamais à ce sujet. L'Aïeule elle-même demanda alors que toutes respectent ce vœu ; il était inutile de raviver des souvenirs apparemment trop terribles.

Tiramis prit Yon en Union l'année suivante. Yon est mon aïeul. Le grand-père de ma grand-mère.

Ils s'installèrent ici, il y a cent dix-huit années, dans ce même petit village de la province sud où j'habite.

Pour tous les autres, Nol et les sages sont oubliés. Les rares personnes qui savent quelque chose ont du mal à faire la différence entre les faits et les histoires que l'on a racontées parfois.

Je n'ai pas oublié. Les héritiers n'ont pas oublié.

* * *

Quelque chose n'allait pas. Nort' avait toujours eu une sorte de sixième sens, qui l'avait sauvé à maintes reprises, et ce dernier était en train de carillonner plus fort que les six cents cloches de Leem.

Il se sentait observé depuis l'apogée. Non pas *admiré*: Nort' avait toujours attiré les regards, féminins en général, par son imposante masse musculaire... mais là, c'était autre chose. Quelqu'un le surveillait. Le surveillait, lui !

Debout, la hallebarde bien stable dans la main, le bras tendu sur le côté, dans l'attitude la plus militaire possible, Nort' gardait la porte ouest des jardins du palais impérial de Goran. Il accomplissait d'ordinaire cette tâche avec une patience proverbiale... mais aujourd'hui, il était mal à l'aise.

Il observa les passants un par un, puis examina les fenêtres les plus proches, pour tenter de démasquer son espion. En vain. Il jeta alors un rapide coup d'œil à ses deux subordonnés, figés dans la même posture, espérant que l'un ou l'autre partageait ses pensées. Mais ces derniers n'avaient apparemment en tête que l'arrivée de la relève.

Un vieil homme en haillons s'approcha d'eux en présentant dans ses mains crasseuses une timbale tout aussi souillée. Un étranger, sans doute, se dit le garde, peut-être un Lorelien. L'homme entamait une série de supplications en un mélange d'ithare et de goranais quand Nort', d'un signe, le fit repousser sans ménagement par son subordonné de gauche.

Cet épisode, le ramenant aux tâches quotidiennes, lui fit oublier momentanément ses inquiétudes. Il faisait chaud, porte ouest, en cette fin de journée, et Nort' se mit lui aussi à guetter la relève. Il sentait la fatigue dans son bras droit et aspirait par-dessus tout à lâcher cette maudite hallebarde qui lui déchirait l'épaule. Il avait hâte aussi de faire quelques pas ; ancien troupier, il ne s'était jamais vraiment habitué aux longues heures d'immobilité forcée de la garde.

Enfin, sa patience fut récompensée et il entendit avec soulagement les six coups brefs marquant la fin de la journée et du sixième décan, quelque part derrière lui, dans le palais. Un instant après, la porte s'ouvrait devant trois hommes en tenue réglementaire, habillés plus chaudement pour la garde de nuit. Il y eut le passage orchestré des hallebardes, puis le salut rituel, et la relève prit sa place.

Nort' préféra ne pas parler de ses impressions au gradé responsable du poste de nuit. Il se serait couvert de ridicule en confiant ses craintes de fillette à un guerrier vétéran, et ne voyait de toute façon aucune raison de le faire.

Ayant quartier libre, il décida de ne pas regagner tout de suite les bâtiments réservés aux gardes, et de s'accorder la marche à laquelle il aspirait depuis un bon moment. Et puis, quelque chose au fond de lui l'empêchait de se casaner maintenant : il ne serait pas tranquille tant que ce maudit pressentiment qui le tenait comme une gueule de bois ne serait pas passé.

S'il le fallait, Nort' était prêt à déclencher une petite bagarre avec quelques inconnus, pour faire taire son malaise…

De fait, il s'aperçut qu'il marchait un peu vite, en grommelant, la main serrée sur la poignée de son glaive et en dévisageant d'un œil noir tous les passants qu'il croisait. Il s'arrêta, prit une longue inspiration et repartit d'un pas plus modéré.

Il était rare qu'il perde ainsi son sang-froid. « Par Mishra, si quelque chose doit arriver, alors que ça arrive, sangdieu ! » maugréa-t-il.

Des éclats de voix se firent alors entendre derrière lui. Se retournant, Nort' vit la foule bigarrée de Goran fuir devant quelque chose d'encore indiscernable. Puis la masse humaine se sépara en son milieu pour céder le passage à deux tueurs züu.

Des tueurs züu !

Ici, à Goran, où leur influence et leur réputation étaient grandes, ils ne faisaient aucun effort de discrétion. Nort' vit la tunique écarlate, le bandeau vermillon enserrant un crâne rasé, la maudite dague longue et fine comme une aiguille jetant des éclats de lumière dans leurs mains… et surtout *leurs yeux*. Des yeux de fanatiques prêts à tout pour parvenir à leur fin : *abattre leur proie*.

Ils venaient dans sa direction, mais Nort' étant au milieu de la rue, cela ne signifiait rien. Il tira son glaive tout en reculant doucement à main gauche… et sut aussitôt qu'ils étaient là pour lui.

Les deux tueurs l'avaient en effet observé tout au long de son déplacement. Nort' se rappelait ces regards, à présent : il les avait surpris, sans pouvoir y mettre un visage, toute la journée…

Ils n'étaient plus qu'à quelques pas, maintenant, et avançaient vite, courant presque. Nort' vit en un éclair les dagues, les regards meurtriers, et la foule curieuse qui n'interviendrait pour rien au monde. Une colère sauvage monta en lui et il se rua sur les deux hommes en hurlant, résolu à vendre chèrement sa peau.

C'était sans compter avec le troisième assassin qui arrivait dans son dos et qu'il n'avait pas vu.

Son cri mourut dans sa gorge quand l'aiguille empoisonnée la transperça, et c'est en silence qu'il s'écroula devant ses meurtriers.

* * *

Quelques lunes après leur retour, les sages survivants ressentirent le besoin de se réunir. L'ancien roi Arkane de Junine donna corps le premier à cette envie en conviant chacun d'eux au plus beau des Petits Royaumes. La date choisie fut celle du jour du Hibou : on commémorerait ainsi ce jour où ils étaient tous partis, l'un derrière l'autre, à la suite de Nol l'Étrange.

Arkane, bien que manchot, vieillissant et plus ou moins mis au ban par ses pairs, était toujours un puissant personnage, et faire retrouver ses anciens compagnons ne fut pas une difficulté. Tous répondirent à son appel, même Moboq qui était le plus éloigné de tous et voyagea pendant deux décades.

Ils furent accueillis chaleureusement. Dans son palais personnel, l'ancien roi, les voyant ainsi tous réunis et heureux de l'être, déclara que cette aventure avait au moins eu l'heureuse issue de l'amitié.

Ils parlèrent de leurs destins personnels, des événements qui avaient fait suite au « voyage ». Chacun compatit aux malheurs des autres, particulièrement à ceux de Rafa, Maz Achem ou Reyan de Kercyan. Mais personne ne s'apitoyait sur son propre sort, tous énonçant simplement les faits, sans apparemment regretter le mutisme qui en était la cause.

Plus tard, à l'abri des regards indiscrets des espions de tout acabit envoyés à cette occasion, chacun des émissaires renouvela son serment de garder le secret quoi qu'il advienne, au-delà de la souffrance, du déshonneur et de la solitude qu'ils pourraient ressentir.

Ils se quittèrent en se promettant de se réunir encore, ce qu'ils firent l'année suivante, puis deux ans après, puis régulièrement tous les deux ans. À leur quatrième rencontre, le roi Arkane n'était plus ; il fut le premier d'entre eux à disparaître. Mais trois nouvelles personnes participèrent : Tiramis et Yon avaient eu une fille, et Maz Achem, bien que vieillissant lui aussi, avait pris en Union l'une de ses anciennes élèves, qui lui avait rapidement donné un fils. Il vint avec sa jeune épouse et personne n'émit d'objection.

Thomé de Junine, en faveur de qui Arkane avait abdiqué, demanda à représenter son père ; il ne savait rien du secret, mais désirait rendre hommage à ce qui représentait la chose la plus importante du monde aux yeux d'Arkane. Sa proposition fut bien sûr acceptée.

L'arrivée de ces nouveaux personnages dans le groupe changea le style des réunions ; du ton grave qu'elles avaient auparavant, elles s'orientèrent peu à peu vers des fêtes familiales. Les nations cessèrent d'envoyer des espions tenter de démasquer le secret ; celui-ci n'était même plus évoqué.

À leur tour, le sage Moboq, Rafa de Griteh et Reyan de Kercyan eurent une femme et des enfants. Les retrouvailles, avec l'agrandissement du groupe, se firent alors plus organisées. Comme tous venaient de contrées lointaines, on décida de fixer la rencontre tous les trois ans, à Berce en Lorelia, qui est le point de la côte le plus proche de l'île Ji et qui se trouve approximativement au milieu des lieux de résidence de chacun.

Au fil des ans les anciens disparurent. La plupart de leurs descendants continuèrent à se réunir pour célébrer un événement dont ils ignoraient presque tout… Parfois, lorsque la nuit est assez noire, les anciens emmènent les aînés des enfants jusqu'à l'île. Là, ils leur font partager une partie de leur savoir, puis prêter un serment solennel de silence. Peut-être ne devraient-ils pas…

Mais un secret peut-il toujours le rester ?

Cette année est celle de la réunion. Le jour du Hibou n'est que dans trois décades. Cette année sera ma quinzième, et on m'emmènera sur l'île.

Ceux qui y sont allés reviennent différents. Plus graves, plus sérieux. Plus tristes.

Je n'ai pas vraiment envie de savoir. Mais je veux faire partie des héritiers. Revoir mes cousins, oncles et tantes adoptifs. Rendre hommage à Tiramis, à Yon, et à tous mes ancêtres depuis eux, jusqu'à ma mère disparue.

Dans trois décades aura lieu la réunion des héritiers, et j'irai sur l'île.

LIVRE I

LES CHEMINS DE BERCE

BOWBAQ SE RÉVEILLA SANS BRUIT. Il garda les yeux fermés encore quelques instants, puis les ouvrit à regret. Il faisait sombre ; le matin était encore loin. Il ramena ses couvertures et peaux sur lui et s'allongea confortablement, les mains derrière la tête.

Wos semblait tourmenté. Bowbaq entendait l'animal s'agiter dans son enclos. Sans doute, une fois de plus, les loups s'aventuraient-ils trop près de la petite chaumière. L'homme hésita à se lever, puis décida de rester au chaud. Wos avait toujours été trop nerveux, et les loups pas assez téméraires ni affamés pour s'attaquer à un poney des steppes en pleine possession de ses moyens.

Bowbaq se tourna puis se tourna encore. Sa femme lui manquait. Ispen avait comme d'habitude rejoint son clan d'origine, avec leurs deux enfants, pour passer la saison des Neiges. À chaque fois, les premiers temps, il était heureux de cette liberté retrouvée. Mais après quelques décades, la solitude commençait à lui peser. Peut-être pourrait-il, lui aussi, faire une visite chez les siens ? Il était trop tard, maintenant, pour rejoindre Ispen. Mais son propre village natal n'était qu'à quelques jours de voyage…

Wos hennit. Quel casse-pieds, ce poney ! Quand Bowbaq pensait à toutes les fois où *Maître Wos* faisait le fier, se trouvait trop noble pour tirer une luge, et n'avait en tête que de grandes chevauchées aventureuses ! Il était beau, l'aventurier !

Lâchant un soupir, Bowbaq se résolut à s'enquérir de sa monture. Il rejeta les couvertures avec regret et s'approcha de la cheminée.

Les braises du foyer étaient encore rouges ; il en conclut qu'il ne dormait que depuis quelques décans. Malgré cela, le froid était déjà mordant dans la petite maison, et les quelques courants d'air passant par les jours minuscules des parois laissaient deviner une température encore plus basse au-dehors.

Il empila quelques bûches et ranima le feu. Puis il s'apprêta à sortir, enfilant grossièrement toutes ses fourrures mais sans en serrer les attaches. Enfin, il s'équipa de son bâton de marche et entrouvrit la porte.

Le froid le mordit aussitôt au visage. La nuit semblait calme, épargnée par le blizzard et les fréquentes chutes de neige de ces derniers jours. Il referma soigneusement et fit quelques pas vers l'arrière de la maison, où se trouvait l'enclos. On y voyait presque comme en plein jour ; la lune était reine, et sa clarté se réfléchissait sur le paysage immaculé.

Malgré sa grande taille, Bowbaq était gêné dans sa marche par l'épaisse couche poudreuse qui recouvrait le sol, et cela lui prit plusieurs décilles pour parvenir à la clôture. Le poney l'y attendait en trépignant d'impatience, et commença à lui parler dès qu'ils furent en vue l'un de l'autre :

° Étranger chasser nous. Étranger venir. Chasser nous. Étranger. Plusieurs. Venir chasser nous. Étranger. Plusieurs.

Bowbaq se massa les yeux quelques instants, en faisant les derniers pas. Les facultés de Wos étaient vraiment étonnantes pour un animal de troupeau. Il était rare qu'un poney communique avec autant de facilité. Mais il lui manquait la réserve et le calme qui étaient le privilège des prédateurs, aussi ses mots arrivaient dans l'esprit de l'homme en un désordre et un vacarme mental indescriptibles.

Redressant la tête, il planta son regard dans celui de l'animal et atteignit son esprit, comme il le faisait souvent. Puis il lui parla sans prononcer un mot, simplement de pensée à pensée, en s'appliquant à choisir des mots simples et des concepts accessibles pour le poney.

° Sécurité. Étranger faible. Peur nous.

Puis il forma l'image mentale d'un loup et l'envoya dans l'esprit de l'animal.

° Étranger petit. Nous grand.

Wos se cabra, puis envoya quelques ruades nerveuses dans le vide. Il n'était rassuré ni par les caresses, ni par les belles paroles de Bowbaq.

° Non. Non. Non. Pas lui. Lui petit. Pas lui. Pas danger. Non. Étranger grand. Danger. Plusieurs. Chasser nous. Venir. Non. Pas lui. Danger.

La panique gagnait visiblement l'animal devant l'ignorance de son maître. Malgré ses facultés, Wos était incapable de décrire le véritable objet de sa peur : seul son instinct l'avertissait.

Bowbaq tenta pour la forme d'atteindre *l'esprit profond* du poney, mais sans succès. Pas des loups ? Quoi donc, alors ? Un ours insomniaque, en retard sur l'hibernation ? Mais Wos parlait de plusieurs. Bowbaq regretta que les animaux ne sachent pas compter. Plusieurs, ça pouvait être *beaucoup*.

Des renards ? Des anators ? Et pourquoi pas, une harde de lions tachetés ? Si Mir était là, Wos – et lui-même – seraient beaucoup moins inquiets. Bowbaq avait élevé le lionceau depuis sa naissance, et c'était sa fierté, et celle de son clan, que d'être l'ami d'un véritable fauve adulte. Seulement Mir servait cette année d'escorte à Ispen et aux enfants dans leur voyage, et devait être à des dizaines de lieues d'ici.

La nuit allait être moins agréable que prévu. Fermant son esprit au babil exalté du poney, Bowbaq revint sur ses pas. Il n'était pas vraiment inquiet, les prédateurs pouvant simplement être de passage, ou rôder à proximité de la maison sans oser s'y aventurer… surtout lorsqu'il aurait allumé quelques bûchers, et se serait posté avec son arc en vue de tous les mangeurs de viande mal intentionnés ! Mais c'était très contrariant de se retrouver ainsi à faire une garde de nuit, alors qu'il avait pris la précaution de bâtir la chaumière à l'écart des grandes concentrations animales connues.

Revenu à l'intérieur, Bowbaq rassembla ce dont il aurait besoin pour sa veille : un briquet à silex, des brindilles et quelques bûches sèches, son arc et son carquois, un petit couteau en ivoire qu'il passa dans sa ceinture, et enfin une bouteille de fruits fermentés accompagnée d'un morceau consistant de lard fumé. Il mit l'ensemble dans une peau épaisse dont il comptait se couvrir, serra les attaches de ses vêtements et ressortit.

En refermant la porte, il remarqua que les hennissements de Wos, loin de se calmer, s'étaient amplifiés.

Il entendit aussi un petit claquement sec, en même temps qu'il sentit une vibration près de sa tête.

Il se colla par réflexe dans l'embrasure en se protégeant le visage. Puis son regard tomba sur l'origine du bruit…

Un carreau d'arbalète était planté dans le bois à un pied à peine de ses yeux ! Bowbaq pensait le voir encore trembler.

Lâchant son sac improvisé, il se jeta face contre terre, juste assez tard pour sentir un second projectile frôler le haut de son bonnet et se ficher violemment dans la porte. Il rampa ensuite aussi vite que possible, jusqu'à un petit monticule blanc qu'il savait être une souche morte recouverte par la neige, à quelques pas de la maison. Il s'y adossa et empoigna immédiatement son petit couteau d'ivoire.

Les seuls bruits audibles étaient ceux que faisait Wos, et sa propre respiration haletante. Bowbaq s'appliqua à la calmer tout en concentrant son attention sur son agresseur. Où était-il ? Qui était-il ? Combien étaient-ils ?

Une arbalète ne se réarme pas en quelques instants, ce qui laissait deux possibilités : soit l'homme en possédait deux – au moins –, soit il était accompagné. Malheureusement, après la discussion avec Wos, la balance penchait plutôt en faveur de la seconde possibilité. Des pillards? Des guerriers d'un clan ennemi ? Des voyageurs ?

Les réflexions de Bowbaq partaient dans toutes les directions. Il se concentra pour ne penser qu'à une chose : se sortir de là. Le reste serait éclairci plus tard… ou pas.

S'il parvenait à revenir jusqu'à la maison, à ouvrir la porte, à entrer et à s'enfermer, il pourrait mieux se défendre… Les armes n'y manquaient pas, et il pourrait tenir ses ennemis à distance au moins jusqu'au matin… sauf s'ils y provoquaient un incendie. De toute façon, la maison semblait à des lieues de distance, et Bowbaq se mordit les lèvres de ne pas avoir eu plutôt le réflexe de bondir à l'intérieur dès la première flèche !

Les instants filaient comme l'eau d'une rivière et il savait que chaque moment perdu avantageait un peu plus ses ennemis, qui ne tarderaient pas à le contourner, s'ils n'étaient déjà en train de le faire. S'il pouvait au moins récupérer son arc, il pourrait peut-être empêcher toute agression de ce côté… Mais il suffirait aux autres de s'installer près d'un feu avec un homme de garde, et d'attendre quelques heures que leur proie soit complètement gelée.

Bowbaq réalisa alors avec horreur que s'il n'avait pas été réveillé par Wos, il serait déjà mort. Ses agresseurs n'avaient apparemment aucune hésitation, et ils l'auraient certainement surpris et lâchement tué dans son sommeil.

Wos... Si le poney n'était pas enfermé, il pourrait l'appeler et s'enfuir. Il retraça mentalement le chemin qu'il avait parcouru jusqu'à l'enclos, mais ce dernier était encore plus loin que l'entrée de la maison. Que faire ?

Peut-être... Le long du mur sud – l'autre direction possible –, courait une fosse qui servait à l'écoulement de l'eau, pendant la fonte des neiges... Elle était certainement remplie elle-même de neige gelée, à cette époque, mais le fond devait être au moins un pied en dessous du niveau du sol...

Bien sûr, elle n'était pas large... En se débarrassant de ses fourrures les plus encombrantes, il devait pouvoir y ramper – sur une douzaine de pas, tout au plus – hors de portée des carreaux et assez vite pour que ses agresseurs n'aient pas le temps de s.

Il ne prit pas le temps de chercher d'autres alternatives et enleva sans même les dénouer les premières épaisseurs de fourrure. Une brise glacée le traversa aussitôt cruellement, et il espéra qu'il n'échapperait pas à ses agresseurs pour mourir gelé sur la route de son plus proche voisin.

Le plus difficile allait être les quelques pas qui le séparaient de la fosse. Il glissa son poignard dans sa botte, s'accroupit, muscles bandés, prit une grande inspiration et se projeta plus qu'il ne courut dans le petit dénivellement le long du mur. Ses mains et ses genoux s'enfoncèrent dans un pied et demi de neige ; il les dégagea promptement et rampa avec toute son énergie vers l'arrière de la maison, s'attendant à tout moment à sentir la piqûre douloureuse d'une flèche.

Il n'en était pas certain, mais il lui semblait bien avoir entendu au moins un claquement pendant son saut. Il ne prit pas la peine de vérifier si un nouveau bois empenné dépassait de ses murs. Par contre, il percevait maintenant clairement des éclats de voix : un homme, qui devait se trouver à une trentaine de pas environ, lançait des ordres dans une langue inconnue.

Il arrivait au bout de la petite tranchée. Ses coudes et ses genoux étaient trempés et déjà transis, et le reste de son corps ne valait guère mieux. Il releva un peu la tête et lança un rapide regard circulaire. Deux hommes accouraient vers lui, de directions différentes. L'un tenait une petite lance et l'autre une lame courbe. Ils étaient couverts de fourrures des pieds à la tête mais ne semblaient nullement gênés par ce surplus de vêtements. À leurs pieds étaient fixés de grands tamis tressés, comme ceux qu'utilisent les Arques de Tolensk, qui leur permettaient de courir presque normalement malgré l'épaisseur de la neige.

Bowbaq sentit ses chances diminuer un peu plus encore. Il décida de tenter le tout pour le tout et se redressa brusquement dans le fossé, puis parcourut à toute allure la petite distance qui lui restait jusqu'à l'enclos.

La douleur éclata sur le côté de son épaule gauche où un carreau tiré par un troisième homme venait de se ficher. Avec l'énergie du désespoir, il escalada les poutres, se laissa tomber de l'autre côté et traversa le champ jusqu'à la barrière. Wos s'y trouvait déjà, impatient.

Bowbaq s'attendait à chaque instant à encaisser un nouveau dard ou à voir un de ses ennemis lui couper la route. Il ouvrit précipitamment la porte et s'approcha du poney pour y grimper.

Wos ne l'entendait pas de cette oreille. À peine le passage fut-il assez grand pour lui qu'il s'y engouffra, laissant Bowbaq seul et impuissant.

Il regarda, incrédule, l'animal galoper de l'autre côté, sourd à ses appels désespérés et furieux.

Cet idiot n'allait même pas dans la bonne direction…

Wos sembla croiser l'homme à la lance, lorsque au dernier moment il changea de cap et le chargea violemment. L'agresseur surpris fut projeté à terre en deux coups portés des lourds sabots du poney géant. Wos le piétina consciencieusement quelques instants encore, puis releva la tête et fonça vers le second.

Bowbaq, après un moment de surprise, se mit à son tour en action. Il retraversa le champ, escalada à nouveau la clôture et bondit dans la neige où il s'enfonça jusqu'aux genoux. Puis il progressa tant bien que mal jusqu'au corps de l'homme à la lance.

La partie semblait moins facile pour Wos avec son second adversaire. Celui-ci faisait des moulinets impressionnants avec son épée, empêchant ainsi le poney de s'approcher assez près pour être dangereux. Au moins, pensa Bowbaq, il serait occupé pendant un moment. Le troisième homme était maintenant visible et utilisait toute son énergie à réarmer une arbalète.

Le cadavre de l'homme à la lance n'était pas beau à voir. Wos avait plusieurs fois frappé au visage et au cou, si bien que la tête était presque détachée. Haletant, Bowbaq retint un haut-le-cœur. Il s'emparait de la longue arme lorsqu'un rugissement se fit entendre, qu'il reconnut aussitôt.

Mir le lion était là. À une centaine de pas, à l'orée de la forêt enneigée, il trônait, comme posant pour une gravure.

Son rugissement finit en un grondement grave et continu, audible même à cette distance. Sa crinière était gonflée comme si elle avait doublé de volume, et dressée de l'échine à la queue tout le long de l'épine dorsale. Ses taches jaunâtres étaient quasi estompées, à cette époque, et tout son corps n'était que blanc d'albâtre où seuls tranchaient deux yeux flamboyants et une gueule de sang et d'ivoire.

Mir avança de deux pas gracieux. Puis son grondement se tut, et après un instant d'immobilité il entama une série de bonds rapides vers les lieux de la bataille.

Aussi vite qu'ils s'étaient figés à l'arrivée du lion, tous reprirent leurs activités. Wos préféra prendre un peu de distance avec Mir, qui se dirigea tout droit sur l'homme à l'épée. Le fauve le plaqua à terre et Bowbaq comprit à ses cris, sans même voir la scène, qu'il avait un ennemi de moins.

Lui-même se dirigeait à grandes enjambées vers le troisième homme, qui ne semblait pas vouloir renoncer à ses projets malgré les retournements de situation en sa défaveur. Bowbaq n'avait jamais armé d'arbalète, et il se demandait s'il aurait le temps de rejoindre son ennemi avant que ce dernier ne lui colle un carreau en plein front !

S'il s'arrêtait maintenant et projetait sa lance…

Non.

Pourtant, il était sûr de l'atteindre… Il pouvait toucher n'importe quoi à cette distance…

Non. Il ne tuerait pas.

Pourtant… Il sauverait sa vie, pourrait revoir Ispen, ses enfants, ses amis…

Non. Jamais Bowbaq n'ôterait volontairement la vie d'un homme. *Il s'en était fait le serment.*

Son temps de réflexion avait de toute façon scellé son destin : avec un cri de joie, l'homme engagea la petite flèche dans la rainure et leva l'arme à quelques pas seulement de la cible qui courait vers lui.

Bowbaq ferma les yeux et plongea en poussant de toute la force de ses jambes. Il entendit le claquement fatal de l'arbalète, en même temps qu'il sentit le manche de la lance heurter quelque chose avec violence.

Allongé dans la neige, il guettait l'arrivée de la douleur causée par le carreau qu'il n'avait pu manquer d'encaisser. Mais seul celui fiché dans son épaule gauche le persécutait.

Il releva la tête juste assez vite pour voir son ennemi s'apprêter à le frapper de l'arme désormais inutile. Il roula sur lui-même, lâcha un cri de douleur lorsque son épaule frôla le sol, s'agenouilla et balaya l'air d'un mouvement latéral de la lance. Le bois rencontra une tête et l'étranger s'écroula à son tour.

Bowbaq se redressa, furibond, et tint la lance pointée vers la poitrine de son agresseur. L'homme assis par terre fit glisser son capuchon, enleva une cagoule et découvrit son crâne chauve. Il était assez jeune, plus que Bowbaq en tout cas, dans sa trentième année peut-être. Ce n'était pas un Arque ; il ne semblait pas être des Hauts-Royaumes non plus.

L'homme massa sa tempe douloureuse et y découvrit du sang. Il jeta un regard mauvais à Bowbaq, qui eut un petit pincement au cœur en découvrant la réalité de la blessure qu'il avait infligée. Si le coup avait été plus fort, il aurait peut-être rompu son serment…

Mir vint se placer à côté de lui et Bowbaq lui flatta le flanc d'une main. L'étranger se leva, sans brusquerie, mais le lion lança tout de même un grondement menaçant. Bowbaq lui interdit d'une pression de la main de la mettre à exécution.

— Qui êtes-vous ? demanda-t-il.

L'homme dédaigna de répondre et entreprit d'ôter ses fourrures, sans se hâter. La question fut répétée mais de nouveau ignorée. Lorsque l'étranger s'arrêta, il ne lui restait qu'une tunique légère entièrement rouge et un fin bandeau de même couleur, qu'il se noua autour du front. Il s'était aussi mis pieds nus.

— Je n'ai pas l'intention de vous tuer. Je veux seulement savoir qui vous êtes, essaya de nouveau Bowbaq, en ithare cette fois.

L'homme plaça calmement ses bras le long du corps, leva la tête en fermant les yeux, dans une attitude recueillie.

— Mais enfin, qu'est-ce que vous voulez ? Mourir maintenant, là, ici, comme ça ?

Soudain, plus rapide que la foudre, l'étranger détourna la lance et bondit sur Bowbaq en brandissant une dague fine et longue d'un pied au moins. Mir fut encore plus vif et le projeta à cinq pas d'un seul coup d'une patte monstrueuse. Puis il fut sur lui en deux bonds et lui trancha négligemment la jugulaire, sans tenir compte des rappels de Bowbaq.

Cela faisait beaucoup d'émotions pour l'Arque, qui avait toujours abhorré la violence. Il se laissa tomber assis dans la neige, et passa un moment le visage enfoui dans la paume de ses mains.

Une langue râpeuse lui lécha les doigts et l'odeur d'une haleine chargée s'installa fermement dans ses narines. Bowbaq caressa Mir distraitement, une main toujours sur les yeux, lorsque les scènes passées s'imposèrent à sa mémoire. Avec un réflexe de recul, il détailla la face paisible du lion à un pied de la sienne… Sa crinière immaculée, ses yeux interrogateurs… Sa gueule rougie du sang de ses victimes.

Bowbaq se releva. Même s'il était reconnaissant à Mir et à Wos de leur intervention, même s'il leur devait la vie, il avait indirectement contribué à la mort de trois hommes et il n'était pas obligé d'aimer ça.

Les mots du grand lion glissèrent dans son esprit :

° L'homme être sauf ? L'homme blessé.

Bowbaq s'aperçut qu'il avait presque oublié le carreau fiché dans son épaule. La douleur s'était faite maintenant moins cuisante, et la blessure saignait beaucoup moins. Il tira doucement sur l'empennage pour sonder la profondeur de la perforation et grimaça lorsque son corps protesta contre ce mauvais traitement. C'était égal, s'il ne l'enlevait pas rapidement, ce serait encore plus douloureux plus tard.

° Je guéris. Suis heureux voir Mir.

Le lion approuva d'un claquement de mâchoire et disparut sans un mot supplémentaire dans la forêt. Bowbaq savait qu'il n'avait plus rien à craindre cette nuit : rien ni personne ne franchirait le barrage du fauve. Il s'assura que Wos allait bien et regagna la maison.

La chaleur du feu l'accueillit avec bienveillance. Il enleva délicatement ses vêtements trempés en faisant attention d'effleurer le moins possible le dard agressif. Lorsque enfin la blessure fut dégagée, il prit l'un de ses gants à pleines dents, bloqua une grande respiration et retira d'un geste brusque le corps étranger.

Il ne mordit pas le gant, mais le laissa tomber en lâchant un cri. Haletant, la main pressant un linge sur la blessure, il observa le carreau posé devant lui et nota avec soulagement qu'il était ressorti entier.

Quand le saignement eut diminué, il arrosa abondamment la plaie d'alcool et y attacha une compresse. Puis, après un instant de réflexion, il s'arrosa aussi abondamment la gorge.

Ainsi soigné et réchauffé, il se sentit beaucoup mieux et chercha enfin des réponses aux questions qu'il se posait depuis le début des événements.

Qui étaient ces hommes ?

Que voulaient-ils ? À part le tuer, bien sûr…

Bowbaq ne connaissait pas grand-chose en dehors de l'Arkarie centrale. Pour autant qu'il s'en souvienne, il n'avait jamais causé de tort assez grand à quiconque pour qu'on lui envoie trois assassins. Ou alors ces hommes agissaient pour leur propre compte, mais ils étaient très mal informés, l'Arque ne possédant aucune richesse digne de ce nom. Des fous, peut-être ? Des fanatiques en quête d'un sacrifice ?

Ou alors…

La curiosité fut la plus forte, et il décida de ne pas attendre le matin comme il l'avait d'abord prévu pour examiner les cadavres. Il se rhabilla avec des vêtements secs et sortit.

Surmontant son appréhension, il s'approcha d'abord de l'homme tué par Wos. Sa peau avait blanchi et une fine couche de givre commençait à le recouvrir. Bowbaq glissa ses mains sous le cadavre et le souleva pour le retourner. Des craquements écœurants se firent entendre quand le corps gelé et raidi fut arraché à son carcan de neige ; l'Arque ne voulut surtout pas savoir d'où ils provenaient.

Sa fouille rapide – il avait hâte d'y mettre fin – ne fut pas très fructueuse. L'homme semblait ne rien posséder de particulier, hormis une tunique rouge et une dague similaires à celles de l'homme à l'arbalète. Bowbaq passa à ce dernier.

Mir y avait apparemment pris sa part de gibier. Cette fois, l'Arque ne put retenir sa nausée et rendit tout ce qu'il avait dans l'estomac. Il manquait au corps un bras entier et la plupart de ses côtes étaient mises à nu. Bowbaq se disciplina tant bien que mal et fouilla les poches intactes de la tunique déchiquetée.

Il eut plus de résultat. Sa main trouva un parchemin couvert de sang qu'il extirpa avec délicatesse. Il était plié au moins six fois sur lui-même et, une fois grand ouvert, ne présentait plus grand-chose de compréhensible. Bowbaq ne reconnaissait pas les quelques signes épargnés par l'énorme tache vermillon ; mais il devait aussi admettre qu'il ne savait pas lire… Il abandonna et reprit son inspection.

Il trouva en secouant les chausses un petit flacon en bois, à demi rempli d'un liquide à l'odeur âcre. Une drogue ?

Du poison ?

Il frémit à cette idée. Et si le carreau avait été empoisonné ?

Il devrait être mort, déjà. Ou alors, l'effet était lent… Ou ses vêtements avaient absorbé une partie du suc mortel…

Eh bien ! S'il ne mourait pas d'ici quelques jours, il n'aurait jamais la réponse à ces questions. Il renversa le liquide dans la neige et rassembla les vêtements de l'homme sur son cadavre.

L'examen du troisième corps ne lui apprit pas grand-chose de plus ; il y trouva une autre dague et la même tunique écarlate que sur les autres. Ces hommes appartenaient de toute évidence à une organisation quelconque, groupe militaire, secte religieuse ou autre.

À contrecœur, Bowbaq admit enfin la conclusion à laquelle il était arrivé depuis longtemps.

Ces hommes étaient venus dans un but unique et évident : le tuer. Lui, et peut-être sa famille.

Deux choses seulement faisaient de lui quelqu'un d'un peu particulier : d'abord, sa *conscience* de l'esprit animal. Il était *erjak*. Mais des dizaines d'Arques possédaient ce don, et il avait aussi été décelé chez quelques étrangers.

La seconde chose, et non la moindre, était son appartenance aux héritiers de Ji.

Bowbaq était le descendant à la quatrième génération du sage Moboq. Ayant écarté toutes les autres suppositions, il ne restait que celle-là : on avait tenté de le tuer parce que son arrière-arrière-grand-père avait pris part à l'étrange aventure du siècle dernier, oubliée ou inconnue de presque tout le monde aujourd'hui.

Aucune hésitation n'était permise : Bowbaq devait mettre sa famille à l'abri et prévenir les autres héritiers du sort qui les menaçait certainement !

Il se mit aussitôt aux préparatifs de son départ en se demandant comment il pourrait bien rejoindre Ispen, alors que le glacier devait lui couper la route depuis deux décades, au moins… Puis il réalisa que cet obstacle n'en était pas un pour Mir.

Une fois son paquetage fini, il prit son courage à deux mains et rassembla les cadavres et les effets de ses trois agresseurs. Il arrosa le tout d'huile en abondance et y mit le feu. Après un instant d'incertitude, il jeta aussi dans les flammes le parchemin maculé de sang. Le « trophée » était un peu trop souillé à son goût.

Mir réapparut à ce moment. Il avait trouvé, plus loin, quatre poneys attachés à un arbre. Bowbaq l'y suivit en ruminant de noires pensées sur le chiffre quatre, mais une fois sur place, il s'avéra que l'une des bêtes n'était qu'un animal de bât.

L'examen des fontes et des sacs trouvés là se révéla stérile. Rien que des vêtements et équipements nécessaires à une chevauchée dans un pays froid. Bowbaq détacha les poneys et les guida jusqu'à son enclos en leur prodiguant tout le long du chemin des paroles apaisantes, pour calmer la nervosité qu'ils ressentaient à la proximité du grand lion. Puis il les débarrassa de leur chargement, qu'il tria rapidement ; une bonne moitié partit dans les flammes ; il conserva l'autre, qui était sans signes distinctifs.

Après avoir harnaché Wos, il s'approcha du fauve et lui fit ses recommandations.

° Ma compagne et mes petits sont en danger. Je dois les protéger. Mais je ne peux les rejoindre. Mir comprend ?

° Comprend. Harde en danger.

° C'est ça. Mir peut les protéger. Mir le fait-il ?

° Humains avec femme et petits de l'homme me craignent. Veulent me tuer. Ispen dire venir ici. Pas sauf de partir.

° Mir est sage, mais s'il ne part pas, la famille… la harde est perdue. Mir doit partir.

Le lion fit deux tours sur lui-même, visiblement embarrassé. Bowbaq savait combien la situation était désarmante pour lui, les animaux ne comprenant pas le concept de choix, et très succinctement celui de futur. Puis Mir lâcha un court rugissement et parla. Il avait pris sa décision.

° Je partir protéger la harde parce l'homme dire.

Et il se mit aussitôt en route. Soulagé, Bowbaq se mit en selle et, les quatre poneys à sa suite, prit la direction du sud en espérant se tromper sur la gravité de la situation…

Mais le feu qui brûla jusqu'au matin était la preuve du contraire.

* * *

Cette réunion du Conseil s'annonçait très longue. Comme de coutume, on procédait d'abord à l'expédition des affaires courantes intérieures, et il semblait que chacune des vingt-huit Mères représentantes d'autant de villages avait son lot de propositions, de réclamations et d'interrogations à formuler. Même les trois Mères chargées du bien-être de Kaul, la capitale, et qui monopolisaient en temps normal cette phase des débats, semblaient dépassées par les événements.

Corenn s'enfonça dans son fauteuil avec résignation. Depuis dix-neuf ans qu'elle siégeait au Conseil, elle avait appris la patience. Elle aussi avait défendu ardemment les intérêts locaux d'une bourgade du Matriarcat, quinze ans plus tôt ; maintenant elle œuvrait pour l'État tout entier.

Elle était *Mère chargée de la Tradition* ; entendez gardienne des institutions. La tâche de Corenn depuis quelques années – depuis le décès de son prédécesseur – était d'assurer l'intégrité de l'État et son respect par les citoyens. Malgré l'aide de ses subordonnés, elle était souvent obligée de prendre la route elle-même pour calmer les esprits échauffés à tel endroit, organiser des élections à tel autre, ou s'assurer du bon usage du pouvoir encore ailleurs.

Son autorité dans le Matriarcat était si grande qu'elle pouvait à cet instant même, ici au Conseil, ordonner le silence à l'une ou l'autre des élues… pour non-respect du droit d'aînesse, par exemple.

Sa nomination par l'Aïeule avait à l'époque soulevé nombre de protestations, surtout de la part des femmes plus âgées qu'elle et qui pensaient mériter de droit ce siège permanent. Mais Corenn avait su faire preuve d'efficacité dans son travail et n'user qu'à bon escient des moyens judiciaires dont elle disposait, réglant la majorité des affaires qu'on lui soumettait par la seule diplomatie. Elle gagna ainsi peu à peu la confiance et souvent l'amitié de ses pairs, surtout après que l'Aïeule eut placé l'une après l'autre des Mères plus âgées à des postes aussi importants que la Justice, le Trésor ou les Ressources. Toutes admirent alors qu'elle avait su faire le bon choix.

Une seconde tâche, non officielle et connue exclusivement des membres permanents, lui avait été confiée.

Corenn était chargée de repérer, parmi les nombreux Kauliens qu'elle rencontrait au cours de ses voyages, ceux qui semblaient présenter des facultés à l'utilisation de la magie. Elle-même était mage, bien que ne faisant que très rarement appel à ses capacités, qu'elle estimait assez faibles.

À chaque fois qu'on signalait un fait extraordinaire dans telle ou telle province, qu'une chose en apparence impossible s'était produite, Corenn se rendait sur place, questionnait, observait, et, trop peu souvent à son goût, trouvait un individu qui avait peut-être le talent.

Sans rien lui dévoiler, elle demandait alors à cette personne son opinion sur la magie, le Matriarcat, l'éventualité de changer de vie.

Lorsque les réponses la satisfaisaient – ce qui était généralement le cas –, elle proposait un essai, en demandant la plus grande discrétion. Deux fois seulement, sur la vingtaine de personnes qu'elle avait vues jusqu'à présent, l'épreuve avait été couronnée de succès.

Corenn avait à chaque fois transmis son savoir à ses recrues, deux femmes. Elles étaient maintenant employées par la Mère chargée des Relations mondiales, autant dire comme espionnes. Le dessein du Conseil permanent avait été de réunir assez de mages pour faire renaître la grandeur légendaire des Mères d'antan ; mais l'objectif semblait encore bien loin aujourd'hui.

Les débats se poursuivaient. Corenn était obligée par la Tradition dont elle était gardienne d'assister à toutes les réunions. Mais son intervention était rarement nécessaire, la plupart des sujets abordés pendant les conseils des villages tournant essentiellement autour de la nourriture, du commerce, de la sécurité ou autres thèmes domestiques. Toujours les mêmes problèmes depuis quinze ans.

Elle attendit donc patiemment, votant lorsqu'une consultation était demandée, fronçant les sourcils lorsqu'une jeune élue élevait un peu trop la voix en présence de ses aînées – ce qui suffisait en général à ramener l'indélicate à une attitude plus respectueuse. Enfin, la Mère chargée de la Mémoire relut les décisions qui avaient été prises ce jour et rappela les sujets dont il faudrait encore débattre. Les représentantes des villages quittèrent alors l'immense salle de réunion.

Ne restaient que seize personnes : le Conseil permanent, qui devait maintenant débattre des questions importantes soulevées auparavant, ainsi que des affaires du pays et de ses voisins.

Autrefois, on demandait à Corenn un compte rendu de ses recherches de magiciens... Mais depuis longtemps, cela n'intéressait plus grand-monde. C'est donc directement par les affaires étrangères que l'on commença.

Les discours sur le commerce, les taxes, la concurrence internationale l'ennuyaient plus encore que les querelles villageoises. Cette partie fut malheureusement la plus longue.

Puis la Mère chargée des Relations mondiales annonça avec fierté la ratification définitive du traité de paix avec Romine. Toutes applaudirent et la félicitèrent ; même si Romine ne méritait plus depuis longtemps son titre de Haut-Royaume et n'avait qu'une très faible force militaire, mieux valait s'assurer son bon voisinage.

On discuta ensuite du trafic portuaire croissant, problème posé juste avant au conseil des villages et qui n'avait pas été résolu. Les Mères tentèrent de formuler une ébauche de législation, mais finirent rapidement par reconnaître qu'aucune ne connaissait bien le sujet. Il fut décidé de mener une étude et de consulter un expert, tâche confiée à la Mémoire. On reverrait alors la question.

La journée étant déjà bien avancée, et les principaux sujets passés en revue, l'Aïeule proposa de reporter les autres à la prochaine décade. Toutes acceptèrent avec soulagement car les réunions s'étaient étendues du troisième au sixième décan et elles étaient lasses.

Corenn rassemblait ses affaires lorsque Wyrmandis, Mère chargée de la Justice, s'approcha d'elle.

— Tu connais un certain Xan, sculpteur à Partacle, je crois ?

Elle le connaissait bien, oui. C'était lui qui avait pris en charge l'organisation de la réunion des héritiers, cette fois-ci. Corenn et lui correspondaient régulièrement ; elle appréciait cet homme doux et sensé, un des rares qui ne considéraient pas le don de magie comme une difformité monstrueuse, mais comme un talent à perfectionner.

— Oui, en effet. Comment le sais-tu ?

— Je suis désolée d'avoir à te l'apprendre, mais il est mort.

Corenn accusa le coup pendant quelques instants. Wyrmandis patientait, gênée, et semblait avoir hâte d'en finir avec les questions que Corenn allait obligatoirement poser.

— Que lui est-il arrivé ?

— Il a été tué, avec sa femme et ses trois enfants, chez lui. Je suis désolée, répéta-t-elle.

Ermeil aussi. Richa. Garolfo. Et comment s'appelait le plus jeune, déjà ? Elle ne s'en souvenait plus. Morts. Tous morts.

— Ils n'ont pas souffert. Je crois qu'ils dormaient quand c'est arrivé. D'après les informations que j'ai de Goran, ils ont été empoisonnés.

Corenn déglutit péniblement. Sous l'effet de la surprise, sa voix ne fut qu'un murmure.

— Empoisonnés ? Ils ont été *assassinés* ?

— Oui. En fait…

Wyrmandis l'attira un peu à l'écart et baissa le ton.

— Il est à peu près certain qu'il s'agit de Züu. C'est pour cela que j'ai eu l'information.

Corenn comprenait. Les Züu n'avaient pas mis les pieds à Kaul depuis des décennies; et chacun faisait des vœux pour que cela continue. La Justice était donc chargée de suivre de près les actions de ces tueurs de par le monde.

— Pourquoi ? Mais *pourquoi* des Züu auraient-ils supprimé Xan et sa famille ? Qui aurait *voulu* ça ?

— Je l'ignore. J'espérais que tu pourrais me l'apprendre. Les Goranais aussi s'interrogent. Ces derniers temps les Züu se sont attaqués à un tas de gens qui n'ont rien en commun avec les nobles, les prêtres et les bourgeois qui composent leurs cibles habituelles.

Corenn eut soudain une intuition qui la glaça d'horreur.

— Tu as les noms de ces gens ? Je veux dire, les victimes inhabituelles ?

— Oui, bien sûr, dans mon étude. Je peux t'en citer quelques-uns de mémoire : il y a un soldat goranais, un noble lorelien, un marin de Lineh, ou de Yiteh, je crois, une herboriste du Pont…

La terre sembla s'ouvrir sous les pieds de Corenn. Toutes ces personnes, elle les connaissait, personnellement ou de nom. Nort', Kercyan, Ramur, Sofi… Tous des héritiers de Ji. Presque tous des amis.

Wyrmandis s'était arrêtée dans son morbide inventaire en voyant pâlir son auditrice. Elle se balançait d'un pied sur l'autre lorsque Corenn reprit ses esprits et lui demanda gravement :

— Dis-moi… Ne me réponds que si tu es sûre… Aucune n'a été tuée par les Züu ? Personne du nom de Léti ?

— Aucune Kaulienne, non, heureusement ! Pas jusqu'à hier soir, en tout cas. Qu'y a-t-il ?

La magicienne poussa un soupir de soulagement, en ignorant la question. Sa petite Léti était indemne ; Léti, sa seule famille ; sa meilleure raison de vivre ; Léti, la fille de sa cousine, mais qu'elle considérait comme la sienne depuis la disparition de cette dernière.

— Je dois partir tout de suite. Ma nièce est en danger et… et moi aussi, réalisa-t-elle soudain. Wyrmandis, j'ai besoin de cette liste, et au plus vite. Peux-tu me la faire apporter chez moi ?

L'intéressée fronça les sourcils en dévisageant son amie. L'affaire semblait grave.

— Les Züu en auraient après toi ? Les *Züu* ? Je pense que tu ferais mieux de tout me raconter. Je ferai ce qu'il faut pour te protéger.

— Je ne peux pas, lança Corenn en s'éloignant à grands pas. J'arriverai peut-être déjà trop tard.

Elle se retourna de nouveau l'instant d'après, sans cesser de marcher.

— Quant à nous protéger…

Elle jeta un regard circulaire sur l'immense salle. Quelques soldats ventripotents gardaient les issues : les vétérans méritants de la petite armée du Matriarcat.

— … tu sais bien que c'est impossible.

Elle parcourut presque en courant les longs couloirs du bâtiment l'amenant à ses appartements personnels de Grand'Maison.

Pour la première fois depuis longtemps, la magicienne avait peur.

* * *

— Par tous les dieux et leurs putains !

Reyan était vraiment furibond. La donzelle pour laquelle il avait déployé toute sa panoplie de séducteur, qu'il avait emmenée dans les endroits en vogue toute la soirée, à qui il avait offert le repas, les gobelets, et surtout les entrées dans les meilleurs établissements de Lorelia ; eh bien cette ingrate lui avait refusé l'hospitalité – et un peu de tendresse – pour la nuit, et lui avait proprement claqué la porte au nez.

Les choses avaient pourtant été prometteuses. À la fin de la représentation d'aujourd'hui, il avait utilisé une fois de plus son truc de charmeur. Au lieu de la réplique « Je ne peux car j'en aime une autre, oubliez-moi ! », originellement écrite par Barle, il citait « Je ne peux car j'en aime une autre ; c'est celle-là ! », et faisait monter sur scène l'une ou l'autre fille repérée auparavant comme étant seule, et bien sûr d'un physique agréable.

Barle, le chef de la troupe, avait poussé des hauts cris quand son jeune acteur avait eu cette inspiration pour la première fois. Mais il s'était fait plus tolérant devant le succès comique de cette entorse au texte. Barle avait le sens du spectacle, heureusement.

La séance terminée, Reyan avait comme d'habitude offert à sa proie de prendre un gobelet. Cette étape décisive passée, il lui avait fait visiter la roulotte, présenté chacun de ses compagnons, mentionné l'air de rien ses nombreux voyages et ses – souvent prétendus – triomphes devant des cours royales. À ce moment, le sort de sa victime était scellé.

De nouveau attablé devant un gobelet, Reyan était alors passé à une séance de flatterie en règle, vantant la beauté, la prestance, le naturel et autres qualités réelles ou imaginaires de sa compagne.

Peut-être pourrait-elle jouer la comédie ? Elle deviendrait sûrement une grande artiste…

Avait suivi, enfin, la balade nocturne ponctuée de visites dans les bars et tavernes, jusqu'au moment où il avait cru pouvoir conquérir le lit de la belle.

Seulement voilà, ce soir c'était raté, et il se retrouvait seul à marcher dans la nuit, et un orage approchait, pour couronner le tout !

Il flanqua un violent coup de pied dans une flaque profonde, projetant de l'eau sur plusieurs pas. Il était déjà trempé, de toute façon.

Il n'avait pas toujours besoin d'utiliser tous ces stratagèmes. Le plus souvent sa jeunesse, son charme et quelques mots d'esprit renversaient la plupart des citadelles féminines. Il en était d'autant plus contrarié d'avoir déployé tellement d'efforts en vain. Cette femme n'était qu'une égoïste, jugea-t-il, amusé en même temps par sa propre mauvaise foi. Aucune autre femme, quelque peu sensible, ne l'aurait laissé ainsi à la recherche d'un lit !

Il était hors de question de « dormir » chez une catin : ce temps où il était vraiment débauché était bel et bien révolu, même s'il gardait quelques amies dans la guilde des Trois-Pas.

Barle avait sûrement bouclé la roulotte, et il était meilleur pour la santé de coucher à la belle étoile que de réveiller un Barle toujours plus ronchon avec l'âge. Restaient les auberges, mais Reyan trouvait qu'il avait assez dépensé pour la soirée, d'autant plus qu'il avait une autre idée en tête.

Malgré leurs petits désaccords, Mess ne pourrait refuser à son cousin l'hospitalité pour la nuit. Surtout s'il voulait bien se rappeler que *sa* maison était après tout *leur* maison, héritée à parts égales de leur grand-mère. Sous cette pluie battante, il voulait bien *pour une fois* se reconnaître comme un de Kercyan. Il voulait bien se reconnaître comme n'importe quoi !

Il s'arrêta à un carrefour. Était-ce à gauche ou en face ? Malgré toute son enfance passée à Lorelia, il n'était plus tout à fait sûr du chemin. Il faut dire aussi qu'il tentait de rallier au plus court, s'engouffrant dans les étroites ruelles des vieux quartiers, et il avait peut-être surestimé sa connaissance de la plus grande ville du monde connu.

Il prit en face par instinct et s'en félicita en débouchant dans la cour des Fromagers. La vieille maison familiale n'était plus très éloignée, dans la rue du Changeur, après la cour du Petit-Cheval à main gauche.

Un immense éclair zébra le ciel, et le tonnerre salua peu de temps après son passage. Reyan pressa encore le pas.

Il fut enfin à proximité de la bâtisse. Elle était grande, certes, mais vieille, très vieille. Son arrière-arrière-grand-père, celui dont il portait le nom, l'avait acquise plus d'un siècle auparavant, et elle était déjà ancienne à cette époque. Pour le jeune acteur, elle symbolisait la déchéance de la famille Kercyan, dont on lui avait rebattu les oreilles toute son enfance... Mais ce soir, elle représentait surtout un toit protecteur et un lit accueillant.

La partie amusante allait être d'entrer sans « déranger » Mess – ce dernier serait bien capable de le laisser dehors, et Reyan avait vu assez de portes se claquer pour cette nuit. Il se passerait donc de la permission de son cousin pour séjourner dans sa propre maison.

Il lui suffisait d'emprunter le même chemin qu'autrefois, lorsqu'il faisait le mur à l'insu de sa grand-mère pour aller traîner dans les bouges, les tavernes peu recommandables ou autres hauts lieux des nuits loreliennes. Oui, à une époque il avait été *vraiment* débauché.

Il se hissa sur le mur peu élevé de la cour intérieure, accessible rue des Tisons. Dans le temps, leur chien Baron gardait cette cour, et Reyan devait prévoir à chaque fois de se munir d'une friandise pour acheter son silence. Maintenant n'importe qui pouvait entrer ; il fut un peu gêné de l'imprudence de Mess – bien qu'elle lui facilite les choses.

La plus grande difficulté était de grimper, comme un funambule, tout le long du faîte du mur dont la hauteur allait s'accentuant, jusqu'à la petite terrasse de la salle commune. Quelques barres métalliques et gargouilles miniatures étaient incrustées au sommet pour décourager ce genre de tentative, mais elles n'étaient pas vraiment un obstacle en temps normal. Seulement aujourd'hui il pleuvait, et la pierre était glissante.

Reyan n'était tombé qu'une fois, un jour où, en plus de s'être enivré comme à son habitude, il avait mâché des racines séchées d'une certaine plante importée des Bas-Royaumes. Il s'était réveillé peu avant l'aube, allongé sur le pavé, Baron lui léchant le visage, et avait eu tout juste le temps de regagner sa chambre sans se faire prendre par sa grand-mère. Plus jamais il n'avait fumé, respiré ou ingéré quelque plante ou poudre douteuse que ce soit.

La nuit fut illuminée par la foudre et il s'accroupit en lâchant un juron dans le tonnerre. Il ne faudrait pas qu'en plus il se fasse ramasser par les vigiles, à qui il aurait bien du mal à expliquer qu'il rentrait chez lui par effraction ! D'autant plus que Mess ne validerait pas forcément ses dires…

Il atteignit enfin la petite terrasse. La partie était maintenant pratiquement gagnée ; seul un petit doute subsistait encore. Il escalada la façade jusqu'à la petite corniche, deux pas au-dessus de lui, en s'agrippant aux reliefs décoratifs. Ça semblait plus difficile qu'autrefois. Le manque de pratique, sans doute… Puis, une fois perché sur le petit rebord, il tira sur le volet de bois masquant la fenêtre du couloir du second étage, en priant tous les dieux et leurs putains que Mess ne l'ait pas condamnée ou fermée.

Le bois frotta sur la pierre et un gond grinça, mais le volet s'ouvrit. Reyan espéra que le bruit, bien que couvert par celui de l'orage, n'avait pas réveillé son cousin. Il attendit un autre grondement de tonnerre pour se glisser à l'intérieur et refermer.

Il se délecta un instant du plaisir simple de ne plus prendre d'eau sur la tête, puis passa le suivant à guetter des bruits de pas, mais ne perçut que le flic-floc des gouttes ruisselant de ses vêtements.

Il ôta sa cape et ses chaussons trempés et enroula les uns dans l'autre. Son paquetage sous le bras, il se dirigea ensuite à pas furtifs vers son ancienne chambre. Nul doute que son cousin l'avait conservée telle quelle ; elle était comme ça depuis un siècle, et il était trop attaché aux traditions, au patrimoine historique de leurs ancêtres et autres bêtises du même acabit pour déplacer ne serait-ce qu'un seul meuble.

Il passa devant deux portes donnant sur des pièces vides, puis parvint à destination, derrière l'angle du couloir.

Une drôle d'odeur flottait à cet endroit ; Reyan jeta un coup d'œil vers la chambre de Mess à quelques pas de là.

Sa porte n'était pas fermée.

Peut-être son cousin était-il absent ? Ce serait vraiment dommage d'avoir fait tous ces efforts de discrétion dans une maison vide ! Il voulut en avoir le cœur net et s'approcha.

L'odeur se fit immédiatement plus forte et Reyan se sentit mal à l'aise ; il commençait à lui venir une intuition morbide.

Il poussa la porte du dos de la main et recula précipitamment en se pinçant le nez.

Un corps gisait là… celui de Mess !

Il en fut certain lorsque la lumière d'un éclair éclata dans la chambre du défunt. L'odeur était horrible, forte, et c'est avec beaucoup de volonté qu'il put s'approcher du lit.

Rien ne laissait dire de quoi il était mort. Son visage ne semblait pas crispé, et il portait des vêtements de nuit ; il en conclut seulement que c'était arrivé pendant son sommeil. Et aussi, que *quelqu'un* avait touché le corps.

Quelqu'un l'avait allongé au-dessus des draps. Quelqu'un l'avait placé les jambes jointes, les bras étendus, la tête légèrement penchée en arrière. Quelqu'un avait tiré ses vêtements sur ses membres. Alors pourquoi avait-on laissé le corps à l'abandon ?

L'odeur se fit insupportable et Reyan se retourna pour s'éloigner.

La foudre claqua et *quelqu'un* était dans l'embrasure de la porte.

Quelqu'un, ou *quelque chose*.

Reyan allait conserver chaque détail de cet instant à jamais dans sa mémoire. Un homme en tunique écarlate, et qui tenait une dague, l'observait silencieusement. Il était chauve et son visage était peint : des orbites noires, un nez noir, des oreilles noires jurant sur un maquillage blanc, donnaient à l'ensemble l'allure morbide d'un crâne humain. Un crâne monstrueux, sans expression, où rien ne vivait, que deux foyers ardents : les yeux d'un dément.

L'acteur avait voyagé et il sut reconnaître ce qu'il avait en face de lui. Un des *messagers* de Zuïa, un fou furieux de Zü, un maudit tueur zü.

La chose parla dans la pénombre. Sa voix était gutturale et sa prononciation du lorelien vraiment particulière. Reyan se demanda, en se reprochant le détachement qu'il éprouvait à l'heure de sa mort, si cela faisait partie de la mise en scène habituelle des assassins.

— Es-tu prêt à paraître devant Zuïa?

L'acteur ne perdit pas de temps à répondre et chargea l'intrus, lui projetant sa cape et ses chaussons à la figure. Il poussa d'un coup de pied l'homme déséquilibré et se retrouva à courir dans le couloir.

Sa dague. Sa dague *empoisonnée*.

Avait-il été touché ? Non, il ne croyait pas.

Il passa devant l'ancienne chambre de sa grand-mère puis dévala les escaliers jusqu'au premier. Le Zü était déjà sur ses talons, à trois pas, moins peut-être. Reyan s'attendait à tout moment à sentir l'acier mortel pénétrer sa chair, et cette idée lui donnait des ailes. Il parcourut le long couloir en dix enjambées à peine et, parvenu au bord du premier escalier menant au rez-de-chaussée, se jeta à terre.

Le Zü buta violemment dans son corps et fut projeté par-dessus, directement vers les marches. Reyan ne perdit pas de temps à juger du résultat et se releva pour courir vers l'autre escalier qu'il dévala jusqu'à moitié. Il sauta au-dessus de la rampe et atterrit sur le sol au moment où le Zü se relevait, apparemment indemne. Il se mit lui aussi à descendre en grinçant quelques mots – des menaces et des injures, à n'en pas douter.

L'acteur se dirigeait déjà vers une porte éloignée, qu'il ouvrit et franchit à toute vitesse. La bibliothèque ; il y avait des armes dans la bibliothèque. Il décrocha la première venue, et le Zü déboulant dans la pièce quelques instants après esquiva de justesse un coup de hache malheureusement trop vite donné.

Les deux hommes étaient maintenant en garde, chacun étudiant l'autre avec l'espoir de le surprendre dans la pénombre séparant deux éclairs. Reyan aurait normalement eu l'avantage avec son arme, dans un combat conventionnel, mais il suffisait ici au Zü de le toucher une fois seulement pour le terrasser… avec l'aide du poison.

L'acteur n'avait jamais beaucoup pratiqué les armes ; il n'en portait même pas. L'enseignement qu'il avait reçu dans sa jeunesse se limitait aux épées classiques de la noblesse lorelienne : des lames de trente-cinq livres qu'on avait bien du mal à manier. Ce savoir ne lui servait que pendant les représentations.

Avant de jouer avec Barle, il avait aussi fait partie d'une petite troupe de cirque, où il présentait un numéro – plutôt minable, il est vrai – de lancer de couteaux. Mais les armes accrochées ici aux murs n'avaient rien à voir avec les objets parfaitement équilibrés d'alors. Peut-être pourrait-il tout de même essayer ?

La foudre révéla que le Zü s'était déplacé sur la gauche, et Reyan, surpris, le repoussa avec quelques moulinets accompagnés de cris. Heureusement, l'orage était maintenant à son point culminant, et les éclairs se succédaient assez rapidement pour que chacun des protagonistes ne perde pas trop longtemps son adversaire de vue.

N'empêche qu'à ce petit jeu, l'assassin aurait le dessus tôt ou tard…

La pénombre revint et l'acteur frappa de tous côtés, au hasard, comme il l'avait fait jusqu'à maintenant, espérant blesser le Zü – ou tout au moins l'empêcher d'approcher. Puis la scène fut éclairée, puis cachée encore.

Le tueur semblait prendre plaisir à la situation, taquinant l'acteur à droite, à gauche, de plus en plus près à chaque fois. Reyan réalisa soudainement qu'il n'était qu'une proie anonyme pour le Zü, et il eut horreur de ça.

Il prit sa décision et l'appliqua en un instant.

La lueur d'un éclair passée, il projeta sa hache dans la direction supposée de l'assassin et se plaqua contre un mur. Ses doigts rencontrèrent un objet en métal ; il le décrocha aussitôt et se retrouva avec une épée bâtarde en main.

Le bruit du tonnerre avait couvert tous les autres : il n'avait entendu ni choc, ni cri, ni hache tomber à terre. Le calme revenu, il écouta, haletant dans la pénombre.

Les intervalles se faisaient plus longs, aussi cette attente silencieuse lui parut durer une éternité.

La lumière revint pour découvrir un cadavre. Le Zü avait reçu l'arme en plein front.

Reyan s'approcha et lui enfonça sans remords la pointe de son épée dans la gorge, *juste au cas où*. Il détestait *vraiment* qu'on tue ses cousins et qu'on le pourchasse dans la maison même de ses ancêtres.

Armé d'une arbalète, il fit ensuite avec précaution le tour de la maison, fermant toutes les issues et vérifiant chaque coin sombre. Rassuré sur ce point, il revint au cadavre de l'assassin et le fouilla des pieds à la tête.

Il y trouva un passe-partout, qu'il glissa aussitôt dans sa propre poche, un petit flacon en bois, une bobine de fil, une petite boîte contenant une pâte marron légèrement humide, un bandeau rouge, et, surtout, un parchemin. Le petit flacon et la boîte devaient contenir le poison et l'antidote… ou l'antidote et le poison. Il éclaircirait cela plus tard. Le reste était anodin, mis à part le papier qu'il déplia avec soin.

Comme il le craignait, il fut incapable de le déchiffrer. Reyan connaissait et lisait plusieurs langues, mais ceci n'était ni du lorelien, ni de l'ithare, ni du goranais, encore moins du romin. Probablement du ramzü, vu la nationalité du porteur.

Il reconnut pourtant certains mots, qui s'écrivaient toujours de la même manière tant qu'on utilisait l'alphabet ithare.

Mess de Kercyan.

Reyan de Kercyan.

Et d'autres noms de personnes dont il connaissait l'existence, avec leurs adresses présumées. Il sut tout de suite quels étaient leurs points communs : d'abord, tous étaient loreliens.

Ensuite, tous étaient des maudits héritiers de cette maudite île Ji.

Il semblait qu'il n'en avait pas fini avec cette histoire qui lui pourrissait la vie. Toute son enfance, on lui avait parlé de Reyan l'Ancien, qui préféra tout perdre plutôt que de rompre un serment. Mais il n'avait rien demandé, lui ! La famille était-elle vraiment plus heureuse, en étant *humble* mais *honorable* ?

Maintenant, quelqu'un organisait une chasse. Avait-il demandé à en être le gibier ?

Il flanqua deux coups de pied dans le cadavre. Ça ne servait à rien, mais ça lui faisait du bien.

Il rumina encore un moment et prit une décision.

Si les Züu voulaient sa peau, sa seule chance était de s'évanouir dans la nature. S'exiler pendant quelques années, jusqu'à ce que les choses se tassent. Au Vieux Pays, peut-être.

— Maudit !

Il flanqua un autre coup de pied dans le corps. Puis parcourut de nouveau le parchemin.

Il connaissait un peu certains de ces gens... Il les avait rencontrés au cours d'une de ces réunions ridicules où les emmenait leur grand-mère, Mess et lui... Vraisemblablement, ils étaient tous en danger... ou déjà morts.

Ça n'était pas son problème ! C'était le leur !

Il soupira bruyamment. Il avait vraiment connu de meilleurs moments. Sa conscience n'avait pas fini de le tourmenter...

Il ramassa ses prises de guerre, puis passa de pièce en pièce pour rassembler un petit paquetage. Il monta le tout jusqu'à la fenêtre du second et se prépara à ressortir ; mieux valait éviter la porte d'entrée, qui pouvait être surveillée.

Il se ravisa, revint à la bibliothèque et choisit deux couteaux qu'il glissa l'un dans sa botte, l'autre dans sa ceinture. Puis il ramassa avec précaution la dague du Zü et l'épée ensanglantée pour laquelle il prit aussi un fourreau. Ainsi chargé, il embrassa une dernière fois la pièce du regard quand il eut une ultime inspiration. Il retourna près du cadavre et le dépouilla de ses vêtements. Une panoplie officielle de tueur, ça pourrait sûrement servir à quelque chose.

Et Reyan ignorait ce que lui réservait l'avenir.

* * *

Ce matin avait commencé le jour du Faucon.

Le jour de la Promesse n'était plus que dans une décade : la décade des Incertains.

Yan, quinze ans, humble pêcheur d'un petit village kaulien, réalisa que jamais ces dix jours n'auraient aussi bien mérité leur nom.

Il avait beau retourner le problème dans tous les sens, il ne savait pas comment il oserait faire sa demande à Léti.

Il avait vu assez de fêtes de la Promesse pour savoir ce qui l'attendait. Les prétendants à une Union devaient obtenir l'accord de leur aimée avant le soir – moment où tout le village célébrait les engagements décidés.

Bien sûr, on pouvait échanger des vœux à n'importe quelle période de l'année, mais Yan savait combien Léti était attachée aux traditions, et qu'elle serait très certainement furieuse s'il osait seulement *aborder* le sujet en un autre jour que ceux prévus par le culte d'Eurydis.

Non, il fallait vraiment qu'il prenne son courage à deux mains, qu'il lui fasse sa demande la décade prochaine, sous peine de voir son projet remis à l'année suivante.

Maudit, maudit…

Il ne s'était jamais rendu compte à quel point tous ces rituels – qui l'amusaient plutôt en temps normal – étaient contraignants lorsqu'on y était réellement confronté. Demande, Promesse, Témoignage, Union, tant d'étapes à franchir devant le village tout entier, pour simplement pouvoir vivre avec Léti ! Et cela sans compter les railleries et les sarcasmes graveleux des jours de la Vierge, du Champignon et des Enfants, auxquels Yan ne pouvait penser qu'avec beaucoup d'appréhension.

La décade des Incertains… Non, il était *certain* de vouloir s'unir avec Léti, mais absolument pas de vouloir affronter tous ces moments difficiles !

Et encore, ces problèmes n'étaient rien comparés à l'angoisse majeure qui le travaillait.

Est-ce qu'elle accepterait ?

C'est vrai, tout le monde les avait toujours considérés comme promis l'un à l'autre, depuis leur enfance. Yan, orphelin très jeune, avait été recueilli et élevé par Norine, la mère de Léti, jusqu'à ce qu'il fût jugé trop grand pour habiter en toute décence avec les deux femmes. Il était alors retourné habiter dans la petite maison de ses parents, mais passait toujours la majeure partie de son temps avec sa famille adoptive, pêchant pour elle, travaillant pour elle, préférant même entretenir son habitation que la sienne propre, qui tombait un peu en ruine plus chaque jour. Lorsque Norine avait disparu, il s'était occupé de Léti tombée malade, jusqu'à sa guérison. Ils étaient maintenant orphelins tous les deux. Oui, aux yeux de tout le monde, ils étaient promis l'un à l'autre.

Aux yeux de tout le monde, mais à ses yeux à *elle* ?

Yan se savait un pêcheur plutôt médiocre, ne possédait presque rien, et ne se trouvait pas particulièrement beau ou charmant. Il n'avait aucun talent particulier – à part peut-être celui de savoir lire *un peu* –, aucune famille sur qui compter, et passait auprès des autres pour un rêveur un tantinet paresseux.

Léti était à ses yeux la plus belle fille du monde connu. Il aimait sa volonté, son rire, son goût de la vie. Les femmes de sa famille avaient souvent été des Mères ; sa tante était membre du Conseil permanent ; et il était probable qu'elle-même serait élue Mère à son tour dans quelques années. Sa maison était la plus grande du village, et meublée plus richement que toutes les autres réunies. Oui, Léti était sûrement trop bien pour lui.

Yan aurait fait n'importe quoi pour être, par exemple, plus beau, plus drôle, plus riche, plus talentueux, plus intéressant.

Il avait tenté par exemple d'améliorer les techniques traditionnelles de pêche en plongée, en utilisant une vieille carcasse d'arbalète qu'il avait bricolée à la place de l'habituel harpon. Mais les résultats avaient été médiocres, faute de mise au point, et les villageois s'étaient désintéressés de la chose, la jugeant dangereuse et bonne pour les paresseux.

Il avait aussi passé plusieurs jours avec un voyageur érudit, s'abreuvant de son savoir théorique sur les oiseaux marins, alors qu'il lui servait de guide vers les criques et les plages intéressantes. Mais quand il avait annoncé à Léti que les corioles migraient jusqu'au nord de l'Arkarie, au début de la saison du Feu, elle lui avait demandé à quoi cela pouvait bien lui servir de le savoir. Il cherchait encore quelque chose à lui répondre.

Il avait cessé de pêcher pendant un moment et était tour à tour devenu l'apprenti du forgeron, du menuisier, d'un paysan, du meunier et même du brasseur. Mais il avait dû abandonner à chaque fois, conscient de l'agacement croissant de chacun des maîtres-artisans devant ses suggestions, qui ne visaient – d'après eux – qu'à en faire le moins possible. Seul le prêtre du village proposait encore de le prendre en charge, mais Yan déclinait l'offre poliment. Il respectait Eurydis et Brosda, mais de là à leur consacrer sa vie…

Bref, il se trouvait maintenant sans autre projet d'avenir que celui de prendre Léti en Union.

Sa vie serait différente alors. Peut-être changeraient-ils de village, ou tout au moins voyageraient-ils… Tout d'abord, il pourrait enfin l'accompagner à cette mystérieuse fête où elle se rendait tous les trois ans avec sa mère et sa tante. Rien que cela serait une expérience enthousiasmante. Voir de nouveaux endroits, rencontrer des inconnus… Mieux que ça, des étrangers ! Ça allait être vraiment passionnant.

Oui, ça allait être passionnant, s'il trouvait le courage de faire sa demande, et qu'elle soit acceptée.

Yan décida qu'il s'était fait assez de mauvais sang pour la journée et se releva. Au vu du soleil, ça devait faire presque un décan qu'il était allongé sur la plage à ruminer, et il fallait aussi penser au présent : qu'allaient-ils manger ce soir ?

Il s'approcha des trous qu'il avait creusés dans le sable et où il avait placé, dans la matinée, un panier tressé en labyrinthe. La marée était montée puis redescendue, laissant dans le piège un certain nombre de crabes et de coquilles. Il appréciait de moins en moins le crabe avec le temps, mais devrait bien s'en contenter, puisqu'il n'était pas sorti avec les pêcheurs ! D'ailleurs, Léti avait sûrement prévu l'un ou l'autre plat, elle aussi.

Il mit ses prises dans un panier et reprit le chemin du village. Bien qu'ayant cherché à s'isoler, Yan ne s'était pas beaucoup éloigné et n'avait qu'une demi-lieue à parcourir.

Il était parti depuis ce matin seulement, mais il lui tardait déjà de revoir Léti. Il n'avait jamais réalisé, avant d'y réfléchir, à quel point elle comptait pour lui. D'aussi loin qu'il s'en souvienne, ils n'avaient jamais passé plus de quelques jours séparés l'un de l'autre. Et maintenant il avait l'étrange sentiment qu'il pourrait la perdre à jamais.

C'est avec cette idée qu'il approcha du hameau. Une bande d'enfants galopa dans sa direction dès qu'ils l'aperçurent. Yan leur offrit un sourire, qui se crispa bientôt.

— Léti est partie ! Léti est partie !

Les gamins l'entouraient en tirant sur ses vêtements ; chacun voulait lui livrer un secret, mais c'était toujours le même.

— Léti est partie ! Léti est partie !

Les oreilles de Yan bourdonnaient. Partie ? Comment ça, partie ? Jusqu'à ce soir, oui, peut-être. Elle ne pouvait pas être *vraiment* partie…

Il aperçut la Mère du village qui progressait à petits pas dans sa direction. Il fut auprès d'elle en un instant. Elle lui dit tout en une fois, sur un ton qui se voulait rassurant, mais la main compatissante posée sur son épaule semblait plus sincère.

— Elle est partie à l'apogée. Elle t'a cherché partout pour te prévenir, mais personne ne savait où tu étais. C'est sa tante Corenn, celle du Conseil, qui l'a emmenée. Elle était arrivée dans la matinée ; j'ai l'impression qu'il s'est passé quelque chose de grave, parce qu'elles sont parties très vite.

— Léti, elle pleurait ! dit un des gamins d'une voix innocente.

— Par où sont-elles parties ?

— Mon garçon, Corenn a demandé que personne ne les suive, et c'est sûrement un sage conseil. Il vaut mieux pour…

— Où est partie Léti ? demanda-t-il aux enfants.

Quinze doigts se levèrent en direction de l'est tandis que retentissait un chœur de « Par là ! » et de « Léti, elle est partie par là ! »

— Yan, attends ! ordonna la Mère.

Mais il ne l'écoutait déjà plus, gagnant à grandes enjambées sa maison. Il renversa le contenu d'un sac de toile, y fourra une gourde, deux tuniques, une ligne et quelques hameçons, son vieux couteau de pêche et quelques fruits séchés. Puis il ramassa un harpon et ressortit aussi vite qu'il était entré, courant déjà dans la direction indiquée par les gamins.

— Ça ne sert à rien, tu ne les rattraperas jamais ! Elles sont parties à l'apogée, elles sont à cheval ! lui cria l'élue.

Yan était déjà hors du village.

* * *

Léti se refusait à y croire, tout en sachant que c'était pourtant la vérité. Tous ses amis, tous les héritiers, ses faux cousins, cousines, oncles, tantes, grands-mères, grands-pères, tous étaient morts. Elle pensait à tous les noms, voyait chaque visage, et s'attristait un peu plus encore en pensant qu'elle n'aurait jamais assez de larmes pour tous.

Sa tante Corenn semblait aussi très ébranlée, bien que plus réservée. Elle n'avait pas prononcé un mot depuis leur départ; Léti savait aussi qu'elle n'avait pas dormi la nuit précédente, ayant voyagé tout le temps. Elle devait être morte de fatigue; d'ailleurs ça se lisait sur son visage.

Toutes deux marchaient lentement en traînant leurs chevaux par la longe. Les deux bêtes aussi étaient exténuées; elles non plus n'avaient pas pris de repos depuis la veille.

Léti se força à demander, entre deux sanglots:

— On doit aller jusqu'où?

Corenn sembla émerger un peu. Son regard quitta le sol pour se porter à l'horizon. Elle s'éclaircit la voix avant de répondre.

— Je ne sais pas. Le plus loin possible, en tout cas. On s'écartera du chemin pour dormir un moment, tout à l'heure, mais je voudrais continuer encore un peu.

Elle se tourna vers sa nièce en esquissant un sourire forcé.

— Ça va aller?

— Oui, oui, assura-t-elle.

En y réfléchissant, elle préférait encore marcher et marcher toujours. Ça lui donnait l'impression de fuir sa tristesse; nul doute qu'en s'arrêtant, tous ses tourments la rattraperaient. C'était peut-être la même chose pour sa tante?

Mêlée au chagrin de toutes ces disparitions, l'image de Yan venait la hanter continuellement. Elle regrettait de ne pas avoir pu lui parler... Peut-être ne le reverrait-elle plus jamais?

Une nouvelle crise de larmes l'envahit et elle s'y abandonna complètement. Elle était si heureuse, hier encore... *Pourquoi*? Mais pourquoi tout ça?

Elles cheminaient ainsi en silence, l'une et l'autre plongées dans leurs pensées...

Il était trop tard lorsqu'elles entendirent les chevaux venant à leur rencontre. Corenn affolée pressa sa nièce et leurs montures vers les taillis du bas-côté, comme elle l'avait fait à chaque fois, mais pas assez vite pour échapper au regard des trois hommes qui surgirent au détour du chemin.

Ils ralentirent dans un bel ensemble leur course rapide, puis s'arrêtèrent avant de dévisager silencieusement les deux femmes. Léti comprit, sans savoir pourquoi, qu'elle avait devant elle les *assassins*. Sa tante le savait aussi ; sa main se crispa sur son épaule. Puis Corenn vint se placer devant sa nièce, et fit face aux étrangers avec résolution.

Ils portaient tous les trois la même tunique de couleur rouge, et avaient le crâne rasé. On aurait pu les prendre pour de jeunes prêtres inoffensifs d'un culte anodin. Ainsi, voilà donc les fameux tueurs züu… Ils n'avaient pas l'air bien terribles, à première vue. Ils n'en avaient pas l'air, si l'on ne tenait pas compte de l'horrible réputation qui les précédait, et de leur regard de fanatique qui semblait plus détailler l'âme que l'apparence. Si l'on ne tenait pas compte, non plus, des armes diverses qui pendaient de part et d'autre de leur monture, et de la dague tristement célèbre qui trônait dans son fourreau à leur ceinture.

Le plus grand fit un signe dans leur direction en lâchant un ordre bref. Ses acolytes descendirent aussitôt de cheval. Léti les vit, incrédule, impuissante, empoigner leurs lames et s'approcher sereinement, l'un de face, l'autre s'écartant un peu de côté pour leur couper la route.

Ce n'était pas possible. Elle n'allait pas mourir là, comme ça, poignardée sur un chemin de terre, et *maintenant*. Ce n'était pas possible.

Elle voulut courir, mais ses jambes étaient paralysées, comme le reste de son corps. Elle voulait que sa tante s'enfuie mais elle la savait trop fatiguée. Ce n'était pas possible. Pas comme ça. Elles n'allaient pas mourir comme ça.

Le plus grand des tueurs eut soudain un hoquet et Léti trouva la force de lever les yeux vers lui.

Du sang coulait de sa bouche. La pointe d'une flèche sortait de sa poitrine.

L'homme y porta les mains gauchement, comme s'il était ivre. Une seconde flèche émergea de son corps comme par magie, un demi-pied au-dessus de l'autre. Les yeux du Zü se révulsèrent et il glissa en bas de son cheval.

Un homme en noir levait un arc à une trentaine de pas. Les deux tueurs restants réagirent aussitôt et se ruèrent vers les taillis. L'un d'eux manqua de rapidité et lâcha un gargouillement lorsqu'un trait traversa sa gorge. Il s'écroula en s'étouffant dans son sang.

Les deux femmes n'avaient pas bougé d'un pouce. Léti se sentait *incapable* de bouger. Ses yeux allaient de l'homme en noir aux cadavres, des cadavres à l'homme en noir, et elle ne pouvait rien faire d'autre qu'observer, fascinée, le combat qui se déroulait pour son salut.

L'inconnu empoigna son épée et la planta dans le sol. Calmement, consciencieusement, il visa ensuite avec son arc les buissons répartis devant lui. Le Zü en déboula comme une furie et courut à sa rencontre ; la flèche lui passa à deux doigts de la tête. L'inconnu lâcha l'arme désormais inutile et s'empara précipitamment de sa lame.

Les deux hommes se faisaient face, l'assassin prêt à bondir, les genoux fléchis et la main crispée sur sa dague, l'homme en noir marquant la distance avec son épée tendue devant lui. Puis tout fut joué en un instant.

Le Zü s'élança si vite que Léti, bien que s'y attendant, fut surprise. Mais l'inconnu réagit aussitôt, comme s'il *avait su* ce qu'allait tenter son adversaire. Sa lame jeta un éclair et le Zü eut la main tranchée et le ventre ouvert dans la même danse d'acier.

Léti vit les entrailles de l'homme se déverser sur ses jambes et le sol, malgré ses efforts désespérés pour les retenir avec un bras ensanglanté.

Sa volonté céda et elle s'évanouit pesamment.

* * *

Yan sentait le désespoir le gagner peu à peu. La nuit était tombée depuis longtemps, et l'idée qu'il avait eue tout à l'heure de couper à travers la garrigue du Sud kaulien, pour aller plus vite, semblait beaucoup moins bonne maintenant.

Il s'était trompé ; la clarté de la lune était insuffisante pour l'éclairer, parce que ne traversant pas l'épaisse couche de feuillage qui le surplombait la plupart du temps. Ses membres et son visage étaient irrités, griffés et même coupés parfois par les multiples ronces et autres plantes qui formaient les taillis, et il était tombé à plusieurs reprises. Quelques décans de voyage seulement, et il était déjà blessé de partout, couvert de terre, les vêtements déchirés et les cheveux emmêlés.

Le plus grave était qu'il commençait à douter de son chemin. Était-il toujours dans la bonne direction ? Bon, est-ce qu'il n'était pas tout simplement perdu ?

Par deux fois il avait eu l'impression de passer au même endroit. Se repérer aux étoiles, oui… Mais c'était plus facile quand on les voyait ! En plus du feuillage parfois très fourni qui réduisait son champ de vision, s'était levée depuis peu une brume qui présageait un brouillard mémorable.

Son pied se prit dans une racine et il faillit chuter une fois de plus, se rattrapant de justesse à une branche basse que rencontra sa main. Il avait eu un peu de chance, cette fois-ci : ce n'était pas une branche épineuse.

Une famille de margolins détala sous ses pieds quelques pas plus loin. Ça devait être la sixième fois. Il fallait vraiment que ces bestioles soient sourdes pour ne pas l'avoir entendu arriver avant. Quand il pensait au mal qu'il avait d'habitude pour en piéger !

Yan se maudissait de ne pas avoir pensé à prendre au moins de quoi faire du feu. Ç'aurait dû être une priorité lors de ses préparatifs précipités, plutôt que des fruits ou une ligne à pêche. Les autres avaient raison : il n'était vraiment qu'un rêveur bon à rien.

Il ne manquait plus, pour compléter le tableau, qu'il tombe nez à nez avec un ours ou un loup errant. Il aurait l'air fin avec son couteau de pêche et son harpon rouillé !

Il aurait mieux fait d'aller d'abord au village voisin et se débrouiller pour récupérer leur cheval. Il aurait mieux fait de trouver une arme digne de ce nom. Il aurait mieux fait de prendre le temps de réfléchir, comme il le conseillait si bien aux autres.

Mais Léti serait sûrement loin alors… Morte, peut-être…

Il flanqua un grand coup rageur de son harpon dans un amas de ronces de séda qui lui barrait le passage. Une nuée de grosses mouches argentées s'en envola en bourdonnant. Une chauve-souris sauta sur l'aubaine et plana jusqu'à elles pour en faire son repas ; Yan la chassa en criant et en gesticulant comme un fou. C'était injuste, mais elle lui avait fait peur.

Il se permit une pause de quelques instants. Une pensée amusante le traversa, malgré la situation : peut-être que Léti était finalement rentrée au village, et qu'elle s'inquiétait pour lui. C'est alors qu'il passerait vraiment pour le roi des nigauds… Mais même cette idée était plaisante, car elle sous-entendait un retour à la vie normale.

Malheureusement, pour l'instant, il ne pouvait qu'avancer en essayant de retrouver le chemin.

Il découvrit celui-ci deux décimes plus tard, derrière un épais bosquet de feuillus. Soulagé, il scruta aussitôt les deux horizons, espérant discerner dans la pénombre et la brume la silhouette des cavalières. Mais il ne vit rien, bien sûr.

Il lui fallait maintenant prendre une décision : retourner vers le village, en priant pour qu'elles ne soient pas encore arrivées jusqu'ici, ou continuer vers l'est en faisant des vœux pour qu'elles se soient arrêtées pour la nuit. Si elles obliquaient avant qu'il ne les rejoigne, il était probable qu'il ne les reverrait jamais.

Cette idée le glaça d'effroi et il se mit en route à bonne allure vers la frontière lorelienne. La fatigue de sa marche difficile commençait à se faire cruellement sentir, mais il prit sur lui de l'ignorer. Et puis avancer ainsi, sans trébucher sur des racines ou traverser des buissons épineux, était beaucoup moins désagréable.

La seule difficulté était de ne pas *perdre* le chemin.

Peu fréquenté, son tracé n'était pas toujours régulier ; avec le brouillard, Yan avait parfois beaucoup de mal à faire la différence entre la piste et la garrigue. À une occasion, il crut même s'être perdu de nouveau.

Il finit par limiter son attention à quelques pas devant lui, exclusivement, marchant le regard pratiquement vissé sur ses pieds.

Il progressa ainsi presque une lieue, quand un détail, qui avait failli lui échapper, le sortit de sa rêverie.

Il allait marcher sur une empreinte toute fraîche laissée par le sabot d'un cheval.

L'étonnant n'était pas l'empreinte, bien sûr, sur une route fréquentée par des cavaliers. Mais sa *direction*.

Il en trouva rapidement d'autres, un certain nombre même, ce qui ne laissait aucun doute : deux chevaux, trois peut-être, s'étaient récemment enfoncés sous les bosquets.

Submergé par une vague d'espoir, Yan se lança sur cette nouvelle piste, s'appliquant à repérer de nouveaux indices du passage des animaux. Ce fut plus difficile qu'il ne l'avait pensé, et il dut plus d'une fois revenir sur ses pas pour corriger sa direction, la pénombre ne favorisant pas les choses.

C'est à une de ces occasions qu'il réalisa qu'il avait peut-être commis une erreur.

Une branche basse, quelconque, qu'il avait simplement repoussée comme il l'avait fait tant de fois cette nuit, ne s'était pas remise en place, mais était *tombée*.

Un végétal vivant de cette taille ne casse pas comme ça.

Il découvrit en l'étudiant de plus près une mince ficelle fixée à son extrémité, plus ou moins tendue, et qui s'enfonçait dans les broussailles.

Ingénieux. L'autre bout devait actionner une alarme quelconque. Yan avait imaginé assez de pièges de chasse pour qu'on n'ait pas besoin de lui faire un dessin.

Il courut se cacher à quelques pas. Qui pouvait bien mettre en place une telle installation, à part des brigands ? À part des types qui n'avaient pas la conscience tranquille ? Ce n'était ni Léti, ni Corenn, en tout cas. Alors qui ?

Yan décida qu'il vivrait très bien sans la réponse, et entreprit de faire un large détour pour regagner le chemin. Il consacra toute son attention à préserver le silence de sa progression et avança, se retournant fréquemment.

Un frisson glacé le parcourut soudain. Et si elles avaient été attaquées ? Enlevées ? Par ces types à la mauvaise conscience ?

Il fallait qu'il s'en assure. Il était venu jusque-là pour *ça*.

Il dissimula son sac sous un feuillu, après toutefois y avoir pris son couteau. Il abandonna aussi le harpon, pas assez maniable. Puis il retourna auprès de la corde, qu'il entreprit de remonter jusqu'à son extrémité, tout en conservant entre elle et lui une certaine distance prudente.

Il avança ainsi sur une quinzaine de pas. Ces *gens* à l'autre bout s'étaient installés plutôt loin ; cela ne faisait que confirmer sa théorie. Puis il entendit, de plus en plus distinctement, les craquements caractéristiques d'un feu de bois.

Il abandonna la piste de la ficelle et se glissa en direction du foyer. Il parcourut les derniers pas en rampant pratiquement, avec une seule chose en tête : ne pas faire de bruit, surtout, ne pas faire de bruit.

Le feu était allumé au fond d'une dénivellation du terrain, entourée d'arbustes et de buissons de séda, si bien qu'il était *impossible* de le voir en passant simplement à vingt pas. Trois chevaux étaient attachés non loin ; et deux formes allongées tournaient le dos à Yan.

Son cœur bondit dans sa poitrine : il n'en était pas sûr, mais… Oui, ce corps, là… C'était Léti !

Quelque chose de froid se plaqua contre sa gorge. Il aperçut du coin de l'œil le reflet terne d'une lame calée dans une main d'homme.

— Lâche ce couteau. Et allonge les bras devant toi. Doucement, lui susurra une voix calme à l'oreille.

Yan obtempéra en se maudissant. Comment faisait-il pour toujours tout rater ?

La lame quitta sa gorge. Il se demanda un instant s'il ne devrait pas en profiter. Pas facile, dans cette position…

Quelque chose le frappa à la nuque et il sombra dans l'inconscience.

* * *

— Maz Lana ? Ça va aller ?

La prêtresse leva la tête vers Rimon, le jeune novice, qui venait avec compassion tenter de la réconforter. Il avait toujours été son meilleur élève, ainsi qu'un ami fidèle, et Lana savait qu'elle lui transmettrait son titre de Maz un jour ou l'autre… si Eurydis le permettait.

— Oui, oui. Je te remercie.

— Je peux faire quelque chose pour vous ?

— Non, merci. Pas pour l'instant. J'ai juste besoin d'être seule pendant un moment. De réfléchir un peu.

— D'accord. Je vais rester dans l'entrée. N'hésitez pas à m'appeler, si vous avez besoin de quelque chose.

Il ajouta, sur le seuil de la porte :

— Le Temple a envoyé quelques officiers. Ils montent la garde autour du bâtiment. Vous êtes en sécurité.

— Tant mieux, tant mieux. Allez, sauve-toi.

Rimon s'exécuta docilement, avec un dernier regard apitoyé pour son professeur. Parfois, Lana se disait qu'il y avait plus que du respect, plus que de l'amitié dans les yeux du jeune novice. Mais tous deux savaient que *jamais* les choses n'iraient plus loin.

Elle se leva et fit quelques pas dans la petite cellule qui lui servait d'habitation. Bien qu'austère, peu décorée et meublée dans un but uniquement fonctionnel, sa chambre lui avait toujours paru très confortable. Le principal attrait en était la vue magnifique qu'on avait de la fenêtre… Le soleil de l'apogée miroitant sur les eaux libres de l'Alt, étincelant sur la myriade de dômes et de crêtes des temples de la Sainte-Cité, réchauffant les premières pentes des hautes montagnes du Rideau… Ith était une si belle ville. Paisible, pacifiste, épargnée par la barbarie du reste du monde connu.

Lana ferma les yeux pour une prière muette. *Sage Eurydis*, pourquoi cette nouvelle épreuve ? N'avait-elle point assez souffert de ses peines récentes ?

Les événements de la matinée revinrent malgré elle s'imposer à sa mémoire. Elle avait commencé avec ses disciples une réflexion sur la vanité de la richesse, sujet qui lui tenait particulièrement à cœur, tant la vénalité est difficile à ignorer même par le plus sage des sages. Ils s'étaient comme à leur habitude installés dans les jardins au pied du mont Fleuri, et débattaient paisiblement des nombreux exemples fournis par la littérature religieuse.

Ce type d'enseignement étant ouvert à tous, il n'était pas rare de voir des étrangers s'asseoir dans le cercle avec les membres du culte, par curiosité ou intérêt intellectuel. Aussi personne ne fit-il d'objection quand un jeune homme sans masque et portant une robe commune de novice vint se joindre à eux.

L'inconnu conserva le silence, mais mit beaucoup d'application à écouter chacun des orateurs, et tout particulièrement les femmes. Cela n'avait pas échappé à Lana qui, seulement intriguée alors, comprenait maintenant parfaitement…

Quand l'étranger fut certain de savoir qui dirigeait la classe, il bondit sur ses pieds comme un félin et se précipita en brandissant une dague.

Vers elle.

Elle était la cible de ce jeune homme au regard de dément et à la volonté farouche.

Lana n'avait fait aucun geste pour se défendre, et n'arriverait jamais à comprendre pourquoi. Elle voyait l'assassin se rapprocher d'elle, très distinctement, comme si elle percevait le temps d'une autre façon. Et se dit simplement que c'était la fin de sa vie terrestre.

Heureusement, ou malheureusement, plutôt… quelques-uns de ses disciples réagirent assez vite pour la sauver.

Elle sentit les larmes lui couler sur les joues, enfin. Personne, personne ne méritait un tel sacrifice.

Quatre étaient morts, simplement effleurés par la dague monstrueuse. Quatre jeunes gens qui réprouvaient depuis toujours la violence. Quatre enfants qui n'aspiraient qu'à servir Eurydis toute leur vie.

Lopan, Vascal, Durenn…

Orphaëlle…

Lana s'abandonna complètement à sa douleur. Pauvre Orphaëlle. Si jeune, si innocente… Dramatiquement, l'assassin avait réalisé son échec quelques instants après avoir poignardé la jeune novice qui s'était placée en travers de son chemin.

Entravé, immobilisé par plusieurs paires de mains et de bras, il s'était plongé en plein cœur l'arme terrifiante qu'on tentait de lui arracher.

Lana s'était réveillée dans sa cellule, Rimon à ses côtés. Elle ne se rappelait même pas s'être évanouie. Il lui avait raconté le peu de choses qu'il y avait à dire : des officiers du Temple avaient dispersé les curieux, puis escorté toutes les personnes impliquées jusque chez elles. Chacun allait être interrogé et placé sous protection pendant quelque temps.

On prenait la justice très au sérieux, à Ith.

Trois coups résonnèrent à sa porte, et Lana alla ouvrir en s'efforçant de retrouver une attitude digne. L'apitoiement sur soi-même était loin d'être une valeur morale du culte d'Eurydis.

Un vieil homme la dévisageait avec compassion. Petit et maigre, sans masque, vêtu d'une simple robe usée et pieds nus. Emaz Drékin.

— Votre Excellence, salua-t-elle en l'invitant à entrer.

— Allons, allons, Lana. L'heure n'est pas au protocole, la gronda-t-il gentiment en la serrant dans ses bras malingres.

Elle lui rendit son étreinte en sanglotant, sa volonté cédant à l'émotion.

Ils se séparèrent après quelques instants, et Lana referma la porte sur eux.

— Vous voulez une infusion ? proposa-t-elle en essayant de retrouver un ton naturel.

— Une autre fois, mon enfant, une autre fois. Avant tout, nous avons à parler de choses importantes.

Lana acquiesça et vint s'asseoir sur le petit banc placé devant sa table, invitant l'Emaz à faire de même. Elle s'était douté que Drékin n'était pas venu seulement en ami, mais aussi en tant que haut dirigeant du Temple.

Il soupira un instant, cherchant ses mots, puis lança une discussion qui, bien que sur un ton calme, n'était rien d'autre qu'un interrogatoire.

— Lana, savez-vous qui était cet homme ?

— Non. Pas du tout.

Lana faisait des efforts pour ne plus éclater en sanglots…

— Vous l'aviez déjà vu, auparavant ?

— Non, je ne crois pas. Pas à mon cours, en tout cas. Sauf s'il portait un masque, bien sûr.

L'Emaz marqua un silence. Il hésitait encore à parler de certaines choses.

— Savez-vous ce que sont les Züu ? osa-t-il enfin.

Lana ouvrit de grands yeux effrayés. Oui, bien sûr, elle le savait ! Une secte de *tueurs*, qui commettaient leurs crimes au nom d'une déesse justicière, voilà ce qu'ils étaient. Dans les siècles passés, les Züu avaient systématiquement massacré tous les Eurydiens débarquant sur leur île. Comment aurait-elle pu ignorer cela, elle qui avait étudié l'histoire d'Ith ?

— Vous croyez que…

Elle ne finit pas sa phrase.

— Malheureusement, oui. Les officiers ont trouvé sur son corps un parchemin où étaient clairement indiqués votre nom, et d'autres renseignements vous concernant. Il était rédigé en ramzü.

Lana accusa le coup. Elle avait simplement pensé avoir eu affaire à un dément. Elle apprenait maintenant que la tentative était *préméditée*.

Et qu'elle était loin d'être hors de danger.

— Lana, ce que je vais vous demander maintenant est très important. Le Temple ne peut se permettre de nouvelles frictions avec les Züu, de nouveaux martyrs, une nouvelle croisade. Alors, dites-moi pourquoi ils en ont après vous.

Lana réfléchit pendant un instant, qui parut une éternité à l'Emaz.

— Je ne sais pas, malheureusement. Je n'en ai aucune idée.

Le vieil homme parut déçu.

— Tant pis. On n'aurait pas pu les faire changer d'idée, de toute façon, mais on aurait au moins su comment vous protéger…

— Ce que vous dites est horrible ! Cela signifie qu'ils vont essayer, et essayer encore jusqu'à réussir !

— Peut-être pas, mon enfant, peut-être pas. C'est l'autre chose dont je dois vous parler. Le Temple peut s'arranger pour vous mettre à l'abri, mais au prix d'un gros sacrifice, que vous n'êtes pas obligée d'accepter.

Lana se prépara au pire.

— Dites-moi toujours.

— À part le jeune Rimon, tous vos disciples se demandent si vous avez survécu. Le Temple garde pour l'instant cette information secrète…

Lana fut horrifiée.

— Vous n'êtes pas en train de suggérer que…

— C'est la meilleure chose à faire, mon enfant. Réfléchissez. Par malheur, la jeune Orphaëlle a péri sous les coups du meurtrier. Ne rendez pas son sacrifice vain en mourant à la prochaine décade.

Lana se demandait comment de telles idées pouvaient venir aux Emaz. *Tirer profit* du malheur de la jeune fille…

— Les témoins seront incapables de dire qui a été tué, continua le Grand Prêtre. Pour eux, au moins une femme masquée figure au nombre des victimes. Si nous annonçons en plus votre décès, il n'en faudra pas plus pour tromper les Züu…

— J'ai bien compris, Votre Excellence. Il me faut juste un peu de temps pour réfléchir. Parce que ce stratagème m'oblige à quitter Ith, n'est-ce pas ?

— Malheureusement, pour quelque temps. Votre salut en dépend.

— Mon salut…

Lana se leva et admira de nouveau le paysage par sa fenêtre. Il lui semblait déjà que c'était la dernière fois qu'elle en jouissait.

— Bien. Puisqu'il le faut, j'abandonnerai tout ce que j'ai. Tout ce qui fait ma vie. Que Eurydis m'en donne la force.

— Sages paroles, conclut l'Emaz soulagé, en se levant. J'aurais eu beaucoup de peine de vous perdre. Nous mettrons au point les détails plus tard ; d'ici là, je vais prendre les dispositions qui s'imposent pour… pour ce que nous avons décidé.

Il prit congé en l'étreignant une nouvelle fois, brièvement.

De nouveau seule, Lana se débattit un moment avec sa conscience. Elle avait *menti* à un Emaz. Effrontément.

Elle savait pourquoi les Züu la recherchaient. Du moins, elle savait *à cause de* quoi.

Son ancêtre Maz Achem, et son voyage mystérieux sur une petite île lorelienne. L'île Ji.

Les Züu venaient de lui donner le départ d'un voyage qu'elle projetait depuis des années.

Mais le Grand Temple ne devait rien en savoir.

* * *

Yan émergeait lentement des ténèbres, luttant contre l'élancement sourd au bas de son crâne qui tentait de l'y ramener. Il était allongé sur le dos, et en ouvrant les yeux ne vit que le ciel du petit matin au-dessus des feuillages le surplombant.

« Il se réveille » annonça une voix chevrotante. Le cœur de Yan bondit dans sa poitrine : c'était celle de Léti, sans erreur possible. Il se redressa, trop brusquement, et la douleur ravivée le ramena aussitôt dans l'inconscience.

Il s'en échappa de nouveau un moment plus tard. Le soleil était monté ; on devait être au début du troisième décan. Yan se hissa sur les coudes, avec précaution cette fois.

Il remarqua avec un immense soulagement qu'il ne s'était pas trompé : Léti se trouvait là, assise non loin de lui, et semblait en bonne santé si l'on exceptait son visage et ses yeux rougis par les larmes. Sa tante était là aussi et le fixait d'un air désapprobateur ; ainsi qu'un étranger habillé tout en noir, debout, qui lui présentait une expression franchement hostile.

Bien qu'il n'en ait pas rencontré beaucoup, Yan était presque sûr que l'inconnu était un natif des Bas-Royaumes. Il était plutôt petit – plus petit que lui, du moins – mais le premier adjectif qui venait à l'esprit en le voyant était *impressionnant*.

Le second, certainement, *dangereux*.

Il devait avoir quarante ans au moins. En tout cas, c'est ce que laissaient penser sa peau profondément tannée, déjà parcourue de petites rides, son profond regard bleu nuit, ses cheveux sombres grisonnant par endroits. Une moustache épaisse et une vilaine cicatrice sur la joue droite lui barraient le visage dans deux directions. Il était vêtu de toute évidence pour le combat : des pièces de cuir solidement attachées les unes aux autres, où brillaient çà et là des morceaux de métal fixés dessus ou en dessous selon les cas ; et cela des pieds à la tête. Ce costume original n'était plus tout neuf : usé aux articulations, griffé de partout, rapiécé à certains endroits. L'homme portait, sans sembler en être gêné, une lame courbe dénudée, ainsi qu'un poignard à sa ceinture. Yan se dit qu'il devait manier ces armes aussi naturellement que lui enfilait sa tunique en se levant. Et cet homme *impressionnant* et *dangereux* le fixait avec un regard de braise.

— Est-ce qu'on ne t'a pas dit de rester dans ton village ? Hein ? Est-ce qu'on te l'a dit, ou pas ? lui cracha-t-il au visage.

Son accent prononcé était typique des Bas-Royaumes.

Yan encore hébété regarda en direction de Léti et de sa tante, à la recherche d'un soutien. Mais l'une sanglotait le visage dans les mains, tandis que l'autre semblait plutôt de l'avis de l'étranger. Sa tête lui paraissait lourde ; il se demanda s'il n'allait pas s'évanouir de nouveau.

— Qui êtes-vous ? parvint-il à articuler. Sa gorge était sèche et ses propres paroles sonnaient bizarrement dans ses oreilles.

— Je te présente Grigán, répondit Corenn pour l'homme en noir. C'est… un cousin. Un cousin fort éloigné.

Yan ramena son regard vers l'homme singulier, qui faisait nerveusement les cent pas en se lissant la moustache. Ce type serait apparenté à Léti ?

— Sans lui, nous serions déjà mortes, reprit Corenn sur un ton conciliateur. Il nous a sauvé la vie, hier. Et il ne va rien te faire, conclut-elle haut et fort en se tournant vers le guerrier.

— Ça reste à voir, grinça l'intéressé. Est-ce que tu es venu seul ? Quelqu'un sait où tu es allé ? Est-ce qu'on t'a suivi ?

L'esprit embrumé par la douleur, Yan mit un certain temps à assimiler toutes ces questions et à y répondre, ce qui eut l'air d'agacer encore plus le nommé Grigán.

— Non, je suis tout seul… Et personne ne m'a suivi, j'ai traversé la garrigue… Qu'est-ce qui s'est passé ?

L'homme en noir le fixa pendant quelques instants.

— Tu es *sûr* ?

— S'il le dit, c'est que c'est vrai, c'est tout. Yan n'est pas du genre à mentir, et n'a aucune raison de le faire.

Le Kaulien lança un regard reconnaissant à Corenn pour son intervention inespérée. L'homme en noir n'allait pas en rester là pour autant.

— Comment nous as-tu retrouvés ?

— J'ai vu les empreintes des chevaux sur le bord du chemin. Comme il y avait du brouillard, j'avais le nez pratiquement sur mes pieds…

— Je crois que ça suffit, Grigán.

— D'accord, d'accord. De toute façon, on ne peut pas perdre encore du temps. Il faut se remettre en route au plus vite, c'est-à-dire maintenant.

Il fit mine de s'éloigner vers les chevaux.

— Et moi, qu'est-ce que je fais ?

Yan n'aimait pas du tout les sous-entendus de la dernière réplique du guerrier.

— Toi ? Tu te reposes un peu si tu veux, puis tu retournes dans ton village. Tu ne parles de ça à personne. C'est bien compris ?

Ça n'était pas vraiment une question.

Yan regarda Léti qui pleurait en silence. Le jour de la Promesse était pour bientôt. Ce type leur avait sauvé la vie ? Pourquoi étaient-elles en danger ?

— Non, je reste. Je vais avec vous, répondit-il d'une voix qu'il aurait voulue plus forte.

Grigán émit un soupir las et s'éloigna de quelques pas. Yan comprenait bien que, sans la présence des deux femmes, le guerrier ne perdrait pas son temps avec un gamin qui lui tenait tête, et emploierait des moyens plus convaincants.

— Yan, je te connais bien, essaya Corenn. Mieux que tu ne le penses, peut-être. Je t'ai vu grandir toutes ces années, en même temps que Léti. Et je sais que tu fais ça pour elle.

Il ne répondit rien, mais guetta avidement la réaction de l'intéressée.

Elle n'en eut aucune... À part, peut-être, un sanglot un peu plus fort que les autres. Léti semblait vraiment choquée, bouleversée, complètement fermée au reste du monde. Yan l'avait déjà connue ainsi, après la disparition de Norine.

— C'est en restant avec nous que tu la mets en danger, poursuivit Corenn sur un ton doux. Ainsi que moi, et Grigán, et d'autres personnes encore, que tu ne connais pas mais dont la survie est incertaine, et dépend en partie de la nôtre. Sans compter, bien sûr, ta propre vie. Tu réalises que tu aurais pu te faire tuer par Grigán, cette nuit ? Tu imagines ? Tu crois que Léti ne pleure pas assez comme ça ?

Tous ces arguments étaient irréfutables, mais Yan ne voulait l'admettre. Il savait que Corenn, grande diplomate, essayait de l'abuser comme lui le ferait avec un gamin. La douleur dans son crâne revenait de plus en plus forte, et, gêné dans sa réflexion, il se bloqua sur cette idée : rester avec Léti, rester avec Léti.

— Je dois venir avec vous. Désolé, ajouta-t-il moins fermement.

Corenn eut une petite moue déçue et chercha autre chose. Malgré toute sa volonté, Yan comprit qu'il finirait par céder à la raison... ou à la force. Il devait lui aussi chercher à convaincre, plutôt qu'à s'imposer.

— Les hommes qui vous cherchent ne me connaissent pas. Ils ne savent même pas que je suis avec vous. Je pourrais sûrement vous aider. Alors, je viens.

Le silence tomba sur cette dernière réplique. Puis Grigán quitta l'arbre auquel il s'était adossé et s'approcha à grands pas. Yan eut une furieuse envie de se protéger le visage pour prévenir d'éventuels coups, mais c'était sûrement la dernière chose à faire s'il voulait les accompagner.

Le guerrier s'accroupit devant lui et lui parla les yeux fixés dans les siens, un index pointé sur son visage :

— D’accord, tu viens. Mais fais un pas de travers, désobéis-moi une seule fois et je te botte le cul. Et j’espère que tu n’y resteras pas.

Yan se demanda si cette remarque concernait les dangers probables du voyage ou la correction promise. Peu lui importait : il restait avec Léti.

Il acquiesça en y mettant toute sa sincérité, et Grigán le libéra du fardeau de son regard pesant pour aller échanger quelques mots avec Corenn.

Léti n’avait toujours pas bougé et continuait à sangloter, le visage enfoui dans ses mains. La dernière fois, ça avait duré plus d’une décade. Les prochains jours promettaient d’être gais.

Il s’aperçut qu’il ne lui avait même pas encore adressé la parole. Il se leva très doucement, tituba jusqu’à elle, puis se laissa tomber plus qu’il ne s’assit. Elle parut se réveiller un peu, lui jeta les bras autour du cou et sanglota sur son épaule. Il la serra contre lui. Allons, il avait au moins gagné ça…

— Tu monteras avec elle, vint lui dire Grigán. On achètera un autre cheval dès que possible.

— D’accord.

Yan n’était monté que deux fois dans sa vie mais ne voulait pas être *déjà* considéré comme un fardeau.

— On part tout de suite. Il faut avoir dépassé Bénélia avant demain soir.

Léti se leva et commença à rassembler ses affaires. Corenn fit de même. Ça le gênait un peu de voir une Mère du Conseil permanent, l’une des plus hautes autorités de Kaul, obéir ainsi sans discuter à cet étranger un peu inquiétant. C’était elle qui devrait diriger le groupe, à son avis. Mais peut-être partageait-elle tout simplement son opinion, ou était-elle trop fatiguée pour prendre la direction des opérations.

Yan se leva à son tour et découvrit son propre sac, son harpon et son couteau de pêche au pied d’un arbre. Il se souvenait d’avoir laissé son bagage dans les broussailles avant d’approcher du camp ; ce Grigán avait dû en fait le suivre tout le temps. Comme espion, il avait vraiment échoué sur toute la ligne !

Il s’approcha des chevaux et attendit patiemment qu’on lui dise quoi faire. L’homme en noir, en train d’équilibrer les charges, lui prit son bagage dont il retira le harpon long de deux pas.

— Si tu viens, tu laisses ce machin-là. Trop encombrant, trop voyant, inutile.

Yan prit l'objet qu'on lui tendait et l'abandonna docilement dans un buisson épineux. Grigán parut satisfait. Il décrocha un des deux arcs qu'il avait sur son cheval et le tendit au pêcheur.

— Tu sais t'en servir ?

— Oui, mentit-il.

Il n'en avait jamais tenu de sa vie. Mais si ça pouvait rassurer le guerrier… Et avec une telle arme, il pourrait vraiment protéger Léti.

— Bien. Voilà les flèches. Tu ne tires *que* si je te le demande. Et tu restes à distance. Tu n'approches *jamais* de ta cible. C'est bien compris ?

— Oui.

Yan essayait d'avoir l'air à l'aise, le carquois dans une main, l'arc dans l'autre. Maudit, c'était plus lourd qu'il ne le pensait. Est-ce qu'il pourrait vraiment se servir de *ça* ?

— Tu as déjà tué quelqu'un ?

— Non.

Par Eurydis, non, jamais, non ! Est-ce que ce type s'imaginait qu'il passait son temps à embrocher des gens au harpon ? Yan ne put mentir sur ce point. Il ne s'était même jamais battu.

— Bon.

La discussion semblait close pour Grigán, qui se retourna pour charger les derniers sacs.

— Je voudrais une arme, aussi.

Léti se tenait devant eux, les bras ballants. Elle ne pleurait plus, mais son visage et ses yeux rougis lui donnaient une allure de folle. Elle n'avait pas beaucoup dormi, non plus.

Grigán lui tourna le dos. Il ne semblait pas enclin à accéder à ses désirs.

— Les femmes ne se battent pas, répondit-il simplement d'une voix ferme.

Léti restait immobile, incomprise. Yan sentait une nouvelle crise de larmes venir ; il lui tendit son couteau de pêche.

— Tiens. Juste au cas *où*. Mais reste hors des combats.

L'homme en noir les fixa un instant tous les deux. Léti prit la lame avant qu'il n'intervienne et s'éloigna. Yan se demanda s'il ne venait pas déjà de mettre fin à sa carrière de chevalier protecteur, mais le guerrier se détourna en hochant la tête, entraînant les chevaux par la bride.

Corenn poussa les deux jeunes Kauliens à la suite de Grigán, vérifia d'un dernier regard qu'ils n'avaient rien oublié, et prit la direction du chemin à son tour.

Elle avait la forte impression que c'était le départ d'un *long* voyage.

* * *

Un gros margolin un peu téméraire était en train de se faufiler vers sa réserve de provisions. Bowbaq, faussement assoupi, l'avait repéré depuis un bon moment.

Ce n'est que lorsque le petit glouton se jeta sur le sac, déchirant la toile à coups frénétiques de dents et de griffes, qu'il se décida à intervenir.

° Hé ! Si j'en faisais autant à ton terrier !

Le rongeur se figea tout droit puis détala plus vite encore que s'il avait été encerclé par une meute de loups. Il n'avait pas dû comprendre grand-chose à la menace, mais cette intrusion dans son esprit l'avait complètement affolé.

Ça se passait toujours ainsi, la première fois. Bowbaq se souvenait de la réaction très agressive de Mir à la première tentative. Heureusement qu'il avait pris la précaution de l'attacher *avant*.

Pour Wos, ç'avait été autre chose. Bowbaq avait pu atteindre son esprit *avant même* qu'il ne vienne au monde. Le lien fut ensuite beaucoup plus facile à maintenir…

Pauvre Wos. Il avait dû l'abandonner aux environs de Cyr-la-Haute. Le poney géant, à l'aise dans les grandes étendues glacées de l'Arkarie centrale, souffrait déjà cruellement du climat doux du Nord lorelien. Jamais il n'aurait pu tenir jusqu'à Berce.

Bowbaq l'avait donc renvoyé en pays arque, lui expliquant qu'il le rejoindrait bientôt, ce qui n'avait pas été une mince affaire puisque l'animal ne comprenait que la notion de futur proche. Il avait donc dû tricher, inventant quelque chose du genre « Si Wos va là-bas, il voit Bowbaq. » Pour le poney à la perception particulière du temps, ça ne ferait pas de différence qu'il y soit tout de suite, ou une lune après.

L'*erjak* voyageait donc à pied depuis la frontière lorelienne. Ça ne le dérangeait pas beaucoup ; il l'avait souvent fait, sa grande taille et sa masse en rapport l'empêchant de monter un cheval de la race commune.

Il reconnaissait, aussi, craindre le ridicule qu'il y aurait à se présenter sur un aussi petit animal.

Le jour du Hibou se rapprochait ; Bowbaq avait compté qu'il viendrait après la huitième nuit. Par le Grand Ours, pourvu qu'il ne se soit pas trompé dans ses calculs ! Il lui faudrait bien six jours pour parvenir à destination, et la possibilité d'arriver *trop tard* le persécutait. Aussi quittait-il de temps à autre son allure tranquille pour se lancer dans une longue course à grandes enjambées, qu'il ne ralentissait qu'en croisant d'autres personnes.

Bien qu'il mette beaucoup d'application à prendre les chemins les plus petits, les sentes à peine discernables et les pistes plus tracées par les animaux que par les humains, Bowbaq rencontrait beaucoup trop d'étrangers à son goût. C'était vrai qu'il était maintenant dans les Hauts-Royaumes, et qu'il devait s'attendre à en voir beaucoup plus qu'en Arkarie, où son plus proche voisin n'était pas à moins de six lieues… Mais, en plus du besoin inconscient de discrétion qu'il ressentait et qui l'incitait à la solitude, Bowbaq *détestait* la foule. Pour lui, rencontrer plus de cinq inconnus dans une journée était une expérience extrêmement éprouvante. Aussi avait-il dû prendre beaucoup sur lui pour participer à chacune des réunions des héritiers de Ji.

Il avait même traversé une sorte de crise. Sa route l'avait amené la veille aux environs de Lermian, qu'il avait bien sûr contournée de très loin. Mais la simple proximité de la grande ville du royaume marchand, et la recrudescence des voyageurs qui y était liée, avaient suffi à le déstabiliser pendant un moment. Il avait connu un instant d'hésitation, se demandant ce qu'il faisait là, à des décades de voyage d'Ispen et des enfants, et courant à la rencontre de dangers probables.

C'était heureusement passé aussi vite que c'était venu, son sens du devoir ayant repris le dessus. Il fallait qu'il voie les héritiers, qu'il les prévienne. Ils étaient… ses seuls amis.

Il rassembla ses affaires, vérifia les attaches de son bagage et se lança dans une nouvelle course.

* * *

Yan n'en menait pas large avec Léti comme passagère, son chargement et son arc au côté, lui qui n'était monté sur un cheval que deux fois dans sa vie. Corenn s'en aperçut et lui donna quelques conseils pour s'installer, pendant que Grigán, excédé, faisait trépigner sa monture sur place. Lui avait pratiquement *vécu* à cheval, et était un cavalier accompli. Il avait du mal à comprendre qu'on puisse être aussi gauche.

Ils se mirent en route à un petit trot monotone. Au cours de leur progression, l'homme en noir se séparait souvent du groupe pour observer l'horizon en éclaireur, derrière chaque relief important du chemin. Léti appuya sa joue sur le dos de son ami et finit par s'assoupir. Yan ressentait une fierté qu'il savait imméritée et infantile, de voyager ainsi en pays inconnu avec son aimée, tel un chevalier protecteur avec sa princesse.

Mais c'était loin d'être une balade d'agrément, et il y avait plus d'une ombre au tableau.

Il entama une conversation à voix basse avec Corenn.

— Vous avez bien dit que Grigán vous avait sauvé la vie ? Qu'est-ce qui s'est passé ?

Corenn soupira et réfléchit un instant avant de répondre.

— Des hommes cherchent à nous supprimer. Pas juste une bande isolée, mais un groupe organisé. On les appelle les tueurs züu. Tu en as entendu parler ?

— Non.

— Bon. Ils font partie d'une secte religieuse, la Main de Zuïa. Tu as entendu parler de Zuïa ?

Yan se souvenait d'avoir lu quelque chose qui y ressemblait, dans l'un des quelques livres qui lui étaient passés entre les mains, mais il n'était pas certain de la prononciation.

— C'est une île de la mer de Feu, non ?

— C'est ça. C'est aussi la déesse principale de ses habitants. Une déesse justicière, devant qui l'on est censé comparaître après que ses *messagers* ont appliqué sa *sentence*…

Corenn s'arrêta, les yeux troubles. Elle se remémorait certainement des épisodes très pénibles. Yan était prêt à respecter son recueillement, mais elle reprit son explication, faisant visiblement des efforts pour se dominer.

— En fait, ces messagers ne sont jamais que des assassins, que n'importe qui peut engager en faisant une offrande au culte. Les Züu l'expliquent en invoquant la prédestination et la volonté divine : si quelqu'un paye pour la mort d'un autre, c'est Zuïa qui condamne le second par la voix du premier. Je suis sûr qu'ils en sont persuadés…

Yan resta songeur quelques instants.

— Pourquoi quelqu'un voudrait-il tuer Léti ? Et vous, je veux dire ?

— La *vraie* raison, nous l'ignorons. Il semble, seulement, que quelqu'un cherche à supprimer tous les héritiers.

Yan n'ajouta rien.

— Tu sais ce que sont les héritiers, n'est-ce pas ? Léti t'en a sûrement parlé ?

— À vrai dire, c'est une sorte de secret, sacré à ses yeux, alors on n'en parle jamais. Je sais que ça a un rapport avec vos ancêtres, c'est tout.

— Vu la situation, je pense qu'il est préférable que tu saches tout…

Et Corenn lui raconta l'histoire de Nol et des émissaires, de leurs descendants, des réunions du jour du Hibou, du mystère toujours entier de cette aventure oubliée de presque tous. Cela lui fit du bien de parler de ces choses qu'elle n'abordait que très rarement avec des étrangers.

Yan, fasciné par le récit, comprenait maintenant mieux Léti et son respect des traditions. Il se sentit plus proche d'elle encore, mais en même temps plus éloigné. Lui n'était *pas* un de ces fameux héritiers.

Corenn conclut son histoire par la nouvelle des morts brutales de ses amis, sa course effrénée jusqu'à Eza, et leur voyage jusqu'à la rencontre avec les assassins et Grigán.

— Grigán est un descendant de Rafa Derkel. Les trois Züu qui nous ont attaquées avaient d'abord cherché à le tuer à Bénélia. Mais ils ne l'ont pas trouvé, et finalement c'est lui qui les a suivis jusqu'à leur cible suivante…

Elle marqua un silence.

— Nous serions mortes hier.

Elle semblait vouloir clore là la conversation. Yan patienta silencieusement un moment à ses côtés, puis fit avancer son cheval jusqu'à celui du guerrier.

— Corenn vient de me raconter ce qui s'est passé. Comment avez-vous pu échapper aux Züu à Bénélia ?

Grigán le dévisagea étrangement pendant quelques instants, au point d'embarrasser Yan.

— Tu me soupçonnes de quelque chose ?

— Non, bien sûr que non ! s'exclama-t-il. Je suis curieux, c'est tout !

Le guerrier prit un instant pour juger de la sincérité du pêcheur.

— Les Züu ne sont pas les seuls à vouloir ma peau. Si je ne gardais pas constamment un œil dans le dos, on m'aurait mis en terre depuis longtemps.

Il le planta là et lança son cheval au galop jusqu'au sommet de la prochaine colline.

C'était vraiment un drôle de personnage. Ils avaient de la chance de l'avoir avec eux, pensa Yan.

Corenn le rejoignit en souriant :

— Je ne sais pas ce que tu lui as dit, mais si tu l'agaces, *il va te botter le cul !* lança-t-elle avec une petite grimace, en imitant l'accent de Grigán.

Yan lui rendit son sourire. Heureusement que ses compagnons n'étaient pas comme le guerrier taciturne, sinon le voyage aurait paru bien long !

Il réalisa soudain qu'il ne savait même pas *où* ils allaient.

— On fuit au hasard, ou bien on a un but précis ?

— Non, on ne fuit pas. Si on fuyait, on irait plutôt de l'autre côté, fit la Mère en indiquant l'ouest. Nous devons essayer de rencontrer d'autres héritiers ; peut-être que l'un d'eux a des informations importantes. Et là, on avisera.

— Comment va-t-on en trouver d'autres ?

Puis il comprit.

— À Berce, bien sûr. Votre lieu de réunion habituel. C'est là que tous les survivants iront.

Corenn acquiesça. Yan poursuivit :

— Je suppose que vous y avez pensé, mais… Si les tueurs sont aussi bien renseignés et efficaces que vous le dites, ils vont arriver à la même conclusion et nous attendre là-bas.

— Oui, certainement. Malheureusement, c'est la meilleure solution que nous ayons. On avisera.

Yan s'assombrit. On allait quand même beaucoup aviser dans les jours prochains. S'il n'était pas contre un peu d'aventure, plonger tout droit dans la gueule du loup était très loin de l'emballer.

— Vous pensez qu'on en rencontrera beaucoup ?

— Je l'espère. Je n'aimerais pas avoir à me dire que nous ne sommes plus que trois. Mais au vu de ma liste…

Elle ne finit pas sa phrase, et ils restèrent silencieux pendant un moment.

— Combien êtes-vous, normalement ? Je veux dire, combien étiez-vous avant ?

— Je ne sais pas exactement. Peut-être soixante-dix, ou quatre-vingt, mais il a dû y avoir des naissances depuis trois ans. Et tous ne venaient pas aux réunions, loin de là. Je ne connais pas les visages de la moitié d'entre eux. Et je suis sûre que certains *ignorent* même toute l'histoire. Xan avait le projet, cette année, de rassembler tout le monde. Ça n'avait pas été fait depuis très longtemps.

Yan fit un rapide calcul mental.

— Vous n'êtes pas nombreux, encore. Si l'on compte une moyenne de deux enfants par génération, depuis plus d'un siècle, votre nombre devrait dépasser largement la centaine.

— Oui, c'est vrai. Peut-être est-ce mieux ainsi, vu les circonstances…

— Et… Combien sont morts ?

— D'après ma liste, trente et un adultes et enfants.

Corenn déglutit péniblement, puis détourna son regard.

— Elle est sûrement incomplète.

Yan cessa de la questionner. Malgré ses efforts pour se dominer, la Mère était visiblement de nouveau au bord des larmes.

Et lui-même mit un peu de temps à réaliser.

* * *

Ils s'arrêtèrent pour déjeuner en haut d'une colline, d'où l'on pouvait surveiller les allées et venues. Grigán s'installa un peu à l'écart, sous le couvert des arbres, et passa tout le temps de la halte à scruter l'horizon. Léti avait de meilleures couleurs ; dormir un moment, même sur un cheval, lui avait fait beaucoup de bien. Ils parlèrent peu et se remirent rapidement en route, l'anxiété de Grigán les ayant tous gagnés.

Léti s'installa derrière Corenn. Bien que plus à l'aise, Yan regrettait de ne plus chevaucher avec son aimée serrée contre son dos. Mais il leur fallait alterner, afin de ne pas fatiguer toujours la même monture.

Le reste de la journée allait être très monotone ; il en fut tout à fait sûr après quelques lieues franchies sans histoires. Comme aucun de ses compagnons ne parlait – tous absorbés par leurs pensées –, Yan décida de prendre son mal en patience et d'observer le paysage. Mais il fut rapidement lassé des végétaux de toutes tailles cachant l'horizon, et qu'on trouvait également près d'Eza. Aussi c'est presque avec plaisir qu'il vit Grigán revenir contrarié d'une de ses patrouilles de reconnaissance.

— Un cavalier nous rattrape, au grand galop. Il porte une robe de prêtre.

— Une robe *rouge* ? demanda Léti sur un ton assassin.
— Non. Mais ça ne signifie rien.
— Vous pensez que c'est un Zü ?
— Non, je ne crois pas. Ils agissent en groupe, le plus souvent. Mais je ne parierais pas ma vie là-dessus.
— Vous êtes certain que les trois qui vous ont attaqués hier sont morts ? intervint Yan.
— *Plus morts que les rois de Lermian*, répondit le guerrier avec un rictus inquiétant. Si je n'attaque jamais en premier, je ne laisse en tout cas aucun survivant chez mes ennemis intimes. C'est une règle de survie de base.

Yan eut la vision d'un Grigán tranchant sadiquement les gorges d'hommes blessés, râlant et suppliant. Il chassa cette idée avec effroi. Il voulait certainement dire qu'il frappait pour tuer, au cours des combats.

— Quelles sont vos suggestions ? demanda Corenn.
— On se cache. Il faut toujours éviter le combat, lorsqu'on peut le faire.
— On va devoir se cacher, comme ça, à chaque fois qu'on rencontrera quelqu'un ?

Trois regards étonnés se tournèrent vers Léti. Elle avait parlé presque avec colère.

— Non, bien sûr que non, répondit sa tante sur un ton apaisant. Mais pour l'instant, c'est la meilleure chose à faire. Nous ne devons prendre aucun risque ; car nous miserions notre vie ! Tu comprends ?
— C'est juste un cavalier qui passe, rétorqua Léti boudeuse. Même si c'est un Zü, il est seul. Grigán le tuera facilement.
— Est-ce que tu te rends bien compte de ce que tu dis ?

La jeune fille ne répondit pas. Elle était peut-être allée trop loin, effectivement.

Grigán secoua la tête d'un air incompris, en menant le groupe assez loin sous le couvert des arbres où ils mirent pied à terre. Corenn tenta de ramener sa nièce à des pensées plus raisonnables.

— Le chemin que nous empruntons est le plus rapide de Kaul en Lorelia ; en fait c'est presque le seul. Les Züu vont forcément y patrouiller, s'ils se doutent que nous allons à Berce. Tu comprends ?
— Oui, oui, lâcha la jeune fille, excédée mais pas convaincue.
— On ne va pas se cacher tout le temps ; on le fait seulement parce qu'il existe une possibilité que le cavalier soit un assassin à notre

recherche. Quand nous aurons passé Bénélia, nous serons beaucoup plus tranquilles. Ils ne peuvent pas surveiller toutes les routes loreliennes, à moins de disposer de centaines d'hommes.

— Dame Corenn, vous avez admirablement compris la situation ; je n'en attendais pas moins de vous.

— Merci, maître Grigán.

Yan s'était bien abstenu de participer à la discussion ; et surtout de donner raison à l'une ou l'autre des Kauliennes. Ce dont il n'avait surtout pas besoin, c'était d'être mêlé à une dispute. Et il sentait malheureusement que l'une ou l'autre allait bientôt le prendre à témoin.

Il fut tiré d'affaire involontairement par Grigán.

— Prends ton arc et suis-moi. Léti, si tu as fini ton caprice, essaie de faire taire ce cheval, s'il te plaît.

— Où allez-vous ? Je veux venir avec vous.

Le guerrier ne répondit pas et prit la direction du chemin. Yan fit une moue désolée et impuissante à l'attention de son amie, et s'éloigna à la suite de Grigán.

Jamais Léti ne s'était sentie aussi humiliée. Elle se sentait assez de rage pour abattre un arbre rien qu'avec ses mains.

Elle alla voir le cheval rebelle, à qui elle imposa le silence par la seule force du regard. La pauvre bête eut la bonne idée d'obéir.

Léti passa ensuite un moment à faire les cent pas, puis n'y tint plus et laissa libre cours à sa colère.

— Tante Corenn ! J'estime Grigán, je suis contente de l'avoir à nos côtés, et je sais que nous lui devons la vie. Mais cela lui donne-t-il le droit de nous traiter comme des incapables, des fardeaux inutiles ?

Elle marqua un temps avant de continuer.

— Comment peux-tu le supporter, toi, une *femme*, une Mère du Conseil permanent ?

Elle regretta cette ultime réplique avant même de l'avoir achevée. Mais il était trop tard : Corenn, d'humeur toujours égale, reine de la diplomatie, sachant pardonner beaucoup de choses, la fixa avec gravité. Puis vint le sermon…

— Léti, est-ce que tu as déjà été traquée ?

— Non, répondit la jeune fille embarrassée.

— Est-ce que tu as déjà endossé la responsabilité de la vie de plusieurs personnes ?

— Non, non.

— Qu'est-ce que tu connais de la clandestinité ? Quelle expérience as-tu du danger ? Est-ce que tu sais seulement te battre ?

— Non, je ne sais pas me battre, je n'ai jamais tué personne, et je n'ai jamais mangé de méduse crue non plus. Voilà.

— Grigán, pour son malheur, a connu et connaît toutes ces horreurs. Aussi agit-il de son mieux pour notre bien, et nous devons lui faire confiance.

— Je ne dis pas le contraire ! Simplement : pourquoi demande-t-il à Yan de l'aider et pas à moi ?

— Ça n'a rien à voir avec toi. Ça vient de son éducation, de ses convictions. Pour lui – comme pour n'importe quel natif des Bas-Royaumes –, les femmes ne doivent pas se battre. Et à ta place, je renoncerais tout de suite à le faire changer d'avis.

— Mais c'est stupide ! Dans l'armée du Matriarcat, il y a des femmes, au même titre que les hommes, et qui font aussi bien qu'eux !

— Tu crois ? Il y a quelques capitaines, oui, peut-être, et un bon nombre de guerrières. Mais sont-elles vraiment aussi efficaces ?

Léti était atterrée. Toute son éducation était basée sur l'égalité entre les sexes, voire même sur une certaine suprématie des femmes. Et voilà que la Gardienne des Traditions en personne lui disait le contraire.

— En quelque sorte, tu es de son avis, comprit-elle enfin.

— En quelque sorte. Je connais Grigán depuis longtemps, et je lui fais confiance. Je lui laisse avec joie la responsabilité de notre sécurité.

Léti n'en avait pas fini.

— Eh bien moi, je trouve qu'il a tort. Une femme peut sûrement faire aussi bien qu'un homme pour ce qui est de donner stupidement des coups d'épée.

Corenn préféra abandonner le sujet. La tournure que prenait cette conversation ne lui plaisait pas du tout. Ce dont elle n'avait surtout pas besoin, c'était que sa seule famille restante se mette en tête d'affronter en duel des assassins de profession.

* * *

Yan et Grigán s'installèrent à la lisière de la forêt, en un endroit où ils avaient une vue très profonde du chemin. Le cavalier s'était rapproché et ne serait plus long à les dépasser.

C'était un homme d'âge moyen, vêtu comme un prêtre, sans extravagance. Son comportement n'était pas spécialement suspect, mis à part sa précipitation. Yan était sûr qu'il n'avait rien à voir avec eux.

— Encoche une flèche et prépare-toi.

Grigán avait planté sa lame courbe dans le sol devant lui et faisait de grands efforts pour tendre la corde d'un arc plus grand encore que celui de Yan. Le pêcheur aurait bien aimé attendre pour observer le guerrier, mais ç'aurait semblé trop louche. Il tira une flèche de son carquois, s'allongea sur le ventre et fit son possible pour l'encocher.

L'homme en noir l'observait avec incrédulité.

— Pas à terre ! Mais qu'est-ce que tu fais !

Yan se releva rapidement et affecta une attitude dégagée. Il ne fallait pas que Grigán s'aperçoive qu'il n'avait jamais touché un arc de sa vie…

Il espionna du coin de l'œil son compagnon et l'imita de son mieux. Tenir la flèche entre deux doigts, garder un bras tendu… Ça avait l'air facile.

— Tu tires uniquement si je le fais. Puis tu encoches aussitôt et tu attends mes ordres.

Grigán tint en joue le cavalier sur cent vingt pas au moins, jusqu'à ce qu'il échappe à leurs regards derrière un tournant du chemin. Mais ce ne fut que lorsque le bruit des sabots du cheval fut presque inaudible qu'il relâcha sa tension. Yan fit de même en tout point.

— Là-bas, à côté, tire ! lui cria le guerrier pratiquement dans l'oreille.

Yan pivota en bandant l'arc, chercha la cible du regard, crut la voir et lâcha tout. La corde lui râpa tout l'intérieur du bras tandis que la flèche glissait ridiculement sur le sol. Il fouilla fiévreusement les buissons du regard sans rien trouver.

Il sentit très bien, par contre, la tape un peu forte que Grigán lui donna sur la tête.

— Tu n'as jamais vu d'arc de ta vie ! Ose me dire le contraire !

Yan se tendit, furieux et vexé. Il sentait son visage rougir comme un lubillier et fut plus vexé encore d'être aussi transparent.

— Vous êtes fou ! Vous m'avez fait peur ! C'est dangereux, vous savez, j'aurais pu tuer quelqu'un !

— Ça ne l'est pas si l'on sait tenir son arme, rétorqua le guerrier sans se démonter. Tu n'aurais pas dû me mentir sur ce point.

La colère de Yan fondit comme neige au soleil, devant le ton calme et les arguments sensés de Grigán. Mais pas sa honte. Il se sentait maintenant comme un gamin pris en faute.

— Je préfère nettement savoir où on en est réellement. Si on avait vraiment dû se battre, ça aurait été dangereux pour toi, pour moi et donc pour les autres.

— C'est bon, c'est bon. J'admets que j'ai eu tort.

— Bien. Pour moi, la discussion est close. Maintenant, voyons ce que l'on peut faire de toi.

Il alla ramasser la flèche et expliqua en quelques phrases, et une démonstration par la pratique, quelle était la bonne position de l'archer. Yan écouta attentivement, puis tira de nouveau à la demande du guerrier.

Le résultat obtenu fut satisfaisant : la flèche partit bien droit, et sans que la corde lui brûle le bras.

— Bien. C'est toujours ça. Il ne te reste plus qu'à apprendre à viser ; là je ne peux rien pour toi.

— Je vais tellement m'entraîner que vous n'oserez même plus tirer, plaisanta-t-il pour montrer sa bonne volonté.

Ils regagnèrent leur petit campement improvisé. Yan se sentait toujours un peu honteux et stupide, mais plus confiant envers Grigán. Après tout, le guerrier taciturne n'avait qu'un souci en tête : leur éviter des ennuis.

Ils furent violemment apostrophés par Léti dès leur retour.

— Vous avez été longs ! Qu'est-ce qui s'est passé ?

— Rien. Tout va bien.

Le guerrier n'avait aucune envie de s'éterniser sur des explications inutiles.

— Grigán m'a montré comment tirer à l'arc. C'est plus difficile que je ne le croyais, mais ça va une fois qu'on a compris le truc.

— Contente de l'apprendre. J'espère que tu t'amuseras bien avec ton jouet pour hommes.

Et elle le planta là.

Yan était stupéfait. Il s'était déjà disputé avec Léti, mais jusqu'à présent il avait toujours au moins su pourquoi. Qu'est-ce qui lui prenait ?

Peut-être était-elle en colère parce qu'il montrait de l'intérêt pour une arme. Un objet fait pour *tuer*. C'était ça, elle méprisait les hommes parce qu'ils ne pensaient qu'à se détruire entre eux.

Non, ça ne tenait pas debout non plus. Tout à l'heure, elle avait fortement suggéré que Grigán les débarrasse du cavalier sans autre forme de procès.

Il s'avança pour lui parler puis changea d'avis. Que pourrait-il bien lui raconter ? Quand elle était dans cet état, tous les efforts de réconciliation étaient inutiles. Mieux valait attendre que les choses se tassent. Léti était encore sous le choc de ses émotions récentes, et son équilibre en avait pris un coup.

Ne restait qu'à espérer que ça lui passerait au plus vite…

* * *

— Rey ! Hé, Rey, c'est toi ? Rey !

Reyan lança l'un de ses jurons les plus grossiers. Alors qu'il avait réussi à quitter Lorelia sans faire de vagues, alors qu'il était remonté tout le long du Gisle jusqu'à la ville du Pont, alors enfin qu'il avait presque quitté le royaume en toute discrétion, voilà qu'un stupide type de sa connaissance hurlait son nom à tue-tête en pleine rue.

Il lui fit un petit signe de la main et alla à sa rencontre. Puisqu'il était découvert, autant ne pas se faire remarquer plus encore en réagissant bizarrement, comme en faisant le sourd ou en s'enfuyant à toutes jambes.

Ça le vexait *beaucoup* de se faire reconnaître comme ça, si facilement. Il avait passé un bon moment à concevoir un déguisement discret, mettant en œuvre tout son talent d'acteur pour choisir des vêtements lui donnant l'air plus vieux, plus grand, et moins lorelien. Mais bon, c'est vrai qu'il n'était pas allé jusqu'au maquillage, aucun postiche ni teinte ne pouvant tenir pendant tout un voyage. Il ferait mieux la prochaine fois !

C'était déjà heureux qu'il ait pu prendre ces défroques. Quand il avait réveillé Barle, trois nuits plus tôt, Reyan avait eu peur pendant un moment que son chef de troupe ne finisse le travail commencé par le Zü. Mais après une longue séance de critique sur les bons-à-rien-sauf-attirer-des-ennuis, les amuseurs, les rigolos, les plaisants, les fêtards qu'il s'était pourtant *juré* de ne plus prendre dans sa roulotte, tout cela sur un ton de voix bien au-dessus de la normale, Barle avait consenti à aider son jeune acteur. Il lui avait donné des vêtements, de la nourriture, et même, *sans qu'il l'ait demandé* – Reyan n'en était pas encore remis –, une bourse pleine de terces d'or, à l'unique condition qu'il revienne un jour jouer avec eux pour les rembourser.

Il avait ensuite immédiatement plié bagage avec toute la troupe, prenant la direction de Partacle en espérant traîner derrière lui les éventuels – probables, même – poursuivants de Reyan.

Mais tous ces efforts seraient stériles s'il se faisait repérer à cause de l'abruti qui continuait à faire de grands signes dans sa direction. Quel était son nom, déjà ? Tiric ? Iryc ? Rey pressa le pas et fut enfin à ses côtés.

— T'as pas besoin de hurler mon nom dans la rue, comme ça. Je ne suis pas sourd, lui dit-il en guise de salut.

— B'zoin de discrétion, hein ? J'suis au courant.

Rey observa son interlocuteur sans répondre. Celui-ci était visiblement très satisfait de son petit effet. Il arborait un sourire goguenard découvrant une dentition jaunâtre et très accidentée. Ses habits étaient crasseux, ses cheveux sales, et son haleine empestait la vinasse à un tic le gobelet.

D'où le connaissait-il, déjà ? Rey se souvenait avoir trinqué quelquefois avec lui et d'autres soûlards, mais ne se rappelait plus à quelle occasion – c'est-à-dire dans quel cabaret – il l'avait rencontré pour la première fois. Il est vrai qu'il connaissait ainsi des centaines de noms et des milliers de visages… C'était quoi son boulot à lui, déjà ?

L'affreux se dandinait ridiculement, très sûr de lui, les mains dans les poches.

— Mon vieux, je n'sais pas c'que t'as fait, mais t'es sûrement le type le plus demandé du coin, reprit-il. La Guilde offre deux cents terces pour ta tête. Mais tu l'savais déjà, non ?

La Guilde. Alors là, c'était vraiment la fin. Si les Züu étaient prêts à louer les services du crime organisé pour le retrouver, il fallait vraiment qu'il quitte le royaume au plus tôt. Il ne serait en sécurité nulle part en Lorelia.

— Darlane a même fait dire que si on n'te r'trouvait pas avant les hommes à Safrost, il y aurait d'la purge dans les bandes. Les gars chuchotent que Darlane aurait tell'ment la trouille de louper c'contrat qu'y s'rait même prêt à envoyer péter les accords de la Grande Guilde. Mon vieux, y'a des types qui t'en veulent à mort, ça c'est sûr.

Safrost ? Rey en avait déjà entendu parler… Ça n'était pas le chef présumé de la Guilde goranaise ?

Pour ça, oui, il avait des ennuis… des ennuis qui le poursuivraient dans tous les Hauts-Royaumes.

— M'enfin, t'as pas à t'inquiéter, nous on est potes, comme frères. C'est pas moi qui t'balancerais, même pour tout c't'or. Tu m'connais.

Pas assez, justement. J'te connais pas assez, face de rat. Tu bosses pour la Guilde.

Rey lança des coups d'œil pressés autour de lui. Apparemment, personne n'était en train de s'approcher sournoisement pour lui planter une lame dans le dos. Mieux valait ne pas tenter la chance plus longtemps.

— Bon, eh bien tu comprends que je doive te laisser. Merci pour tes renseignements. On se reverra peut-être un de ces jours, lança-t-il à Iryc en espérant s'en débarrasser.

— Attends. J'peux p't'êt' t'aider. Dis-moi où tu vas, j'leur dirai qu't'es parti ailleurs.

Rey réfléchit un court instant, et prit sa décision.

— Je vais à Romine. Essaie de les envoyer vers Goran. Et si tu veux vraiment me rendre service…

Il empoigna une douzaine de terces dans sa bourse.

— … ça m'arrangerait si tu pouvais m'acheter un cheval et un peu de bouffe. Maintenant que je sais tout ça, je vais essayer de ne plus me montrer. Tu n'as qu'à m'amener le tout à l'*Auberge du Pont*, tu connais ? Je t'attendrai là-bas ce soir.

Iryc sourit jusqu'aux oreilles en empochant les pièces.

— J'le f'rai. À c'soir, alors.

— C'est ça, à ce soir.

Ils se séparèrent et Rey s'engagea dans une ruelle, bifurqua rapidement dans une autre, puis une autre encore. Il s'arrêta après l'angle du mur et attendit un bon moment, dague en main et muscles bandés. Mais personne ne l'avait suivi. Les terces avaient mis l'affreux en confiance.

Ce soir, il ne serait sûrement pas à l'auberge. Si Iryc gardait le silence et les pièces, tant mieux. S'il se rendait au rendez-vous, eh bien il aurait gagné un cheval. Et si c'était un sale traître, ses chefs lui feraient payer sa bêtise à leur manière.

De toute façon, Rey venait de changer ses plans : plus question pour lui de tenter de se faire oublier, où que ce soit. Les Züu plus la Grande Guilde, ça faisait beaucoup trop d'ennemis pour lui tout seul.

Il fallait qu'il retrouve les autres héritiers.
Le jour même, il se mit en route pour Berce.

* * *

— Nous ne devons plus être très loin de Jerval. Il va falloir qu'on prenne quelques *dispositions*.

Yan scruta le guerrier des Bas-Royaumes avec curiosité. Si Grigán voulait prendre des dispositions, ça ne pouvait qu'annoncer des changements majeurs dans la chevauchée, jusqu'alors sans histoire, du petit groupe.

— C'est quoi ? Une grande ville ?

— Pas vraiment, non. Ça serait même plutôt le contraire, comparé aux cités royales loreliennes. Mais mieux vaut ne pas prendre de risques.

— On a besoin d'un quatrième cheval, rappela Corenn. Je pense qu'on aurait tort d'éviter le village.

— Je suis bien d'accord, d'autant plus que le détour nous retarderait inutilement.

— Alors, que proposez-vous ?

— Nous allons nous séparer. Temporairement, bien sûr, ajouta le guerrier devant les airs surpris de ses compagnons.

— Mais encore ?

— Vous, dame Corenn, ainsi que votre nièce, traverserez le village en tête. Je vous suivrai à une centaine de pas. N'allez pas trop vite, je ne veux pas vous perdre de vue. Passez sans vous hâter, c'est tout. Répondez si l'on vous parle, mais n'engagez pas la conversation.

— Et moi, qu'est-ce que je fais ? demanda Yan.

— Tu vas donner ton cheval à Léti. Tu vas entrer à pied, après nous, et tu en achèteras un autre. Si jamais ça tourne mal pour nous, tu files aussitôt. Sinon, tout ira bien, puisque les Züu ne te connaissent pas.

— Je me trompe peut-être, mais si le but de tous ces calculs est de passer inaperçu, ça ne marchera pas. Quand un cavalier traverse mon village, il peut prendre toutes les attitudes qu'il veut, tout le monde le dévisage. Ça devient même le sujet de conversation du jour.

— Pas à Jerval. C'est la première bourgade lorelienne après la frontière kaulienne. Il passe ici des cavaliers tous les jours ; comme celui de tout à l'heure, par exemple. Après tout, Bénélia n'est qu'à une journée de voyage ; les habitants ne vont pas lever la tête à chaque fois que quelqu'un passe dans un sens ou dans l'autre !

— Et qu'est-ce qu'on doit faire, si on est attaqué ? demanda Léti d'un air provocateur.

— Vous galopez sans vous retourner. Je vous rattraperai après m'être chargé des suicidaires qui auraient osé me mettre de mauvaise humeur. C'est clair ?

Léti ne répondit pas. C'était clair, oui. Grigán n'entendait pas discuter de ses ordres.

Le guerrier donna quelques terces à Yan.

— Tu viens d'une ferme, pas très loin. Tu es seulement venu acheter un cheval pour ton père, et tu dois repartir aussitôt pour être rentré avant la nuit. Marchande un peu pour donner le change, mais n'y passe pas un décan.

Yan examinait les pièces avec intérêt. C'était la première fois qu'il voyait de la monnaie lorelienne.

— Combien coûte un cheval, normalement ?

— Sept ou huit terces d'argent, en général. Cède à neuf, et ton homme croira sans problème à l'histoire du garçon de ferme stupide… Tu crois que tu sauras jouer ce rôle ? glissa le guerrier avec ironie.

Yan releva la tête et le dévisagea, un peu vexé. Par Eurydis ! Mais Grigán *souriait* ! Il pouvait donc se montrer un peu humain ?

Il lui rendit son sourire. La plaisanterie était acide, mais pour une fois que le guerrier faisait un effort…

— Achète aussi quelque chose à manger, demanda Corenn. Du pain, du fromage, un peu de viande. Ça nous fera du bien de prendre un bon repas.

— D'accord.

— Essaie de tout prendre au même endroit. Pas la peine de laisser ton bon souvenir à tout le village.

— Oui.

— Et rejoins-nous rapidement.

— Oui. C'est tout ? Ça a l'air vraiment difficile de traverser un village *tellement* dangereux.

— C'est sérieux, Yan. Nous pourrions tous nous retrouver morts dans la prochaine décime. Essaie de ne pas l'oublier.

— C'est vraiment encourageant.

Ils firent halte peu après, le temps de laisser Léti monter sur le cheval de Yan. Puis elle et sa tante reprirent la route ; Grigán s'apprêtait à en faire de même quand Yan l'arrêta.

— Dites… Si c'est une idée que vous avez eue pour m'abandonner, je ne vais pas trouver ça drôle du tout.

Le guerrier lui fit face, gravement choqué.

— J'ai dit que tu pouvais venir avec nous, alors tu viens. Je n'ai pas l'habitude de manquer à ma parole.

Il lança son cheval au petit trop, puis se retourna après quelques mètres pour ajouter avec un sourire :

— En plus, c'est toi qui rapportes à manger !

Yan fut plus que rassuré. Apparemment, Grigán l'avait accepté à part entière dans le groupe. Tant mieux.

Il se mit en route à bonne allure pour le petit village. Ses compagnons lui manquaient déjà.

* * *

Malgré sa motivation, Yan mit quelque temps à parvenir à Jerval. Il était un peu tard pour y penser, mais ils auraient dû, lui et ses compagnons, se séparer beaucoup plus près de la petite bourgade. Ça lui aurait évité cette nouvelle marche forcée.

Il vit avec soulagement que tout avait l'air calme ; comme il l'avait deviné en observant les silhouettes à distance, les autres étaient passés sans problème. Heureusement.

Pour la première fois de sa vie, Yan n'était plus dans le Matriarcat. Intéressé, il tournait la tête dans toutes les directions afin de remarquer le plus de détails possible. Mais Jerval ressemblait finalement beaucoup à Eza et il fut assez déçu. Les habitants étaient habillés d'une façon originale, et l'architecture était inhabituelle. Voilà tout.

En fait, tous les villages des Hauts-Royaumes devaient se ressembler, et après tout celui-ci n'était qu'à deux jours de voyage du sien. Bénélia, Lorelia, voilà qui ferait du changement.

Il s'approcha d'une bande de gamins qui jouaient avec des épées de bois et leur demanda où l'on pouvait acheter des chevaux. Ils le regardèrent sans comprendre. Maudit, il avait parlé en kauli sans s'en rendre compte. Il reposa sa question en ithare, en espérant que ces gosses avaient reçu l'enseignement des prêtres eurydiens.

Leurs visages s'illuminèrent et ils l'entraînèrent au bout d'une ruelle où se trouvait un enclos. Un homme chauve et ventripotent vint à sa rencontre et entama la conversation avec lui sur un ton exclusivement marchand.

L'affaire fut vite traitée. Yan choisit un cheval, avec pour seul critère celui de sa couleur, car malheureusement il n'était pas expert en la matière. Puis on marchanda quelques instants pour tomber d'accord sur un prix de neuf terces pour la bête et un harnachement de base. Le jeune homme n'avait même pas eu besoin d'utiliser les mensonges prévus ; l'éleveur se fichait éperdument de ce qu'il allait faire de son cheval.

Yan demanda au plus grand des gamins qui l'entouraient toujours d'aller lui faire ses courses. Il lui tendit trois terces d'argent avec la promesse de lui laisser une part du butin. Le gosse partit en courant, le reste de la bande à sa suite.

L'éleveur apporta le harnachement prévu et libéra le cheval de son enclos. Yan tourna les sangles dans tous les sens et tenta maladroitement de les attacher à la bête, qui se déroba à chaque fois. Le marchand finit par lui prêter main forte, en secouant la tête d'un air las.

Enfin le cheval fut prêt, et Yan lui caressa le col tout en attendant les enfants. Ils étaient longs, tout de même… Il s'avança jusqu'à l'entrée de la ruelle et les chercha dans la rue principale. Un petit gamin détala en l'apercevant.

D'accord. Il avait appris quelque chose aujourd'hui : les enfants loreliens n'étaient pas forcément honnêtes.

Il fit lui-même ses achats avec l'argent qu'il lui restait, chargea sa monture et y grimpa. Il vit avec soulagement qu'elle se laissait faire. Puis il se dirigea vers la sortie du village.

Des rires venaient d'une rue transversale. Yan se pencha pour y regarder et y vit quelques-uns des gamins qui le montraient du doigt en pouffant. Il plissa les yeux et les désigna à son tour en imitant le bruit du serpent, comme s'il lançait on se sait quelle malédiction terrible. Les gosses ouvrirent de grands yeux et s'enfuirent à toutes jambes, complètement affolés. Yan fut agréablement surpris de son petit effet.

Il rejoignit Grigán, Corenn et Léti à moins d'une demi-lieue du village.

— Apparemment, tout s'est bien passé, commenta l'homme en noir.

— Vous plaisantez? J'ai été attaqué par une bande de jeunes ogres qui m'auraient dévoré tout cru, si je n'avais pas pu m'en défaire par ma vaillance et ma ruse.

— C'est ça, c'est ça.

— Ils étaient au moins vingt, armés de couteaux longs d'un pied, et de la bave coulait de leurs bouches à l'haleine putride et aux dents empoisonnées...

— Bien sûr. Allez, on y va.

— Leurs yeux injectés de sang me fixaient avec des envies meurtrières, et je croyais vraiment ma dernière heure arrivée quand celui qui devait être le chef leva son arme vers le ciel en hurlant de toutes ses forces une chanson que tous reprirent bientôt: *Le crabe et la langouste vont par deux, le crabe et la langouste sont heureux...*

— C'est une berceuse, non?

— Oui, je n'ai pas compris non plus pourquoi ils chantaient ça.

Même Léti, qui voulait pourtant continuer à bouder, rit avec eux.

* * *

Grigán ne décida d'un arrêt que bien après le sixième décan, presque à la tombée de la nuit. Comme à son habitude, il guida le petit groupe hors du chemin, vers une petite forêt peu éloignée où ils s'enfoncèrent au hasard. Ils traversèrent une première clairière, puis une deuxième, et ce n'est qu'à la troisième, après avoir détaillé les environs, que le guerrier autorisa l'installation du campement.

Ils commencèrent par manger, la faim leur tenaillant le ventre. Tous se sentirent ensuite langoureux, la fatigue due au voyage et à leur dernière nuit, très mauvaise, se faisant insistante.

Yan commençait à se préparer une couche sommaire quand Grigán intervint:

— Mieux vaut prévoir une tente pour cette nuit. La couleur du ciel ne me dit rien qui vaille; je ne serais pas étonné qu'on ait de la pluie.

— Maudit, je suis maudit. D'abord des ogres, et de la pluie, maintenant.

Rassemblant son courage, il prit sur lui de monter les deux tentes à leur disposition: celle de Grigán, et celle de Corenn. Il allait devoir dormir avec l'homme en noir; ça l'aurait un peu ennuyé, d'habitude, mais ce soir il s'en fichait comme d'une peau de margolin, pourvu qu'il *dorme*.

Tous se couchèrent rapidement, sauf Grigán qui déclara vouloir veiller un peu et s'occuper des chevaux. Yan se demanda si cet homme se fatiguait jamais. Enfin, il admit une fois de plus qu'il était rassurant de l'avoir avec eux. Quant à lui, il s'endormit presque aussitôt.

Il se réveilla quelques décans plus tard, au milieu de la nuit. Le guerrier, allongé près de lui, se retourna silencieusement dans son sommeil. Yan ne l'avait pas entendu entrer, ni se coucher.

La pluie tombait, fine, sur la toile extérieure, et un léger vent faisait remuer le tissu détendu par endroits.

Yan se mit sur le dos et tenta de se rendormir. Il avait de nouveau mal à la nuque, où Grigán l'avait frappé la nuit précédente. Il se massa un peu, mais ça ne le soulagea pas beaucoup. La douleur l'empêchant de s'assoupir, il laissa ses pensées vagabonder, comme il aimait à le faire.

Le jour d'avant, au même décan, il se débattait dans les taillis de la garrigue kaulienne. Maintenant, il était en Lorelia et partageait une tente avec un inconnu qui avait bien failli le tuer. Et demain, où serait-il ? Et encore plus tard ?

Bien que les circonstances ne s'y prêtassent guère, il était heureux que ces changements bouleversent sa vie routinière. Il était vrai, aussi, qu'il n'avait pas encore été confronté à de réels dangers, contrairement à Léti, Corenn ou Grigán.

Des gens cherchaient-ils *vraiment* à les tuer ? Malgré les témoignages de ses compagnons, il avait du mal à le croire. Comment pouvaient être ces tueurs züu ? En se basant sur la description qu'en avait faite Corenn, il les imaginait très grands et très forts, avec un regard de sadique, et vêtus d'une simple tunique teinte avec du sang. Tous, bien sûr, armés d'une dague projetant du poison sur des victimes suppliantes, comme le ferait un serpent insensible.

Il imaginait parfaitement, maintenant, l'homme habillé de cuir rouge. Il était de dos, et se retournait vers lui avec une lenteur extrême. Et le jeune homme reconnut avec horreur son visage : le tueur zü n'était autre que *Grigán* !

Yan se réveilla en sursaut.

Il s'était tout de même rendormi. Mais quel cauchemar…

Sa nuque lui faisait plus mal que jamais, et il se sentait un peu fiévreux. L'énervement, dû aux côtés réalistes de son rêve, sans doute.

Il décida d'aller faire un petit tour à l'extérieur. Il se mit précautionneusement à genoux et progressa lentement vers la sortie de la tente.

Une main lui attrapa fermement le mollet, et il ne put retenir un petit cri de surprise.

— Où vas-tu ?

La voix du guerrier n'était même pas ensommeillée. Yan s'appliqua à reprendre son calme.

— Je n'arrive pas à dormir. Je vais juste prendre l'air.

— Ne t'éloigne pas, ordonna Grigán en le lâchant. Et n'allume pas de feu.

— Mais non, mais non, répondit-il excédé.

Le guerrier lui avait vraiment fait peur.

La fraîcheur de la nuit et du crachin se chargèrent de le détendre. Il se massa une nouvelle fois la nuque, puis fit quelques pas au hasard, qui l'amenèrent près des chevaux. Grigán avait confectionné avec quelques branchages un toit improvisé pour les bêtes, et rassemblé du fourrage. Yan n'y avait même pas pensé. Il fallait qu'il apprenne tout ça : s'occuper des chevaux, tirer à l'arc, se repérer, tant d'autres choses encore… Lui qui avait toujours voulu voyager se rendait compte maintenant qu'il ne pourrait aller bien loin en ne comptant que sur lui-même.

Apprendre à tirer à l'arc… Tout de même, il espérait n'avoir jamais à tirer *réellement* sur quelqu'un.

Quoique… Si ce quelqu'un s'en prenait à Léti…

Cela lui amena une autre idée. Quel jour était-on ? Yan était loin de connaître son calendrier par cœur, et il en était probablement de même pour ses compagnons. Mais ce n'était pas grave, après tout. Le nom du jour importait peu ; tant qu'on n'oubliait pas que c'était le neuvième avant le jour de la Promesse.

Jusqu'à présent, ça ne se passait pas très bien. Léti était très affectée par les événements et Yan espérait qu'elle irait bientôt mieux. Il hésitait déjà beaucoup à faire sa demande *avant*… mais il n'y parviendrait jamais si l'humeur de la jeune fille ne s'améliorait pas.

La pluie commençait à s'infiltrer dans ses vêtements, et il ne tarda pas à regagner sa tente. Il fallait qu'il se force à dormir un peu : les jours prochains allaient probablement être très fatigants.

* * *

Maz Lana retint son souffle en poussant la porte d'entrée de la petite ferme perdue dans la campagne. Elle avait beau la savoir inhabitée et close depuis plusieurs décades, elle s'attendait plus ou moins à tomber nez à nez avec l'un des anciens résidants… ou son cadavre.

La maisonnée appartenait à la branche romine de sa famille, qu'elle n'avait jamais connue, mais qui descendait au même titre qu'elle de leur ancêtre Maz Achem.

Elle s'était lancée à leur recherche dès le lendemain de son arrivée au temple de Mestèbe, et à force de patience avait fini par retrouver le lieu où le sage émissaire avait vécu ses dernières années.

Elle n'avait pas été très étonnée d'apprendre que ses lointains cousins avaient été récemment assassinés, sans raison apparente. Étonnée, non. Affligée, oui. Car cette tragédie ne faisait que confirmer ses craintes.

La porte était bloquée ; verrouillée, peut-être. Lana fit le tour du petit bâtiment dans l'espoir de trouver une autre entrée, mais il n'y en avait pas, à moins peut-être de passer par le toit.

La prêtresse rejeta cette idée aussitôt, incapable de s'imaginer en train d'escalader un mur. Il ne lui restait qu'une chose à faire…

Elle s'empara d'une lourde pierre et se mit à marteler le bois à coups réguliers, tout en faisant de vives prières à Eurydis pour que personne ne la surprenne. N'étant pas stupide, elle avait bien sûr gardé le secret sur sa parenté avec les victimes, et n'avait aucun désir de gâcher sa couverture en se faisant surprendre en pleine effraction.

La serrure finit par céder, et Lana dégagea la porte de son montant avec quelques coups d'épaule donnés de son plus fort – ce qui n'était pas beaucoup.

Elle examina l'intérieur en haletant. Tout était sombre. Affreusement, horriblement sombre. En temps normal, jamais elle ne serait entrée là-dedans.

Mais on n'était pas en temps normal.

Elle rassembla son courage et entra à pas décidés, se dirigeant tout droit vers une lucarne condamnée dont elle défonça les planches de la même manière. Ses propres coups résonnaient violemment sur les murs en pierre, et elle se mit à frapper de plus en vite et de plus en plus fort, cédant peu à peu à la panique.

Enfin, la lucarne fut dégagée et la pièce suffisamment éclairée.

Lana s'accorda un instant de repos et de réflexion. *Ce qu'elle cherchait* ne se trouvait sûrement pas dans cette pièce faisant office de séjour et de salle à manger. Il fallait en tout cas l'espérer : les quelques meubles toujours en place étaient dans un état lamentable. Des suites d'un pillage, peut-être. Ou d'une possible bagarre entre ses cousins et les Züu. Ou d'un peu des deux.

Lana sentit l'angoisse et les larmes revenir. Ith était si loin ! Et surtout, elle était si seule face à des événements qu'elle ne comprenait pas, face à des situations au-dessus de ses forces, face à la violence…

Elle sortit quelques instants pour remettre de l'ordre dans ses idées. L'ambiance morbide de la maison lui faisait perdre son calme. Après une courte prière et surtout quelques encouragements, elle se sentit un peu mieux et reprit son investigation.

Elle cherchait quelque chose. Quelque chose de très important. Quelque chose de certainement *vital*. Et cela valait bien un petit moment d'oppression…

Elle fouilla donc la maison de fond en comble, dégageant chacune des fenêtres des pièces qu'elle traversait. Elle fit de son mieux, pendant tout ce temps, pour ne pas penser à ces cousins inconnus. Pour ne pas savoir, par exemple, à qui appartenaient ces jouets, ni ce qu'on avait fait à leurs propriétaires. Pour ne pas les imaginer en train de vivre. Pour ne pas s'avouer, enfin, qu'elle regrettait de ne pas avoir connu sa propre famille.

Le temps passant, elle vit diminuer de plus en plus ses espoirs. Et elle finit par admettre, à contrecœur, que l'objet n'était pas là. N'était *plus* là.

S'il avait jamais existé. Ce dont elle doutait encore.

Et il n'y avait à sa connaissance qu'un moyen sûr de le savoir. De *tout* savoir.

Elle abandonna la fermette après avoir adressé une fervente prière à Eurydis pour le repos des esprits de ses cousins. Puis elle se débarrassa du plus gros de la poussière de ses vêtements et remonta à cheval pour rentrer à Mestèbe.

Ce qu'elle envisageait de faire pour découvrir la vérité demandait beaucoup de préparatifs, tant matériels que spirituels.

Après tout, elle allait peut-être en mourir…

* * *

Yan se réveilla un peu avant l'aube. Grigán était déjà levé ; une fois de plus le jeune homme ne l'avait pas entendu. C'en était presque agaçant.

Il se vêtit sans fioritures et sortit de la tente. La journée allait être pluvieuse, le ciel était bas et gris.

Le guerrier n'était pas là, mais il n'y avait sûrement aucune raison de s'inquiéter. La tente de Corenn et Léti était encore fermée ; Yan espéra qu'elles avaient pu passer une bonne nuit, après leurs émotions de la veille.

D'ordinaire, le matin, il allait nager un peu si le temps était beau, ou se contentait d'ablutions sommaires dans le cas contraire. Puis il rejoignait Léti pour grignoter quelque chose avant les occupations de la journée.

Ça se présentait plutôt mal pour les ablutions ; mais on devait pouvoir faire quelque chose pour le déjeuner. Il fit quelques pas sous les arbres et ne tarda pas à découvrir avec un grand plaisir un jeune lubillier dont les fruits, quoique peu nombreux, feraient très bien l'affaire. Léti adorait ces tiges consistantes et sucrées, dont Norine faisait autrefois des liqueurs.

Il tomba plus loin sur un nid de virvois abandonné où restaient encore trois œufs. Deux autres avaient été cassés et gobés par un merle charognard peut-être, ce qui expliquerait l'abandon du nid. Yan ramassa les œufs en espérant que Grigán le laisserait allumer un petit feu. Les œufs crus n'étaient pas ses préférés.

Enfin, il tomba sur un noisetier dont il déchargea les branches. Personne n'en prendrait au déjeuner, mais il n'avait jamais pu passer devant des noisettes sans en ramasser un sac plein.

Il revint au campement en constatant la richesse de la forêt lorelienne. Une promenade dans la garrigue du Sud kaulien aurait été moins fructueuse.

Grigán était revenu, lui aussi. Il était en train de refermer des gourdes qu'il avait laissées ouvertes la veille au soir. La pluie leur avait fourni de l'eau.

Yan se dit qu'il aurait dû y penser aussi. Il y avait deux puits à Eza, bien plus qu'il n'en fallait pour les quelque deux cent trente villageois, aussi l'idée qu'ils puissent manquer d'eau ne lui était pas venue à l'esprit. Pourtant, il avait lui-même installé un petit système de récupération d'eau de pluie chez Norine…

Le guerrier était lui aussi allé chercher de quoi manger, bien que les provisions de la veille ne fussent pas épuisées. Il avait récolté une grosse quantité de noyaudes et abattu un faisan marin. Yan fut un peu chagriné de ne pas être le seul à en avoir eu l'idée. Il mit ses trouvailles avec les autres et s'approcha de Grigán.

— Bonjour.

Le guerrier le regarda avec une pointe d'étonnement.

— Bonjour aussi.

— Vous avez bien dormi ?

— Oui. Merci.

Un silence s'installa. Grigán préférait visiblement s'affairer autour de ses gourdes et de ses sacoches qu'échanger des politesses. Yan s'éloigna un peu, puis soudain inspiré se précipita dans sa tente. Il en ressortit avec l'arc et les flèches qu'on lui avait confiés.

Il s'éloigna un peu du camp pour ne pas avoir à supporter le regard critique du guerrier, ni ses remarques forcément moqueuses. Il s'arrêta après une centaine de pas et se choisit une cible : une drôle de marque, comme un nœud, dans l'écorce d'un arbre éloigné.

Il mit une décille au moins à tendre l'arc correctement et à viser. Enfin il lâcha prise en redoutant la douleur, sanction immédiate d'une mauvaise manipulation.

La flèche partit normalement, mais passa à plus de deux pas de la cible pour s'enfuir plus loin dans les broussailles. Yan se rendit compte alors qu'il allait sûrement perdre toutes ses flèches en s'entraînant de cette façon. Il récupéra la première et se choisit un nouveau but : un groupe de jeunes troncs serrés, qui devraient arrêter même ses plus mauvais essais.

Il tira une vingtaine de fois, son meilleur résultat étant de se rapprocher à un peu plus d'un pied de la cible. Son bras se fatiguait et il commençait à désespérer ; ça allait être plus difficile que prévu.

— Tu me laisses essayer ?

Léti était à quelques pas derrière lui. Elle avait certainement vu ses derniers tirs ; Yan ne se sentait pas glorieux. D'autant plus que Léti n'aimait apparemment pas qu'il se serve de l'arc.

Mais au fait, pourquoi voulait-elle essayer, alors ?

— Je t'en prie.

Il passa l'arme à Léti, dont le visage s'illumina. Bien sûr, quel idiot il était ! Elle s'était sentie mise à l'écart par les deux hommes. Il aurait dû le comprendre avant ; Léti n'était pas du genre à se faire materner outre mesure.

Il lui répéta de son mieux les conseils que lui avait donnés Grigán, et elle se mit en position.

— Qu'est-ce que tu visais ?

— Le tronc un peu tordu, là, devant les autres. Mais il n'arrête pas de bouger, ajouta-t-il en riant.

Léti sourit et tira progressivement sur la corde. C'était vraiment très dur. Elle plissa les yeux, serra les dents et banda ses muscles le plus possible. Malheureusement, l'arc ne se tendait pas beaucoup. À bout de force, elle lâcha prise et la flèche fit un petit bond en avant pour atterrir à plat sur le sol, une douzaine de pas plus loin.

— C'est pas grave, dit aussitôt Yan pour la consoler. C'est parce qu'il est trop tendu, voilà tout. On doit pouvoir trouver des arcs un peu plus légers.

Il avança la main pour la débarrasser de l'arme.

— Attends. Donne-moi une autre flèche, si tu veux.

Yan s'exécuta. Ça ne servait pas à grand-chose, à son avis : elle avait déjà trop fatigué son bras à lancer la première, et ne pourrait faire que moins bien avec la seconde.

Léti encocha, prit la position et tira sur la corde. Puis elle orienta son arc vers le haut, la flèche pratiquement dirigée sur la cime des arbres. Yan crut à une défaillance physique de son amie et allait venir à son aide, mais elle tira avant.

La flèche décrivit une trajectoire courbe qui se termina en plein sur le tronc-cible, où elle se planta chichement un instant, avant de chuter au sol.

Yan resta bouche bée, les yeux vissés sur l'entaille faite par la pointe dans le bois. Léti lança un grand cri d'une joie sauvage avant de se retourner vers lui.

— Tu as vu ? Je l'ai fait, Yan. *Je l'ai fait*. Je ne suis pas plus mauvaise qu'*un* autre. Je l'ai fait !

Le pêcheur se sentait pour sa part *très* mauvais. Léti avait vraiment tous les talents, et lui, aucun.

Il ne ressentait pas de jalousie, mais plutôt une réelle admiration pour celle dont il pensait souvent ne pas être digne. Il examina son visage parfait, le voile brun de ses cheveux abondants, ses yeux pétillants où on lisait l'amour de la vie, sa bouche qui dévoilait un sourire heureux. Elle devrait *toujours* être comme ça. Yan se promit de faire n'importe quoi pour qu'elle soit toujours comme ça.

Léti alla rechercher la flèche, qu'elle lui rendit en même temps que l'arc.

— Tiens. Je n'ai pas envie de me battre dès ce matin avec Grigán le Grincheux. J'ai ma réponse. Allons déjeuner.

Yan se demanda de quelle réponse il s'agissait, et surtout de quelle question. Mais il s'abstint de le lui demander ; mieux valait essayer de la garder de bonne humeur toute la journée. Et puis, tant qu'il n'était pas la victime de ses sobriquets…

Ils mangèrent avec plaisir les mets récoltés et un peu de ceux qui restaient de la veille. Corenn aussi avait meilleure mine ; elle qui était restée taciturne pendant toute la soirée du jour précédent, menait maintenant la discussion en plaisantant sur les capacités culinaires des deux hommes qui se restreignaient selon elle à « aller cueillir quelque chose sur une branche ».

Yan protesta un peu pour la forme, et même Grigán lança une ou deux reparties volontairement provocantes. Personne ne prit tout cela au sérieux et ils se mirent bientôt en route pour une nouvelle journée de voyage.

* * *

Une pluie bruineuse mais insistante commença à tomber en milieu de matinée, vers la fin du deuxième décan. Chacun se couvrit comme il put, en espérant qu'elle cesse rapidement. Ce qu'elle fit, pour reprendre malheureusement peu après avec plus de force.

Le chemin s'était fait route peu à peu, que d'autres voies croisaient ou rejoignaient. Grigán fit bifurquer sa petite troupe dans l'une des plus larges, qui remontait vers le nord.

— Je pensais que Bénélia était droit devant nous ? s'étonna Corenn.

— Elle l'est, c'est vrai. Mais je préfère faire un détour et réduire le plus possible les chances qu'ont les Züu de nous retrouver… si toutefois ils nous cherchent. Ils ne sont sûrement pas encore au courant de la mort des trois autres.

— Qu'avez-vous fait des corps ? demanda Yan sur une soudaine inspiration.

— Laissés sur place. Ne t'attarde jamais sur un cadavre, si tu veux vivre longtemps. Surtout dans les Hauts-Royaumes, ajouta le guerrier avec un sourire énigmatique.

— Vous les avez fouillés ?

Grigán plissa les yeux.

— Pourquoi aurais-tu voulu que je les fouille ?

— Je ne sais pas… Il y avait peut-être des choses à apprendre, des machins qui auraient pu nous servir… Vous n'avez pas été tenté de prendre leur bourse, par exemple ? osa enfin Yan.

Grigán le dévisagea avec gravité. Même à travers le rideau de pluie, le jeune homme pouvait sentir l'intensité du regard posé sur lui. Maudit, il avait une fois de plus contrarié le guerrier à l'étrange sensibilité.

— Tu l'aurais fait, toi ? Tu aurais dépouillé un mort ?

Yan ne réfléchit qu'un instant.

— Non, je crois que non. Non, bien sûr, déclara-t-il sincèrement après un instant de réflexion.

— Tant mieux.

Grigán avait l'air vraiment sérieux. Yan se promit d'apprendre à tenir sa langue. Il lança un regard discret aux deux Kauliennes. Corenn arborait un léger sourire amusé, et Léti semblait contrariée, par la pluie peut-être.

Quoi qu'il en soit, il avait le sentiment de s'être fait gronder comme un gamin, devant ses amies, qui plus est. Et ça arrivait beaucoup trop souvent depuis quelque temps. Aussi revint-il à la charge, un peu stupidement…

— Je les aurais quand même fouillés. À mon avis, vous auriez dû les fouiller.

— Tu veux qu'on y retourne ?

Corenn préféra intervenir, sentant qu'une dispute pointait à l'horizon.

— On a quitté les lieux tout de suite après pour ne pas se faire repérer. On n'aurait donc *de toute façon* pas eu le temps de faire quoi que ce soit. Alors inutile d'en débattre.

— Dame Corenn, j'apprécie décidément votre intelligence, répondit le guerrier. Et vous savez quelle est la valeur de ce compliment, venant de la part d'un vieux célibataire aux idées étroites comme moi.

— Je le considère et vous en remercie, maître Grigán. J'espère que vous saurez vous en souvenir quand, à mon tour, je serai d'un avis contraire au vôtre, répondit-elle avec un sourire malicieux.

— Puisse ce jour ne jamais venir ; car il verrait ma liberté mourir pour celle d'une femme, dame Corenn. Je préfère avoir tort avec vous, que raison contre vous.

Yan n'en croyait pas ses oreilles. Ils l'avaient complètement oublié. Et qu'est-ce que c'était que ces manières de parler ? Il se tourna vers Léti pour observer sa réaction ; la jeune fille observait sa tante et son « oncle » en souriant béatement ; il n'arrivait pas à comprendre pourquoi. Très bien, puisque tout le monde l'ignorait, il décida d'ignorer tout le monde.

Il ne tint pas longtemps, sa bonne nature l'empêchant de bouder longtemps, son intelligence l'avertissant du ridicule d'une telle attitude, et surtout personne ne faisant davantage attention à lui qu'auparavant.

Le petit groupe croisa un trio de cavaliers environ une lieue après leur changement de direction. Grigán ne donna pas l'ordre de se mettre à couvert ; en fait il ne faisait même plus d'excursions en éclaireur. Yan supposa qu'ils étaient plus en sécurité, maintenant qu'ils étaient sur un des nombreux chemins secondaires.

Ils progressèrent ainsi en silence pendant quelques lieues, croisant, dépassant ou se faisant rattraper par un nombre croissant de piétons et de cavaliers. Ils rencontrèrent même une voiture excessivement décorée, tirée par six chevaux, que conduisaient deux hommes en livrée arborant une expression hautaine qu'ils avaient dû copier sur leur passager – apparemment un noble lorelien. Yan suivit le carrosse des yeux aussi loin qu'il le put. On ne voyait pas, et on ne verrait jamais de tels équipages à Kaul. Pourrait-il un jour voyager de cette façon ?

Ils traversèrent deux villages semblables à Jerval, ou à Eza en fait. Yan ne demanda même pas leurs noms.

À la fin du troisième décan marquant l'apogée, et alors qu'ils traversaient de nouveau un village, Corenn fit s'arrêter sa monture devant la façade d'un bâtiment de belle taille.

— Grigán, que diriez-vous de faire une halte dans cette auberge ? J'ai pris tellement d'eau sur la tête, ce matin, que j'ai l'impression qu'il me faudra un siècle pour sécher.

— Dame Corenn, j'aimerais accéder à votre désir, et j'avoue que je ne serais pas moi-même contre un gobelet de vin et un repas cuit devant un bon feu de cheminée. Mais la prudence m'en empêche : si nous pouvons chevaucher sans crainte des rencontres, j'ai bien peur qu'il nous faille attendre Bénélia pour nous exposer à des regards inconnus.

— Vous avez sans doute raison, reconnut-elle. Veillez sur nous, maître Grigán, ou je laisserai rapidement ma fatigue avoir raison de mon bon sens.

— Je doute que cela arrive jamais, dame Corenn. Mais ce sera un plaisir de prendre soin de vous.

Ils se remirent en route au petit trot. Léti s'approcha discrètement de Yan.

— Tu as vu ce qui se passe ? Ils se font la cour !

Yan eut un violent hoquet de surprise. Il eut soudainement envie de rire très fort, mais cette envie s'éteignit très vite sous le regard sérieux de Léti.

— Ils ne se font pas la cour, ils discutent…

— Bien sûr que si. Tu as vu comme ils se parlent ?

Léti avait l'air convaincue, et très heureuse aussi. Yan se sentait une fois de plus un peu stupide. Quoi, il fallait lui donner du « dame Léti » pour lui plaire ? Il n'était pas contre un essai, si elle ne lui riait pas au nez comme c'était malheureusement probable. Quelque chose lui échappait. Depuis quelque temps, *beaucoup* de choses lui échappaient.

Il examina le guerrier et la Mère, le combattant et la diplomate, l'homme sans loi et la Loi. Non, rien ne les rapprochait, si ce n'était leur âge voisin. Comment pourraient-ils être ensemble ? Léti s'imaginait-elle que Grigán allait faire une demande à sa tante au jour de la Promesse, comme un jeune homme timide à une jeune fille hésitante ?

À cette pensée, Yan eut de nouveau envie de rire. Cette idée lui faisait envisager le jour fatidique avec – un peu – moins d'appréhension. Il se promit d'y repenser chaque fois que le sujet le tourmenterait, c'est-à-dire pratiquement tout le temps.

* * *

Ils croisèrent de plus en plus de monde au fur et à mesure qu'ils approchaient du fleuve. Des paysans, des cavaliers, des marchands et leurs caravanes… Yan détaillait chaque particularité de ces personnages avec une curiosité avide.

L'un d'eux guidait un troupeau d'animaux étranges, sorte de mélange entre un chien et un mouton. Un autre portait une arme insolite ; comme une épée à deux lames, une de chaque côté du manche. Un autre encore menait un âne portant de grands paniers d'énormes fruits de couleur rosée. Ceux-là marchaient en file indienne, la tête basse, psalmodiant quelques mots inintelligibles – des fidèles d'un culte inconnu. Celui-ci encourageait ses six femmes à accélérer le pas pour ne pas perdre son cheval de vue. Ces deux autres se querellaient dans une langue baroque. Celle-là…

— Ne dévisage pas les gens ainsi, Yan, lui dit Corenn.

— Je ne veux pas les gêner, bredouilla le jeune homme. Mais ils sont tous si… étranges !

— Tu leur parais tout aussi étrange. Chacun paraît étrange aux yeux d'un autre. Mais la courtoisie veut que l'on ignore ces détails.

— Ce n'est pas juste une question de politesse, précisa Grigán. L'un de ces types pourrait venir te chercher querelle.

— Simplement parce que j'ai les yeux sur lui ? Tout de même pas !

— Continue, et tu verras. Je ne te donne pas jusqu'à cette nuit pour te faire insulter ou prendre un mauvais coup.

Yan préféra ne pas répondre. Dans le doute, il fut plus discret dans son observation.

Ils atteignirent le Gisle peu avant la tombée de la nuit. Des dizaines de personnes attendaient là le bac qui les mènerait sur l'autre rive. Le fleuve était assez large et devait être profond, ce qui expliquait pourquoi personne ne traversait à gué. Ils mirent pied à terre et se dégourdirent les jambes.

— C'est autre chose que la Mèche, tout de même, dit-il à Léti.

— Pff, fit Grigán d'un air dédaigneux. La Mèche, c'est à peine une grosse rivière. Et ça, le Gisle, c'est rien du tout. Tu devrais voir l'Alt.

— J'aimerais bien, répondit le Kaulien d'un air rêveur. Un jour ou l'autre, si je peux.

Corenn appela les jeunes gens auprès d'elle.

— Regardez, au sud, les petites lumières. Vous les voyez ? C'est Bénélia.

— C'est beaucoup plus beau vu d'ici, dit Léti. Je ne me souviens que de la puanteur et de la saleté des rues. Rien à voir avec Kaul !

— Comment alliez-vous à Berce, avant ? demanda Yan. Je veux dire, si vous ne preniez pas le bac ?

— On prenait le bateau à Bénélia et on débarquait à Lorelia, tout simplement, lui répondit la Mère. Mais la traversée n'est pas à la portée de toutes les bourses, surtout si tu as des bagages. Il faut payer deux fois la taxe royale pour les marchandises : une fois dans chaque ville. Aussi les petits marchands préfèrent-ils prendre un bac un peu plus haut sur le fleuve, ici ou à quelques lieues. De là : marche jusqu'au Vélanèse, traversée, et nouvelle marche jusqu'à Lorelia. Ce que l'on va faire.

— C'est certainement beaucoup plus long.

— C'est aussi beaucoup moins risqué, intervint le guerrier. À la place des Züu, je me posterais sur les quais bénéliens pour avoir une chance de nous pincer. Tandis qu'ils ne peuvent pas surveiller les allées et venues de tous les bacs.

Celui qu'ils attendaient n'était qu'à la moitié de son trajet, et ne devrait pas arriver avant un petit moment. Yan décida de mettre ce temps à profit pour explorer un peu les environs, mais Grigán l'interpella dès qu'il fit mine de s'éloigner.

— Où vas-tu ?

— Juste faire un tour.

— Pas question. Tu restes ici.

Yan se figea, indécis. Il avait promis d'obéir, d'accord, mais le guerrier y allait un peu fort…

— J'y vais, moi aussi, déclara soudain Léti d'une voix défiante.

— Ce n'est peut-être pas une bonne idée, dit Corenn. Tous ces gens, ici, ne sont pas comme les villageois de Kaul. Vous me feriez plaisir en restant avec nous.

Présenté comme ça, Yan voulait bien céder. Mais Léti sentit fléchir le jeune homme et l'entraîna par le bras avant qu'il ne puisse dire un mot.

— On va juste marcher un peu ! Apprenez à nous faire confiance !

Grigán et Corenn les regardèrent s'éloigner pendant quelques instants, à leur tour indécis sur la conduite à tenir.

— À votre avis, si je les ramène par la peau des fesses, c'est un manque de diplomatie ?

— Ils le verraient sûrement ainsi, maître Grigán. Peut-être vaudrait-il mieux fermer les yeux sur ce caprice, et abuser de notre autorité pour des situations *vraiment* dangereuses ?

— Je me range donc à votre avis. Mais j'espère presque qu'il leur arrivera quelque chose, histoire de leur remettre la poutre sous le toit !

Le guerrier trépigna pendant quelques instants en se lissant la moustache, signe chez lui de nervosité.

— M'en voudrez-vous si je vous laisse seule un moment avec les chevaux ? décida-t-il enfin. Je vais tout de même aller traîner derrière nos protégés, histoire de voir si tout va bien…

— Faites, mon ami, répondit-elle en souriant. Je n'en attendais pas moins de vous.

Grigán marmonna un remerciement et s'éloigna à bonne allure.

Comment se pouvait-il que la situation lui échappe ainsi sans arrêt ?

* * *

Une poignée d'échoppes disséminées sur la rive près du petit pont d'embarquement étaient l'unique attraction des environs, si l'on omettait une auberge à quelques centaines de pas. Léti voulant simplement faire la preuve de son libre arbitre, elle s'était contentée de marcher droit devant elle, jusqu'à ce que Yan la guide vers le petit marché qui avait attiré son attention. Guère intéressée au départ, la jeune Kaulienne y prit par la suite beaucoup de plaisir.

Outre les légumes, fruits, viandes, poissons, fromages, pains et boissons diverses proposés la plupart du temps, et qui déjà paraissaient étranges et de qualité douteuse, étaient vendus talismans ésotériques ou religieux ; cartes du monde connu *et* inconnu ; objets singuliers dont Yan et Léti ne reconnurent ni la provenance, ni l'usage ; herbes et onguents divers ; armes légères…

Léti s'était arrêtée devant ce dernier étal et détaillait avec convoitise chacun des objets présentés. Yan patientait silencieusement à ses côtés, espérant qu'elle ne se mettrait pas en tête d'acheter quelque chose à cet endroit. Il avait déjà assez d'appréhension concernant ce qui les attendait à leur retour auprès de Grigán.

La jeune Kaulienne s'intéressait à quelque chose en particulier. Yan s'aperçut qu'il s'agissait d'un arc. Maudit, il allait bientôt avoir des ennuis…

Une vieille femme en haillons baragouina soudain quelques mots à leur intention.

— Je ne comprends pas, lui répondit Léti d'une voix claire.

La vieille leva les bras et les yeux au ciel dans une attitude de remerciement. Elle était au moins aussi sale que le vieux Vosder, pensa Yan. Il n'aurait pas cru que ça pouvait être possible.

— Des Kaulins ! marmonna-t-elle dans un kauli plus qu'approximatif. Des Kaulins ! J'en être sûre.

— On dit *Kauliens*, répondit sèchement Léti. Et j'en *étais* sûre. Et, surtout, on ne vous a rien demandé.

Elle lui tourna franchement le dos, pour accorder de nouveau toute son attention à l'étal. Yan allait en faire autant mais la vieille s'adressa directement à lui, en tirant avec insistance sur la manche de sa tunique.

— Veux-tu savoir ton avenir ? Pour trois tics, je te donne le jour de demain.

Yan se dégagea tant bien que mal. Cette vieille avait de la poigne. Pourquoi ce genre d'ennui tombait-il toujours sur lui ?

— Non, merci. Ça ne m'intéresse pas.

— Si, Kaulien. Ça te intéresse. Demain intéresse n'importe quel gens.

Léti se retourna brusquement et fit face à la vieille casse-pieds. Décidément, ce soir, tout le monde voulait leur donner des ordres. Si ce n'était son respect – relatif – pour les aînés, dû à son éducation dans le Matriarcat, elle aurait déjà bien précisé sa façon de penser à cette enquiquineuse.

Yan essayait en vain de s'en débarrasser sans être impoli.

— Non, non, vraiment. Demain ne m'intéresse pas.

Il se rendit compte qu'il disait vraiment n'importe quoi.

— Si, Kaulien. Demain te intéresse. Donne-moi trois tics, et je te dis tes bonheurs et tes malheurs. Quand tu être riche et quand tu feras Union. Quand tu as enfants et combien tu vis longtemps.

Yan réfléchit un court instant. Il avait toujours l'argent de Grigán sur lui ; il le sortit et commençait à le trier dans sa paume devant lui, lorsque la vieille y piocha avidement trois pièces. Il n'était pas sûr, mais... n'avait-elle pas pris une pièce plus grande que les deux autres ?

Léti secoua la tête d'un air désapprobateur. Le jeune homme savait bien ce qu'elle pensait. Toutefois... la vieille avait parlé de quelque chose qui l'intéressait : *quand tu feras Union.*

— Bien, bien. Prête à moi un objet. Un que tu tiens beaucoup. Un que tu as longtemps.

Yan réfléchit quelques instants. Qu'est-ce qu'il pourrait bien lui donner ? Chez lui, oui, il avait un tas de souvenirs et d'objets fétiches, provenant de ses parents, de Léti, de Norine, ou encore de ses propres expériences... Comme son arbalète-harpon, par exemple. Mais ici ?

Il fit mentalement la liste de ce qu'il avait sur lui. Et se souvint enfin. Sous sa tunique, pendu à son cou, le coquillage de Léti. Celui qu'elle lui avait offert alors qu'ils étaient âgés de huit ans à peine, et qu'il n'avait jamais quitté. Le petit *reine-lune* bleu qu'elle lui avait donné comme *témoignage*, peut-être par jeu d'enfant, mais qu'il avait toujours pris au sérieux.

Oh, bien sûr, il avait déjà dû changer plusieurs fois le lacet de cuir. Mais jamais il n'avait passé plus d'une journée sans ce coquillage autour du cou, depuis qu'il le possédait. C'en était devenu tellement naturel qu'il n'y pensait même plus. Oui, s'il devait désigner un objet important dans sa vie, c'était celui-là.

Il le sortit de sous sa tunique, hésita à l'enlever, mais céda pour éviter le ridicule. Léti lui lança un regard qu'il ne sut déchiffrer. Était-elle vexée qu'il l'enlève ? Ou, peut-être, trouvait-elle stupide le fait d'avoir conservé cette babiole après toutes ces années ? Ou encore ne se souvenait-elle même pas de le lui avoir offert ? Il préféra ne pas y penser et consacrer toute son attention sur la vieille.

Cette dernière serra le coquillage dans ses deux mains jointes, après l'avoir longuement examiné. Elle ferma les yeux dans une attitude recueillie et commença à balancer la tête en de lents mouvements exagérés. Yan réalisait le grotesque de la situation, mais il était trop tard pour faire marche arrière. Et puis, malgré tout, il était curieux d'entendre ce qu'on allait lui raconter, aussi faux que ça puisse être.

La vieille émit un long râle chevrotant, que l'on pouvait interpréter comme le signe d'une grande souffrance, ou au contraire comme une sorte de soupir de soulagement. Puis elle rouvrit les yeux.

— Tu être pêcheur.

Yan attendit la suite patiemment, puis comprit que la vieille attendait une confirmation de sa part. Il la lui donna d'un signe de tête.

La vieille sourit, tout en continuant à tourner la tête comme une roue de carriole.

— Tu veux faire quelque chose. Tu veux pas être… pêcheur, seul.

Yan, ne sachant quoi faire d'autre, acquiesça de nouveau. La vieille eut un genre d'esclaffement étranglé.

— Tu veux fort un femme, jeune. Hein ?

Le jeune Kaulien ne fit aucun geste. Il aurait voulu dire oui, mais il redoutait la réaction de Léti.

La vieille eut une nouvelle moue, presque moqueuse.

— Maintenant, je te donne demain.

Elle referma les yeux, poussa un nouveau soupir, puis se mit à parler d'un ton grave et monocorde.

— Tu unies la femme que tu veux prochain an. Elle être chef ton village. Toi jamais pêcher. Voyager beaucoup. Puis tu as fort argent. Très heureux. Puis tu as deux fils. Très forts. Tu être fier. Très heureux. Tu vis longtemps avec femme. Tu veux savoir quand ?

— Non, pas du tout !

Yan était peu désireux de connaître la date possible de sa mort, qu'elle soit vraie ou fausse. La vieille acquiesça.

— Tu as raison. Non être bon de savoir trop fort de choses sur demain.

Elle lui remit son reine-lune dans la main, leur tourna le dos et s'éloigna à petits pas, laissant Yan faire le tri dans ses sentiments.

Quel culot, quand même, cette sortie ! « Non être bon de savoir trop fort de choses sur demain. » D'accord, alors pourquoi cette vieille voulait-elle prédire l'avenir aux gens ?

— Tu as de la chance, ça s'est bien passé.

Yan se tourna vers son amie. Est-ce qu'elle se moquait de lui ? Non, elle avait l'air sincère. Ils s'éloignèrent de l'étal.

— Pourquoi dis-tu ça ?

— Elle aurait pu t'annoncer de mauvaises nouvelles, des malheurs, des maladies, des décès… Elle aurait même pu dater tout ça. Mais elle t'a seulement parlé de choses agréables, tout en restant assez vague. Alors je dis que tu as de la chance.

— Je pensais que tu n'y croyais pas.

— Si, j'y crois… Tu sais, les héritiers de Ji, ma tante, tout ça, ça laisse supposer que l'impossible est *peut-être* possible… Mais à mon avis, il ne faut pas chercher à savoir. Et puis, elle avait plus l'air d'une mendiante que d'un devin !

— Quel rapport entre ta tante et *l'impossible* ?

— Ne fais pas attention. Je te le dirai peut-être un jour.

Yan se renfrogna. Il était pour sa part grandement insatisfait de son entretien avec la vieille, et apprenait en plus que Léti et Corenn lui faisaient des cachotteries. Il préféra ne pas s'attarder sur ce dernier point pour l'instant, sentant que ça pourrait le contrarier.

— Tu crois que ce qu'elle m'a dit est vrai ? Tu crois que toute ma vie va se dérouler comme ça ?

— Peut-être… Il y a pire, comme destin, non ?

— Je ne sais pas.

— Si tu voyais la tête que tu fais ! J'avais raison, mieux vaut ne pas savoir.

Ils restèrent silencieux quelques instants. Devant l'air grave de son ami, Léti reprit la conversation :

— Ça ne te plairait pas d'avoir deux fils ? De voyager ? D'être riche ? De vivre longtemps ? Tu ne t'attendais quand même pas à ce qu'elle te dise : « Tu seras roi, tu commanderas des armées, tu es le sauveur annoncé par telle prophétie oubliée, tu mèneras une vie pleine d'aventures, et bla-bla-bla, et bla-bla-bla. » On n'est pas dans une histoire de chevaliers !

Yan nota que, derrière ses sarcasmes, elle avait omis de parler de son Union prédite pour l'année suivante – volontairement, à n'en pas douter.

— Bien sûr, tout ça me plairait… Mais je crois qu'elle a tout inventé. Ce qu'elle m'a dit sur le présent, on pouvait le deviner, et tout le reste, c'était imaginaire. Et ça me fait penser que j'aurais effectivement beaucoup, beaucoup de chance si tout se déroule ainsi.

Tous deux se replongèrent dans leurs pensées. Maudit, en plus, il était en train d'attrister Léti. Elle n'avait surtout pas besoin de ça en ce moment ; il faisait vraiment n'importe quoi !

Ils rejoignirent Corenn silencieusement, en traînant les pieds.

— Et nous voilà de retour, ma tante. Tu vois qu'il n'y avait pas de raisons de s'inquiéter.

— *C'est quand le chien mord qu'on le sait enragé.* Tant mieux si tout s'est bien passé ; mais reconnais à ton tour que ç'aurait pu être différent.

— Oui, peut-être. Si tu veux.

— Bien. Alors vous ne devrez pas vous servir de l'expérience d'aujourd'hui comme argument pour la fois prochaine. Vous comprenez ce que je veux dire ?

— Oui, oui.

Léti admit cela à contrecœur. Sa tante arrivait toujours à tirer parti d'une discussion. Raisonnant, cédant sur les points secondaires, évitant les sujets épineux, mais ayant toujours le dernier mot, même si c'était pour conclure sur un *statu quo*. Tout cela sans élever la voix, mentir ou exercer de pressions. Léti lui connaissait ce talent ; elle l'avait maintes fois vu utiliser en accompagnant la Mère dans ses voyages en pays kaulien. Mais elle en était parfois la victime, et son impuissance à résister lui plaisait beaucoup moins. Parfois, elle se demandait même si sa tante n'usait pas de ses pouvoirs magiques pour influencer l'esprit de ses auditeurs… mais c'était peu probable.

— Où est Grigán ?

— Il ne devrait pas tarder.

De fait, le guerrier les rejoignit quelques instants plus tard. Il ne fit aucun commentaire.

* * *

Le bac était maintenant à proximité de la rive, et les voyageurs se pressaient au bord du pont d'embarquement gardé par trois hommes de forte stature. Grigán mena le petit groupe dans la file. Puis le bac accosta et se vida de ses passagers, qui fendirent la foule pour se diriger vers l'auberge ou la route. Enfin commença l'embarquement.

Yan, qui observait chaque étape de la manœuvre, réalisa qu'il fallait *payer* pour traverser le fleuve. Dire qu'avec sa propre barque il serait de l'autre côté en quelques coups de rame ! Bon, il est vrai qu'il resterait le problème des chevaux…

— Maître Grigán ?

Le guerrier et Corenn ne purent retenir un sourire à l'annonce de ce titre.

Yan passa outre et continua.

— J'ai toujours des pièces qui vous appartiennent. Je vous rembourserai tout, bien sûr, mais… j'ai peur de ne pas en avoir assez pour payer la traversée.

Corenn le rassura.

— Ne t'inquiète pas pour ça. J'en aurais bien assez pour nous emmener tous jusqu'à Goran, s'il le fallait.

— Je crois bien que je mettrais longtemps à vous rendre une telle somme.

— On verra plus tard.

Corenn, qui en tant que membre du Conseil permanent avait l'une des rétributions les plus élevées du Matriarcat, ne se voyait pas endetter un jeune et honnête pêcheur, qui de plus ferait certainement un jour ou l'autre partie de sa famille. C'était tout à fait inconcevable.

La file avançait vite et ce fut bientôt leur tour. Corenn échangea quelques mots en lorelien avec l'un des trois gardes du pont, quelques pièces changèrent de main, et le petit groupe put enfin monter dans la grande barge.

Trois des hommes qui composaient son équipage s'affairaient à placer montures, passagers et marchandises de la meilleure façon, se souciant de l'équilibre des charges et de l'intégrité de l'ensemble. Le quatrième allumait des lampes à huile pendues à des petits mâts aux quatre coins du bateau, ainsi qu'à divers endroits sur le pont.

— C'est le seul bac – à ma connaissance – qui fait des traversées la nuit, annonça Grigán. Je crois que c'est un des plus grands, aussi.

Léti baissa la voix pour s'adresser à l'homme en noir.

— Ça n'est pas dangereux de prendre justement celui-là ? Je veux dire, on ne risque pas de se faire repérer plus facilement ?

— Non, non. Il y a une trentaine de bacs sur le Gisle, sur trois ou quatre lieues le long du fleuve. Chacun d'entre eux doit faire au moins cinq ou six traversées dans la journée, je pense. À moins d'avoir une armée, il est impossible de surveiller toutes les allées et venues ; les Züu ne vont même pas essayer.

— C'est une supposition.

— Oui. Tu as quelque chose de mieux ?

— C'est pas croyable ! Vous êtes vraiment susceptible, vous savez !

— J'ai horreur des critiques, c'est tout, conclut Grigán sur un ton calme.

Yan se dit que ça pourrait être la devise du guerrier.

Quand tous les voyageurs furent embarqués et répartis sur la barge, les bacheliers la détachèrent et, à l'aide de longues perches de bois, l'éloignèrent progressivement du bord. Un « plouf » retentissant fit arrêter la manœuvre : l'un des passagers, passablement ivre, avait perdu l'équilibre et goûté à la fraîcheur du fleuve. Tout le monde rit de bon cœur, sauf le capitaine qui tentait de sermonner ses hommes, et la victime subitement dessoûlée que l'on aidait à remonter. Puis un nouveau départ fut donné.

— C'est presque une tradition chez les bacheliers, dit Grigán. J'ai même entendu dire qu'ils organisent de temps à autre un certain concours secret de *mouillage*. Je suis sûr qu'ils ont fait exprès de placer ce bonhomme près du bord.

— Les Loreliens ont de drôles de jeux, s'étonna Yan.

— Je me trompe, ou il me semble que les Kauliens *s'amusent* à plonger des falaises ? Ça ne me paraît pas beaucoup plus intelligent.

— Ça n'est pas pareil. Personne n'est obligé de le faire.

— Oh, allez, Yan, tu as ri aussi, intervint Léti d'humeur joyeuse. Ça n'était pas bien méchant.

— C'est tout à fait vrai, enchaîna Grigán. Une blague courante à Romine consiste à lâcher un cochon rouge en chaleur dans la maison d'un ami. Après en avoir, si possible, bloqué les issues… Inutile de dire que si la victime ne flanque pas une raclée au farceur, c'est *vraiment* un ami.

— Je veux bien le croire. Qu'est-ce qu'un cochon rouge ?

Corenn s'étonna.

— Comment ! Tu n'en as jamais vu, Yan ? Et toi, Léti ?

— Non.

— J'ai du mal à le croire. Ça ressemble à un mélange entre un sanglier et un cochon, sauf pour la couleur, qui est franchement *rouge*. Ils se déplacent en bandes de cinquante ou soixante, mais on a vu des troupeaux de plus de trois cents bêtes. Ils font des dégâts énormes. Romine en est infestée, et on a dû organiser des battues dans l'ouest de Kaul, il y a quelques années, parce que l'on commençait à en voir de plus en plus dans le Matriarcat.

— C'est la première fois que j'en entends parler. Et alors, maître Grigán, que fait un cochon rouge en chaleur ?

— Il grogne, il crie, il mord, il rue, il charge tout ce qui bouge, et le reste aussi d'ailleurs. Mais surtout, il *pue*. Il paraît qu'on ne peut pas rester, avec toute la volonté du monde, près d'un mâle dans cet état.

— En fait, s'esclaffa Léti, c'est un peu comme Yan quand il revient de la pêche à l'anguille de vase !

— Très drôle. Rappelle-moi de t'y emmener la prochaine fois.

— C'est excellent, les anguilles, remarqua Corenn.

— Vous voulez venir aussi ? Ce sera avec joie. Vous verrez comme c'est amusant.

Yan se sentait de meilleure humeur. Oubliés, les soucis sur son avenir. Il devait d'abord profiter d'*aujourd'hui*.

La barge glissait silencieusement sur l'eau calme du fleuve, seulement troublée par le mouvement des perches de bois dans les profondeurs et les percées des poissons dans les rangs des insectes. La pâle clarté des lampes et la lune mendiante ne repoussaient pas beaucoup la nuit déjà profonde, mais elles étaient apaisantes. Au loin vers le sud, les lumières de Bénélia avaient moins d'éclat que les vers luisants volant au-dessus de l'étendue noire. Sur les berges, on avait allumé des foyers signalant les ponts d'embarquement et la proximité des auberges accueillantes. Une promesse de confort prochain… La température avait baissé, et Yan s'emmitoufla de son mieux dans sa tunique. Il eut l'idée de s'inquiéter du bien-être de Léti, mais n'osa rompre en parlant l'ambiance tranquille créée par le chant des grenouilles, le murmure des voyageurs, le bruit des remous… Il s'approcha simplement d'elle et lui frotta le dos et les épaules avec douceur. Elle le remercia d'un sourire. Si seulement tout pouvait toujours se passer comme ça entre eux…

Il passa ses bras autour de son cou et Léti posa la tête sur son épaule. Et ils restèrent ainsi, silencieux et immobiles, ensemble cachés dans la nuit ; abandonnés à leurs sentiments.

* * *

Les jeunes Kauliens furent doucement tirés de leur rêverie par Corenn ; le bac allait bientôt accoster. Yan ne s'en était même pas rendu compte. Il lâcha son amie à regret et mena comme le faisaient les autres son cheval par la bride.

Quand tous furent descendus, Grigán les conduisit vers l'auberge à proximité. Ce côté du fleuve ressemblait en tout point à l'autre : le pont d'embarquement, les gardiens encaisseurs, les voyageurs qui attendaient le bac, les échoppes désertées…

Au-dessus de la porte de l'auberge trônait une enseigne qui semblait démesurée, comparée à l'entrée. On pouvait y lire en ithare : *Auberge du bac*. Visiblement, le propriétaire n'était pas un original.

— Vous êtes déjà venu ici ? demanda Yan à Grigán.

— Trois fois, je crois. Ou quatre, peut-être. Mais mon dernier séjour remonte à six ans au moins. Il y a peu de chances que l'on me reconnaisse.

— Non, ce n'est pas pour ça…

Yan hésitait à se ridiculiser une fois de plus.

— Moi… Je ne suis jamais *entré* dans une auberge. Je crois qu'il n'y en a même pas autour d'Eza. Alors, est-ce qu'il y a des choses spéciales à faire ? Ou des choses à ne pas faire ?

Ses trois compagnons rirent de bon cœur.

— Tant que tu payes pour la casse, tu peux faire à peu près tout ce que tu veux, répondit le guerrier avec un sourire. Sauf, peut-être, tuer l'aubergiste ou bastonner les clients. Tu sauras te retenir ?

— J'aurai peut-être du mal pour les clients, grinça Yan.

— Bon. Je vais toujours aller voir si on peut nous accueillir.

Le guerrier ouvrit la petite porte et se baissa pour éviter l'enseigne monstrueuse. Des bruits de voix, des odeurs de nourriture chaude et une douce chaleur vinrent caresser furtivement les sens des trois Kauliens, pendant que Grigán entrait. Il revint presque aussitôt, accompagné d'un jeune garçon qui emmena les chevaux vers l'écurie après que chacun eut récupéré ses bagages.

Un homme d'âge mûr s'avança à leur rencontre alors qu'ils pénétraient enfin dans l'auberge. L'entrée surplombait la salle principale du haut d'un petit escalier de trois marches. Une douzaine d'épaisses tables de bois, entourées de bancs, composait le gros du mobilier.

Un énorme tas de bûches – ou plutôt de troncs qu'on aurait coupés en deux – occupait tout un mur. À proximité trônait une imposante cheminée où dansaient des flammes hautes de quatre pieds. Yan pouvait en sentir la chaleur même à cette distance. Plusieurs portes et escaliers permettaient la circulation vers la cuisine, la cave, les étages ou autres dépendances. Oui, cette auberge était très grande.

Une trentaine de paires d'yeux s'étaient levées vers les nouveaux arrivants, puis l'attention de chacun fut de nouveau entièrement consacrée à la nourriture et aux pichets qui couvraient les tables. La clientèle se composait essentiellement d'hommes, seuls ou par petits groupes. Des fermiers, des artisans, des marchands, ou simplement des voyageurs.

L'hôte les salua en lorelien, puis les guida aussitôt vers une table libre où ils s'installèrent. Après quelques phrases échangées, Corenn donna plusieurs pièces à l'aubergiste qui s'éclipsa rapidement vers la cuisine.

Le jeune garçon d'écurie leur apporta peu après, en plusieurs voyages et dans le désordre, du pain neuf, une terrine chaude, un rata de légumes, un énorme morceau de fromage, des couverts et des gobelets, un pichet de bière et, à la demande de Corenn, un autre d'eau. Ils mangèrent de bon appétit en devisant sur les différences entre les cuisines lorelienne et kaulienne, mais sans parvenir – faute de vraiment chercher – à désigner la meilleure.

— Est-ce que toutes les auberges sont comme ça ? demanda Yan.

— Non, loin de là, lui répondit Grigán. Celle-ci n'est fréquentée que par des gens de passage, qui ne désirent qu'un repas et une nuit au chaud. Les bouges qu'on trouve dans les grandes cités n'ont pas vraiment la même clientèle…

— En fait, je voulais dire : est-ce que toutes les auberges sont aussi grandes ? On pourrait faire manger tous les habitants d'Eza sur ces tables !

— Si tu crois ça, tu n'es pas au bout de tes surprises. J'ai vu des dizaines d'endroits plus grands que celui-ci, dans les Hauts-Royaumes. Des auberges plus grandes que des palais.

— Je me demande toujours si vous me prenez pour un *niab* ou si vous êtes sérieux.

— Je suis sérieux. À Lermian, j'ai passé la nuit dans une hôtellerie de six cents chambres. Et les deux tiers au moins étaient occupées.

Yan n'était toujours pas convaincu, mais il laissa à Grigán le bénéfice du doute. Pourquoi pas, après tout ?

Le guerrier avait de toute évidence passé la moitié de sa vie à voyager. Et l'autre moitié à s'y préparer, peut-être. Il avait traversé tous les royaumes, séjourné dans toutes les grandes villes, rencontré des centaines de personnes, vécu des milliers d'expériences…

Yan réalisa que le vétéran qui les protégeait depuis quelques jours, avec sa lame courbe et ses vêtements noirs, son passé mystérieux et sa force de caractère, le fascinait complètement.

Le guerrier semblait ce soir plus enclin à la discussion. Plus détendu, maintenant qu'ils avaient quitté le Matriarcat. Peut-être aussi à cause du pichet de bière qu'il avait bu pratiquement seul. C'était le moment ou jamais d'apprendre à le connaître…

— Vous venez des Bas-Royaumes, n'est-ce pas ? Du moins, c'est ce que laisse penser votre accent.

— Et alors ?

— Rien. Je suis un peu curieux, c'est tout.

— Toi, tu n'es pas curieux, tu es carrément fureteur.

— C'est aussi ce que dit l'Aïeule de mon village, répondit Yan en souriant. Elle a fini par m'apprendre à lire, pour que je trouve moi-même les réponses aux questions que je lui posais tout le temps. Mais comme elle ne possède que trois livres en tout et pour tout, j'ai malgré cela continué à l'embêter jusqu'à ce qu'elle me dise un jour qu'elle n'avait pas les réponses à toutes mes questions. Comme tous les gamins, ça ne m'était jamais venu à l'esprit.

— C'est bien que tu saches lire, complimenta Corenn.

— Un peu, seulement. En ithare.

Léti intervint, le sourire aux lèvres.

— Je l'ai vu une fois passer toute une journée à essayer de déchiffrer un parchemin qu'il avait trouvé chez le vieux Vosder. Il était tellement déçu de ne pas y arriver que je suis allée chercher l'Aïeule pour qu'elle le raisonne. J'ai eu du mal à m'arrêter de rire, en voyant sa tête, quand elle lui a dit que c'était du goranais.

— Je ne pouvais pas le savoir, ils emploient les mêmes signes, répondit Yan, boudeur.

— Yan est alors allé jusqu'à Assiora, continua Léti, pour se faire traduire le parchemin. Une journée de marche, plus le retour. Tout ça pour *voir des vieux mots*.

Yan, rougissant de vexation et de honte, préféra ne pas répondre.

— Tu ne sais pas lire, toi, Léti ? demanda Corenn innocemment.

Elle connaissait la réponse ; mais la question devait amener sa nièce à respecter un peu plus son ami et les efforts qu'il faisait pour s'améliorer.

— Non, je ne sais pas. Mais je suis convaincue que ça ne sert à rien, répondit sans se démonter la jeune fille.

— Tu as tort, intervint Grigán. J'ai souvent pensé comme toi, mais j'ai plus souvent encore regretté de penser comme toi.

— Il n'est jamais trop tard, maître Grigán.

— On le dit, dame Corenn, on le dit. Mais je crois que je ne changerai plus, maintenant. Les années qu'il me reste à vivre seront… comme celles que j'ai derrière moi.

Un silence gêné suivit cette dernière réplique. Yan le rompit le premier.

— Où êtes-vous né, alors, exactement ?

Le guerrier laissa passer un temps, comme s'il fouillait dans des souvenirs lointains… ou comme s'il hésitait à ouvrir son cœur.

— À Griteh. Alors le plus heureux des Bas-Royaumes, il y a quarante-deux ans. Mais je n'y suis pas allé depuis bien longtemps.

Yan hésita un instant à continuer, mais la curiosité fut la plus forte.

— Pourquoi ? osa-t-il enfin.

Grigán laissa échapper un soupir.

— Parce que je n'y suis plus le bienvenu. Et que plus rien ne m'y attache, d'ailleurs.

Ses amis virent tout de suite qu'il ne disait pas la vérité sur ce dernier point. Le guerrier était incapable de mentir sur ses sentiments. C'était probablement une des raisons de son silence habituel.

— Qu'est-ce qui vous est arrivé ?

Yan remarqua que Léti était également suspendue aux lèvres du guerrier, attendant qu'il laisse ses souvenirs remonter à la surface. Mais les instants passaient, le silence fut de plus en plus long, et il apparut finalement que le guerrier n'allait pas répondre.

— Racontez-leur, Grigán, demanda Corenn d'une voix douce. Ils vont vous harceler de questions tant qu'ils ne sauront pas, et vous finirez un jour ou l'autre par céder ou vous fâcher.

Le guerrier n'eut aucune autre réaction que celle de dévisager Corenn, comme s'il la voyait pour la première fois.

— Racontez-le et acceptez-le, ou taisez-vous et oubliez cette histoire pour toujours. Mais cessez de vous tourmenter, ajouta-t-elle plus doucement encore.

Grigán fut désemparé un instant, puis il se décida, sans être sûr d'avoir fait le bon choix.

— Il ne faudra surtout pas me plaindre, encore moins me prendre en pitié. *Surtout pas*. Disons que je vous raconte pour que vous tiriez des leçons de mon expérience.

— Oui, oui, répondirent les jeunes Kauliens à l'unisson.

Ils étaient d'accord pour tout, pourvu qu'il parle.

— Bien.

Le guerrier but une dernière et longue rasade, comme pour se donner du courage. On aurait dit qu'il avait plus peur de parler que de s'attaquer à trois Züu, remarqua Léti.

— Vous avez entendu parler d'Aleb Ier, Aleb le Vainqueur, ou plus à mon goût Aleb le Violent ?

— Non, répondit Léti.

Yan croyait se souvenir du nom, mais n'en était pas certain. Il préféra faire Yan l'Ignorant pour avoir une version détaillée.

— C'était mon chef, continua Grigán. Alors « seulement » le prince Aleb. J'ai fait la guerre à ses côtés contre les royaumes voisins de Griteh : Irzas, Quesraba, Tarul, et même Yiteh pendant un temps. Vous comprenez ? On faisait la *guerre*. Contre des *guerriers*.

Yan et Léti se regardèrent un instant, puis s'empressèrent d'acquiescer. Ils ne comprenaient pas bien, non, mais on verrait plus tard.

— Griteh était depuis plusieurs décennies un royaume de second ordre, dont n'importe quelle armée ennemie franchissait les frontières à sa guise. Grâce à nos victoires, la sécurité et la paix étaient enfin revenues dans le pays. Mais cela ne dura que quelques années, au bout desquelles Aleb ordonna de nouveau le regroupement des tribus. Je repris alors ma place à ses côtés, comme devait le faire tout homme d'honneur pour défendre ses proches. Mais je m'interrogeais sur les raisons d'un tel rassemblement, aucune armée n'étant signalée à nos portes.

Grigán s'arrêta. Les jeunes Kauliens attendirent en gigotant quelques instants, puis Léti n'y tint plus.

— Et alors ? Qu'est-ce qui s'est passé ?

— J'aurais dû comprendre tout de suite. Aleb nous a parlé à tous, longtemps, avec des mots qui allaient droit au cœur. Il a monté peu à peu les hommes contre Quesraba, rappelant nos conflits passés, leurs traîtrises lors de nos rares alliances, les batailles perdues qui demandaient une revanche ! À la fin, il a même présenté Quesraba comme une part de *notre* royaume, occupée par des ennemis. Il a dit des choses qui étaient vraies, et d'autres qui l'étaient moins, des choses tristes, et des choses à mettre en colère un berger romin. Mais tout ce qu'il a pu dire ne peut excuser ce qui s'est passé ensuite.

Grigán ne s'arrêta qu'un court instant pour avaler sa salive.

— Allez ! le pressa aussitôt impoliment Léti.

— Tous les hommes réunis se sont lancés à son commandement sur Quesraba, et je n'étais pas le dernier. On mit une journée à rejoindre la frontière, mais l'ardeur et la colère des guerriers n'avaient pas diminué, entretenues qu'elles étaient par Aleb et ses capitaines qui avaient entièrement épousé sa cause. Enfin, on arriva devant le premier village « ennemi ». Je donnai l'ordre à mes cavaliers de le contourner et de se diriger vers la capitale pour y rencontrer l'armée ennemie, comme il est d'usage, mais Aleb le Maudit avait d'autres plans.

Grigán prit une nouvelle rasade.

— Il fit donner l'assaut au village. Des centaines de gens sont morts cette nuit-là. Des gens qui n'étaient même pas armés. Des gens qui ignoraient tout de la politique et des frontières. Des gens comme vous. Des gens comme…

Il fit une courte pause, puis reprit :

— Et je n'ai rien fait.

Le guerrier, le regard perdu dans le fond de son gobelet, regrettait une fois encore de ne jamais réussir à s'enivrer. Quoi qu'il fasse, il restait toujours parfaitement conscient. Il restait *responsable de ses actes*.

— J'aurais pu tenter de raisonner Aleb. J'aurais pu tenter de raisonner les guerriers. J'aurais même pu lancer mes hommes *contre* le meurtrier. Mais je n'ai rien fait. J'ai passé tout ce temps immobile, à regarder les atrocités qui étaient commises devant moi. J'ai vu des enfants tués à coups de cimeterre, j'ai vu des vieillards brûlés vifs dans leurs maisons. J'ai vu des femmes violées sous les yeux des hommes agonisants. J'ai vu torturer des animaux de la pire façon, et pas seulement…

— Grigán… dit doucement Corenn.

Mieux valait mettre fin à cette morbide litanie. Le guerrier la regarda un instant, soupira et poursuivit.

— Je sais, ce n'est pas beau à entendre. Mais c'est *ce qui s'est passé*. Quand je pense qu'au début de la « bataille » j'ai failli me jeter dans cette folie…

Il se tut, le regard trouble. Pas une larme ne coula de ses yeux, mais toute la tristesse et les regrets du monde pesaient sur ses épaules.

Les Kauliens respectèrent sa douleur. En fait, plus personne ne voulait lui poser de questions, maintenant, et ils en seraient restés là si Grigán n'avait repris, d'une voix plus maîtrisée :

— Au début, j'ai cherché les ennemis. « Mais où sont-ils ? Pourquoi donne-t-on l'assaut ? Est-ce que c'est un piège ? » Puis je me suis mis à *espérer* que ce fût un piège. Les Ramgriths, mes frères, ne pouvaient pas être en train de massacrer de simples villageois. Non, il y avait sûrement autre chose. Des guerriers étaient cachés à proximité, ou parmi ces paysans, et Aleb avait donné l'ordre d'attaquer parce qu'il avait flairé la ruse, parce que c'était un *bon chef*.

« Je me suis accroché à mes chimères toute la nuit, ignorant volontairement la tuerie qui se déroulait devant moi. Au petit matin, j'admis enfin que j'avais perdu mon honneur, et même mon nom d'*humain*. Je me suis enfui de ces lieux maudits et me suis retranché dans mes terres. J'avais besoin d'être seul, pour réfléchir à la manière dont j'allais mettre fin à mes jours.

Yan et Léti se regardèrent, embarrassés. Grigán prit une grande inspiration et continua.

— Je n'y suis pas parvenu. Ça me paraissait une autre lâcheté, et en même temps ça me paraissait une faiblesse de ne pas le faire. Je me suis torturé l'esprit pendant une décade. Enfin, j'ai choisi de vivre pour *agir*, plutôt que mourir pour n'avoir rien fait.

« Je me suis rendu à Griteh et j'ai demandé audience au roi Coromán, qui a bien voulu me recevoir. Ma famille sert… servait la sienne depuis le père du père de Rafa le Stratège. Coromán était un homme intransigeant, parfois dur et insensible, mais qui essayait d'être juste. Je ne pouvais croire qu'il avait autorisé le massacre de Quesraba… et les autres qui l'avaient immédiatement suivi.

« Je lui donnai ma version de l'histoire : la seule véritable. Son propre fils avait déshonoré le trône de Griteh, le royaume et tous ses sujets, en se livrant à une tuerie sanguinaire suivie d'un pillage, comme de vulgaires brigands l'auraient fait.

« Coromán réagit tout d'abord comme je l'espérais, en convoquant aussitôt son fils pour confronter nos dires. Ce dernier nia bien sûr tout en bloc, rapportant une bataille imaginaire contre les troupes quesrabes. Puis il en fournit des « preuves », faisant témoigner ses capitaines et présentant des uniformes et armes ennemis, « prises de guerre » datant certainement d'un ancien conflit. Le roi se tourna alors vers moi et attendit ma réponse.

« Que pouvais-je dire ? Personne ne parlerait contre le prince, je venais de le comprendre. Je ne suis qu'un guerrier ; l'intrigue, la tricherie ne sont pas mon fort, et je ne voyais pas alors comment je pourrais le contredire.

« J'eus soudain grande envie d'en découdre avec Aleb le Menteur. C'était la seule solution que j'aie trouvée : empêcher définitivement ce chacal de nuire. Je le défiai publiquement en duel d'honneur.

« Il eut lieu le lendemain. Je ne dormis pas cette nuit-là, bien qu'un assassinat eût signé la perfidie de mon adversaire.

« Nous nous affrontâmes selon les règles, devant le roi et les chefs de tribu, étant donné le caractère officiel de notre duel. Aleb est réputé, encore aujourd'hui, pour être le meilleur combattant de tous les Bas-Royaumes. Mais la vérité était de mon côté – et la colère aussi. Il me toucha à la main et au visage ; je lui blessai la jambe et lui enlevai un œil.

« Coromán fit cesser le duel, comme il en avait le droit. Peut-être pour protéger son fils devenu borgne ; peut-être parce qu'il en avait assez vu.

« Il m'attribua l'honneur de la victoire ; mais Aleb était toujours en vie. Le roi lui retira simplement ses droits au trône, qu'il transmit à son frère cadet. Et je fus en fin de compte banni du royaume pour avoir désobéi aux ordres de mon *capitaine*.

Le guerrier avait prononcé ce dernier mot avec haine et dégoût.

Yan était refroidi. En fait, tout le monde avait maintenant un air sérieux et mélancolique qui ne lui plaisait pas du tout. Il tenta de dévier la conversation.

— C'est de là que vient votre cicatrice ?

— Non, non. Ça, c'est autre chose. C'est un *acchor* qui m'a fait ça. Je te raconterai ça une autre fois, si tu es sage avec dame Corenn, ajouta Grigán avec un léger sourire.

Yan acquiesça en rendant le sourire. Il ignorait ce qu'était un acchor, et sa curiosité était une fois de plus éveillée, mais il sut se retenir.

— Vous n'êtes jamais retourné là-bas ? demanda Léti.

— Non, jamais. Quelque temps après mon départ, Aleb a assassiné de ses propres mains son père et son frère. Puis il est monté sur le trône et a commandé des exécutions en masse. Enfin, il s'est lancé à la « conquête » – mais je devrais plutôt dire la destruction – de tout le nord des Bas-Royaumes. Ça me fait mal au ventre de voir qu'il y est si bien arrivé…

— Les autres rois ne se liguent pas contre lui ?

Cela paraissait une conséquence logique à Yan.

— Quelques-uns ont essayé. Mais Aleb a engagé des troupes entières de mercenaires, jez, plèdes, ramyiths et même goranais. Il les laisse occuper et piller tout leur soûl les terrains conquis. Ce qui l'intéresse, ce n'est pas d'enrichir Griteh, c'est d'étendre son propre pouvoir. Il a pris La Hacque pour capitale ; ce n'est même pas une ville ramgrithe ! Son armée comporte même sûrement deux fois plus de Yussa que de Ramgriths, d'ailleurs.

— C'est quoi, les *Yussa* ?

— Les mercenaires. Enfin, tous les hommes qui se sont mis sous les ordres d'Aleb, même si *un seul* combat pour *trois* qui ne font que piller.

— Mère Eurydis, qu'il ne lui vienne pas l'idée de traverser la mer ! dit Léti.

— Oh, non. Aleb méprise les Hauts-Royaumes. Il se contente de m'envoyer régulièrement des assassins pour me faire payer son œil perdu… Jusqu'au jour où l'un d'eux réussira. À moins que les Züu ne lui ôtent ce plaisir. Mais peut-être est-ce lui qui les envoie, qui sait ?

— Voilà où vous mène votre mauvais caractère, plaisanta Corenn.

— Je suis ainsi, répondit sérieusement Grigán.

— Ça fait combien de temps, maintenant, que vous êtes parti ? coupa Léti.

— Une quinzaine d'années, au moins…

Le guerrier réfléchit un instant.

— Non. Ça fait déjà dix-neuf ans, dit-il avec une pointe d'effroi.

— Et ce type essaie toujours de vous tuer, vingt ans après ? On vous traque depuis *vingt ans* ?

— J'ai déjà rencontré des hommes qui ont consacré toute leur vie à la vengeance. *La volonté humaine n'a pas de limites ; et notre folie non plus.*

— Pour quelqu'un qui se dit peu friand de réflexion, je suis admirative devant la profondeur de vos pensées, maître Grigán.

— En fait, je tiens ces mots d'un ami du Beau Pays. Mais leur vérité m'a touché ; il a su exprimer en une seule phrase l'impression que m'ont laissée vingt années de voyages à travers le monde connu.

— J'aimerais beaucoup rencontrer cet homme avisé, qui a l'honneur de se voir appeler *votre ami*.

— J'espère que nous en aurons l'occasion, un jour, dame Corenn. Si nous sortons indemnes de cette mauvaise aventure.

Ils restèrent silencieux quelques instants.

— Vous n'avez jamais pensé à… retourner voir cet Aleb ?

La question brûlait les lèvres de Yan depuis un moment, et le guerrier mit au moins autant de temps avant d'y répondre.

— J'y pense sans arrêt, avoua-t-il enfin. Mais j'en mourrais à coup sûr. Avant même d'arriver jusqu'à lui…

Il ajouta encore, après un instant :

— Et puis, après tout, je suis banni. Je n'ai pas le droit d'y retourner !

Les jeunes Kauliens se demandèrent longtemps si cette remarque était une plaisanterie ou une objection sérieuse.

Un silence s'installa, qui s'éternisa.

— Je vais voir si nos chambres sont prêtes, finit par dire le guerrier en se levant.

Il avait besoin d'être un peu seul.

Après quelques instants, Corenn livra ses impressions aux deux jeunes gens.

— Je pensais connaître Grigán mieux que quiconque. Mais jamais, jamais je n'aurais cru qu'il vous ferait toutes ces confidences aussi vite.

— Je n'aurais même pas cru qu'il puisse parler autant, remarqua Léti.

— Il ne va pas vous le demander, et je sais que vous l'auriez fait de toute façon, mais… respectez ses souvenirs. Il doit oublier, ou accepter. Ne lui en parlez plus, s'il n'aborde pas le sujet lui-même. Et bien sûr, n'en parlez pas à d'autres. Vous comprenez pourquoi ?

— Bien sûr, acquiescèrent-ils en un bel ensemble.

Yan comprenait que le guerrier voyait sa confession comme une faiblesse et qu'il regrettait déjà l'avoir faite. Mais il avait aussi deviné autre chose…

— Dame Corenn…

— Oui ?

— Vous ne trouvez pas que… qu'il a l'air de cacher quelque chose ? Qu'il ne nous a pas *tout dit* ?

La Mère dévisagea avec gravité le jeune pêcheur ignorant, à l'esprit pourtant si alerte. Puis elle retourna son regard vers le guerrier taciturne qui revenait.

— J'espère qu'il nous le dira un jour, glissa-t-elle. Quand il sera en paix.

LIVRE II

L'ÎLE OUBLIÉE

CELA FAISAIT QUATRE JOURS DÉJÀ que Yan, Grigán, Léti et Corenn avaient abandonné les rives du Gisle. Ils avaient traversé le comté de Kolimine, comme des centaines d'autres voyageurs, et franchi le Vélanèse en se mouillant les pieds par un gué utilisé depuis plusieurs décennies. Ils étaient ensuite descendus vers le sud, jusqu'à Lorelia, en obliquant toutefois vers l'est quelques lieues avant d'arriver aux faubourgs de la ville. Enfin, ils étaient à moins d'une journée de Berce.

Yan n'avait pas été à la fête ces derniers jours. Outre la pluie insistante qui les avait suivis pratiquement tout le temps, et qui diminuait leur allure et leur patience, il avait dû supporter la nervosité croissante de Grigán, l'apparent calme indifférent de Corenn, qui était tout aussi agaçant, et surtout les remarques *à deux marées* de Léti sur, par exemple, le bien-fondé de ses perpétuelles questions, sa tendance à se laisser diriger, son côté *niab*, et bien d'autres qu'il préférait oublier.

Il avait eu l'intelligence de ne pas répondre à ces attaques, les mettant sur le compte de la crise morale que traversait son amie.

Un soir, une seule fois, elle avait avoué se demander *qui*, parmi ses amis, avait pu échapper aux Züu… et si seulement même il y en avait. Personne n'avait voulu émettre d'hypothèses, et le sujet n'avait plus été abordé.

Tout de même… Le jour de la Promesse était pour le surlendemain, et Yan aurait préféré avoir de meilleures relations avec son aimée pendant les derniers moments précédant sa demande ! Il sentait de nouveau l'hésitation lui torturer l'esprit. Aurait-il le courage…

Oh, ce n'était pas une question de vaillance ou de lâcheté. Si Léti lui demandait de sauter du plus haut de la falaise d'Eza, de plonger au milieu d'un banc d'orzos ou de défier un de ces tueurs rouges, il le ferait sans hésiter – pour une raison valable, bien sûr. Mais s'approcher d'elle et lui demander... Non !

Il observa avec dépit qu'elle n'hésiterait pas un instant, à sa place. Quand elle voulait faire quelque chose, elle le faisait, tout simplement. Ce serait bien si elle voulait...

Il secoua la tête, comme pour chasser ces réflexions de son esprit. Il ne fallait surtout pas qu'il cherche à savoir ce qu'elle pensait. Il le saurait bien assez tôt... et le regretterait peut-être.

La demande eût été plus facile à faire s'ils avaient déjà abordé le sujet ensemble. Mais non, après toutes ces années vécues l'un à côté de l'autre, toutes ces discussions, tout ce temps passé à se connaître, jamais ils n'avaient suggéré une Union entre eux.

Il le regrettait plus qu'amèrement.

Bien sûr, les autres avaient conclu l'Union à leur place ; et eux-mêmes avaient parlé plus d'une fois, chacun à son tour, de leur compagnon idéal : beau, protecteur et amoureux pour Léti ; belle, mystérieuse et gaie pour Yan. Mais cela n'était qu'un jeu ; la femme rêvée pour le jeune Kaulien était sans hésitation son amie de toujours.

Correspondait-il, lui, à l'idéal de Léti ? Il secoua la tête une nouvelle fois, plus énergiquement. Il fallait qu'il cesse d'y penser !

— Ça va, Yan ?

Corenn le regardait étrangement. Elle devait l'observer depuis un petit moment. Yan se rendit compte qu'il devait offrir un beau spectacle, à remuer ainsi la tête comme un fou.

— Oui, oui... Merci. Je suis juste un peu fatigué.

N'importe quoi, Yan, tu dis vraiment n'importe quoi, songea-t-il.

— On va s'arrêter un moment, décida Grigán.

— Non, non, c'est pas la peine, ça va aller.

Vraiment n'importe quoi.

Ils s'arrêtèrent tout de même, à quelques centaines de pas du chemin, comme à leur habitude. Pendant que chacun se dégourdissait les jambes, se massait le dos et tentait d'éponger tant bien que mal ses vêtements trempés, Grigán allait et venait, se raidissant à chaque bruit suspect aux environs, et s'y rendant systématiquement à pas de loup, la main sur la garde de sa lame.

Il eut tôt fait de transmettre sa nervosité aux autres. Vaincue par la curiosité, Corenn se décida à distraire le guerrier de son guet.

— Vous pensez qu'il y a un danger ?

— À vrai dire, non, répondit-il sans la regarder. Mais il pourrait. Et je ne miserais pas notre vie sur ma seule impression.

— Jusqu'ici, c'était plutôt calme, non ? remarqua Léti.

— Oui. Mais les Züu avaient perdu notre trace. Alors que maintenant, nous nous rendons tout droit où nous sommes *certains* d'être attendus. Et ça, ça me rend nerveux.

— S'ils sont là-bas, ils ne vont pas en plus surveiller les routes, non ? objecta la jeune fille.

— Tu parierais notre vie là-dessus ?

Léti resta interdite. Non, bien sûr que non ! Elle voulait simplement faire une remarque. Mère Eurydis, que cet homme était susceptible !

— Réfléchis un peu, reprit Grigán. Pourquoi les Züu n'ont-ils pas attendu que tous les héritiers soient réunis à Berce, au jour du Hibou, pour les massacrer en masse ?

— Grigán ! gronda Corenn.

Mais il en fallait plus pour démonter Léti.

— Vous croyez que je n'y ai pas pensé ? Ils avaient peut-être peur que quelques-uns en réchappent, ou de mettre les absents sur leurs gardes ! Peut-être craignaient-ils une défaite ! Ou peut-être, encore, veulent-ils avant tout être discrets !

— Ou peut-être, répondit le guerrier doucement, que les Züu veulent nous *empêcher* d'aller sur l'île. Peut-être ne veulent-ils pas que les héritiers se réunissent cette année.

Grigán avait voulu mettre de l'effet dans sa réponse, et il y avait réussi.

Léti admit silencieusement qu'elle n'y avait pas songé.

Évidemment, dans ce cas, ils étaient encore en danger. Plus que jamais, même.

Corenn désapprouva d'un regard noir ces révélations, prématurées à son goût. Sa nièce était encore beaucoup trop fragile, émotionnellement, pour qu'on vienne la perturber avec des histoires de complot à grande échelle.

Chacun s'enferma ensuite dans son silence, goûtant simplement au plaisir d'un peu de repos mérité. En cette fin de journée, Yan aurait aimé déjà s'installer pour la nuit, mais Grigán voulait visiblement – comme à son habitude – que les membres du petit groupe fassent taire leur fatigue pour avancer un peu plus encore.

De fait, il demanda un instant plus tard qu'ils se remettent en route. Tous lui emboîtèrent le pas, habitués qu'ils étaient à lui obéir, maintenant.

À leur grand étonnement, il ne prit pas la direction du chemin, mais s'enfonça à travers la forêt.

Il fit l'effort, tout de même, de prononcer quelques mots d'explication, mais chacun avait déjà compris, la surprise passée, la nécessité vitale d'être discret à l'approche de Berce.

Ça ne rendait pas la marche plus agréable pour autant. Yan trouva cela plus fatigant encore que sa nuit dans la garrigue de Kaul. Le sol était boueux et glissant, parsemé de flaques ; la pluie accumulée dans les feuillages prenait un malin plaisir à s'infiltrer sous leurs vêtements ; les chevaux exténués se faisaient difficilement traîner…

Fréquemment, aussi, Grigán demandait d'un geste impérieux une immobilisation immédiate et silencieuse de ses compagnons. Il restait alors de longs instants à l'écoute, s'éloignait furtivement parfois, puis remettait la colonne en marche. Tout cela n'améliorait pas l'état de tension dans lequel ils s'étaient peu à peu installés.

Au retour de sa cinquième escapade, qui avait été beaucoup plus longue que les autres, le guerrier ne donna pas le signal du départ. Il leur intima par signes de conserver le silence, puis les entraîna dans un large détour qui leur prit plus d'une décille. Enfin, il se détendit un peu et chuchota quelques mots à l'adresse de Corenn. Yan n'entendit pas tout, mais comprit que le guerrier avait vu trois hommes en train d'installer un campement ; qu'ils n'avaient peut-être rien de dangereux, mais *qu'il ne miserait pas sa vie là-dessus*.

Apparemment, Grigán n'avait rien d'un joueur. Au fond, c'était plutôt rassurant.

Ils progressèrent ainsi pendant un décan entier, ne s'arrêtant pas même à la tombée de la nuit. Yan se demandait comment le guerrier pouvait se repérer ; pour sa part, il était complètement désorienté et aurait été bien en peine d'indiquer ne fût-ce que le nord.

Il s'aperçut que Grigán examinait de temps à autre un petit objet tiré d'une des nombreuses poches de son habit de cuir noir. Il finit par le rattraper à la tête de la petite colonne, dévoré par la curiosité.

— Comment faites-vous pour nous guider ? Les étoiles sont cachées, et nous n'avons pas la moindre route ni le plus petit repère pour nous aider.

— C'est *magique*, répondit le guerrier sans sourciller.

— Quoi ?

— C'est magique. Je pense très fort à mon but, et le chemin apparaît dans mon esprit. Tous les hommes ramgriths ont ce pouvoir.

Yan resta interdit. Est-ce qu'il se payait sa tête ?

— Bon, d'accord, ce n'est pas magique. C'est grâce à cet objet, tout simplement. Tu vois la pointe de la flèche ? Quand elle se stabilise, elle indique toujours le nord.

Yan détaillait, émerveillé, le petit objet d'ivoire taillée que lui avait tendu son compagnon. Après quelques instants, la petite pointe de métal se fixa plus ou moins vers sa gauche. Si ce n'était pas une nouvelle blague, c'était peut-être magique, après tout…

— D'où tenez-vous ça ? demanda-t-il en rendant l'objet.

— Je l'ai acheté à prix d'or à un marin romin. C'est grâce à des inventions de ce genre que le Vieux Pays a dominé le monde connu pendant des siècles. Et c'est aussi pourquoi, si longtemps après cette époque, ils gardent encore jalousement leurs secrets.

— Comment ça marche ? Ce n'est pas vraiment magique, n'est-ce pas ?

— Franchement ?

— Mais oui !

— Je ne sais pas. Ça marche, c'est tout. C'est peut-être magique, c'est peut-être divin, c'est peut-être normal. Je ne sais pas, répéta-t-il.

— Ça n'est *sûrement pas* magique, intervint Corenn.

— Pourquoi ?

— J'ai déjà vu des aiguilles de ce genre. À mon avis, elles n'ont rien de spécial. Ça relève simplement d'un phénomène naturel comme, par exemple, les marées, les saisons, la croissance de la lune ou autres.

— Dans les Bas-Royaumes, et même ailleurs, remarqua Grigán, j'ai rencontré des peuples qui considèrent chacun de ces phénomènes comme une œuvre divine.

— Je suppose que ça dépend du point de vue où l'on se place. Pourquoi pas, après tout ? *Folie d'un homme est vérité d'un autre*, conclut énigmatiquement Corenn.

Yan était loin d'être satisfait. Il lui revenait en mémoire ce que Léti avait dit, ou plutôt ce qu'elle n'avait *pas* dit, à propos de sa tante et du surnaturel. De quoi pouvait-il s'agir ? Que lui cachaient-elles ?

En y repensant… Toute cette histoire de sages émissaires qui disparaissaient d'une île, puis y réapparaissaient deux lunes plus tard… Il n'y avait guère prêté foi jusqu'à présent, mais à l'approche du lieu en question, et après ces quelques jours passés avec des héritiers convaincus de la véracité de l'histoire, il commençait à douter sérieusement.

Se pouvait-il vraiment que tout, dans cette vieille légende, fût vrai ?

Son esprit fut soudain stimulé par la curiosité comme il ne l'avait jamais été. De l'irrationnel. De la magie. Des légendes.

Pour les côtoyer, ne serait-ce que très peu et de loin, Yan était prêt à faire n'importe quoi. Il avait, dans ses plus jeunes années, écouté l'Aïeule raconter toutes ses histoires, du royaume sous-marin de Xéfalis au drame du Dauphin parlant, en passant par la longue quête de Quyl, la légende du mage Guessardi, et les contes religieux sur Brosda, Eurydis ou encore Odrel. Une confrontation, même minime, avec quelque chose se rapportant aux anciens récits lui semblait être une expérience des plus enrichissantes.

Il en oublia tout d'un coup sa fatigue et, momentanément, ses appréhensions au sujet du jour de la Promesse. Qu'attendait-on pour aller plus vite ?

Il dut malheureusement faire taire son exaltation quelque temps après, alors que le groupe rencontrait de nouveau le chemin. Grigán fit alors faire demi-tour à tout le monde, jusqu'à un baraquement abandonné qu'ils avaient dépassé et où il « proposa » enfin de s'arrêter pour la nuit.

Comme de coutume, le guerrier fit une inspection détaillée des environs avant de se détendre un peu. Ils se restaurèrent rapidement, puis chacun s'attela aux tâches qu'ils s'étaient tacitement assignées par l'habitude : Grigán s'occupait des chevaux, Yan des gros travaux d'installation du campement – qui furent réduits cette fois à dégager la masure – et Corenn et Léti à l'aménagement général.

— Je pense qu'il vaudrait mieux laisser quelqu'un de garde, cette nuit, dit Grigán. Yan, tu te sens assez en forme ?

— Bien sûr. De toute façon, je suis trop énervé pour dormir tout de suite.

— Bien. Tu n'auras qu'à me réveiller quand tu te sentiras fatigué.

— Et moi ? coupa Léti. Quand viendra mon tour ?

— Pas tant que je pourrai l'éviter. C'est plus dangereux que tu ne le crois.

— Et alors ? Je n'ai pas peur, si c'est ce que vous voulez dire. Vous me laissez vous aider, ou non ?

— Non.

Léti leva les yeux au ciel, excédée et impuissante face à la volonté du guerrier.

— Je me passerai de votre permission. Je resterai éveillée toute la nuit, si je veux.

— À toi de voir, remarqua simplement le guerrier.

Léti, après avoir cherché pendant quelques instants ce qu'elle allait pouvoir répondre, entra dans une nouvelle période de bouderie.

— Ces moments privilégiés de bonheur me manqueront beaucoup, plus tard, annonça ironiquement Corenn.

Seul Yan goûta la plaisanterie.

Quand tous furent couchés, il se posta à l'endroit que lui avait indiqué Grigán, arc et flèches en main.

Seul dans la nuit et le froid, à écouter et à scruter l'ombre, il ressentait pourtant une joie particulière, un peu sauvage, qu'il n'avait jamais connue auparavant.

C'était la première fois que le guerrier lui faisait entièrement confiance.

C'était aussi la première fois qu'il veillait *vraiment* sur Léti. Comme s'ils étaient unis.

* * *

Le matin du lendemain le trouva moins vaillant. Il avait difficilement gardé les yeux ouverts jusqu'au milieu de la nuit, puis réveillé Grigán à contrecœur. Il aurait voulu laisser se reposer le guerrier mais ne sentait que trop le sommeil le vaincre peu à peu.

Aussi, bien que se levant le dernier, et tard déjà dans la matinée, il se sentait encore assez fatigué pour dormir un décan de plus.

Il eut tout de même la bonne surprise de voir, en sortant de la masure, que le ciel était découvert. Le soleil réchauffait déjà la terre lorelienne d'une manière prometteuse. Une brise légère traversait de temps à autre les feuillages encore fournis des arbres environnants, alors que des centaines d'oiseaux célébraient en chantant ce court répit qu'était la saison du Vent.

Léti n'était pas là, et Grigán non plus. Comme il ne manquait aucun des chevaux, Yan ne s'inquiéta pas plus.

Il rejoignit Corenn qui s'affairait autour d'un petit feu. Elle le salua et lui tendit une infusion chaude et odorante.

— Qu'est-ce que c'est ?

— Du *cozé*. C'est une plante importée de Mestèbe. Le goût est particulier, mais on dit que ça secoue les plus endormis. En tout cas, aucune des Mères du Conseil n'assisterait à une réunion entière sans en déguster un bol ou deux !

Yan sourit de l'allusion et goûta au breuvage. Il le trouva plutôt bon.

— Vous nous cachez beaucoup de talents, dame Corenn, dit-il sans réfléchir.

— Je me demande comment je dois prendre ça, répondit-elle en feignant d'être vexée.

— Non, non, ce n'est pas ce que je voulais dire, je…

— Je sais, je plaisante. Certaines personnes qui me connaissent bien te donneraient même entièrement raison, conclut-elle mystérieusement.

Yan réfléchit un instant à cette dernière réplique, mais ne sut qu'en penser. Il passa donc à autre chose.

— Que va faire le Conseil ? Pour vous, je veux dire ?

— Normalement, comme je n'ai pas officiellement démissionné, mon assistante devrait me remplacer jusqu'à mon retour. Mais si mon absence se prolonge, l'Aïeule nommera quelqu'un d'autre à ma place, quand elle le jugera opportun. Comme si j'étais morte, en fait…

— Et vous le ressentez comment ?

— Je le regrette, bien sûr. Mais qu'y pouvons-nous ? Tant que les Züu seront à notre recherche, notre seule chance de survie est, paradoxalement, de faire le mort ! À Kaul, seule la Mère chargée de la Justice est au courant de notre situation. Mais c'est déjà une personne de trop… Si nos ennemis viennent à l'apprendre, elle sera à son tour en danger. Et nous le serions plus encore par les informations qu'ils pourraient en tirer.

Yan acquiesça. S'il n'avait pas encore tout à fait compris la gravité des événements, Corenn venait grandement de l'y aider.

— Pourquoi Grigán ne nous parle-t-il pas de ces choses ? Ça pourrait aider Léti à comprendre ; ça pourrait mieux se passer entre eux.

— Tu crois que Léti a besoin d'entendre ça en ce moment ?

Peut-être pas, effectivement. Elle était déjà assez choquée par l'assassinat de ses amis, et celui auquel elle avait échappé.

— Alors, pourquoi me le dites-vous, à moi ?

— Parce que je te sais intelligent. Et que tu auras besoin de ces renseignements si Grigán met son projet à exécution.

Yan allait demander un complément d'informations quand les absents firent leur retour au campement. Chacun avait l'air de très mauvaise humeur, tout particulièrement Grigán. Ils se tournèrent le dos dès leur arrivée. La journée promettait d'être agréable.

— Qu'est-ce qui se passe ? demanda-t-il à sa jeune amie.

— C'est de la faute du grincheux. Il allait tuer un *dors-debout*, lança-t-elle, boudeuse. Je l'en ai empêché et il s'est mis en colère.

Yan comprenait. Léti avait eu un dors-debout plus ou moins apprivoisé, pendant quelques années. Il ne fallait surtout pas lui parler de considérer ces petites bêtes comme du gibier.

— Comment as-tu fait ?

— J'ai crié de toutes mes forces. Le dors' s'est réveillé et s'est sauvé. Tu n'as pas entendu ?

— Non. J'étais peut-être à l'intérieur.

Yan essaya d'imaginer l'expression de Grigán au moment où Léti lui hurlait dans les oreilles. Forcément, ça n'allait pas le mettre de bonne humeur. Lui qui pensait constamment à la discrétion…

Le guerrier s'arma des pieds à la tête en ronchonnant, puis s'éloigna rapidement sous les arbres après avoir grommelé à l'adresse de Corenn quelque chose comme : « obligé d'aller patrouiller » et « faute d'une gamine capricieuse et stupide ».

Yan n'aurait pas aimé être à la place de Léti à ce moment.

Il semblait qu'on allait se mettre très tard en route, aujourd'hui. Après s'être débarbouillé, avoir plié ses bagages, s'être occupé des chevaux et autres corvées journalières, Grigán n'étant toujours pas revenu, Yan décida de s'entraîner un peu au tir. Il s'éloigna du campement avec arc et flèches.

Léti lui emboîta le pas aussitôt. Ils s'exercèrent à tour de rôle, la jeune fille obtenant de loin les meilleurs résultats en précision, mais ayant beaucoup de difficultés pour la puissance du tir.

Ils s'amusèrent beaucoup, Yan goûtant aussi la simple joie de se retrouver en tête-à-tête avec son aimée… Joie que venait tout de même distraire la crainte de se faire surprendre par Grigán.

Léti montrant des signes de fatigue, ils retournèrent auprès de Corenn qui écrivait dans un petit livre, assise sur une étoffe étalée au pied d'un arbre. Yan brûlait d'envie de la questionner, mais son respect pour ce recueillement et la peur d'être indiscret furent les plus forts. Il se contenta donc de l'observer de temps à autre, à la dérobée.

Enfin Grigán fut de retour. Il semblait plus calme, ayant maîtrisé sa colère. Il rapportait quelques pièces de gibier parmi lesquelles ne figurait pas – heureusement ! – de dors-debout. Hasard ou attention ? Personne ne posa la question.

Le guerrier se débarrassa, puis entreprit de déplumer la paire de faisans marins qu'il avait abattus. Les jeunes Kauliens s'en étonnèrent, car il était rare de voir ainsi Grigán retarder le départ. Sa besogne achevée, il étala toutes ses lames devant lui – spectacle impressionnant – et se mit à les aiguiser et à les graisser l'une après l'autre.

Léti s'approcha et l'observa sagement pendant un moment.

— Vous êtes encore en colère ? finit-elle par dire.

Le guerrier ne leva même pas la tête.

— Mais non, mais non… Je réfléchis, c'est tout.

Et il se remit à la tâche. Il semblait ennuyé, presque gêné.

— Je crois que j'ai compris, vous savez, intervint Yan.

Grigán le dévisagea, interrogatif.

— On ne peut pas aller tous à Berce et plonger dans la gueule du loup. Vous ne voulez pas non plus y aller seul et nous abandonner. La meilleure solution est que moi j'y aille, puisque les Züu ne me connaissent pas. Mais vous ne pouvez pas vous décider.

Trois regards attentifs attendaient maintenant la conclusion du jeune homme.

— Il faudra bien vous y faire, parce que je vais aller à Berce aujourd'hui.

— Ça peut être très dangereux.

Yan bomba le torse, un peu stupidement.

— Je n'ai pas l'intention de prendre des risques. Et puis, on n'a pas fait tout ce chemin pour abandonner maintenant.

— Bien, conclut le guerrier ragaillardi.

Il se mit à ranger ses armes, tout en expliquant au Kaulien ce qu'il espérait de lui.

— Berce est à moins d'une demi-journée, vers l'est. Tu prendras par le chemin…

— Mais enfin ! Yan va se faire tuer !

Léti n'arrivait pas à croire qu'ils étaient en train de parler sérieusement.

— Pas s'il fait attention. Et il fera attention ; j'ai confiance en lui, répondit le guerrier.

Yan était aux anges. Léti, son aimée, s'inquiétait pour lui, et Grigán l'Inflexible venait de le flatter. Allons, où était-elle, cette armée de tueurs ?

— De toute façon, reprit le guerrier, il ne part pas en croisade. C'est bien compris, hein ? reprit-il à son adresse. Tout ce que je veux, c'est que tu observes pour nous rapporter des informations. En un seul morceau de Kaulien, si possible !

Yan lui rendit un sourire crispé.

— Il y a une auberge, sur la route de la mer, presque à la sortie du village. Je ne sais plus quel nom…

— Le *Marchand de vin*, précisa Corenn, qui avait conservé le silence jusque-là.

— C'est ça. C'est là que la plupart des héritiers séjournaient, pendant les réunions. Prends une chambre là-bas et observe.

— Je vais dormir là-bas ? s'étonna Yan.

— Forcément ! Même en partant maintenant, tu ne peux pas faire un aller-retour d'ici ce soir ! Qu'est-ce qui te gêne ?

— Non, c'est que… rien, bredouilla Yan.

Ce qui l'embêtait ? Le jour de la Promesse prévu pour le lendemain, voilà. Il voulait *surtout* être près de Léti ce jour-là.

Grigán échangea un regard avec Corenn, puis poursuivit.

— Tu nous rejoindras demain, ou après-demain, au moment que tu voudras. Fais seulement attention de ne pas te faire suivre.

Yan acquiesça encore. Après-demain, sûrement pas ! Il avait déjà la ferme intention de revenir dès l'aube, si possible.

— Parle avec le moins de gens possible. Dis que tu es venu pour le jour de la Promesse, que tu viens d'un village kaulien, sauf Eza, bien sûr. Que tu espères retrouver quelqu'un… Ça expliquera en partie pourquoi tu fouines partout.

Yan tressaillit au nom de la Promesse et observa la réaction de Léti. Mais la jeune fille était perdue dans ses pensées… Avait-elle seulement entendu ?

— Des dizaines de paysans isolés des alentours rejoignent Berce à de telles occasions. Comme dans ton propre village, sans doute. Tu devrais passer inaperçu. Enfin, dernière recommandation : ne fais confiance à personne. Compris ?

— Personne, répéta Yan d'une voix peu assurée.

Tout cela semblait beaucoup moins drôle, à présent.

— Bien, conclut Grigán. Tu es toujours décidé ?

Yan refoula ses sentiments contrariés.

— Bien sûr. Ça va être une vraie promenade. Et je serai de retour demain, dit-il plus fort en direction de Léti.

Elle s'était éloignée de quelques pas.

Yan aurait juré l'avoir entendue sangloter.

* * *

Il fut en vue de Berce peu après l'apogée. Pressé d'en finir et de revenir auprès de son aimée, il n'avait pas ménagé sa monture et allait arriver plus tôt que ne l'avait estimé Grigán.

Après un départ marqué par les encouragements de Corenn, les ultimes recommandations du guerrier et, surtout, l'éprouvant et larmoyant « à demain » de Léti, il avait guidé son cheval jusqu'au chemin croisé la veille, qu'il avait suivi jusqu'à une route plus large.

L'appréhension ressentie pendant les deux premières lieues avait peu à peu diminué, surtout parce qu'il n'avait rencontré personne. Mais elle revenait maintenant, plus forte, et agissait physiquement sur lui, nouant son estomac, raidissant ses membres et contractant sa respiration. Yan savait bien ce dont il s'agissait : la peur.

Malgré son petit côté *niab* et ses propres fustigations verbales occasionnelles, il était loin d'être stupide. Si une partie seulement de ce qu'avaient raconté ses compagnons était vraie – et il ne pouvait en être autrement –, Berce devait être un vrai nid de serpents, un chausse-trape à l'échelle d'un village, contrôlé par une organisation importante d'assassins fanatisés.

Après réflexion, il ne voyait pas trop ce qu'il pourrait y trouver d'intéressant, excepté la confirmation qu'il valait mieux pour ses compagnons éviter l'endroit. Il ne pourrait reconnaître d'autres héritiers s'il en voyait, et ne pourrait pas même faire confiance à quiconque prétendrait en être.

Enfin, il allait tout simplement faire de son mieux, et retourner dès le lendemain auprès de Léti. Mieux valait s'accrocher à cette idée…

Le village était fortifié – ou plutôt, entouré d'un mur d'enceinte haut de trois pas environ. Il était bien plus grand qu'Eza. En fait, Berce était déjà une petite ville. La porte d'accès n'était pas fermée, mais Yan apercevait quatre hommes à proximité de l'ouverture, installés dans une posture négligée – assis contre le mur ou allongés dans l'herbe – insuffisante à tromper sur leur fonction.

Il les détailla en approchant. Ils ne ressemblaient pas à des soldats réguliers d'une communauté ; outre leur attitude aussi peu militaire que possible, ils n'avaient ni uniforme ou quelque chose y ressemblant, ni un semblant d'hygiène !

Tous quatre étaient plus sales encore que le vieux Vosder : barbes hirsutes, visages crasseux, mains noires, vêtements portés depuis plusieurs décades…

L'un d'eux se leva à l'arrivée de Yan, qui préféra arrêter sa monture et attendre patiemment qu'on vienne à sa rencontre. Mieux valait rester à distance des trois autres.

Le crasseux lui lança quelques mots interrogatifs, tout en attrapant machinalement la longe du cheval. Yan nota le geste mais ne comprit rien de ce qu'on lui disait. Un argot lorelien ?

— Je ne comprends pas, dit-il en ithare.

Un autre des crasseux les rejoignit. Yan réprima une envie furieuse d'arracher la longe des mains du premier et de galoper ventre à terre jusqu'à ses amis. L'autre s'adressa à lui en ithare.

— T'es pas lorelien ?

— Nan, répondit-il, d'un ton défiant.

Puis il reprit, plus calmement :

— Non. Je viens d'Assiora, un village du centre du Matriarcat.

Les deux affreux le regardaient silencieusement.

— Kaul ! reprit Yan. Le Matriarcat de Kaul ! C'est même pas à une décade de voyage !

La compréhension illumina enfin le visage du second crasseux, qui sourit puis éclata franchement de rire, avant de traduire à son collègue qui comprit et rit à son tour.

— T'viens du pays des femm', alors ?

— Le pays des femmes ?

— Ben ouais ! Y'a qu'des femm', là-bas : des femm'-hom' et des hom'-femm' ! et il rit de plus belle.

Yan ne comprenait pas exactement le sens de la plaisanterie mais était sûr de ne pas la goûter. Il eut envie de répliquer en attaquant les mœurs, apparemment libérées, d'hygiène lorelienne, mais put se contrôler et attendre en grinçant des dents que les affreux, maintenant tous réunis autour de lui, cessent enfin de rire stupidement.

Ce fut long. Mais enfin on s'intéressa de nouveau à lui.

— Alors, t'viens ici pour quoi ?

— Pour le jour de la Promesse.

Une nouvelle explosion de rires secoua les bedaines des crasseux, après traduction. Yan réalisa soudain l'intérêt que pouvait avoir un arsenal comme celui de Grigán. On l'aurait sûrement traité différemment s'il était venu vêtu d'une armure de cuir, avec une lame longue de quatre pieds au côté. Au lieu de cela, il portait une stupide tunique de couleur beige appartenant à Léti, ainsi qu'un ruban que Corenn lui avait noué sur le front, pour « parfaire le personnage de courtisan ». Ridicule !

— Je peux passer, ou pas ? s'énerva-t-il.

— Ouais, ouais, lui répondit l'autre en s'essuyant les yeux. Eh, bonne chance, mon *gars* !

Yan ignora la nouvelle tempête d'hilarité qui se déclencha dans son dos et pénétra dans l'enceinte. Du danger, de l'héroïsme, tu parles ! On allait franchement se payer sa tête pendant deux jours, oui.

Il ravala sa colère et sa honte, et observa les environs. Il était venu pour ça, alors plus vite ce serait fait, plus vite il pourrait retourner auprès de Léti.

La petite ville était assez agitée ; la préparation et l'excitation de la fête prochaine y étaient sûrement pour beaucoup.

Berce avait l'air d'une ville agréable. Les bâtiments – maisons, ateliers d'artisans, écuries et autres – paraissaient assez vieux, mais cela leur donnait un certain charme. Il nota que beaucoup d'entre eux comprenaient plusieurs étages, contrairement à l'architecture traditionnelle kaulienne.

Il remonta ce qui devait être la rue principale. Il croisa une vingtaine de personnes, plus ou moins affairées, dont la plupart se contentèrent de lui jeter un simple regard. Tant mieux, au moins passait-il inaperçu. La seule exception était constituée de ceux qui s'arrêtaient et le dévisageaient d'un air amusé. Yan tenta d'abord l'indifférence, mais il ne put s'empêcher ensuite de répondre par de noirs regards et finit par arracher son ruban et desserrer sa tunique toute propre.

Des enfants de tous âges couraient en bandes dans les rues ; il se promit, rancunier, de surveiller étroitement la bourse que lui avait confiée Corenn. On ne l'aurait pas deux fois ; l'expérience de Jerval lui avait donné une leçon.

Il croisa un autre cavalier, venant en sens contraire. Celui-ci tirait son cheval par la longe ; Yan se dit qu'il ferait bien d'en faire autant, pour être moins exposé aux regards. Il descendit de sa monture et poursuivit à pied.

Il arriva à ce qui devait être la place principale. La coutume lorelienne voulant que l'on travaille le moins possible les jours de célébration, les préparatifs de la fête du lendemain étaient déjà bien avancés. Les habitants avaient disposé de nombreuses tables dissemblables, récoltées parmi la communauté, ainsi que des bancs, chaises, fauteuils et tabourets aussi peu assortis. À l'écart de tout cela, on avait rassemblé un tas impressionnant de bois à proximité d'un foyer construit pour l'occasion.

Mais ce qui étonna et effraya le jeune homme, ce fut l'estrade. Est-ce que les promis devaient monter ensemble là-dessus, *devant tout le monde* ? Pire, peut-être les hommes devaient-ils faire leur demande *seuls*, à cet endroit ? Après tout, le déroulement de la fête en Lorelia était peut-être très différent des cérémonies de Kaul.

Yan était là, comme hypnotisé par l'installation, son imagination lui montrant les pires choses, quand quelqu'un vint placer son visage à un pied du sien.

Il n'avait ni vu, ni entendu l'homme arriver. Ce dernier s'était glissé devant lui comme un serpent. Et le dévisageait maintenant avec insistance.

Il fit la même chose pendant quelques instants. L'homme était plus petit que lui et portait une robe commune de prêtre, avec le capuchon relevé. Il devait avoir un peu plus de trente ans, mais son visage glabre et son crâne rasé le faisaient paraître plus jeune. L'homme gardait ses mains dissimulées, mais ce n'était pas le plus effrayant.

Un *requin*. Voilà, son regard faisait penser à celui d'un requin. Yan n'en avait vu qu'à une occasion, après une longue expédition des pêcheurs de son village. Mais il n'avait pas oublié les yeux froids et vides de tout sentiment…

Bien sûr, il ne s'agissait alors que d'une simple interprétation de gamin, faite à la vue d'un animal mort… Maintenant, le requin était vivant et semblait se repaître de la peur de sa proie !

— Excusez-moi.

Yan se détourna aussi calmement que possible, pour ne pas déclencher l'irréparable, alors qu'il n'avait qu'une envie : courir à toutes jambes.

Un autre requin était dans son dos.

Le deuxième homme était à moins d'un pas derrière lui. Il n'avait pas fait plus de bruit que le premier. Il était vêtu de la même façon, et avait le même regard de prédateur.

Yan fut glacé d'effroi. Il lui avait semblé voir briller l'éclat du métal dans une main, l'espace d'un instant. Puis cette main avait disparu dans les replis d'une robe.

Il continua à avancer calmement, sans se retourner. Il s'attendait à recevoir un coup de poignard d'un moment à l'autre. Il guida son cheval de manière à ce qu'il se place plus ou moins en travers dans son dos. Même ainsi, il pouvait sentir la brûlure des regards sur sa nuque.

Il s'arrêta de l'autre côté de la place, à un cabaret offrant des places en terrasse, attacha tranquillement son cheval à côté d'un autre, et s'assit de façon à pouvoir enfin observer les hommes inquiétants.

Ils n'étaient plus là. Yan examina toute la place, en vain. Il ne put s'empêcher de se retourner brusquement pour vérifier derrière lui. Mais les requins avaient quitté ces eaux.

Une voix nasillarde et haut perchée le fit bondir sur son banc. Il s'appliqua, tant bien que mal, à calmer les battements de son cœur, et constata qu'une femme d'une cinquantaine d'années l'interpellait depuis l'entrée du cabaret.

— Du vin ! répondit-il en ithare, d'une voix mal assurée.

Il craignit un instant de s'être trompé sur le sens de la question, mais la femme hocha la tête et lui apporta peu après un gobelet plein, que Yan paya en soupirant de soulagement. Il détestait le vin et avait donné cette réponse sans réfléchir. Cependant, après ces émotions, il trouva à cette boisson une saveur et une douceur particulièrement réconfortantes.

Il se retourna de nouveau, faussement détendu. Et eut une pensée pour Grigán. Est-ce que le guerrier vivait toujours comme ça ? À surveiller ses arrières ?

Est-ce que son expérience suffirait à les tirer d'affaire ?

Il repensa au métal qu'il avait vu briller fugitivement. Nul doute qu'il s'agisse des Züu. Avaient-ils prévu de le tuer ?

Non, car il serait déjà mort maintenant…

À sa place, un héritier n'aurait pas eu la moindre chance.

Comment les assassins faisaient la distinction, Yan s'en fichait comme d'une peau de margolin. L'important était de ne pas commettre de bourde les faisant changer d'avis sur son compte !

Les yeux scrutant la foule, il remarqua que les habitants n'étaient pas – dans l'ensemble – plus sales qu'à Kaul. Alors, que faisaient les quatre pouilleux aux portes de la ville ? Étaient-ils seulement d'ici ?

Il allait vraiment devoir faire très attention.

Il termina son gobelet, se leva et prit la direction du *Marchand de vin*, que lui indiqua la tenancière.

Il traversa tout le sud de la bourgade, arrivant presque à la porte donnant sur la route de la mer, avant de trouver son but. Il faillit passer devant sans la voir ; il est vrai que, contrairement à l'*Auberge du bac*, celle-ci n'avait qu'une toute petite enseigne.

Un mendiant était assis non loin de l'entrée, devant une coupelle où reposaient quelques pièces misérables. Yan préféra ne pas abandonner son cheval dans la rue et demanda par la porte entrouverte que l'aubergiste lui indique l'écurie. Celui-ci, un gros homme rougeaud à l'allure sympathique, fit mieux et prit lui-même en charge la monture, offrant à Yan d'entrer afin que l'on s'occupe de lui.

Yan acquiesça, mais préféra suivre l'homme du regard jusqu'à un bâtiment tout proche. Il pourrait avoir besoin de récupérer son cheval en urgence, et il préférait savoir où on le casait…

— Une 'tite pièce, pour manger, seigneur, prononça difficilement le mendiant d'une voix chevrotante.

Il ressemblait à l'un des quelconques mendiants qu'il avait pu croiser jusqu'à maintenant : sale, poilu, crasseux, vêtu de loques rincées seulement par la pluie…

Ce type pouvait être un homme travaillant pour les Züu. Ou simplement un malheureux… Il avait plus l'air d'un malade que d'un ivrogne. Yan tira une pièce de sa bourse et la posa dans la coupelle. Maudit, ce qu'il *puait* ! Il avait dû se rouler dedans, à coup sûr. Il s'en éloigna au plus vite.

— Merci, seigneur. Merci, merci, répéta le mendiant à outrance.

Il avait à peine regardé la pièce. Yan haussa les épaules et entra dans l'auberge.

La grande salle était vide, à cette heure. Le tenancier le rejoignit peu après.

— Vous n'avez personne qui s'occupe des chevaux pour vous ? commença Yan.

— Si, si, j'ai mon grand fils. Mais pour lui aussi, c'est demain le jour de la Promesse. Je serais vraiment cruel de le faire travailler aujourd'hui…

L'homme plut tout de suite à Yan. Pas étonnant que les héritiers aient séjourné ici. Pour peu que la cuisine soit telle que l'avait décrite Corenn…

Yan déclara vouloir passer deux nuits et paya d'avance, bien qu'on ne le lui ait pas demandé. Puis, comme l'homme semblait bavard, il en profita pour obtenir quelques renseignements.

— Les hommes qui sont aux portes ? Non, ils ne sont pas d'ici. Enfin, sauf Nuguel, et le fils de Bertan. Personne ne sait d'où viennent les autres, peut-être de la ville. Ce qui est sûr, c'est que c'est pas des bonnes gens à fréquenter. Enfin, pour l'instant, ils n'ont fait de mal à personne, hein, alors personne ne dit rien. Vous voulez mon avis ? Ils cherchent quelqu'un. Et je ne voudrais pas être à sa place si ce quelqu'un montre son nez par ici… Remarquez, c'est sûrement aussi un bon à rien de tire-laine ou de coupe-jarret, du genre de celui qui ne veut pas débarrasser ma devanture. Qu'est-ce que vous en pensez ? Au fait, pourquoi, ils vous ont fait des ennuis ?

Yan mit un peu de temps à digérer tout ce discours. Il en avait mal à la gorge pour l'aubergiste.

— Non, non… Ils se sont un peu payé ma tête, mais c'est tout. Ils sont nombreux, comme ça, à attendre *quelqu'un* ?

— Ça, on ne saurait pas le dire. Avec tous les jeunes gens et leurs familles, comme vous, qui viennent des campagnes pour la Promesse, il y a deux fois plus de monde dans le village. Et puis il y a aussi une sorte de grande famille qui organise une fête ici tous les trois ans, et ça tombe cette année. Peut-être qu'il y en a parmi eux.

Yan se demanda si ça n'était pas trop suspect de poser la question, mais l'occasion était trop belle, et la réponse trop importante.

— Vous en avez vu ?

— De la grande famille, vous voulez dire ?

— Oui, heu…

Il chercha désespérément un prétexte pouvant expliquer sa question. Il n'en trouva pas, et allait changer de sujet quand l'aubergiste lui répondit.

— Non, non. Pas encore. Mais c'est encore trop tôt. Peut-être dans deux ou trois jours. Ils viennent toujours ici, vous savez ? Ils prennent presque toute l'auberge. Ça m'arrange bien, parce que sinon, je n'ai pas beaucoup d'hôtes. En ce moment, je n'ai que vous, un couple qui vient de Lermian, et un groupe de cinq prêtres qui n'ont pris que deux chambres ! Vous vous rendez compte ? Deux chambres pour cinq ! Moi, je suis respectueux des prêtres ; je leur ai dit : si c'est une question d'argent, alors prenez chacun une chambre pour le même prix, puisqu'elles sont libres. Mais ils ont refusé. Vous ne trouvez pas ça bizarre ?

— Si, si.

Vraiment bizarre. Effrayant, même. Il allait passer la nuit à côté de cinq tueurs züu.

S'il faisait le moindre faux pas, il ne verrait pas le matin.

* * *

Yan mit un moment à retourner dans le centre-ville. En grande partie parce que l'aubergiste volubile l'avait longtemps retenu, le piégeant dans une discussion sans fin. Ensuite, ça avait été le tour du mendiant, qui avait eu le culot de lui demander à nouveau l'aumône. Il paraissait alors beaucoup moins malade. Certaines personnes avaient un sens de l'humour très particulier.

Sans cheval pour s'enfuir, et sans son arc pour se défendre, Yan se sentait très vulnérable. Tout ce qu'il avait à sa disposition était une dague prêtée par Grigán, pour remplacer le couteau qu'il avait donné à Léti. C'était peu de chose… De toute façon, même avec une épée géante, il ne voyait pas comment il pourrait tenir tête aux combattants chevronnés qu'étaient les assassins.

C'est donc la peur au ventre et l'esprit en feu qu'il revint sur l'emplacement des préparatifs de la fête. Un examen détaillé lui révéla qu'aucun des Züu n'était là ; ou plutôt, qu'aucun n'était visible. Il se demanda ce qui était le mieux.

La journée touchant à sa fin, de plus en plus de monde se rassemblait sur la place. Apparemment, la Promesse était aussi fêtée la veille, en Lorelia. Il remarqua que bon nombre de jeunes gens – de son âge, en fait – patientaient avec une excitation grandissante dans tous les coins laissés libres par leurs aînés. Tous étaient en groupes, mais du même sexe : garçons avec garçons, filles avec filles. Yan s'adossa nonchalamment à un mur, près de deux jeunes Loreliens qui l'ignorèrent totalement, captivés qu'ils étaient par la gent féminine parée de ses plus beaux atours.

Quant à lui, il détaillait plutôt les étrangers. Quelques-uns d'entre eux, peut-être, faisaient partie des héritiers. D'autres travaillaient pour les sombres projets des Züu. Qui et qui ?

Léti, Corenn et Grigán avaient décrit de leur mieux quelques-uns de leurs amis, mais la liste s'était rapidement allongée, et Yan avait eu en peu de temps l'esprit complètement embrouillé. Ses compagnons eux-mêmes avaient peu à peu émis des réserves quant à la fiabilité de leurs souvenirs ; d'autant plus qu'il s'agissait de détails vieux de trois ans. Aussi, en définitive, ne pouvait-il pas compter sur ces indications pour l'aider.

Il s'aperçut avec effroi que le mendiant de l'auberge l'observait, et sans doute depuis un moment. Ne venait-il point de détourner son regard ? Est-ce qu'il le suivait ?

Yan se dit qu'il ferait bien d'éviter ce pouilleux pendant son séjour à Berce. Ne serait-ce, peut-être, que pour protéger sa bourse.

— Bonjour.

Deux jeunes femmes blondes, sagement debout devant lui, les mains dans le dos, lui souriaient avec insistance. Il rougit jusqu'aux oreilles en les découvrant. Elles étaient vêtues bien plus court que ne se le serait permis une Kaulienne.

— Heu, bonjour, répondit-il sans originalité.

— C'est vrai que tu viens de Kaul ? demanda ingénument la plus grande, sans cesser de sourire à s'en figer les traits.

Yan se renfrogna. Ça se lisait sur son visage, ou quoi ? S'il n'était même pas capable de passer inaperçu auprès de deux villageoises, inutile d'espérer tromper ses ennemis !

— Comment le savez-vous ? – il ne pouvait se résoudre à la tutoyer.

— C'est mon oncle qui me l'a dit. Il le tient du cousin de Nuguel, qui t'a vu avec les autres venir par la porte de Lorelia aujourd'hui. Nuguel raconte à tous ses copains que tu viens pour la Promesse, pour les faire rire.

Devant le visage blêmissant de Yan, elle ajouta promptement :

— Moi, ça ne me fait pas rire. Je trouve ça charmant.

Yan rougit de plus belle. Complètement stupide, il était complètement stupide.

— Ah bon ? fut la seule chose qu'il put répondre.

— Les Kauliens sont si… romantiques, continua-t-elle. C'est vrai que vous refusez de laisser travailler une femme ? Que vous préférez tout lui offrir ?

Yan eut un hoquet étranglé. Est-ce que cette fille se payait sa tête ? Ou était-ce vraiment ce que l'on disait des Kauliens dans le reste du monde ?

— C'est peut-être exagéré… commença-t-il.

— De toute façon, c'est sûrement mieux qu'ici. Tous les garçons que je connais sont des pêcheurs sans avenir, qui ne cherchent à s'unir que pour faire des enfants. Moi, ce que je voudrais, c'est vivre une histoire d'amour. J'aimerais vraiment, mais *vraiment*, être promise à un Kaulien…

L'ingénue lui fit un clin d'œil plein de sous-entendus, avant de lui tourner le dos, imitée en cela par son amie silencieuse. Yan les regarda s'éloigner comme si elles dansaient sur une corde imaginaire.

Il ne se faisait aucun souci quant à l'avenir de l'entreprenante Lorelienne. Comment Léti aurait-elle pris tout ça ? Il n'en avait pas la moindre idée. Son vœu le plus cher était qu'elle en fût jalouse… Mais l'aventure se serait alors certainement terminée par une joute entre les deux femmes, verbale ou physique. Léti n'était pas du genre à laisser faire…

Des clameurs le tirèrent de sa rêverie. Un bon nombre d'individus désignaient une direction, vers laquelle Yan porta son regard. À deux ou trois lieues du village, en un point précis des collines environnantes, quelque chose projetait des éclairs de lumière…

Un groupe d'une dizaine de cavaliers fendit soudain la foule vers la sortie du village. Avec effroi, Yan reconnut la présence parmi eux d'au moins trois Züu, les autres n'étant que des malfrats tels ceux gardant les portes.

Les assassins avaient réagi très vite. Si l'homme qui faisait ces signes était un héritier, il avait peu de chances d'en réchapper… À moins de fuir immédiatement.

Yan avait peut-être une petite chance de le prévenir, s'il sautait en selle… Mais il lui faudrait pour cela dépasser les autres sans se faire voir. Il n'était pas assez bon cavalier pour ça. D'autant plus qu'il lui fallait d'abord regagner l'auberge, ce qui le retarderait encore…

Il y avait sûrement quelque chose à faire… Il *fallait* faire quelque chose… Il sentait que c'était important.

Il ramassa un peu de terre et s'en frotta vigoureusement la joue. Ainsi maculé, il parcourut bon nombre de rues avant de tomber sur le genre d'artisan qu'il cherchait. Prétextant et maudissant sa maladresse, celle-ci l'ayant fait tomber et se salir en un jour aussi important que celui-ci, il acheta un miroir au verrier. L'homme rit de la mésaventure avec bonhomie.

Aussitôt sorti, Yan se mit en quête d'un endroit propice à son projet. Il le trouva bientôt sous la forme d'une maison abandonnée, où il pénétra par une fenêtre après s'être assuré que personne ne l'épiait – et surtout pas le mendiant de l'auberge !

Son cœur battait à tout rompre. Maintenant, il était *vraiment* en danger. Si même le moins dangereux de ses ennemis le voyait, ce serait la fin.

Il grimpa le long d'une rambarde d'escalier branlante et craquelée, préférant éviter les marches dont l'état était pire encore. Puis il escalada avec précaution une échelle pourrie avant de soulever une trappe poussiéreuse.

Il fut enfin sur le toit de la maison, haletant et soufflant, les tempes battantes d'excitation. Quelqu'un faisait toujours des signaux lumineux, ignorant du danger qui galopait vers lui. Yan leva le miroir le plus haut possible et l'agita en tous sens. Est-ce que ce serait suffisant pour renvoyer si loin les rayons du soleil ?

Est-ce qu'il allait se faire prendre et mourir aujourd'hui ?

Sur les collines, les éclairs disparurent. Puis il y en eut trois très courts, comme des coups frappés à une porte. Ce furent les derniers.

Yan cessa d'agiter son miroir. Ce devait être une réponse. Il avait réussi !

Il laissa fleurir un immense sourire sur son visage. Il avait réussi quelque chose, peut-être sauvé une vie, peut-être seulement donné un peu d'espoir à l'homme qui se trouvait là-bas, sur les collines. Un héritier… *Sûrement* un héritier.

Pourvu que cet idiot ne se mette pas en tête de venir jusqu'à Berce maintenant !

Il chassa cette sombre pensée pour s'inquiéter de son propre salut. Après s'être nettoyé la joue, il enveloppa le miroir dans un morceau d'étoffe trouvé sur place et lança habilement le paquet deux toits plus loin. Il entreprit ensuite une descente acrobatique le long du mur extérieur, redoutant de se dévoiler en repassant par l'intérieur.

Loup repu craint rat piégé… Jamais il ne se serait cru capable de tels actes !

Est-ce que Grigán vivait toujours comme ça ? se demanda-t-il une fois encore, en se laissant tomber à terre.

* * *

Les cavaliers revinrent tard dans la soirée, alors que la fête était commencée depuis longtemps. Yan vit avec soulagement qu'ils ne ramenaient ni corps, ni prisonnier avec eux. Ils n'avaient pas non plus l'expression arrogante et fière des vainqueurs… Par bonheur, l'inconnu s'était échappé.

Il ne dévisagea les trois « prêtres » que quelques instants, craignant de se faire remarquer. Mais cela suffit à ce que l'un d'eux croise son regard. De nouveau, Yan fut glacé d'effroi en découvrant ses yeux de prédateur. Heureusement, le Zü continua son chemin, examinant tout le monde indifféremment.

Était-il le seul à avoir peur ? Les autres ne devaient pas se rendre compte. Il se demanda quelle serait la réaction des habitants s'ils apprenaient qu'un groupe de tueurs züu s'était installé dans leur village… Celui-ci serait certainement déserté dans le décan suivant.

Les cavaliers se séparèrent, les trois assassins prenant la direction du *Marchand de vin*. Yan se décida à les suivre, désespérant d'apprendre quoi que ce soit d'autre ce soir. Les gens qui buvaient, ceux qui dansaient sur des airs de vigoles et de lunes-à-corde, et surtout ceux qui courtisaient, avaient peu de chances d'intéresser Grigán. Et puis, la jeune Lorelienne qui l'avait abordé plus tôt dans la journée ne cessait de lui faire des signes ; il était clair qu'elle n'allait pas tarder à venir lui parler de nouveau. Peut-être même suggérer une danse ! Mieux valait éviter un nouvel embarras.

Il répondit mollement à un de ces signes, puis profita d'un mouvement de foule pour s'éclipser. Ce n'était guère civilisé, d'accord, mais il n'avait pas trouvé mieux. Et comme il était peut-être suivi par d'autres regards…

Il marcha à bonne allure vers l'auberge. Loin du foyer allumé sur la place, le froid de la nuit se faisait cruellement sentir.

On n'avait pas servi de repas pendant la fête ; mais Yan, torturé par la faim, avait mangé pain et terrine au cabaret, comme beaucoup de monde avec lui. Il s'en félicitait maintenant. S'il avait dû souper dans l'auberge, seul dans la grande salle du bas, avec les Züu comme compagnons de table… il n'aurait rien pu avaler.

Il arriva bientôt à destination. Le mendiant n'était pas installé devant la façade ; Yan l'avait aperçu plusieurs fois ce soir, à divers endroits sur les lieux de la fête. Il était heureux de ne plus le croiser.

Un rapide coup d'œil par la fenêtre le rassura sur la vacuité des lieux, et il poussa la porte. Ce qui eut pour effet immédiat de faire apparaître l'aubergiste, qui tenta aussitôt – mais sans succès – d'engager la conversation. Yan prit seulement le bougeoir qu'on lui tendait, souhaita poliment la bonne nuit et s'enfuit vers les étages. Il se sentait incapable d'affronter encore un décan de babil sans fin.

Il dépassa silencieusement les deux chambres occupées par les Züu, les deux premières après l'escalier, placées face à face. L'hôte infatigable les lui avait indiquées plus tôt dans la journée, après lui avoir montré la sienne. Les prêtres avaient insisté pour être placés à cet endroit : le meilleur choix stratégique, remarqua Yan. Personne ne pouvait monter ou descendre sans qu'ils ne l'apprennent.

La porte de gauche était entrouverte ; l'un d'eux faisait peut-être le guet, ou tout au moins pouvait-il écouter. Yan continua tranquillement. Il ne fallait surtout pas qu'ils s'intéressent à lui. Sur une idée un peu tardive, il fit semblant de tituber comme un ivrogne. Ça pourrait donner le change.

Il engagea maladroitement la clé dans la serrure de la porte de sa chambre et peina dessus quelques instants. Il n'eut même pas à simuler : elle était réellement difficile. Enfin, il put ouvrir la porte, la franchit et referma derrière lui en soupirant. Il avait l'impression d'être au milieu de la fosse aux serpents, ou plutôt dans le bassin des requins.

Une nuit, une seule nuit à tenir, et il pourrait rejoindre Léti. Les nouvelles qu'il apporterait n'étaient pas très bonnes : le village était entièrement sous la surveillance de leurs ennemis, et les espoirs de trouver d'autres héritiers se résumaient aux signaux lumineux d'un inconnu… qui n'avait peut-être rien à voir avec cette histoire.

Tout ce qu'il lui restait à faire, c'était d'attendre. Il prit son mal en patience et regarda comment il pourrait passer la nuit.

Sa chambre disposait d'une mansarde non vitrée, plutôt petite, mais suffisamment grande pour laisser passer un homme maigre ou, tout simplement, un carreau d'arbalète. Il s'assura qu'elle était bien fermée et renforça même l'attache avec de la corde. Ça ne ferait pas une grande différence pour quelqu'un de décidé, mais… c'était mieux que de ne rien faire du tout.

Il n'arriverait pas à dormir cette nuit. Pas tout de suite, en tout cas. Malgré l'heure tardive, il ne ressentait aucune fatigue, le froid et l'excitation le gardant pleinement éveillé.

Il résolut de préparer immédiatement ses vêtements pour le lendemain. Plus question pour lui de mettre encore cette stupide tunique de fille.

C'est alors qu'il s'aperçut que l'on avait *fouillé* dans ses affaires.

Il vérifia rapidement : on ne lui avait rien volé. Il ne voyait pas, d'ailleurs, ce qu'il possédait d'assez intéressant pour justifier un cambriolage.

Bien sûr, le but n'était pas de le voler. On avait d'ailleurs pris un soin tout particulier à remettre les choses en l'état, et Yan ne s'en était aperçu que par chance.

Heureusement, il n'avait rien dans ses affaires qui pût le trahir. Le plus grave était seulement que l'on ait pu entrer dans sa chambre.

Il vérifia sa serrure. Elle avait l'air en bon état, si l'on exceptait sa dureté… À moins que ce ne soit justement dû à l'effraction ?

Maintenant, il était certain de ne pas dormir de la nuit. Il se sentait même prêt à prendre le chemin du retour immédiatement… mais cela aurait été trop dangereux, trop suspect.

Il s'installa résolument sur un tabouret, face à la porte, sa dague dans la main. Très bien, le premier qui franchirait cette porte sans y être invité passerait un très mauvais moment. Quant au deuxième… Il ne voyait pas comment il pourrait repousser le deuxième.

Dire que, quelques jours plus tôt, il trouvait cela tellement passionnant ! Dans cette situation, il préférait de loin sa vie d'avant, monotone et sans histoire.

Il finit tout de même par s'assoupir, pendant de courts moments, dans cette position pourtant inconfortable. Il se passa un décan à peine, mais qui lui sembla en durer deux…

Des voix dans le couloir.

Il mit quelques instants à réaliser qu'elles étaient bien réelles, et non pas issues de son sommeil perturbé. Puis il en fut tout à fait sûr.

Quelques hommes – deux, trois, peut-être plus – parlaient entre eux, ou avec les assassins, en haut de l'escalier. Yan colla son oreille à la porte, mais c'était insuffisant pour pouvoir écouter la conversation. Tout ce qu'il comprit fut : « je… cinquante, pas moins ». Le reste, dit sur un ton plus bas, était inintelligible.

Il se décida à prendre le risque d'ouvrir, une discussion si tardive ne pouvant être que très importante. Il cacha sa bougie sous le tabouret voilé d'une couverture, puis fit tourner la clé dans la serrure avec une extrême lenteur. Enfin, il entrouvrit légèrement.

Les gonds grincèrent. Très faiblement, mais, aux oreilles de Yan, cela sonna plus aigu que le cri du virvois. Il attendit quelques instants, immobile, la main crispée sur sa dague, mais personne ne vint. Les hommes parlaient toujours et semblaient ne rien avoir entendu.

— Non, non, clamait la voix la plus forte. Je veux cinquante terces d'argent, pas moins. Et je les veux avant de partir, encore.

— Cinquante, c'est une somme, annonça une voix calme. Crois-tu vraiment que ton savoir soit à ce prix ? Qu'une demi-journée de ton temps mérite deux terces d'or ?

— Si vous trouvez quelqu'un d'autre, alors engagez-le. Mais il n'y a que moi. Et sans moi, vous n'aurez jamais le type au miroir. Il faut lire les signes, et malgré votre sainteté, tout ça, vous ne savez pas. Alors je veux cinquante.

— Est-ce que tu connais *bien* la déesse Zuïa ? reprit la voix doucereuse.

Il y eut un silence.

— Zuïa est la déesse justicière. Tu remarqueras bien que je ne dis pas *une*, mais *la* déesse justicière. Les autres dieux sont des faibles ; ils ne jugent les humains qu'après leur mort. Zuïa est la seule qui applique ses sentences *immédiatement*. C'est la seule qui possède un *réel* pouvoir, la seule *vraie* déesse.

Nouveau silence. Yan imaginait aisément l'homme à la voix grave perdre de son assurance.

— Moi et mes frères sommes les *messagers* de Zuïa. Si tu nous refuses ton aide, tu te ranges du côté des condamnés. Et Zuïa te jugera pour ça.

Au moins, c'était sans équivoque, pensa Yan.

— Alors, reprit la voix douce, vas-tu nous guider ?

L'homme à la voix forte se confondit en excuses, bredouilla qu'il n'avait pas compris qu'il s'agissait d'une mission sacrée, et que, bien sûr, il était maintenant tout disposé à les aider. Gratuitement ! La voix douce conclut sur un simple « Bien » et un rendez-vous fixé pour le lendemain au troisième décan, sur la place. Puis des hommes descendirent l'escalier.

Yan attendit que tout redevienne silencieux. Puis il referma sa porte avec d'infinies précautions, en plaçant un linge sur l'un des gonds. Le bruit fut suffisamment étouffé pour être discret.

De nouveau enfermé, il laissa libre cours à ses pensées. Que faire ! Que pouvait-il faire ?

Que ferait Grigán à sa place ?

S'il restait là, l'homme au miroir mourrait demain matin. Et s'il bougeait, lui-même périrait *en plus* cette nuit, à moins de réussir quelque chose. Mais quoi ?

Il n'avait aucun moyen d'avertir l'inconnu. Il pensait pouvoir rejoindre l'endroit dans les collines, de mémoire... mais en plein jour seulement. De nuit, c'était impossible.

Sans oublier cette histoire de « lire les signes... »

Que ferait Grigán à sa place ?

Il faudrait le lui demander.

Quitte à prendre des risques, à s'éclipser de Berce, à chevaucher de nuit, autant rejoindre ses amis. Le guerrier aurait peut-être une solution.

Sa résolution prise, Yan s'attaqua aux problèmes pratiques. Un seul regard jeté par la lucarne soulevée lui confirma qu'il ne fallait pas compter sortir par là. La pente était bien trop forte et donnait dans une rue passante. Ce n'était pas le mieux pour la discrétion.

La porte restait donc la seule solution. Et s'il y allait, franchement, sans donner l'impression de vouloir cacher quelque chose ?

Dans tous les cas, il devait au moins attendre un moment. Ce serait trop suspect de partir maintenant, juste après la conversation.

Il se massa le visage en réfléchissant. Le voilà obligé de penser comme un fugitif, un hors-la-loi, un coupable, alors qu'il était la victime ! Sa vie avait vraiment changé.

Il valait mieux, aussi, laisser ses affaires sur place. Les abandonner, en fait, puisqu'il ne voyait pas comment il pourrait revenir ensuite. Si les Züu aux aguets le voyaient passer avec tout son équipement, nul doute qu'ils auraient des soupçons.

Il fit donc rapidement le tri entre ce qu'il voulait absolument emporter et le reste. Seule la tunique beige de Léti avait quelque valeur à ses yeux, parce que ne lui appartenant pas. Il se résigna donc à se séparer du reste.

Quand il eut jugé qu'assez de temps s'était écoulé, il quitta la chambre en n'emportant que le bougeoir, et sans verrouiller la porte.

Il fit volontairement peu d'efforts de discrétion, certain d'être épié de toute façon. Mais il put, à son grand soulagement, traverser tout le couloir, passer devant les chambres des tueurs et descendre l'escalier sans être dérangé d'aucune manière.

Un garçon de son âge dormait profondément, appuyé sur le comptoir du rez-de-chaussée. Yan passa à côté de lui sans le réveiller, déposa le bougeoir sur une table et sortit.

Une étape franchie. La suivante allait être plus délicate : comment sortir de la ville, à cheval, à ce moment de la nuit, avec les portes gardées ? Car elles l'étaient sûrement encore…

Il y réfléchit tout en se dirigeant vers l'écurie. Il ne voyait pas d'autre solution que le passage en force. Il ne se sentait pas le courage d'inventer et de raconter une histoire suffisamment crédible aux pouilleux qui s'étaient payé sa tête.

Maudit ! La porte de l'écurie était munie d'une serrure. Ça n'était pas prévu. Après quelques essais infructueux pour la fracturer avec sa dague, il résolut de la détruire à coups de pierre. Le mécanisme céda heureusement rapidement.

Il avait pensé refermer la porte le temps de préparer son cheval, mais il faisait bien trop sombre dans le bâtiment, aussi la laissa-t-il entrouverte. Il avança plus ou moins à tâtons, se guidant sur les bruits de respiration ou de sabots des bêtes. Enfin, il trouva son cheval. Un mauvais pressentiment le martelait depuis l'auberge, et il s'était plus ou moins attendu à trouver l'écurie vide de montures mais remplie d'ennemis.

Il harnacha rapidement l'animal et se dirigea vers la porte.

Le passage en était barré par un homme.

À cause du faible éclairage, on ne pouvait voir son visage, mais on en apprenait déjà assez d'après sa stature et ses vêtements. Ce n'était pas un Zü, Yan le nota avec soulagement. Il avait plutôt les caractéristiques d'un des pouilleux qui semblaient travailler pour eux. Il se demanda si l'homme l'avait suivi jusqu'ici, ou s'il était déjà dans l'écurie.

— Qui êtes-vous ? articula Yan.

Il se demandait si ça ne ferait pas trop agressif d'empoigner sa dague tout de suite. Cela pourrait déclencher ce qu'il voulait à tout prix éviter : un combat.

— Un ami, répondit l'inconnu. Je fais partie des héritiers, comme toi, n'est-ce pas ?

Yan resta indécis quelques instants. Grigán lui avait ordonné de ne faire confiance à personne, et il trouvait que cette idée valait de l'or. Si ce type était un ami, pourquoi lui bloquait-il le passage ? Pourquoi ne fermait-il pas la porte ? À moins qu'il ne se méfie lui-même…

— Et quel est le nom de cet ami ?

Yan n'aurait jamais cru pouvoir être aussi impoli.

— Reyan. Reyan de Kercyan. Je viens de Lorelia. Tu fais partie des héritiers, ou non ?

Le ton que prenait cet ami Reyan n'était pas amical, justement. Mais on pouvait aussi mettre ce comportement sur le compte de la méfiance.

Fallait-il le croire ? Le nom qu'il avait donné avait été cité par Corenn, au moins une fois, Yan s'en souvenait. Faisait-il partie des morts, ou des vivants ?

— Je ne fais pas partie des héritiers, se décida-t-il à répondre. Mais certains d'entre eux sont mes amis.

— Ils sont ici ? En ville ? s'enquit l'autre avidement.

Yan n'avait aucune envie de donner ce genre de renseignement au Lorelien. Ce dernier ne bougeait pas de devant la porte, et une de ses mains était cachée. Yan détestait ça. Pourrait-il monter en selle et renverser l'homme avant qu'il ne réagisse ?

— Alors ? Il y en a en ville, ou pas ? T'es long à répondre. T'as pas confiance ?

Yan fut soudainement convaincu qu'il ne fallait *pas* faire confiance à ce type. Il se prépara à bondir sur sa monture, lorsqu'il vit avec horreur un deuxième homme apparaître dans l'encadrement de la porte. Il reconnut celui-là tout de suite : le mendiant de l'auberge. Certainement un complice de l'autre ! La situation empirait.

— Fais pas cette tête-là, ça sert à rien, continuait le premier. Tu le diras de toute façon, à moi ou aux cinglés en rouge. C'est juste une question de temps et de douleur.

Yan fut glacé d'effroi. Est-ce que ce type le menaçait de tortures ? Est-ce qu'il ne venait pas d'avouer, tout haut, sa complicité avec les Züu ? Yan empoigna sa dague et la tint devant lui, le pouce sur la lame, comme Grigán le lui avait montré.

L'effet ne devait pas être aussi impressionnant que prévu, car le pouilleux éclata de rire. Le mendiant, lui, se contentait de rejoindre lentement son compagnon.

Pourquoi lentement ?

— Tu veux qu'on s'amuse ? dit l'autre, en découvrant son bras armé d'un glaive. Avec plaisi…

Le mendiant, arrivé dans le dos du pouilleux, lui souleva violemment le menton d'une main. L'autre, qui tenait un poignard, traça sur sa gorge un sillon sombre qui alla rapidement en s'élargissant. Le blessé émit quelques gargouillis écœurants puis s'écroula.

Le meurtrier se pencha et essuya sa lame sur les vêtements de sa victime.

— Même en mourant, ils sont répugnants… Ces types n'ont vraiment aucun panache. Si ce n'est celui d'avoir choisi mon nom, bien sûr.

Yan garda sa dague en main. Qu'est-ce qui se passait, là ?

— Oh ! J'espère que tu ne m'en veux pas trop, de t'avoir privé du plaisir de nous débarrasser de ce gros tas. Une occasion s'est présentée, alors…

Yan regardait le mendiant sans comprendre. Celui-ci avait rangé son poignard et le fixait, les poings sur les hanches.

— Je dis : j'espère que tu ne m'en veux pas trop, de t'avoir *sauvé la vie*.

— Heu… Merci, bredouilla Yan.

Il n'arrivait pas à chasser de sa tête l'image de cet homme en train de tuer froidement l'autre. Il allait être aussi difficile d'accorder sa confiance au nouvel arrivant…

— Qui êtes-vous ? reprit-il avec une impression de déjà vu.

— Rey de Kercyan, l'original. Et seulement *Rey*, pas *Reyan*. Ce type aurait dû savoir que je ne laisse personne m'appeler Reyan. Ça fait beaucoup trop quatorzième éon. Et toi, le voleur de chevaux ?

— Yan. Et ce cheval m'appartient !

— La porte aussi ? Ainsi que la serrure ?

Le Kaulien resta silencieux.

— Allez, je plaisante. Ne traînons pas ici.

Le nommé Rey se pencha une fois de plus sur le cadavre, dont il retira une bourse crasseuse qu'il soupesa d'un air méprisant. Yan, choqué, ne désirait aucunement la compagnie de cet homme sans moralité. Ce type puant devait viser une sorte de récompense qu'il ne voulait partager avec personne, et il avait pour cela tué son complice. Ce n'était sûrement pas un héritier !

— Je dois vous laisser, essaya le Kaulien. Merci encore.

— Attends !

L'ordre n'en était pas un, et aucun geste brusque ne fut fait pour l'arrêter, aussi Yan décida-t-il d'écouter le mendiant, pour quelques instants tout au moins.

— J'ai entendu ce que tu as dit tout à l'heure. *Tout* ce que tu as dit. Et depuis plus d'une décade que je suis ici, ce sont les premières bonnes nouvelles qui arrivent. Tu n'es pas obligé de me croire, bien sûr, mais je fais aussi partie de la famille. Pour mon malheur, ajouta-t-il plus bas.

Yan ne savait que penser. Le ton semblait sincère, mais l'enjeu était trop important. Cela pouvait faire partie d'un piège monstrueux visant à faire repérer ses amis.

— Je ne peux pas vous mener auprès d'eux. Je ne vous connais même pas.

— Je sais, je m'en doute. J'y ai pensé. Alors, va les retrouver et dis-leur que je suis vivant. J'ai un peu grandi depuis la dernière fois qu'ils m'ont vu, mais ils se souviendront sûrement de ça: dis-leur que je suis le garçon qui a mis le feu à la tente, il y a quelques années. Ils ne peuvent pas avoir oublié *ça*, ajouta-t-il en souriant.

Yan acquiesça. Il ne comprenait pas tout, sauf que ce Rey n'avait pas de mauvaises intentions immédiates à son égard. Ça lui suffisait largement.

— Et ensuite? Si c'est assez pour les convaincre?

— Vous venez me chercher. Oh, pas ici, ajouta-t-il devant l'air effrayé de Yan. Je n'ai pas non plus l'intention de m'y attarder. Disons demain à l'apogée, sur la plage des anciennes réunions.

— Elle est sûrement surveillée, objecta Yan.

— Elle ne l'est pas. J'ai vérifié. Du moins, elle ne l'était pas jusqu'à maintenant. Elle le sera plutôt au jour du Hibou.

Yan accepta. Il aurait voulu proposer un autre lieu, mais il ne connaissait pas la région. Grigán déciderait plus tard de la conduite à tenir.

— Une dernière chose: préviens-les que la Grande Guilde est aussi dans la course.

— La Grande Guilde?

— Tu ne sais pas ce que c'est, ou tu ne me crois pas? s'étonna Rey.

— Je ne sais pas, avoua Yan sur un ton qui n'engageait pas à la moquerie.

— Eh bien, heureusement que j'ai trouvé de l'aide, ironisa Rey pour lui-même.

— Je ferai part de vos critiques à quelqu'un de ma connaissance, rétorqua Yan. Je parie qu'il en aura autant à dire à votre sujet.

Ils laissèrent passer un silence.

— Susceptible, hein? reprit Rey le premier.

— Sûrement moins que vous n'êtes cynique, répondit Yan sur le même ton franc.

Ils se firent face quelques instants avec un sourire complice. Puis Rey prit Yan par le bras et l'entraîna dehors sans brusquerie.

— Allez, viens! Le jour sera levé que nous serons encore en train de nous asticoter, assis sur le cadavre. Tu imagines le spectacle? Dis-moi, tu as prévu de sortir comment, avec ton cheval?

* * *

Un sifflet s'éleva dans la nuit.

Nuguel, unique homme placé par les Züu à la porte de Leem, ne se sentait pas d'humeur à jouer. Tous ses copains ou presque dormaient depuis longtemps, ou faisaient la fête avec les filles... et *aux* filles. Tandis que lui devait injustement passer toute la nuit à garder une stupide porte que personne n'utilisait jamais !

Alors, le petit crétin qui sifflotait comme un idiot allait passer un très mauvais moment s'il n'arrêtait pas bientôt...

Nuguel l'aurait déjà *raisonné*, si seulement il savait d'où les sifflements provenaient. Mais ce genre de bruit portait loin dans le silence de la nuit. Et l'autre imbécile pouvait être dans n'importe laquelle des ruelles devant lui...

Il ne s'agissait pas d'un simple passant heureux de vivre. Quelqu'un se payait réellement sa tête. Le siffleur s'arrêtait et reprenait selon ses déplacements devant la porte. Nuguel aurait donné n'importe quoi pour pouvoir passer ses nerfs sur lui. Ou sur l'un des types qu'ils recherchaient. Ou sur n'importe qui, pourvu qu'il puisse lui faire *mal*.

— Quand j't'aurai attrapé, j'te f'rai bouffer ta langue, marmonna-t-il entre ses dents.

— Si t'arrives à m'attraper, je la mange moi-même, lui répondit tout haut une voix ironique.

Nuguel se précipita dans la ruelle d'où provenait la voix, exultant d'une joie sauvage à l'idée de rencontrer son railleur.

La seule chose qu'il vit – mais de près – fut une poutre qui vint s'abattre brutalement sur son front.

Rey se demanda s'il allait tuer le garde maintenant inconscient. Bon, après tout, comme ce type n'avait pas donné l'alarme, qu'il s'était précipité dans le piège en laissant Yan passer dans son dos, et comme enfin il s'était écroulé sans faire de bruit, il décida qu'il avait parfaitement rempli son rôle et qu'il aurait la vie sauve... avec toutefois une belle bosse en plus et une bourse en moins.

Il ne s'attarda pas plus longtemps sur le corps allongé, qu'il tira simplement un peu plus loin dans la pénombre. Puis il franchit à son tour la porte de Leem.

Le jeune Kaulien n'était déjà plus visible ; Rey pouvait entendre le galop de son cheval. Il valait mieux pour lui aussi s'éloigner rapidement, c'est pourquoi il se mit en marche à bonne allure.

La première chose qu'il pensait faire, après avoir mis une certaine distance entre Berce et lui, c'était de se laver. Même après plus d'une décade, il ne s'était pas accoutumé à l'odeur particulièrement forte accompagnant son déguisement... et celle-ci ne s'était pas beaucoup atténuée. De temps à autre, des relents désagréables s'étaient rappelés à son bon souvenir, comme si la pourriture dont il s'était maculé était encore fraîche. Il avait eu lui-même bien du mal à ne pas tomber malade. Mais l'idée était bonne : personne ne lui avait *longtemps* adressé la parole.

Enfin, c'était vrai jusqu'à l'arrivée du jeune Kaulien.

Il se rendait compte maintenant qu'il n'avait absolument pas pensé à demander combien d'héritiers il restait, ou qui ils étaient. Le jeune n'aurait sûrement pas répondu, de toute façon, mais tout de même... Il allait passer pour un véritable égoïste.

On verrait plus tard ; il avait fait de son mieux. Si ces gens ne venaient pas tout à l'heure, eh bien ! il se débrouillerait tout seul, comme d'habitude.

En attendant, il devait récupérer ses effets personnels, cachés à moins d'une demi-lieue, et surtout se laver.

Après tout, il allait rencontrer sa famille...

* * *

Il ne devait plus perdre de temps. Grâce au mendiant, Yan avait pu quitter la ville sans difficulté, mais il avait dû sortir par la porte est. Or, il voulait se diriger vers l'*ouest*.

Il avait donc fait un large détour pour contourner Berce sans se faire repérer par les gardes des autres portes, mais aussi pour semer d'éventuels curieux. Et, bien sûr, il s'était perdu pendant un moment. À pied, il pensait pouvoir se repérer n'importe où, même dans des endroits inconnus. Mais à cheval... Est-ce que l'animal comprenait le concept simple d'*aller tout droit* ? Il en doutait. Heureusement, il avait fini par retrouver le chemin et pensait ne plus être très loin.

Beaucoup de choses s'étaient passées à Berce, en définitive, et il avait hâte de pouvoir tout raconter. Surtout ce qui concernait l'inconnu des collines et le mendiant. Bien sûr, il ne croyait plus qu'il s'agissait d'un véritable mendiant.

Yan avait aussi pu goûter au danger *réel* auquel ils étaient confrontés. Et maintenant, il faisait lui aussi partie des cibles. Ça ne l'effrayait qu'un peu ; il s'était attendu à être impliqué tôt ou tard. Bizarrement, il était même plutôt content de pouvoir partager ça avec Léti.

Ce qui l'ennuyait le plus, c'était le manque de solutions à leur problème. Les Züu semblaient plus que déterminés et paraissaient disposer de moyens importants. Il avait pris conscience que lui et ses amis auraient du mal à reprendre une vie normale… s'ils le pouvaient jamais.

Alors, autant profiter du présent. Dans peu de temps, il reverrait sa Léti adorée. Dans quelques décans, le soleil se lèverait sur le jour de la Promesse. Le moment qu'il attendait depuis si longtemps. Mieux valait penser à ça.

Il atteignit enfin l'endroit où il fallait bifurquer pour s'engager sous les fourrés, ce qu'il fit avec une courte prière à Brosda dans laquelle il demandait à ne pas se perdre comme à son habitude. Le dieu dut l'entendre, car il parvint rapidement à la petite maison en ruine où ils avaient établi leur campement l'avant-veille.

Quelque chose n'était pas normal.

Les lieux semblaient déserts.

Après inspection, il en fut tout à fait sûr : la place était vide. Il ne restait plus aucune trace de ses amis : ni chevaux, ni sacs, pas même des braises tièdes. Pas non plus de message ni de signe quelconque.

Yan s'assit sur une souche humide et écouta les bruits de la nuit. Il se sentait très fatigué.

* * *

Léti avait eu un peu l'impression d'abandonner son ami. Peu de temps après le départ de Yan pour Berce, Grigán avait ordonné de lever le camp. Folle de rage, elle avait alors protesté, en hurlant des insultes et des menaces, prête à faire admettre son point de vue par la force, avant d'écouter enfin les explications du guerrier.

Grigán voulait simplement déplacer le campement au cas où Yan serait suivi à son retour, ou si on l'obligeait à parler. Il fallut tout de même beaucoup d'argumentation et de promesses de la part du guerrier et de Corenn pour qu'elle cède enfin.

Ils avaient donc quitté la maison abandonnée pour se rapprocher un peu de Berce, s'installant dans un nouvel endroit choisi par Grigán.

Léti, plus calme, avait alors eu un peu honte des choses qu'elle avait dites au guerrier sous l'emprise de la colère. Pensant qu'il abandonner

Yan, elle l'avait appelé *menteur*, *vieillard insensible*, *traître*, et bien d'autres choses encore, dont elle regrettait certaines. Si sa tante n'était pas intervenue, ils en seraient sûrement venus aux mains, tant sa fureur la rendait sourde aux explications du guerrier.

Il faut dire qu'il avait une façon de présenter les choses ! Et cette manie de ne rien demander à personne, de donner des ordres comme si c'était naturel ! Tout ça parce qu'il avait un cimeterre et un arc ! Ça impressionnait peut-être les autres, mais pas elle.

Elle en avait assez, plus qu'assez même, de tout simplement subir ce qui leur arrivait. Tous ces gens qu'elle aimait : morts. Elle-même, Yan, sa tante Corenn : menacés. Pire : *pourchassés*. Et on lui demandait de ne rien faire, d'attendre tranquillement le bon vouloir de Grigán. N'avait-elle pas son mot à dire ?

Et la première chose à faire était de s'armer. Plus question de se retrouver stupidement *impuissante* face à un assassin déterminé, comme elles l'avaient été sur la route d'Eza. Elle avait encore en mémoire le calme des trois hommes, leur regard cruel et détaché à la fois, et cette façon qu'ils avaient eue de les encercler, de resserrer leur étau…

Plus jamais. Plus jamais elle ne serait ainsi à la merci de quelqu'un. Plus jamais elle n'attendrait, tétanisée, qu'arrive le coup fatal.

Elle voulait *se battre*.

Elle sortit le couteau de pêche que Yan lui avait donné et s'entraîna avec application à le lancer sur un arbre mort.

Corenn et Grigán, qui devisaient tranquillement, s'arrêtèrent pour l'observer.

— Maudits soient les Züu, grinça le guerrier. La petite est complètement choquée. Il faudra du temps pour que ça passe ; et je sais de quoi je parle.

— C'est plus triste encore, répondit gravement Corenn. Ne voyez-vous pas ? Elle a perdu son innocence, sa tranquillité, son insouciance. Elle a perdu ses rêves d'enfant. Elle a perdu le respect d'elle-même. Maudits soient les Züu… C'est une *adulte*.

Ils la contemplèrent pendant quelques instants.

— Vous savez, ça devait arriver un jour ou l'autre, dit Grigán sur un ton réconfortant.

— Bien sûr, mais… Pas aussi brutalement. Elle a changé en quelques jours à peine. J'ai perdu ma petite Léti.

Le guerrier se sentait mal à l'aise. Il détestait voir Corenn aussi triste, et préférait encore encaisser un coup de poing. Il chercha de son mieux quelque chose pour la distraire.

— Dites donc, annonça-t-il joyeusement après quelques instants, elle ne se débrouille pas mal du tout !

Corenn ne put retenir un sourire.

— J'aurai vraiment tout vu ! conclut-elle un peu mystérieusement, devant un Grigán déconcerté.

* * *

Yan s'était installé dans la petite maison pour finir la nuit mais ne put dormir beaucoup. Ses pensées, mêlées à ses rêves, lui montraient en un pêle-mêle effroyable Léti, Grigán, le mendiant, l'homme tué, la Lorelienne aguicheuse, Léti encore, les Züu, l'aubergiste, les signaux sur la colline…

Il était plus souvent éveillé qu'endormi, et réfléchissait autant que possible à ce qu'il allait pouvoir faire. Le mieux lui semblait être d'attendre sur place une journée ou deux, dans l'espoir de voir revenir ses compagnons. Puis le pessimisme prenait le dessus, et il les voyait pris par les Züu, morts. Quelques instants de somnolence suivaient, qui le précipitaient dans un cauchemar où ses craintes devenaient réalité. Puis il se réveillait et réfléchissait encore, sans pouvoir prendre de décision.

C'est pourquoi, quand la voix de Grigán l'appela de l'extérieur, il crut d'abord à un nouveau fantôme évadé de son sommeil… d'autant qu'il faisait encore nuit. Mais l'appel se répéta, une fois, puis une autre encore, et Yan se réveilla tout à fait. Il bondit de sa couche plus qu'il ne se leva, et ouvrit bruyamment la porte.

Le guerrier était là, à quelques pas, avec dans les mains un arc bandé qu'il baissa à la vue du jeune Kaulien.

— Qu'est-ce qui s'est passé ? Où est Léti ? demanda ce dernier en le rejoignant.

— Tout va bien, tout va bien. Elles sont un peu plus loin.

Yan ferma les yeux et poussa un grand soupir de soulagement. Qu'il était bon de *vivre*.

Il les rouvrit et fit face au guerrier, qui détaillait les environs.

— Vous avez tout intérêt à avoir une bonne explication, dit-il sur un ton plein de sous-entendus.

— On a déplacé le camp par sécurité. J'étais venu pour t'attendre.

— Mouais.

Yan aurait voulu se disputer un peu avec le guerrier pour lui faire payer la nuit d'angoisse qu'il venait d'endurer, mais il avait trop bon fond et était trop soulagé de l'heureux dénouement pour provoquer une querelle.

— Qu'est-ce qui s'est passé ? Tu n'étais pas censé être là avant un bon décan. Et si je n'étais pas venu plus tôt ?

Voilà, maintenant, Grigán se mettait tout seul en colère.

— Je suis venu vous chercher. J'ai beaucoup de choses à vous dire. Mais il faut se dépêcher.

— Tu as vu des héritiers ?

— Oui, enfin, peut-être. Mais je raconterai quand tout le monde sera là.

Inutile de dire que c'est à bonne allure que le guerrier mena Yan à leur nouveau campement. Léti et Corenn se levèrent et vinrent à leur rencontre dès qu'ils eurent attaché les chevaux.

— Yan, si tu voyais la tête que tu as !

Ce fut la première chose que Léti trouva à dire. Elle s'était tellement inquiétée pour lui que voir ses yeux cernés et ses traits fatigués avait été comme une confirmation de ses craintes. Puis elle se rendit compte de son indélicatesse et vint lui planter un petit baiser sur la joue en ajoutant :

— Mais on est bien contents de te revoir quand même.

Ce baiser effaça toute la fatigue de Yan, qui se sentit prêt à affronter une armée entière de Züu. Bientôt, le soleil se lèverait sur le jour de la Promesse… Bientôt, Léti…

— Alors ?

Grigán trépignait d'impatience. C'était compréhensible. Yan s'éclaircit la voix et commença :

— Bon. Le plus important à dire pour l'instant, c'est que quelqu'un fait des signaux dans les collines derrière Berce. C'est sûrement l'un des vôtres, parce qu'un groupe de Züu est parti à sa recherche tout de suite après.

— Il y a des Züu dans le village ? interrompit Léti.

— Quelques-uns. Au moins cinq, peut-être plus.

— Ils ne l'ont pas attrapé ?

— Non. J'en suis à peu près sûr, parce qu'ils faisaient de drôles de têtes en revenant.

— Comment étaient ces signaux ?

— Heu… Pas naturels. Réguliers. Il y en avait de deux sortes : un fort et un plus faible.

Grigán et Corenn échangèrent un regard.

— Un cyclope, dit le guerrier.

— Un *quoi* ?

— Un cyclope. C'est un instrument un peu complexe, long d'un pas à peu près, où sont montés deux miroirs et une lentille. C'est un objet arque, utilisé au cours des grandes chasses.

— Bowbaq ? proposa Léti avec espoir.

— C'est sûrement lui, répondit Corenn en souriant. Mère Eurydis, faites que ce soit lui !

— Qui est-ce ? s'enquit Yan.

— Un très, très bon ami. L'homme le plus gentil du monde connu, répondit Corenn. Et du reste aussi, sûrement.

— Tu sais, c'est celui qui sait parler aux animaux ! ajouta Léti.

Bien sûr. Elle lui avait raconté plusieurs fois l'histoire de ce grand homme barbu qui avait charmé un dors-debout, lors d'une précédente réunion des héritiers.

Yan pensait qu'il s'agissait d'une simple farce faite à une petite fille crédule, mais ne l'avait jamais dit. En tout cas, tout le monde semblait apprécier cet homme, et c'était donc sûrement quelqu'un de bien.

— Qui que ce soit, il va être sérieusement en danger si on n'agit pas très vite.

Et il leur raconta la réponse qu'il avait donnée aux signaux, puis la conversation entendue de sa chambre. Il fut assez satisfait des regards admiratifs que Léti lui lançait parfois, lorsqu'il arrivait aux moments dangereux.

— Bowbaq n'attend certainement pas à côté de l'endroit où il a fait les signes, dit Grigán après réflexion. Le connaissant, il a dû tracer une piste jusqu'à lui.

— Une piste ? Une banale piste, c'est tout ?

— Une piste avec des signes *arques*. Ils forment une véritable langue. La plupart sont des combinaisons d'une dizaine d'éléments : pierres, cailloux, branches, écorces, ossements, étoffes, noyaux, et je ne sais quoi encore… Par exemple, on peut indiquer la direction d'un village et la distance jusqu'à celui-ci, ainsi que son clan d'appartenance, et l'importance de sa population, le tout avec un seul signe.

— Comment va-t-on faire ? On est bien avancés, si on ne peut pas prendre les Züu de vitesse !

— Je connais les signes principaux, dit Grigán avec désinvolture, en se levant. Bon, mieux vaudrait y aller vite.

— Eh, où les avez-vous appris ?

Yan savait que le guerrier détestait les questions, mais c'était plus fort que lui.

— J'ai voyagé pendant deux ans à travers l'Arkarie, répondit sobrement Grigán. Bowbaq lui-même m'a accueilli pendant plusieurs décades. Si c'est lui qui est sur cette colline, les Züu ne l'auront pas sans goûter de mon acier.

Le guerrier l'étonnerait toujours. Combien de choses avait-il faites, combien de choses avait-il vues, au cours de son existence ?

Tout le monde s'affairait maintenant à lever le camp. Yan avait encore beaucoup de choses à raconter, mais... bon, ce serait pour plus tard.

Ils se mirent en route, en prenant le risque d'emprunter le chemin pour aller plus vite. Grigán donna l'ordre formel de garder le silence, la voix portant plus loin que le bruit étouffé des sabots de cheval dans la terre mouillée. Aussi se turent-ils longtemps... Pourtant, peu de temps après le lever du jour, Léti ne put s'empêcher de questionner Yan :

— Pourquoi me regardes-tu aussi bizarrement ?

Yan rougit jusqu'à la racine des cheveux. Voilà, on était *enfin* au jour de la Promesse, et la première chose qu'il faisait, c'était de les embarrasser tout les deux.

— Non, non, je réfléchissais dans le vide, c'est tout.

Il passa une bonne partie du voyage à chercher si, *quand* et *comment* il allait faire sa demande à Léti, et en attrapait des sueurs froides. Il n'osait même plus la regarder.

Un moment, il pensait que les circonstances ne se prêtaient guère à ce genre de choses. L'instant d'après, il revoyait le regard des Züu et décidait de profiter le plus possible de la vie, tant qu'il le pouvait.

Lorsque Grigán lui demanda de prendre la tête du groupe pour les mener à l'endroit d'où venaient les reflets, il obéit avec soulagement. Il fallait absolument qu'il se concentre sur autre chose que sur cette demande.

Dans peu de temps, leurs ennemis allaient suivre cette même piste, plus forts, plus nombreux, et déterminés. Quelque part devant eux, un ami ne se doutait de rien. Ils étaient son seul espoir, et il leur fallait agir vite.

Il consacra toute son attention à retrouver l'endroit, torturant sa mémoire, heureusement excellente. C'était plus difficile qu'il ne l'avait cru. Les perspectives n'étaient pas du tout les mêmes vues de Berce, et il avait peu de repères, toutes les collines boisées du paysage se ressemblant.

Collines boisées… Bien sûr, le nommé Bowbaq avait dû faire ses signaux du haut d'un arbre ! Il en était presque sûr.

Il suffisait en fait de repérer l'arbre le plus grand des environs… Évidemment, Bowbaq avait dû penser à marquer le début de sa piste par un signe facile à trouver.

Yan exposa son idée en quelques mots à Grigán, qui en reconnut le bien-fondé. Galvanisé par l'appui du guerrier, Yan mit pied à terre et entreprit d'escalader un noyaudier dont les branches les plus faibles croulaient sous le poids des fruits sucrés. Il en gagna le sommet en quelques instants.

Le paysage était magnifique, de ce point de vue. Au sud, derrière Berce s'éveillant doucement, s'étendait l'immense et paisible mer Médiane.

Dans les autres directions, les paysages n'étaient que feuillages nuancés en palettes de vert, de marron et d'ocre par la magie de la saison du Vent.

Cela faisait presque une décade que Yan n'avait pas vu la mer. Lui qui avait pratiquement toujours vécu sur la plage, ne s'était pas rendu compte à quel point elle lui manquait.

Grigán lui « demanda » de se hâter. Avec un petit soupir, Yan se mit enfin à la recherche de son arbre. Il ne mit que quelques instants à le trouver ; en fait, il était à moins de trois cents pas.

Mais ce qu'il vit d'autre l'empêcha de crier victoire.

Il se laissa tomber le long du tronc, plus qu'il ne descendit. Léti et Corenn l'observaient avec un air étonné. Grigán empoigna sa lame et lança des regards fureteurs aux alentours.

— Les Züu, chuchota Yan en montrant une direction. Ils sont là.

Grigán descendit de cheval et vint se placer à côté du Kaulien, sans quitter des yeux la direction indiquée.

— Combien sont-ils ?

— Je ne sais pas, mais au moins sept ou huit ! Enfin, ce ne sont pas tous des Züu, mais les autres travaillent pour eux…

— Ils sont loin ? Ils t'ont vu ?

— Non, je ne crois pas. Ils ont tous le nez collé par terre ; ils doivent chercher la piste de Bowbaq. Ils sont à quatre cents pas environ. Ils s'éloignent, heureusement.

Grigán fit quelques pas de long en large en se lissant la moustache, signe révélateur de son énervement. Puis il entreprit à son tour d'escalader le noyaudier.

— Ils ont dû changer leurs plans après ma fuite de cette nuit, murmura Yan, donnant ainsi la conclusion à laquelle tout le monde était arrivé.

Mais ils ne savaient pas tout. Il poursuivit :

— L'un des leurs a été tué, pendant que je récupérais mon cheval.

— C'est toi qui l'as tué ? demanda Corenn inquiète, alors que Grigán descendait aussi vite que le jeune Kaulien.

— Non, c'est un autre, un mendiant, peut-être l'un des vôtres. Il dit s'appeler Rey de Kerfian, ou quelque chose comme ça.

— Il a dit Rey ? Pas Mess ?

— Non, non, Rey. Ça semblait même très important pour lui.

— Vous croyez que c'est possible ? demanda Corenn à l'adresse de Grigán.

— On verra plus tard, grogna le guerrier. Hé, Yan, il y a encore beaucoup de choses qu'on ne sait pas ?

— Je vous l'aurais dit après, répondit-il vexé. Le plus urgent est bien, je crois, de secourir votre ami arque ?

— C'est mal parti, remarqua Léti.

Ils se turent quelques instants, pendant lesquels Grigán se remit à faire les cent pas en jonglant avec sa lame. Il ne semblait même pas se rendre compte de sa propre adresse.

— Bon, dit-il simplement en s'arrêtant.

Puis il se remit presque aussitôt à aller et venir. Yan remarqua qu'ils attendaient tous les décisions du guerrier, comme s'ils ne pouvaient pas agir par eux-mêmes. Il décida de soulager un peu cet homme de son fardeau accablant.

— Maître Grigán, si vous étiez seul, qu'est-ce que vous feriez ?

Le guerrier arrêta enfin sa promenade, et fixa Yan avec une lueur d'espoir dans les yeux.

— Je suivrais la piste. Il y a peut-être une possibilité de prendre les Züu de vitesse.

— Eh bien ? Faites-le.

— J'ai trois chances sur quatre d'y rester. Oh, c'est pour vous que j'ai peur. Je déteste l'idée de vous laisser seul, comme je déteste celle de laisser Bowbaq se faire massacrer sans rien faire. Vous savez pourquoi.

— Et si je viens avec vous ? Ça augmente les chances ?

Grigán le dévisagea pendant quelques instants, indécis. Le guerrier n'avait pas l'habitude de se voir proposer de l'aide, lui qui pourtant apportait constamment la sienne.

— Tu fais plus de bruit qu'un cochon rouge en chaleur.

— J'ai beaucoup progressé, grinça Yan. Si vous voulez tout savoir, cette nuit, je vous ai entendu arriver avant même que vous n'appeliez.

C'était un mensonge, bien sûr.

Le guerrier se pinça de nouveau la moustache, l'air absent. Il n'était pas à son aise. Puis il soupira bruyamment, ayant enfin pris une décision.

— D'accord, on y va, lança-t-il tout en récupérant son arc et son carquois sur son cheval.

Yan fit la même chose sans ajouter un mot, de peur que Grigán ne revienne sur sa décision. Son cœur battait la chamade. Cette fois, c'était *vraiment* dangereux. Il n'était pas sûr d'en revenir. Il se tourna vers Léti pour graver à jamais son image dans son esprit.

Le spectacle le pétrifia. Léti était descendue de cheval et examinait avec beaucoup de concentration le couteau de pêche qu'il lui avait donné.

— Qu'est-ce que tu fais ? prononça-t-il avec beaucoup d'efforts.

Elle lui fit face avec une expression résolue.

— Tu vois ? Je viens avec vous.

Les pensées de Yan tourbillonnaient et s'entrechoquaient, comme les vagues gigantesques d'une tempête monstrueuse. Il allait peut-être mourir. Mais pas Léti. Elle devait vivre. Vivre, parce qu'il l'aimait. Plus que tout au monde, il l'aimait. Il avait vu plusieurs fois la mort depuis la veille, pour prendre pleinement conscience de la valeur de la vie. Léti devait vivre.

— Non, s'entendit-il dire, comme dans un rêve. *Non*, tu ne viens pas avec nous.

— Mais si.

C'était la première fois que Yan s'opposait à elle. Elle n'en fut que plus attristée, mais tant pis. Ça passerait. Ce qui comptait, c'était d'aller combattre. Ne plus rester impuissante devant le couteau. Venger ses amis. Voilà, elle l'avait dit : *venger*. Faire payer à ces assassins le prix du sang. Et même si elle devait mourir, pour n'avoir qu'un seul d'entre eux.

— Mais non.

Yan s'aperçut qu'il venait de hausser la voix, ce qui n'était pas son habitude. Tant pis, ça pouvait aider à faire entendre raison à Léti. Qu'est-ce que c'était que cette manière de lui répondre comme à un gamin stupide ? Elle ne comprenait donc pas qu'il faisait cela pour elle ?

— *Je dis* que je viens avec vous. Tu n'as pas à me commander, continua-t-elle, au bord des larmes. *Personne* n'a à me commander, finit-elle presque en criant.

— Tu restes ici, et c'est tout ! C'est compris ? La discussion est close !

Yan voyait rouge, maintenant. Maudit, elle devait réaliser, quand même ! Et puis, ce qu'elle pouvait l'agacer, à agiter ainsi ce stupide couteau de pêche ! Il eut envie de le lui reprendre des mains, mais ça n'aurait pas amélioré les choses.

Elle pleurait pour de bon, maintenant. Honteux et furieux contre lui-même autant qu'après elle, Yan chercha quelque chose de réconfortant à dire. Il ne trouva rien, et ça l'énerva plus encore. Bah ! Tant qu'elle restait là, hors de danger, tout allait très bien.

Il ajusta les cordes de ses bottines et s'éloigna à la suite de Grigán, qui l'attendait impatiemment.

Corenn descendit de cheval à son tour et prit sa nièce dans ses bras. Elle s'était bien gardée d'intervenir dans la discussion, mais elle l'aurait fait si l'issue en avait été différente.

Il semblait que tous les enfants du groupe étaient devenus adultes.

* * *

Ils ne mirent que quelques instants à rejoindre l'arbre géant, en l'occurrence un étulier plusieurs fois centenaire. Malgré les précautions vitales qu'ils devaient prendre, ils choisirent tacitement d'avancer à bonne allure, pour tenter de dépasser les Züu.

Grigán eut tôt fait de tirer parti de l'aide de Yan ; il envoya celui-ci à une trentaine de pas devant lui, mais toujours à portée de vue, chacun pouvant couvrir l'autre avec son arc en cas de besoin.

Yan craignait que les Züu n'eussent laissé quelqu'un près de l'étulier, mais il n'en était rien, heureusement. Il fut aussi soulagé, en passant devant le tronc, de ne pas s'être trompé : il y avait bel et bien un signe de piste entre ses racines. Il continua à avancer, jusqu'à la limite du champ de vision du guerrier, et se consacra à faire le guet afin de lui laisser le temps de décrypter l'amoncellement original de pierres et de végétaux.

Le temps passait et Grigán, planté devant le signe, n'avait toujours pas bougé. Yan commençait à s'inquiéter. Maudit, il ne comprenait pas, ou quoi ? Dans ce cas, leur seule solution serait de suivre les Züu jusqu'à Bowbaq, en espérant leur fausser compagnie au dernier moment... Autant dire qu'ils auraient *beaucoup moins* d'une chance sur quatre de s'en tirer.

Le guerrier sortit enfin de sa contemplation et fit signe à Yan de le rejoindre, ce que celui-ci s'empressa de faire avec beaucoup de curiosité.

— Tu vois le bâton, avec les trois encoches ? Groupé avec les quatre pierres, placées à main gauche, il indique un point situé à l'est, à trois mille pas. Trois, pour les encoches, et mille, pour le nombre à quatre chiffres : autant qu'il y a de pierres.

— Et ?

Yan se demandait où le guerrier voulait en venir. Il n'était pas dans son habitude de donner des explications ; il devait donc y avoir autre chose.

— La branche nouée en triangle représente l'humain. Le caillou placé à l'extérieur, devant la pointe, indique un homme en campement provisoire. Si le caillou avait été à l'intérieur, il aurait indiqué une habitation ; et s'il y avait eu plusieurs cailloux, une communauté : famille, village, cité, selon les cas.

Yan acquiesça. Tout cela collait parfaitement avec Bowbaq. Il ne voyait toujours pas où Grigán voulait en venir.

— Ce qui est beaucoup plus intéressant, c'est ce petit crâne de coriole. Le bec d'oiseau est le symbole du clan natif de Bowbaq ; pourquoi éprouverait-il le besoin de représenter son clan, *ici* ?

Yan haussa les épaules. Il ne fallait peut-être rien en penser du tout. Si on voulait avoir une chance de le savoir, mieux valait se dépêcher...

— J'ai peut-être une idée, continua le guerrier. Voici le plus beau.

Il ôta le petit crâne de l'amoncellement. Dessous se trouvait un banal caillou noir.

— J'ai entendu une fois, à Crevasse, l'histoire d'un clan qui modifiait ainsi ses signes pour tromper ses ennemis. Je n'aurais jamais pensé qu'il puisse s'agir de celui de Bowbaq. Ou que ce grand timide soit assez audacieux pour reprendre le truc à son compte !

Il manquait encore quelques informations à Yan, mais le sourire naissant sur la face du guerrier était encourageant.

— Eh oui : si je ne me trompe pas, il faut prendre toutes les indications de direction de ce signe *à l'envers*.

Les deux hommes se sourirent franchement. Si Grigán avait raison, ils allaient éviter beaucoup d'ennuis.

— Dépêchons-nous tout de même. Les Züu feront demi-tour quand ils s'apercevront de leur méprise.

Le guerrier replaça avec soin le petit crâne dans l'ensemble… Après, toutefois, avoir balancé le caillou noir dans le décor.

— Il a peut-être pris trop de précautions, quand même, remarqua Yan alors qu'ils se mettaient en route. Si *vous* n'aviez pas été mis au courant des feux du cyclope, si *vous* n'étiez pas venu jusqu'ici, et enfin si *vous* n'aviez pas pensé à ce… cette tricherie, il aurait pu attendre longtemps !

— Rien n'est joué, rétorqua gravement Grigán. Je me trompe peut-être. Ces signes sont si compliqués… J'ai toujours détesté les casse-tête.

Yan se tut. C'était la première fois qu'il voyait vraiment douter le guerrier. Il le laissa se concentrer sur sa petite boussole romine et le décompte approximatif des pas.

Ils marchèrent un moment à bonne allure, pressés d'arriver à l'endroit indiqué par le signe. Au bout de quelque temps, l'inquiétude eut raison de Yan.

— Vous trouvez normal qu'on n'ait rencontré aucun autre signe ? Ceux que je connais doivent être répétés régulièrement…

— Si j'ai raison, oui, c'est normal. Inutile de mentir sur un signe si c'est pour se dévoiler avec un autre, à quelques dizaines de pas. Sinon… c'est que je me suis trompé, et Bowbaq se trouve de l'autre côté, avec les Züu.

Yan n'ajouta rien. Pour lui, toute une piste de faux signes ne semblait pas une idée incongrue. Mais le guerrier était déjà suffisamment inquiet.

Ils continuèrent donc, faisant un compromis entre les indications de la boussole et les détours dus aux reliefs du terrain. Yan pensa qu'ils auraient dû prévenir Léti et sa tante ; peut-être même les emmener. Après tout, ce qu'ils faisaient maintenant n'était pas si dangereux.

Il réfléchit à toutes les choses qu'il avait dites à Léti. Comment allait-il s'y prendre pour se faire pardonner ?

Il s'arrêta soudain, comme frappé par la foudre.

Comment pourrait-il faire sa demande aujourd'hui ?

Grigán lui lança un regard interrogateur. Yan lui fit un petit signe de négation et se remit en marche.

Comment même pourrait-il encore faire sa demande, *n'importe quel jour ?* À cette heure, elle devait maudire son nom pour lui avoir ainsi manqué de respect. Pire, il l'avait humiliée. Il avait *humilié* la femme qu'il aimait !

Au mieux, elle allait lui faire la tête pendant quelques jours. Au pire… le mépriser ? Éviter sa compagnie, le railler, carrément lui chercher querelle ? Toujours ?

Noyé dans la pluie froide de ses pensées, il fit dix pas au moins avant de s'apercevoir que Grigán s'était arrêté. Il le rejoignit en traînant les pieds. Le guerrier examinait un assemblage de pierres, de cailloux et de branchages qui devait être un autre signe de Bowbaq.

— Apparemment, vous aviez raison, commenta Yan sans entrain.

— Peut-être, peut-être pas. Pour tout dire, je ne comprends absolument rien à ce signe.

Il se tut quelques instants pour réfléchir.

— Si je le transcris tel quel, ça donne : « camp provisoire d'un homme à aucun pas ». Mais il existe un signe moins compliqué pour marquer l'emplacement d'un camp, alors ça ne doit pas être ça. Peut-être manque-t-il un élément à l'ensemble.

Yan allait proposer quelque chose, mais un événement se produisit qui l'en empêcha.

Un fracas épouvantable de branches violemment mises à l'épreuve éclata dans l'arbre au-dessus, aussitôt suivi d'un lourd bruit de chute dans leur dos.

Yan se retourna en cherchant fiévreusement à saisir une flèche dans son carquois. Malgré sa soudaine excitation, il pensa à se maudire de ne pas en avoir gardé une encochée.

Grigán avait été plus rapide et tenait déjà en joue le nouvel arrivant. Il ne tira pas.

La première fois que Yan avait vu le guerrier, il avait été impressionné. L'homme en noir paraissait – et était – redoutable, aguerri, expérimenté, impitoyable.

Il fut au moins aussi impressionné devant Bowbaq.

Cet homme était *gigantesque*.

Il avait au moins deux têtes de plus que lui. Mais des gens de cette taille se rencontraient, parfois ; Yan en avait déjà vus à Kaul. Non, le plus saisissant était son corps en proportion.

On aurait mis deux hommes dans le gilet serrant à grand-peine son thorax. Ses bras semblaient plus forts que ceux d'un ours, ses jambes plus puissantes que la marée. Ses mains démesurées étaient comme animées d'une vie propre, car des pognes pareilles ne pouvaient être simplement et stupidement dépendantes d'un seul être.

L'homme portait d'immenses bottes sanglées jusqu'aux genoux, diverses peaux et fourrures, un énorme bracelet de métal, et un chargement effrayant – par sa taille – qu'il tenait dans *une seule* de ses mains, et qu'il devait d'ordinaire transporter sur son dos. Étant donnés la compacité du sac et la présence de renforts métalliques assurant sa solidité, Yan se savait incapable de même seulement *soulever* une telle masse.

Son visage, caché par un bonnet, une chevelure noire et épaisse et une barbe non moins fournie, ne manifestait pas beaucoup d'émotions. Quoi, se demandait le Kaulien, est-ce que cet homme était Bowbaq ?

Le géant lâcha son sac et se rua en hurlant sur Grigán, qui baissait son arc avec une résignation amusée. Bowbaq l'étreignit presque brutalement, au point même de soulever et de faire tournoyer le guerrier dans les airs.

Yan ne fut qu'à moitié rassuré. À côté de l'Arque, Grigán semblait si petit ! Si… vulnérable ! Il suffirait au géant de serrer un peu plus fort les bras pour se débarrasser du guerrier dans une étreinte d'ours.

Heureusement, cela ne semblait pas dans ses intentions. Il lâcha enfin sa « victime », en continuant à rire chaleureusement.

— Mon ami ! Mon ami ! réussit-il à dire entre deux tonnerres joyeux, sans quitter des yeux Grigán. Puis il n'y tint plus, et l'entraîna de nouveau dans une ronde très physique.

Le guerrier tentait pour la forme de raisonner son ravisseur, mais sans grand espoir. Bien que plus modéré, beaucoup plus modéré même, il partageait la joie du géant.

— Si tu savais ! Si tu savais ! Ça fait plus d'une lune que je n'ai parlé à personne ! Mon ami, mon ami !

Yan attendit patiemment qu'on s'intéresse un peu à lui, ce qui fut fait peu après, quand Grigán retrouva enfin le sol et un peu de son assurance.

— Heu… Je suis heureux aussi, Bowbaq. Très heureux.

— Qui est le jeune homme ?

— C'est Yan. C'est le promis de Léti.

Le visage du géant s'illumina plus encore, tandis que Yan encaissait le choc. Est-ce ainsi que Grigán le voyait ? Pourquoi ? Comment ? Quand ?

Il n'eut pas le temps d'y réfléchir, Bowbaq ayant bondi pour lui faire à son tour les honneurs d'une balade dans les airs. Maudit, qu'est-ce qu'il était fort ! Il l'avait soulevé de deux pieds comme si de rien n'était !

— Mon ami ! Le promis de Léti, répétait Bowbaq en riant et en faisant tournoyer le pauvre Kaulien.

Sa bonne humeur était communicative, et Yan trouva naturellement très sympathique ce géant plein de bonhomie et de simplicité. Sa présence dans le groupe ramènerait peut-être un peu de gaieté…

Le Nordique reposa enfin son nouvel ami et se tourna vers Grigán, qui fit un pas en arrière, redoutant une nouvelle démonstration affective.

— Vous n'êtes que deux ? dit-il sur un ton un peu plus sérieux.

— Il y a aussi Léti et Corenn. Elles nous attendent à quelques milles.

— Léti et Corenn ! Bien ! Tous mes amis ! se réjouit le géant. Et les autres ?

— Les autres, on ne sait pas. Enfin… pour certains, on *sait*, conclut-il gravement en serrant l'épaule du Nordique.

Ils n'échangèrent qu'un regard, mais qui en dit suffisamment long. Bowbaq perdit son sourire.

— Etólon ? Jasporan ? Humeline ?

— On ne sait pas pour Humeline.

— Et Xan ? demanda le géant avec espoir, après quelques instants.

Grigán fit un signe de négation. Bowbaq s'assombrit.

— Il y en a plusieurs pour qui on ne sait pas.

Le guerrier était bien en peine d'ajouter autre chose. Il n'était pas dans ses habitudes de mentir pour donner de faux espoirs. Puis il se rappela :

— Est-ce qu'Ispen va bien ? Et Prad, et Iulane ?

Le Nordique releva un peu la tête. Il avait toujours sa famille.

— Oui, pour autant que je sache. Ispen est à Work, dans son clan, avec les enfants. Mir est avec eux. Au moins ils sont en sécurité pour quelques lunes.

— C'est bien, dit simplement Grigán.

Il ne savait qu'ajouter.

Yan rompit le silence le premier ; il se faisait beaucoup de soucis, lui aussi, pour les personnes qu'il aimait.

— Dites… Si on rejoignait les autres, maintenant ?

Bowbaq retrouva son sourire.

— Mais oui ! Il faut vite que j'embrasse mes petites Kauliennes !

Ils se mirent en route aussitôt.

Bien que Yan n'envisage ses retrouvailles avec son aimée qu'avec beaucoup d'appréhension, il ne pouvait s'empêcher de rire d'avance à l'idée du géant faisant bruyamment tournoyer une Léti boudeuse et rebelle.

* * *

Léti s'ennuyait à mourir. Cela faisait plus d'un décan que Yan et Grigán étaient partis et elle ne savait comment s'occuper. Rester stupidement assise contre un arbre la rendait folle, et lorsqu'elle se levait et faisait mine de s'éloigner quelque peu, c'était Corenn qui devenait folle d'inquiétude.

Elle admettait – ce qu'elle ne ferait jamais devant quelqu'un – avoir agi un peu sans réfléchir. Bien sûr, elle n'aurait pas pu partir avec les *hommes* – et elle mettait un sens péjoratif dans ce mot – et laisser sa tante seule. Il n'était pas non plus question de partir à quatre et d'abandonner les chevaux, ou d'imposer une telle marche à Corenn, qui n'en avait plus l'habitude.

Mais tout cela n'excusait pas la conduite de Yan. Lui qui aurait dû la comprendre plus que n'importe qui, lui dont elle attendait l'aide et le soutien, n'avait fait que la traiter comme une gamine capricieuse… Et *non*, elle ne pensait tout de même pas avoir mérité ça.

Si c'était là l'influence que Grigán pouvait avoir sur eux, eh bien, elle était néfaste. Malgré tout ce que le groupe lui devait, certaines choses ne pouvaient être ignorées ou pardonnées. Sa suffisance et son mépris, par exemple.

Autrefois, elle aurait confié ses sentiments à sa tante. Mais *maître Grigán* était un sujet de discussion tabou entre elles, désormais : Corenn, tellement à l'aise dans les arts diplomatiques, avouait se sentir complètement dépassée par les problèmes guerriers, et laissait avec joie cette charge à son vieil ami. Aussi lui donnerait-elle entièrement raison…

De plus, Léti se savait incapable d'avoir le dernier mot dans une discussion avec sa tante, comme n'importe qui, d'ailleurs. Aussi préférait-elle éviter de se précipiter vers une défaite certaine.

Il n'y avait pas de solution à son problème. Tout ce qu'elle voulait, c'était se rendre utile. Et tout ce qu'elle avait à faire, c'était convaincre Grigán puisque, qu'elle le veuille ou non, tout dépendait de lui. Mais le grincheux n'était qu'une tête de bois imperméable, bornée et butée, avec les idées aussi larges qu'un fil de pêche.

Elle se leva encore pour faire quelques pas. Elles s'étaient éloignées de plusieurs milles, suivant les indications du guerrier. Mais Corenn en avait rajouté, et elles étaient allées encore plus loin que prévu. Peut-être les *hommes* s'étaient-ils perdus ?

Elle commençait à espérer qu'il ne s'agisse que de ça.

Corenn aussi montrait des signes d'inquiétude. Elle d'habitude si patiente, ne cessait de guetter le retour de leurs compagnons et sursautait à chaque bruit suspect. Elle se mit, à son tour, à faire les cent pas.

Léti avait senti sa colère diminuer au fur et à mesure que le temps passait, pour ne plus ressentir que de la frustration, teintée d'un peu d'angoisse.

Et s'il leur était arrivé quelque chose ? Quelque chose de grave ?

* * *

— Non, non et non. Vraiment, ça n'est pas une bonne idée. Enfin, Bowbaq, tu dois bien comprendre le danger que ça représente !

— Je sais, s'excusa le géant embarrassé. Mais ce n'est pas bien de laisser des signes inutiles. On doit toujours faire son possible pour les effacer.

— Ce n'est *pas bien* ? Et se faire larder de coups de poignard, c'est bien ? Tu aurais pu dater tes signes, si ça t'embêtait tant que ça !

— Je n'ai pas trouvé assez de crocs. Et puis, ce n'est pas pareil. Un signe, même vieux, même daté, doit être digne de confiance. C'est pourquoi ce n'est pas bien…

— Non, s'il te plaît, fais-moi plaisir et oublie ça. Si tu veux, je repasserai les enlever un jour prochain. Je te le promets.

— Merci, mon ami, dit simplement le géant en donnant une bourrade au guerrier.

Yan remarqua que Grigán prenait plus de temps pour s'expliquer avec Bowbaq. Sans doute parce qu'ils se connaissaient bien… Ça laissait quelque espoir d'amadouer le guerrier.

Enfin, après cette longue marche à travers la forêt lorelienne, ils retrouvèrent Léti et Corenn. Les inquiétudes de ces dernières furent balayées en un instant.

Léti courut à la rencontre du géant pour lui sauter au cou, à la déception de Yan qui avait espéré quelque chose pour lui-même, mais sans savoir quoi.

Les retrouvailles entre Corenn, Léti et Bowbaq furent tout aussi acrobatiques qu'avec Grigán. La jeune Kaulienne ne protesta pas contre cette manière un peu violente de saluer, mais y prit, au contraire, beaucoup de plaisir.

Quand Léti fut de retour sur le sol, Yan prit son courage à deux mains pour tenter une réconciliation.

— Tout s'est bien passé ? fit-il de sa voix la plus douce.

— Évidemment. Que veux-tu qu'il nous arrive ? répondit-elle vertement.

Elle avait cessé de sourire en se tournant vers lui. Ça lui fit encore plus de mal que les mots acerbes. Maudit, maudit, maudit ! Il allait falloir des décades, maintenant, avant que Léti ne lui pardonne.

L'idée le traversa, un court instant, de lui tenir tête et d'argumenter. Il repoussa cette pensée avec effroi. *Une fois* suffisait. Il avait fait assez de dégâts comme ça.

Les effusions et échanges de politesses se poursuivaient. Bowbaq s'extasiait sur la beauté de Léti, et la taquinait par la même occasion, regrettant qu'elle ait grandi aussi vite. Corenn s'enquit à son tour de la famille du Nordique, et se réjouit des bonnes nouvelles.

Grigán attendit poliment que tout le monde fût un peu calmé pour demander à lever le camp. Ils se mirent donc en route, à pied, puisque le Nordique n'avait pas de cheval. En exagérant un peu, on pouvait dire qu'il eût été plus facile pour le géant de porter la monture que l'inverse !

Bowbaq raconta son périple, des plaines glacées d'Arkarie au maquis lorelien, sans omettre bien sûr ses derniers jours d'attente.

— Quelqu'un a répondu à mon cyclope, à Berce. C'était vous ?

— C'était moi, répondit Yan avec un peu de fierté.

— Tout seul ?

— Mais oui, tout seul. J'ai l'air si incapable que ça ? dit-il sur le ton de la plaisanterie.

— Non, je veux dire : *deux* personnes m'ont répondu. De deux endroits différents.

Chacun réfléchit à cette dernière remarque, puis Grigán proposa :

— Ça pouvait être un piège des Züu.

— Les quoi ?

— Les Züu. Les gens qui nous poursuivent ! Décidément, on va avoir beaucoup de choses à se raconter.

— C'est peut-être le mendiant de Yan, proposa Léti.

Le Kaulien se frappa le front et examina la position du soleil. Obnubilé par ses soucis avec Léti, il avait oublié tout le reste.

— On est censés le rencontrer à l'apogée. Aujourd'hui !

Chacun examina alors la position de l'astre suprême.

— C'est-à-dire bientôt, remarqua Grigán. Où est-il ?

— Il m'a donné rendez-vous sur la plage des anciennes réunions. Je suppose qu'il s'agit de la plage derrière Berce.

— Oui, enfin ce n'est pas loin. Que s'est-il passé exactement ?

Et Yan leur raconta sa dangereuse rencontre dans l'écurie, l'intervention décisive de Rey, et comment le jeune homme l'avait aidé à quitter la ville sans encombre.

Grigán ne savait que penser.

— Ce Kercyan-là, je ne connais pas. Zatelle, oui, et son petit-fils, Mess. Mais pas de Rey.

— Mais si, intervint Corenn. Zatelle avait un autre petit-fils, qu'elle a amené une ou deux fois.

— C'est vrai, je m'en souviens, ajouta Bowbaq.

— Mais personne ne le connaît *adulte*. N'importe qui peut se faire passer pour lui, sans qu'on voie la différence.

— Il a dit qu'il avait mis le feu à la tente, intervint Yan avec curiosité.

Ses compagnons échangèrent des regards entendus.

— C'est vrai, dit Corenn. C'est bien lui qui avait fait cette farce stupide.

— Je m'en souviens aussi, dit Grigán avec un sourire cruel. Et de la raclée méritée qu'il avait reçue de Zatelle. Je me rappelle aussi que c'est moi qui l'avais sorti de sa cachette, alors que tout le monde se demandait s'il n'avait pas disparu dans l'incendie.

— Je plains ce malheureux, dit Léti mi-figue, mi-raisin. Ça a certainement suffi à le dégoûter à vie des héritiers !

Grigán ne releva pas la remarque.

— Alors, vous croyez que c'est lui ? demanda Yan à Corenn.

— Pourquoi pas ? Zatelle m'avait dit, une fois, qu'il était devenu acteur. Ce serait bien dans son genre de se déguiser en mendiant.

Yan acquiesça. En effet, le drôle, avec son cynisme et son goût pour le dramatique, devait être artiste... Ou encore, voleur sans moralité.

— Une dernière chose : il vous prévient que la *Grande Guilde* est aussi de la partie. Qu'est-ce que c'est ?

Grigán fut comme pétrifié.

— Tu es sûr ?

— C'est ce qu'il a dit. Et alors ?

Le guerrier et Corenn échangèrent un regard sombre qui ne présageait rien de bon. Aucun des autres ne comprenait.

— La Grande Guilde, commença sans joie Corenn, est le regroupement plus ou moins organisé de la plupart des bandes criminelles. En gros, ça veut dire que les Züu ont une *armée* à leur disposition. Plusieurs centaines d'hommes, voire des milliers.

Yan comprenait mieux. Grigán ne pouvait que se féliciter d'avoir pris un surplus de précautions pour parvenir jusqu'à Berce. Toutes les routes, toutes les villes devaient être surveillées par des malfrats comme ceux qu'il avait rencontrés dans le village.

— Comment le sait-il ? demanda le guerrier en se lissant la moustache.

— Je ne sais pas. C'est tout ce qu'il m'a dit.

Grigán et Corenn semblaient très affectés par cette nouvelle. On ne leur laissait décidément aucun répit.

— Il faut y aller, conclut finalement le guerrier. Ce Rey est peut-être un des nôtres. Yan ?

Le Kaulien tressaillit. Il n'avait pas réalisé que Grigán aurait *encore* besoin de lui : mais il lui fallait reconnaître son sauveur de la nuit précédente. Dommage, il aurait bien aimé passer un peu de temps avec Léti, dans l'espoir d'arranger les choses avant la fin du jour...

Léti ! Pourvu qu'elle ne se mette pas en tête de les accompagner ! Il s'y opposerait encore de toute façon, mais n'avait vraiment pas envie d'une nouvelle dispute.

Grigán donna rendez-vous aux autres à la petite maison abandonnée où ils s'étaient installés deux nuits auparavant. Apparemment, Léti n'avait aucune objection à formuler. Mais Yan vit avec surprise que Bowbaq ne venait pas avec eux.

Il les regarda s'éloigner tous trois en train de discuter. Sa présence était sûrement une des raisons de la docilité de Léti, mais tout de même... Quelqu'un d'aussi fort pourrait être d'une aide précieuse !

Grigán sauta en selle et Yan l'imita, toujours sous le coup de l'étonnement.

— Pourquoi n'emmène-t-on pas Bowbaq ?

— Il n'aime pas se battre. Allons-y.

— Mais moi non plus ! Et il est tellement fort !

— Il a juré de ne jamais tuer personne.

— Quoi ? Mais *pourquoi* ?

Yan allait de surprise en surprise. C'était la première fois qu'il entendait un truc pareil.

— Je ne le lui ai jamais demandé, alors il ne me l'a jamais dit, c'est tout, répondit le guerrier un peu agacé. Allons-y, maintenant, ou nous n'y serons jamais à temps !

* * *

Rey avait un peu le trac. Pas seulement l'appréhension mineure qu'il ressentait avant chaque représentation, mais la véritable inquiétude, plus rare chez lui : se demander s'il se souviendrait de tout son texte, si sa prestation serait bonne, s'il plairait au public...

C'était bien là la question, aujourd'hui : allait-il plaire au public ?

Non pas qu'il ait absolument besoin de se faire aimer des héritiers. À la limite, il s'en fichait comme d'une peau de margolin, et se moquait même de ces traditionalistes ridicules et de leurs histoires du siècle passé. Mais il avait besoin de leur aide, de leurs informations.

Il avait *vu* les Züu, il avait *vu* le danger de l'omniprésence de la Grande Guilde. Et était arrivé à cette conclusion : s'il existait une chance de salut, elle n'était pas dans la fuite... mais dans l'affrontement direct.

Les héritiers survivants devaient unir leurs forces afin de trouver *qui* avait commandité leurs assassinats. Et régler le problème *d'une façon ou d'une autre*.

Son seul espoir était de trouver des oreilles attentives… et des esprits pas trop endormis. Sinon, eh bien… Il s'arrangerait seul, comme d'habitude.

Il quitta l'accueillant banc de sable fin sur lequel il était étendu et fit quelques pas en observant l'orée de la forêt. L'apogée était passé, maintenant, et il n'allait pas tarder à avoir de la visite… Enfin, peut-être.

Il revint au banc de sable et s'y assit, prenant son mal en patience. Il fut peu après récompensé de son attente, quand le jeune Kaulien de la nuit précédente sortit enfin des sous-bois.

Rey poussa un soupir de soulagement, en le saluant d'un signe de main. Malgré sa débrouillardise, il n'avait aucune envie de continuer à lutter seul plus longtemps.

Le jeune Yan arrêta son cheval à une dizaine de pas. Rey ne bougea pas.

— Tu n'es pas seul, j'imagine ? Dis-leur de venir, ce n'est pas un piège.

— Il faut d'abord que vous posiez vos armes, annonça Yan d'un air désolé.

Rey l'aurait parié. Il ôta l'épée qu'il avait dans le dos, puis le couteau qu'il portait à la ceinture. Pour faire bonne figure, il jeta aussi la dague qu'il avait cachée à la cheville.

— Et voilà. Allez, dis-leur de venir, j'ai l'impression d'être nu comme ça. Je pourrais attraper un rhume.

Yan sourit de la plaisanterie et fit un signe vers les bois, d'où sortit Grigán, à pied et l'arc bandé.

— Bouh ! Qu'il a l'air redoutable, celui-là, se moqua Rey. Hé, je le reconnais : c'est l'homme qui n'aime pas les gamins pyromanes. C'est bien ma veine !

Yan sourit encore. Avec l'acteur en plus de Bowbaq, il allait bientôt y avoir beaucoup d'animation dans le groupe.

— Vous n'êtes pas que deux, quand même ? continua Rey. D'accord, lui, il a un arc, mais ça risque quand même d'être léger pour prendre d'assaut et Zuïa et la Grande Guilde.

— Il y en a trois autres, dont une qui a un couteau, répondit Yan en s'esclaffant.

— Ah bon, ça va. Un moment, j'ai eu peur…

Grigán les rejoignit enfin. Il n'était pas du tout dans le même état d'esprit plaisantin que les deux jeunes hommes.

— C'est lui ? demanda-t-il à Yan.

— C'est lui. Enfin, j'ai dû beaucoup m'approcher pour en être sûr, mais c'est lui. À ce propos, ces vêtements vous vont beaucoup mieux que les autres, qui avaient besoin d'un bon nettoyage !

— Je te remercie, fit Rey avec une petite révérence.

— Moi, je ne te reconnais pas, lança Grigán sérieusement. Qui es-tu ?

— Vous savez, je vous aurais répondu même sans être menacé d'une flèche.

— Alors ?

Rey donna son vrai nom, et convainquit Grigán en donnant une foule de détails sur sa grand-mère Zatelle, son cousin Mess, et quelques bribes de souvenirs des réunions. Le guerrier baissa enfin son arc.

— Tu as toujours envie de mettre le feu ? dit-il sur un ton qui se voulait amusant.

— Personne n'a jamais compris que c'était un accident. C'est tout le drame de ma vie, fit semblant de se plaindre Rey. Alors, c'est bon, vous me croyez maintenant ?

— Je te crois.

— Bien. Surtout, n'ayez pas de réflexe malheureux, il faut que je ramasse quelque chose.

Rey ne se dirigea pas vers ses armes, comme on aurait pu s'y attendre, mais se pencha vers le sol dont il retira avec précaution une arbalète tendue, à peine dissimulée sous une couche de sable.

— On n'est jamais trop méfiant, vous êtes d'accord ?

Grigán ne répondit pas. Yan, qui commençait à bien le connaître, savait que le guerrier allait considérer ça comme une défaite. Tant pis, Rey semblait être un homme de ressources.

— Tu n'aurais eu qu'un seul d'entre nous, finit par dire Grigán.

— C'est vrai. Qui, à votre avis ?

Le guerrier fixa l'acteur un instant, qui ne s'en rendit même pas compte, occupé qu'il était à se réarmer de la tête aux pieds. Puis il se détourna pour regagner la forêt.

Yan attendait que Rey soit prêt à partir, en laissant son regard errer sur l'horizon. À huit journées de voyage, la mer n'était déjà plus la même qu'à Eza... La même eau, les mêmes vagues, mais pas la même mer.

— C'est l'île Ji, qu'on voit là-bas ? demanda-t-il à Rey.

— C'est ça. Dis-moi, tu ne connaîtrais pas un dieu qui ne prendrait pas trop cher pour l'engloutir dans les flots, elle et sa malédiction ?

— Sa malédiction ?

— Un pressentiment que j'ai. Que j'ai depuis vingt-six ans, ajouta-t-il. Ji, c'est un porte-malheur, quoi.

Yan observa la petite tache sombre sur le gris-bleu de l'eau. Ça avait juste l'air d'une île rocailleuse…

— Vous y êtes déjà allé ?

Rey, chargé de ses armes et des sacs qu'il avait récupérés non loin, y jeta un dernier regard.

— Non. Mais quelque chose me dit que cette affreuse lacune sera bientôt réparée.

* * *

Malgré le peu de considération qu'il avait pour l'acteur, Grigán se résolut à entamer une discussion. Il avait besoin de certaines réponses.

— Alors ! C'est quoi, ton histoire ?

Il n'avait pas voulu être si agressif, mais, trop tard, c'était fait. Rey esquissa un sourire et laissa passer un temps avant de répondre.

— Sans vouloir vous offenser, Grigán, j'aimerais autant attendre que tout le monde soit réuni. Nous avons à discuter de beaucoup de choses, et, malgré mon goût pour les récits, je n'aimerais pas avoir à faire le mien deux fois dans la même journée.

Grigán lâcha un unique « bon », qui tenait plus du grognement râleur que du langage humain. Yan se dépêcha d'intervenir avant que n'éclate une dispute.

— Vous étiez à Berce depuis longtemps ? demanda-t-il.

— Depuis plus d'une décade. Je commençais à me demander si je n'étais pas le dernier encore en vie !

— Vous n'avez vu aucun autre héritier ?

— Non. Enfin, je n'ai reconnu personne, mais ça ne veut rien dire. Il y a un type qui fait des signes avec un miroir, à partir des collines, depuis quelques jours. Mais il se déplace sans arrêt et ni moi, ni les Züu n'avons réussi à le rejoindre.

— On est plus malins que toi, alors, intervint Grigán sur un ton cynique.

— Vous l'avez trouvé ? dit Rey, sans s'étonner. Vous avez buté dedans par erreur, ou quelque chose comme ça ?

— L'erreur *serait* de buter dedans, répondit Yan en riant. Vous le connaissez peut-être : c'est Bowbaq.

— J'imagine que pour toi, ce nom est lourd de signification, mais pour moi il sonne aussi sourd que celui de ma dixième putain.

— Comme tout le monde semblait bien le connaître, je croyais... expliqua Yan. C'est un Arque, un géant ! On dit qu'il peut parler aux animaux, ça vous rappelle peut-être quelque chose ?

— Oh ! Je vois. Effectivement, il doit entretenir de bonnes relations avec certains d'entre vous.

— Ce n'est pas avec une telle attitude que vous en ferez autant, grinça le guerrier, qui avait compris l'allusion sans l'apprécier aucunement.

Puis il se planta devant l'acteur et poursuivit :

— Notre groupe est pour l'instant stable, et composé seulement de gens de bonne compagnie. J'en chasserai personnellement le premier qui s'avisera d'y semer la discorde, ou de le mettre en danger. Héritier ou pas. C'est bien compris ?

— Si vous pensez à moi, n'ayez aucune crainte, répondit Rey tout aussi sérieusement. Je ne me *mêlerai* à vous que le temps de régler notre petit problème, voire seulement le temps d'en discuter.

— Fort bien.

Grigán mit fin à la conversation comme à son habitude, en tournant le dos et en s'éloignant à pas si pressés que même son cheval semblait avoir du mal à suivre.

— Tu crois qu'il va se mettre en colère, si je lui dis que son accent est pire que celui d'un marin mestèbe ?

— À votre place, j'attendrais un peu, répondit le Kaulien, glacé d'effroi rien qu'à l'idée. Il le ferait, vous savez.

— Oh ! Mais j'en suis sûr. C'est pour ça que c'est amusant.

Yan se dit que les jours prochains promettaient d'être riches en émotions. Entre sa propre dispute avec Léti et l'antipathie évidente qu'il y avait entre l'acteur et le guerrier, Corenn allait devoir déployer tout ses talents de diplomate pour maintenir la paix dans le groupe.

— C'est vous qui avez répondu aux signes de Bowbaq ?

— Par tous les dieux, cesse donc de me vouvoyer ! J'ai l'air si vieux ou coincé, pour mériter ça ?

— Non, non...

— Enfin, pour revenir à ta question, *oui*, c'est moi qui ai répondu aux signes du miroir. Pendant trois jours. Mais je n'ai jamais pu rejoindre ce Bowbaq. Je suis curieux de voir la tête du bonhomme.

— Vous risquez… heu, tu risques d'être surpris.

— Eh bien voilà ! Ça rentre ! Maintenant, la même phrase en ajoutant un juron.

Yan le regarda sans comprendre.

— Mais non, je plaisante. Tu es assez crédule, tout de même, non ? Je sens qu'on va bien s'entendre. Au fait, lequel de nos singuliers ancêtres a l'honneur de t'avoir pour descendant ? Se pourrait-il que nous soyons cousins ?

— Non. Je ne suis pas l'un des vôtres. Il y a deux décades encore, j'ignorais presque toute l'histoire.

— Heureux homme ! soupira Rey. Tu es donc là par curiosité ?

— Je voulais accompagner mes amis. Ça se passait plutôt bien… jusqu'à l'abandon d'un *certain* cadavre dans une *certaine* écurie de Berce.

— C'est amusant ! Il m'est arrivé exactement la même chose, pas plus tard que cette nuit. Ça nous fait déjà un point commun !

Yan sourit. Il avait un peu de mal à suivre la discussion du Lorelien, mais une fois que l'on avait saisi son humour, c'était très agréable.

Pourvu que les autres partagent son avis…

* * *

Corenn apprit à Bowbaq tout ce qu'il ignorait sur les Züu et leurs méfaits. La bonne humeur du géant diminua peu à peu au cours du récit, pour disparaître tout à fait quand la Mère énuméra les noms des victimes. Il n'était pas dans son intention de le meurtrir, mais elle se devait de lui dire la vérité.

Après quelques paroles réconfortantes, Corenn laissa le géant se recueillir et s'éloigna en entraînant Léti avec elle. Pauvre homme. Il avait abandonné sa famille, voyagé pendant plusieurs décades, enduré la solitude, dans l'espoir de prévenir quelques-uns de ses amis du danger qui les menaçait, alors qu'il était *déjà trop tard*.

Léti aussi venait de prendre un coup au moral. La triste énumération de leurs amis disparus les avait tous affligés. Mais le moment n'était pas aux lamentations.

Corenn s'efforça de faire bonne figure. Elle était *Mère* et se devait de symboliser, dans l'esprit de chaque Kaulien, la sécurité, la quiétude, l'autorité.

— Je vais avoir besoin de toi, Léti. Nous allons préparer un festin tellement savoureux que tous ces hommes vont se demander à quoi ils peuvent bien servir dans ce voyage.

La jeune fille acquiesça, heureuse de pouvoir fixer ses pensées sur autre chose. Corenn savait aussi choisir les mots adéquats.

— Après tout, continua-t-elle, c'est un peu la réunion des héritiers, non ? Nous allons la célébrer comme il se doit.

Les Kauliennes firent d'abord l'inventaire de leurs provisions avant de choisir la composition du repas. Corenn envoya ensuite Bowbaq à la recherche de certains légumes, racines, aromates ou autres champignons qui lui manquaient... ou pas. L'important était d'empêcher le géant de ruminer de noires pensées, assis contre un arbre, la tête entre les mains.

Grigán avait abattu bon nombre de pièces de gibier au cours de ses reconnaissances de la veille. Heureusement, car Corenn savait le Nordique incapable – pour des raisons morales – de tuer autre chose que des poissons.

Chacun se mit au travail. Et quand Grigán, Yan et Rey arrivèrent au campement, à la tombée de la nuit, ils furent accueillis en premier par un agréable fumet de viande rôtie.

Corenn, Bowbaq et Léti avaient ainsi préparé et accommodé trois faisans marins et plusieurs corioles, avec beaucoup de délicatesse. Ils avaient aussi mis à cuire dans la braise divers champignons et légumes sauvages, dont l'odeur était tout aussi appétissante. Enfin, Bowbaq avait réussi – en utilisant quelques planches tirées de la masure – à installer une table et des bancs très acceptables. Léti s'était occupée d'embellir tout cela avec quelques bougies et un petit bouquet. Elle était en train de disposer une corbeille de fruits tout juste cueillis quand débarquèrent Yan, Grigán et l'inconnu.

— Bienvenue aux héritiers ! clama Corenn, beaucoup plus gaiement qu'elle ne l'aurait fait d'ordinaire.

Elle voulait prévenir toute objection de Grigán quant aux nombreux foyers qu'ils avaient allumés. Le guerrier n'oserait pas jouer le rabat-joie avec elle.

— Merci de votre accueil, mais je crains d'être venu seul, plaisanta Rey d'entrée.

— Alors, j'espère que vous avez faim, monsieur le solitaire. Voici donc le petit-fils de Zatelle ?

— Et vous devez être Corenn. Ma grand-mère avait beaucoup de respect pour vous, et si j'en crois mon odorat, je gage qu'il était mérité, conclut-il avec une petite révérence.

— Grand merci. J'avais décidément une bien mauvaise image des mendiants loreliens, dit-elle en riant.

— Espérons que vous ne changerez pas d'avis après m'avoir vu manger. Mais qui est cette jeune personne dont on m'a caché jusqu'ici l'existence ? Auriez-vous la bonté de nous présenter ?

Corenn s'exécuta en souriant.

— J'ai la joie de vous présenter Léti, fille unique de ma défunte cousine Norine. Léti, je te présente Reyan de Kercyan, *le Jeune*, qui descend évidemment du sage du même nom.

— J'ai la faiblesse de préférer *Rey* à Reyan, intervint l'acteur. Par tous les dieux, si l'on m'avait révélé la présence de si charmantes personnes parmi les héritiers, jamais je n'aurais manqué à ces réunions. Dites-moi que vous n'êtes pas encore unie à quelqu'un ?

Yan eut comme un hoquet étranglé. Alors qu'il peinait depuis des années à conquérir Léti, alors que sa plus grande angoisse était d'aborder avec elle le sujet de la Promesse devant Eurydis, son nouvel ami Rey l'Audacieux lui faisait des avances dès leur première rencontre. Il guetta avidement la réponse de Léti.

La jeune fille était subjuguée. Elle avait remarqué la beauté de l'acteur dès le premier instant. Le regard troublant de ses yeux profondément bleus… La crinière un peu rebelle, formée par ses longs cheveux de couleur sable… Son aisance de mouvements… Ses vêtements originaux, dont on ne pouvait dire s'ils étaient plus luxueux que confortables. Comme, par exemple, cette chemise immaculée, incontestablement d'étoffe riche, mais qu'il portait comme une simple tunique de travail. Ou encore ces bottillons d'excellente facture, qui semblaient faits sur mesure… Peut-être l'étaient-ils.

Le personnage avait aussi un petit côté étrange, ou original. Un ruban dans les cheveux, une cape de cuir fin, une bague discrète, par exemple, lui donnaient un air mystérieux. L'épée qu'il portait dans le dos et les dagues à sa ceinture en faisaient un protecteur. Derniers traits – mais pas des moindres –, ses belles manières, son instruction et ses mots d'humour en faisaient un charmeur.

Oui, Léti était subjuguée.

— Je ne suis unie à personne, messire. En fait, on n'a même encore jamais requis ma Promesse.

Elle ne faisait que dire la vérité, mais avait étrangement l'impression de mentir. Tout le monde, à part Rey, eut l'air gêné de sa réponse.

— Je ne puis croire cela ! dit l'acteur. À moins que les hommes ne soient trop impressionnés par votre beauté pour oser seulement vous adresser la parole. Oui, ce doit être cela.

Léti le remercia d'un sourire mais n'ajouta rien. C'était bien la première fois qu'elle recevait autant de compliments, et quels compliments ! Rey avait réussi à la troubler.

Yan, quant à lui, se demandait si l'acteur était toujours aussi clairvoyant. Comment avait-il deviné que Léti intimidait ses courtisans ? Ou plutôt, l'intimidait, lui ?

Corenn finit les présentations avec Bowbaq qui, sans aller jusqu'à faire tournoyer le Lorelien, le salua maladroitement en le serrant contre lui.

— Je ne sais pas si tu te rappelles, dit le géant en souriant, mais on était très amis quand tu étais plus jeune.

— Nous le sommes toujours, j'espère. Je n'aimerais pas te savoir en colère contre moi, ajouta l'acteur en évaluant l'imposante masse musculaire du Nordique.

— J'ai du mal à imaginer notre Bowbaq en colère, plaisanta Grigán.

— En fait, je me souviens de toi, maintenant. Tu n'avais pas de barbe, et tu passais tout le temps des réunions à jouer avec les gamins. C'est ça ?

— Mais oui. Et tu ne pouvais pas t'empêcher de tricher. Il a même dû y avoir quelques fois où je ne m'en suis pas rendu compte !

— *Quelques fois* ? Des dizaines !

Ils rirent de bon cœur. Rey était agréablement surpris. Il craignait de tomber au milieu d'une bande d'imbéciles vénérant presque religieusement des types qui, bien que de leurs familles, n'en étaient pas moins morts depuis presque un siècle. Et il trouvait des gens agréables, tous prêts à l'accueillir à bras ouverts… Enfin, presque tous, corrigea-t-il en repensant au sermon de Grigán.

— Je vous propose de passer à table tout de suite, annonça Corenn. La cuisson doit être à son terme, et vous mourez sûrement de faim.

— Avec plaisir, répondit Rey. Je n'ai rien mangé depuis l'aube, et j'ai l'intention de faire honneur à *chacun* de vos plats.

Il se débarrassa de ses bagages et se hâta de proposer son aide à Léti, pour retirer des flammes les divers gibiers et accompagnements.

Yan et Grigán échangèrent un regard morose qui en disait long, attachèrent leurs chevaux et vinrent s'attabler avec les autres à pas traînants.

Le guerrier craignait de perdre son autorité sur le groupe, et donc d'en mettre les membres en danger. Le pêcheur craignait de perdre Léti, et donc tout ce qui faisait sa vie jusqu'à présent.

Il n'était en colère contre personne. Léti n'était liée d'aucune façon, et se trouvait donc libre de répondre aux avances de quiconque. Et Rey, qui la trouvait naturellement à son goût, n'avait que le tort de la hardiesse.

Le seul à blâmer, c'était lui-même. Il aurait dû se déclarer depuis longtemps. Maintenant, il était *trop tard*. Il ne s'imaginait absolument pas vaincre l'acteur dans une compétition amoureuse.

Il ne lui restait qu'à prier pour que ça n'arrive pas.

* * *

Le repas préparé par Corenn, Léti et Bowbaq fut unanimement reconnu comme délicieux. Rey ne tarissait pas d'éloges sur les corioles farcies aux noyaudes, alors que Grigán s'extasiait sur les champignons gris cuits dans la cendre.

Bowbaq sortit de sa besace une gourde pratiquement pleine de liqueur dont il servit de généreuses rasades. Puis ce fut au tour de Rey, qui partagea une riche bouteille de vin vert junéen. Il n'expliqua pas, toutefois, comment ni pourquoi il l'avait en sa possession.

Seul Yan, qui n'avait pourtant rien mangé de la journée, ne partageait pas l'enthousiasme de ses compagnons. Il ne pouvait s'empêcher d'observer Léti et Rey, et ça lui coupait tout appétit. Il était évident qu'elle était sensible au charisme de l'acteur… Et lui, pauvre pêcheur, ne savait que faire.

La petite voix cruelle de sa conscience lui murmurait : *Si tu avais fait ta demande plus tôt… Si tu lui avais parlé…* Et il n'arrivait pas à la faire taire. Tout ce qu'il avalait prenait le goût amer des regrets. Il finit par renoncer à manger et fut tenté un instant de boire à la place, mais abandonna aussitôt cette idée. Déjà d'habitude, l'alcool ne lui réussissait pas très bien, et il ne l'aiderait sûrement pas plus maintenant. Il n'avait vraiment aucune envie de faire la fête, et écoutait la conversation de ses compagnons sans y prêter une réelle attention.

— Moi qui ai été seul pendant si longtemps, disait Bowbaq, je vous garantis qu'il est agréable de parler à quelqu'un.

— Eh oui, acquiesça Corenn. Nous voilà six, maintenant.

— Pensez-vous qu'il y ait d'autres héritiers à Berce ?

— Je ne crois pas. S'il en vient maintenant, ce sera au jour du Hibou. Les autres sont cachés, comme Ispen et tes enfants, ou alors…

— Ou alors, ils sont morts, termina Grigán. Inutile de se voiler la face. Et si nous sommes là, c'est uniquement parce que nous avons eu de la chance.

— Je céderais avec plaisir la chance que j'ai d'être traqué par les Züu, intervint Rey. Ainsi que la chance d'avoir perdu mon cousin.

— Remerciez-la, plutôt. Pensez à ce qui se serait passé si vous étiez entré par la porte, au lieu de la fenêtre. Ou si Bowbaq ne s'était pas réveillé avant qu'ils n'arrivent chez lui. Ou encore, si Corenn n'avait pas deviné le danger en apprenant la mort de Xan.

— En somme, *Derkel*, vous êtes le seul à ne devoir votre survie qu'à vous-même ?

— Peut-être, *Kercyan*. Et ça continuera tant qu'on ne me mettra pas de bâtons dans les roues.

— Bien, dit fermement Corenn pour couper court à cette discussion dont le ton montait. Je pense que le problème qui nous préoccupe est ailleurs. Nous devrions tous consacrer notre réflexion au futur, plutôt qu'au passé. N'ai-je pas raison ?

— Je partage entièrement votre avis, répondit Rey.

— Allez-y, dit simplement Grigán.

— Nous devons profiter d'être réunis pour mettre en commun nos idées. Trois principales questions se posent à nous : *qui* est à l'initiative de tout cela, *pourquoi* s'intéresse-t-il aux héritiers, et enfin – et surtout – *comment* allons-nous y mettre fin. Je suis convaincue qu'il suffit de donner une seule réponse juste pour en déduire les deux autres. Toujours d'accord ?

Bien sûr, tout le monde opina. Si Corenn s'était jusqu'à présent effacée derrière Grigán, elle était maintenant bien déterminée à diriger les débats, ce qui était exactement dans ses compétences. Il semblait que le groupe allait avoir deux chefs : l'un guerrier, et l'autre diplomate.

— Avant d'avancer des hypothèses, continua-t-elle, nous devons rassembler et confronter nos informations. Chacun a raconté brièvement son histoire, mais je voudrais que vous fouilliez votre mémoire : est-ce que l'un des Züu que vous avez rencontrés a dit, fait, ou même seulement *suggéré* quoi que ce soit qui puisse nous guider ?

L'interrogatoire s'adressait surtout à Rey et Bowbaq, ainsi qu'à Yan qui n'avait pas encore eu le temps de rendre compte de tout ce qu'il avait vu à Berce.

— Le mien m'a balancé une bonne série d'insultes, plaisanta l'acteur. Je veux bien vous les répéter, mais je doute que ça puisse être de quelque utilité !

— Ceux qui m'ont attaqué n'ont pas beaucoup parlé, et je ne comprenais pas leur langue. J'aurais peut-être pu en interroger un, mais Mir l'a tué trop vite…

— Mir, c'est ton lion des neiges, n'est-ce pas ? intervint Rey. C'est bien ce que tu as dit tout à l'heure ? Tu persistes ?

— Mais oui, répondit innocemment le Nordique. Enfin, ce n'est pas *mon*, mais *un* lion. Mir n'appartient à personne.

— Il persiste. Soit tu es plus sensible au vin que tu n'en as l'air, soit tu auras une démonstration de dressage à me faire un jour prochain.

— Ce n'est pas du *dressage*. C'est un dialogue. D'esprit à esprit.

— Tu me montreras, alors.

— Nous nous écartons du sujet, rappela Corenn.

Yan fouilla dans sa mémoire, mais ne trouva rien à ajouter. Tout ce qu'il avait à dire sur les Züu, les autres le savaient déjà. Il préféra se taire et continuer à souffrir de ses amours contrariées.

— J'ai trouvé un parchemin sur l'un d'entre eux, annonça Bowbaq après quelques instants de réflexion. Mais il était très abîmé et illisible, alors je l'ai détruit. Je n'aurais peut-être pas dû, conclut-il en baissant le front.

— Tant pis, commenta Grigán.

— J'en ai trouvé un aussi. Et il est en parfait état.

Rey alla jusqu'à ses bagages, dont il retira un papier ainsi qu'un objet enroulé dans un morceau d'étoffe.

— Qu'est-ce que c'est ? lui demanda Léti, pendant que Corenn se penchait sur le parchemin.

Rey lui tendit la chose en souriant. Il ne pouvait pas la regarder sans sourire, remarqua Yan avec une pointe de jalousie.

— Faites très attention de ne pas vous blesser. La moindre égratignure serait mortelle.

Léti libéra délicatement l'objet du tissu. Une dague. Une dague longue, fine, horrible, dont la pointe était fichée dans un petit morceau de bois.

— Une dague zü ? demanda-t-elle avec dégoût.

— En effet. Tout ce qu'il y a de plus authentique. Mais son ancien propriétaire n'est plus là pour le certifier.

— Tant mieux, annonça Léti sur un ton sinistre.

Elle empoigna fermement le manche de l'arme et l'observa à la lumière dansante des flammes. C'était une telle lame qui avait tué tous ses amis. C'était une telle lame que des hommes projetaient de planter dans son cœur. Presque aussi fine qu'une aiguille.

— J'aimerais autant que tu la reposes, demanda Grigán.

Léti fit comme si elle n'avait rien entendu, ôtant même le morceau de bois mouchetant la pointe. Ignorant la requête répétée du guerrier, elle prit une pomme salée dans un panier et y enfonça l'acier très délicatement. La pelure du fruit se flétrit et prit une teinte noirâtre, comme si on l'avait brûlée.

— Léti, pose cette horreur, ordonna Corenn sur un ton dont on l'aurait cru incapable.

Rey tendit la main, et Léti y posa l'étoffe et la dague avec résignation. L'acteur passa ensuite l'objet à Bowbaq, qui y jeta un simple regard écœuré, puis à Yan, qui le posa devant lui afin de l'examiner en détail.

— Je me demande comment ils font pour ne pas se blesser, dit Bowbaq.

— Oh, ça doit leur arriver, comme à tout le monde. Mais les Züu ont un énorme avantage sur leurs victimes : un *antidote*.

Rey sortit d'une de ses poches une petite boîte renfermant une pâte légèrement humide et de couleur sombre, qu'il présenta à ses compagnons.

— Attention : ce n'est pas une certitude. J'ai aussi trouvé une petite fiole, qui apparemment contiendrait le poison, si j'en crois l'odeur rappelant celle de la lame. Mais ça pourrait très bien être l'inverse ; comme il se pourrait que cette pâte n'ait rien à voir du tout avec la dague…

— J'avais trouvé les mêmes choses, dit Bowbaq. J'ai été stupide de ne pas les garder. Je vous demande pardon…

— Cesse donc de t'affliger ! clama Grigán. Tu es vivant, ta femme et tes enfants sont saufs, c'est tout ce qu'on te demande !

— Merci, mon ami.

— Il y a comme des entailles dans le manche, remarqua Yan.

— Je les ai vues, aussi. On y a gravé des dessins rappelant la forme d'un œil.

— Combien y en a-t-il ? demanda Grigán sans sourciller.

Yan se pencha de nouveau sur l'objet.

— Dix-sept.

— Reyan, en tuant ce Zü, vous avez vengé dix-sept de ses victimes. Au bas mot : car ils ne comptabilisent que leurs meurtres « officiels ». Leurs contrats, si vous préférez.

Yan repoussa la dague avec dégoût.

L'objet ne le fascinait plus du tout. Il était tout simplement répugnant.

— Tante Corenn, ça va ?

La Mère n'avait plus rien dit depuis un moment, plongée qu'elle était dans la lecture du parchemin.

— Ça va, répondit-elle avec un soupir. J'étais perdue dans mes pensées. Apparemment, ce papier n'est qu'une liste. Une liste effroyable : celle de tous les héritiers résidant à Lorelia ou dans ses environs. Une douzaine de personnes. Et il y a une croix à côté de chaque nom, celui de Rey excepté.

Chacun comprit ce que cela signifiait.

— C'est tragique, mais au moins nous allons être fixés sur le sort de quelques-uns de nos amis, déclara Grigán. Dame Corenn, voudriez-vous nous lire ?…

Elle prit son courage à deux mains et se lança, énonçant chaque nom avec gravité, malgré la hâte qu'elle avait d'en avoir fini.

— Jalandre, Rébastide, Mess, Humeline, Tomah, Braquin, Nécéandre, Tido, Rydell, Lonic, Salandra, Darie, et Effene…

— Pauvre Humeline, murmura Bowbaq après quelques instants de recueillement. Pauvres, eux tous.

Sa peine était sincère, comme l'étaient celles de Corenn, Grigán ou Léti. Mais ils étaient en même temps libérés de la douloureuse incertitude qui les rongeait jusqu'alors, aussi ne s'affligèrent-ils pas plus avant. Ils pressentaient ces malheurs depuis bien longtemps.

— Le parchemin que tu as trouvé devait être une liste du même genre, remarqua Grigán. Mais toi et les enfants êtes les seuls héritiers arques, non ?

— Oui. La famille avait une autre branche, mais qui s'est éteinte avec le frère de mon grand-père.

— Comment les Züu ont-ils constitué ces listes ? demanda Léti.

— Excellente question. Elle rejoint l'une des trois qui nous intéressent : *qui* est à l'origine de tout cela ?

— Corenn, je suis certain que vous avez une réponse à nous proposer, lança Rey.

— Peut-être. Mais j'aimerais d'abord entendre vos avis. Si je vous la livre maintenant, elle risque d'influencer votre jugement.

— D'accord. Je vous propose d'éliminer tout de suite l'idée que les Züu soient seuls responsables : ils n'agissent jamais par eux-mêmes.

— C'est faux, objecta Grigán. L'histoire est pleine d'exemples contraires. Les Züu ont toujours usé de leur… influence pour conserver et agrandir leur territoire.

— Je connais, moi aussi, l'histoire de Kurdalène. N'oubliez pas que je suis lorelien. Mais les héritiers n'ont jamais projeté d'anéantir le « culte » de Zuïa, que je sache. Ni d'envahir leur île !

— C'est vrai, dit Bowbaq. Je ne connaissais même pas leur existence, deux lunes plus tôt.

— Toi, non, dit Corenn avec sérieux. Mais un autre héritier ? Ou plusieurs ?

— Tu penses qu'il pourrait s'agir de l'un de nous ? s'étonna Léti.

— Je ne sais pas. C'est possible. Ça expliquerait, en tout cas, la précision des listes.

— Les noms et les adresses ont pu être trouvés par la Guilde, proposa Rey. Quelques recherches, deux ou trois interrogatoires musclés, et les Züu avaient toutes les informations nécessaires.

— C'est une explication possible. L'autre, plus à craindre, consistant en la culpabilité ou la complicité d'un héritier…

— À moins, commença Léti sérieusement, que ce ne soit vraiment leur déesse qui nous juge.

Un silence s'installa, personne ne relevant cette idée, trop fantastique et effrayante.

— Bon, reprit Corenn. Réfléchissez. Qu'est-ce qui pourrait amener quelqu'un à déclencher tout ça ?

— J'ai envie de répondre la cupidité, car c'est souvent la bonne réponse, dit Rey. Mais je ne vois pas comment elle pourrait l'être dans notre cas.

— La vengeance, dit Grigán avec assurance. Je sais que vous ne partagez pas mon avis, Corenn, mais je suis presque convaincu d'avoir raison. Seule la vengeance peut amener quelqu'un à de telles horreurs.

— Qui voudrait se venger de nous ? demanda Bowbaq.

— Et pourquoi ? renchérit Léti, étonnée.

— Beaucoup de monde, peut-être. Les puissances qui portent le deuil de leurs émissaires, c'est-à-dire Goran ou Jezeba. Un descendant de Nol l'Étrange. Un héritier mécontent de son sort.

— Aucune de ces raisons ne me paraît constituer un prétexte suffisant pour faire assassiner quatre-vingts ou cent personnes, objecta Rey.

— Croyez-vous vraiment ? Je vais prendre un exemple, je vais prendre votre exemple. Nous savons tous que Reyan l'Ancien portait le titre envié de duc de Kercyan. Titre qui aurait dû vous revenir, ainsi que le domaine, le château et les richesses de la famille. Au retour du *voyage*, on lui a tout enlevé. Et vous n'avez rien reçu. Est-il vraiment inconcevable de penser que vous, ou n'importe lequel des héritiers dont les ancêtres ont connu la disgrâce, ayez pu développer au fil des ans une haine implacable, aveugle, teintée de folie ?

— Ça a l'air tellement vrai dans votre bouche que je me demande comment je n'y ai pas songé plus tôt, plaisanta Rey en faisant la grimace. D'accord, un point pour vous. Il reste tout de même une faille dans votre explication : comme je n'ai rien, comment aurais-je pu engager et payer les Züu ?

— Quelqu'un d'aussi fou et déterminé que je l'ai décrit peut très bien avoir dissimulé ses richesses pendant des années. Et je n'ai pas dit, non plus, que c'était vous.

— Ah, bon. Je commençais moi-même à douter de mon innocence.

— Grigán, dans votre hypothèse, pourquoi cet homme assoiffé de vengeance n'aurait-il pas attendu que nous soyons tous réunis ? Pourquoi les Züu font-ils tout leur possible pour nous empêcher de nous rencontrer ?

— Pour éviter ce que nous sommes en train de faire : trouver le coupable. Je suis sûr que nous le connaissons. Il suffit de chercher parmi ceux encore en vie.

— Le coupable peut très bien se faire passer pour mort, objecta Yan, qui se forçait à oublier ses soucis pour participer un peu à la réflexion commune.

— Nous ne le trouverons jamais, désespéra Bowbaq. On ne sait pas qui c'est, on ne sait pas ce qu'il veut…

— Nous le trouverons, déclara Corenn d'une voix ferme. Notre seule chance de nous en sortir est d'avoir une explication avec lui. Une *franche* explication.

— Je constate avec plaisir que tout le monde ici est bien conscient de l'inutilité de la fuite, lança Rey. À moins de s'établir au sommet d'une montagne inaccessible ou au fin fond d'un désert, nous serions débusqués un par un par les Züu et la Grande Guilde, à plus ou moins courte échéance.

— Merci, j'avais vraiment besoin qu'on me remonte le moral, dit Yan.

— Tante Corenn, nous n'avançons pas. Dis-nous ce que tu en penses.

Cinq visages attentifs se tournèrent vers la Mère, qui prit quelques instants pour rassembler ses idées.

— Bien. Je ne pense pas, moi non plus, que les Züu soient seuls à l'initiative de ces événements. Ils auraient agi par fanatisme religieux, et rien à notre connaissance ne les y a poussés. Ils ont donc été engagés.

Personne ne l'interrompit, attendant la suite avec impatience.

— C'est peut-être naïf de ma part, mais je ne pense pas que la vengeance puisse pousser quelqu'un, quand bien même il aurait perdu la raison, à faire assassiner des enfants qu'il ne connaît pas et qu'il ne connaîtra jamais. D'autant plus qu'ils partagent plus ou moins son malheur, et ne sont en rien responsables de celui-ci.

— Vous savez ce que je pense de la vengeance et de la folie, glissa Grigán.

— Je sais, oui. Mais à mon avis, quelqu'un d'aussi dérangé que vous l'avez décrit ne pourrait organiser quelque chose demandant autant de préparation. Et il me semble que son comportement nous aurait mis la puce à l'oreille depuis des années.

— Peut-être. Mais tous les héritiers ne venaient pas aux réunions.

— Logiquement, ceux qui ne venaient pas étaient ou désintéressés, ou totalement ignorants de Ji et du passé de leurs ancêtres. Donc, peu à même de nous haïr à ce point.

Grigán n'émit plus d'objections. Il n'était toujours pas d'accord, mais n'avait plus d'arguments à sa disposition.

— Je pense, malgré tout, qu'il s'agit de l'un d'entre nous, aussi terrible que ça puisse être. Les Züu sont trop bien informés sur notre histoire et nos traditions. Combien de personnes dans le monde connu sont au courant du jour de l'Ours ? Cent ? Cent cinquante ? Pas beaucoup plus. Et combien sont allés sur l'île ?

— Tu penses que ça a un rapport avec l'île ? demanda Bowbaq.

— J'en suis sûre. C'est le seul élément digne d'intérêt chez les héritiers. *Ce qu'il y a sur l'île.*

— Je ne vois pas en quoi ça nous désigne comme victimes, objecta Grigán. On ne sait même pas ce que c'est.

— Excusez-moi de vous interrompre, intervint Rey, mais quelqu'un pourrait-il me dire ce qu'il y a là-bas ?

Corenn et Grigán échangèrent un regard, mais leur décision était déjà prise.

— Je regrette, nous ne pouvons pas en parler, déclara Corenn. Nous avons déjà dépassé les limites…

— Attendez, attendez. Je suis, moi aussi, un héritier. J'aimerais qu'on garde ça à l'esprit, pour une fois que je peux en tirer avantage.

— Je ne suis jamais allé à Ji non plus, vous savez, dit Bowbaq à l'acteur. Ça n'est pas si important, ce n'est pas une obligation.

— Nous avons fait un serment solennel, grogna Grigán. Comme nos ancêtres l'ont fait avant nous. Personne ne l'a jamais rompu. On ne va pas commencer pour vous !

— Dommage. Moi qui pensais avoir trouvé des gens à l'esprit ouvert…

— Votre curiosité sera de toute façon bientôt satisfaite, déclara Corenn. *Nous irons sur l'île au jour du Hibou.* Comme à chaque fois.

Yan, Bowbaq et Léti se figèrent. Cette réplique était si lourde de significations…

— Eh bien, alors ! Ça n'est que dans quelques jours, expliqua Rey. Un peu plus tôt, un peu plus tard, qu'est-ce que ça change ?

— Nous n'avons pas le droit d'en parler ailleurs qu'à Ji, formula distinctement Grigán. Il n'y a rien à ajouter.

Rey renonça à les faire changer d'avis, et pria d'un geste Corenn de continuer.

— Bien. Je disais donc qu'à mon avis, la seule chose qui puisse amener quelqu'un à s'intéresser aux héritiers, c'est le secret de l'île.

— Je vais avoir du mal à suivre, maintenant, railla l'acteur.

— C'est pourquoi, poursuivit Corenn, je suis presque sûre qu'il s'agit de l'un d'entre nous. Seuls les héritiers sont au courant.

— Et encore, interrompit Rey.

— Corenn, je suis curieux d'entendre comment vous allez expliquer le rapport entre les assassinats et l'île Ji, demanda Grigán.

— Deux choses seulement peuvent en être à l'origine ; deux choses seulement, puisque nous avons écarté la vengeance, peuvent pousser un homme à de tels actes. *L'idéologie* et *l'intérêt*.

— Maintenant, c'est moi qui ne comprends plus, dit Léti. Qu'est-ce que l'idéologie ?

— Les convictions, les croyances morales, politiques, philosophiques, religieuses et autres, chez un individu ou un groupe. En simplifiant, ses opinions sur un sujet.

— Je ne vois pas en quoi les réunions des héritiers froissent l'individu, dit Grigán. Ou alors, nous parlons à nouveau de folie.

— Je ne pense pas, moi non plus, qu'il s'agisse d'idéologie. Je songe plutôt à *l'intérêt*.

— J'aurais dû maintenir ma réponse, tout à l'heure, plaisanta Rey. C'est un trésor qu'il y a là-bas ?

— J'aimerais autant, au moins tout serait clair, répondit Grigán. Quel intérêt ? L'intérêt de ne partager le secret avec personne ?

— Quelque chose dans le genre. Je pense que l'homme derrière tout ça en sait beaucoup plus que nous sur les mystères de l'île.

Corenn laissa passer quelques instants, le temps que tout le monde s'imprègne de sa déclaration.

— Il le sait peut-être depuis toujours, ou il l'a découvert récemment. Mais c'est évidemment quelque chose de fabuleux. Des richesses, un pouvoir sans pareil, une connaissance suprême. Vous savez que ça peut être n'importe quoi de ce genre.

Grigán acquiesça silencieusement. La théorie de Corenn était très acceptable.

— Quoi que ce soit, il ne veut pas que nous le découvrions. Il s'est passé, ou il va se passer, quelque chose de particulier à Ji. C'est pourquoi notre ennemi a tout fait pour nous empêcher d'y arriver. Et c'est pourquoi nous devons y aller.

Tous restaient silencieux, impressionnés par les facultés de raisonnement de Corenn, mais surtout par ses conclusions lourdes de conséquences.

— Qui crois-tu coupable ? demanda finalement Bowbaq.

— Je n'ai malheureusement pas de noms à proposer. De toute évidence, c'est quelqu'un qui dispose de moyens importants, mais…

— Mais les seuls héritiers riches, ce sont les descendants d'Arkane de Junine, conclut Grigán. Qui n'ont jamais participé aux réunions, Thomé mis à part.

— Et la lignée d'Arkane est sur le point de s'éteindre, renchérit Corenn. La reine Séhane mourra sans enfants ; les barons se disputent déjà son trône.

— Quand je disais que Ji faisait peser une malédiction, lança Rey. Mais cette reine n'en est pas moins notre principal suspect.

— En théorie, oui, répondit Corenn. Mais j'ai déjà eu l'occasion de la rencontrer, et elle n'a vraiment rien de machiavélique. C'est une femme âgée qui cultive la douceur et la politesse, quand les autres barons n'affichent que dédain. De plus, elle n'est pas dans le secret.

— Comme il me manque un élément plutôt important, vous m'excuserez de ne pas comprendre plus vite, dit Rey. Sait-on au moins si elle est en vie ?

— Elle n'est pas sur ma liste, ce qui laisse espérer…

— On pourrait peut-être lui demander de l'aide, proposa Yan. Elle le ferait, pour vos ancêtres.

— Et quelle aide veux-tu lui demander ? Nous ne serons pas plus en sécurité dans les Baronnies qu'ici, répondit Grigán.

— En fait, je pensais qu'étant reine, elle pourrait plus facilement retrouver la trace de tous les autres héritiers.

— C'est une idée, annonça Corenn après réflexion. C'est peut-être ce que nous ferons, si nous n'apprenons rien sur l'île.

— J'en ai une autre à vous proposer, annonça Rey. *Le marché du Petit Palais.*

— À Lorelia ? intervint Grigán. Que voulez-vous qu'on fasse là-bas ?

— Rencontrer les Züu. Et leur acheter des informations. C'est ce que j'avais projeté de faire avant de vous rencontrer.

— Rafraîchissez-moi la mémoire, demanda Corenn. J'en ai déjà entendu parler, mais les faits m'échappent.

— Une fois par décade, dans l'ancien palais du commissaire royal au commerce, se tient une vente un peu particulière. On peut y proposer n'importe quelle marchandise, même illégale. *Surtout* illégale, en fait, puisque c'est ce qui s'y échange le plus. Et les Züu ont là-bas… comment dirais-je ? une permanence ?

— Vous voulez qu'on *traite* avec eux ? s'insurgea Grigán.

— Pourquoi pas ? Si la possibilité de racheter ma vie m'est donnée, croyez bien que je n'hésiterai pas.

— Se présenter devant les Züu ne me paraît pas bon pour la santé, objecta Corenn.

— Le Petit Palais est zone de trêve. La Couronne s'en sert pour garder un œil sur les grands trafics, et l'endroit regorge d'espions. Les officiels veillent à filtrer les entrées et à garantir la sécurité. À ma connaissance, tout s'est toujours bien passé.

— Je vous préviens, Corenn, que je refuse de *marchander* ma vie avec des assassins.

— L'idée me répugne aussi, mais il faudra peut-être en passer par là, si la solution ne nous est pas livrée à Ji.

Le guerrier n'ajouta rien. Il comptait bien faire valoir son opinion quand le moment se présenterait.

— Bon. De toute façon, le mieux que nous ayons à faire pour l'instant est d'attendre l'Ours. Ça nous laisse deux jours pour réfléchir, conclut-il en se levant de table.

Il fut aussitôt imité par ses compagnons, puis chacun vaqua à ses préparatifs pour la nuit, sauf Léti, qui s'approcha du guerrier.

— Il reste *trois* jours, non ? lui demanda-t-elle.

— Deux. Tu as mal compté.

Léti se figea.

— Ça n'est pas possible ! Ça voudrait dire qu'aujourd'hui, c'était...

Elle ne parvint pas à terminer sa phrase, qui mourut dans un sanglot. Gêné, Grigán attendait désespérément qu'on lui vienne en aide, mais personne n'avait prêté attention à leur conversation.

— C'était le jour de la Promesse, oui, finit-il par dire. Je pensais que tu le savais. *Tout le monde* pensait que tu le savais...

Elle se retourna et observa chacun de ses compagnons. Yan donnait l'impression de la bouder.

— Je vais faire un tour, dit-elle à Corenn d'une voix larmoyante, avant de s'éloigner en courant.

Quatre regards interrogateurs se posèrent sur Grigán.

— Je n'y suis pour rien, grogna-t-il. Je ne peux pas régler *tous* les problèmes.

Il refusa de donner d'autres explications. Yan avait envie d'aller réconforter Léti, mais il s'y refusa.

Elle préférait sûrement que *Rey* le fasse.

* * *

L'attente du jour fatidique fut extrêmement longue pour tout le monde. Chacun était rongé par la curiosité et l'appréhension à l'idée d'aborder l'île Ji et ses mystères. Et les tensions régnant dans le groupe n'amélioraient en rien l'atmosphère.

Rey et Grigán avaient pris le parti de s'ignorer superbement, sauf quand l'acteur faisait une plaisanterie sur le dos du guerrier – ce qui arrivait assez souvent, et déclenchait systématiquement une joute verbale sur un ton plus qu'acerbe.

Léti ne savait quelle attitude adopter avec Yan, et lui ne savait plus que penser ni comment réagir. La jeune Kaulienne faisait de temps à autre des efforts de réconciliation, mais n'était-ce pas par pitié ? Elle passait aussi beaucoup de temps avec Rey. Il décida finalement de ne rien faire de décisif tant que les choses ne seraient pas plus claires. Léti fit bientôt le même choix, aussi en restèrent-ils au même point.

Grigán passa le plus clair de son temps à patrouiller dans les environs de leur campement, et surtout à surveiller l'île. Il ne revenait qu'à la tombée de la nuit, lorsqu'il n'était plus possible de distinguer une éventuelle embarcation accostant la petite terre. Sa plus grande crainte était de tomber tout droit dans un piège tendu par les Züu à Ji ; et même s'il n'en parlait pas, tout le monde ressentait la même chose.

La question de la traversée jusqu'à l'île avait bien sûr été prise en considération dès le début, mais le problème fut vite résolu. Les pêcheurs de Berce, comme de nombreux autres pêcheurs, laissaient tout simplement leurs barques sur la plage. Il suffirait donc d'« emprunter » l'une d'elles. Grigán avait même déjà fait son choix : une embarcation munie d'une voile et dont le propriétaire habitait à l'écart du village. L'esquif, éloigné des autres de plus de mille pas, échapperait peut-être à la surveillance probable des Züu.

Le reste des préparatifs ne représentait pas grand-chose. Le guerrier demanda que l'on fabrique quelques torches et que l'on mette à profit cette sédentarité forcée pour rassembler des victuailles de toutes sortes. Il se chargea lui-même, comme à son habitude, de rapporter bon nombre de pièces de gibier.

Tout cela leur laissait finalement beaucoup de temps, qu'ils occupèrent de leur mieux. Rey essaya d'entraîner ses compagnons dans diverses compétitions de dés ithares, mais aucun d'entre eux n'était joueur, alors que l'acteur en avait une grande expérience et gagnait presque toutes les parties.

On crut un moment se distraire avec une démonstration du pouvoir de Bowbaq, qui ne put s'y soustraire devant l'insistance de Léti. Mais les résultats furent loin d'être spectaculaires : le cheval qui servit de cobaye ne fit que ruer et hennir, comme s'il était devenu fou. Dans un souci de discrétion, Grigán demanda alors qu'on arrête là l'expérience, à la grande déception de Léti, Yan et Rey.

La jeune Kaulienne, emportée, supplia alors sa tante de faire à son tour une démonstration de ses talents mystérieux, mais elle abandonna rapidement l'idée devant le regard grondeur qu'elle reçut comme seule réponse. Personne ne s'aventura à poser de questions.

Corenn mettait ce temps libre à profit pour étudier les listes d'héritiers, qu'elle avait mises à jour. En se basant sur les souvenirs de chacun, elle avait dessiné et complété de son mieux les arbres généalogiques des sept sages ayant survécu au *voyage*. Elle avait ainsi recensé soixante et onze personnes, sur les trois générations vivantes.

Sur ces soixante et onze, elle connaissait le sort d'au moins quarante-neuf : elle-même, ainsi que Léti, Grigán, Bowbaq et Rey, étaient – par la grâce d'Eurydis – toujours en vie. Quarante-quatre autres, recensées par la liste de Rey et la sienne propre, avaient été assassinées par les Züu.

Il ne restait que vingt-deux héritiers au sort incertain, auxquels il fallait éventuellement ajouter quelques personnes oubliées dans son recensement. Ce qui laissait au groupe, en définitive, peu d'espoirs de s'agrandir encore.

La logique lui disait que leur ennemi portait l'un de ces vingt-deux noms. Mais son intuition prétendait le contraire. Plus encore que n'importe lequel de ses compagnons, Corenn avait hâte d'aborder enfin l'île oubliée.

* * *

— Comment faites-vous pour vous repérer ? La lune est mendiante ; il n'y a même pas d'étoile !

Bien que Bowbaq eût murmuré, on devinait facilement son angoisse. Yan, au contraire, était parfaitement calme : la mer était belle, la nuit tranquille, et sa curiosité allait être assouvie sous peu, mettant enfin un terme à ces trois longues journées d'attente.

— C'est magique, répondit Grigán à la place du jeune Kaulien qui barrait. Je pense à un endroit, et le chemin apparaît simplement dans mon esprit.

— *Quoi ?*

— D'accord, ce n'est pas magique. C'est grâce à cet objet : une boussole romine. Je ne te l'avais jamais montrée ?

Le guerrier expliqua en quelques mots le principe de l'instrument. Bowbaq ne fut pas rassuré pour autant.

— Tu es sûr que ça marche ? Ça fait un moment déjà qu'on est sur l'eau, et on ne voit toujours pas l'île !

— Tant mieux. Ça veut dire que les Züu ne nous voient pas non plus.

— Ne t'inquiète pas, ajouta Rey. On ne va pas se perdre au large ! Regarde les petites lumières, là-bas. Tu les vois ?

— Oui, bredouilla le Nordique. Qu'est-ce que c'est ?

— Zélanos et ses enfants. Les phares de Lorelia, si tu préfères. Tant qu'on les voit, on sait où est la côte.

— C'est au moins à une journée de traversée, précisa Yan.

— Une *journée* ! s'affola le Nordique. Une journée ! On est si loin !

— C'est la première fois que tu navigues, ou quoi ? railla l'acteur. On dirait que tu n'as jamais vu la mer de ta vie !

— Ce n'est pas loin de la vérité, justement, s'expliqua Bowbaq. Vous allez trouver ça ridicule, mais j'ai une peur terrible de l'eau. Surtout maintenant ! On ne voit rien du tout !

— C'est pour ça que tu n'es jamais allé à Ji auparavant ? Et moi qui pensais que tu voulais rester avec les enfants, remarqua Corenn en se moquant gentiment.

— Oui, il y avait un peu de ça aussi… bredouilla le géant.

— Comment expliques-tu, alors, les centaines de livres de poissons que tu prends chaque année ? Ils ne viennent pas de l'eau, peut-être ?

— Ce n'est pas pareil, Grigán, mon ami. Une rivière, un torrent ou même un fleuve, on peut lui faire confiance. Il n'y a qu'à faire quelques pas, donner quelques coups de rames pour être sur la berge. Ici, il n'y a *nulle part* où remonter.

— Remarque, tu as peut-être pied, plaisanta Rey. Dix pas, douze pas, qu'est-ce que c'est pour un *grand* garçon comme toi ?

— *Douze* pas ! Profond de douze pas ! s'exclama le géant, avant de s'asseoir résolument au fond de la barque.

Léti vint aussitôt s'installer à côté de lui. Elle ne trouvait pas les mots qu'il fallait pour le rassurer, mais n'aimait pas voir son ami si gentil dans cet état.

Ils poursuivirent ainsi, silencieusement, pendant quelque temps encore. Enfin, Grigán pointa le doigt vers un point dans la nuit.

— Là, dit-il simplement.

Comme ils l'avaient convenu, Léti baissa silencieusement la voile pendant que Yan, Rey et le guerrier apprêtaient leurs arcs et arbalète. Les autres s'installèrent au fond du bateau, et ils firent le reste de la distance en dérivant lentement.

L'île émergea de la nuit, d'abord simple masse plus sombre que l'eau ; puis ses reliefs furent de plus en plus précis au fur et à mesure qu'ils se rapprochaient. Le silence n'était troublé que par les jeux d'une colonie de grenouilles marines.

— Ça a l'air calme, murmura l'acteur.

— Peut-être, répondit simplement Grigán.

— Mais il ne parierait pas sa vie là-dessus, ne put s'empêcher d'ajouter Yan.

Il gardait cette plaisanterie en réserve depuis longtemps déjà. Le guerrier se contenta de lui jeter un regard blasé, en coin, tandis que Léti pouffait de rire entre Bowbaq et Corenn.

La barque racla le fond sablonneux puis s'échoua pour de bon. Grigán attendit quelques instants avant de faire un signe à Yan, lequel descendit dans l'eau et progressa jusqu'à la plage, couvert par ses amis. Puis Rey en fit autant en se postant ailleurs.

Enfin, le guerrier les rejoignit, les dépassa et s'enfonça un peu plus loin entre les rochers. Il revint peu de temps après, momentanément rassuré.

— Ça va, lança-t-il. Vous pouvez venir. Et allumer les torches.

Bowbaq sauta aussitôt dans l'eau et tira l'énorme barque, où attendaient encore Léti et Corenn, jusqu'à la plage, sans même se rendre compte de l'exploit que cela représentait.

— Le sol, enfin, le sol, clamait-il avec soulagement. Tu es sûr qu'on ne peut pas attendre l'aube, pour faire la traversée du retour ?

— Catégorique. On serait trop visible de la côte.

— Tant pis.

Le géant s'éloigna et posa les deux mains à plat sur un rocher, comme pour s'assurer de sa réalité et de sa solidité. Même ce paysage morne lui plaisait plus que la mer.

On avait dit à Yan que l'île était plutôt austère, mais il ne s'attendait pas à ce qu'elle le fût à ce point. Mis à part la petite plage nue où ils se trouvaient, le paysage n'était qu'énormes blocs de pierre. Comme si un dieu un peu paresseux les avait simplement entassés dans l'eau pour créer une terre nouvelle.

Elle était assez petite. On devait pouvoir en faire le tour en quatre ou cinq décans, à pied.

En supposant que toutes les berges soient praticables, bien sûr, ce qui n'était pas le cas…

— Personne n'a touché aux torches de la dernière fois, dit Grigán en se penchant derrière un amas de rocs. Ça vous paraît un bon signe, dame Corenn ?

— On ne peut pas en conclure grand-chose, malheureusement… À part les personnes présentes, rien n'a changé ici depuis trois ans, *en apparence*.

— Dites, c'est bien là l'entrée du fameux labyrinthe, n'est-ce pas ?

Rey indiquait un étroit passage sablonneux, entre deux des plus grandes roches.

— Comment avez-vous deviné ? demanda Corenn.

— Les empreintes de pas de Grigán. Il est venu voir jusqu'ici avant de nous rejoindre.

— Bonne déduction, râla le guerrier. Et d'après vous, quelle est la direction à prendre, ensuite ?

— C'est vous le guide, guide. Je propose d'en finir au plus vite. J'ai hâte de voir enfin ce secret stupide qui fit la ruine de ma famille.

— Il ne faut pas dire ça, gronda Léti.

Plus que les autres, elle trouvait du charme à l'acteur. Sa bonne humeur, son personnage lui inspiraient beaucoup de sympathie. Sauf quand il parlait ainsi des sages et de leurs héritiers. Ces choses étaient sacrées à ses yeux. Plus encore maintenant, quand la plupart d'entre eux étaient morts. Manquer de respect à leur mémoire, c'était comme… comme insulter et abjurer Eurydis. Ce n'était pas *bien*.

— Bon, commença Corenn. Je pense que le moment est venu.

Tous se rassemblèrent devant elle et Grigán, venu se placer à son côté : Yan, Léti, Rey et Bowbaq, attentifs et impatients.

— Avant tout, et bien que j'accorde ma confiance à chacun d'entre vous, vous allez devoir prêter serment.

— Allons bon, râla Rey. C'est vraiment indispensable, toute cette cérémonie ? On ne pourrait pas plutôt aller voir ce qui se passe ? On va peut-être le louper ?

— On a encore le temps, grinça Grigán. Et tous ceux à qui ça ne plaît pas ne viendront pas. C'est tout.

— Allons-y, alors. Je promets de respecter et d'assumer toutes les obligations, contraintes, corvées et responsabilités que vous voulez, marmonna-t-il effrontément. On peut y aller, maintenant ?

— Reyan, ce n'est pas ce que nous vous demandons, répondit Corenn calmement. Le serment en lui-même n'a aucune valeur, puisque nous n'avons aucun moyen de vérifier s'il sera tenu. C'est simplement un petit moment de sérieux avant l'excitation prochaine ; un recueillement dans le but de vous faire prendre conscience de la gravité de la chose, et de l'importance de votre silence. Vous saisissez ?

L'acteur réfléchit quelques instants.

— Corenn, ma grand-mère ne m'avait pas menti sur votre compte, déclara-t-il. Vous avez un don pour obtenir ce que vous voulez des gens qui ferait pâlir d'envie un joaillier lorelien. Vous avez gagné, je vous écoute.

Corenn acquiesça et sourit en réponse. Puis elle commença son « sermon », sur un ton grave et didactique.

— Les choses que nous allons vous montrer sont inconnues de la plupart des gens, et cela doit rester ainsi, par la volonté de nos ancêtres. Chaque génération depuis plus d'un siècle a conservé le secret, et il vous appartiendra d'en faire autant, dans les années à venir.

— Excuse-moi de t'interrompre, Corenn, intervint Bowbaq, mais il y a une chose que je n'ai jamais comprise, et je crois que le moment est bien choisi pour demander. Si c'est un secret, pourquoi n'est-il pas mort avec nos aïeuls ? Pourquoi nous le livres-tu à ton tour ?

La Mère prit quelques instants pour réfléchir.

— Parce qu'il est trop lourd pour nos épaules… comme il l'était pour celles de nos ancêtres. Ils ont jugé souhaitable de le partager en partie avec les membres de leurs familles, comme je le fais maintenant avec Léti. Personnellement, je pense aussi que nous sommes devenus, en quelque sorte, les *gardiens* du secret de Ji, même si toutes ses implications nous échappent. Vous comprenez ?

— J'aurais une petite objection, intervint Rey. Loin, très loin de moi l'idée d'exclure notre ami Yan, mais il n'est pas l'un des nôtres. Vous rompez donc votre serment ?

— J'ai plus confiance en lui qu'en d'autres ici, dit Grigán sur un ton acerbe.

— Yan est, ou sera un jour, de la famille, renchérit Corenn. Ce problème n'en est pas un. Mais nous pouvons voter…

— Ce ne sera pas la peine, coupa Rey. C'était juste une question théorique.

Yan s'était bien gardé d'intervenir. Il avait grande envie de satisfaire sa curiosité, et était donc très heureux des diverses déclarations faites sur son compte… Surtout celle émanant de Corenn. Pensait-elle à une Union entre lui et Léti ? Ou se faisait-il encore des idées ?

— Vous devez promettre de conserver le silence sur ce que vous allez voir, continua Corenn. Malgré la souffrance, le déshonneur, la solitude. *À vie.* Vous n'aborderez le sujet qu'avec les membres proches de votre famille, ou les autres héritiers. Pensez-y pendant quelques instants, et si vous êtes d'accord, dites-le, tout simplement.

— Je suis d'accord avec tout, dit aussitôt Rey.

Yan fit bien les choses et se recueillit, les yeux fermés, sur les paroles de Corenn et ses implications.

— Je suis d'accord, dit-il enfin.

Tous se tournèrent vers Léti qui conservait le silence.

La jeune fille était terrifiée. Depuis son plus jeune âge, elle attendait ce moment avec impatience. Depuis toujours, elle désirait partager le secret de ses ancêtres, et ainsi faire partie du groupe à part entière. Mais au jour dit, elle hésitait.

Tous ceux qui y allaient en revenaient plus *tristes*.

Et elle avait eu bien plus que sa part de peine.

Ce secret n'était-il pas plus beau en restant inconnu ?

— Léti ?

La jeune fille ouvrit les yeux à l'appel de sa tante.

— Je suis d'accord, dit-elle d'une voix qu'elle aurait voulue plus forte.

Une impulsion avait décidé pour elle.

— Bien, conclut Grigán. Allons-y. Je demande à chacun de faire le moins de bruit possible ; et cela concerne aussi, bien sûr, certaines langues bien pendues.

— Est-ce que je peux pousser un petit cri de douleur, si je tombe? demanda Rey, acerbe.

— Seulement si vous vous faites *très* mal, répondit le guerrier sur le même ton. Vous me ferez plaisir.

Grigán prit la tête de la colonne et s'engouffra dans l'étroit passage, comme l'avait fait Nol l'Étrange plus d'un siècle auparavant. Rey lui emboîta le pas, suivi par Léti, Corenn et Bowbaq. Yan fermait la marche.

Son cœur battait la chamade. Tout cela était très excitant. Bien plus que son aventure à Berce : cette fois, il n'était pas seul. Et son esprit était stimulé comme il ne l'avait jamais été.

Même les choses les plus insignifiantes semblaient étranges, ici : la lumière dansante des torches sur les rochers… L'écho déformé de chaque bruit… La disposition particulière des énormes blocs, qui donnait à l'ensemble une réelle allure de labyrinthe.

Au bout d'un décime environ de cette marche silencieuse, Grigán mena le groupe à l'intérieur d'une grotte. Yan retint son souffle, certain qu'ils touchaient au but.

— C'est ici ? murmura Rey.

— Non. Taisez-vous.

Après quelques instants de voyage souterrain, ils sortirent de l'abri naturel par une petite ouverture que l'on ne pouvait franchir qu'accroupi – c'est-à-dire pratiquement en rampant pour Bowbaq.

Le guerrier les fit patienter là un moment, épiant la petite issue avec un arc bandé en mains. Il semblait que c'était là une procédure habituelle, visant à décourager toute tentative de filature, car Grigán donna rapidement l'ordre de se remettre en route sans qu'il se soit rien passé.

Plus occupé à observer le paysage qu'à retenir le chemin, Yan était déjà perdu. Ils avaient changé de direction une bonne vingtaine de fois, laissant des passages à main gauche ou droite, pour en emprunter d'autres qui semblaient pourtant aller dans la même direction. En cas de nécessité, il parviendrait peut-être à retourner seul sur la plage, mais certainement pas par le même chemin.

La rencontre avec une tortue baveuse de bonne taille les obligea à faire un détour supplémentaire. Le reptile, dérangé en pleine ponte, s'était montré aussi menaçant que pouvait l'être un charognard de cette espèce. S'il était lent comme tous ses congénères, la puissance de sa mâchoire était tristement connue, et Grigán préféra imposer un demi-tour au groupe plutôt que de lui imposer une traversée périlleuse.

— Bowbaq aurait peut-être pu nous négocier un passage, murmura Rey. Peut-être même qu'on aurait pu obtenir des renseignements.

— Ça n'aurait pas marché, objecta sérieusement le géant. Uniquement avec les animaux qui allaitent.

— Tant pis. Peut-être qu'on rencontrera une chèvre ou une vache égarée pour discuter le bout de gras…

— Ça suffit, vous deux ! lança Grigán. J'aimerais un peu plus de silence !

— Vous savez, continua Rey effrontément, ces efforts de discrétion sont parfaitement inutiles, tant que l'on conserve ces torches allumées…

— C'est à moi d'en juger. Vous êtes avec nous, vous faites comme nous.

— C'est vous le guide, guide. En espérant que, si un type se planque là-bas, il soit aveugle plutôt que sourd.

Grigán préféra ne pas répondre. Il avait déjà renoncé à discuter avec l'acteur, qui faisait manifestement tout pour le provoquer.

S'il avait été seul, il se serait passé de torche, bien sûr. Mais il était évident qu'en se déplaçant tous à tâtons dans ce labyrinthe, ils feraient plus de bruit qu'un cochon rouge en chaleur… Ça lui paraissait enfantin. Parfois, il avait l'impression que personne ne faisait d'efforts pour le comprendre.

— Attendez-moi ici. Et en silence, si possible, ajouta-t-il en lançant un œil noir à l'acteur.

Ils le regardèrent s'éloigner à pas de loup. Bowbaq se dit qu'il lui aurait fallu une excellente raison pour en faire autant. Le guerrier n'avait même pas emporté de torche.

Il revint peu de temps après, par un autre chemin aboutissant juste derrière Yan, qui sursauta.

— Je n'ai rien vu, dit-il à l'adresse de Corenn. Tout a l'air normal.

— J'ai presque envie de dire : dommage, répondit-elle. Ça aurait été un début de réponse.

— Rien n'est perdu. Peut-être plus tard. Quand ça se sera produit, ce qui ne devrait plus tarder, d'ailleurs. Hâtons-nous.

Tous repartirent à la suite du guerrier infatigable, leur curiosité de nouveau attisée. Il les emmena tout droit vers une nouvelle grotte, qui ne possédait aucun signe particulier la distinguant de celle qu'ils avaient traversée ou de celles qu'ils avaient aperçues.

L'entrée se présentait sous la forme d'une arche naturelle, donnant sur une première salle de dimensions réduites. Ce n'est qu'après l'avoir parcourue dans toute sa longueur qu'ils aperçurent à main droite une sorte de couloir descendant en pente douce. Grigán s'y engagea sans ralentir.

— C'est sûrement ici, déclara Rey. La roche porte des traces de suie. Les torches…

— Excellente remarque, Reyan. Je n'y avais jamais songé. Il faudra que nous pensions à les nettoyer.

— Si nous en avons encore l'occasion, marmonna Grigán.

Il venait de renoncer définitivement à faire garder le silence aux membres indisciplinés de son petit groupe. C'était vraiment au-dessus de ses forces.

L'excitation de chacun était à son comble. Yan se demandait ce qui faisait le plus de bruit, entre ses pas et les battements de son cœur. Léti craignait une découverte morbide, et cette descente n'était pas pour la rassurer. Bowbaq était très mal à l'aise, supportant mal d'être ainsi enfermé sous le sol. Le bruit d'eau que l'on entendait plus bas ainsi que les gouttes ruisselant des murs ajoutaient encore à son angoisse. Rey laissait travailler son imagination sur ce qu'ils allaient trouver ; sur cette chose si importante dans leurs vies à tous, mais qu'ils ne connaissaient pas.

— J'espère qu'il ne faudra pas nager, râla Bowbaq. Ou alors, ne comptez pas sur moi. Je remonte aussitôt.

— Ne crains rien. Tu risques seulement de te mouiller les pieds.

Cette longue descente s'acheva au bord d'un lac souterrain, assez grand pour que l'autre rive disparaisse dans les ténèbres. Grigán attendit qu'ils soient tous rassemblés.

— C'est beau, déclara simplement Léti, soulagée de ne rien découvrir de plus effrayant.

Yan s'accroupit, prit un peu d'eau dans sa paume et y trempa les lèvres.

— Elle est salée, grimaça-t-il. C'est de l'eau de mer.

— En fait, dit Corenn, c'est bien de l'eau douce, mais les rives du lac sont couvertes de sel.

— Grigán, mon ami, implora Bowbaq, ne me demande pas de traverser ça.

— Tu n'as rien à craindre, t'ai-je dit. On va en faire le tour.

Ce qu'ils firent, l'un derrière l'autre, sur une étroite et inégale corniche tout le long de la paroi. Ils perdirent bientôt de vue le chemin par lequel ils étaient arrivés.

La salle du lac devait faire cent vingt pas de diamètre, se dit Yan. Peut-être plus ; impossible de le savoir sans en faire un tour complet, ou l'illuminer complètement, ce qui n'était pas possible pour l'instant. Ils avaient déjà bien du mal à se concentrer sur leurs pieds, pour ne pas faire de faux pas et glisser dans l'eau sombre.

Mais l'obstacle fut franchi sans problèmes, l'unique endroit un peu périlleux consistant en un effondrement déjà ancien de la corniche, qui obligeait les marcheurs à faire un saut d'un peu plus d'un pas. Seule Corenn fut réellement mise en difficulté, peu confiante dans ses capacités physiques, avant que Bowbaq ne la porte littéralement au-dessus du trou.

— Dommage qu'on ne puisse pas laisser de traces de notre passage, remarqua la Mère remise sur pieds. Ça me démange depuis des années d'installer une petite passerelle à cet endroit.

— On pourrait toujours cacher une poutre quelque part, proposa Yan. Et l'enlever à chaque fois.

— Voilà une idée qui mérite réflexion.

Cette marche en terrain difficile prit fin peu de temps après. La corniche se terminait au pied d'une paroi percée d'une mince faille de trois pas de hauteur. Grigán demanda une torche, empoigna son cimeterre et s'engouffra dans l'étroit passage, suivi par Rey armé de son arbalète puis de tous les autres.

Bowbaq crut qu'il allait mourir dans les crocs de la terre. Pour pouvoir progresser dans le petit espace laissé par la roche, il était obligé de se mettre de profil, ce qui gênait ses mouvements. Il avait l'impression de s'enfoncer dans un piège monstrueux qui allait l'écraser ou l'emmurer d'un instant à l'autre. Il se demanda, un court instant, s'il ne préférait pas encore être sur l'eau.

Puis, peu à peu, la faille s'élargit, pour devenir ensuite un couloir large, et bientôt très large. Enfin, ils débouchèrent dans une nouvelle salle.

— Arrêtez, ordonna Grigán.

Le guerrier promena son regard perçant dans les ténèbres. Léti le trouva un peu ridicule ; il ne pouvait rien voir du tout. À moins qu'il n'écoute ? Elle tendit l'oreille, mais ne perçut, comme tout le monde, que les bruits lointains de la mer.

Grigán fit quelques pas d'inspection avant de revenir vers eux. Il y avait quelque chose d'étrange, dans cette scène où un homme vêtu tout de noir errait dans les ténèbres, à la seule lueur dansante de sa torche.

— Il n'y a rien, Corenn. Personne.

— Ça voudrait dire que je me suis trompée…

— Peut-être, peut-être pas. Nous verrons quand ça se produira.

— À ce propos, interrompit Rey, et maintenant que nous avons rempli toutes les conditions, serait-il possible d'avoir *enfin* quelques explications ?

— Mieux vaut avoir la surprise, répondit Grigán. Mais je vais toujours vous montrer quelque chose. Suivez-moi, mais faites très attention où vous posez les pieds.

Ils s'exécutèrent, mis à part Corenn qui s'assit dos contre la paroi, après avoir coincé sa torche dans une faille. Yan en déduisit que tout allait se passer ici. Pourtant, l'endroit n'avait rien d'extraordinaire. Ça semblait une caverne comme les autres ; peut-être plus petite que celle du lac, mais c'était, encore une fois, difficile à dire sans en faire un repérage.

Ils parvinrent au bord d'une mare dans laquelle Grigán entra sans hésiter, suivi aussitôt par Léti, Yan et Rey. Bowbaq se domina suffisamment pour ne pas rester en arrière. Mais l'étendue d'eau faisait moins d'une quinzaine de pas… Le guerrier s'arrêta sur l'autre berge, le temps que les autres le rejoignent. On entendait beaucoup mieux le bruit de la mer de cet endroit.

Le reste de la distance fut franchi avec précaution. Grigán s'arrêta finalement au bord d'un gouffre sombre, qui occupait tout le fond de la caverne.

— Voilà. Je voulais vous dire de faire attention à ça.

— Moi qui pensais que vous ne m'aimiez pas, railla l'acteur. Vous voilà en train de me materner.

— Tombez si vous voulez, ça m'est égal. Mais je voulais prévenir les autres.

— C'est profond de combien ? demanda Bowbaq, presque timidement.

— Vingt ou trente pas. C'est selon la marée ; la mer vient jusqu'en dessous. Tout le sous-sol de l'île est rongé par l'eau.

— Ce n'est tout de même pas par là que nos ancêtres ont embarqué ? demanda Léti.

— Eh non. En fait, *ils ne sont jamais allés plus loin qu'ici*. Mais je te mets au défi de trouver quoi que ce soit.

Grigán la mettant au défi : rien d'autre ne pouvait plus stimuler la jeune fille. Elle se mit aussitôt à chercher dans tous les coins de la salle, aidée de Yan, embauché d'office mais pas moins curieux. Bowbaq retourna simplement auprès de Corenn, tandis que Rey procédait à ses propres recherches, tout en s'efforçant de le cacher.

Ils furent rapidement obligés de s'avouer vaincus. L'exploration complète de la salle, du sol et des parois n'avait apporté aucun indice. Léti se sentait de plus en plus frustrée. Corenn s'en aperçut et décida d'intervenir avant que cela ne dégénère en une nouvelle crise nerveuse.

— Bowbaq, peux-tu m'accompagner, s'il te plaît ?

Le géant s'exécuta docilement et ils rejoignirent la jeune femme qui examinait une petite faille dans le rocher. Ils se rassemblèrent tous auprès d'elle.

— Allez, je vais t'aider un peu. Grimpe sur les épaules de Bowbaq. S'il n'y voit pas d'objection, évidemment…

— Absolument pas. Ça me rappellera l'époque où elle était plus jeune.

Il la souleva tout simplement avant de la faire passer au-dessus de sa tête, pour l'asseoir sur sa nuque. Mis à part Grigán, tous étaient curieux de voir comment ça allait finir.

— Maintenant, va explorer un peu les parois près du petit lac, conclut Corenn avec un sourire mystérieux.

Bowbaq s'y rendit aussitôt, pressé par les injonctions de Léti qui retrouvait sa gaieté. Même avec les pieds dans l'eau, le géant amenait la jeune femme à une hauteur jusque-là hors d'atteinte.

Ils commençaient à comprendre. Le plafond de la caverne, ainsi que ses parois les plus élevées, échappaient à la simple lumière d'une torche. Il fallait avoir l'idée de les observer.

Rey s'éloigna un peu des autres et lança sa propre torche en l'air. Il n'atteignit pas la roche mais put voir un instant la paroi supérieure. Elle était au moins à vingt-cinq pas.

— J'ai trouvé ! s'exclama Léti.

Elle l'avait découvert presque tout de suite. C'était là, sous sa main, sous ses yeux. Bien qu'elle ne sache pas au juste de quoi il s'agissait, elle était certaine d'avoir raison.

Yan et Rey se rapprochèrent le plus possible, espérant discerner quelque chose.

— Je ne vois rien, déclara Rey. Montre-le du doigt.

— Là ! s'exclamait Léti. Et là ! Et là encore, et ça monte très haut, conclut-elle en indiquant divers points de la paroi devant elle.

— D'ici, on ne voit que la roche, objecta Yan timidement.

— Je vois, moi, dit Bowbaq, qui n'était pas beaucoup plus bas que la jeune femme. On dirait que la pierre est sculptée.

— C'est bien ça, dit simplement Corenn.

— Yan ! appela Rey, avec un signe indiquant qu'il voulait lui faire la courte échelle.

Le Kaulien put ainsi s'élever et observer à son tour les hauts-reliefs. Effectivement, ça ne pouvait être un phénomène naturel. Des formes géométriques variées, tout en courbures, avaient été taillées dans la paroi rocheuse, dans une bande d'un pied de large qui montait verticalement et disparaissait plus loin dans les ténèbres.

Les motifs les plus bas étaient aussi les plus grossiers, effacés presque dans leur intégralité. Mais ceux placés plus haut semblaient étonnamment fins et précis.

Yan descendit et rendit le même service à l'acteur, tout aussi curieux.

— Qu'est-ce que c'est ? demanda-t-il après examen. Un genre d'écriture ? Ou c'est simplement décoratif ?

— Nous ne savons pas, malheureusement, répondit Corenn. En son temps, le sage Maz Achem avait trouvé une ressemblance entre ces signes et ceux de la langue ethèque.

— Que plus personne ne parle, bien sûr, railla l'acteur en regagnant le sol. Enfin, puisqu'il était Maz, je suppose qu'il fallait s'attendre à ce genre de délire semi-religieux.

Léti fronça les sourcils. Elle n'appréciait toujours pas ce manque de respect envers les sages dont faisait preuve Rey.

— Les dessins vont jusqu'en haut ? demanda Bowbaq.

— Et même encore plus, répondit Grigán avec un petit rire.

Yan et Rey échangèrent un simple regard avant de se rendre tout droit au pied de la paroi opposée. Sans un mot, l'acteur fit la courte échelle au Kaulien, qui se hissa.

On retrouvait les mêmes signes de ce côté.

— Personnellement, je préfère ceux à main gauche, déclara Corenn en plaisantant. Le tracé en est plus fin.

Léti se fit transporter par Bowbaq jusque-là, afin de se rendre compte par elle-même.

— Il a dû falloir des années pour faire tout ça, déclara-t-elle avec admiration.

— Je suppose que les motifs courent aussi sur le plafond ?

— C'est exact.

— Qu'est-ce que c'est, tante Corenn ? Des signes magiques, ou quelque chose comme ça ?

— Exactement, répondit-elle avec gravité. Ces dessins ont un *pouvoir*, mais nous ignorons comment il fonctionne.

Cette dernière réplique fut suivie d'un long silence. Chacun tentait de remettre de l'ordre dans ses idées.

Les traditions arques voulaient que l'on respecte et que l'on craigne ce qui échappe à l'esprit des hommes, et c'était bien ici le cas. Aussi Bowbaq avait-il hâte que tout cela soit terminé, qu'ils sortent de ce trou, qu'ils franchissent ce maudit bout de mer, qu'ils reviennent enfin vers des choses *normales*.

Léti avait depuis longtemps accepté l'existence de la magie, des dieux, et autres faits et légendes non expliqués, les pouvoirs de sa tante, les mystères entourant leurs sages ancêtres… Mais c'était la première fois qu'elle allait enfin au fond des choses. Qu'elle allait vraiment y assister. Et elle était autant enthousiasmée qu'effrayée.

Yan se sentait changé. Deux décades plus tôt, il n'aurait pas cru – même si on le lui avait prédit – qu'il serait bientôt en fuite et traqué par une importante bande d'assassins.

Pourtant, ça s'était produit. Il n'aurait pas cru risquer sa vie dans une petite ville lorelienne dont il ignorait jusqu'à l'existence, et pourtant, ça s'était produit aussi. Il n'aurait pas cru voyager en compagnie d'inconnus, il n'aurait pas cru se disputer avec Léti, il n'aurait pas cru faire toutes ces choses hors du commun. Mais il les avait bel et bien vécues.

Maintenant, on lui parlait de magie. Et il était prêt à croire n'importe quoi pouvant satisfaire la soif d'expérience qui grandissait en lui jour après jour. Yan était certainement le plus heureux d'entre eux.

Seul Rey doutait encore. Ses contacts avec des prétendus magiciens se résumaient à l'observation de quelques numéros de passe-passe, effectués sur les places des marchés de grandes villes. Des numéros entièrement truqués. Aussi avait-il un peu l'impression qu'on se payait sa tête, et, en outre, plus qu'assez d'attendre qu'on veuille bien lui en dire davantage.

— Bon, déclara-t-il sérieusement. Assez de devinettes, maintenant. Corenn, je vous supplie de m'expliquer clairement quelque chose, *n'importe quoi*.

La Mère réfléchit un instant.

— Qu'est-ce que c'est, à votre avis ? Même s'il vous paraît stupide ?

— À mon avis ? Je dirais : des signes vraiment très bizarres, taillés on ne sait quand, ni comment, ni pourquoi, dans le fond d'une grotte perdue, sous une petite île lorelienne dont tout le monde se fiche comme d'une peau de margolin.

— Une porte, proposa Yan doucement.

— Quoi ?

— À mon avis, c'est une porte. L'ensemble des dessins forme comme une arcade sur les parois de la caverne…

— Et où est la poignée ? railla l'acteur.

— Yan a raison, intervint Grigán, heureux de pouvoir contredire Rey.

— Vous allez devoir beaucoup, mais alors vraiment beaucoup argumenter pour me faire avaler cette histoire.

— Nous n'en aurons pas besoin, déclara Corenn. Ça ne devrait plus tarder, maintenant. Venez tous de ce côté, conclut-elle en les entraînant à sa suite.

— Nous ne devons pas être sur le chemin de la porte quand elle va s'ouvrir, c'est ça ? demanda Yan.

— Non, ça n'a pas d'importance. Mais j'ai froid aux pieds !

Le Kaulien réalisa qu'ils étaient tous à patauger dans la petite mare depuis un bon moment. Il avait complètement perdu conscience du reste.

— Comment sais-tu que ce moment est bientôt arrivé ? demanda Léti, que Bowbaq reposait à terre.

— Ça se produit toujours à peu près à ce moment de la nuit, c'est tout. Il y a longtemps que je projette d'amener une clepsydre, qui serait un informateur plus précis, mais il s'est toujours trouvé une raison pour m'en empêcher.

— Dis-moi, amie Corenn… commença timidement Bowbaq. Ce… cette *chose* que nous attendons, ça n'est pas dangereux, n'est-ce pas ? Je veux dire, sacrilège, ou quelque chose comme ça ?

— On ne t'aurait pas demandé de venir, sinon, répondit Grigán à la place de la magicienne. Tu n'as plus confiance en nous ?

— Oh ! si, bien sûr que si, s'excusa le géant avec ferveur.

Mais une partie de son esprit continuait à s'angoisser.

La conversation mourut. Un par un, ils s'étaient tus pour simplement attendre, en fixant le vide sombre où il était censé se passer quelque chose.

Même Rey avait renoncé à interroger ses compagnons. Après quelques instants de patience, Bowbaq s'assit sur le sol. Le contact de la pierre froide et légèrement humide eut l'étrange effet de le détendre. Elle lui rappelait un peu la glace des plaines d'Arkarie.

Il fut bientôt imité par Corenn, vaincue par la fatigue. Les autres restèrent debout. Par précaution, pour Grigán : le guerrier ne relâchait pas facilement sa vigilance. Et par énervement pour Yan, Léti et Rey.

Ils ne savaient trop à quoi s'attendre. L'imagination de Yan travaillait tous azimuts. Léti patientait simplement, de plus en plus émue. Et Rey méditait sur le bien-fondé de ses certitudes.

Il se rapprochait fréquemment de l'arcade, tous ses sens en éveil, à la recherche du moindre signe de changement. Et revenait chaque fois de plus en plus mécontent et frustré.

Au retour de son huitième voyage, il se dirigea tout droit vers Grigán.

— On ne va quand même pas attendre toute la nuit ! Vous voyez bien qu'il n'y a rien, clama-t-il en désignant les ténèbres.

Comme pour répondre à son appel, un léger bourdonnement naquit, puis monta en puissance pour devenir rapidement un sifflement strident.

— Qu'est-ce qui se passe ? demanda Bowbaq en élevant la voix pour couvrir le bruit.

— Ce n'est rien, c'est normal, le rassura Corenn.

Le temps qu'elle dise ces mots, le bruit s'était tu sur une sorte de hoquet. L'instant qui suivit vit naître un silence absolu.

Tous restaient immobiles, parce qu'ils étaient impressionnés, mais aussi parce que tout se passait très vite.

Le centre de l'arcade resta sombre. Puis les ténèbres s'agitèrent, s'éclaircirent. Une lumière parut : d'abord seulement un petit point, mais qui grandit aussitôt à la taille de la caverne, l'illuminant entièrement.

L'effet était saisissant. Ils avaient devant eux une *forme* lumineuse, comme si le soleil lui-même tentait d'entrer dans la caverne par une porte tout juste créée.

Une porte grande de vingt-cinq pas.

La lumière décrut lentement, se fit moins aveuglante et fit place à une vision trouble, comme masquée par de la fumée. Puis le brouillard se dissipa peu à peu, laissant Yan, Léti, Rey, Bowbaq, Corenn et Grigán percer ses secrets.

C'était comme s'ils regardaient à travers un mince voile d'eau. Tout semblait si proche, mais, en même temps, comme hors de portée, une simple image en trompe-l'œil légèrement trouble.

Yan se frotta les yeux avant de les écarquiller. Il avait bel et bien devant lui un *jardin*.

Sous ses pieds : le sol rocheux de la caverne, et jusqu'au bord de la mare. À partir de là, l'eau, bien sûr. Et, trois pas après la berge, il voyait, *il y avait*, de l'herbe. Tout le reste de la grotte avait disparu, *tout* !

La porte était une frontière étrange entre l'endroit où ils se trouvaient et *l'autre*, tableau vivant où l'aube se levait sur un paysage magnifique, une vallée verdoyante dans un décor montagneux.

Yan fixa toute son attention sur la limite entre les deux mondes. C'était quelque chose… d'inexplicable.

Bowbaq n'osait pas bouger. Il était lui aussi sous le charme de la vision enchanteresse. Il avait l'impression qu'en faisant un mouvement, il mettrait fin au spectacle… ou lui donnerait une tournure beaucoup moins agréable.

Rey cherchait le *truc*. L'astuce qui pouvait permettre un tel tour. Mais il ne le voyait pas. Il décida d'aller voir de plus près, et posa un pied dans la mare.

— Écoutez ! dit Léti, sourire aux lèvres, en plaçant un doigt sur la bouche en signe de silence.

Elle entendait quelque chose. Derrière les bruits causés par elle-même et ses compagnons, il y avait…

Elle parvint enfin à l'identifier. Des chants d'oiseaux. Même s'ils étaient très lointains, elle pouvait *entendre* l'autre monde ! *L'autre monde !*

Chacun lui sourit d'un air complice. Ils avaient fait la même expérience.

Rey franchit la distance le séparant du phénomène et empoigna la dague qu'il avait au mollet.

— Ne fais pas ça, implora Bowbaq.

L'acteur resta sourd à ses prières et enfonça délicatement l'extrémité de la lame dans la surface à l'apparence aqueuse. Ne sentant aucune résistance, il poussa jusqu'à la garde. Puis recommença en prenant pour cible une fleur supposée être juste à ses pieds.

Les résultats ne le satisfirent pas. Tout cela n'était qu'une illusion sans consistance.

Léti décida de ne pas demeurer en reste. Elle rejoignit l'acteur, fit face au paysage et prit une profonde respiration.

— Léti ? appela Yan timidement.

Quoi qu'elle projette de faire, il n'était pas sûr que ce soit une bonne idée…

La jeune fille fit soudain un grand pas qui aurait dû l'amener sur le sol juste devant. Et elle disparut aux yeux des autres !

Simultanément, ils entendirent un grand « plouf » suivi de plusieurs clapotis. Avant de voir revenir Léti trempée jusqu'aux genoux *à travers* la vision. Comme si elle sortait d'un nuage…

— Tu aurais pu me prévenir, grogna-t-elle après sa tante.

— Je t'assure que je n'avais pas compris ce que tu t'apprêtais à faire, déclara Corenn très sincèrement.

— Je suis certain que de l'autre côté, tout est noir, annonça Rey. Ça n'est qu'une illusion, un tour de passe-passe.

Il disparut à son tour derrière le phénomène, pour en revenir quelques instants après, grave et silencieux. Yan franchit à son tour la frontière.

Il s'était plus ou moins attendu à ressentir quelque chose, mais ce ne fut pas le cas. Il avançait tout droit, lentement, en fixant un point précis dans le paysage. Et l'instant d'après, il se retrouvait face au fond de la caverne.

Il se retourna, curieux de ce qu'il allait découvrir. Il avait toujours en face de lui une vallée magnifique, mais pas la même. Ou plutôt, le même endroit, mais vu sous un autre angle. Comme celui qu'on verrait peut-être, en tournant le dos à la porte dans l'autre monde.

Une énorme main émergea lentement du ciel, s'y promena un instant, puis disparut. Un pied, puis toute une jambe prirent le relais, suivis aussitôt du reste du corps de Bowbaq.

Le géant avait l'expression d'un enfant hébété. Il ne savait s'il devait rire ou pleurer. Quoi que cette chose soit, elle était *belle*. Et impossible.

Ce qu'ils faisaient était sûrement interdit. Il avait l'étrange impression de violer un secret. Et ça lui rappelait trop un épisode désagréable de son passé, qu'il voulait oublier.

Il retourna de l'autre côté, laissant Yan seul face à ce paysage.

Tout y avait l'air si paisible. Si calme. Et d'autant plus beau que cela semblait inaccessible. Comme si rien n'était vrai.

Pourtant, il *voyait* ces choses. Il pouvait les entendre. En scrutant avec beaucoup d'application, il pouvait même distinguer le balancement des fleurs au gré d'une brise légère, ou surprendre le vol d'un oiseau.

Il se concentra et se pencha vers le phénomène, comme pour caresser la feuille d'une plante superbe et étrange. Mais ses doigts ne rencontrèrent que le vide. Il en fut plus attristé qu'il ne l'aurait cru.

Il se releva et s'apprêta à rejoindre ses amis, dont il entendait les rires de l'autre côté de la porte, quand son regard fut attiré par quelque chose.

Il y avait *quelqu'un* dans le paysage.

— Venez voir ! Vite !

Tous ses compagnons le rejoignirent aussitôt. Et restèrent muets devant la découverte.

À environ deux cents pas – en considérant qu'un pas suffit à les amener sur l'herbe – un jeune garçon se promenait en admirant le ciel.

On lui aurait donné quatre ou cinq ans. Il avait le type des habitants des Hauts-Royaumes, et pouvait être aussi bien lorelien qu'ithare ou romin. Ou d'un tout autre pays encore… La blondeur de ses cheveux et sa nudité totale renseignaient peu sur ses origines.

Léti lui fit instinctivement un signe de la main, avant de s'apercevoir qu'il ne regardait pas dans leur direction. Elle se mit alors à l'appeler aussi fort que possible, dans l'espoir d'attirer son attention.

L'enfant s'assit dans l'herbe à un peu plus de cent pas, en leur tournant le dos. Il n'avait pas entendu… ou les ignorait totalement.

— Yan, aide-moi ! demanda Léti.

Le Kaulien acquiesça. Et ils crièrent en même temps, de toutes leurs forces.

Le garçonnet releva la tête et se tourna vers eux. Il ne semblait ni joyeux, ni effrayé. Il les regardait simplement de ses grands yeux ouverts.

Léti lui fit un petit salut de la main. Tous retenaient leur souffle. Bowbaq se forçait à sourire, sans savoir pourquoi.

L'enfant se leva et vint vers eux, en flânant tranquillement. Il s'arrêtait de temps en temps pour contempler telle chose ou telle autre sur son chemin, et ne reprenait sa route que lorsque Léti l'encourageait.

Il s'arrêta à moins de dix pas pour les dévisager avec calme, une main dans la bouche. Léti répéta son salut pour la douzième fois au moins.

Le garçonnet sourit et imita maladroitement son signe, l'air joyeux.

La jeune fille ressentit un bonheur démesuré, sans qu'elle sache expliquer pourquoi.

Yan en avait déduit quelque chose. Si l'enfant pouvait les voir, comme eux voyaient l'autre monde, c'était la preuve qu'il existait. *Il existait !*

— Bonjour ! commença Léti doucement, sans cesser de sourire. Comment tu t'appelles ?

Il la regarda sans réagir. Il venait de fixer son attention sur Grigán, qui s'était gardé jusqu'alors de faire le moindre geste. Le guerrier, mal à l'aise, fit un petit signe de la main. Ce qui eut l'air de suffire à contenter l'enfant, qui lui répondit aussi chaleureusement qu'à Léti.

Tous se mirent alors à lui faire des « coucou » et des « bonjour », qui eurent chacun leur réponse. Mais le garçon ne parlait toujours pas.

Jusqu'au moment où il tourna la tête vers sa gauche, son attention déviée par autre chose. Et, malgré les efforts désespérés de Léti pour le retenir, il se rendit tout droit dans cette direction en échappant à leurs regards.

Comme pour marquer la fin de la représentation, l'image se troubla, devint opaque, avant de se changer en une lumière éblouissante qui diminua progressivement, laissant la place aux ténèbres de la caverne. Un sifflement monta puis se tut.

C'était fini.

Ils restaient là, sans parler, sans bouger. C'était parti. La magie avait disparu.

Léti sentit une larme couler sur sa joue, puis une autre, puis d'autres encore. Elle pleurait ainsi silencieusement, sans savoir pourquoi. En se tournant vers ses compagnons, elle s'aperçut que plusieurs avaient les yeux brillants. Même le fier, le terrible Grigán.

Elle comprenait, maintenant, pourquoi chacun des héritiers revenait de l'île plus triste.

— Ça fait ça à chaque fois ?

— Surtout à la première, lui répondit sa tante. Ensuite, on s'habitue, comme à tout. Et on ne pense plus qu'à la beauté de la chose.

— Qu'avons-nous vu, exactement ? demanda Rey. Vous savez où se trouve cet endroit ?

— Vous avez enfin fini par l'accepter, railla Grigán.

— *Il est le fort des sages de savoir se tromper,* dit le proverbe. J'ajouterai que vous n'avez pas beaucoup cherché à me convaincre !

— Les faits parlent mieux d'eux-mêmes, conclut Corenn. Pour répondre à votre question : non, malheureusement, nous ne savons pas où se trouve cet endroit. Mais c'est là que Nol l'Étrange a emmené nos ancêtres.

— Et alors ? demanda Léti en essuyant ses larmes. Qu'ont-ils vu là-bas ?

Corenn soupira avant de répondre. On sentait ses regrets rien qu'au ton de sa voix.

— Cette partie du secret a disparu avec eux. Ils n'en ont jamais parlé.

Chacun médita sur cette révélation. Bowbaq était heureux qu'il ne soit rien arrivé de fâcheux. Léti et Rey étaient frustrés de ne pas en apprendre davantage. Et Yan avait l'impression que sa vie venait de prendre une autre direction. Il savait dès lors que son esprit curieux ne connaîtrait pas de repos, ni d'ennui, tant qu'il n'aurait pas percé le mystère de la porte.

— Les sages ont-ils dit comment ils sont passés de l'autre côté ? Je veux dire, je suis sûr qu'il ne nous manquait pas grand-chose pour en faire autant. Peut-être un objet, une formule magique…

— À ce que l'on dit, ils se sont simplement donné la main avant de poser le pied sur l'herbe, répondit Corenn. Mais nous avons déjà essayé, en vain, ajouta-t-elle, devant le regard surpris des jeunes gens. Depuis tout ce temps, les héritiers ont tout essayé pour passer de l'autre côté. Sans résultat.

— Sauf une fois, corrigea Grigán.

— Sauf une fois, c'est vrai. Queff, le propre grand-père de Bowbaq, avait tendu une noyaude à un petit garçon de l'autre côté, qui s'était approché comme celui de tout à l'heure, avait tendu la main et pris le fruit.

— Vous êtes bien en train de dire que le gamin est sorti de la vision, qu'il a pris la noyaude et qu'il est reparti sans même dire un mot ? s'exclama Rey.

— Juste sa main, corrigea Corenn. Mais je ne peux pas le confirmer, aucun de nous n'était né à cette époque.

— Peut-être que la porte ne marche que dans un sens, proposa Léti.

— Non, puisque les sages l'ont utilisée, objecta Grigán.

— Vous savez qu'on pourrait se faire une montagne d'or, avec ce truc ? annonça Rey en souriant.

Cinq regards sceptiques se tournèrent vers lui.

— Je plaisante, je plaisante, se défendit-il sincèrement. Rassurez-vous, j'ai bien l'intention de respecter mon serment.

— Ça vous a appris quelque chose, dame Corenn ? Je veux dire, sur notre ennemi ?

— Malheureusement, non, Yan. Nous avons eu la chance de voir l'un des enfants, ce qui est assez rare, mais il ne s'est rien produit de particulier, comme je l'avais supposé.

— À mon avis, dit Rey, le type qui a lancé les Züu à nos trousses a trouvé le moyen de passer de l'autre côté, *lui*. Et il n'aimerait pas qu'on y arrive à notre tour, pour une raison connue de lui seul.

— C'est aussi ce que je pense, dit Corenn. Mais je m'attendais à le voir ce soir. À moins, peut-être, que sa découverte ne soit encore plus fabuleuse, et qu'elle ne lui permette de franchir cette porte, ou une autre, à n'importe quel moment…

— *Une autre porte ?* répétèrent quatre voix à l'unisson.

Corenn les regarda un par un, comprenant que, mis à part Grigán, ses compagnons ignoraient de quoi elle parlait.

— J'ai décidément beaucoup de choses à vous raconter, commença-t-elle. Nous savons que celle-ci existe, et nous supposons qu'une porte similaire se trouve de l'autre côté. Ce qui a amené nos ancêtres à penser : pourquoi n'y en aurait-il pas d'autres ? Ils se sont donc mis à leur recherche, aussi discrètement que possible – car ils étaient toujours, à l'époque, espionnés par leurs propres gouvernements. Et ils ont trouvé trace de deux autres portes, en fouillant dans des archives d'instituts géographiques.

« La première se situait en Jérusnie, la province la plus à l'ouest du royaume romin. Mais l'indication de son emplacement était peu précise, et elle ne fut jamais retrouvée. Ce fut plus facile pour la deuxième, renommée dans les Hauts-Royaumes. Il s'agit de *l'Arche sohonne*.

— La Grande Arche ? s'étonna Bowbaq. *La Grande Arche d'Arkarie*, une porte ?

— Qu'est-ce que c'est ? demanda Léti.

— Un genre de pont au milieu de nulle part, répondit Rey. La légende dit qu'il s'agit d'une des cinq plus anciennes œuvres humaines du monde connu, avec les marches du mont Crépel, le temple de Kenz, les pyramides fossiles et les colonnes de Corosta. Mais ça n'est quand même qu'un pont inutile au-dessus de la neige !

— Ce n'est pas un pont, objecta Corenn. Un pont aurait été dessiné différemment, à moins d'être très mal conçu. C'est une *porte*.

— Je suis moi-même allé jusque-là, intervint Grigán. À certains endroits encore intacts, l'intérieur de l'Arche est orné avec les mêmes motifs qu'ici.

— Ça fait un peu beaucoup pour cette nuit, déclara Rey. À vous entendre, le surnaturel serait partout…

— Mais *il* est partout ! Je suis Mère chargée des Traditions au Conseil permanent du Matriarcat de Kaul, déclara pompeusement Corenn. On me demande rigueur, logique et intelligence. Mais puis-je expliquer les pierres ézomines ? Les lianes de Karadas ? L'arbre calcaire ? Non. Et pourtant, ces choses existent, même si elles échappent à notre entendement. Puis-je expliquer la porte de Ji ? Non. Mais elle existe aussi. Ainsi que toutes les autres.

Rey prit un instant de réflexion avant de répondre.

— D'accord, je vous crois. Pourquoi pas, après tout, conclut-il en souriant.

Yan rêvait à tous ces noms mystérieux qu'il venait d'entendre. Il se promit d'interroger bientôt Corenn au sujet de toutes ces choses. Le monde lui paraissait soudainement très vaste.

— Je propose qu'on finisse cette discussion un peu plus tard, dit Grigán. Nous devons avoir quitté l'île avant l'aube.

Une suggestion du guerrier faisant office d'ordre, ils se dirigèrent avec regret vers la sortie, après s'être assurés de ne pas laisser de traces de leur passage. Et ils prirent le chemin du retour.

— Tante Corenn, à ton avis… L'autre côté, qu'est-ce que c'est ?

— Je dirais, peut-être… Quelque chose que l'on retrouve dans toutes les religions… *Le paradis ?*

* * *

Le retour s'effectua dans un silence de deuil. Rey ne put le supporter longtemps.

Il était triste, inexplicablement triste, à l'instar de ses compagnons. Aussi décida-t-il de réagir symboliquement en s'adonnant à son occupation favorite : agacer Grigán.

— On est vraiment obligés de marcher si vite ? Ça fait deux fois que je manque de tomber !

— Quand ce sera fait pour de bon, faites-moi signe, Kercyan, lança le guerrier. Les dames ne se plaignent pas, elles.

— Quelle délicatesse, commenta Léti. Puis-je savoir pourquoi nous aurions plus de raisons de nous plaindre que vous, *les hommes* ?

Le guerrier ne répondit pas. Il avait appris à ignorer les révoltes de la jeune fille et les provocations de l'acteur. Cela lui facilitait la vie, mais n'arrangeait pas – bien au contraire – ses aigreurs à l'estomac.

De toute façon, sa priorité était pour l'instant de leur faire quitter l'île et rejoindre le continent avant l'aube. Ce qui ne serait pas possible s'ils continuaient à traîner comme ils l'avaient fait dans la caverne de l'arche.

Ce à quoi s'attendait Corenn ne s'était pas produit ; c'est-à-dire un événement plus particulier encore que d'accoutumée, ou une rencontre avec leur ennemi. Cette visite à Ji ne leur avait pas fourni de réponse ; elle avait simplement permis d'éliminer quelques hypothèses.

Mais l'instinct de Grigán ne le trompait pas. S'il n'y avait personne dans la caverne, alors on les attendrait sûrement au retour. Il ne se l'expliquait pas mais en était certain. Et ce genre d'intuition lui avait sauvé la vie à plus d'une occasion.

— Grigán, mon ami, dit Bowbaq, on dirait que tu as passé toute ta vie sur cette île. Tu te déplaces entre ces rochers comme si tu connaissais le chemin depuis des années.

— C'est le cas, figure-toi. C'était la neuvième fois que j'assistais au spectacle.

Il se tut, hésitant à continuer.

— J'espère qu'il y en aura d'autres. J'ai toujours aimé les chiffres ronds, ajouta-t-il pour dédramatiser.

— À ce propos, combien de gens avez-vous déjà tués ? demanda Léti.

— Je ne tiens pas ce genre de compte, grinça-t-il. Je laisse ça aux Züu.

— Je viens d'avoir une idée, continua-t-elle. Et si on embauchait un Zü pour nous débarrasser des autres ?

— Cette petite a de la ressource, commenta Rey.

— Je ne suis pas *petite*.

— Mille pardons. Mais j'étais sincère pour le compliment.

Rey pouvait être charmant et détestable en même temps. Léti ne savait jamais comment réagir avec lui : tomber amoureuse ou le prendre en grippe. Au moins, avec Yan, elle était sûre de ses sentiments. Mais le jeune homme était toujours si réservé…

— Éteignez vos torches, demanda Grigán. On approche de la plage. Et à partir de maintenant, je vous demande de faire le moins de bruit possible, et de le faire *vraiment*.

Ils s'exécutèrent. Le guerrier grimpa sur un rocher et épia quelques instants en direction de leur barque. Rey l'imita peu après.

— Vous voyez quelque chose ? chuchota Bowbaq.

— Je crois que nous sommes sur une île, répondit Rey. Il y a de l'eau partout autour.

— Je sais que nous sommes sur une île, expliqua le géant. Quelquefois, ami Rey, j'ai du mal à te comprendre…

— C'était une plaisanterie, ami Bowbaq, dit l'acteur en descendant. Juste une plaisanterie. On ne voit rien du tout.

— Ce qui ne veut pas dire qu'il n'y ait rien, précisa Grigán. Allons-y, mais en douceur.

Ils suivirent le guerrier pendant un moment, jusqu'à ce qu'il leur fasse signe de s'arrêter.

— Je pars en avant, murmura-t-il simplement. Attendez-moi là.

Il s'éclipsa dans la nuit, arc en mains, comme il l'avait déjà fait tant de fois pour ses compagnons.

Mais cette fois, les choses ne devaient pas se passer aussi bien.

* * *

Il refusait de l'admettre, bien sûr, pour des raisons morales. Mais il avançait bien plus vite, bien plus discrètement, et donc bien plus sûrement, quand il était seul.

Malgré la bonne volonté de la – presque – totalité de ses compagnons, le groupe faisait une proie facile. Ils étaient trop nombreux, trop bruyants, et malheureusement en majorité non combattants.

Aussi Grigán avait-il un peu l'impression d'être responsable d'eux, comme un père de ses enfants. Et il devait faire de son mieux pour leur sécurité. Il s'était chargé lui-même de cette tâche et en ressentait une certaine fierté, malgré les désagréments qui étaient son lot quotidien.

Il franchit comme une ombre un espace un peu plus grand que les autres, séparant deux blocs plantés dans le sable. La plage n'était plus très loin. Il pouvait déjà entendre la mer.

Il s'accroupit et se déplaça à petits pas, masqué par un rocher incliné. Il y avait bien longtemps qu'il ne se préoccupait plus du ridicule de telles positions. Bien des combats ont été gagnés par des hommes dits ridicules, ou excessivement précautionneux.

Il s'adossa contre la pierre, tous les sens en éveil, analysant la disposition du terrain. Où un homme normal se cacherait-il pour une embuscade ? Là-bas, sûrement. Dans le coin formé par les deux grands monolithes.

Il entreprit de le contourner, tirant parti de chaque abri, chaque relief, chaque endroit un peu plus sombre. Et fut bientôt à proximité de son but.

Il se débarrassa de son arc et de son carquois, s'armant simplement d'une dague de jet. Puis il sortit lentement la tête de sa cachette, juste assez pour jeter un coup d'œil.

Il avait eu raison. Et ça ne lui apportait qu'un mince plaisir.

Un homme était caché là, adossé à la roche, une épée en main. Il lançait de temps à autre des regards en direction du chemin… Le chemin que lui, Corenn et les autres auraient dû prendre.

Ça n'était pas un Zü, plutôt une petite frappe de la Guilde, du genre de ceux décrits par Yan et Rey. L'homme connaissait mal son affaire, en tout cas. Grigán était sûr de pouvoir s'en débarrasser en moins de deux battements de cœur.

Mais *quand il y en a un, il y en a d'autres*, dit le proverbe. Peut-être beaucoup d'autres. Certainement mieux embusqués.

Dans ces conditions, une reconnaissance jusqu'à la plage était impossible. Les abris y étaient trop peu nombreux. Et il fallait absolument prévenir ses compagnons, avant qu'ils ne se remettent à faire du bruit.

Le mieux à faire était de perdre leurs ennemis dans le labyrinthe ; peut-être, de les éliminer en combat isolé. À l'aube, on aviserait selon la situation.

Tout à ces réflexions, il entama le voyage du retour quand un cri déchira le silence.

C'était la voix de Léti.

* * *

Grigán était parti depuis longtemps et Rey commençait à s'impatienter. Il avait déjà du mal à supporter l'attitude du *vieux*, comme il l'avait irrespectueusement surnommé, et sa manie de vouloir tout contrôler. Mais qu'il lui fasse perdre son temps *en plus* était très difficile à avaler.

Les autres attendaient docilement, adossés aux rochers ou assis dans le sable. Ils étaient tous de braves gens, mais beaucoup trop soumis à son goût. Mis à part Léti, peut-être, ils semblaient tous accepter les ordres du guerrier comme s'ils l'avaient fait toute leur vie. Rey n'était pas d'accord.

Il grimpa sur un des monolithes et tenta pendant quelques instants de percer l'obscurité de la nuit. Mais il ne pouvait voir que la mer, de couleur un peu plus sombre que l'île, et il abandonna.

Il était avant tout un citadin. Rey n'avait voyagé jusqu'alors que pour se rendre d'une ville à une autre, par le plus court chemin possible. Sur cette île inhabitée et désolée, il n'était pas dans son élément. Comme si… comme s'il s'était rapproché du territoire de la mort. De sa mort.

Il tenta d'oublier cette pensée désagréable. À Lorelia, les rues étaient constamment éclairées et rarement désertes. La vie grouillante de la cité, ses nombreux jours de fête et l'importante densité de tavernes et autres lieux de plaisir n'y encourageaient pas le pessimisme. Tandis qu'ici…

Il finit par l'admettre : oui, il regrettait la vision qu'ils avaient eue de l'autre monde. Il ressentait une sorte de tristesse, de frustration inexpliquée comme il n'en avait jamais connues. Et il n'était pas le seul, à en croire les expressions lunatiques de ses compagnons.

Tant pis pour les exigences du vieux, il allait briser ce silence tellement important. Il avait besoin de parler.

Il s'approcha de Léti en cherchant une ouverture amusante à la conversation… et s'arrêta dans son mouvement, les yeux fixés dans une direction.

Un homme venait d'apparaître dans le passage.

Rey bondit sur lui si rapidement qu'il en fut lui-même étonné. L'inconnu, surpris lui aussi, avait réagi beaucoup moins vite et se retrouva dos contre terre, une dague posée sur la gorge, avant même d'avoir pu lever son glaive.

S'il avait été seul, Rey n'aurait pas hésité un seul instant à faire glisser l'acier sur la peau crasseuse. Mais une certaine pudeur vis-à-vis de ses naïfs compagnons – et aussi en souvenir de l'autre monde – l'empêcha de tuer l'inconnu de sang-froid.

Tout se passa très vite. Rey sentit l'effroyable haleine de l'homme. Il lut la panique dans ses yeux. Puis entendit Léti pousser un cri terrible. Et quelque chose le frappa brutalement à la tête.

* * *

Léti avait vu Rey se mettre à courir sans raison apparente. Elle s'était aussitôt levée pour découvrir l'acteur en train de maîtriser un inconnu armé.

Personne ne l'avait entendu arriver. Yan, assis près d'elle, rêvait éveillé comme ça lui arrivait souvent. Bowbaq se perdait dans la contemplation des étoiles, et Corenn se reposait les yeux fermés.

La première émotion de la jeune fille fut d'être soulagée. Cet inconnu était sûrement un ennemi, mais tout allait bien, puisqu'il avait été maîtrisé, et sans même l'aide de Grigán…

Puis aussitôt, elle ressentit de la colère. De la colère envers elle-même, parce qu'elle n'avait pas réagi aussi bien, aussi vite, que l'acteur. Elle n'avait même pas réagi *du tout*.

Puis, de toutes ses émotions, l'hystérie prit le dessus quand elle aperçut d'autres malfrats.

Elle s'entendit crier pour prévenir Rey et vit, impuissante, l'un des inconnus abattre une massue sur la nuque de l'acteur.

Elle brandit son couteau devant elle, devant ses ennemis, dans une posture de combat improvisée. Elle ne se souvenait même pas d'avoir empoigné l'arme.

Bowbaq se mit entre elle et eux, bloquant le passage de toute sa masse corporelle. Léti sentit qu'on la tirait par les vêtements. Elle pivota entièrement sur elle-même, la rage au corps, prête à en découdre avec n'importe quel ennemi.

Ce n'était que Yan. Elle se souvint qu'il l'appelait depuis quelques instants déjà. Comme si elle n'entendait que maintenant ce qu'il venait de lui dire.

— Viens ! Il faut partir ! *Léti, viens avec moi !*

Elle le suivit sans savoir pourquoi. Peut-être, parce que c'était Yan. Parce qu'il l'avait appelée.

Elle n'arrivait plus à raisonner normalement. Tout ce qu'elle voulait, c'était garder son couteau.

Elle crispa sa main sur l'arme, serra les dents et se mit à courir comme elle ne l'avait jamais fait.

* * *

Bowbaq avait spontanément fait face aux inconnus, sans savoir quelle suite il allait donner aux événements. Il se réjouit d'entendre Yan et Léti s'enfuir. Puis il remarqua que Corenn était la plus menacée d'eux tous, et fit une enjambée de deux pas pour se mettre devant elle.

Les assassins étaient nombreux. Il pouvait en voir au moins cinq, mais les éclats de voix et les bruits métalliques qu'on entendait aux alentours étaient de mauvais augure.

Le géant ne savait quoi faire. Les hommes massés devant lui n'avançaient pas, gênés par le corps de Rey et impressionnés par la taille de ce nouvel adversaire.

Il fit un pas en avant, doucement, en plantant son regard dans celui de l'homme le plus proche. Il avait souvent vu Mir en faire autant avec ses proies. L'assassin fit inconsciemment un pas en arrière, obligeant ses comparses à en faire autant.

Bowbaq lança son énorme bras en avant et arracha la massue des mains de son propriétaire. Il s'était interdit de tuer qui que ce soit, mais ses ennemis l'ignoraient. Et malgré tout, il se sentait un peu mieux ainsi que les mains nues.

— Lâche ça ! entendit-il derrière lui.

Bowbaq jeta un rapide coup d'œil en arrière sans cesser de surveiller ses adversaires. Mais ce qu'il vit lui ôta le faible espoir qui l'animait.

D'autres hommes les avaient contournés et bloquaient l'autre issue du passage rocailleux. Parmi eux, plusieurs avaient des arcs.

Lui, Corenn et Rey étaient pris au piège.

* * *

Grigán n'aimait pas ça, mais alors pas du tout. Leurs ennemis semblaient nombreux, et il lui semblait bien entendre des bruits de bataille là où il avait laissé ses compagnons.

En fait, tous les assassins se précipitaient dans cette direction, et il avait de plus en plus de mal à progresser sans se faire repérer. Une fois déjà, il n'avait eu que le temps de se jeter dans un coin sombre pour éviter de tomber nez à nez avec trois des étrangers.

Grigán était courageux, certainement très courageux, mais pas stupide. S'il continuait à courir ainsi, il ne tarderait pas à se faire prendre. S'il attendait, il serait bientôt vraiment un guerrier solitaire… et portant le deuil de ses amis.

Il entendit un bruit de course… Quelqu'un venait dans sa direction. Grigán se fondit dans l'ombre et empoigna une dague. Au dernier moment, il tendit sa jambe en avant, faisant chuter l'homme pressé. Celui-ci partit tête la première contre une rocaille et s'assomma sans avoir le temps de pousser le moindre cri.

Le guerrier regretta avec une pointe d'ironie que ça ne soit pas toujours aussi facile.

L'homme étendu venait de lui donner une idée. Un peu ridicule, très risquée sûrement, mais la meilleure qu'il eut pour l'instant. La seule, en fait.

Il dévêtit rapidement sa victime et enfila ses frusques au-dessus des siennes.

Puis il se joignit à la bande d'assassins qui couraient vers ses amis.

* * *

Léti allait beaucoup, beaucoup trop vite. Yan l'avait volontairement laissée partir devant, au début, afin de pouvoir la protéger… et aussi l'empêcher de retourner au milieu des combats. Mais elle était maintenant *trop* loin devant lui, et il la perdait de vue de plus en plus fréquemment.

Forcer l'allure n'était pas une bonne solution : dans cette obscurité, ils pouvaient très bien tomber ou rentrer de plein fouet dans un rocher… ou encore dans un des assassins qu'ils fuyaient.

Partir au plus vite lui avait semblé ce qu'il y avait de mieux à faire, tout à l'heure. Yan avait compris qu'ils n'auraient pas le dessus dès que Rey avait été touché. La seule chance de survie possible était dans la fuite, même Grigán aurait été d'accord sur ce point.

Il essayait de ne pas penser à Corenn et aux autres.

Pas tout de suite. Il fallait d'abord mettre sa fragile Léti hors de danger, et retourner là-bas ensuite, pour aider ses amis… si c'était encore possible.

Yan ralentit sa course, à bout de souffle. Le chemin qu'il suivait depuis un moment était en pente ; ils avaient fui complètement au hasard, et il était totalement perdu.

Il n'avait plus aperçu Léti depuis un moment. Elle devait avoir plusieurs dizaines de pas d'avance. Il tendit l'oreille, en essayant de calmer sa respiration haletante.

Il ne l'entendait même plus. Il se concentra, cherchant des bruits de course dans le silence de la nuit. Mais en vain.

Il avait perdu Léti.

* * *

Corenn avait suivi leurs ennemis sans chercher à résister. Il lui était très vite apparu que toute lutte serait inutile, contre l'impressionnante bande de malfrats et d'assassins que l'on avait lancée contre eux.

Ces hommes ne les avaient pas occis sur place, ce qui laissait quelque espoir. D'autant plus que le sort de Grigán était incertain, et que Léti et Yan avaient réussi à s'enfuir. Quoi que ces individus projettent de faire, la meilleure solution pour l'instant était d'essayer de gagner du temps. Par tous les moyens.

Elle mit aussitôt cette idée en application en simulant une claudication très prononcée. Mais l'affreux qui marchait derrière elle la poussa brutalement, après quelques décilles seulement de ce manège, en lâchant une bordée de jurons dont la Mère ignorait jusqu'à l'existence. Elle n'arrêta pas pour autant, se contentant de boiter un peu plus vite en lâchant de temps à autre un petit cri de douleur. Il ne fallait pas qu'ils se doutent de quoi que ce soit.

Elle se débrouilla tout de même pour rattraper Bowbaq et se placer devant lui, avant de ralentir l'allure. Le géant progressait jusque-là à son train normal, qui était *beaucoup trop rapide*.

Leur seule chance était de gagner du temps, se répéta-t-elle. Pour Grigán, pour Léti, pour Yan. Et aussi, pour lui permettre de réfléchir.

Les assassins avaient même emmené Rey pour cette promenade forcée, alors que l'acteur semblait plus mort que vivant. Deux malfrats l'avaient désarmé et le transportaient sans ménagement. Corenn en conclut qu'il n'était pas dans leur intention de les tuer. Pas tout de suite, en tout cas…

Néanmoins, ils étaient traités ni plus ni moins que comme des ennemis. Aucun des membres de la Guilde – ce qu'ils étaient vraisemblablement – ne leur avait adressé la parole pour lancer autre chose que des insultes et des menaces. Mieux valait ne pas se faire d'illusions quant à leurs intentions.

— Où allons-nous ? se risqua-t-elle à demander.

— Ferme-la, la vieille ! fut la seule réponse qu'elle reçut.

Corenn s'en tint là, ne voulant pas aggraver les choses. Mettre l'un des affreux en colère entraînerait sans aucun doute d'autres violences et leur ôterait toutes chances de s'en tirer par la diplomatie… Celles-ci étaient déjà suffisamment minces.

— Il est réveillé, je te dis ! râla une voix lorelienne.

L'un des deux porteurs de Rey laissa volontairement tomber l'acteur sur le sol. Effectivement, le jeune homme blond avait déjà repris conscience, suffisamment, en tout cas, pour protester à sa manière contre ce mauvais traitement.

— Dites donc ! J'ai l'impression que vous ne m'aimez pas, vous. Cette façon de me faire tomber sans prévenir est un manque *flagrant* de délicatesse.

— La ferme ! Debout ! lui lança le porteur en lui donnant un coup de pied dans le ventre.

Rey s'agrippa à la jambe de l'homme et fit chuter ce dernier, avant d'essayer de s'emparer de son épée. Mais celle-ci s'était coincée sous son propriétaire, et la tentative de l'acteur mourut dans l'œuf. Le deuxième porteur lui flanqua un grand coup de pied dans les côtes avant de l'obliger à se relever en le menaçant de sa lame.

— Je savais que vous ne m'aimiez pas, lança Rey en grimaçant de douleur.

— La ferme !

La petite colonne se remit en marche. Corenn savait où on les emmenait : sur la petite plage où ils avaient débarqué, plus tôt dans la nuit.

La pire de ses craintes était qu'on les emmène tous les trois *immédiatement*. Qu'elle soit séparée des autres, sans aucun moyen de savoir ce qu'il allait advenir d'eux.

Bowbaq eut une quinte de toux exagérée. Corenn se retourna vers lui, intriguée. À sa connaissance, le géant n'était pas malade…

Bowbaq la fixait avec des yeux aussi grands que des œufs. Il lui fit un petit signe de tête vers le côté.

Corenn y porta le regard aussi discrètement que possible. Quoi, il n'envisageait tout de même pas une tentative de fuite, *maintenant* ? Il était trop tard pour ça.

Mais ce que le géant avait vu, c'était un signe de piste. Grigán devait être à l'origine de ce singulier assemblage de branches, de pierres et de coquillages. Malheureusement, Corenn était incapable de le décrypter.

De toute façon, quel que soit le message du guerrier, il ne pouvait sûrement rien faire pour eux.

* * *

Léti venait de craquer. Son équilibre mental, déjà beaucoup trop mis à l'épreuve au cours des deux dernières décades, venait de basculer complètement.

Elle avait une forte envie de pleurer. Mais les larmes ne venaient pas. Elle se serait crue devenue insensible, sans ce goût amer qu'elle avait dans la gorge, et cette migraine qui l'empêchait de raisonner.

Elle avait l'impression d'avoir fui toute sa vie. Fui la disparition de ses proches, fui l'amour des vivants. Fui les épreuves et les joies. Fui les vérités et les mensonges.

Tout à l'heure, elle avait encore fui. Si vite, si *égoïstement*, qu'elle avait même perdu Yan de vue. Et quand elle s'en était rendu compte, il était déjà presque trop tard.

Maintenant, agenouillée dans l'herbe, elle tremblait encore à ce souvenir. Elle avait couru, couru, et couru encore, comme pour fuir toutes ses craintes en même temps. Elle avait couru comme une folle. Et avait failli en mourir.

Elle n'avait vu le danger que dix pas environ avant l'abîme. Et en avait mis sept ou huit pour s'arrêter.

Le chemin n'allait pas plus loin. Au hasard de sa course, elle était parvenue au sommet d'une falaise donnant sur la mer… quarante pas plus bas.

Pendant un petit moment, elle avait observé les vagues se fracassant sur les rochers. Les rejoindre pourrait être une solution, un soulagement…

Mais *non*, c'était encore une faiblesse.

Elle ne pouvait pas courir plus loin ? Très bien. C'était peut-être un signe du destin.

Elle ne fuirait *plus jamais*.

Elle assura sa prise sur le couteau et commença à redescendre vers le labyrinthe d'un pas assuré.

Trois hommes armés en sortirent en file indienne et se déployèrent pour lui couper le passage. L'un d'eux lui cria quelque chose en lorelien, probablement des insultes ou des menaces.

Elle remonta calmement au sommet de la falaise, se retourna et les attendit d'un air déterminé.

Elle ne fuirait plus jamais.

* * *

Grigán avait fait aussi vite que possible, mais cela avait été insuffisant. Il était arrivé auprès de ses compagnons bien après la courte bataille, et n'avait pu qu'assister à la capture de Corenn, Bowbaq et Rey.

Les malfrats emmenaient déjà ces derniers sous bonne escorte. Le guerrier hésita à s'y mêler, mais c'était trop risqué. Certains parmi eux pouvaient avoir son signalement, il valait mieux qu'il reste un peu à l'écart.

Il avait donc suivi la petite colonne à distance, plus impuissant, torturé et angoissé que jamais.

Il eut vite fait de comprendre qu'on emmenait ses amis sur la petite plage, seul endroit où débarquer sur l'île de toute manière. Il avait alors précédé le groupe afin de laisser un signe à Bowbaq, en espérant que le géant ne passe pas à côté sans l'apercevoir.

C'est tout ce qu'il pouvait faire pour l'instant : signifier sa présence non loin d'eux.

C'était peu de chose.

* * *

Bowbaq eût bien aimé être ailleurs. Plus il réfléchissait, plus il se disait qu'ils n'auraient pas eu tous ces ennuis en évitant la caverne. Une fois encore, il avait transgressé un interdit et en subissait maintenant les conséquences… désagréables.

Ses regrets n'étaient pas pour lui, mais pour sa femme et ses enfants. Le petit groupe d'héritiers qu'ils avaient formé, lui et ses amis, venait d'échouer à contrer le dessein de leur ennemi inconnu. Et les Züu allaient donc poursuivre leur sale besogne… Jusqu'à l'avoir complètement achevée.

S'il était resté en Arkarie, Bowbaq aurait peut-être pu faire quelque chose pour eux… ou peut-être pas. De toute façon, le passé était le passé et on ne pouvait rien faire pour le changer.

La colonne parvint à la petite plage. La barque des héritiers était toujours là, et quatre autres, de bonne taille, s'y étaient ajoutées. Bowbaq s'y attendait, comme il s'était attendu au reste, beaucoup plus inquiétant.

Pas moins de *cinq* tueurs züu patientaient là. Semblables en tout point à ceux qu'il avait déjà affrontés : tunique rouge, crâne rasé, regards de déments.

Un seul se démarquait des autres : son visage, ou plutôt sa tête entière, était peinte de couleurs noire et blanche. Le tout symbolisait un monstrueux crâne humain, uniquement habité par deux yeux qui semblaient vouloir consumer leurs cibles.

Même les malfrats étaient impressionnés par les fanatiques. Bowbaq remarqua qu'aucun d'eux ne s'approchait des Züu s'il pouvait l'éviter. La plupart, même, préféraient ne pas quitter les assassins du regard. Apparemment, le bien-fondé de leur sinistre réputation n'était pas remis en cause par les *frères* loreliens.

Deux des Züu avaient leur terrible dague en main. Deux autres étaient armés chacun d'une arbalète, non moins dangereuse. Seul l'homme peint ne portait rien. Pourtant, c'était bien lui qui semblait le plus redoutable…

— Où sont les autres ? demanda-t-il à l'un des voleurs.

Son lorelien était parfait, mais voir ainsi cet énorme crâne parler avait quelque chose de très déroutant. L'homme déglutit péniblement en maudissant les dieux d'avoir été choisi par l'assassin.

— Les deux gamins se sont écha… seront bientôt ramenés ici, corrigea-t-il aussitôt.

— Et le Ramgrith ?

L'homme fit un pas en arrière et baissa les yeux sans répondre. Il craignait plus son employeur que lui-même avait peur de ses ravisseurs, remarqua Bowbaq.

Le Zü se détourna et fit quelques pas.

— Votre travail n'est donc pas terminé, annonça-t-il d'une voix claire. Vous savez ce qu'il vous reste à faire.

Le malfrat ne se le fit pas dire deux fois et partit aussitôt vers l'intérieur de l'île. Six de ses comparses se lancèrent derrière lui, trop heureux de pouvoir s'éloigner des déments aux dagues empoisonnées.

Les deux hommes qui gardaient Corenn, Rey et Bowbaq s'apprêtèrent à en faire autant, mais le Zü le leur interdit d'un simple froncement de sourcils. Puis il s'approcha des prisonniers, lentement, très lentement.

Reyan rit bruyamment. Le Zü se planta devant lui, bras croisés, et planta son regard dans le sien, ce qui n'eut pas l'effet escompté d'impressionner l'acteur.

— Ce numéro, tout de même ! s'esclaffa ce dernier. On joue des pièces avec des méchants, on les trouve tellement stupides, ridicules, fous et ringards qu'on n'imagine pas qu'il en existe *réellement* d'aussi tarés. Et pourtant, c'est vrai. Félicitations, vraiment, félicitations, conclut-il avec un nouvel éclat de rire.

Le Zü sourit légèrement, un court instant, et lança deux doigts tendus dans la gorge de Rey si rapidement que l'acteur ne vit même pas le coup venir.

Sa respiration fut subitement coupée, et ne revint qu'après un moment qui lui parut beaucoup trop long, dans les efforts qu'il faisait pour amener l'air dans ses poumons.

Il fut alors pris d'une nausée effroyable et se retourna pour rendre, en hoquetant sous la douleur dans sa gorge.

— Vous avez eu de la chance, déclara le Zü. Quatre fois sur cinq, ce geste suffit pour se débarrasser de n'importe quel hérétique.

Bowbaq n'arrivait pas à y croire. Ces types étaient vraiment *fous*.

— Bien, reprit l'assassin. Nous allons avoir une petite discussion. Vous, moi, et Zuïa.

* * *

Léti ne s'était jamais sentie aussi vivante.

Trois assassins avançaient vers elle, armes à la main. Elle n'avait aucun moyen de s'enfuir. Aucune aide à attendre. Et un simple couteau de pêche pour se défendre.

Mais sa rage de vaincre était infinie.

Toute la haine, toute la colère, tous les regrets qu'elle avait accumulés jusqu'à présent contre les Züu et tous les autres lui revenaient en mémoire.

Et elle ne ressentait plus que de la *fureur*.

Jamais elle ne s'était sentie aussi en forme. Aussi… *puissante*. Tout son corps répondait présent au bouillonnement de son esprit. Jusqu'à ses sens qui semblaient s'être amplifiés.

Elle entendait chacun des pas, chacun des bruits causés par ses ennemis qui approchaient. Elle notait chacun de leurs changements d'expression : tour à tour goguenards, moqueurs, curieux ou cruels. Elle sentait le sable crisser sous ses pieds, le vent caresser ses cheveux, le manche rugueux du couteau frotter contre sa paume.

Elle dut se dominer pour parvenir à desserrer sa mâchoire. Si son corps était plus leste qu'il ne l'avait jamais été, tout son visage était crispé dans une grimace agressive.

Les trois hommes furent auprès d'elle. Elle voyait chacune des caractéristiques de leurs visages, chaque détail de leurs vêtements. Ces images seraient gravées à jamais dans sa mémoire. Mais elle se força à observer le reste, qui était d'un intérêt plus vital pour l'instant.

Deux des hommes portaient une épée. Le troisième avait un poignard. Le barbu portait son arme de la main gauche. L'homme au poignard était manchot. Le chauve paraissait l'adversaire le plus redoutable. Elle devrait se débarrasser de lui en premier.

— Suis-nous sans faire d'histoires, lança-t-il.

Léti ne répondit pas, continuant à les menacer de sa lame.

— Allez, laisse tomber, reprit-il. Tu vas te faire mal.

La pointe du couteau passa à moins d'un pied de son visage. Léti n'avait pas voulu le blesser... Elle se refusait encore à frapper la première. Mais il n'était pas question pour elle de céder à quoi que ce soit.

Le chauve lâcha une insulte et se mit en garde, prêt à répondre à toute nouvelle attaque.

— Attends, dit le manchot. Ne l'abîme pas tout de suite. Ça peut être amusant.

Léti simula une attaque vers lui. L'homme eut un geste de recul, puis revint avec un petit rire stupide. Léti le repoussa, mais il approcha plus près encore, en riant plus fort. Le barbu trouva ce jeu à son goût et imita son comparse en attaquant la jeune fille sur son autre flanc. Léti faisait danser la lame dans les airs, simulant des attaques sans vraiment les lancer. Bientôt, les deux hommes s'amusèrent à la toucher de leur main en se retirant aussitôt, sous l'œil réjoui du chauve.

Léti recula un peu plus haut sur la falaise. L'abîme n'était plus très loin derrière elle.

— Eh ! Je parie que tu n'arrives pas à la déshabiller sans te faire mordre !

— Tenu !

Les deux hommes recommencèrent leur manège, une lueur grivoise dans les yeux. Le manchot déchira une pièce de la tunique de Léti en poussant un cri de victoire.

La jeune fille fulminait. Une main se posa sur son épaule. Elle s'abandonna complètement à ses réflexes et son couteau entama la chair d'un poignet.

— La catin ! lança le barbu en pressant la plaie.

Il s'éloigna de quelques pas et lâcha son épée.

— Pourriture ! Je saigne comme un cochon !

Le jeu ne lui semblait plus drôle du tout. Ainsi qu'aux autres, d'ailleurs, qui adoptèrent une réelle posture de combat avant de s'approcher d'elle.

Maintenant, c'était pour de vrai.

* * *

Le Zü marchait de long en large devant eux, comme cherchant ses mots. Mais il devait avoir pensé à tout cela bien avant de venir, se dit Corenn.

Il s'arrêta et contempla un long moment l'aube qui se levait sur la mer Médiane. La Mère doutait qu'il puisse être sensible à la beauté du spectacle. Enfin, il se retourna vers eux.

— Pour deux d'entre vous, c'était la dernière fois que le soleil se levait.

Rey, Corenn et Bowbaq échangèrent quelques regards. Bien que s'attendant plus ou moins à de très mauvaises nouvelles, ils trouvèrent choquante la vérité crue. Rey tenta de dire quelque chose, mais les coups qu'il avait encaissés l'avaient démoli, tout particulièrement celui dans la gorge. Le sarcasme qu'il allait lancer mourut dans une quinte de toux.

L'assassin les dévisagea un par un avant de continuer.

— Zuïa offre son pardon au premier d'entre vous – et seulement à celui-là – qui le demandera.

Personne ne fit le moindre geste. Le Zü laissa passer un temps avant de reprendre.

— Celui qui sera pardonné devra condamner ses anciens complices. C'est-à-dire, essentiellement, indiquer leurs noms et l'endroit où ils se cachent. À commencer par le Ramgrith, s'il n'est pas sur l'île.

Il n'y eut pas plus de réactions. Le Zü eut l'air contrarié.

— Nous aurons de toute façon ces renseignements. C'est juste une question de temps et de douleur.

— Vous êtes vraiment la personne la plus mauvaise que j'aie jamais rencontrée, commenta Bowbaq. Mir ne voudrait même pas de vous comme nourriture.

Le Zü vint se planter devant lui, du feu dans les yeux. Le géant se couvrit inconsciemment la gorge d'une main.

— Je vaux *cent fois* plus que vous, s'emporta l'assassin. N'importe quel messager de Zuïa mérite plus de respect que tous vos rois réunis ! Parce que la grandeur de la déesse rejaillit sur nous, conclut-il en levant les bras au ciel.

Il était vraiment complètement fou.

— Regardez-vous, les... héritiers. Un fermier, un vaurien, une femme, deux gamins... Vous n'êtes rien comparés à la déesse. Vous n'êtes rien face à son jugement.

Corenn avait pris sa décision dès le début du sermon de l'assassin. Il était maintenant clair qu'ils n'avaient aucun espoir de pouvoir négocier avec ce dément. Leur seule chance était donc, malheureusement, dans l'action.

Mieux valait agir vite, tant que leurs ennemis n'étaient pas plus nombreux. Pendant que le Zü s'adressait à Bowbaq, elle lança un petit coup de coude et un regard complice à Rey. L'acteur comprit que la Mère allait tenter quelque chose et se prépara à agir, bien qu'il soit blessé et nauséeux.

Corenn ferma son esprit le plus possible à ce qui l'entourait, pour ne plus se consacrer qu'à l'arbalète tenue par le Zü le plus proche. Elle banda sa Volonté puis la laissa grandir seule, se contentant de la contrôler comme elle avait appris à le faire. Sa chaleur corporelle augmenta légèrement et des impulsions envahirent son esprit. Puis elle lâcha sa Volonté et la corde de l'arbalète claqua d'un coup sec, rendant l'objet inutilisable.

Son propriétaire se pencha pour l'étudier et tous se tournèrent vers lui avec curiosité. Rey fit volte-face, attrapa le bras du malfrat placé derrière eux et lui mordit violemment la main avant de prendre sa dague.

Non ! C'était trop tôt ! Corenn n'avait pas eu le temps de neutraliser l'autre arbalète. Le Zü allait tirer sur lui !

La magicienne ne pouvait pas faire appel à son pouvoir une deuxième fois, si vite après la première. Cet exercice, par manque d'entraînement, lui coûtait presque toutes ses forces !

Elle vit avec horreur l'assassin lever son arme et viser l'acteur, qui n'avait pas le temps de se mettre à l'abri.

Puis elle vit avec étonnement l'empenne d'une flèche émerger subitement de l'œil du Zü. Puis, peu après, une seconde, puis une troisième toucher un autre assassin à la jambe et à la poitrine.

Elle fouilla les environs du regard, n'osant croire encore à ce miracle. Grigán était installé à trente pas, debout sur un promontoire, tirant flèche après flèche.

Corenn fit quelques pas vers lui, encore trop fatiguée par l'usage récent de son pouvoir pour courir ou même réfléchir. Elle entendit Bowbaq crier derrière elle et se retourna pour le découvrir à terre, gémissant, les mains crispées sur le manche d'une dague plantée dans son ventre.

Le Zü au visage peint venait de lancer cette arme. Dans *sa* direction.

Une flèche lui transperça le thorax et il tomba à genoux. Rey, qui venait enfin de se débarrasser de l'autre malfrat, lui lança un grand coup de pied en pleine gorge.

Le Zü cracha du sang avant de s'écrouler face contre terre.

Corenn contempla la petite plage autrefois si tranquille. Elle portait maintenant sept corps, dont celui d'un de ses amis.

Rey se précipita à côté de Bowbaq et sortit la petite boîte qui contenait – peut-être – un antidote au poison des Züu. Il en fit avaler au géant qui gémissait de douleur, et en appliqua sur la blessure petite mais profonde.

— Il s'est jeté devant la dague, annonça Rey. Il s'est jeté devant vous pour vous sauver. C'est la première fois que je vois ça. La première fois.

L'acteur était vraiment ému. Corenn le dévisagea en reprenant ses esprits. Rey avait du sang sur le visage, mais son expression était celle d'un enfant…

Elle le repoussa doucement et termina de nettoyer la blessure du géant. Il était toujours conscient, bien que grimaçant de douleur. Il ne saignait pas beaucoup. L'effet du poison des dagues züu était connu pour être très rapide. Si Bowbaq n'était pas déjà mort, alors, c'est qu'il vivrait.

Grigán fut enfin auprès d'eux.

— Comment va-t-il ? s'enquit-il aussitôt.

— Ça va, mon ami, répondit le géant en haletant. J'aimerais juste être ailleurs.

— Compte sur moi, mon ami, répondit le guerrier. Désolé de ne pas être intervenu plus tôt. Mais je ne pouvais rien faire tant que les deux arbal…

Il ne finit pas sa phrase. Corenn venait de se plaquer dans ses bras. Il les referma maladroitement sur elle, plus gêné que s'il s'était promené nu dans un temple eurydien.

La Mère avait eu *besoin* de cette étreinte. Mais elle reprit bientôt le contrôle d'elle-même et se dégagea, aussi gênée que le guerrier.

— Allons chercher Yan et ma petite Léti, vous voulez bien ?

C'était presque une prière.

* * *

Yan se sentait plus stupide que jamais. Il tournait en rond depuis un long moment sans retrouver Léti. Il ne savait même plus quelle direction prendre pour retourner à la barque, ou pour s'enfoncer dans l'île.

Tout le monde, à Eza, avait eu raison de le traiter comme un bon à rien. Il n'avait pas su aider ses amis. Il n'avait pas su protéger Léti. Et il n'était même pas capable de retrouver tout seul son chemin…

Il aurait fait un drôle de compagnon pour Léti.

Il s'aperçut qu'il venait de penser à ce projet en y renonçant. Après tout… Même si tous deux réussissaient à survivre à cette journée, il n'était pas assez bien pour elle. Il n'était pas digne d'elle.

L'Aïeule du conseil d'Eza lui avait dit, un jour où il ruminait de telles pensées, que *chaque homme possède un talent qui en fait l'égal des autres*. Mais lui n'avait aucun talent. Il n'était bon qu'à faire les choses à moitié. Et s'il était encore en vie, maintenant, alors que ses compagnons affrontaient certainement des épreuves difficiles, c'était tout simplement parce qu'il s'était tellement perdu qu'il devait être au beau milieu du labyrinthe.

Il s'assit pour réfléchir à ce qu'il pourrait faire de mieux que s'apitoyer sur son sort. Et repartit aussitôt en courant.

Il venait d'entendre des cris.

Parmi eux, la voix de Léti.

Il ne prit aucune des précautions qu'il s'était jusque-là obligé à suivre. Arriver au plus vite auprès d'elle, voilà ce qui était important.

D'autres cris. Des menaces, des bruits de lutte. Léti était en train de se battre.

Il déboula au bas de la falaise et ne prit que le temps de ramasser une pierre, avant de monter à l'assaut des étrangers en poussant des cris furieux.

Un homme barbu vint à sa rencontre, une épée en main. Il était blessé au poignet et tenait assez mal son arme.

Les deux autres se retournèrent par réflexe, à son arrivée. Léti semblait tenir debout, mais son état était lamentable. Même à cette distance, Yan pouvait voir des coupures sur ses bras et sur ses jambes. Ils avaient osé lui faire mal !

Il eut du mal à croire ce qu'il vit ensuite. Léti jeta la main en avant et l'un des hommes hurla de douleur en portant les mains à son œil. Il tomba à terre en pressant sa blessure.

Le dernier homme redoubla alors les attaques qu'il lançait contre la jeune fille, qui ne pouvait que reculer pour les éviter.

Puis Yan vit avec horreur Léti se jeter contre son adversaire, lutter un moment et basculer dans le vide avec lui.

Il s'entendit crier un long « Non ! » sans pouvoir y mettre fin.

Il était maintenant suffisamment proche de l'homme à l'épée. Il lui lança la lourde pierre en plein visage, ses forces décuplées par l'horrible scène à laquelle il venait d'assister.

Son projectile fit mouche avec un bruit sourd, mais Yan ne s'arrêta pas pour juger du résultat. Il courut jusqu'au plus haut de la falaise et se pencha au-dessus de l'abîme en redoutant ce qu'il allait voir.

— Yan !

Léti n'était qu'à deux pas en dessous. Elle s'agrippait d'une main blanchie par l'effort à un petit piton rocheux.

— Yan, vite ! Je n'ai plus de forces !

Elle ne plaisantait pas. Elle était à la limite de la panique.

Le Kaulien regarda frénétiquement autour de lui, mais il n'y avait rien, *rien*, qui pouvait servir de corde. Même ses vêtements n'étaient pas assez solides pour supporter le poids de la jeune fille.

Il se mit à genoux et passa une jambe dans le vide. Son pied trouva une résistance et il bascula l'autre jambe.

— Non ! Non ! On va mourir !

Maintenant, elle était paniquée.

Yan continua sa descente téméraire, prenant à peine le temps d'assurer ses prises. Mais il ne pourrait pas descendre jusqu'à Léti. Tout au plus, en se penchant un peu, pourrait-il lui tendre la main… mais il n'aurait jamais assez de force dans l'autre bras pour les porter tous les deux.

Son pied glissa et Léti cria, terrifiée.

Yan hésita, chercha d'autres prises, une autre solution. Mais il n'y en avait pas.

Soudain, les choses furent claires, très claires dans son esprit.

Ils vivraient tous les deux, ou mourraient ensemble.

Il lui tendit la main en bandant ses muscles le plus possible. Léti l'empoigna avidement et fit de son mieux pour soulager Yan de son poids, en utilisant les moindres prises pour ses pieds et son autre main.

Mais c'était encore insuffisant.

Yan ne pouvait pas la remonter.

L'un de ses bras allait faiblir, et il allait la lâcher ou perdre sa prise sur la paroi. D'un côté comme de l'autre, c'était fini.

Il voyait les rochers, quarante pas plus bas, et tout près de lui le visage suppliant de Léti. Et son bras faiblissait.

Non !

Non, c'était trop bête, il devait pouvoir y arriver. Il fallait qu'il y arrive. Il *voulait* y arriver.

Il serra les dents et concentra toute sa volonté sur la force de ses bras. Au bout de quelques instants, il fut en nage ; le sang martelait ses tempes comme un tambour de jour de Terre. Il ne sentait plus rien d'autre que sa propre main tenant celle de Léti, et la volonté qu'il avait de la tirer à lui.

Il gagna quelques pouces et continua à forcer. Bientôt, il eut gagné un pied de hauteur. Puis, progressivement, il put se redresser et ce fut plus facile.

Enfin, Léti fut assez haut pour basculer tout son poids sur le piton rocheux qui lui avait sauvé la vie. Elle et Yan se reposèrent un moment contre la paroi, en soufflant bruyamment.

— Ce que tu as fait, c'était impossible, Yan, déclara Léti.

Le Kaulien ne répondit pas. Il sentait venir un malaise. Il se mit à remonter aussitôt, pour ne pas le subir dans une position aussi périlleuse.

Il se sentait complètement vidé, et avait très froid. Léti fut en haut avant lui et elle dut l'aider à se hisser sur le sommet, où il s'écroula sur le dos. La tête lui tournait.

Mais il avait réussi.

* * *

Grigán reconnut pour lui-même – et pour la première fois – que Rey avait sa place dans le groupe. Il avait très bien réagi pendant la bataille, et même auparavant, à en croire les dires de Corenn. Il avait peut-être contribué à sauver la vie de Bowbaq, et s'était spontanément proposé pour aller à la recherche de Léti et Yan.

Tout de même, ses plus gros défauts – à savoir l'irrespect et la provocation – étaient difficiles à supporter. Même les Züu étaient d'accord.

Mais pour l'instant, Rey se taisait et obéissait en tout point aux ordres du guerrier. Leur association était efficace car ils avaient déjà rencontré et terrassé dans le labyrinthe trois des malfrats travaillant pour les Züu.

Enfin, au détour d'un chemin, ils tombèrent nez à nez avec les deux jeunes Kauliens. Yan semblait très affaibli, et Léti était couverte de coupures et d'ecchymoses, dans une tenue totalement débraillée.

Le guerrier poussa un soupir de soulagement. Ils avaient eu beaucoup de chance, cette nuit. *Énormément*, même. Il se promit de faire plus attention la prochaine fois.

— Les autres vont bien ? murmura Yan difficilement.

— Bowbaq est blessé, mais ce n'est pas grave, répondit Rey. On s'en va.

Léti s'approcha de Grigán et l'empoigna fermement, mais sans agressivité, par le devant de ses vêtements noirs.

— *Vous allez m'apprendre à me battre*, articula-t-elle en le fixant dans les yeux.

Le guerrier attendit, avant de répondre, que Léti l'ait lâché.

— D'accord, si ça t'empêche de faire des bêtises. Mais ça ne sera pas aussi drôle que tu le penses.

— Je ne pense pas que ça sera drôle, conclut la jeune fille en retournant auprès de Yan, qui se demandait s'il avait bien compris le sens de cette conversation.

Ils furent rapidement de retour sur la plage. Quelques malfrats qui patientaient là les invectivèrent, mais Grigán les tint à distance en les menaçant de son arc.

— Ceux-là ont déjà dû remarquer les beaux trous que j'ai faits dans leurs bateaux, déclara Rey. Ma cote de popularité n'a jamais été plus basse qu'aujourd'hui.

— Qu'est-ce qui s'est passé, ici ? demanda Léti en voyant les cadavres.

— On s'expliquera plus tard.

Grigán fit un signe vers la barque, où s'étaient installés Corenn et Bowbaq pour les attendre au large. La magicienne amena l'esquif jusqu'à eux et ils repartirent aussitôt, soulagés de retrouver enfin une relative sécurité.

Chacun raconta son aventure. Corenn n'était guère emballée par la nouvelle idée de Léti et Grigán, mais elle remit à plus tard une discussion à ce sujet.

Elle fut par contre extrêmement intéressée par l'expérience de Yan sur la falaise.

Après un long moment de réflexion, elle rompit le silence dans lequel ils s'étaient tous installés.

— Yan, il faudra que nous ayons une grande discussion, tous les deux, dit-elle simplement. Tu devrais trouver cela intéressant.

Deuxième partie

LE SERMENT ORPHELIN

LOUÉE SOIT EURYDIS. Que son enseignement vous soit profitable. Mon nom devant les dieux – celui qui me fut donné, à l'aube de mon premier jour dans ce monde – est Lana de Lioner d'Ith, fille de Cerille et de Lioner.

Un nom bien grand pour une chose si petite, avait coutume de dire Maz Rôl lorsqu'il voulait me taquiner. C'est pourtant lui qui m'a transmis son Maz, contribuant ainsi à l'allonger encore.

Heureusement, l'usage ne retient que Maz Lana… même si ce titre inventé par les hommes se transforme, dans la bouche des fidèles, en l'aveu d'un respect et d'une admiration profonde que je ne mérite pas ; un respect dont seuls les dieux sont dignes.

Mais point n'est là le sujet de mes pensées. Je pourrais toujours débattre de cette question avec un cercle d'élèves, s'il m'est encore donné l'occasion d'enseigner…

Je suis l'une des descendantes de Maz Achem d'Algonde d'Ith, qui exerça les fonctions d'ambassadeur à Goran pour le Grand Temple entre les années 760 et 771 de notre calendrier. Bien que ce poste soit très important – et donc très prisé – dans l'administration du Temple, offrant les meilleures chances de parvenir au titre d'Emaz, le nom de mon ancêtre est rarement prononcé sans un certain embarras.

Lorsque mes parents évoquaient l'un ou l'autre personnage de leurs lignées, c'était toujours avec éloges, fierté et nostalgie : plusieurs Maz de notre sang, ainsi que quelques Emaz, avaient laissé leur empreinte dans l'histoire de la Sainte-Cité. Et même certains chefs de guerre, combattants farouches et conquérants ambitieux, dans un passé aussi lointain que peu brillant, étaient mentionnés avec respect : la voie qu'ils suivaient, pour mauvaise qu'elle soit, était en accord avec les mœurs de l'époque.

Seul mon arrière-grand-père Maz Achem n'était cité que comme un maillon nécessaire à la chaîne, entre ces ancêtres prestigieux et les générations plus récentes, et que l'on aurait ôté avec joie si on l'avait pu. Jamais on ne parlait de ses actes, de sa vie, de la trace qu'il avait laissée dans le monde et dans la quête universelle de la Morale.

Enfant, je ne m'en étonnais guère, bien sûr. Mais en grandissant, cette omission finit par m'intriguer. Jusqu'à ce que j'en vienne à questionner mes parents.

Bien qu'encore jeune, je compris facilement que ma demande les mettait dans l'embarras. Cela ne fit qu'attiser ma curiosité, car j'avais pris l'habitude d'obtenir toutes les réponses que je désirais. Aucun sujet de discussion n'était interdit dans ma famille ; c'est un principe que j'appréciais et que je continue à appliquer avec mon cercle d'élèves.

Mon père me répondit après quelques hésitations, en choisissant ses mots de telle sorte qu'ils ne fussent ni irrespectueux, ni méprisants. C'est pourtant ce qui ressortit de son histoire…

Bien qu'il ait consacré la majeure partie de son existence à étudier et à dispenser, comme il se doit, la Morale de la déesse, Maz Achem avait brutalement changé dans ses dernières années pour ne plus être qu'un contestataire, un réformiste coupable de plusieurs actions réprouvées.

La première d'entre elles fut l'abandon de sa charge d'ambassadeur au Grand Empire, décision qu'il prit sans en faire part au Temple, et sur laquelle il ne s'expliqua jamais.

De retour à Ith, il avait semé le désordre dans plusieurs réunions d'Emaz, allant même jusqu'à persécuter les grands prêtres chez eux. Cette conduite à elle seule aurait suffi à le discréditer. Mais ce qui le poussait à ces actes extrêmes était bien pire, à la limite même du sacrilège.

Il tenait absolument à ce qu'on l'écoute. Mais les Emaz l'avaient déjà assez entendu…

Achem demandait aux grands prêtres une modification profonde de l'interprétation de certains préceptes de la Morale d'Eurydis. Pourtant il reconnaissait lui-même ne donner aucun argument convaincant. S'il avait ses raisons, il ne les a jamais livrées.

Les Emaz ont bien sûr refusé, et l'ont encouragé à revenir à des idées plus en accord avec celles du Temple. Mais il avait persisté dans ses efforts, en se lançant dans une campagne de discours publics où il exposait ses théories, pourtant jugées contraires à la Morale par les plus sages de nos sages, en toute connaissance de cause.

Devant son obstination, les Emaz n'eurent d'autre choix que de le déclarer apostat – déshonneur suprême – et de lui retirer son Maz, ce qui n'est arrivé que quatre fois dans notre histoire. Cela eut au moins l'effet escompté : Achem finit par abandonner sa croisade inutile et nuisible, et partit s'installer à Mestèbe où il mourut quelques années plus tard, sans avoir plus jamais tenté de corrompre l'enseignement d'Eurydis.

Mon père n'avait rien de plus à ajouter. Il me demanda si j'avais appris quelque chose de cette histoire, comme s'il venait de me narrer un simple conte religieux. J'acquiesçai et fis le vœu de ne pas trahir la Morale, ce que l'on attendait de moi. Mais j'étais perplexe.

Tout ce que l'on m'avait enseigné jusqu'alors reposait sur ces trois valeurs : Savoir, Tolérance, Paix. Les trois vertus de la Sage. Les trois marches à gravir pour atteindre la Morale.

Les Emaz, à l'époque de mon aïeul, n'avaient-ils pas trébuché sur l'une des deux premières ? Les idées d'Achem, Maz et haut personnage du Temple, n'étaient-elles pas dignes d'intérêt ?

Je regrettai aussitôt d'avoir eu cette pensée irrespectueuse et m'efforçai de l'oublier. En vain.

En suivant la voie de ma curiosité, je dérangeais la Paix. Mais en fermant les yeux sur mes doutes, j'insultais le Savoir et la Tolérance.

Pourquoi avait-on fait taire Maz Achem ?

J'avais décidé de l'apprendre.

* * *

Au large des côtes loreliennes, à quelques milles seulement d'un village insignifiant, se trouve une petite île inhabitée. Une île comme il en existe des dizaines, tout le long des rivages de la mer Médiane : plages stériles, paysage rocailleux, contours déchiquetés par des vagues inlassables… Une île qui n'est répertoriée que par les cartographes fantaisistes ou trop méticuleux, simple point posé sur quelques rares parchemins, et que l'on confondra, le temps aidant, avec une quelconque souillure indéfinissable.

Cette terre méprisée des hommes en fascinait pourtant une poignée. Et, au nombre d'entre eux, le judicateur Zamerine, secrètement chef spirituel des Messagers loreliens et – plus secrètement encore – maître incontesté de tous les tueurs züu des Hauts-Royaumes.

— Combien de temps encore ? demanda-t-il à leur pilote.

Le vieux pêcheur sursauta. C'était la première fois que l'homme s'adressait à lui. Jusqu'alors, il n'avait eu affaire qu'au plus jeune, son valet, sans doute. Cela lui convenait très bien, car le maître semblait intraitable. Et son regard froid et méprisant était impossible à soutenir.

— Ben… Deux décimes, peut-être, répondit-il d'une voix mal assurée. Avec le vent d'face, j'peux pas faire mieux.

— C'est beaucoup trop long.

Le pêcheur ne sut quoi rétorquer. Il n'était pas responsable, sangdieu ! Leur fichue île n'allait pas bouger, de toute façon ! Elle serait encore là, même dans cent ans !

Il conserva bien sûr ces remarques pour lui. D'abord, il avait été payé – bien payé, même – pour ce voyage jusqu'à Ji. Ensuite, et surtout, ses deux passagers lui flanquaient une vraie frousse de mioche.

Le maître ne quittait pas des yeux la masse rocheuse qui était leur destination, sans pourtant afficher la moindre émotion. Et le jeune ne le quittait pas des yeux, *lui*. Comme s'il voulait prévenir tout mauvais coup. Ou qu'il *projetait* un mauvais coup.

Il ne permit pas à son imagination d'aller plus loin et s'absorba complètement dans la contemplation d'un vol lointain de cygnes dynastes, au-dessus des flots. Il ne pourrait croiser encore le regard de l'un ou l'autre de ses passagers sans se jeter volontairement pardessus bord.

* * *

Je ne sais laquelle est à l'origine de l'autre, toujours est-il que ma curiosité pour mon ancêtre Maz Achem grandit en même temps que mon intérêt pour l'histoire de la Sainte-Cité.

J'étudiais les chroniques avec Maz Rôl, mon professeur, mais menais seule – et en secret – mes recherches sur Achem. Je crois que c'est le seul mensonge que je fis jamais à mes parents. Je suppose que je devrais le regretter… mais cela m'est impossible. Car tout ce que je découvrais était fascinant.

Les chroniques de l'époque le décrivaient comme un modèle de vertu pour tout le monde eurydien. Tout au moins, jusqu'en 771. À partir de cette date, il n'était plus cité que pour son apostasie.

Je cherchai alors l'événement qui pouvait expliquer sa transformation. En toute logique, il n'avait pu changer en si peu de temps qu'à la suite d'une expérience éprouvante…

Mes recherches débouchèrent sur un nouveau mystère. Les premiers actes étranges de Maz Achem furent relevés à son retour d'une mission diplomatique en Lorelia, pour laquelle il s'était absenté presque cinq décades. Mais les textes restaient vagues sur ce sujet.

Malgré mes efforts, je ne pus rien trouver sur cette mission, son but, son résultat ou même ses participants. Ma quête allait donc s'arrêter là où elle devenait vraiment intéressante… Pourtant, Eurydis dut entendre mes prières car de nouveaux indices me furent fournis quelques années plus tard, alors que j'avais plus ou moins renoncé.

Lors d'un cours didactique de Maz Rôl, dont le sujet était la dynastie Uborre de Goran, j'appris que l'empereur Mazrel avait perdu un fils lors d'une expérience étrange sur une petite île lorelienne. La date correspondait à celle du voyage d'Achem.

Mon espoir ravivé, j'entrepris de nouvelles recherches, cette fois dans les archives goranaises. Il me fallut beaucoup de courage pour quitter la confortable Ith et rejoindre la capitale du Grand Empire, mais l'enjeu était assez important à mes yeux.

J'eus enfin accès à une part de la vérité. À l'initiative d'un certain Nol l'Étrange, des diplomates venus de plusieurs contrées du monde connu s'étaient rencontrés en Lorelia. Maz Achem, ainsi que le prince goranais Vanamel, faisaient partie du nombre.

Tous avaient disparu dans d'étranges conditions… avant de réapparaître deux lunes plus tard, sans pouvoir se rappeler ce qu'il était advenu des manquants, ou même ce qui s'était passé. L'affaire n'était connue que des cours royales et avait sombré dans l'oubli avec la mort de ses acteurs.

J'étais loin d'être satisfaite. Le récit n'était pas assez précis pour m'aider à comprendre la transformation d'Achem.

Je décidai de prendre le problème sous un autre angle.

J'allais étudier ses idées interdites.

* * *

Zamerine se promenait sur l'île avec respect, comme s'il foulait le sol sacré du *Lus'an* lui-même. Peu de ses semblables en avaient eu l'occasion, et cela ajoutait d'autant à son bien-être.

Ji était devenue, depuis plusieurs lunes, le centre des préoccupations de Zuïa et des judicateurs. Jamais, dans l'histoire du culte, on n'avait sollicité autant de messagers en même temps pour porter la sentence de la déesse.

Il se réjouissait, à sa manière, de participer à cette action de justice. Il savourait la fierté d'apporter sa contribution à la Grande Œuvre. Seule la satisfaction du travail bien fait manquait à son bonheur.

Les hommes qu'il avaît dépêchés à Ji pour mettre un point final à l'affaire n'étaient jamais rentrés. Ni aucun des misérables qui les accompagnaient, d'ailleurs.

Mais cela ne l'ennuyait que modérément.

Ses messagers avaient péri en servant la déesse. Ils jouiraient donc des délices du Lus'an, pour l'éternité. On ne pouvait souhaiter meilleur destin.

La perte de quelques hommes de la Guilde n'était pas un problème. Personne ne les regretterait. Pas même leurs soi-disant *frères*, ceux qui avaient survécu et n'avaient fait aucun effort pour protéger les corps. Zamerine n'éprouvait que mépris pour eux.

Il fut de retour auprès de Dyree, son assistant. Les frères, coincés sur l'île depuis la veille avec leurs barques détruites, se seraient prosternés devant lui si on le leur avait demandé. Mais ils avaient vite déchanté.

Zamerine laissa entendre qu'il n'était pas dans son intention de les ramener sur le continent, tous s'étant montrés inefficaces. Chacun s'empressa alors de lui promettre fidélité éternelle. Ce genre de choses était toujours utile. Il avait pu ainsi obtenir un récit détaillé des événements de la nuit du Hibou, sans avoir besoin de leur extorquer, préservant ainsi son temps précieux.

Son assistant vint l'informer que les dagues des défunts étaient introuvables. C'était un grand sacrilège de laisser les *hati* dans des mains profanes, aussi Zamerine posa-t-il comme ultime condition au sauvetage des frères la restitution des lames sacrées.

Les dénonciations s'étant faites un peu longues à venir, il avait pris la liberté de cette promenade. Mais il ne pouvait continuer à perdre ainsi du temps.

— Tue-les tous, dit-il simplement.

Dyree fondit sur le petit groupe, et deux hommes s'écroulèrent avant d'avoir pu faire le moindre geste.

— Attendez ! cria l'un d'eux. C'est Micaeir, c'est lui ! C'est lui qui a les dagues !

L'accusé s'enfuit sans même chercher à lutter, mais il ne fit pas plus de huit pas avant de s'écrouler, dont deux avec une *hati* dans le poumon.

Zamerine tua lui-même le dénonciateur, qui avait caché aussi longtemps cette information. Il laissa aux autres le bénéfice du doute.

Dyree récupéra les dagues et ils embarquèrent. Le vieux pêcheur était couleur lune pâle, et définitivement muet. Zamerine se demanda un instant ce qu'il allait faire de lui, mais éloigna vite ce détail insignifiant de ses pensées. Deux tâches importantes l'attendaient maintenant.

La première, désagréable, était d'informer *l'Accusateur* que quelques-uns des coupables n'avaient pas encore reçu la sentence.

La deuxième, c'était d'y remédier. Et il se réjouissait à l'avance de la traque qui lui était offerte. Cela n'était plus arrivé depuis des années.

Son seul désir était que ses proies soient à la hauteur de ses espérances.

* * *

Achem avait rédigé bon nombre de discours, d'exposés et de recueils de ses idées, j'en étais certaine. Mais j'eus beaucoup de peine à m'en procurer quelques-uns, d'autant plus que je devais agir avec discrétion.

Les écrits, même jugés contraires à la Morale, n'étaient pas censurés dans les bibliothèques de la Sainte-Cité. On estimait que l'étude de mauvaises théories pouvait tout aussi bien faire progresser les novices vers les trois vertus. Et qu'il valait mieux discourir de ces idées le plus tôt possible, sous la direction d'un Maz expérimenté, plutôt que de laisser les plus jeunes les affronter seuls.

Mais il n'en était pas de même pour des textes dont l'auteur faisait lui-même partie du Temple. Ceux-là étaient bien trop dangereux. Aussi, les quelques copies que je trouvai provenaient toutes d'archives privées, que je n'aurais jamais pu consulter sans l'appui de Maz Rôl et de sa réputation de professeur vertueux.

Je me plongeai avidement dans leur lecture. Il m'apparut très vite que mon grand-père était parfaitement sain d'esprit et conscient de ses actes. Il exprimait ses idées avec intelligence, réflexion, savoir, et avait dû être un grand Maz.

Le thème seul de ses exposés était gênant.

Ith était pacifique depuis plus de huit siècles. Bien que l'histoire de la ville ait toujours été liée au culte d'Eurydis, bon nombre d'autres religions s'y étaient implantées, et le Grand Temple les acceptait toutes.

Il y avait bien quelques frictions de temps à autre, entre novices aux esprits échauffés, mais sans conséquences graves.

Achem proposait un culte moins tolérant. Plus agressif. D'après lui, la quête universelle de la Morale était loin d'aboutir. Les Maz se devaient d'accélérer les choses. De convertir à tour de bras.

Et le premier but à atteindre était la dissolution des cultes démonistes. Par la force, si nécessaire. D'après lui, Ith, pacifique, tolérante, devait déclarer la guerre aux fidèles de K'lur, de Phrias, du Yoos. Aux messagers de Zuïa. Aux filles de Soltan. Aux Valipondes. Et à des dizaines d'autres.

À l'époque, aucune de ces croyances n'était représentée dans la Sainte-Cité. Ith se devait d'affréter des bateaux, de recruter des soldats, de constituer une armée. « Notre peuple possède cela dans son sang », rappelait-il.

Maz Achem voulait une croisade contre le Mal. Il demandait la guerre, tout en regrettant ses conséquences tragiques. La Morale était à ce prix, et il était urgent de s'en rapprocher.

Que s'était-il donc passé à Ji ? Qu'avait-il vécu, qui le transforme ainsi ?

Un événement tragique m'éloigna quelque temps de mes recherches. Mes parents tombèrent tous deux gravement malades, à quelques jours d'intervalle seulement. Leur agonie, elle, dura plus de trois décades.

Je passai bien sûr tout mon temps à les veiller. Je ne m'étendrais pas sur ces jours terribles, où mes préoccupations étaient à mille lieues des agissements de mon ancêtre, si un épisode n'avait relié ce drame au siècle passé.

Dans ses derniers moments, mon père tint à me dicter ses ultimes volontés. Je devais mener à terme les quelques tâches qu'il avait commencées, anodines pour tous, mais importantes à ses yeux. Il ne voulait rien laisser d'inachevé en quittant ce monde.

Parmi d'autres requêtes, il me fit faire une étrange promesse. Celle de brûler le journal de Maz Achem, s'il tombait un jour entre mes mains.

J'en eus le souffle coupé. Le journal de Maz Achem ! Il avait rédigé un journal !

J'acquiesçai à la demande de mon père, déjà résolue à lire ce texte avant de le détruire, puisque mon vœu ne s'y opposait pas. Et je le questionnai avidement à ce sujet.

L'existence de ce journal n'était même pas certaine. La mémoire familiale voulait que Achem, incapable de convaincre les Emaz, avait en désespoir de cause dévoilé une partie de son contenu à l'un des grands prêtres. Son renvoi du Temple ne serait survenu qu'à cette occasion.

Cette nouvelle piste était prometteuse. Mais je n'avais alors, et dans les décades qui suivirent le décès de mes parents, plus beaucoup d'intérêt pour quoi que ce soit.

Je reçus quelque temps après une lettre d'un certain Xan, de Partacle. Il avait appris la nouvelle et me présentait ses condoléances. Il m'invitait aussi à me joindre à une sorte de célébration, réunissant les descendants des sages ayant participé à l'étrange voyage de l'île Ji, un siècle plus tôt.

Encore trop affligée, je fis simplement une courte lettre de remerciement, déclinant l'invitation. Ma passion pour cette vieille histoire s'était endormie. Et j'avais aussi terriblement peur de quitter Ith pour rencontrer des inconnus…

Bien sûr, maintenant, les choses sont différentes.

Quelqu'un a engagé les tueurs züu et m'a désignée comme cible. J'ai dû fuir Ith pour me cacher dans un temple modeste près de Mestèbe. À une décade de voyage.

J'ai visité la maison qui a abrité les dernières années de mon aïeul. Elle appartenait encore à une branche de la famille, de lointains cousins que je n'ai jamais connus. Ils ont été assassinés par les Züu.

Le journal ne s'y trouvait pas. Ou ne s'y trouvait plus. Ou encore, n'a jamais existé.

Je ne vois qu'un moyen d'en être sûre.

LIVRE III

LE JUGEMENT DE ZUÏA

LA PLUIE BATTAIT VIOLEMMENT les tuiles d'ardoise mal agencées et le vacarme était assourdissant. À ce moment d'obscurité profonde qu'était le neuvième décan, on aurait facilement imaginé qu'une armée de farfadets avait choisi ce toit pour s'adonner à une gigue vigoureuse. Et qu'il allait s'effondrer d'un moment à l'autre sous le poids d'un lutin un peu plus gros que les autres.

Deux hommes s'entretenaient sous le porche d'une ferme modeste, à quelques milles de la riche Lorelia. L'un était petit, voûté, et devait pour une raison inexplicable apprécier son haleine fétide, car n'importe qui à sa place se serait rincé plusieurs fois la bouche à l'extrait de roses de Manive.

L'autre était jeune, de taille moyenne, plaisait aux femmes et pouvait compter ses amis sur les doigts d'une seule main.

Le premier n'en faisait pas partie. Le ton de cette étrange conversation montait un peu plus à chaque réplique.

— Je ne demande pas grand-chose, tout de même. Deux nuits. Deux nuits seulement, dans ton entrepôt. Tu n'auras même pas à t'occuper de nous ! Allez, qu'est-ce que ça peut te faire qu'on le loue pour y mettre des marchandises ou des gens ?

— C'est très différent, répondit le petit, cherchant vainement des arguments convaincants. C'est beaucoup plus dangereux. Et… ça sort de l'ordinaire, un point c'est tout.

— Je ne vois pas en quoi ce serait plus dangereux que faire de la contrebande aux portes mêmes de Lorelia ! mentit le jeune.

L'autre lui demanda par signes de baisser le ton, avec beaucoup d'ardeur, comme s'ils étaient au beau milieu d'une réunion de collecteurs royaux. Le jeune parut s'en amuser.

— Du vin junéen ! scanda-t-il à la cantonade. De la bière de Cyr ! Des épices oranges ! Des statues de Jérusnie ! Des étoffes de Far !

— Arrête ! l'interrompit le petit, aussi agacé qu'inquiet.

— Des pierres ézomines ! De l'huile de Crek ! Des lames goranaises ! Des joailleries ! Les entrepôts de Raji le Passeur accueillent n'importe lesquelles de vos marchandises, sans payer la moindre taxe à la Couronne ! Pas un seul tic pour Bondrian ! Oui, Raji passe n'importe quoi, sauf les amis, conclut-il avec sérieux.

— Arrête, s'il te plaît, arrête. Ce n'est pas drôle du tout. Tu vas nous attirer des ennuis.

— Montre-moi où il y a un collecteur, ici.

Raji observa les ténèbres de la campagne environnante. Son regard s'arrêta sur les compagnons du plaisantin et s'y attarda un moment. Ils étaient restés en selle, à l'écart, et ne faisaient pas mine d'intervenir. La pluie semblait le cadet de leurs soucis. En fait, ils étaient déjà trempés jusqu'aux os.

Le petit homme passa plusieurs fois la main dans ses cheveux gras, sans réussir à les discipliner. Dona ne semblait pas de son côté, ce soir. Il maudit la déesse des marchands.

— Qu'est-ce qui vous arrive, au juste ? demanda-t-il avec embarras. Vous avez tué quelqu'un ?

— C'est ça, répondit l'autre. Le comte de Kolimine.

— Quoi ? s'exclama Raji en ouvrant de grands yeux effrayés.

— Et son chien, aussi. Je regrette vraiment. Pour le chien.

Le contrebandier dévisagea le jeune homme quelques instants, ne sachant pas s'il devait le croire ou non. Il s'était déjà moqué de lui bien des fois.

L'un des cavaliers sortit du groupe resté à l'écart et s'approcha d'eux. Raji se raidit et posa la main sur le manche du poignard à sa ceinture. Avant de s'apercevoir, non sans surprise, que le cavalier était une cavalière.

— Maître Raji, dit-elle calmement, nous n'avons aucunement l'intention de vous créer des ennuis. Nous voudrions simplement nous mettre à l'abri de la pluie, et permettre à l'un des nôtres, légèrement malade, de prendre quelque repos. Vous m'obligeriez beaucoup en nous offrant votre hospitalité.

Le petit homme, gêné, dansa d'un pied sur l'autre en réfléchissant. Ses « clients » étaient rarement aussi respectueux. L'affaire ne lui plaisait toujours pas, car il était évident que ces gens fuyaient de gros ennuis… mais il ne savait comment refuser.

— D'accord, d'accord. Pour cette nuit, pas plus ! Et je ne veux pas vous voir vous promener dans les environs. Chevaux, hommes, femmes, enfants, vous resterez tous cachés jusqu'au moment de partir. Maintenant, je vais *essayer* de me rendormir, si vous le voulez bien. Rey, tu connais le chemin, conclut-il en guise de bonsoir.

Rey se demanda comment Raji pouvait dormir avec le vacarme de la pluie sur son toit d'ardoises. Il le regarda s'engouffrer à l'intérieur de la petite maison et refermer la porte. Il se tourna alors vers la cavalière.

— Corenn, votre intervention m'a vexé, dit-il en souriant. Je ne suis pas près de vous présenter encore à un gentilhomme de mes amis.

La plupart des cavaliers mirent pied à terre. Un homme en armes, vêtu entièrement de cuir noir, l'apostropha pour le sermonner.

— À quoi ça rimait, ce numéro avec les collecteurs ? Vous ne pouvez donc rien faire normalement ?

— *Normalement ?* Que signifie ce mot, Grigán ?

— Cessez vos bêtises. Où est l'entrepôt ?

— Pas très loin. Suivez-moi.

— Bowbaq s'est endormi sur son cheval, remarqua une jeune femme aux cheveux sombres.

— Pauvre cheval. Réveille-le, Léti, demanda Corenn.

La jeune fille secoua doucement le bras du géant nordique, puis de plus en plus vigoureusement. Bowbaq marmonna quelque chose d'incompréhensible en se frottant les yeux. Puis il descendit de sa monture, si l'on peut appeler ainsi le mouvement qui l'amena au sol, à peine un pied plus bas.

Un jeune homme de type kaulien s'approcha de Rey, qui guidait le groupe. Yan, au visage si franc et ouvert d'habitude, arborait une expression de conspirateur qui fit sourire l'acteur avant même d'entendre la question.

— Tu as fait de la *contrebande* ?

— J'en ai fait un peu, oui. Comme tous les gens qui voyagent souvent, je pense. Tu achètes ici, tu revends là-bas… Rien de méchant. N'est-ce pas, Grigán ?

— Peut-être. Ça m'est arrivé. Mais je n'ai jamais eu besoin d'un entrepôt, moi. Rien de prémédité, ni d'aussi grande envergure.

Rey ne répondit pas. Il n'aimait pas devoir aborder ces facettes de son passé devant Corenn, Bowbaq ou Léti.

Il les mena devant un bâtiment de bois qui avait toutes les caractéristiques d'une écurie et y pénétra suivi de ses amis. Grigán maintint la porte ouverte, le temps d'allumer une lampe à huile à la faible lueur de la lune mendiante. Puis il fit le tour des lieux, à son habitude.

— Ça n'est pas très grand, commenta le géant Bowbaq d'une voix ensommeillée. Et la pluie pénètre partout.

— Il nous faut rester au calme quelque temps, rappela Corenn. Ta blessure a besoin d'être soignée.

— Mais je ne la sens plus, Corenn, dit-il en se massant doucement le ventre.

Il se figea dans son geste, puis se plia en deux en grimaçant sous la douleur. La chevauchée n'avait pas amélioré les choses. Grigán et Yan vinrent le soutenir.

— Rassurez-vous, intervint Rey. L'entrepôt se trouve sous nos pieds.

Il en apporta la preuve en soulevant une énorme trappe, jusque-là dissimulée sous une épaisse couche de paille moisie. Léti observa le gouffre sombre ainsi découvert.

— Nous allons passer la nuit *là-dedans*?

— Ça m'est déjà arrivé, répondit l'acteur. C'est beaucoup plus confortable que ça en a l'air.

— Je n'aime pas ça, objecta Grigán. Ce Raji ne m'inspire guère confiance. Il pourrait nous enfermer très facilement.

— Aucun risque. Ce n'est pas une simple cave, c'est aussi le point de départ d'un tunnel qui mène tout droit à Lorelia. Raji n'a pas été surnommé *le Passeur* pour rien.

Le guerrier marmonna ses doutes et descendit l'escalier grossier pour se rendre compte par lui-même. Bowbaq admirait son courage.

— Ça doit grouiller de bestioles, là-dedans, remarqua Léti avec dégoût.

— Bowbaq saura sûrement les convaincre de te laisser en paix, plaisanta l'acteur.

Le géant ne répondit rien. Rey ne semblait pas comprendre que son pouvoir d'erjak ne pouvait être utilisé qu'avec les animaux qui allaitaient. Jamais il ne pourrait atteindre l'esprit d'un quelconque cafard, reptile ou autre espèce primitive. Même avec un rongeur, le dialogue serait très difficile.

Ils attendirent patiemment le retour de Grigán, qui prenait visiblement son temps. Enfin, il fut de retour parmi eux.

— Alors ? s'enquit Rey.

— Ça devrait aller, admit le guerrier, presque à contrecœur.

— Je vous l'avais dit. C'est propre, suffisamment aéré, et très bien isolé. Vous pensez bien que personne ne laisserait pourrir une fortune en marchandises dans un trou crasseux.

Il fut donc décidé de s'installer sans plus tarder. Les chevaux furent dessellés et nourris, les paquetages transportés dans la cachette. Quand tout le monde fut descendu, Grigán referma la trappe avec une moue d'appréhension. Il passa ensuite un bon moment à faire les cent pas en se lissant la moustache. Le guerrier ne connaîtrait plus de repos avant qu'ils n'aient quitté l'endroit.

L'éternel esprit curieux de Yan le poussa à explorer les lieux. C'était une cave impressionnante, par sa taille et par le soin que l'on avait apporté à son agencement.

Bien que les parois s'incurvassent parfois en des angles doux, les salles respectaient une disposition rectangulaire. Les dimensions globales, si l'on additionnait la surface des trois pièces composant l'ouvrage, n'étaient pas inférieures à quarante pas sur vingt-cinq.

La partie la plus grande était celle située immédiatement sous la trappe. Les parois en étaient les plus grossières, simplement étayées avec d'épaisses planches de feuillus. Le sol était recouvert d'une couche de sable fin, et le plafond renforcé d'énormes poutres croisées. Si l'endroit n'était pas joli, on s'y sentait au moins à l'abri. Même le roulement de la pluie n'était plus qu'un lointain murmure.

Des torchères avaient été installées à intervalles réguliers. Grigán en avait allumé plusieurs, qui diffusaient maintenant un éclairage suffisant pour apprécier l'ensemble de la scène.

Des milliers de livres de marchandises patientaient là, pour la plupart emballées et protégées dans des chiffons, des boîtes de toutes tailles, des coffres, des paniers et des tonnelets. Elles reposaient sur des étagères de fortune, des niches creusées dans les parois, ou étaient tout simplement empilées sur le sol, dans un désordre apparent pour le néophyte.

Une simple planche séparait la première salle de la deuxième, mais l'aménagement de cette pièce plus petite était nettement supérieur. Les parois étaient entièrement murées, et le sol recouvert de lattes de bois ajustées constituait un plancher plus qu'honorable. Le plafond avait été égalisé et blanchi à la chaux. L'ensemble conférait à cette pièce une isolation très acceptable, permettant de conserver les marchandises les plus périssables. Rey proposa à ses amis de s'installer à cet endroit, mais cette décision était déjà prise.

Étaient entreposés là des légumes et fruits exotiques, et Yan vit moins d'intérêt à leur examen qu'à celui des objets de la première salle.

La dernière pièce était condamnée par une lourde porte de chêne, munie d'une impressionnante serrure. Bien sûr, elle était verrouillée.

— Tu sais ce qu'il y a là-dedans ? demanda-t-il à Rey.

— Bien sûr. Je l'ai déjà ouverte. C'est une pièce minuscule. Raji y range ses marchandises de valeur, ainsi que son propre trésor. C'est certainement la meilleure raison qu'il avait de nous refuser l'accès

Yan acquiesça et remercia l'acteur, écourtant ainsi la conversation. Il n'était pas certain de vouloir apprendre ce que Rey entendait par « Je l'ai déjà ouverte ».

Le dernier élément intéressant de la place consistait en l'entrée du fameux souterrain vers Lorelia. Celui-ci était normalement bloqué par une poterne barrée d'une poutre, mais Grigán avait ôté l'une et l'autre afin de leur assurer une issue de secours.

Le tunnel était assez large pour que trois hommes y progressent de front sans se gêner. Rien n'indiquait, bien sûr, qu'il en soit de même sur toute la longueur. Yan s'y aventura d'une dizaine de pas avant que Grigán ne lui demande de revenir. Ce qui eut comme conséquence immédiate la précipitation de Léti dans le souterrain, jusqu'à sa première rencontre avec un rat vénérable. Elle revint alors d'elle-même et insista pour que l'on referme la porte et que l'on replace la poutre.

Bowbaq dormait déjà. Corenn et Léti installèrent une séparation de fortune sous la forme d'un rideau improvisé et disparurent derrière après des vœux de bon sommeil. Grigán fit une dernière tournée d'inspection et consentit enfin à se reposer un peu. Rey revint de la première salle avec une bouteille de vin junéen, en offrit à Yan, puis entreprit consciencieusement de la vider seul devant le refus poli du jeune Kaulien. Il s'assoupit peu après.

Yan diminua la clarté de la lampe à huile, s'installa confortablement et laissa libre cours à ses pensées en attendant le sommeil.

Cela faisait presque deux décades, alors, qu'il avait quitté son petit village natal d'Eza. Depuis, on l'avait insulté, assommé, volé, pourchassé, menacé de tortures et même de mort. Il avait assisté à plusieurs combats et vu des hommes rester à terre. Lui-même s'était débarrassé d'un ennemi en lui projetant un rocher au visage. Enfin, il avait frôlé la mort à plusieurs occasions. De très près, même, songea-t-il en repensant à l'expression paniquée de Léti, suspendue quarante pas au-dessus des récifs.

Ce souvenir le secoua complètement. Il eut l'impression de revivre le moment. Son désespoir, son impuissance… puis sa soudaine rage, son désir impérieux de la sauver, comme si chaque parcelle de son être n'existait plus que pour ce but. Et il avait réussi.

Cela s'était produit moins de neuf décans auparavant. Pas même une journée. Sa *Volonté* était toujours aussi forte. Masquée, endormie, mais souveraine. Il sentait qu'il n'en irait plus jamais autrement, ne comprenait pas ce dont il s'agissait, mais avait décidé de s'en réjouir.

Corenn lui avait dit que *quelque chose* s'était déclenché en lui. Qu'ils auraient bientôt une longue conversation, qu'elle l'aiderait à comprendre. Il avait hâte d'être à ce moment.

Le temps leur avait manqué depuis la veille. Après s'être échappés du piège tendu par les Züu sur l'île Ji, ils étaient revenus près de Berce pour récupérer leurs chevaux. Grigán avait mis en fuite deux malfrats postés là sans même tirer une flèche. Bowbaq et Rey, jusqu'alors piétons, avaient confisqué deux bêtes aux assassins. Puis le petit groupe s'était éloigné au plus vite du dangereux village.

Le choix de leur itinéraire fut longuement discuté. Grigán s'était péniblement résigné à ce qu'ils s'abritent chez un ami de Rey, que l'acteur avait présenté comme quelqu'un de fiable et de généreux, un homme d'une rare intégrité. Mais le débat autour de leur destination suivante avait été long, très long, entre le guerrier et la Mère.

C'est encore Rey qui avait fourni l'idée. Lorelia était sa ville natale, et il en connaissait bien les particularités. Le marché du Petit Palais était l'une d'elles.

Dans cet endroit, le commerce n'était soumis à aucun contrôle… tant que la Couronne n'était pas mise en danger, et qu'elle touchait une importante commission sur les transactions effectuées.

Dans cet endroit, les héritiers allaient pouvoir rencontrer les Züu. En terrain neutre. Et, peut-être, monnayer leur salut.

Corenn, en diplomate accomplie, ne voulait négliger aucune possibilité pour les tirer d'affaire. Grigán refusait absolument de traiter avec les assassins et estimait moins dangereux de se laisser tomber directement sur sa lame courbe. Pour lui, cette idée était une folie.

Pour une fois, Rey s'était bien gardé d'intervenir dans la discussion entre les deux chefs du groupe. Corenn eut de toute manière le dernier mot, et le guerrier passa le reste de la journée à bouder. Il ne comprenait pas comment la Mère s'y prenait pour toujours arriver à ses fins sans même élever la voix.

Les héritiers allaient au-devant des Züu. La dernière pensée de Yan, avant de s'endormir, fut de se demander si c'était vraiment une bonne idée.

* * *

Léti ouvrit les yeux doucement, s'étonna un instant de ne pas voir la clarté du soleil, avant de se rappeler qu'ils étaient dans une cave. Bien que l'obscurité fût presque complète – la seule source lumineuse, une lampe à huile, étant masquée par le rideau –, elle devinait que le jour s'était levé.

Elle se leva et s'étira langoureusement. Corenn n'était pas réveillée. Léti contourna la forme endormie, enfila rapidement ses chausses et s'aventura derrière la toile tendue.

Elle ne fit pas quatre pas que Grigán se redressa sur sa couche, lame au poing. Elle le rassura d'un signe et le guerrier se recoucha avec un grognement bourru.

Elle se fit la plus discrète possible et s'approcha de Yan. Il dormait toujours, lui aussi. Elle se souvint du malaise qui avait pris le jeune homme, après l'effort intense qu'il avait dû fournir pour la sauver. Son repos était plus que mérité.

Elle s'assit à côté de lui et l'observa avec tendresse. Yan n'avait pas demandé sa Promesse… Il ne l'aimait donc pas. Mais c'était son ami de toujours, et elle lui devait la vie. Même si elle devait maintenant s'unir à un autre – l'image de Rey vint furtivement caresser son esprit –, Yan serait toujours son meilleur ami.

Elle s'allongea doucement à côté de lui et se laissa bercer par des visions heureuses de l'avenir. Elle et Rey, Yan et une femme qu'il aurait choisie, devisant gaiement sur les qualités de leurs enfants… Des héritiers, eux aussi…

Elle se rappela leur situation actuelle, et cela lui fit l'effet d'une gifle. Cet avenir, les Züu voulaient le leur prendre. Ils en avaient déjà pris beaucoup, à elle, à ses compagnons et à tous les autres héritiers. Inconsciemment, elle serra les poings et raidit ses membres. Elle ne les laisserait pas faire. Plus jamais.

Elle se rendormit en songeant à trois guerriers goguenards et menaçants. L'un allait perdre une main, l'autre un œil, et le dernier chuterait avec elle dans l'abîme.

Ses cauchemars suivants lui parurent presque agréables.

* * *

Raji le Passeur eut une très mauvaise nuit. Le soleil s'était levé, la pluie s'était calmée avant qu'il ne parvienne à se rendormir. Il avait finalement succombé à la fatigue pour se réveiller au beau milieu du troisième décan, trop tard, bien trop tard dans la journée !

Il courut à l'entrepôt sans même prendre la peine de se vêtir. Le fait que les chevaux des étrangers soient toujours là ne suffit pas à le rassurer. N'importe quel voleur aurait préféré abandonner sa monture et gagner Lorelia par le souterrain avec son trésor !

Il débarrassa la paille moisie couvrant la trappe et tira sur l'anneau prévu à cet effet. L'huis ne bougea pas d'un pouce.

Il essaya une nouvelle fois, tirant des deux mains, mais sans obtenir plus de résultat. Il s'agenouilla alors et tambourina sur le bois en appelant Rey de sa voix la plus forte, déjà convaincu que l'endroit était vide de tout occupant.

Contre toute attente, il entendit des coups en réponse et la trappe finit par s'ouvrir. Raji s'engouffra dans l'escalier aussi vite qu'un dors-debout en chasse.

— Pourquoi avez-vous fermé ? tança-t-il aussitôt l'acteur.

Une lame se posa sur sa gorge tandis qu'une poigne de fer lui attrapait un bras et le bloquait dans son dos. Le contrebandier ne fit plus un geste, se contentant de lancer un regard apeuré au jeune homme blond devant lui.

Rey prit un air faussement ennuyé en regardant l'ombre glissée derrière Raji.

— Grigán, que va penser notre hôte ? Que nous sommes des voleurs ? Je n'ai emprunté que quelques bouteilles, et uniquement afin d'étancher une soif véritablement inhumaine. Raji ne nous en tiendra pas rigueur, n'est-ce pas ?

— Non, bien sûr que non, s'empressa d'acquiescer l'intéressé.

— Cessez de jouer, ordonna Grigán. Allez faire un tour là-haut voir si tout est normal.

Rey gravit l'escalier tranquillement en souriant devant la tenue négligée de Raji. Celui-ci ne portait qu'un simple pagne de fraîcheur douteuse, mais c'était le cadet de ses soucis comparé à l'acier froid qu'il sentait contre sa gorge.

— Grigán, attendez pour le lâcher, cria l'acteur. Nous sommes encerclés par une bande de canards armés jusqu'aux dents.

Le guerrier émit un soupir résigné et libéra Raji, qui se plaça aussitôt à distance respectueuse. Tous les étrangers étaient en train de l'observer de la porte de la deuxième salle. Deux femmes étaient parmi eux. Le contrebandier n'avait jamais été aussi gêné.

— Il fait un temps superbe, annonça Rey en revenant de son inspection. Ça va être une journée magnifique.

— Tant mieux, tant mieux, bredouilla Raji, mal à l'aise. Vous ferez une bonne route, comme ça...

— Allons, allons, vieil ami, tu ne vas pas déjà nous mettre dehors ! dit Rey en plaçant un bras sur son épaule. Notre compagnon, là-bas, est blessé et a besoin de repos.

— Aïe, fit Bowbaq en une mauvaise parodie d'aigreur à l'estomac.

Puis le géant se plia en deux, la douleur de sa blessure véritablement réveillée. Corenn le raccompagna jusqu'à sa couche.

— Ça serait contraire à toutes les lois de fraternité de la Guilde, non ? continua l'acteur.

— Ben, justement, j'ai l'impression que la Guilde n'aimerait pas trop nous voir amis, osa Raji.

— Quoi ? s'insurgea l'acteur. Tu voudrais me dire que tu as peur de ces petites frappes, un escroc réputé comme toi ?

Rey l'attrapa par son pagne et le secoua virilement, comme s'ils étaient deux vieux compagnons mercenaires. Raji tentait tant bien que mal de conserver ses effets intacts devant la jeune fille qui trouvait tout cela très amusant.

— D'accord ! D'accord ! finit-il par dire, vexé. Restez autant de temps que vous voulez, je m'en fiche ! Seulement, ça vous coûtera cinq terces par personne et par jour. Et je ne veux pas vous voir fouiner dans les marchandises !

— Cinq terces ! Mais on pourrait se payer une auberge royale !

— Nous paierons, déclara Grigán. Et vous n'aurez aucun ennui... si vous ne nous en causez pas.

Raji observa le visage sérieux du guerrier ramgrith, acquiesça, et monta l'escalier aussi vite et dignement qu'il le put. Il se promit de ne plus faire d'offrandes à Dona avant plusieurs décades.

* * *

Le marché du Petit Palais avait lieu au septime de chaque décade, et l'on n'était qu'au quinte de celle de l'Oiseau. La rencontre n'aurait donc pas lieu avant deux jours. Néanmoins, « puisque tout le monde semblait décidé à aller au bout de cette folie », Grigán voulait repérer et étudier les lieux avant que ceux-ci ne soient envahis par la foule. Une excursion à Lorelia était donc au programme de la journée.

Elle ne concernait pas tout le monde, bien sûr. Bowbaq devait se reposer et passerait la journée allongé. Corenn resterait à son chevet, bien que le seul à avoir quelques connaissances sur l'art des guérisseurs fût le vétéran Grigán. Elle demanda aussi à Yan de rester avec eux. Le jeune homme comprit qu'ils allaient avoir leur *grande conversation*. Il accepta en se demandant d'où lui venait cette soudaine pression dans le ventre.

En fait, Grigán ne voulait emmener personne, pour la sécurité de ses compagnons. Léti et Rey se lancèrent dans un enchaînement mémorable de protestations et d'arguments peu ou très peu convaincants. Finalement, le guerrier concéda à l'acteur qu'il aurait peut-être besoin d'être guidé dans la plus grande ville du monde connu. Malgré le peu d'agrément que lui apportait sa compagnie, elle pouvait être utile. Et Grigán savait Rey assez rebelle pour l'accompagner de toute façon, quoi qu'il décide.

Mais il ne capitula pas devant Léti, et le ton de la conversation menaçait de monter à chaque instant. Finalement, le guerrier s'en tira avec la promesse d'une première et prochaine leçon de combat. Léti fit mine de réfléchir mais accepta sans formuler la moindre objection. Le guerrier évita de croiser le regard désapprobateur de Corenn et s'en fut à ses préparatifs.

Il était hors de question de se promener dans Lorelia avec leurs effets de tous les jours. En guise de déguisement, Grigán projetait simplement de s'entourer d'une grande cape d'étoffe légère, et noire, bien entendu. Rey promit de se rendre méconnaissable et s'isola derrière le rideau improvisé de Corenn avec son paquetage.

Il n'en était pas encore revenu quand Raji fit une nouvelle apparition dans l'entrepôt. Cette fois, le petit homme était vêtu décemment et arborait un authentique glaive goranais à son côté.

Grigán remarqua par expérience que le petit contrebandier n'avait pas l'habitude des armes. Le fourreau mal lacé de sa lame le gênait dans beaucoup de mouvements et Raji n'avait de cesse de le replacer à la verticale. Il réussit même à trébucher dessus, et n'évita la chute qu'en se raccrochant à un panier rempli de poires de Wastille, dans une posture ridicule.

Le petit homme feignit d'ignorer les étrangers et procéda à l'inventaire habituel des marchandises qui devaient être « passées » ce jour. Après consultation de l'un ou l'autre des registres souillés qu'il conservait précieusement, il plaçait tel ou tel panier, coffre, tonnelet ou autre récipient baroque au centre de la première cave. Quand il jugea l'amoncellement suffisant, il retourna dans l'écurie et en revint en tirant un âne par la longe, exhortant la pauvre bête à descendre l'escalier. Bien qu'il eût certainement réussi des centaines de fois, l'affaire semblait malaisée.

Ce fut le moment que Rey choisit pour présenter son déguisement. Enfin, ce *devait être* Rey, puisqu'il avait disparu derrière le rideau à peine un décime avant. Mais ses compagnons connurent un instant d'hésitation. Les réflexes de Grigán agirent même plus vite que sa raison, car il se mit en posture de combat avant d'avoir reconnu leur ami.

L'acteur s'était déguisé en Zü. Tunique rouge, ceinture en corde grossière, chausses à lacet. Une robe de novice entrouverte par-dessus l'ensemble. Et surtout la sinistre dague, la *hati*, bien reconnaissable dans son fourreau pourpre.

Les tueurs rouges qu'ils avaient rencontrés jusqu'à présent étaient tous chauves, mais Rey n'avait aucune envie de pousser la ressemblance jusque-là. Il avait simplement tiré et attaché son épaisse chevelure blonde derrière sa tête, et relevé le capuchon de la robe de novice. Même son visage disparaissait dans l'ombre.

L'effet était saisissant. La vision seule du costume donnait à Léti une envie féroce, animale même, de brutalité.

— Où avez-vous trouvé ça ? s'enquit Corenn.

— Sur le dos d'un Zü. Celui qui m'attendait chez Mess, pour être précis. J'ai dû le tuer un peu d'abord pour qu'il accepte, bien sûr.

Quelqu'un poussa un cri de terreur et les héritiers se tournèrent vers Raji. Le contrebandier tentait de s'enfuir et se retrouvait bloqué par l'âne dans l'escalier. La pauvre bête n'eut d'autre choix que de descendre les marches quatre à quatre pour éviter la chute.

Raji fut bientôt hors de vue et l'on n'entendit plus que ses cris apeurés s'éloignant. Grigán soupira avant de se lancer à sa poursuite, comme un chat après une souris, en manifestant son exaspération à travers quelques jurons choisis. Yan n'aurait pas voulu être à la place du petit homme…

Ils attendirent quelques instants le retour du guerrier. Rey essaya de faire rire ses compagnons en se lançant dans une série de grimaces cruelles ou sanguinaires, mais sans succès. Il changea alors de registre, et arracha tout de même un sourire à Léti en singeant un Zü affublé d'un regard idiot et bavant comme un crapaud.

Grigán fut rapidement de retour, poussant Raji devant lui d'une main et portant son glaive de l'autre. Le petit contrebandier était si pâle qu'on aurait pu voir sa langue à travers ses joues.

— Je propose qu'on l'enferme ou qu'on s'en aille, lança le guerrier. J'en ai déjà assez de cette situation.

— Allez-vous en, s'il vous plaît… murmura Raji.

— Il n'est pas question de séquestrer notre hôte, dit fermement Corenn. Messire Raji a simplement été surpris par le déguisement de Reyan, n'est-ce pas ?

— Ben… les Züu sont plutôt rancuniers, hein ? Je n'aimerais pas qu'ils viennent mettre leur nez par ici…

— Ça n'arrivera pas, déclara Grigán en lui rendant son glaive. Si vous tenez votre langue.

— C'est vrai, renchérit Corenn. S'ils venaient à l'apprendre maintenant, vous seriez sûrement considéré comme notre complice…

— Oh là là…

Le petit homme se prit la tête entre les mains et fit quelques pas au hasard. L'univers tranquille qu'il s'était construit venait de s'effondrer.

— Heureusement, nous serons partis avant octes. Vous nous avez sauvé la vie, messire Raji.

L'homme observa la Mère avec une expression désabusée, haussa les épaules et entreprit sans entrain de charger son tas de marchandises sur l'âne.

Yan admirait la façon dont Corenn venait de s'assurer la loyauté de Raji. L'art diplomatique pouvait réellement s'avérer plus efficace que l'emploi de la force. Lui-même en était convaincu depuis longtemps, mais il était toujours plaisant d'en faire la preuve.

L'attention revint sur Rey. Celui-ci avait préparé une armée d'arguments pour convaincre Grigán du bien-fondé de son déguisement, mais il n'eut pas à les utiliser. Le guerrier ne lui fit aucune remarque. Cette visite à Lorelia, au beau milieu de leurs ennemis, était de toute façon dangereuse. Alors si cette tenue les aidait à éloigner les badauds, c'était parfait.

Bien sûr, il en irait tout autrement s'ils tombaient nez à nez avec d'authentiques tueurs rouges… Mais une telle rencontre était inéluctablement destinée à se terminer en bataille.

Raji n'émit qu'une faible protestation, qui s'apparentait plus à un gémissement, quand il comprit que les étrangers avaient l'intention de l'accompagner dans le souterrain. Il s'engagea dans le tunnel en tirant son âne par la longe et en hochant tristement la tête. Rey se munit d'une torche et lui emboîta le pas, alors que Grigán fermait la marche.

L'acteur sentait à chaque pas la dague maudite battre contre sa cuisse. La tunique rouge bruissait doucement au moindre de ses mouvements, et la lourde robe de novice le mit rapidement en nage. Il était vêtu comme un tueur zü et allait peut-être au-devant d'eux.

Un crâne peint sur un visage vint hanter ses pensées et lui rappela le coup presque mortel qu'on lui avait donné sur la gorge. Il ne devait sa survie qu'à la chance…

Malgré ses fanfaronnades, l'acteur était empli d'appréhension. Alors que Yan refermait la porte sur eux, il se demanda si *l'infaillible* Grigán était dans le même état d'esprit, ou si le guerrier était trop fou pour craindre quoi que ce soit.

Il ne put décider ce qui l'ennuyait le moins.

* * *

Bowbaq avait voulu se lever pour saluer le départ de ses amis, mais la douleur l'avait immédiatement assailli et c'est tout juste s'il avait pu contenir ses cris.

Le plus terrible n'était pas la souffrance, bien sûr. C'était de se demander s'il allait vivre.

Il avait encaissé un coup de dague, d'accord… Mais il avait déjà subi des blessures bien plus graves, ne serait-ce qu'à l'occasion des jeux parfois brutaux qu'il partageait avec Mir. Le lion lui avait cassé un poignet, deux doigts, et même presque ouvert la gorge lors d'une lutte particulièrement virile, pendant laquelle le fauve s'était un peu laissé aller.

Mais cette entaille-ci avait été faite avec une lame *empoisonnée*. Et bien que Corenn soit tout à fait confiante dans sa guérison, Bowbaq, lui, voyait sa fin approcher.

Il s'interrogeait sur les raisons qui l'avaient amené ici. Si loin de ses enfants… Si loin d'Ispen, sa femme bien-aimée… Menacée autant que lui par les Züu, ainsi que Prad et Iulane, et tous ses compagnons, sans qu'aucun sache pourquoi, ni comment y remédier.

La veille, il se trouvait dans une caverne sur une petite île de la mer Médiane, et on lui avait montré une porte vers un autre monde. Une porte *magique*. Le secret de Ji.

Cette nuit, en dormant, il l'avait percé à jour.

Il réalisa qu'il était sûrement le seul, parmi ses compagnons, à avoir une idée de ce que pouvait être l'autre monde.

Il tenta inutilement de l'oublier.

S'il survivait à sa blessure, son existence ne serait jamais plus la même. Il y avait eu *avant* Ji. Tout ce qu'il connaîtrait maintenant ferait partie d'*après*.

Sa blessure l'élançait tel un dard et il ne pensait pas pouvoir s'endormir. Si son corps avait besoin de repos, son esprit était survolté. Lui aussi exigeait d'être apaisé.

Il eut soudain envie de parler à quelqu'un.

Il avait envie d'évoquer sa mort possible, sa famille, son existence. De discuter des Züu, de leur ennemi, et du mystère de l'île. Il avait envie de partager, une fois encore, cette expérience avec quelqu'un. Un de ses amis. Un des héritiers.

Il ouvrit les yeux sur la clarté dansante des torchères de la cave. Léti était accroupie à côté de lui et arborait un sourire bienveillant. Le géant eut un soupir de gratitude, s'éclaircit la voix et commença à raconter.

* * *

Dès l'instant où Grigán et Rey furent partis, Corenn scruta Yan pendant de longs instants, d'un regard brillant d'intelligence. Le jeune homme se sentit aussitôt mal à l'aise. Ou plutôt *impressionné*.

La Mère n'avait représenté pour lui, dans son enfance, qu'une des rares parentes de Léti, en visite occasionnelle à Eza. Plus tard, il avait appris que Corenn n'était pas réellement la tante de la jeune fille, mais la cousine de Norine, la mère de Léti. Encore plus tard, quand il fut assez grand pour comprendre dans les grandes lignes l'organisation du pouvoir dans le Matriarcat, il avait réalisé que Corenn était une des personnalités les plus importantes du pays.

Il ne se souvenait plus de l'opinion qu'il avait sur elle *avant*... Mais dès ce jour, la Mère lui avait paru plus sévère, plus sérieuse, plus responsable que n'importe qui.

Intimidé, il l'avait plus ou moins fuie à chacune de ses visites. Corenn ne restait de toute manière que très peu de temps à Eza. Tous les trois ans, elle emmenait Norine et Léti en Lorelia pour quelques jours. Yan n'avait jamais demandé pourquoi, car Léti tenait à son secret.

Il savait, maintenant, de toute façon.

Durant les deux dernières décades, il avait appris à connaître et à apprécier Corenn. Les nombreuses qualités de la Mère, dont la grande intelligence n'était pas la moindre, attiraient toutes les sympathies. Si on lui avait demandé qui était le plus à même de diriger le groupe, Yan aurait sans hésitation donné la préférence à Corenn. Grigán, malgré sa grande expérience des voyages et des combats, restait trop têtu et renfermé.

Le jeune homme pensait donc tout connaître de Corenn. Mais la Mère du Conseil permanent de Kaul prenait depuis peu des airs de conspirateur qui lui donnaient froid dans le dos.

Elle lui avait promis une grande conversation. Le moment en était venu. Yan le comprit sans qu'elle eût besoin d'ajouter un mot.

Il regarda autour de lui pour s'assurer de ne rien oublier, sans comprendre pourquoi il agissait ainsi. Puis il haussa les épaules et suivit la Mère dans l'écurie.

Il se sentait aussi énervé que la veille. Quand ils avaient vu *l'autre monde*.

Le souvenir de la vallée verdoyante et ensoleillée l'attrista, comme ce qu'il avait ressenti quand la porte s'était refermée sur son secret. Il comprit qu'il ne serait plus jamais le même Yan, à présent...

— Et Bowbaq ? bredouilla-t-il avec gêne, comme s'il s'adressait à une inconnue.

— Il va bien. Léti veille sur lui. J'ai changé ses bandages tout à l'heure, la blessure est très propre. Je pense qu'on n'a plus rien à craindre du poison, maintenant.

Le ton anodin de sa conversation le détendit un peu, mais son trouble revint quand il remarqua l'expression réfléchie de la Mère.

Ils quittèrent l'écurie et firent quelques pas en silence. Le soleil était déjà haut sur l'horizon, et la campagne lorelienne célébrait sa grandeur à sa manière.

Des chants de virvois et de merles charognards fusaient de toutes parts. L'appel rauque d'un faisan marin résonna dans les environs. Un sanglier grogna en retour quelques instants après. La faune sentait l'approche de la saison de la Terre et entendait profiter le plus possible du répit offert par l'astre majeur.

Raji mourrait de peur de les savoir dehors, au vu et au su de n'importe quel visiteur, remarqua Yan avec amusement. Ce qu'ils imposaient au petit homme ne lui plaisait qu'à moitié, mais il savait que Grigán préférerait périr plutôt que d'attirer des ennuis à un innocent. Le contrebandier serait largement dédommagé, sans aucun doute.

Corenn restait silencieuse. Yan rassembla son courage et se lança.

— Cette *grande conversation*, elle a un rapport avec l'île, ou avec moi ?

La Mère lui sourit en lui jetant un regard de biais, alors que leur promenade les amenait sous les premiers arbres d'une forêt épaisse.

— Yan le Pêcheur, vous avez oublié d'être idiot, dit-elle pompeusement. Elle a un rapport avec toi, ajouta-t-elle après quelques instants.

Yan sentit sa nuque se raidir. Il s'était douté de la réponse, mais regrettait déjà d'avoir raison.

Corenn prit une longue inspiration et se lança.

— Après ce que tu as vu hier, je pense que tu ne trouveras pas ma question trop étrange. Yan, crois-tu à *l'impossible* ?

— Oui, bien sûr, répondit-il sans hésiter.

Il ressentit le besoin d'expliquer cette réponse un peu naïve.

— Je veux dire, je l'ai vu, n'est-ce pas ? On l'a *tous* vu. N'importe qui peut raconter n'importe quoi, ça ne prouve rien. Mais hier… Hier, j'étais là. J'ai vu la porte. J'ai vu l'autre monde. Et s'ils sont réels, d'autres choses peuvent l'être aussi.

Corenn s'arrêta, s'étira en observant les environs. La réponse la satisfaisait amplement.

— Bien ! Comme je le pensais, ça va être très facile. Arrêtons-nous là un moment. J'ai quelque chose à te montrer.

Le Kaulien, dévoré par la curiosité, s'accroupit dans l'herbe encore humide de rosée. Corenn déplia une étoffe qu'elle avait amenée dans ce but et s'installa dessus, s'adossant contre le tronc d'un jeune lubillier. Elle tira sans hâte une pièce de sa bourse et la tendit au jeune homme.

— Pose-la par terre, sur la tranche. Où tu veux, mais assez près pour que je puisse la voir.

Yan s'exécuta en se demandant où la Mère voulait en venir. Si Rey avait requis de lui une telle chose, il aurait refusé de s'y prêter par crainte d'une plaisanterie.

— Recule-toi, maintenant. Et regarde bien la pièce.

Yan scruta sans rien y comprendre le petit disque de métal gravé. C'était une trois-reines du Matriarcat, ternie par l'âge et sans particularité aucune. À peine de quoi acheter une miche de pain.

Alors qu'il l'observait, le disque trembla et tomba sur le côté. Yan se baissa aussitôt et le replaça sur la tranche. Puis il reprit son examen.

— Tu as vu ? demanda Corenn.

Le Kaulien la dévisagea, interloqué. Il n'avait rien vu du tout, rien compris.

— Bon. On recommence. Regarde-la de plus près, ajouta-t-elle avec un sourire malicieux.

Yan s'agenouilla devant la piécette et concentra toute son attention. Il ne voyait rien.

Puis l'objet trembla un peu sur sa base, comme caressé par la brise. Yan s'attendait à le voir chuter une fois encore, mais il n'en fut rien.

La pièce amorça un lent mouvement de toupie qui alla rapidement en s'accentuant. Si au début du cycle on pouvait croire à une coïncidence – avec la complicité du vent –, il n'en était plus rien après quelques instants. Yan avait devant lui quelque chose d'*impossible*. Et, alors que d'autres se seraient enfuis en hurlant de peur et de colère, il était submergé par une joie inexplicable.

Il porta son regard sur Corenn sans comprendre pourquoi il souriait autant. Et reprit un peu de son sérieux. La Mère avait une expression très concentrée. Elle ne quittait pas la pièce des yeux. Yan comprit que Corenn était à l'origine de ce prodige. Corenn était *magicienne*.

Il revint sur la petite trois-reines. Elle tournait si vite alors qu'on eût pu la prendre pour une complète sphère de métal. Et cette bille s'éleva dans les airs.

Le jeune homme restait bouche bée. Elle s'immobilisa à deux pieds du sol, pratiquement en face de ses yeux. Il l'observa sous tous les angles et ne put résister à l'envie de passer une main dessous. Mais ses doigts ne rencontrèrent aucune résistance, et le charme ne fut pas rompu pour autant.

Il finit par entourer entièrement la pièce dans ses deux mains jointes. Le mouvement diminua et la trois-reines se posa délicatement dans sa paume gauche. Yan la contempla comme s'il en voyait une pour la première fois.

Corenn posa une main sur son front et ferma les yeux quelques instants. Elle semblait soudain extrêmement fatiguée. Elle laissa reposer sa tête contre le tronc, avant de se tourner vers Yan avec un sourire narquois.

— Alors, tu as vu quelque chose, cette fois

— J'ai rien vu du tout, grimaça Yan. Juste une vieille pièce qui tourne dans les airs, rien d'autre.

Ils succombèrent tous deux à un fou rire des plus stupides, car ni l'un ni l'autre, habituellement raisonnables, ne parvenait à justifier ou à contrôler cette hilarité. Quand ils eurent épuisé leurs forces, ils laissèrent passer quelques instants de silence, à l'écoute des chants de la forêt.

Le regard de Yan allait de la pièce à Corenn, de Corenn à la pièce. Il ne savait d'où allait venir le prochain prodige.

— Alors, Yan le Pêcheur, l'interpella la Mère. Crois-tu à la magie ?

— Oui, répondit le jeune homme très sérieusement.

— Bien. Veux-tu l'apprendre ?

* * *

Grigán ne parvenait pas à se faire à ce tunnel. Ce n'était pas tant le fait d'être sous terre qui l'ennuyait, car il avait déjà connu cette expérience bien des fois, ne serait-ce que dans les cavernes de l'île Ji. Non, c'était plutôt l'étroitesse du souterrain.

Bien qu'il y eût largement assez d'espace, même dans les passages les plus étriqués, pour que deux adultes puissent progresser de front, le guerrier pensait manquer de place. Il songeait bien sûr à l'éventualité d'un combat.

Dans un tel couloir, il aurait toutes les peines du monde à manier efficacement sa lame de quatre pieds. Le poignard serait sa meilleure option, mais il n'avait aucune confiance en cette arme, jugeant son utilisation trop dangereuse et peu efficace face à des adversaires supérieurs en nombre.

L'arc aurait été idéal si le tunnel avait été éclairé. Mais les trois hommes progressaient à la seule lueur de leurs torches. Des ennemis déterminés et embusqués dans les ténèbres ne seraient découverts que trop tard. Pire, ils constituaient eux-mêmes des cibles faciles, et Grigán s'appliquait à longer les parois.

De plus, il détestait se laisser guider par un inconnu. Placer sa confiance en un homme qui avait si peu de raisons de les aider... Car ce tunnel n'était pas qu'un simple couloir allant de la petite ferme jusqu'à Lorelia, c'était aussi une des nombreuses artères d'un véritable *réseau* souterrain qui devait couvrir plusieurs dizaines de lieues.

Ils avaient déjà croisé six voies secondaires, toutes murées. La route à suivre était donc évidente. Mais rien ne prouvait qu'il en irait de même sur toute la longueur.

Il contourna l'âne chargé de marchandises pour se placer au même niveau que le petit contrebandier. Raji feignit d'ignorer sa présence, mais l'expression angoissée de son visage était suffisamment bavarde.

— Il est vieux à quel point, ce tunnel ?

L'homme dévisagea le guerrier, comme pour s'assurer que cette entrée en matière n'était pas le signe avant-coureur d'une série de brimades. Le visage impassible de Grigán le rassura un peu.

— Je ne sais pas. Mon grand-père l'utilisait déjà, il y a plus de cinquante ans. En creusant ma troisième cave, il y a quelques années, j'ai trouvé une pointe de lance romine. Le tunnel remonte peut-être à l'époque des Deux Empires.

— Ça ferait plus de huit éons, intervint Rey. C'est beaucoup...

— Et votre famille fait de la contrebande depuis tout ce temps ? s'étonna Grigán.

— Depuis mon grand-père, répondit Raji avec fierté, se méprenant sur les opinions du guerrier. Mais personne n'a atteint ma réussite !

— Vous vous ferez sûrement prendre un jour ou l'autre, déclara le guerrier sans animosité. Ça paraît trop facile.

— Raji donne une part de ses gains à son collecteur. J'ai entendu dire que c'était un don très généreux.

— Crie-le sur les toits, surtout, bougonna Raji.

— Où mènent les autres tunnels ?

— À Lorelia, comme celui-ci, ou dans les environs. Qu'est-ce que ça peut faire ? La plupart sont bouchés par des effondrements, ou connus de tout le monde, même de la milice. Mon grand-père a dû creuser pendant six ans pour déblayer celui-ci. J'ai muré tous ceux qui croisaient son tracé il y a des années. Je n'avais jamais eu d'ennuis… avant vous.

— Un audacieux pourrait abattre l'un de ces murs et piller votre entrepôt.

Raji fronça les sourcils. Les idées de ce Grigán ne l'amusaient pas du tout.

— On ne peut se fier à personne, grommela-t-il.

Rey éclata de rire et gloussa bruyamment pendant un bon moment. Grigán trouvait oppressant d'entendre ce jacassement idiot dans ce souterrain sordide. Il se prit à regretter d'avoir emmené l'acteur.

— Rey m'a dit que le tunnel débouchait dans une cave d'auberge. Elle est à vous ?

— Je ne sais pas si j'ai encore envie de répondre à vos questions, répliqua Raji. Vous pouvez loger chez moi, vous pouvez m'accompagner contre ma volonté, mais je n'ai nulle obligation de vous faire la conversation.

Le petit homme avait rassemblé tout son courage pour cette tirade. Il prépara mentalement une bordée d'injures à lancer au premier coup qu'il recevrait.

Rey était pris d'un nouveau fou rire. Ces gens étaient des déments, pensa le contrebandier.

Grigán avait une envie furieuse de plaquer sa lame contre la gorge du petit homme à l'haleine fétide, pour obtenir ses renseignements. Il se retint uniquement par égard pour les désirs de Corenn.

— Je voudrais simplement savoir, dit-il avec un contrôle dont il se serait cru incapable, si nous allons débarquer au beau milieu d'une assemblée de *frères* qui se précipiteront immédiatement pour ameuter la Guilde.

— Ça, il y en aura, des frères, plaisanta Raji.

Il ajouta rapidement, refroidi par le regard glacé du guerrier :

— Enfin, juste mon associé et ses deux larbins. Des gens bien… Pas d'inquiétudes pour vous, maître Grigán, conclut-il en bredouillant.

Le guerrier dévisagea le petit homme quelques instants, sans rien ajouter.

Cette idée n'était décidément qu'une folie.

* * *

Dans son état affaibli, et devant la complexité des émotions qu'il voulait exprimer, Bowbaq avait parfois du mal à trouver ses mots dans la langue ithare. Tous les membres du groupe maîtrisaient mieux l'idiome religieux que lui. Cela n'avait jamais été une gêne… jusqu'à aujourd'hui.

Léti attendait patiemment qu'il rassemble ses idées ou cherche une nouvelle tournure à sa phrase, quand il butait sur un mot ou une expression. De toute manière, elle comprenait parfaitement ce qu'il voulait lui faire partager. Elle ressentait la même chose depuis que les Züu les avaient encerclées, elle et sa tante, sur un quelconque chemin de terre à l'est de Kaul.

Bowbaq avait peur de mourir. Ou plutôt, il avait peur de mourir *assassiné*. De la main de guerriers inconnus, de tueurs étrangers à qui il n'avait jamais causé le moindre tort. Il redoutait de quitter ce monde d'une manière aussi stupide.

Le géant était désemparé.

— Les animaux sont plus civilisés que les humains, finalement, énonça-t-il en scrutant le plafond. Quand ils tuent, c'est pour se nourrir, se défendre, ou protéger leur territoire et leurs petits. Mir n'attaquerait jamais un inconnu sur ma simple demande, ou même en échange d'une récompense. Les animaux ont plus de *morale*.

— Tu n'étais pas de cet avis, avant !

— Eh non, soupira-t-il. Les erjaks d'Arkarie sont convaincus que l'humain est le maître absolu de toutes les espèces. Parce qu'il peut fabriquer des choses et avoir des idées… heu… qui dirigent ses actes…

— Des idéaux ?

— Oui. Des idéaux. Alors, j'ai cru ce qu'on me disait. Mais maintenant, je pense que les erjaks ont tort.

— Les animaux se défendent, renchérit Léti avec une lueur féroce dans les yeux. Ils se battent contre leurs ennemis, même lorsque la lutte est perdue d'avance. Je trouve aussi qu'il y a une leçon à en tirer.

Bowbaq ne répondit pas tout de suite.

— Je ne sais pas, laissa-t-il finalement tomber. Les erjaks pensent aussi que l'humain est supérieur, parce qu'il peut souvent résoudre ses problèmes sans utiliser la force. Cela est peut-être vrai.

— Mais les Züu nous tuent ! Sans hésiter ! Est-ce qu'on doit se laisser faire ?

— Je ne sais pas, répéta le géant.

Léti était atterrée. Pour elle, la réponse était évidente.

— Ton lion Mir n'hésiterait pas un instant. Il plaquerait son ennemi à terre et lui ouvrirait le ventre sans remords.

Bowbaq ferma les yeux et revit les trois cadavres dans la neige, aussi clairement que s'il venait de les quitter. Trois hommes morts par sa faute, sans qu'il sache pourquoi. Trois jeunes gens. Son fils Prad aurait le même âge qu'eux dans une dizaine d'années à peine.

— D'accord, j'admets qu'il faut se défendre, dit-il finalement. Mais je ne veux pas tuer. Je ne pourrais pas tuer.

— Moi, si, conclut Léti avec détermination. Je le ferai. Sans hésiter. Et même bientôt, j'espère.

La conversation glissa sur un long silence embarrassé. Tous deux comprirent qu'il leur faudrait éviter ce sujet, à l'avenir. Bowbaq choisit même d'en changer tout de suite.

— Je pense tout le temps à ce qu'on a vu hier. La porte... Toi aussi ?

Léti acquiesça silencieusement, se remémorant ses émotions devant le prodige. Tout d'abord, elle avait été effrayée. Puis exaltée. Et enfin, attristée.

Seul ce dernier sentiment subsistait. Tous enduraient maintenant une douleur morale inexplicable, comme une entaille peu profonde mais inguérissable dans la lisse quiétude de leur esprit.

Personne ne se plaignait. Personne ne regrettait.

Personne n'était satisfait.

— C'est quoi, à ton avis ? demanda la jeune fille. Je veux dire, ce qu'il y a *derrière* ?

Le géant réfléchit avant de répondre. C'était bien là le sujet qu'il voulait aborder depuis le début de leur conversation... mais il rechignait à en parler le premier.

— Dans les, heu... croyances, de mon clan, il existe plusieurs légendes qui pourraient expliquer cela, annonça-t-il prudemment.

— Tante Corenn dit que c'est peut-être un « paradis ». Un endroit où vont les esprits des morts.

— Heu... On m'a raconté, aussi, quelque chose comme ça, quand j'étais jeune. J'espère qu'elle a raison.

Léti trouva étrange l'expression de son ami. Quelque chose le tracassait. Quelque chose d'important.

— Bowbaq, *que crois-tu que ce soit ?*

Le géant se redressa pour s'asseoir contre la paroi en grimaçant. Il en avait plus qu'assez d'être allongé. Puis il fixa Léti de toute la profondeur de ses yeux sombres. Cette fois, il n'eut aucun mal à trouver ses mots.

— Depuis hier, j'ai comme l'impression d'avoir déjà vu *l'autre monde*. Comme si je savais ce que c'était. Cette nuit, en dormant, je me suis rappelé qu'on me l'avait déjà *décrit* !

« Ce n'était pas un héritier, c'était un Maz de Yoos, de passage dans mon clan pendant une saison. J'étais encore un petit garçon... Il connaissait des tas d'histoires et adorait les raconter. Peut-être même qu'il inventait certaines d'entre elles, mais il y en avait une qui m'effrayait particulièrement : c'était celle des démons. En fait, celle du *pays des démons*. Un endroit qui serait aussi beau et paisible que ses habitants seraient puissants et cruels. Une vallée ensoleillée couverte d'arbres fruitiers, abritant des centaines d'animaux affectueux, mais d'où les dieux noirs lançaient leurs malédictions sur le monde et les hommes.

« Je suis content que personne n'ait pu franchir la porte, conclut-il avec gravité.

* * *

Yan resta quelques instants à dévisager Corenn. S'il ne venait pas d'assister au spectacle d'une pièce s'élevant dans les airs, il aurait cru à une plaisanterie. Même maintenant, il n'était sûr de rien.

La Mère lui proposait de l'initier à la magie !

Elle venait de lui prouver l'existence de ce pouvoir légendaire. Voir le prodige était déjà une expérience enthousiasmante. Que Corenn fasse partie de ces êtres d'exception, capables de diriger des forces invisibles et mystérieuses, allait être un sujet de conversation inépuisable avant longtemps. Mais qu'elle l'invite en plus à partager ce savoir, voilà qui dépassait largement ce qu'il pouvait digérer en une seule matinée.

Corenn attendait patiemment sa réponse, amusée par l'effet produit par sa demande. Yan ouvrit la bouche, remua les lèvres, mais ne put prononcer le moindre mot. Il s'éclaircit la gorge, puis se contenta d'opiner lentement, signifiant ainsi sa décision : il acceptait.

— C'est parfait ! dit simplement la Mère, comme s'ils venaient tout bêtement de choisir la composition du prochain repas. Nous avons donc plusieurs choses à voir.

Yan tomba assis dans l'herbe humide, sans se soucier de ce désagrément. Corenn avait dès lors toute son attention. Il ne parvenait pas à croire que la Mère allait vraiment l'entretenir de magie, dans le but incroyable de la lui enseigner ! Il se demandait quand le rêve allait prendre fin, quand Corenn lui avouerait en riant que tout cela n'était qu'une mauvaise farce… mais le rêve se prolongea. Il était presque aussi exalté que devant la grande porte de Ji.

— Je dois commencer par te mettre en garde… Il n'est pas certain que je puisse t'apprendre quoi que ce soit. Les gens doués du pouvoir sont peu nombreux, et ceux aptes à le contrôler encore moins. Tu peux très bien faire partie des premiers. Ou même ne pas posséder ce pouvoir du tout, comme la majorité des gens. Prépare-toi dès maintenant à une déception.

Yan acquiesça sans que sa joie en soit diminuée. Jamais, au cours de ses différents apprentissages, il n'avait ressenti autant d'intérêt pour la matière. Il était déjà le disciple de Corenn, aussi sûr que le soleil se levait à l'aube. Il s'était initié à la ferronnerie, à la menuiserie, à la culture potagère et même à la pêche, par désœuvrement ou nécessité. Il apprendrait la magie par passion. C'était déjà une certitude.

— Sais-tu pourquoi je te fais cette proposition ? reprit Corenn.

Yan n'eut pas à réfléchir longtemps. Son esprit survolté leva le brouillard sur quelques événements inexplicables de la nuit passée. La réponse lui apparut aussitôt, claire, évidente.

— Ce qui s'est passé sur la falaise. Sortir Léti de là était impossible. Pourtant, j'ai pu… Elle est parmi nous, corrigea-t-il avec modestie.

— Tu es intelligent, Yan, commenta la Mère en le jaugeant. Très intelligent. J'ai mis plusieurs jours pour m'en rendre compte. Et tu as de grandes qualités de cœur.

Le jeune homme rougit jusqu'aux oreilles. Il n'était pas habitué aux compliments. Quel dommage que Léti n'ait pas été là pour entendre ça ! Et Grigán, aussi…

— Malheureusement, la possession de ces vertus n'est en rien une preuve de l'existence de ton pouvoir. De ta *Volonté*. Tu comprends ? Ça n'a rien à voir avec le fait d'être intelligent ou stupide, savant ou ignorant, jeune ou vieux, honnête ou sans morale. Femme ou homme non plus, bien sûr. Tu *l'as*, ou tu *ne l'as pas*. C'est tout. Et on ne peut rien y faire. Tu comprends ?

— Il n'y a aucune honte à ne pas l'avoir, c'est ce que vous essayez de me dire.

— Mère Eurydis, si toutes les personnes qui ont passé l'épreuve avaient réagi comme toi, ma vie aurait été bien plus simple.

— Une épreuve, répéta Yan. En quoi consiste-t-elle ?

Le jeune homme bouillait d'impatience. Les multiples avertissements et réticences de Corenn commençaient à faire leur effet, c'est-à-dire le préparer à une déception. Dès lors, il voulait en avoir le cœur net au plus vite.

— Je ne peux pas *deviner* le pouvoir en toi, si l'idée t'a effleuré. La seule façon de prouver l'existence de ta Volonté, c'est d'en faire la démonstration.

Corenn se pencha, prit la trois-reines des mains de Yan et la posa sur le sol, droite sur la tranche. Le jeune homme redoutait la suite. Il avait raison.

— À ton tour, maintenant, dit la Mère. Fais bouger la pièce.

* * *

Rey essayait de se rappeler *pourquoi* il avait tellement tenu à accompagner Grigán. Oh, ce n'était pas sa peur qui lui imposait une telle question, quoique celle-ci soit bien plus grande que ce qu'il avouerait jamais. Mais, outre le fait que le guerrier ne semblait avoir aucun besoin de lui, il ne faisait pas le moindre effort pour être de compagnie agréable.

Même l'âne de Raji était plus amical, et sa conversation plus intéressante, plaisanta-t-il pour lui-même.

Heureusement, le voyage touchait à sa fin. Lorelia ne devait être qu'à une lieue et demie de la ferme du contrebandier, mais Rey avait l'impression d'en avoir parcouru trois. Il avait depuis longtemps ôté la robe de novice qui le mettait en nage, au grand dam de Raji que le costume de Zü rendait excessivement nerveux.

Le petit homme s'était arrêté à deux reprises pour consolider des portions de plafond menaçant de s'effondrer. Grigán avait protesté assez longuement sur cette perte de temps, mais rien ne put convaincre Raji de passer outre. Il avait hoché la tête à chaque réclamation du guerrier, sans cesser de creuser, clouer et renforcer les parois à l'aide des matériaux adéquats qu'il prélevait dans le chargement de son âne. Finalement, pour accélérer les choses, Grigán avait mis la main à la pâte en bougonnant. Rey s'était bien gardé de les aider, prétextant qu'il ne voulait pas souiller son déguisement.

Depuis, leur marche se poursuivait silencieusement, sans autre incident. Raji annonça simplement qu'ils seraient bientôt à destination.

Rey finit par admettre qu'il était venu parce qu'il ne savait pas quoi faire d'autre. L'idée l'avait effleuré de quitter le groupe et de tenter seul sa chance, au Vieux Pays ou ailleurs. Mais les héritiers, malgré le mauvais caractère de certains, étaient les premiers vrais amis qu'il avait depuis longtemps. Ce qu'ils avaient vécu sur l'île Ji les unissait pour l'éternité. Sentiment étrange et déroutant. Rey n'avait jamais été lié à qui que ce soit.

Tout à ses songeries, il ne remarqua la nouvelle inclinaison du tunnel et sa finition supérieure qu'après en avoir parcouru quelques centaines de pas. La sortie était proche. Il enfila à regret la robe de novice et la ferma sur sa tunique zü.

Peu de temps après, les trois hommes se trouvèrent face à une lourde porte en bois de feuillu, sans serrure, rappelant celle qui se trouvait à l'autre extrémité, dans la ferme de Raji.

— Comment ouvre-t-on ? demanda Grigán.

— On attend que la porte devienne transparente et on passe à travers, plaisanta Rey, faisant allusion au prodige de l'île Ji.

Le guerrier lui lança un regard noir et lourd de menaces. Rey admit qu'il était peut-être allé trop loin. Il avait fait le serment de ne rien dévoiler du secret de l'île, et était décidé à respecter ce vœu, coûte que coûte. Il fit un petit signe d'excuse à Grigán. C'était la première fois qu'il ressentait le besoin de s'excuser auprès de quelqu'un.

Raji n'avait rien vu de la scène. Il était occupé à tirer de manière répétée sur une corde dissimulée, tendue au plafond et jusque dans la paroi.

— Qu'est-ce que c'est que ça ? demanda Grigán d'un air méfiant.

— Ça actionne juste une cloche, en haut, répondit très vite Raji. Pour que mon associé descende ouvrir. C'est vrai, vous avez ma parole !

Le guerrier jaugea le petit contrebandier silencieusement. Une dague apparut comme par enchantement dans sa main. Rey comprit que, s'il y avait un piège là-dessous, Raji serait le premier à le regretter.

Il se prépara lui-même à cette éventualité en dégainant un poignard. L'idée lui était venue d'utiliser la *hati* des Züu, mais il l'avait repoussée avec répugnance. Même son sens moral un peu particulier ne lui permettait pas d'employer une lame empoisonnée.

Un nœud dans la porte disparut, laissant passer un rai de lumière. Un œil inquisiteur le remplaça pendant un court instant.

— Raji ? cria une voix inquiète. Qu'est-ce qui se passe ? Qui sont ces types ?

— Des amis, répondit Grigán d'une voix calme. Nous ne sommes pas armés.

Le guerrier tenait sa dague cachée dans son dos. Reyan admira en connaisseur cette performance d'acteur.

— Ça va, Bellec ? lança-t-il d'un air joyeux.

L'œil réapparut un court instant dans le nœud, examinant rapidement Rey et Grigán.

— On se connaît ?

— Nous avons déjà fait affaire ensemble, déclara l'acteur. Par l'intermédiaire de Raji. Vous vous souvenez de la *liqueur du centenaire* ? C'est pour moi que vous l'avez écoulée.

L'homme derrière la porte ne répondit pas. Rien ne prouvait que les étrangers disent vrai. Ce détail, ils avaient pu l'extorquer à Raji.

— Bellec, ouvre, s'il te plaît, gémit le petit homme. Tout va bien.

Il y eut un nouveau silence, puis le contrebandier céda et s'affaira à débloquer la porte. Les trois hommes et l'âne franchirent rapidement le passage, sous l'œil inquiet du nommé Bellec.

Il avait le profil type du Lorelien repu de sa réussite commerciale. Plutôt petit, grassouillet, le teint cuivré par le soleil du sud des Hauts-Royaumes. Sa mise était soignée, comme devait l'être celle d'un aubergiste et négociant civilisé, et l'on devinait qu'il n'avait jamais connu le besoin. Mais avant tout, cet homme n'était qu'un lourdaud fruste et grossier, dont les seules préoccupations étaient pécuniaires. Mon compatriote, songea Rey avec amusement.

Après de rapides présentations orchestrées par l'acteur, Bellec referma la porte avec empressement, comme si de nouveaux étrangers devaient envahir sa cave. Celle qu'ils occupaient maintenant était bien moins grande que l'entrepôt de Raji, mais aussi bien agencée. Les deux contrebandiers s'employèrent à placer les marchandises sur les étagères, ce qui ne fut pas très long et leur permit de s'occuper l'esprit. Grigán préféra les attendre avant de s'engager plus loin.

— J'espère que tu as confiance en tes amis, Raji, commenta Bellec. Je n'ai jamais montré notre tunnel, *moi.*

— *Mon* tunnel, corrigea le petit homme.

— Qui débouche dans *ma* cave. Essaie de t'en souvenir, à l'avenir. Et arrange-toi pour m'éviter ce genre de situation.

Raji allait protester qu'il n'avait pas eu le choix mais y renonça aussitôt. Personne ne l'écoutait, de toute façon.

Une fois la tâche accomplie, tous se rendirent dans une pièce annexe, cette fois la véritable cave de l'auberge.

Bellec dissimula la porte de sa cache secrète derrière une grande étagère, tandis que Raji attachait la longe de son âne à l'anneau prévu à cet effet.

— C'est la première fois que j'entre dans une auberge par la cave, plaisanta Rey.

— Ah-ah, très drôle, grimaça Bellec. Dites-vous bien que c'est aussi la *dernière* fois. Je passe des marchandises, pas des fugitifs.

— Qui a dit que nous en étions ? demanda Grigán.

— Pourquoi n'êtes-vous pas entré par les portes de la cité ? répliqua le Lorelien.

— Un point pour vous. Soyez seulement assuré que nous n'avons rien à nous reprocher.

— Bien sûr. De toute façon, je me fiche totalement de ce que vous avez fait. Je ne veux plus vous voir dans ma cave, c'est tout.

— Il faudra bien que l'on reparte.

— C'est pas mon problème. Si vous voulez, je rouvre le tunnel et vous disparaissez maintenant. Mon auberge n'est pas la croisée des chemins.

Raji observa Grigán avec angoisse. Tout cela allait dégénérer en bagarre, à coup sûr… L'attaque vint pourtant de Rey.

— On pourrait aussi sortir d'ici et aller parler aux collecteurs, menaça l'acteur. La Couronne n'a aucun grief contre nous.

Bellec dévisagea le jeune homme avec dédain. Ce coup était vraiment bas.

— Allez, quoi, reprit l'acteur plus doucement. Nous ne faisons que passer !

Bellec ne répondit pas, se contentant de lancer un regard lourd de reproches à Raji. On ne lui laissait pas vraiment le choix.

— Où sont vos hommes ? s'enquit Grigán alors qu'ils s'engageaient dans l'escalier.

— Qui ?

— Werb et Micaeir, précisa Raji, également curieux.

— La Guilde leur a proposé un travail dans un hameau sur la côte, répondit Bellec à l'adresse de son complice. Le bruit court qu'ils sont morts. J'espère que c'est vrai. Ils m'ont laissé tomber sans hésiter !

Rey et Grigán échangèrent un regard entendu, puis grimpèrent à la suite des contrebandiers vers Lorelia.

* * *

Bowbaq avait finalement succombé au sommeil. Lui et Léti avaient beaucoup parlé, et la jeune fille avait vu, une nouvelle fois, beaucoup de ses convictions ébranlées.

Elle tendit l'oreille vers la respiration du géant, la trouva paisible et décida dès lors de faire elle aussi quelques pas dehors. Corenn et Yan étaient sortis depuis longtemps, et après ce qu'elle venait d'entendre, elle n'avait aucune envie de rester seule.

Même quelques pas sous le soleil ne suffirent pas à lui faire oublier ses angoisses. Tout au plus à les éloigner un peu dans le futur… ou dans le passé.

Elle rencontra Yan et Corenn alors qu'ils revenaient vers l'écurie. Son ami avait une drôle d'expression, celle qu'il affichait quand il se prenait de passion pour une nouvelle discipline. Il ne pouvait pas lui cacher ce genre de chose, elle le connaissait trop bien.

Le Kaulien lui sourit du plus loin qu'il la vit. Quelque chose pinça Léti à l'estomac. De nouveau, elle regrettait que Yan n'ait pas demandé sa Promesse.

Elle tenta de noyer cette pensée au fond de son esprit. Yan ne l'aimait pas, voilà tout. Ça ne faisait qu'un souci de plus parmi tant d'autres.

— Comment va Bowbaq ? demanda Corenn dès qu'ils furent à portée de voix.

— Bien. Il a eu du mal à s'endormir, mais il ronfle, maintenant.

— Est-ce qu'il a mal ?

— Il fait la grimace quand il bouge, c'est tout. Il ne se plaint pas.

— Bien. Je pense qu'on n'a plus rien à craindre du poison. Il est hors de danger.

Les trois Kauliens se faisaient face, cherchant un nouveau sujet de conversation.

— Vous vous êtes promenés longtemps, commenta Léti.

Yan baissa le regard et trouva soudain beaucoup d'intérêt à un examen approfondi de ses chausses.

— Oui, répondit simplement Corenn. La forêt est très belle, par là. Bien ! Je vais voir si on peut trouver de quoi préparer à manger dans les marchandises de maître Raji. Après tout, à cinq terces la journée, il peut nous offrir le repas !

Ils retournèrent à l'entrepôt. Léti avait la désagréable impression qu'ils lui cachaient quelque chose. Sa tante n'agissait ainsi que lorsqu'elle voulait la préserver de trop mauvaises nouvelles.

Léti avait eu l'intention de lui parler du pays des démons de Bowbaq… Maintenant, elle ne s'en sentait plus le courage.

* * *

Le premier demi-décan de son retour à Lorelia, Rey le passa à surveiller l'entrée du *Cochon romin*, l'auberge de Bellec, en compagnie du seul et muet Grigán. Que le guerrier n'accorde aucune confiance au négociant, c'était facile à comprendre. Rey avait la même opinion. Mais qu'il l'oblige à faire le pied de grue pendant un demi-décan, sous le soleil de l'apogée, alors qu'il endurait le poids de ses vêtements, voilà qui était plus qu'il n'en pouvait supporter.

Après une dernière tentative pour raisonner le Ramgrith, Rey décida de faire cavalier seul et s'éloigna d'un pas ferme en direction des vieux quartiers. Grigán le rattrapa avant qu'il n'atteigne le coin de la rue.

— Vous êtes bien trop pressé, lança le guerrier. Vous ne réfléchissez pas assez avant d'agir. Vous ne vivrez pas vieux.

— Je préfère vivre jeune, de toute façon, rétorqua l'acteur avec un sourire moqueur.

Il s'engouffra dans une ruelle qui méritait plus le nom de *couloir*, traversa une place dont le pavement remontait à plusieurs siècles, puis remonta une avenue encombrée de charretiers et de muletiers braillant pour qu'on leur libère le passage. Grigán redoublait d'efforts pour ne pas perdre Rey de vue tout en surveillant les environs. Pour le guerrier à la prudence excessive, cette situation était extrêmement oppressante.

Une chose seulement jouait en leur faveur : Lorelia était un des derniers endroits du monde connu où les Züu risquaient de les attendre. Mais ils perdraient cet infime avantage dès la rencontre avec les assassins. Grigán ne parvenait toujours pas à croire qu'il s'était laissé convaincre d'aller *au-devant* des tueurs rouges pour leur faire la conversation. Corenn semblait pourtant bien décidée à aller jusqu'au bout !

Elle comptait sur lui pour assurer leur sécurité. Il ferait bien sûr de son mieux. Mais si la rencontre tournait mal, seule la chance pourrait les sauver…

Rey s'engagea dans une nouvelle ruelle et la parcourut jusqu'à un croisement, où il attendit le guerrier.

— La maison des Kercyan est à deux rues par là, dit-il en indiquant un passage surplombé d'une arche.

Grigán attendit la suite, se préparant à une farouche lutte verbale où il interdirait à l'acteur de les mettre tous en danger pour un simple caprice. Mais Rey reprit sa route sans rien ajouter. Il n'avait aucun besoin qu'on lui explique la situation. De toute manière, il n'avait jamais réellement aimé cette bicoque, véritable terre d'exil de sa famille. Elle devait maintenant faire le bonheur d'une bande de sans-logis. Il n'avait aucune envie de la revoir, encore moins d'y pénétrer.

Le guerrier redoubla de vigilance dans ces quartiers anciennement fréquentés par Rey. Si bien que l'acteur montra rapidement des signes d'impatience devant le pas faussement traînant de son compagnon. Mais cette promenade ponctuée de querelles sans gravité finit tout de même par les amener à destination.

Le palais d'hiver du commissaire royal au commerce, plus communément appelé le Petit Palais, occupait tout le côté ouest de l'impressionnante place des Cavaliers. Chaque septime, la place accueillait le plus grand marché ouvert de Lorelia. Dans le même temps s'effectuaient les transactions du Petit Palais, pour la plupart illégales, ouvertes à tous ceux qui n'étaient pas refoulés par les vigiles et pouvaient s'acquitter du droit d'entrée.

— Nous n'en avons pas encore parlé, dit Rey alors qu'ils approchaient de la bâtisse. Mais c'est réellement très, très cher.

— Dites-moi simplement combien, râla le guerrier.

— Cinq cents terces par personne, pas moins. Qu'il y ait transaction ou non.

Grigán se rembrunit un peu plus. Cette histoire allait occasionner un beau vide dans leur bourse. Vingt terces d'or par personne. Pour discuter avec des Züu. Il soupira bruyamment en secouant la tête, puis se résigna à étudier l'endroit.

Le guerrier, tous séjours cumulés, avait dû passer plus de dix décades dans la cité marchande. Il avait certainement traversé cette place et longé le Petit Palais une cinquantaine de fois. Mais l'édifice avait aujourd'hui une tout autre importance à ses yeux, et il s'appliqua à en détailler les particularités.

La personne qui l'avait rebaptisé était dotée d'un certain sens de l'humour. Si ce palais était appelé *petit*, ce ne pouvait être qu'en comparaison de la demeure royale. Il atteignait une hauteur de cinq étages alors que peu de maisons loreliennes en possédaient quatre. Et l'on comptait pas moins de onze grandes fenêtres à chaque niveau. Le bâtiment entier aurait largement pu abriter une vingtaine de familles.

L'architecture était représentative des grands édifices du royaume : colonnades en semi-relief, corniches, fenêtres aussi hautes qu'étroites, petits balcons... Le tout construit essentiellement en pierre brute des carrières de Cyr. Le Petit Palais avait plus de six cents ans mais semblait avoir été achevé à peine une décennie plus tôt.

Le commissaire royal au commerce n'y séjournait plus, même s'il y conservait ses appartements. L'essentiel de la bâtisse abritait depuis deux siècles les études des clercs du royaume : tous les administrateurs réguliers, les archivistes, les bureaucrates, les scribes, les gestionnaires, les greffiers et autres comptables, indispensables à la stabilité et à l'enrichissement de la nation marchande.

L'entrée au palais était donc libre, et des centaines de négociants s'y rendaient chaque jour pour s'acquitter de certaines démarches et déclarations obligatoires. Le septime de chaque décade faisait exception. Seuls les clercs étaient alors admis à entrer... et les personnes se rendant au marché intérieur.

Grigán grimpa sans hâte la quinzaine de marches et suivit Rey sous le porche démesuré. Un seul vigile à l'air endormi surveillait les allées et venues entre le vestibule et l'extérieur.

— Pendant le marché, glissa Rey à l'oreille du guerrier, le couloir est gardé par six *jelenis*. Le corps royal des maîtres-chiens. Et ils choisissent toujours leurs dogues les plus hargneux… Personne ne peut espérer entrer ou sortir par la force.

L'étroit couloir d'entrée débouchait sur un vestibule somptueux, tout de marbre ciselé. Ils dépassèrent le bureau d'un scribe de corvée à l'accueil qui ne leur prêta aucune attention.

— C'est ici que vous paierez le droit d'entrée et que vous laisserez vos armes, précisa Rey en désignant le bureau.

— Pardon ?

— J'imagine assez bien le mal que ça vous fera, s'esclaffa l'acteur. Dites-vous que ce sera la même punition pour les Züu !

Deux escaliers en arc de cercle menaient aux étages. Rey entraîna le guerrier sous le premier, franchit une arche somptueuse, et les deux hommes se retrouvèrent sous le portique ceinturant une vaste cour intérieure.

En fait de cour, c'était plutôt un jardin. Ou mieux, un véritable petit parc. Rien de ce qui poussait ici, arbre, fleur, buisson, herbe, lierre, n'était véritablement sauvage. Tout était redressé, taillé et « corrigé » selon les critères esthétiques humains.

Un chemin de promenade serpentait à travers cette nature domestiquée, menant d'un banc de marbre à un autre, comme si les marcheurs avaient besoin de s'arrêter tous les quinze pas. D'épaisses haies de séda judicieusement disposées simulaient des murs. Certaines protégeaient des petits salons à ciel ouvert : tables, bancs, fontaines…

— Voilà. C'est ici que tout se passe. Les négociants sont libres de se promener et de s'asseoir où ils veulent. La criée et l'affichage sont interdits, mais je pense que nous n'en aurons pas besoin, n'est-ce pas ?

— Je croyais que vous n'y aviez jamais participé. Vous me semblez en savoir long sur le sujet.

— N'oubliez pas que c'est ma ville natale, Grigán. Il est normal que j'en connaisse les particularités.

Le guerrier acquiesça en étudiant les lieux.

— N'importe qui peut entrer ici et cacher une arme, commenta-t-il. Nous ne serons pas en sécurité.

— Ils ont prévu cette éventualité, bien sûr. Des archers patrouillent sur les balcons au-dessus du portique. Ils ont ordre de tirer sur quiconque brandirait une arme. Je crois que c'est arrivé deux fois en trois siècles… Et puis, en théorie, nous ne devrions pas être là. Je m'étonne même qu'on ne nous ait pas encore flanqués dehors !

Le guerrier embrassa l'endroit du regard une dernière fois, évaluant les distances et la disposition des lieux. Il n'y avait que deux issues possibles, une sous chaque escalier. Les héritiers devraient être plus ou moins en sécurité… en supposant que les Züu ne soient pas prêts à se sacrifier pour les atteindre, ce dont il doutait.

— J'en ai assez vu. Partons avant de nous faire remarquer. Encore deux ou trois choses à vérifier dans le quartier, et on rentre.

* * *

C'était la première fois que Yan mentait à Léti, d'aussi loin qu'il s'en souvienne. Cela lui laissait un goût désagréable dans la bouche, que même la joie des révélations récentes de Corenn ne parvenait pas à adoucir.

Heureusement, cette trahison était temporaire. La Mère lui avait fait promettre de garder le secret sur leur entretien jusqu'à nouvel ordre. Il imaginait que ce nouvel ordre viendrait juste après son succès à passer « l'épreuve ».

Il avait déjeuné avec ses compagnons puis s'était éclipsé dès que la politesse le lui avait permis. Et il se retrouvait maintenant dans la forêt lorelienne, à contempler une piécette kaulienne noircie par les années. À plat ventre sur le sol, les mains sur les tempes, aussi concentré que possible.

L'essai de ce matin ne s'était pas prolongé longtemps. Corenn lui avait donné quelques conseils, puis avait décidé qu'il était temps de rentrer. Cette épreuve, il devrait la passer seul. Il pourrait y consacrer plusieurs décades avant d'y arriver. Plusieurs lunes. Voire, peut-être, plusieurs années.

Yan n'imaginait pas demeurer tout ce temps à contempler la pièce. Si Corenn avait réussi le tour, c'est que c'était possible. Étrange, certes, difficile, peut-être, mais pas insurmontable. Comme la Mère l'avait dit, le premier principe, c'était d'y croire.

Seulement, il ne savait pas comment s'y prendre. À part fixer la pièce en souhaitant qu'elle tombe, il ne voyait pas quoi faire. Il se contenta donc de cela pour le moment.

Au bout d'un moment, un nouveau sentiment l'envahit. Une sensation de ridicule, devant cette conduite que n'importe qui jugerait digne d'un fou. Mais il se reprit vite. Corenn avait prédit qu'il en passerait par là, que c'était normal. Quelqu'un n'ayant pas cette réaction aurait, lui, vraiment l'esprit dérangé.

Il recentra son attention sur le disque de métal. Il en connaissait déjà tous les détails et pourrait le retrouver parmi cent autres. La pièce était usée sur un tiers et présentait des aspérités à deux endroits sur sa tranche. Il se demanda si de tels détails pouvaient l'aider, ou s'ils gênaient sa concentration.

Il remarqua une fois encore qu'il ne savait même pas *comment* s'y prendre. De quelle façon la magie marchait-elle ?

Corenn lui avait dit qu'elle était comme un muscle de l'esprit qui n'aurait jamais servi et serait difficile à réveiller. Yan serait bien heureux de seulement savoir où se trouvait ce « muscle ».

Elle avait plusieurs fois parlé de *Volonté*, mais cette idée restait vague. Yan voulait très fort que la pièce tombe. *Il le voulait. Maintenant !*

Mais la trois-reines restait bien immobile, avec son usure dans le motif et ses aspérités sur la tranche. Aussi fière que pour un défi.

Il lui lança une malédiction de son invention en agitant les mains en tous sens et en bredouillant n'importe quoi. Puis il se releva, ramassa l'objet haï et prit le chemin du retour.

Il avait passé presque un décan de sa vie à fixer ce bout de métal. Pour rien. C'était un échec complet.

Il recommencerait dès que possible.

* * *

Il entra dans l'écurie au moment même où Raji en sortait. Le petit homme était de fort méchante humeur. Il avait attendu Rey et Grigán beaucoup plus longtemps que ce que les deux hommes avaient estimé. Yan lui fit simplement un petit salut de la tête, préférant se faire oublier du contrebandier.

Ses compagnons étaient déjà en grande discussion quand il les rejoignit. Ils s'étaient installés autour du lit de Bowbaq pour un conciliabule improvisé. Grigán lui résuma leur voyage en quelques mots.

— À l'intérieur du Petit Palais, reprit-il, j'admets que les dangers sont restreints. Mais il en ira différemment dès que nous serons dehors. Les vigiles essaient simplement de ne pas faire sortir tous les négociants en même temps. Cette précaution me paraît insuffisante quand on a affaire à une organisation telle que celle des Züu. Sans compter la Grande Guilde, bien sûr.

— Mais les Züu ne s'attendent pas à notre visite, expliqua Corenn. Je suis sûre qu'ils n'ont prévu aucune embuscade, que ce soit dans le bâtiment ou à la sortie. Sauf s'ils le font systématiquement, bien sûr, mais rien ne pourrait le justifier.

— À moins qu'ils soient prévenus de notre visite, précisa Grigán. Deux larbins du complice de Raji étaient à Berce, et ils sont peut-être morts sur l'île. Mais peut-être pas… On peut très bien tomber nez à nez avec eux la prochaine fois.

— Deux malfrats, on s'en débarrassera sans problème, lança Léti avec assurance.

Corenn ouvrit de grands yeux scandalisés, mais Grigán devança son sermon.

— Tu crois ça ! Personne n'est jamais vainqueur d'avance dans un combat. *Personne.* Et même si c'était le cas, on peut ne pas reconnaître ces types. Ils peuvent nous faire des courbettes et filer ameuter la Guilde dès qu'on aura le dos tourné.

Léti s'abstint de répliquer. Le guerrier avait promis de lui apprendre à se battre. Elle ne voulait rien faire jusque-là qui le contrarie et le fasse changer d'avis.

Les deux chefs du groupe reprirent leur conversation où ils l'avaient laissée. Grigán soupira avant de s'adresser à la Mère avec des yeux suppliants.

— Corenn, vous pensez vraiment que ça en vaut la peine ? Jamais les Züu ne nous écouteront. Il serait plus facile de dialoguer avec un serpent daï qu'avec ces déments. Dès qu'ils nous auront vus, l'unique chose à laquelle ils vont réfléchir, c'est comment nous planter le plus rapidement possible une dague dans le cœur.

— Je sais, Grigán, je sais. Mais nous n'avons pas beaucoup d'autres solutions, malheureusement. Si nous ne pouvons rencontrer notre ennemi, faute de le connaître, nous devons essayer d'arrêter son bras.

Le guerrier dévisagea ses compagnons un à un. Lui savait ce qu'était l'existence d'un fugitif pourchassé. Il ne la souhaitait à personne. Il ne pensait pas, d'ailleurs, que ses amis puissent y survivre longtemps, même placés sous sa protection.

Il hocha la tête silencieusement, en réponse à Corenn, sans pouvoir empêcher une grimace.

La discussion se serait arrêtée là si Bowbaq ne l'avait relancée d'une voix pleine d'inquiétude.

— Et si les Züu refusent de nous écouter ? S'ils veulent nous pourchasser jusqu'au bout ? Je veux dire, qu'est-ce qu'on fera *ensuite* ?

Ces questions, tout le monde se les posait, mais personne n'avait de réponses encourageantes à donner au géant père de famille.

— Je pense que le mieux serait de nous rendre aux Baronnies, répondit Corenn d'un air désolé. À Junine, pour rencontrer la reine Séhane. C'est la seule héritière en vie à notre connaissance, nous exceptés. Évidemment, ça ne va pas te rapprocher de l'Arkarie…

Bowbaq resta songeur. Trois décades plus tôt, Wos s'agitait dans son enclos et le réveillait. Aujourd'hui, il était allongé dans un entrepôt de contrebandier lorelien, le ventre blessé par une dague. Et voilà qu'il allait peut-être s'embarquer pour les Petits Royaumes. Cela faisait plus de deux lunes qu'il n'avait pas vu sa femme, son fils et sa fille. Il n'était même pas certain qu'ils soient encore en vie.

— D'accord, annonça-t-il à contrecœur. Si ça peut arranger les choses… Nous irons à Junine.

Rey le réconforta d'une bourrade sur l'épaule. Le spectacle de cet homme si gentil en proie à la mélancolie les attrista tous un peu plus.

* * *

Léti ne laissa pas Grigán se reposer bien longtemps. À peine le guerrier eut-il pris un repas léger, bien que tardif, qu'elle se hâta de lui rappeler sa promesse : il devait lui apprendre à se battre. La première leçon serait pour aujourd'hui.

Grigán était un homme de parole, comme tous ses compatriotes et même, en généralisant, comme tous les natifs des Bas-Royaumes. Si son éducation lui interdisait de laisser une femme manier quelque arme que ce soit, son sens de l'honneur, bien plus sacré à ses yeux, l'empêchait de déroger à son engagement. De plus, vingt années de voyages et de rencontres l'avaient aidé à assouplir sa foi dans les préceptes rigides des traditions ramgrithes. Des femmes combattantes, il en avait rencontré des dizaines.

— Bien, allons-y, répondit-il à la Kaulienne dont le visage s'illumina. On va faire ça dehors.

Léti courut presque jusqu'à l'escalier, s'arrêtant simplement un instant pour s'assurer que le guerrier la suivait bien. Mais il était en pleine discussion avec Corenn. Léti grimpa les marches en boudant, certaine que sa tante allait tenter d'influencer Grigán. Elle ne se trompait pas.

— Je n'ai aucune envie de la voir courir au-devant des Züu, déclarait Corenn. Essayez de ne pas l'encourager, s'il vous plaît, Grigán. Ne lui laissez pas croire qu'elle pourrait avoir le dessus dans une bataille.

Le guerrier dévisagea la Mère comme si elle venait à la fois d'insulter ses ancêtres et de maudire ses descendants. Jamais Corenn ne lui avait fait un tel affront. Lui parler comme à un irresponsable !

Il préféra mettre cela sur le compte des nombreux soucis qui les torturaient tous. On lui avait beaucoup reproché sa susceptibilité, ces derniers jours... Cette fois, il ne se fâcherait pas.

— Ne vous inquiétez pas, répondit-il simplement, avant de rejoindre Léti qui patientait à côté de l'écurie.

Il s'était plus ou moins attendu à ce que tous ses compagnons se précipitent pour assister au spectacle de cette « première leçon », mais Rey fut le seul à se joindre à eux. L'acteur s'allongea confortablement sur une meule de paille, muni d'une bouteille de vin vert chapardée à Raji, et qui devait l'aider à passer un moment des plus agréables. Grigán s'irritait d'avance des remarques prétendument humoristiques dont il allait très certainement faire l'objet. Il décida d'ignorer le plaisantin et de se concentrer sur Léti.

La jeune fille attendait avec impatience qu'il lui livre quelque secret biscornu de vétéran. Il n'avait jamais enseigné quoi que ce soit à quiconque. Il n'avait aucune idée de ce qu'il allait faire. Il se demandait même ce qu'il pourrait *dire*.

— Le mieux serait de lui donner une arme, non ? proposa Rey, comme s'il avait lu dans ses pensées.

Que l'acteur s'aperçoive de son hésitation, voilà qui était suffisant pour vexer le guerrier déjà à bout de nerfs. Il empoigna sa lame courbe en un geste rendu naturel par l'expérience, et enchaîna plusieurs jongleries impressionnantes qu'il regretta aussitôt. Ces performances n'étaient que bravades inutiles, et s'il les maîtrisait, c'était uniquement parce qu'il portait une épée depuis toujours.

Il avait simplement voulu prouver qu'il n'avait nul besoin de conseils et avait commis une faute : encourager Léti dans la voie des armes.

La jeune fille avait observé toute sa démonstration avec de grands yeux admiratifs. Il était certain qu'elle tenterait de l'imiter à la première occasion. Maudit soit-il !

— Bon, que veux-tu apprendre ? lui demanda-t-il, soudain pressé d'en finir.

— Tout. Comment manier les armes aussi bien que vous. Comment attaquer, parer, riposter, tout ça.

— Ça ne se récite pas, ça. C'est une question d'expérience.

— Alors, entraînez-moi.

Le guerrier réfléchit un instant.

— On va commencer par l'arc, annonça-t-il.

— Oh, non. Je sais déjà tirer. Apprenez-moi les lames.

Grigán secoua la tête. Cette situation était ridicule. Si ce n'était sa promesse, il aurait déjà tourné le dos à cette jeune femme inconsciente. Il se jura qu'il n'y aurait pas de *deuxième* leçon.

Néanmoins, il réfléchit consciencieusement aux meilleurs conseils à donner. Avoir sa lame courbe en main l'aidait à réfléchir aux nombreux combats qu'il avait menés. Quelques idées lui vinrent peu à peu. Il se félicita d'en trouver une qui pouvait en plus décourager Léti.

— Avant toute chose, tu dois vaincre ta peur, déclara-t-il avec gravité. Ta peur des *blessures*. Des dégâts qui seront faits sur ton visage, ta peau, tes os, la plupart du temps irrémédiables. Il y a les griffes, les égratignures, les bosses… Mais aussi les coupures, les fractures et les déchirures… Et plus grave, bien sûr. On ne sort *jamais* indemne d'un combat. Jamais.

— Je sais. Quoi d'autre ?

Léti avait connu ces désagréments la veille. Elle en souffrait encore. Si le guerrier voulait l'impressionner, c'était raté.

— Tu ne comprends pas. Je ne suis pas en train de te prévenir que tu risques des blessures. J'espère bien que tu le sais ! Je dis que si tu crains les coups, si tu ferrailles à l'épuisement pour éviter une entaille à la jambe, alors tu as perdu le combat. C'est aussi simple que cela.

— Alors ?

— Alors, si tu veux apprendre à *te défendre* – et je dis bien te défendre –, tu dois apprendre à garder en vue l'essentiel : rester en vie, et rien d'autre. Autrement dit : si tu ne veux pas porter de cicatrice comme la mienne, renonce tout de suite et laisse les autres se charger de ta protection.

— Pas question. Faisons un exercice. Vous allez voir.

Léti le prenait complètement au dépourvu. Grigán pensait qu'un tel discours l'effraierait au moins un peu, mais il s'était trompé. La jeune femme avait quelque chose de bouillant en elle. Il ne savait que trop ce dont il s'agissait. Il appelait cela *la colère du guerrier*. Dangereux sentiment !

Qu'importe, si elle voulait un exercice, elle allait l'avoir. Une bonne leçon devrait lui remettre la poutre sous le toit.

— D'accord, dit-il avec une nouvelle jonglerie. Attaque-moi.

Pour la première fois de la leçon, Léti fut quelque peu surprise.

— Comme ça ? Avec quoi ?

— Avec rien. Moi j'ai l'épée, toi tu n'as pas peur.

La jeune fille s'assombrit. Elle n'imaginait pas du tout la chose ainsi. Qu'importe, si le guerrier avait choisi cet exercice, elle s'y plierait.

Elle essaya de se rapprocher de diverses façons, mais Grigán la tenait à distance de toute la longueur de sa lame. Elle tenta alors de le prendre de vitesse, sans succès. Le guerrier anticipait chacun de ses mouvements et se protégeait derrière sa lame courbe.

Elle fit alors des tentatives plus brutales, se ruant sur lui sans se soucier de l'acier aiguisé, ce qui après tout était la morale de la leçon. Mais Grigán faisait à chaque fois deux pas de côté, avec un juron à peine réfréné contre l'imprudente.

Rey l'encourageait sans relâche, mais il n'y avait pas de solution à cet exercice. Le guerrier avait simplement voulu lui faire goûter l'amertume de la défaite, c'était tout.

La colère s'empara de la jeune femme. Elle s'était juré de ne plus jamais reculer. D'être invulnérable.

Elle feignit une nouvelle tentative d'approche, aussitôt déjouée par l'apparition de la pointe d'acier. Léti empoigna alors la lame dans un mouvement brusque de la main droite.

Grigán eut le réflexe de ne pas retirer l'épée. Mais le métal se tachait déjà de rouge sous les doigts entaillés de Léti.

La jeune femme tendit son bras libre et plaça doucement un doigt sur le cœur du guerrier blêmissant.

— J'ai gagné, proclama-t-elle.

Sa voix tremblait légèrement.

* * *

Corenn hésitait à assister à la leçon de Léti. Elle était curieuse – et anxieuse – de ce qui allait se passer entre Grigán et sa nièce, mais en même temps ne voulait pas encourager cette entreprise par sa présence.

Finalement, Yan lui ôta le poids de cette décision. Le jeune homme avait tenté de venir à bout de l'épreuve toute la journée, et avait échoué, bien sûr. Aussi, quand Léti, Grigán et Rey sortirent, il proposa à la Mère de poursuivre leur *grande conversation*. Il avait d'autres questions à poser.

Corenn avait accueilli cette proposition avec joie. Même si elle se considérait plus comme Mère que comme magicienne, un sujet tel que la Volonté ne manquait pas d'intérêt. Et en discuter, même avec un novice comme Yan, était toujours une source de plaisir intellectuel.

Bowbaq s'était de nouveau assoupi, sous l'effet d'une décoction apaisante dont Grigán avait livré la recette. Ils s'installèrent tout de même assez loin dans la cave pour n'être entendus de personne. Corenn tenait beaucoup à ce qu'ils gardent le secret, tout au moins jusqu'à ce que Yan réussisse l'épreuve.

La raison en était simple. Si tout le monde était au courant, le jeune homme ne parviendrait jamais à se concentrer assez. Il serait soumis à trop de tensions, trop de sentiments ambigus. Or, seule sa Volonté devait être stimulée.

Elle s'apprêta donc à répondre à toutes ses questions. Il en avait beaucoup.

— Je ne sais même pas comment m'y prendre, avoua-t-il. Je veux dire, je suppose qu'il ne suffit pas d'attendre et attendre encore, non ?

— Non, effectivement. Qu'est-ce que tu en penses ?

— J'ai l'impression qu'il me manque quelque chose... Quelque chose que je devrais *faire*, mais je ne sais pas quoi. Comme si j'avais un poisson au bout d'une ligne, qui s'échapperait parce que je ne l'aurais pas ferré.

— C'est assez proche de la vérité, commenta Corenn. En fait, ta Volonté ne doit pas être appliquée comme une poussée sourde et continue. Tu dois l'emmagasiner et la *lancer* au bon moment.

Yan attendit qu'elle s'explique. Si cette réponse était claire pour la magicienne, elle était aussi obscure pour Yan que la hiérarchie de l'alphabet romin.

— Tu comprendras quand tu auras réussi, reprit-elle. Ne t'embarrasse pas l'esprit avec ça pour le moment.

Le jeune homme acquiesça, peu sûr de lui. Ce sujet avait été trop vite abandonné à son goût. Mais il avait d'autres questions.

— La pièce. Je l'ai tellement regardée que j'ai l'impression de la voir partout. J'essaie de me concentrer dessus, mais une partie de mon esprit est occupée à détailler ses particularités.

— Essaie de te concentrer sur ces particularités, alors. Comme tu cherches simplement à faire tomber la pièce, tu peux appliquer ta Volonté à n'importe quel endroit de sa surface. Ça ne fera pas de différence.

Yan médita sur cette idée quelques instants. Corenn savait qu'elle introduisait déjà beaucoup de nouveaux concepts, dans une discipline dont le jeune homme ignorait jusqu'à l'existence la veille encore. Ce faisant, elle changeait les règles de son enseignement.

Jusqu'alors, elle s'était gardée d'expliquer les *principes* de la Volonté avant que le novice ne réussisse à passer l'épreuve. Avec le temps, son opinion avait évolué : les principes ne pouvaient aider que les personnes capables de réussir. Pour les autres, ils ne représentaient qu'autant de fausses pistes.

Yan avait d'autres questions.

— Est-ce que… C'est un peu bizarre… Est-ce qu'on a besoin de faire des gestes, ou des choses dans le genre ? Est-ce qu'il faut dire quelque chose ?

— Ce n'est pas indispensable. Mais ça a beaucoup aidé une de mes élèves, alors si tu en ressens le besoin, ne te retiens pas. Seulement, cette habitude est très difficile à perdre une fois qu'on l'a prise. À toi de voir.

Corenn n'aimait pas donner de telles réponses, mais elle ne pouvait être plus précise. Tout dépendait de la façon dont Yan allait affronter l'épreuve. Les décades à venir seraient décisives.

Leur conversation se poursuivit de la même manière. Corenn répondait aux questions du jeune homme avec patience et bienveillance. Yan buvait ses paroles en lui faisant une confiance absolue. La magicienne était d'autant plus peinée de lui mentir…

Jamais Yan ne réussirait l'épreuve. Du moins, pas de la manière qu'il imaginait.

L'important n'était pas de faire tomber la pièce… mais d'essayer le plus longtemps possible.

Si, après quelques décades, Yan était toujours aussi motivé, Corenn lui enseignerait à se servir de sa Volonté. S'il abandonnait, il croirait simplement ne pas posséder ce pouvoir. Cet échec, il ne le devrait qu'à lui-même.

Elle lui avait menti. *Tout le monde* possédait cette faculté. Chacun était un magicien en puissance. Mais seuls les individus patients et déterminés pouvaient comprendre, développer, maîtriser. L'épreuve n'était qu'une lutte contre sa propre nonchalance.

Et même alors, ce n'était pas gagné. Tout le monde savait dessiner, modeler ou fredonner. Mais quelques individus seulement devenaient de grands peintres, sculpteurs ou musiciens. Il en allait de même pour la Volonté. Tout le monde avait ce pouvoir, plusieurs avaient la patience nécessaire à son apprentissage, mais quelques élus seulement étaient réellement des artistes.

Si Corenn l'avait proposé à Yan, c'est que le jeune homme avait déjà fait la preuve de son art en sauvant Léti d'une chute mortelle.

Elle désirait de tout son cœur qu'il ait la patience.

* * *

Ils interrompirent leur conversation aux premiers bruits de pas dans l'escalier. Que la leçon de combat de Léti soit déjà terminée, voilà un fait étrange. Personne ne parlait. Il s'était sûrement passé quelque chose.

Corenn se précipita plus vite qu'elle n'aurait voulu le montrer à la rencontre de ses amis. Son regard tomba immédiatement sur l'étoffe rougie que sa nièce pressait contre sa main droite. Et elle fit ce que personne ne s'attendait jamais à la voir faire : elle se mit en colère.

— Et voilà ! Ça devait arriver ! Vous êtes contents, j'espère ?

Ses reproches s'adressaient surtout à Grigán. Le guerrier susceptible fuit son regard sans répondre. Il comprenait la réaction de la Mère. Mais surtout, c'était la première fois qu'ils se disputaient. Lui qui faisait de son mieux pour être insensible en fut blessé au plus profond de son être.

— Ça va, c'est pas grave, lança Léti d'un ton négligent.

La colère de Corenn tomba aussitôt. Elle avait réagi comme si Léti n'était qu'une enfant injustement blessée, qu'il fallait protéger et réconforter. L'attitude contenue très adulte de sa nièce la déstabilisa quelques instants.

— J'espère au moins que ça vous a donné une leçon, commenta-t-elle, guettant leur réponse avec inquiétude.

Ni Léti, ni Grigán ne répondirent. Rey vint timidement à leur secours.

— Vous savez, Corenn, c'était juste un accident… Si Léti apprend à se défendre, ça devrait plutôt vous rassurer…

— Un accident ! Et si la prochaine fois elle se crève un œil, comment est-ce qu'on appellera ça ? Une mésaventure ?

Léti ne put dissimuler son agacement.

— Et si les Züu me plantent une dague dans le ventre ? Sans que je puisse me défendre ? Une tragédie regrettable ?

Corenn resta bouche bée. Ce coup était vraiment bas.

— J'en ai assez de dépendre des autres, reprit Léti un peu moins fort. Je veux avoir une chance de survivre, même quand il n'y a personne pour me protéger. Alors si nous sommes encore attaqués, j'irai aider Grigán, Rey, et tous ceux qui se battent pour moi. J'apprendrai sur le tas, s'il le faut.

Corenn chercha les yeux du guerrier pour y lire son opinion. Elle-même ne savait plus que faire.

— Elle m'a tenu le même discours en haut, marmonna Grigán.

La Mère fit quelques pas pour se donner le temps de réfléchir. Au Conseil du Matriarcat, elle prenait des décisions qui affectaient des populations entières. Mais elle ne parvenait pas à raisonner sa propre nièce. Comble de l'ironie !

— Bien. Tu as donc décidé que tu irais te battre, quoi qu'il arrive, quoi que nous pensions.

— Oui.

— Évidemment, je suppose que, dans ce cas, le mieux serait que Grigán te donne quelques conseils. S'il est d'accord, bien entendu.

— Avec plaisir, annonça le guerrier, trop heureux de s'en tirer à si bon compte.

— Néanmoins, j'aimerais que tu fasses quelque chose pour moi, Léti. Ne te mêle pas aux batailles tant que Grigán ne t'aura pas jugée prête à le faire.

La jeune fille fit semblant de réfléchir, mais accepta pour faire plaisir à sa tante et conclure là cet entretien difficile. Pour une fois, elle avait gagné la partie et sortait vainqueur d'une discussion avec sa tante.

Elle ne vit pas le sourire entendu que s'échangèrent Corenn et Grigán.

* * *

Un des fournisseurs de Raji lui rendit visite peu avant la tombée de la nuit, menant trois chevaux de bât chargés d'étoffes de Far. Le petit homme s'empressa d'entasser cette fortune en puissance au secret de son entrepôt, espérant de tout cœur que ses hôtes se feraient discrets.

C'était sans compter sur la méfiance maladive de Grigán, qui vint se poster à quelques pas du nouvel arrivant en prenant son air le plus farouche. L'avertissement était clair. Le négociant des Baronnies ne fit aucune remarque et s'empressa de quitter la fermette. Quoi que ces gens cachés aient fait, il ne tenait pas à le savoir, ni à avoir des ennuis avec eux.

— Déjà beau que vous forciez mon hospitalité, râla le Lorelien, si en plus vous faites mourir mon commerce…

Raji ne s'adressait qu'à lui-même, et Grigán ne releva pas la remarque. Ce type geignard et vénal lui était décidément antipathique. À la réflexion, tous les Loreliens lui étaient plus ou moins antipathiques, conclut-il en songeant à Rey.

Il verrouilla la trappe les séparant de l'écurie. Les héritiers allaient passer leur seconde nuit dans l'entrepôt. Après la troisième, ils iraient au-devant des Züu.

Ils avaient pris leur repas dehors, installés dans la cour de Raji, en dépit des protestations du petit homme et de son refus obstiné de se joindre à eux. Tous étaient maintenant revenus à l'abri de la cave secrète.

Malgré leur fatigue, due à leur récente nuit blanche, chacun jugea qu'il était encore bien trop tôt pour dormir. Surtout Bowbaq, qui n'avait fait que ça toute la journée et se jugeait parfaitement rétabli… même s'il se laissait aller de temps à autre à une petite grimace de douleur.

Tous avaient envie de discuter. Chacun avait quelque chose à raconter, ou voulait entendre l'opinion des autres. Les mêmes sujets obsédaient tous les esprits : la rencontre prochaine avec les Züu, l'incertitude quant à leur avenir, l'identité de leur ennemi… Mais surtout, le mystère de l'île.

C'était la première fois, depuis qu'ils avaient vu *l'autre monde*, qu'ils se réunissaient dans d'assez bonnes conditions pour échanger leurs impressions. Nul besoin de fuir, personne pour les épier. La place était calme, et les esprits attentifs.

Sans qu'ils aient besoin de se consulter, chacun vint s'asseoir auprès de Corenn. Grigán acheva bientôt le cercle ainsi formé.

— Je suppose que personne n'a envie d'une partie d'*étoile*, plaisanta Rey. Dommage, le nombre de joueurs est idéal.

— Je n'aime guère les jeux de dés, annonça le guerrier.

— Il ne faut pas le dire, même si c'est vrai, intervint Bowbaq. Ça porte malheur d'insulter les doigts du destin.

— Un peu plus, un peu moins, de toute façon… Au point où nous en sommes…

Un silence gêné suivit cette réplique pessimiste. Léti en profita pour introduire le sujet de ses pensées.

— Bowbaq connaît une légende qui parle peut-être de l'autre monde, annonça-t-elle avec intérêt.

Tous les regards se tournèrent vers le géant, aussitôt intimidé. Il s'expliqua en bredouillant.

— Je ne me souviens plus très bien… J'avais tout juste passé ma dixième année… Un Maz s'était installé avec le clan. Il connaissait des tas d'histoires, et celle-là n'était qu'une parmi d'autres. Mais cette nuit, elle m'est revenue à l'esprit, et les ressemblances avec ce qu'on a vu sont frappantes.

— Tu t'en rappelles assez pour la raconter ? demanda Corenn.

— Eh bien… Ça parlait d'un vieux guerrier perdu dans les montagnes du Rideau. Il errait pendant plusieurs décades jusqu'à tomber sur une vallée entourée de montagnes immenses. Mais ce pays était riche de fruits sucrés, de gibier abondant et d'eau claire. La première contrée hospitalière qu'il rencontrait depuis longtemps. Il décida de s'y installer.

« Des gens y vivaient déjà, tous très jeunes. Ils l'accueillirent à bras ouverts. Le guerrier vécut parmi eux pendant plusieurs décades, heureux de se reposer en ce lieu paisible.

« Mais ce n'était qu'une apparence. Ses nouveaux amis n'étaient pas humains. Ils n'étaient rien d'autre que des *démons* !

— Bien sûr, le coupa Rey. Des démons. J'aurais dû y penser tout de suite. Avec de grandes cornes rouges et des pieds fourchus. C'est évident.

— Laisse-le finir son histoire, demanda gentiment Corenn. Nous en discuterons ensuite.

— Elle est presque finie, reprit Bowbaq. Les démons firent parler le guerrier, raconter, raconter encore, et lui prirent tous ses souvenirs. Chaque nom qu'il citait leur donnait plus d'influence sur le monde. Les démons ne pouvaient pas quitter la vallée, mais tout ce qu'ils apprenaient sur l'extérieur, ils pouvaient s'en servir pour faire le mal.

— Comment le guerrier s'en est-il sorti ? demanda Yan.

— Il n'a pas réussi. Quand il a compris la situation, il a racheté sa liberté en promettant aux démons de leur envoyer des gens ayant de nombreux souvenirs. Mais il n'a pas tenu sa promesse, alors les démons l'ont accablé de malheurs et de souffrances jusqu'à ce qu'il en meure. Il ne lui était pas venu à l'esprit qu'ils pourraient le tourmenter plus facilement encore que n'importe quel autre humain.

— Drôle d'histoire à raconter aux enfants, commenta Rey. C'était un Maz de quoi ? Des Valipondes ?

— De Yoos. Un dieu « gentil ». Mais cette histoire ne faisait pas partie du culte ; il la racontait seulement parce que tous les gamins aiment avoir peur.

— J'espère que tu n'appliques pas cette idée incongrue aux tiens. Imaginez notre Bowbaq bondir dans la chambre de… Iulane et Prad, c'est ça ? Déguisé en ours horrible pour « faire plaisir aux enfants ». Effet garanti.

Cette remarque fit rire tout le monde, et particulièrement Léti. Une fois encore, elle succombait au charme et à la bonne humeur de l'acteur.

— C'est la première fois que j'entends cette légende, déclara Corenn quand ils furent un peu calmés. Elle n'est pas très engageante, comparée à celles que les héritiers ont collectées depuis des décennies. Mais elle reprend certaines constantes.

— Comme ?

— Le Rideau. Plusieurs de nos histoires mentionnent une vallée merveilleuse, située quelque part entre ses plus hauts sommets.

— Les vallées sont forcément entourées de montagnes, objecta Rey. Et il est facile pour les poètes de situer ces lieux légendaires sur le Rideau. La plupart des hauteurs sont inaccessibles. Sans compter que peu de gens osent s'aventurer du côté estien. Personne n'irait vérifier la véracité des faits !

Yan se rappela un détail pendant cet échange, puis acquit soudain une certitude. Celle de l'emplacement de la vallée – si elle était bien de ce monde.

— Derrière la porte, c'était l'aube, annonça-t-il.

Corenn lui dédia un sourire d'encouragement. Grigán eut un simple rictus satisfait. Les autres le dévisageaient avec des yeux ronds.

— C'était l'aube sur les montagnes, reprit-il. Alors qu'à Ji c'était encore la nuit. Le soleil se levait sur les montagnes de l'Est ! La vallée se trouve forcément quelque part dans le Rideau !

La remarque fit son petit effet. Chacun se rendait à l'évidence, hormis Corenn et Grigán qui connaissaient le fait depuis longtemps.

— Quelque part dans le Rideau, dit Rey, ça fait quand même un territoire à explorer grand comme trois fois le Matriarcat. Et pas vraiment facile d'accès.

— Malheureusement, oui. Il est inutile d'espérer trouver la vallée par hasard. Aucun héritier ne s'est jamais lancé dans l'aventure, d'ailleurs. Surtout qu'il s'agit peut-être d'une fausse piste, si la vallée se trouve dans un autre monde.

— On n'est pas beaucoup plus avancés, alors.

— Mais, tante Corenn… Que penses-tu de l'histoire de Bowbaq ? Est-il possible que derrière la porte se trouve ce pays des démons ?

Corenn chercha une réponse rassurante et qui ne serait pas un mensonge. En vain. Elle se résigna à avouer.

— Tout est possible, Léti. Tout.

La Mère songea que, en cherchant la vérité, ils couraient peut-être au-devant d'un danger bien plus grand que la menace des Züu. Mais elle préféra garder cette réflexion pour elle.

* * *

Yan se coucha avec l'image d'une piécette dans les yeux et un mélange d'histoires dans l'esprit. L'une et l'autre l'empêchaient de s'assoupir.

Corenn et Grigán avaient raconté quelques-unes des légendes collectées par les héritiers, décrivant des portes semblables à celle de Ji, des pays magnifiques, ou des villages habités uniquement par des enfants. La plupart sentaient l'invention à plein nez, et étaient plus le fait de poètes que de religieux ou d'aventuriers. Quelques-unes pourtant étaient dignes d'attention. Yan les passa mentalement en revue, essayant de percer leur secret.

La Grande Arche sohonne – édifice arque similaire à la porte de Ji – devait un jour livrer le passage à une armée de guerriers parfaits, qui sauverait les enfants du Blanc Pays d'une menace obscure. Même Bowbaq, dont c'était le pays natal, ne connaissait pas cette légende.

Une autre, à coup sûr d'origine religieuse, affirmait l'existence d'un pays merveilleux où les esprits des sages se réincarnaient en enfants. C'était la plus optimiste de toutes, mais pas la plus étrange.

Rey s'était souvenu d'une légende où les fidèles les plus méritants d'un culte renaissaient au côté de leur déesse, pour l'aider dans sa Grande Œuvre.

Comme on lui demandait plus de précisions, il avait nommé ce paradis et la déesse : le Lus'an et Zuïa. La plaisanterie n'avait pas été très appréciée. Surtout parce que la vallée mystérieuse était peut-être réellement le Lus'an des tueurs rouges.

Une autre légende mentionnait des portes capables de vaincre le temps. Quiconque les franchissait y gagnait l'immortalité, mais s'attirait le courroux des dieux et subissait dès lors leur malédiction pour l'éternité.

Une autre encore parlait d'un royaume magnifique dont l'entrée était gardée par des enfants. Seuls pouvaient y pénétrer ceux qui triomphaient de ces étranges gardiens. La légende ne précisait pas en quoi ils étaient redoutables…

D'autres, et d'autres encore…

Leurs points communs, enfants, portes, vallée, dieux, malheur, étaient troublants. Mais, dans la multitude de récits qui circulaient dans chaque contrée du monde connu, on en trouvait obligatoirement sur tous les sujets.

Les premiers narrateurs de ces histoires possédaient peut-être une part de la vérité. Ils avaient imaginé le reste. Comment faire la différence ? Quelles choses étaient vraies ? Lesquelles étaient fausses ?

Et s'il s'agissait de quelque chose de complètement différent ?

Qu'y avait-il derrière la porte ?

* * *

Le matin vint sans qu'il se soit vraiment reposé. Ses réflexions l'avaient poursuivi au plus profond de ses rêves, mêlant ses souvenirs de la porte à des histoires de pays des démons qui faisaient tournoyer des pièces dans les airs.

Il fut déçu de ne pas trouver Léti près de lui. La nuit précédente, la jeune femme s'était endormie un moment à ses côtés, et il avait espéré qu'il en serait de même aujourd'hui. Les moindres signes d'affection de Léti lui étaient précieux. Ils s'étaient disputés, il avait laissé passer le jour de la Promesse, Rey lui opposait une concurrence farouche sans même s'en apercevoir, mais Yan n'abandonnerait pas.

Tout le monde était déjà levé. En fait, la cave était vide d'occupant, lui excepté. Il se vêtit rapidement en se demandant quel décan de la journée il était. Puis s'empressa de rejoindre ses compagnons dehors.

La matinée était déjà bien avancée. Les héritiers s'étaient rassemblés devant l'écurie pour la deuxième leçon de Léti, et tous avaient la mine éveillée des gens levés depuis longtemps.

L'atmosphère était beaucoup plus détendue que la veille. Même Corenn, pourtant opposée à l'idée, s'amusait du spectacle.

Ils saluèrent le nouvel arrivant et la leçon reprit. Léti et Grigán se faisaient face, la jeune femme étant armée d'une simple branche, alors que Grigán était mains nues. Le guerrier tentait de toucher Léti en évitant l'épée improvisée, sous les encouragements ou les huées de Corenn, Bowbaq et Rey.

— J'ai loupé beaucoup de choses ? demanda Yan en se frottant les yeux.

— Ils viennent à peine de commencer, répondit Corenn en souriant. Ils ont argumenté très longtemps pour savoir si Léti pouvait s'entraîner avec une vraie lame. Comme tu vois, Grigán a eu le dernier mot, mais la discussion était acharnée.

— Je regrette d'avoir manqué ça. Je n'ai pas très bien dormi. J'ai vu des pièces toute la nuit.

— C'est normal, lui expliqua la magicienne un ton plus bas. Imagine que tu essaies de réveiller un muscle endormi… Pendant quelque temps, tu risques d'avoir des « crampes » à l'esprit. Mais c'est bon signe.

Yan acquiesça en essayant de se réjouir de la nouvelle. Tout cela était bien joli, mais pour l'instant, il avait surtout un terrible mal de crâne.

Il goûta aux galettes séchées que Rey avait soutirées à Raji, puis s'installa confortablement sur un tas de paille pour assister au spectacle.

Léti était très concentrée. Cet exercice était l'inverse de celui de la veille : Grigán attaquait, elle défendait. Ça lui rappelait surtout son combat contre les trois malfrats. Ces hommes l'auraient tuée comme par jeu. La prochaine fois, ça se déroulerait différemment.

Grigán ne faisait pas de mouvements inutiles. Il se contentait de tourner calmement autour de la jeune femme, en simulant une attaque de temps à autre.

Il tenta quatre fois de prendre Léti à contre-pied, se déplaçant vers la gauche et lançant un assaut à droite. La jeune femme le tint à distance en opposant sa branche. Le guerrier esquissa une cinquième tentative similaire puis revint à gauche, en un double contre-pied. Il bascula complètement sur le profil et donna une petite tape sur l'épaule de Léti surprise.

— Un partout, annonça-t-il avec satisfaction.

— Bouh ! Grigán, tricheur ! scanda Rey avec beaucoup de parti pris.

— Donne-lui une branche plus longue ! proposa Bowbaq.

— Tu ne t'en es pas trop mal tirée, apprécia Grigán.

Léti lui sourit en retour, recula d'un pas et improvisa une jonglerie avec son épée imaginaire, sous les applaudissements de ses amis.

— D'accord, maître Grigán, dit-elle en imitant les intonations de Corenn. Que vais-je apprendre aujourd'hui ?

Le guerrier improvisa rapidement quelque chose. Il n'était pas encore habitué à fournir une explication à chacune de ses démonstrations.

— *Un simple pas de côté peut donner la victoire,* énonça-t-il, assez fier de lui. Les mouvements acrobatiques sont fatigants et dangereux, et échauffent les esprits. Essaie de toujours rester calme et maître de toi.

— Une acrobatie peut surprendre l'adversaire, objecta Rey.

— Qu'elle apprenne déjà à garder l'équilibre. Libre à vous de faire des cabrioles.

— J'aimerais bien voir comment tu t'en tires, Rey, lança Yan avec malice.

Rey fit un clin d'œil à son ami et interrogea Grigán du regard. Le guerrier l'invita à le rejoindre. Il arborait un sourire radieux, que sa cicatrice transformait en un rictus sadique. Mais peut-être n'était-elle pas la seule responsable…

— Et moi ? demanda Léti en donnant sa branche à Rey.

— Observe bien ce qu'il fait, répondit Grigán en ramassant un bâton. Tu verras les erreurs à éviter.

— Ah, ah ! Très drôle. Si vous me mettez en colère, je vous passe toutes les branches de la forêt à travers le corps, plaisanta l'acteur.

Les deux hommes se mirent en position, aussi sérieusement que le permettaient leurs épées improvisées. Rey lança quelques attaques facilement repoussées par Grigán. L'acteur tenta ensuite quelques enchaînements plus compliqués, mais ce style de combat n'était vraiment efficace qu'avec une des lourdes épées de la noblesse lorelienne, et non avec une branche.

— Grigán, pourquoi n'attaquez-vous pas ? demanda Léti très sérieusement.

Elle observait les mouvements des deux hommes avec beaucoup d'intérêt.

— Je suis en train de le faire, répondit le guerrier, qui n'enchaînait pourtant qu'esquives et parades.

Rey comprit qu'il n'aurait pas le dessus de cette manière. Il tenta alors diverses acrobaties, voulant à la fois illustrer ses propos et transformer sa défaite en un succès comique. Il pivotait sur lui-même, roulait à terre, combattait à genoux et même à plat ventre en affichant des expressions de plus en plus dramatiques. Tous riaient beaucoup et Grigán, qui aurait pu vaincre vingt fois déjà, entra dans le jeu en faisant durer la bataille. Rey finit par se passer lui-même la branche dans le ventre et vint s'écrouler de tout son long devant Léti, avec un râle d'agonie à n'en plus finir.

Il resta allongé sous les rires jusqu'à ce que la jeune femme vienne l'aider à se relever.

— Vengez-moi… murmura-t-il en lui rendant la branche.

La scène était amusante, mais le regard de Rey effrayant. L'acteur jouait trop bien.

Léti reprit l'entraînement sans cesser de sourire. Mais elle était intérieurement très secouée.

Rey venait de lui rappeler que chacun des héritiers pouvait mourir bientôt.

Elle s'acquitta de tous les exercices de Grigán avec beaucoup d'application.

* * *

Le reste de la journée s'écoula tranquillement. Comme ils avaient attendu le jour du Hibou, les héritiers attendaient le septime de cette décade, où ils pourraient rencontrer les Züu. Ça n'était que le lendemain, mais tous étaient impatients d'arriver à ce moment où se joueraient leurs destinées.

Chacun tuait le temps à sa manière. Yan s'isola un long moment dans la forêt, d'où il revint en se plaignant d'une forte migraine.

Il manqua la démonstration du pouvoir d'erjak de Bowbaq sur l'âne de Raji. Une fois passée l'inévitable période d'angoisse, l'animal s'était habitué à cette intrusion dans son esprit et avait accepté de faire quelques tours… moyennant une quantité non négligeable de sucreries.

Rey refusa de croire que les hochements de tête et autres coups de sabot sur le sol répondaient à la demande du géant. Bowbaq était assurément un dresseur hors pair, concéda-t-il, mais aussi un farceur incorrigible. L'acteur jura qu'il ne se laisserait pas berner.

Grigán, qui aimait à faire consciencieusement tout ce qu'il entreprenait, réfléchit à ce qu'il pourrait apprendre encore à Léti. Il ne voulait plus improviser ses leçons mais les préparer pour aborder à chaque fois un thème différent et plus difficile que le précédent.

Le guerrier parlait couramment cinq langues, mais n'en écrivait ni n'en lisait aucune. Il fit donc toute sa préparation mentalement, en brossant les chevaux. De temps à autre, il quittait l'écurie pour vérifier un mouvement avec son épée courbe, sous les regards intrigués de ses amis, puis retournait à sa tâche. L'idée d'enseigner l'art du combat, domaine où il excellait par rapport au reste du groupe, lui plaisait finalement beaucoup, même s'il ne l'avouerait jamais.

Corenn ajouta plusieurs pages au journal qu'elle tenait depuis son départ du Matriarcat. Ses responsabilités au Conseil permanent lui étaient difficiles à oublier, même si elle n'avait pas vu Kaul depuis deux décades. La Mère consignait chacun de leurs déplacements. Si les choses tournaient mal, ce journal permettrait peut-être à ceux qui le trouveraient d'expliquer certaines choses. Très peu, malheureusement : son serment interdisait à Corenn de mentionner d'aucune façon le prodige de l'île Ji. Ses écrits étaient donc volontairement peu explicites, voire contradictoires. Mais se concentrer sur cette tâche l'aidait à réfléchir.

Rey réussit finalement à faire entrer quelques-uns des héritiers dans une partie de dés ithares. Bowbaq, Léti et Yan se réunirent donc pour manier les petits cubes gravés, sous les conseils de l'acteur, maître en la matière. Il choisit la règle des *deux frères*, l'une des plus simples à assimiler. Mais Bowbaq avait tout de même du mal à différencier les figures des élémentaires, et Yan avait l'esprit ailleurs. Tous deux abandonnèrent assez vite. Léti avoua alors qu'elle n'avait jamais beaucoup aimé les dés.

L'acteur se hasarda à proposer une partie à Raji, qui ignorait ouvertement ses hôtes depuis l'aube et vaquait seul à ses occupations. Le contrebandier accepta néanmoins, lui aussi habité par la passion du jeu.

Après quelques manches sans enjeu, les deux hommes en vinrent bientôt à miser quelques tics, puis rapidement plusieurs terces. Rey empocha le prix de son séjour à la ferme avant que Raji ne se résigne à abandonner.

La nuit vint enfin et les héritiers s'endormirent pour la troisième fois dans l'entrepôt, en se demandant de quoi serait fait le lendemain.

* * *

Bellec n'en crut pas ses yeux quand Raji déboucha dans sa cave avec non pas deux importuns, comme la fois précédente, mais bien *quatre*. Dont deux femmes, qui plus est. L'aubergiste considérait les femmes comme incapables de conserver un secret. Autant dire que c'était la fin de son trafic lucratif!

Raji eut un geste impuissant à son intention. Il n'y était pour rien. Il ne serait même pas venu à Lorelia aujourd'hui, s'il n'y avait eu ce besoin de garder un œil sur ses hôtes imposés.

Grigán passa outre les protestations du contrebandier et fit sortir son petit groupe de l'auberge. Il était d'assez méchante humeur comme ça pour ne pas subir en plus les litanies plaintives et injustifiées du Lorelien.

Seuls lui et Corenn allaient rencontrer les Züu au Petit Palais. Rey s'était montré assez raisonnable pour renoncer à y entrer; le danger qu'il soit reconnu par l'un de ses concitoyens était trop grand. Mais il avait insisté pour les accompagner tout de même, et le guerrier avait cédé de bonne grâce. Un renfort à la sortie pourrait s'avérer utile.

Léti s'était aussitôt invitée à ce qui se transformait en une véritable expédition. Corenn avait épuisé ses arguments pour la faire renoncer, et Grigán avait finalement abandonné tout espoir de se faire écouter. Il avait levé les bras au ciel en déclarant que s'il y avait d'autres candidats au suicide, ils n'avaient qu'à se joindre à eux.

Yan avait regardé Léti avec envie, mais il ne pouvait laisser Bowbaq seul. Le géant se portait beaucoup mieux et pouvait certainement se passer de quelqu'un pour le veiller, mais la courtoisie kaulienne ne l'aurait pas permis. Et, de toute façon, Yan trouverait à s'occuper. Corenn avait compris que le jeune homme passerait la journée à travailler sa Volonté.

Cette fois, ce fut Grigán qui mena Rey et leurs amies à bonne allure jusqu'au Petit Palais. Pas question de se promener. Le guerrier était anxieux et, comme toujours dans ces moments-là, son côté taciturne reprenait le dessus et le plongeait dans une mauvaise humeur persistante.

Ils furent rapidement à proximité du bâtiment. La place des Cavaliers, si spacieuse deux jours avant, paraissait petite maintenant qu'elle était couverte d'échoppes en tout genre et de toutes tailles. Rey remonta un peu plus la robe de novice sur sa tunique de Zü pendant qu'ils fendaient la foule.

Ils se séparèrent à quelque distance du bâtiment. Si les membres du petit groupe étaient vus ensemble, le renfort potentiel de Rey ne serait une surprise pour personne. Corenn et Grigán entrèrent donc seuls dans l'imposante bâtisse lorelienne, laissant Léti et l'acteur au beau milieu du marché.

La jeune femme ne put s'empêcher de penser qu'elle voyait peut-être sa tante pour la dernière fois. Les héritiers avaient vécu tellement de choses ensemble, ces derniers temps, que chaque séparation devenait une torture. Alors, quand le danger était *réel*…

— Ce que c'est grand ! dit-elle au hasard, pour dissimuler son trouble.

— Tu n'étais jamais venue à Lorelia ?

— Au port, simplement. On prenait le bateau de Bénélia jusqu'ici, puis on sortait directement pour aller à Berce. C'est la première fois que je vois l'intérieur de la cité.

— Et inversement, c'est la première fois que les Loreliens te voient. Ce sont bien eux les plus chanceux !

Léti récompensa le compliment par un sourire. Elle détailla les environs pendant que Rey observait l'entrée du Petit Palais. Une bonne part des produits vendus sur le marché lui était totalement inconnue. Mais les marchands et promeneurs étaient plus étranges encore…

On devait trouver sur cette place des Cavaliers au moins un natif de chaque grand peuple du monde connu. Lorelien bien sûr, mais aussi Goranais, Ithare, Romin des cinq provinces, Arque, Kaulien, Jez, Guori, Yérim, Junéen… Sans compter les onze tribus principales des Bas-Royaumes.

Sans oublier les Estiens, non plus. Les peuples de l'autre côté du Rideau, dont on savait peu de choses, si ce n'est qu'ils aimaient faire la guerre aux Goranais.

Sans compter les Züu, non plus…

Léti prit soudain conscience de l'immensité et de la richesse du monde. Une vie entière ne suffirait pas à en découvrir la moitié. Ces deux dernières décades, pourtant pratiquement passées toujours à cheval, ne lui avaient permis de voir que l'extrême sud du royaume lorelien, le plus proche de Kaul.

Elle comprenait maintenant ce qu'essayait de lui expliquer Yan… autrefois. Le jeune homme désirait rencontrer des gens différents, visiter des endroits étranges, vivre des expériences rares. Elle trouvait alors cette curiosité un peu bizarre, voire marginale. Mais elle ressentait à présent la même chose.

Yan avait simplement envie de vivre.

Mais il ne m'aime pas, se souvint-elle avec tristesse. Il n'avait pas demandé sa Promesse. Il ne faisait rien pour empêcher Rey de la séduire. Il préférait même la solitude à sa compagnie, pour preuve le temps qu'il passait dans la forêt depuis deux jours.

Elle ferma son esprit à cette nouvelle douleur. *Le passé est mort, le futur agonise,* dit le proverbe. Seul le présent est digne d'intérêt.

— Tu vois quelque chose ? demanda-t-elle à Rey.

— Rien. Depuis le temps, on peut supposer qu'ils ont réussi à entrer. C'est bon signe, non ? Ils sont peut-être en train de boire un gobelet avec les Züu, pour fêter la paix.

Léti sourit de la boutade, mais elle avait plutôt le cœur à pleurer. Pourquoi n'était-elle pas avec Yan, dans sa maison à Eza, comme avant ?

* * *

Le jelenis placé au début du couloir dévisagea Grigán pendant un long moment. Il se demandait s'il devait laisser entrer ce Ramgrith à l'allure farouche, armé des pieds à la tête, et qui le fixait avec des yeux méchants.

Le guerrier ne faisait aucun effort pour plaire au garde lorelien. Il attendait simplement qu'il se décide à leur dégager le passage. En d'autres circonstances, Grigán serait simplement *passé*. D'une manière plutôt brutale, sûrement, mais il serait passé.

Le jelenis lâcha un peu la chaîne de son dogue, qui n'attendait qu'un pas supplémentaire de liberté pour sauter à la gorge du guerrier. Grigán ne bougea pas, même lorsque le chien fut assez près pour imprimer sa respiration sur le cuir noir.

Corenn tira le guerrier en arrière et s'avança. Cette manière de faire ne les aiderait pas beaucoup. Elle tendit une terce d'or au garde, qui rappela aussitôt son chien rendu plus hargneux encore par la frustration. Enfin, il leur libéra le passage.

Corenn s'engagea dans l'étroit couloir, suivie de près par Grigán. Ils se frayèrent un chemin entre les guerriers d'élite et les dogues dégénérés qui en bloquaient l'accès.

D'être ainsi encerclé mettait les nerfs de Grigán à fleur de peau. C'est avec soulagement qu'il entra dans le spacieux vestibule, même s'il était aussi bien gardé que l'entrée. Au moins, dans cette pièce, la place ne manquerait pas pour se défendre… le cas échéant.

— Essayez d'être moins tendu, lui glissa Corenn à l'oreille. On dirait que vous avez envie de déclencher une bagarre. Vous rendez les gardes nerveux, et moi aussi.

— Il y a des Züu à trente pas d'ici, répliqua-t-il. Je ne serai tranquille que lorsque nous aurons mis au moins trente *lieues* entre eux et nous.

Corenn secoua la tête et les mena vers le bureau du scribe chargé de l'accueil… et de l'encaissement. Une petite file d'attente y était organisée sous la surveillance de trois jelenis, qui en profitaient pour débarrasser les visiteurs de leurs armes. Corenn et Grigán ne reconnurent aucun Zü parmi les négociants qui patientaient, mais les tueurs rouges pouvaient très bien avoir un employé « civil » se chargeant de telles transactions.

Corenn ne portait aucune arme, et les gardes ne s'attardèrent pas longtemps auprès d'elle. Il en alla autrement pour Grigán. Le guerrier livra une dague, un poignard et tira d'un fourreau démesuré un glaive goranais, qu'il avait emporté à la place de son habituelle épée courbe. Les jelenis le soupçonnèrent de dissimuler une autre arme, et Grigán dut se laisser fouiller pour les convaincre du contraire. Les gardes le laissèrent à regret, dépités de ne pas avoir pu prendre le Ramgrith en défaut.

Le scribe encaisseur n'était pas pressé, et ils durent patienter encore un long moment avant d'accéder à son bureau pour s'acquitter des formalités.

— Noms ? demanda-t-il d'un air las.

— Adnéra, de Mestèbe, et Bahlin, de Far, répondit Corenn en donnant les mensonges qu'elle avait préparés.

Le scribe copia ces renseignements sur un énorme registre, lentement, en se faisant épeler chaque lettre, même celles composant les noms des deux villes universellement connues.

— C'est la première fois que vous venez au Petit Palais ? demanda-t-il après avoir consulté une liste de plus de trente pages.

— Oui.
— Quel est le but de votre visite ?
— Nous souhaitons rencontrer les prêtres de Zuïa afin de faire une donation au culte, annonça Corenn posément.
Le scribe et les deux jelenis qui l'entouraient la dévisagèrent avec étonnement. Une telle franchise était rare. La plupart des négociants déclaraient venir par simple curiosité. Le Lorelien décida soudain de ne pas retarder plus encore ces étrangers assez fous, ou sûrs d'eux, pour s'avouer complices des assassins rouges.
— Bien, commença-t-il avec une efficacité retrouvée, le règlement intérieur est simple, mais je vous engage à le respecter scrupuleusement. Un : la criée est interdite. Toutes les transactions doivent se faire dans la retenue et le calme qui siéent à ces lieux honorables. Deux : toute scène de violence, physique ou verbale, entraînera automatiquement l'exclusion du palais. Et enfin et surtout, trois : la simple allusion à un accord pouvant porter préjudice à la Couronne, à ses intérêts, ou à ceux du royaume, sera punie par la pendaison. Avez-vous des questions ?
— Aucune.
— Bien. Que Dona vous sourie, les salua-t-il avec la formule consacrée des marchands, trop heureux de se débarrasser de ces visiteurs gênants.
— Vous ne nous faites pas payer ? demanda Corenn de son ton le plus candide.
Le scribe rougit de son oubli, et se confondit en excuses sous les moqueries des jelenis et des visiteurs qui patientaient derrière Grigán. Quarante terces d'or changèrent de main et le Lorelien rédigea au plus vite les reçus correspondants.
— J'aurais préféré une entrée plus discrète, marmonna le guerrier alors qu'ils se dirigeaient vers la cour intérieure.
— Vous n'êtes jamais content, de toute façon, le taquina Corenn en souriant encore de l'aventure.
Ils passèrent sous une arche somptueusement décorée et se retrouvèrent dans les jardins du Petit Palais.
Bien qu'ils eussent d'autres choses en tête, cette arche leur en rappela une autre, beaucoup plus mystérieuse, sur l'île Ji.

* * *

Yan ferma les yeux, fit le vide dans son esprit et se concentra sur la pièce. Il ne savait plus quoi essayer pour venir à bout de l'épreuve. Jusqu'à présent, il n'était parvenu à rien… Cette méthode ne pouvait être pire qu'une autre.

Il se représenta l'objet aussi clairement que s'il voyait. Il en connaissait tous les détails. Toutes les aspérités, tous les défauts, chaque variation de couleur, chaque point de sa surface. Il s'en souviendrait encore dans ses plus vieilles années. Ces jours-ci, il passait plus de temps avec cette pièce qu'avec aucun de ses amis.

Il commençait à la haïr réellement.

Il l'imagina bien droite sur la tranche, véritable monument honteux dressé en symbole de ses nombreux échecs. Il concentra toutes ses pensées, toute sa volonté, toute la force de son esprit, sur une seule chose : l'image de cette pièce se renversant sur le côté.

Après un temps indéterminé, il rouvrit les yeux, épuisé par cet effort spirituel. Comme après une nuit de mauvais rêves.

La pièce était toujours droite et moqueuse.

Yan tendit le doigt et en effleura le sommet, la faisant ainsi tomber comme il l'avait déjà imaginé maintes fois.

Il suffisait de si peu de chose… Pourquoi n'y parvenait-il pas ?

* * *

— Éloignons-nous un peu, glissa Rey à l'oreille de Léti. On risque de se faire remarquer en restant trop longtemps devant le palais.

Léti observa la tunique zü que portait l'acteur sous la robe de novice, et se demanda comment ils pourraient se faire remarquer plus encore. Si personne n'osait les aborder, ils devenaient pourtant la cible de tous les regards à chaque apparition d'un pan de tissu rouge.

— J'aurais dû me procurer un masque ithare, regretta Rey alors qu'ils déambulaient entre les étalages. Le capuchon ne doit pas beaucoup me cacher le visage et je vais finir par être reconnu.

— On croirait entendre Grigán ! s'esclaffa Léti. Ne t'en fais pas, on dirait que tout le monde cherche à éviter de te regarder en face.

— Même les femmes ? Je vais enlever ce machin tout de suite ! plaisanta-t-il.

Ils déambulèrent au hasard, sans cesser de surveiller l'entrée du palais. Léti se dit qu'en d'autres circonstances il aurait été bien agréable de laisser Rey lui montrer la ville, ses richesses, ses particularités… L'une d'elles pouvait être cet homme qui allait d'étal en étal, escorté par trois gaillards robustes, et portant une bonne dizaine de bourses à sa ceinture.

— C'est un collecteur ?

— Sûrement pas ! Les collecteurs ne se risqueraient pas en ville avec une escorte aussi réduite. C'est un changeur. Il achète ou vend des terces contre d'autres monnaies.

— C'est un métier, ça ? s'étonna la jeune femme.

— Bien sûr. Assez lucratif, même, bien que plutôt risqué. Les changeurs ont tout le monde sur le dos : les collecteurs, la Guilde, les marchands, et bien sûr leurs propres clients.

— Je ne comprends pas comment on peut gagner sa vie de cette manière.

— Moi non plus. J'ai essayé quelque temps, mais j'ai dû abandonner, avoua l'acteur en souriant. Les couronnes goranaises, les disques ithares, les lunes des Baronnies, les reines-lunes kauliennes, les billes des Bas-Royaumes, les monarques romins, plus toutes les divisions particulières, je mélangeais tout. On m'a même proposé des pièces wallattes et thalittes que je n'avais jamais vues ! Mieux valait que j'arrête avant de me ruiner complètement.

— Tu as fait une drôle de carrière, lança Léti d'un air taquin. Contrebandier, changeur, acteur…

— Serveur, lanceur de couteaux, écrivain public, et même marin pendant une courte décade, compléta Rey. Ma pire expérience. Huit jours sur un bateau, et aucune femme à bord !

Léti lui tapa sur l'épaule dans un geste faussement grondeur. Mais elle était emplie de reconnaissance envers l'acteur. Il avait réussi à endormir ses angoisses.

Elle se sentait bien avec lui. Il était de dix ans son aîné et en tirait une certaine assurance qui la mettait à l'aise. Elle l'avait trouvé charmant dès le premier instant. Peut-être parviendrait-il à lui faire oublier Yan…

Rey ne lui laissa pas le temps de réfléchir plus encore et l'entraîna avec un sourire malicieux.

— Viens. Je vais te montrer quelque chose qu'on ne trouve qu'ici, à Lorelia. Le seul métier où j'ai vraiment réussi quelque temps.

* * *

Grigán et Corenn n'étaient pas les premiers arrivés dans les jardins du Petit Palais. Une vingtaine de négociants se promenaient déjà dans ses allées, et il devait y en avoir au moins autant derrière les haies de séda.

Comme prévu, des jelenis patrouillaient sous le portique cerclant l'endroit, tandis que des archers guettaient le moindre signe d'agression des balcons supérieurs. Ces précautions, qui auraient pourtant dû rassurer le guerrier, le mettaient mal à l'aise. Dans sa préparation, il avait négligé une éventualité effrayante : et si des Züu s'étaient glissés parmi les gardes loreliens ? S'ils en avaient soudoyé ?

— Attendez-moi ici, voulez-vous, Corenn. Je n'en ai pas pour longtemps. Restez bien à l'abri sous le portique.

La Mère acquiesça tandis que Grigán gagnait à pas lents le centre du jardin, guettant tout signe d'agression. Les personnes qu'il dépassait interrompaient leur conversation jusqu'à ce qu'il se soit éloigné. Sans doute le prenaient-ils pour un des nombreux espions de la Couronne qui sévissaient en ces lieux.

Les jardins du Petit Palais, où l'on pouvait tout négocier ou presque, étaient devenus au fil des années le passage obligé des affaires illégales. Tous les produits et services prohibés dans le reste du royaume étaient ici offerts en toute impunité. On pouvait y engager une compagnie de mercenaires, des frères de la Guilde, des Züu… On marchandait des tribus d'esclaves, des drogues, des œuvres d'art volées aux cultes… On passait des alliances secrètes, on complotait, on conspirait en terrain neutre. Le Petit Palais n'était pas seulement une source intarissable de revenus pour la Couronne : c'était aussi le meilleur moyen de tout savoir sur ses sujets.

Grigán jugea qu'il s'était suffisamment éloigné de Corenn et revint auprès d'elle. Si aucune flèche ne l'avait cloué au sol, on pouvait supposer qu'il n'y avait pas de Zü caché parmi les archers. C'était largement assez rassurant pour le moment.

— La logique régnant dans cet endroit est vraiment déroutante, déclara la Mère quand il fut à son côté. J'ai écouté quelques conversations, à tout hasard. Cet homme, là-bas, cherche à vendre une cargaison de sel précieux qu'il tire d'un piratage. Le petit, à côté, est l'ancien propriétaire de ce trésor ; il cherche à *racheter* la cargaison et le bateau que le premier lui a volé ! Ils sont en train de se mettre d'accord sur un prix… Vous ne trouvez pas ça extraordinaire ?

— Ce qui serait vraiment extraordinaire, c'est que les Züu acceptent seulement de nous écouter, maugréa le guerrier. Finissons-en au plus vite, dame Corenn, je vous prie.

Ils prirent le chemin de promenade et avancèrent parmi des petits groupes en plein marchandage. La moitié environ des négociants étaient loreliens, le reste se composant de Goranais, de Romins ou de Jez.

Ils se virent successivement proposer une prétendue relique du Yoos, des œufs de serpents daï, un plan du palais de Kolimine – indiquant la salle du trésor, bien entendu… Un grand type portant les emblèmes de Soltan leur offrit même une barrique de sang humain. Corenn essaya de ne pas réfléchir à sa provenance ni à son utilisation. Enfin, un Yérim au regard torve insista pour vendre à Grigán une esclave nubile, qu'il décrivit avec force détails comme très obéissante. Le guerrier lui lança un regard noir, mais ce fut Corenn qui chassa l'importun de son ton le plus sévère.

Ils s'immobilisèrent à un détour du chemin. Ils venaient de trouver deux des messagers de Zuïa. Les tueurs züu.

Les assassins patientaient à l'écart, assis sur un banc de marbre, évités de la plupart des négociants. Ils ne faisaient rien. Rien d'autre qu'attendre.

Ils se levèrent à l'approche des héritiers. Corenn et Grigán étaient reconnus.

* * *

Yan avait fait une pause dans ses tentatives pour surmonter « l'épreuve du magicien », le temps d'une conversation décousue avec Bowbaq. À la demande du jeune homme, le géant avait évoqué les anciennes réunions des héritiers, rapportant plusieurs anecdotes sur leurs amis, et notamment sur les jeunes années de Léti.

Ils avaient passé un moment agréable, surtout dû au récit de l'incendie allumé par Rey quinze ans plus tôt. Yan avait précisé en riant qu'il s'agissait sûrement de la seule fois où l'acteur se soit fait prendre.

Mais la pause était maintenant finie, Bowbaq s'étant attribué la corvée de brosser les chevaux et de leur donner de l'exercice. Le géant ne supportait plus de rester allongé à ne rien faire, et s'occuper les mains devait aussi l'empêcher de trop réfléchir à leur aventure. Il avait eu plus que sa part de pensées angoissantes.

Yan s'était donc remis au travail, isolé dans la forêt, à plat ventre devant la piécette. Lassé d'avance, il entama le compte des décans qu'il avait déjà passés à cet exercice, mais les chiffres l'effrayèrent. Il cessa rapidement son calcul et se dit qu'il devait être plus sérieux que ça, plus concentré, plus déterminé.

Il s'investit complètement pendant un long moment, essayant non plus de *pousser*, mais de *lancer* sa Volonté, comme l'avait conseillé Corenn. Mais ce n'était qu'une idée abstraite, un concept hors de portée du jeune homme, qui n'avait pas la moindre notion sur la manière de procéder. Il se sentait comme un oiseau à qui l'on demanderait de voler avant que ses ailes ne le permettent : impuissant.

Ces tentatives l'épuisaient pourtant. Il en sortait à chaque fois l'esprit vidé et le corps affaibli. Ses efforts étaient réels ; il *produisait* forcément quelque chose, mais d'une manière insuffisante.

Il se rapprocha un peu de la pièce posée sur sa tranche. Inutilement. Bien qu'il n'ait pas posé cette question à Corenn, Yan avait déjà compris que la distance entre le « magicien » et sa cible était sans importance, tant que cette dernière était visible.

Cette pièce lui sortait par les yeux. Usée sur un tiers, deux fois entaillée sur la tranche, ses défauts l'agaçaient. Il pensait ne jamais avoir autant *détesté* un objet. Et ce sentiment ne l'aiderait certainement pas à réussir…

Il songea un instant à changer de pièce, mais renonça en comprenant qu'il réagirait rapidement de la même manière. Pourtant, il lui était maintenant impossible de continuer avec la monnaie kaulienne. Il avait mis le doigt sur un problème ; il ne pourrait se concentrer avant de l'avoir résolu.

Une soudaine inspiration lui rappela le petit reine-lune bleu qui pendait à son cou. Un cadeau de Léti. Voilà un objet qu'il ne se lasserait pas de contempler.

Il détacha avec précautions le coquillage de son lacet de cuir et l'installa en position verticale, à la place de la piécette. L'exercice n'en serait que plus difficile, la base plus large du reine-lune lui conférant une meilleure stabilité. Mais il serait aussi beaucoup plus agréable…

Il se concentra de nouveau en songeant à Léti.

* * *

La jeune fille suivait Rey à travers le labyrinthe des étals, curieuse de découvrir où il l'emmenait. L'acteur souriait comme un enfant. Il prit Léti par la main pour la guider plus facilement. Elle le laissa faire en rougissant.

Ils quittèrent la place des Cavaliers pour s'engouffrer dans une rue moins spacieuse, mais non moins animée. Rey la parcourut jusqu'au bout avant de s'engager dans une voie encombrée de charrettes.

— On ne devrait pas rester près du palais ? rappela timidement Léti.

— On ne s'éloigne pas beaucoup... C'est la prochaine rue à main gauche.

Ils y furent bientôt et découvrirent un endroit très vivant. En fait de rue, c'était une avenue, que les gens visitaient plutôt qu'ils ne l'empruntaient. Beaucoup s'attardaient à l'une ou l'autre des multiples terrasses d'auberges, ou simples petites tables installées au beau milieu du passage.

— La Cour aux Jeux, annonça l'acteur avec fierté. Dés ithares, bien sûr, mais aussi les tarots, le stratège, la toupie, les colonnes de Corosta, l'attrape, le jerpe et autres prétextes à paris. Ici, des fortunes sont amassées ou dispersées jour et nuit, sans aucune trêve. Sous l'œil bienveillant des collecteurs, bien sûr... J'ai vécu une année entière en gagnant aux dés.

Ils s'avancèrent entre les petites tables autour desquelles se groupaient joueurs et curieux. Beaucoup d'argent changeait de mains, sous les cris de joie ou de dépit des participants. Léti observa une partie de guéjac, mais se perdit rapidement dans les ramifications des règles, sa méconnaissance de la langue lorelienne ne lui facilitant pas la tâche. Elle assista ensuite à un combat d'araignées *bellica* qui faisait l'enjeu de gros paris, mais s'éloigna avec dégoût quand l'insecte vainqueur dévora la tête de sa victime.

Dans toute la rue, les gens parlaient, jouaient, riaient, buvaient et s'exclamaient bruyamment. Des airs de vigoles, de flûtes coudées et de lunes-à-cordes s'élevaient de toute part, se mêlant à la cacophonie qui donnait à l'ensemble son air de fête continuelle. Un endroit fascinant. Yan aurait adoré le découvrir, songea Léti par habitude, avant de se reprendre.

— Pourquoi as-tu arrêté de jouer ? Tu perdais ?

— Au contraire. Les collecteurs ne s'intéressent qu'aux gagnants, et ils commençaient à s'accrocher beaucoup trop souvent à mes chausses.

J'avais horreur de ça. Un jour, une « amie » m'a présenté un type qui cherchait un comédien expérimenté pour sa troupe. Je lui ai menti et me voilà acteur, conclut-il avec un clin d'œil complice.

Léti s'abandonna au charme du jeune homme. Il semblait si sûr de lui, elle était si désemparée…

Elle lui reprit la main pour regagner les abords du Petit Palais. Rey se laissa faire.

* * *

Corenn, Grigán et les deux Züu se firent face pendant un moment qui parut très long aux gardes chargés de surveiller les tueurs rouges. Chacun se demandait s'il allait y avoir une bagarre, et quand elle se déclencherait.

— Vous venez de Ji, n'est-ce pas ? demanda calmement le Zü le plus petit, alors que l'autre les dévisageait en grimaçant de haine.

— C'est exact, répondit Corenn après un instant.

Il n'y avait aucune raison de mentir. Elle espérait que, pendant cet entretien, ils joueraient tous cartes sur table. Les héritiers avaient beaucoup à y gagner… ou à perdre.

— Asseyons-nous, reprit le Zü dans un parfait lorelien. Vous avez sûrement beaucoup de choses à nous demander, n'est-ce pas ? Et la position debout a tendance à faire perdre leur calme aux archers de Bondrian. Ils ont… peur, voyez-vous, que nous transgressions les règles de ce territoire neutre.

— C'est étonnant, lança Grigán en prenant place près de Corenn.

Il s'installa sciemment entre la Mère et les prêtres assassins, surveillant chacun de leurs mouvements avec beaucoup d'attention. Les Züu ne tueraient aucun héritier aujourd'hui avant de passer sur son cadavre !

— Je suis heureuse de trouver une oreille attentive, commença Corenn. J'avoue que je craignais de rencontrer quelqu'un d'obtus et fermé à toute discussion.

— Je mentirais en niant ma surprise, répondit le tueur sur le même ton poli. Mais je suis assez curieux de vous entendre… bien que je devine déjà vos requêtes.

Corenn prit une longue inspiration pour se donner du courage. Elle était passée reine dans l'art de la diplomatie au sein du Conseil permanent de Kaul. Mais jamais elle n'avait participé à un débat dont l'enjeu était rien moins que la vie de six personnes, et dont les chances d'obtenir gain de cause étaient si minces. Elle passa en revue son « plan de bataille » et lança une offensive.

— Comment nous avez-vous reconnus ? demanda-t-elle sur un ton anodin, comme si le fait n'avait aucune importance.

Le Zü resta songeur un instant. Son acolyte surveillait les héritiers comme Grigán guettait le moindre signe d'agression de leur part. La lutte se passerait entre Corenn et le prêtre assassin aux manières polies.

— Pourquoi répondrais-je ? lança-t-il finalement, un léger sourire sur les lèvres.

Corenn encaissa la déception sans en rien laisser paraître. Elle avait perdu la première bataille. Son adversaire n'était pas un novice, preuve en était faite. Elle abandonna ce sujet qui n'avait guère d'importance. Les documents züu qu'ils avaient trouvés prouvaient déjà que les signalements des victimes circulaient par écrit. Les tueurs jouissaient d'une administration efficace.

— Vous avez raison, concéda la Mère, vous n'avez pas à me livrer vos secrets. Pardonnez-moi.

Le Zü inclina la tête, indiquant ainsi qu'il acceptait les excuses. Le dialogue était maintenant réellement ouvert. Et celui qui venait de se voir attribuer ouvertement une victoire serait plus enclin à céder sur un autre point.

La diplomatie était un art difficile. Corenn le ressentait alors plus que jamais. Et ses ressemblances avec la stratégie étaient évidentes, pour qui possédait des notions des deux disciplines.

Le choix des mots et des arguments était la préparation à la guerre. Les intonations, les expressions du visage et du reste du corps étaient la bataille. Et la gestion des silences, des interruptions, de toute intervention extérieure en général était l'exercice du commandement. Les deux parties pouvaient gagner du terrain, en perdre, s'annihiler, faire une trêve, lancer des contre-attaques et autres actions de campagne.

Pour l'instant, le Zü gardait une place forte bien défendue, et Corenn tentait de la prendre d'assaut avec une épée en bois. Son unique chance était de se faire ouvrir les portes de l'intérieur.

— Les adeptes de la déesse sont de plus en plus nombreux, remarqua-t-elle négligemment, comme une introduction à son sujet. Chaque capitale aura bientôt un temple dédié à Zuïa. Je veux dire, au grand jour.

Acculer les messagers à la clandestinité, comme le font les gouvernants actuels, est sûrement la pire des solutions pour tout le monde.

— Je partage votre point de vue, répondit sobrement le tueur.

La porte était toujours fermée. Corenn utilisa un leurre.

— Nous avons eu ainsi énormément de difficultés pour nous rencontrer, reprit-elle. Si bien qu'il a failli être trop tard pour nous expliquer et mettre enfin un terme à la discorde stérile qui nous a opposés.

Grigán admira la façon dont Corenn s'y prenait. Certaines subtilités de cette lutte invisible lui échappaient peut-être, mais il avait apprécié la manière de présenter leur lutte à mort comme une querelle déjà oubliée.

Mais ce leurre était un « quitte ou double » : le Zü pouvait s'y laisser prendre, auquel cas la suite serait facile, ou le démasquer, ce qui obligerait Corenn à dévoiler la faiblesse de ses troupes.

Le tueur était intelligent. Il ne fut pas dupe.

— Quelle discorde stérile ? demanda-t-il doucement. Vous avez été jugés par Zuïa. Les messagers vous porteront sa sentence. Ce que vous appelez « discorde stérile » n'est rien de moins qu'un commandement divin.

Grigán se retint de lancer son poing dans la figure du fanatique. Cela aurait malheureusement signé son arrêt de mort. Mais il eut plus de mal encore à refréner une bordée d'injures et de menaces bien choisies. Corenn lui avait demandé de limiter ses interventions le plus possible, et il comprenait maintenant pourquoi. Le moindre faux pas pouvait faire pencher définitivement la balance en faveur des Züu. Et, si le guerrier n'était pas d'accord sur le principe de cette démarche, il était suffisamment intelligent pour laisser à la Mère toutes les chances de la mener à son terme. Même si les choses s'annonçaient vraiment mal parties…

Corenn s'était préparée à l'échec de cette tentative. Elle n'en fut pas moins contrariée. Elle devait attaquer dans une autre direction.

Elle se pencha un peu vers le Zü, qui fit de même pour mieux l'entendre. Grigán raidit ses muscles comme une panthère prête à bondir.

— Nous savons tous deux, dit la Mère sur le ton de la confidence, que les messagers sont parfois employés comme de vulgaires tueurs à gages, par des hommes se souciant peu de Zuïa, de son jugement et de la justice en général.

Le fanatique ne répondit pas, reconnaissant ainsi qu'il partageait cet avis, et invitant Corenn à continuer. C'était le meilleur résultat qu'elle ait obtenu jusqu'à présent.

— Il est évident que nous sommes dans ce cas. L'homme qui prétend parler au nom de la déesse et qui a lancé les messagers contre nous vous a trompé. Il ne croit pas en Zuïa.

— Il a fait une offrande aux judicateurs du Lus'an, rétorqua l'assassin. C'est une preuve suffisante de sa piété.

Corenn sentit son cœur bondir. Elle venait d'arracher une information importante. Un homme. Leur ennemi était un *homme*.

Elle laissa filer un long silence en fixant le Zü avec gravité. Puis utilisa son meilleur argument.

— Nous voudrions faire une offrande au culte, nous aussi.

* * *

Yan scrutait le petit coquillage aux reflets bleutés. En remplaçant la piécette haïe par ce fétiche aimé, il avait relancé son intérêt pour l'exercice, et s'en félicitait.

Se concentrer sur le coquillage le faisait penser à Léti. Et penser à Léti l'encourageait à se concentrer. Il atteignait peu à peu un nouveau plan spirituel ; comme si sa pensée était jusque-là recluse dans une grotte étroite et sombre, et qu'il lui permette de s'étendre et de croître dans une immense plaine. À chaque pas, son esprit grandissait de cette puissance nouvelle.

Ce n'était qu'une allégorie ; Yan sentait simplement qu'il progressait. Il lui semblait parfois dormir les yeux ouverts, ignorant tout ce qui n'était pas le coquillage et la force nécessaire à le faire basculer. Puis il se « réveillait », fatigué sans raison, et attendait d'être suffisamment remis pour plonger à nouveau.

C'est au cours d'une de ces phases de repos qu'il se remit en question. La nouvelle conscience qu'il acquérait peu à peu le faisait hésiter. Après tout, pourquoi voulait-il réussir ?

Que lui importait la magie ? Elle semblait une discipline très difficile, pour des résultats bien maigres. Elle lui avait fait perdre trois journées de sa vie à contempler une pièce de monnaie.

Connaître son existence, avoir touché à son essence pouvaient sûrement suffire à son bonheur. Y avait-il vraiment un intérêt à déplacer des petits objets sans les toucher ? Avait-il réellement besoin de cela ?

Il comprit soudain ce qui lui arrivait. Il était au bord d'un changement. Et ce changement l'effrayait au plus profond de lui-même. S'il continuait, il ne pourrait plus revenir en arrière. Peut-être n'en aurait-il jamais l'envie… Mais peut-être pas.

Puis il se souvint du but à atteindre. Et la peur disparut.

Il voulait ce talent, parce qu'il en possédait peu. Parce que Léti en avait beaucoup. Il voulait ce pouvoir, non pas pour lui, mais pour elle.

Enhardi par ce souvenir, il se mit de nouveau à se concentrer, comme il avait appris à le faire, seul. Sa Volonté s'était déjà manifestée sur la falaise, et leur avait sauvé la vie à tous deux d'une manière impossible. Il essaya de se rappeler le moment. Ce qu'il avait ressenti.

Les souvenirs remontèrent à la surface de son esprit, bien trop précis à son goût. Le visage terrifié de son amie. Les récifs quarante pas plus bas. Et son impuissance à la secourir.

Il s'était précipité vers elle, passant une jambe dans le vide, puis l'autre, puis tout son corps. Il s'était agrippé à la paroi rocheuse, se mettant lui-même en danger.

Mais il ne pouvait rien faire.

Il lui avait tendu la main, et elle l'avait agrippée de toute la force de son désir de vivre. Mais il ne pouvait rien faire.

Rien d'autre qu'attendre que l'un de ses bras faiblisse et qu'ils basculent dans le vide.

Il avait serré les dents, tiré, tiré, ne sentant plus rien d'autre que la main de Léti dans la sienne, et la volonté qu'il avait de la ramener à lui.

Il comprit soudain. Il *sentit* le pouvoir qu'il avait libéré. Il le sentait *maintenant*.

Le sang martelait ses tempes, mais il avait froid. Il était essoufflé et la tête lui tournait. Il avait réellement tout revécu.

Il ouvrit les yeux et contempla un long moment le reine-lune sans vraiment réaliser.

Le petit coquillage bleu était couché sur le côté.

* * *

— Nous voulons faire une offrande à Zuïa, répéta Corenn au tueur surpris. Rien ne s'y oppose, n'est-ce pas ?

Le prêtre rouge observa le visage de son subordonné, comme pour y lire la bonne réponse. Mais il était aussi étonné que lui.

— Rien, en effet, répondit-il après avoir remis de l'ordre dans ses idées.

Corenn l'avait légèrement désemparé. Une faille dans la défense du Zü. Elle s'y engouffra.

— Votre culte prétend que la déesse peut s'exprimer par l'intermédiaire de n'importe quel mortel. Je sens que Zuïa est avec moi. Pas avec l'impie qui utilise les messagers comme de simples tueurs à gages.

Le Zü écoutait, dérouté. Au début de l'entretien, il était convaincu que la Mère venait implorer sa clémence, comme le faisait chaque personne jugée par la déesse avant de recevoir la sentence. Auquel cas, il lui aurait été facile de refuser, en savourant cet instant en connaisseur. Mais les dires de cette femme n'étaient pas suppliants. Ils étaient... dérangeants.

Même dans un culte aussi fanatisé que celui des Züu, les individus les moins idiots finissent par se poser des questions. Pourquoi Zuïa parlait-elle par la bouche de simples mortels ? Pourquoi ces derniers devaient-ils faire une offrande ? Où allait l'argent, puisque aucun nouveau temple n'était bâti ? Les judicateurs étaient-ils vraiment des profiteurs confortablement installés au Lus'an terrestre ?

Le Zü n'aimait pas douter. Zuïa jugeait, il portait la sentence, point final. La Kaulienne dérangeait sa tranquillité, elle ébranlait les plus fortes de ses convictions. Il ne l'aimait pas pour ça.

— Nous sommes prêts à faire une offrande importante, insista-t-elle. Zuïa parle par ma bouche. Elle ne veut pas nous juger.

Ah ! Le Zü retrouva toute sa contenance. Son monde redevenait normal. Cette femme demandait la même chose que tous les condamnés de la déesse : la clémence. Elle s'y était simplement prise différemment, d'une manière insidieuse, qui aurait pu le tromper s'il n'avait été vigilant.

— Impossible, déclara-t-il avec satisfaction. La déesse ne laisserait personne usurper son nom. Vous avez été condamnés, et aucune volonté humaine ne pourrait changer ça.

Corenn soupira de dépit. Bien que ses chances de réussite aient été faibles, elle avait espéré l'emporter. Mais les tueurs étaient trop bien conditionnés pour réfléchir par eux-mêmes. Elle se demanda un instant quelle formation singulière ils pouvaient bien recevoir pour perdre ainsi le sens des réalités.

Elle échangea un regard morose avec Grigán, puis se ressaisit. La lutte n'était pas terminée. Il fallait toujours prévoir d'autres enjeux, d'autres solutions, à utiliser en cas de défaite. C'était le cas. Plus besoin non plus de parler à mots couverts. Elle alla droit au but.

— Nous voudrions connaître le nom de votre bienfaiteur, déclara-t-elle sérieusement. Ou tout autre renseignement le concernant. Nous sommes prêts à le rémunérer.

— Et vous allez me demander ensuite de le tuer, répliqua le Zü qui avait recouvré son assurance. Classique. Mais l'un et l'autre sont impossibles.

Grigán fit un signe discret à Corenn, indiquant ainsi qu'il était temps de partir. La discussion n'apporterait rien de plus, et chaque moment perdu rendait la situation plus dangereuse.

La Mère ignora son ordre. Elle n'en avait pas fini.

— J'ai une dernière requête, annonça-t-elle, que vous ne pourrez refuser. Je voudrais que les messagers nous accordent un délai avant de porter la sentence. Pour nous laisser le temps de racheter nos fautes.

Le Zü l'observa en silence. Encore quelque chose de nouveau. Mais c'était plus raisonnable, et cadrait parfaitement avec ses convictions.

— Quelle serait la durée de ce délai ?

— À vous de juger. Au moins quelques lunes, bien sûr. Et nous ferons notre offrande au culte.

Le tueur réfléchit un instant. Il avait remporté tellement de victoires aujourd'hui qu'il était assez enclin à accéder à cette supplique sans conséquence.

— Je dois réfléchir, répondit-il. Consulter mes supérieurs. L'idée est nouvelle.

— Je comprends, acquiesça Corenn, déjà heureuse de ne pas se voir exposer un refus ferme et définitif.

— Rencontrons-nous à nouveau la décade prochaine. J'aurai la réponse.

Corenn inclina la tête et prit congé des assassins avec une courte révérence polie. Grigán les quitta en affichant le mépris le plus total.

— Quel gâchis, marmonna-t-il tandis qu'ils gagnaient la sortie. Quarante terces d'or et tous ces risques pour ça.

La Mère ne répondit pas. Elle ferait admettre plus tard au guerrier qu'ils avaient progressé. Pour l'instant, elle était simplement fatiguée.

— Suis-les, glissa le Zü à son acolyte. Je veux savoir où se cachent ces rats.

* * *

Léti commençait à s'inquiéter; elle se demandait si Corenn et Grigán n'avaient pas quitté le Petit Palais pendant qu'elle et Rey visitaient la Cour aux Jeux. Ils étaient beaucoup trop longs à sortir.

Elle tentait vainement d'ignorer une autre possibilité, beaucoup plus pessimiste: celle où sa tante et le guerrier ne sortiraient *plus jamais* du palais. Cette idée lui revenait constamment à l'esprit, et même les plaisanteries que Rey faisait pour la détendre étaient alors inefficaces.

Elle ne quittait pas des yeux le porche monumental que franchissaient dans les deux sens des négociants de tout acabit. Enfin, le jelenis gardant l'accès s'écarta pour livrer passage à Corenn, immédiatement suivie de Grigán.

Léti soupira de soulagement et sut se retenir d'aller à leur rencontre, malgré sa curiosité brûlante. Ils étaient convenus d'un plan. Il devait être respecté.

Le guerrier scruta les environs du palais et les repéra sans peine. Il ne fit aucun signe à leur intention et s'engagea dans une ruelle avec Corenn.

Le chemin de retour jusqu'au *Cochon romin* avait été choisi par Rey et Grigán lors de leur dernière visite à Lorelia. Ils devaient emprunter un itinéraire moins direct, pour éviter d'attirer l'attention sur l'auberge de Bellec, et traverser les quartiers les plus déserts, pour repérer plus facilement d'éventuels suiveurs.

Rey et Léti patientèrent quelques instants en surveillant le palais, comme prévu. Et il se produisit ce que Grigán redoutait.

Un Zü se fraya un passage vers l'extérieur. Même de leur position, les héritiers pouvaient voir sa technique. À chaque jelenis qui lui barrait le chemin, le tueur montrait simplement la dague récupérée parmi les armes, dans un geste de menace sans équivoque. Le garde s'écartait à chaque fois.

Ils auraient normalement dû empêcher le Zü de sortir si rapidement après quelqu'un d'autre. Mais les jelenis, bien que formant un corps d'élite, n'étaient pas pour autant suicidaires. Ils pourraient facilement venir à bout du fanatique, à l'aide de leurs dogues, mais le châtiment ne se ferait pas attendre. Un jour prochain, ils trouveraient un autre tueur rouge sur leur chemin, envoyé pour venger celui-là.

Les Züu n'accordent aucune importance aux intérêts personnels. Seuls comptent ceux du culte. C'est ce qui fait leur puissance. S'attaquer à l'un d'eux revient à défier tous les messagers.

Le tueur balaya les environs du regard et repéra vite ses proies. Il se lança sur leur piste en dissimulant de son mieux sa tunique rouge sous une robe de novice, exactement comme le faisait Rey.

— Allons-y, lança l'acteur à son amie.

Léti le suivit sans un mot. Déterminée, la main crispée sur son couteau de pêche. Celui-là même qu'elle avait sur la falaise de Ji.

De nouveau, une colère sourde masquait toutes ses autres émotions. Pourquoi fallait-il que Grigán ait raison ? Pourquoi les Züu étaient-ils si amoraux, abjects, tricheurs, fourbes et cruels ?

De combien de crimes celui-ci était-il coupable ?

Avait-il le sang des héritiers sur les mains ? Oui, tout au moins indirectement.

Ils ne s'étaient pas vraiment mis d'accord sur la suite à donner aux événements. Du moins, pas à voix haute. Grigán avait simplement laissé entendre qu'il se chargerait de neutraliser tout danger. Affirmation plutôt vague…

Léti savait très bien, elle, ce qu'on pouvait faire du tueur. *Chaque renard trouve son ours.* Ce goupil-là allait sentir le tranchant de ses griffes.

La foule s'éclaircissait au fur et à mesure de leur progression. Dans un souci de discrétion, le Zü allongea la distance entre lui et Corenn. Léti et Rey firent de même, grinçant des dents en scrutant le dos du fanatique.

Des Loreliens coutumiers des rixes citadines s'écartaient au passage de l'étrange procession. Devant le spectacle de ce couple d'étrangers suivi par deux Züu et une femme à l'air meurtrier, les badauds préféraient changer d'air et s'éloigner au plus vite.

Ils arrivèrent bientôt au lieu convenu, l'impasse du Barbier-Enfel. Grigán et Corenn s'y engagèrent résolument, à l'étonnement probable du tueur, qui les y suivit pourtant. Léti et Rey lui emboîtèrent le pas.

L'impasse n'en était pas vraiment une ; c'était même autrefois une rue fréquentée de la cité. Elle avait été rebaptisée après la condamnation de la porte ouest des fortifications de la vieille ville. Aucun charretier, aucun muletier ne passait plus par ici, et la plupart des échoppes étaient à l'abandon depuis longtemps. La rue était déserte et plongée dans l'ombre des bâtisses à plusieurs étages qui la bordaient.

Corenn et Grigán firent volte-face alors qu'ils étaient presque au bout de la rue. Le Zü se tapit derrière une énorme poutre de façade. C'est à ce moment qu'il aperçut Rey et Léti.

Le déguisement de l'acteur dut le faire hésiter un instant. Il crut d'abord à un renfort. Mais changea vite d'opinion. La jeune femme qui le menaçait d'un couteau, à dix pas de là, n'était certainement pas une alliée.

— Vous ne devez pas nous suivre, déclara Corenn en se rapprochant. Partez.

Le Zü observait les quatre étrangers qui l'encerclaient, plongeant son regard dans chacun des leurs, incertain sur la conduite à tenir. Il avait échoué dans sa mission. C'était la première fois. Ce serait la dernière.

— Partez, répéta la Mère. Nous ne tenterons rien contre vous. Léti, laisse-le passer.

Rey s'était décalé un peu pour céder le passage au tueur. Mais Léti n'avait pas bougé d'un pouce. Elle tendait la lame de son couteau vers le Zü, en un geste qui lui aurait paru ridicule deux lunes plus tôt, mais qui lui semblait alors la meilleure chose à faire.

— Laisse-le passer, Léti, ordonna Grigán.

La jeune femme sortit de sa rêverie et fit trois pas de côté, sans quitter des yeux le tueur rouge. Elle lui rendait son regard meurtrier avec la même intensité. Elle n'avait plus peur.

Le Zü non plus. Il avait échoué. La seule façon de se racheter auprès de la déesse était une action d'éclat.

Il était entouré de quatre ennemis. Il devait tous les tuer.

Il s'avança lentement vers l'issue de l'impasse, comme les impies s'y attendaient. Puis se jeta sur la jeune femme en brandissant sa dague empoisonnée.

Quelque chose tinta contre le mur près de lui, et il tourna la tête par réflexe. L'instant d'après, le froid envahit sa gorge. Il y porta les mains pour découvrir un flot bouillonnant, tenta vainement de l'endiguer, et s'écroula en s'étouffant dans son propre sang.

Léti contemplait avec dégoût l'agonie du Zü. Dès son premier pas, elle avait su ce qu'il projetait. Et s'y était préparée.

Rey avait eu un excellent réflexe, mais sa dague lancée trop vite avait manqué son but. Léti avait vu le tueur bondir sur elle, tourner la tête, et avait simplement fait glisser sa lame dans l'air, dessinant une ligne sombre sur la gorge ennemie.

Le sang s'échappant de la blessure formait une vraie mare, alors que l'homme ne cessait de haleter en grimaçant d'effroi. Léti se détourna et eut un violent haut-le-cœur. Elle vomit douloureusement.

Corenn prit la tête du groupe et les entraîna vers la sortie de l'impasse. Grigán les rejoignit peu après. On n'entendait plus les halètements.

— Filons d'ici, ordonna-t-il en rangeant son glaive. Même si personne n'aime les Züu, je n'ai aucune envie de m'expliquer avec la milice. C'est déjà assez sordide comme ça.

Léti sanglota sur l'épaule de Rey pendant tout le chemin du retour.

* * *

Ils ne pouvaient parler librement devant Raji. Le petit contrebandier les avait attendus avec impatience à l'auberge de Bellec, inquiet avant tout pour la tranquillité de son commerce. Le Lorelien ne connaîtrait pas de repos tant que ses hôtes imposés n'auraient pas quitté son entrepôt, pour une destination qu'il espérait lointaine, très lointaine.

Les héritiers avaient hâte d'être seuls pour conter leurs expériences. Ils avaient seulement pu échanger quelques mots, entre l'impasse du Barbier et l'auberge, qui n'avaient pas suffi à apaiser leur curiosité. Tous désiraient également consoler Léti, dont les larmes coulaient sans trêve. Mais le silence était de rigueur, dans le long et étroit tunnel les ramenant chez Raji.

C'est donc avec soulagement qu'ils poussèrent la porte de leur abri souterrain. Yan et Bowbaq se précipitèrent aussitôt, plus impatients encore que leurs amis. Mais les mines défaites qu'ils présentaient tous n'étaient pas de bon augure.

Raji prit congé de ses hôtes sans cérémonie, laissant enfin les héritiers seuls entre eux. Léti succomba alors à une nouvelle crise de larmes, incapable de supporter l'idée que Yan allait juger son geste. Rey la réconforta de son mieux en passant un bras autour de ses épaules, comme il l'avait fait tout le long du chemin. Geste innocent… mais qui plongea Yan dans une angoisse des plus profondes.

Dans d'autres circonstances, le jeune Kaulien se serait précipité pour consoler son amie, quelles que soient les raisons de sa tristesse. Dans d'autres circonstances. S'il n'y avait déjà eu quelqu'un pour le faire.

Ses jambes n'avaient plus la force de le porter. Il tourna le dos au groupe pour s'asseoir contre la paroi, un peu à l'écart, écoutant d'une oreille distraite le récit de Corenn et Grigán. Il ne songea même pas à annoncer son succès à l'épreuve du magicien.

Tout cela n'avait aucune importance. Il avait perdu Léti à jamais. Le reste était sans intérêt.

* * *

Ils se réunirent à la tombée de la nuit pour un « conseil des héritiers », comme Corenn aimait à nommer les réunions où ils prenaient les décisions importantes ou avançaient des théories sur le secret de Ji. Un clin d'œil nostalgique au Conseil permanent de Grand'Maison…

La Mère avait pris garde de ne pas ouvrir le débat aussitôt après leur retour. La frustration de Grigán, la détresse de Léti et la morosité de Yan – dont seule la principale intéressée ne semblait pas s'apercevoir – auraient grandement gêné leur réflexion.

Ils étaient maintenant assez calmes et reposés pour aborder les questions qui les obsédaient quotidiennement depuis le début de l'aventure : que faire ? Où aller ?

Corenn rappela en quelques mots les événements du Petit Palais, ajoutant certains faits oubliés à son premier récit. En toute logique, elle termina par l'épisode tragique du combat contre le Zü.

— Il est dommage que cet homme n'ait pas simplement renoncé à sa filature, conclut-elle avec regret. Les choses seraient plus simples, maintenant.

Léti acquiesça, le regard vide. Elle prit une grande inspiration et s'éclaircit la voix avec difficulté. Ses amis lui accordaient toute leur attention.

— Je ne… Je ne voulais pas le tuer, déclara-t-elle doucement. Je veux dire, pas *comme ça*. Je regrette. C'était si… Il avait tellement peur…

— Tu as parfaitement agi, affirma Grigán.

— C'est lui qui t'a sauté dessus, renchérit Rey.

— Tu as bien fait, confirma Corenn. C'était un assassin. Tu t'es juste défendue. Tu as bien fait, répéta-t-elle.

Chacun y allait de sa parole encourageante, mais les yeux de la jeune femme se troublaient de nouveau.

En temps ordinaire, Yan aurait pu trouver les mots justes. Mais il n'avait plus aucune volonté. Il restait maussade et silencieux, et Léti n'en était que plus peinée.

— Il… Il semblait tellement *souffrir*… reprit-elle en éclatant en sanglots.

Les héritiers ne savaient que lui répondre. Gênés par ce spectacle émouvant, impuissants à réconforter la jeune femme, ils échangeaient des regards indécis.

Grigán n'y tint plus et se leva d'un bond, le visage sombre. Il contourna le groupe pour attraper fermement Léti par les épaules.

— Regarde-moi. Regarde-moi ! ordonna-t-il à la jeune femme qui se couvrait les yeux en hoquetant bruyamment.

Les héritiers attendaient, interdits, la suite des événements. Bien qu'irascible, Grigán était rarement aussi furieux. L'idée que le guerrier pourrait frapper Léti vint même à Rey et à Yan. Non, tout de même pas…

— Regarde-moi ! Que feras-tu la prochaine fois qu'un Zü te sautera dessus ? Réponds ! Que feras-tu ?

— Je ne sais pas ! clama Léti avec désespoir, son visage ruisselant de larmes. Je ne sais pas…

— Tu le frapperas ! hurla le guerrier. Tu le frapperas, même s'il en meurt, même si ça lui fait mal ! Tu le frapperas pour sauver ta peau ! Et celle des gens que tu aimes ! C'est bien compris ?

La jeune femme contempla chacun de ses compagnons, tous les gens qui l'avaient protégée, défendue, secourue. Son regard s'arrêta sur le visage de Yan. Le jeune homme avait déjà risqué sa vie pour elle. Il ne l'aimait pas, et était pourtant prêt à se sacrifier ! Ne devait-elle pas en tirer une leçon ? Ses états d'âme étaient-ils autre chose qu'une nouvelle forme d'égoïsme ?

— C'est bien compris ? répéta Grigán.

— Oui, oui, dit-elle dans un gémissement, pour en finir.

— Bien ! Quand tu donnes un coup d'épée à quelqu'un, il a mal ! Forcément ! Mais c'est lui qui t'y oblige ! *Lui !* Ça te paraît toujours aussi amusant d'apprendre à se battre ?

— Non, répondit Léti dont les larmes se tarissaient. Je veux dire oui, je veux apprendre.

— Bien, approuva le guerrier qui retrouvait son calme. Séance complète d'exercices qui font mal dès demain ! Et je ne veux plus entendre parler de ces… stupidités !

— D'accord, opina Léti en redressant la tête.

Le sermon du guerrier lui avait fait un choc. Assez fort pour la secouer. Suffisant pour qu'elle trouve une nouvelle motivation.

— Et tu ferais bien de venir aussi, Bowbaq, ajouta Grigán échauffé par son succès. Un de ces jours, tu tomberas sur quelqu'un que ta taille n'impressionnera pas.

— Je ne veux pas tuer, rappela le géant. Me défendre, oui, mais pas tuer.

— Très bien, comme tu veux ! Apprends au moins à les assommer ! Ça sera déjà ça !

Le guerrier se rassit sans attendre la réponse, très content de lui. Ce relâchement lui avait fait du bien. Il se promit d'y avoir recours plus souvent.

Les autres le regardaient avec étonnement. Ils avaient devant eux un nouveau Grigán. L'atmosphère était encore lourde de ses éclats de voix.

— Moi, je voudrais pouvoir en tuer plusieurs d'un coup, ânonna Rey avec une grimace. Vous avez un truc à m'apprendre ?

Chacun rit de la plaisanterie et ils se détendirent un peu.

— Racontez-leur une de vos blagues. Ça les fera fuir tout de suite, répliqua Grigán avec non moins de succès.

— Dites-moi, reprit l'acteur quand le calme revint. Vous saviez être suivis ?

— Bien sûr, annonça le guerrier sans pouvoir masquer sa fierté. Corenn s'est entretenue un petit moment avec un Goranais, après que nous ayons quitté les Züu. Ça m'a largement laissé le temps de voir le tueur s'approcher en douce.

Les autres regardèrent Corenn avec curiosité.

— Le Goranais me proposait une affaire, c'est tout, expliqua-t-elle. Ça nous est arrivé une bonne douzaine de fois ! Mais celle-ci intéressera peut-être maître Raji, alors j'ai pris le temps d'écouter.

— Si Raji apprend que vous avez cité son nom au Petit Palais, il tombera raide mort, prédit Rey.

— Je ne l'ai pas cité. Je lui transmettrai mes renseignements, et il en fera ce que bon lui semble. Un service rendu pour un autre.

Il y eut un silence. Ils n'avaient pas encore mentionné leur problème majeur, comme si la question leur faisait trop peur. Il fallait pourtant que quelqu'un l'aborde.

— Alors, que fait-on, maintenant ? demanda Rey.

— Je crois que c'est clair ! répondit Grigán. On rejoint Junine au plus vite. La reine Séhane est notre seule chance de trouver d'autres héritiers, s'il en est. Ou tout au moins, d'autres informations.

— C'est aussi notre principal suspect, rappela Rey. La seule personne mêlée à l'affaire et possédant assez d'or pour acheter les Züu. La seule aussi qui n'ait pas été attaquée.

— Pour autant que nous le sachions, précisa Corenn. Qui parmi vous a des nouvelles fraîches des Baronnies ?

Personne, bien sûr. La Mère avait raison.

— Et notre ennemi est un *homme*. Il peut s'agir d'un intermédiaire, mais ça fait beaucoup de peut-être. J'ai déjà rencontré Séhane, et je ne la crois pas coupable.

— Alors, tout est bien. Partons pour Junine au plus vite.

— Je pense que nous devrions rencontrer les Züu de nouveau. Attendre la décade prochaine.

La déclaration de Corenn surprit tout le monde. Les dangers étaient bien trop grands, pour si peu à y gagner.

— Nous ne pouvons pas retourner au Petit Palais, raisonna Grigán. J'estime que nous avons déjà suffisamment confié nos vies à la chance.

— Les Züu accepteront peut-être de nous accorder un délai. Je pense que ça vaut la peine d'attendre. Pour minimiser les risques, j'irai seule, bien sûr.

Les héritiers s'animèrent, se lançant spontanément dans une série de « pas question » et de « ah non » qui fit sourire Corenn. Ses amis la trouvaient, *elle*, déraisonnable !

— Mais enfin, qu'espérez-vous ? s'emporta Grigán. Les Züu n'auront aucune pitié. Ils ne nous aideront pas. Jamais ! Pour s'en débarrasser, il nous faut les tuer tous, ce qui est impossible, ou retrouver notre ennemi… C'est notre seule chance ! Vous l'avez dit vous-même !

— Nous ferons cela beaucoup plus facilement si un délai nous est accordé. En outre, j'espère apprendre d'autres choses d'une nouvelle conversation.

— Ils n'avoueront jamais rien, objecta Rey en prenant la relève de Grigán. Ils refuseraient même de vous montrer le ciel, si vous y accordiez quelque importance. Ils aiment le mystère et la crainte qu'il inspire. Et après tout, rien ne prouve qu'ils savent quelque chose !

— Heu… Savoir la même chose qu'eux nous aiderait beaucoup, n'est-ce pas ? demanda Bowbaq timidement.

— Bien sûr, répondit Corenn d'une voix lasse.

— Je vois.

Le géant était songeur.

— Corenn a peut-être raison, ajouta-t-il après un instant.

— Quoi ? s'exclama Grigán.

— Eh bien… si retourner au Palais peut m'aider à rentrer plus vite en Arkarie, alors… j'aimerais bien qu'on le fasse. J'irai avec toi, Corenn.

— Voilà autre chose, maintenant ! éclata le guerrier. Très bien, puisque tout le monde dit n'importe quoi, ce soir, je propose qu'on oublie ça pour l'instant. Pas d'objections ?

Il n'y en eut pas, et la décision fut remise au lendemain, au grand soulagement de Bowbaq.

Le géant avait besoin de temps pour réfléchir et faire un choix. S'il se trompait, il aurait des remords pour le reste de son existence.

Ce qui pouvait être bien court.

* * *

Yan prévint Grigán de ne pas bloquer la trappe tout de suite et sortit prendre l'air un petit moment. La nuit l'accueillit avec bienveillance, offrant un peu de calme et de fraîcheur à son esprit tourmenté. Il fit quelques pas au hasard sans savoir où ils le mèneraient.

Raji contemplait les étoiles, confortablement installé sous le porche de sa ferme, un pichet de bière de Cyr à portée de main. Yan lui fit un salut discret et envisagea d'échanger quelques mots avec le contrebandier. Mais il n'était finalement pas d'humeur à converser et s'éloigna dans la direction opposée, s'isolant pour mieux méditer sur ses problèmes.

Il n'avait pas consacré assez de temps à Léti. Non content d'avoir manqué le jour de la Promesse, il n'avait pas été là pour soutenir son amie quand elle en avait besoin.

Léti ne l'aimait pas, et il en était le seul responsable. Elle s'était prise d'affection pour Rey, ce qui était peu surprenant. Yan avait, lui aussi, énormément de sympathie pour le comédien. Chez la jeune femme, ce sentiment se transformait évidemment en amour…

Il était lucide, à présent. Ni frustré, ni fâché, ni accablé. Uniquement désappointé. *Horriblement* désappointé. Léti avait toujours représenté son avenir, ses espoirs, la meilleure chose de ce monde. Que lui restait-il ? Sa vie s'annonçait déjà comme une longue et ennuyeuse attente.

La porte de l'écurie grinça, livrant passage à l'un des héritiers. Yan ne reconnut pas immédiatement la silhouette qui le rejoignit. C'était Corenn.

— Bonsoir, jeune homme. Nous n'avons pas sommeil ?

— Pas tellement, non… Je pense que personne ne dormira bien cette nuit, ajouta-t-il après un instant.

— Imagine ce que ça doit être pour les Züu ! plaisanta la Mère.

Yan sourit mais n'avait pas le cœur à rire. De toute façon, il lui paraissait improbable que les tueurs rouges aient le sommeil troublé. L'idée même qu'ils puissent simplement dormir comme tout le monde semblait incongrue.

— J'aimerais te demander un service, avoua Corenn. Parle à Léti. Emmène-la en promenade, dis-lui des choses gentilles. Elle a besoin d'oublier un peu la violence de ces derniers jours.

Yan dévisagea la Mère, se demandant si cette requête était vraiment innocente. La dame kaulienne était intelligente et perspicace… Jusqu'à quel point ?

— C'est une bonne idée, concéda-t-il. Mais ça marchera sûrement mieux si quelqu'un d'autre s'en charge.

Pour ce qu'il en savait, Rey, Bowbaq ou Corenn elle-même pouvaient s'acquitter de cette tâche tout aussi bien. Et eux n'en souffriraient pas en retour.

— Je ne crois pas, affirma la Mère avec un sourire malicieux. Les choses sont rarement aussi simples qu'elles le paraissent, Yan. Fais-moi confiance, et va voir Léti. Je suis convaincue que tu seras surpris.

Corenn parlait à mots couverts, mais son message était clair. Qu'une personne au moins croie en ses chances remonta un peu le moral du jeune homme.

Ils firent quelques pas en silence, gênés par cette nouvelle intimité. Yan se souvint enfin qu'il avait lui aussi quelque chose à annoncer.

— J'ai réussi, vous savez, déclara-t-il de but en blanc.

— Quoi donc ?

— La pièce. Enfin, l'épreuve. J'ai réussi à faire tomber un objet. Ça a été long, mais j'ai quand même réussi.

Corenn se figea et scruta le visage du jeune homme avec gravité. Plaisantait-il ? Non, c'était très sérieux.

— Impossible, bredouilla-t-elle. C'est impossible. Tu dois te tromper.

Corenn n'osait y croire. Si *vraiment* il avait réussi, Yan portait en lui une telle Volonté qu'il pourrait devenir un jour le magicien le plus doué du monde connu. L'idée d'avoir mis au jour un tel pouvoir la faisait frémir.

— Non, c'est vrai, insista Yan sans comprendre l'émotion de Corenn.

— Le vent. Le vent a dû faire tomber la pièce.

— J'y ai pensé, mais il n'y avait pas un souffle de vent à ce moment-là. Et j'avais aussi remplacé la pièce par mon reine-lune ; sa base étant plus large, le vent ne pouvait pas… Ça n'est pas une tricherie, j'espère ? ajouta-t-il devant le trouble de la Mère.

Corenn fixait le petit coquillage bleu que Yan portait en pendentif. Il était plus lourd, plus stable, plus irrégulier que la piécette d'origine. L'exercice en était dix fois plus difficile. Non, ça n'était pas une tricherie.

Elle saisit doucement le jeune homme par les épaules, à la grande surprise de l'intéressé. Il n'imaginait pas que son succès pourrait être si discutable. N'avait-il pas fait ce qu'on lui demandait, tout simplement ?

— Écoute, Yan. Il est *impossible* que tu aies réussi. Parce que… parce que c'est impossible, c'est tout ! L'épreuve ne sert qu'à juger de ta *patience*. On attend quelques mois, puis on entraîne l'apprenti. Je ne connais personne qui ait réussi avant d'avoir étudié pendant des lunes. Ce serait comme si… comme si tu savais écrire avant même d'avoir appris à parler. Alors, je te pose la question une dernière fois, et je ne mettrai plus ensuite ta parole en doute. Yan, est-ce vrai ?

Devant tant d'étonnement, le jeune homme en arrivait à douter de lui-même. Il n'avait pas réellement vu le coquillage tomber… Mais il avait senti la Volonté. Sa Volonté.

— C'est vrai, affirma-t-il avec toute la conviction dont il était capable.

Corenn le libéra de son étreinte et fit quelques pas sous les étoiles. Il lui fallait un peu de temps pour réaliser. Ainsi, Yan présentait d'excellentes dispositions à la magie. Bien. Elle s'adaptait à la situation et acceptait ce fait.

Ce ne serait sûrement pas aussi facile pour leurs compagnons. Elle décida de garder le secret encore quelques jours. Le temps pour elle d'assister à ce prodige.

Trois jours. Yan avait réussi en trois jours ! Et il trouvait ça long…

* * *

Rey mis à part, tous les héritiers passèrent une mauvaise nuit, comme Yan l'avait prédit. Lui-même s'endormit très tard, l'esprit troublé par les expériences éprouvantes de la journée. Léti revécut en rêve l'agonie du Zü ; Grigán se retourna sans arrêt, contrarié par leurs désaccords ; tandis que Corenn réfléchit longuement aux événements qui bouleversaient jour après jour l'existence des membres du groupe.

Bowbaq, lui, ne dormit pas du tout. Il consacra involontairement cette nuit à une longue méditation sur le bien et le mal, l'interdit et la nécessité, la raison et le sentiment. Mais au matin, sa décision était prise.

Debout très tôt, bien avant tout le monde, il prépara un repas selon la coutume arque : *très* consistant. Viandes fumées, fruits secs, boulettes de fromage et galettes de Lermian, le tout accompagné d'infusion de cozé, le géant n'ayant pas trouvé de *milo* – la boisson traditionnelle du Blanc Pays – dans les marchandises de Raji.

Comme Lorelia était de nouveau sous la pluie, il installa le tout dans l'écurie, sur une petite table improvisée de planches et de rondins. Le cozé crépitait encore dans l'eau bouillante quand Grigán le rejoignit. Il avait l'air de ce qu'il était : très fatigué.

— J'avais l'intention de râler à propos de tout ce bruit, dit-il en souriant, mais j'ai tellement faim que je vais manger d'abord. Merci, mon ami.

Bowbaq lui rendit un sourire gêné. Il sentait déjà sa résolution faiblir. Si les autres n'arrivaient pas très vite, il n'aurait jamais le courage de leur avouer.

Comme pour répondre à sa prière, Corenn, Léti, Rey et enfin Yan se joignirent à eux, chacun manifestant sa surprise et ses remerciements. Tous y virent le signe du rétablissement du géant, et cette nouvelle les réjouit.

Le cœur de Bowbaq battait de plus en plus fort. Il décida d'en finir au plus vite.

— Je ne mérite pas… votre amitié, annonça-t-il gravement.

Les sourires s'agrandirent, puis s'effacèrent aussitôt, quand les héritiers comprirent que le géant ne plaisantait pas.

— Qu'est-ce que tu racontes, encore ? grommela Grigán.

Le guerrier se sentait un peu responsable. Peut-être Bowbaq était-il peiné de sa remarque de la veille ?

— J'avais un… J'ai un moyen de nous aider, avoua-t-il. Mais je n'en ai parlé à personne. Je le savais, et je n'ai rien dit. C'est pour ça que je ne mérite pas votre amitié.

Corenn et Grigán, qui connaissaient Bowbaq depuis longtemps, étaient sceptiques quant à la gravité de la chose. Le géant avait toujours eu tendance à l'exagération. Mais Yan, Rey et Léti prenaient tout cela très au sérieux.

— De quoi tu parles ? demanda l'acteur. Chacun fait ce qu'il peut, tu n'as rien à te reprocher.

— Si, insista Bowbaq. Je suis *erjak*, vous savez…

— Et alors ?

— Eh bien… Ça me permet d'entrer dans l'esprit des animaux, enfin, ceux qui allaitent. Tous les animaux qui allaitent, conclut-il avec gravité.

Corenn se frappa soudain le front du plat de la main. Elle avait compris. C'était tellement évident. Comment n'y avait-elle jamais songé ?

Yan croyait également avoir compris. Mais il voulait en avoir le cœur net.

— L'esprit des humains ? demanda-t-il avec intérêt. Tu peux *lire dans les pensées* ?

— En quelque sorte, oui, confirma Bowbaq, déjà soulagé d'en avoir dit autant.

— Moi, je peux réciter l'alphabet romin à l'envers, lança Rey au milieu de la conversation. Allez, Bowbaq, si tôt le matin, c'est un peu dur à avaler. Surtout après un pareil repas.

— Mais c'est vrai, s'offusqua le géant.

Corenn eut un rire léger. Leur petit groupe, considéré par les Züu comme une bande méprisable de fugitifs, s'avérait plein de ressources. *Les épreuves font ressortir le meilleur de nous-mêmes,* songea-t-elle avec philosophie.

— Bowbaq, pourquoi ne pas l'avoir dit plus tôt ?

— C'est… interdit, expliqua le géant. En vous le disant, j'ai trahi mon serment d'erjak. C'est la première fois, se hâta-t-il d'ajouter.

Ils comprenaient très bien. Tous connaissaient la valeur d'un serment, et le sacrifice que cet aveu avait dû coûter à leur ami.

— Vous pouvez *tous* le faire ? Tous les erjaks ? s'étonna Léti.

— Tous, oui. Plus ou moins bien, comme pour les animaux. Selon notre talent.

Bowbaq se sentait beaucoup mieux. Ses amis ne lui en voulaient pas. Il en profita pour se confier plus encore.

— C'est comme ça qu'on a découvert mon talent, expliqua-t-il. Quand j'étais petit, il m'arrivait de visiter les esprits des gens du clan, la nuit, quand ils dormaient. Je lisais dans leurs souvenirs, je partageais leurs rêves… Je ne me rendais pas compte. Je croyais que tout le monde le faisait. Et un jour, je suis entré dans l'esprit d'un homme éveillé. Il s'en est aperçu tout de suite. Tout le clan était furieux. C'est seulement à ce moment que j'ai compris que c'était *impoli.* Et que j'étais seul à pouvoir le faire.

— Ça n'a pas dû être un moment agréable, confirma Grigán.

Le guerrier avait vécu deux années au Blanc Pays et connaissait le poids donné au mot *impoli* chez les Arques. Bowbaq avait dû être traité comme un petit garçon pervers et irrespectueux pendant plusieurs lunes, voire plusieurs années. Pas étonnant qu'il ait gardé ce secret si longtemps…

— Qui t'a formé ? demanda Corenn. Qui t'a demandé de prêter serment ?

— Un erjak d'un autre clan, que mon père avait rencontré aux grandes chasses. J'ai été son apprenti pendant quelques lunes, mais il ne m'a rien appris d'autre que les règles de la confrérie. Comme ne *jamais* entrer dans l'esprit d'un humain, par exemple.

Corenn se demanda si cette règle n'était qu'une superstition arque parmi d'autres, ou plutôt le résultat d'une stratégie réfléchie de dissimulation du pouvoir. Connaissant le caractère mystique des peuples du Blanc Pays, la première supposition était sûrement la bonne… De toute façon, cela n'avait guère d'importance.

— Tu pourrais lire dans les pensées des Züu ?

— Oui. Enfin, un seul à la fois, et une fois seulement. Celui dont l'esprit est pénétré s'en aperçoit immédiatement, et devine aussi qui est le coupable. En général, ça met les personnes même les plus douces dans une colère terrible. Comme pour les animaux.

— Mais comment… comment peux-tu *lire* dans un esprit ? Comment t'apparaît-il ?

— Je ne suis pas sûr. Avec les gens qui dormaient, je suivais leurs pensées, c'est tout. Comme si je voyais avec leurs yeux. Avec les animaux, je me contente le plus souvent d'envoyer des phrases courtes, ou des images simples. Avec un homme éveillé… Ça ne m'est arrivé qu'une fois, et c'était trop rapide. Je crois qu'il faudrait lui faire penser à ce qui nous intéresse. Sinon, j'aurais juste du bruit… Vous voyez ce que je veux dire ?

— Faisons un essai, si tu veux bien, demanda Grigán.

En cas de réussite, le guerrier se laisserait peut-être convaincre de retourner au Petit Palais. Tirer des informations des Züu malgré eux, voilà une idée plaisante !

— Je suis volontaire, déclara Rey.

— Moi aussi, bondit Léti.

— Je m'incline alors avec plaisir, ajouta l'acteur. De toute façon, mon esprit est sûrement trop mal écrit pour être lu.

D'eux tous, Bowbaq était celui à qui l'idée plaisait le moins. Son éducation lui montrait toujours l'acte comme quelque chose de très *impoli*.

— Promets-moi de ne pas te mettre en colère, implora le géant.

— Bien sûr que non, répondit la jeune femme en haussant les épaules. Je suis volontaire ! Ça devrait aller tout seul.

— Pense à quelque chose de précis, suggéra Corenn. Un objet, un nom, quelque chose de simple.

Léti acquiesça et chercha son sujet. Elle choisit de se concentrer sur le dors-debout qu'elle avait recueilli quelques années plus tôt.

— Je suis prête.

— Je commence, annonça le géant avec moins d'assurance qu'il n'aurait voulu.

L'instant d'après, il était avec Léti. Dans son esprit. Il avait oublié à quel point les contacts humains étaient faciles.

La jeune femme s'opposa mentalement à cette intrusion, dans un réflexe prévisible. Mais Bowbaq avait déjà eu le temps de voir.

— Tu pensais à un dors-debout et… à Yan ? proposa-t-il.

Léti ne répondit pas tout de suite. L'expérience était désagréable. Véritablement désagréable. Elle comprenait comment les sujets non prévenus pouvaient entrer dans une rage folle.

— C'est ça, répondit-elle. C'est exactement ça.

Elle se garda bien de démentir le géant. Il y aurait eu trop d'explications gênantes à donner.

Et puis, après tout, n'avait-il pas vu juste ?

* * *

Bowbaq refusa de recommencer l'expérience avec l'un ou l'autre de ses amis. Lire dans l'esprit revenait à violer la plus secrète des intimités, et la courtoisie naturelle du géant l'en empêchait totalement.

Néanmoins, l'essai était concluant, et les héritiers prirent cette décision à l'unanimité : retourner au Petit Palais et voler aux Züu leurs secrets.

Cela signifiait qu'ils allaient passer une décade de plus chez Raji, faute de trouver un endroit plus sûr. Cela signifiait aussi que Corenn,

Grigán et Bowbaq seraient exposés à un danger bien plus grave encore que la première fois. Les Züu les attendraient de pied ferme, munis d'instructions de leurs supérieurs. Certainement contraires aux intérêts des héritiers…

Il leur faudrait quitter Lorelia immédiatement après, quelle que soit l'issue de cette rencontre. Ce qui impliquait une préparation minutieuse. Grigán se mit aussitôt à la recherche du meilleur plan possible.

La décade « d'inaction » serait de toute manière bien remplie. Yan, encouragé par Corenn et l'expérience du matin, consacra toute la première journée à Léti, à la grande joie de la jeune femme. La Mère et Grigán, professeurs improvisés, firent taire l'impatience qu'ils avaient de travailler avec des élèves aussi doués. Spécialement Corenn, qui se languissait de mettre enfin les autres membres du groupe dans le secret.

Rey harcela Bowbaq jusqu'à ce que le géant accepte de lui expliquer sa méthode pour lire dans les pensées. Mais Bowbaq ne trouvait pas les mots adéquats, et ne savait comment expliquer le fonctionnement d'un talent qu'il possédait de naissance. Trop poli, il n'osa pas non plus avouer à l'acteur que ce talent ne pouvait pas s'apprendre. Rey renonça finalement après nombre de fous rires, faisant toutefois promettre à l'Arque de l'accompagner dans une certaine Cour aux Jeux quand leurs vies seraient redevenues plus calmes. Bowbaq accepta en se réjouissant de ce témoignage d'amitié, mais sans avoir compris ce que Rey attendait de lui.

Corenn versa à Raji le prix demandé pour le séjour, et paya aussi d'avance pour la décade supplémentaire. Le petit contrebandier s'était d'abord rembruni, pressentant pareille aventure. Mais sa colère s'était peu à peu effacée devant l'impressionnant tas de terces qu'on lui mit dans les mains. Corenn songea que l'état des finances du groupe deviendrait rapidement un problème. Mais ils avaient passé un accord avec Raji et, après tout, puisaient suffisamment dans ses réserves pour ne pas trop y perdre.

Le petit homme poussa des hauts cris quand Corenn l'entretint de l'affaire proposée au Petit Palais. Il ne se calma qu'après avoir compris que son nom était resté secret. Il bouda tout de même pendant le reste de la journée.

Au soir de cette journée calme, les héritiers se réunirent une nouvelle fois. Grigán annonça qu'il avait trouvé un plan et était prêt à courir le risque. Ils l'écoutèrent, apportèrent leurs propositions et tout fut bientôt au point. Ce serait certes dangereux, mais l'entreprise elle-même ne l'était pas moins.

La soirée passa très vite. À parler ainsi d'événements futurs et réels, ils en oublièrent un peu l'île Ji, la porte, l'autre monde. *Un peu*, mais pas totalement.

— Tu aurais peut-être pu lire dans l'esprit de l'enfant, suggéra Yan. De l'autre côté.

Bowbaq se retint de grimacer d'horreur. Voir l'esprit d'un *démon* ! Sa raison n'en serait sûrement pas sortie indemne.

On passa à un autre sujet. Le secret de Ji était encore hors de portée. Le marché du Petit Palais, lui, était proche. Il leur restait moins d'une décade pour se préparer.

* * *

Zamerine contemplait son subordonné avec un mépris non dissimulé. Le judicateur, chef de tous les tueurs züu des Hauts-Royaumes, était un maître craint et respecté. Craint, surtout.

— Répétez-moi cela, demanda-t-il à son agent du Petit Palais. Vous avez rencontré personnellement deux des fugitifs condamnés par la déesse. Ici même, à Lorelia, où vous avez plus de quarante hommes à votre disposition. Et vous m'annoncez qu'ils sont toujours en vie ! Et que *vous ne savez pas* où ils se cachent maintenant ?

— Je les ai fait suivre, rappela l'accusé. Zlek s'est fait tuer. *Il* a failli, pas moi.

— Ces impies n'auraient *jamais* dû quitter le Petit Palais, trancha Zamerine.

— Mais les accords…

— Vous savez que ces soi-disant accords passés avec les rois loreliens n'ont aucune valeur. Nous n'obéissons pas à la volonté des hommes, nous portons la sentence de la déesse. La mission *prioritaire* de chaque messager. L'auriez-vous oublié, Zeanos ?

L'accusé, blessé dans sa fierté, fut tenté de répondre vertement. Mais il se rappela à temps à qui il avait affaire et baissa les yeux avec inquiétude.

— Non, bien sûr que non, marmonna-t-il.

— Vous reconnaissez avoir fait une faute ?

— Nous n'étions même pas armés ! objecta Zeanos.

La présence de l'assistant de Zamerine l'angoissait plus qu'il ne voulait l'avouer. Dyree était en quelque sorte la main du judicateur, celle qui portait les sentences personnelles du grand prêtre. Le messager parmi les messagers.

— Eh bien, et alors ? s'exclama Zamerine sur un ton las. La hati est sacrée, mais pas indispensable. À vous deux, vous auriez facilement pu exécuter l'un au moins de ces fugitifs.

Zeanos jugea préférable de ne pas répondre. Les Züu étaient particulièrement surveillés dans le Petit Palais, et si les jelenis cédaient facilement le passage devant la menace, les archers n'auraient aucune pitié et abattraient les messagers au moindre signe d'agression. Lui et Zlek seraient morts pour rien. Tout au plus auraient-ils pu crever un œil au Ramgrith ou arracher une oreille à la Kaulienne. Bien sûr, Zamerine savait déjà tout cela, mais ne voulait pas en tenir compte.

— Je pense que vous vous occupez depuis trop longtemps des... relations extérieures, reprit le judicateur. Vous êtes ramolli. À combien de temps remonte votre dernière sentence ?

— Deux ans. Mais j'ai seize entailles sur ma lame, ajouta l'accusé avec fierté.

— Dyree en a vingt-cinq. N'est-ce pas, Dyree ?

L'assistant répondit par un simple signe de tête, tel un animal bien dressé. Il empoigna sa hati et Zeanos s'attendit à ce qu'il lui montre ses trophées. Mais Dyree se contenta de le dévisager, un léger sourire aux lèvres, sans lui présenter sa dague.

Je n'ai pas trahi Zuïa, songeait l'accusé. Je ne mérite pas sa sentence.

— Alors, mon ami. Comment pensez-vous rattraper votre faute ?

La menace était aussi claire que si Zamerine avait dit « À cause de vous, ils sont toujours vivants. Si vous n'y remédiez pas, Dyree vous griffe et vous envoie dans les marais du Lus'an. » Heureusement pour lui, Zeanos avait quelques idées.

Il se racla la gorge, autant pour s'éclaircir la voix que pour se forcer à déglutir, ce qu'il avait du mal à faire depuis quelques instants.

— Eh bien... Comme je vous l'ai dit, peu de temps après le départ de Zlek, j'ai quitté le palais et rendu une petite visite à Darlane. Il s'est empressé de répondre à ma demande et de placer ses hommes aux portes de la ville et sur les quais. Les fugitifs n'y ont pas été vus. C'est déjà un premier renseignement.

— Vous connaissez le peu de valeur des rapports de la Guilde, précisa Zamerine avec agacement. S'ils avaient été vus, ça aurait été un renseignement. Sinon, ça n'est rien. J'espère que vous n'avez pas fondé toutes vos recherches sur cette idiotie.

Zeanos accusa le coup avec difficulté. Il lui fallait prouver son efficacité. Si Zamerine réfutait chacun de ses arguments, ça allait être difficile.

— Effectivement, Judicateur. Mais j'ai *vraiment* insisté auprès de Darlane pour lui faire comprendre l'importance de la mission. Et j'étais présent lorsqu'il a transmis ses consignes à ses lieutenants. Il a lui aussi été très convaincant, promettant une récompense à celui qui les repérerait. De plus, ma description était très précise. Je pense que, cette fois, nous pouvons accepter le rapport de Darlane.

— Admettons, concéda Zamerine après quelques instants.

Zeanos se détendit un peu et reprit d'une voix plus assurée.

— Ils n'ont donc pas quitté la ville. J'ai fait visiter toutes les auberges, et on surveille encore les plus importantes. Sans succès jusqu'à présent, bien sûr, les fugitifs n'y étant ni sous leurs noms, ni sous les noms donnés au palais.

— Bien sûr que non. Me prenez-vous pour un imbécile, pour m'expliquer de telles évidences ? Les prenez-vous pour des imbéciles ? Le Ramgrith nous échappe depuis presque quatre décades. Pensiez-vous vraiment qu'il allait s'installer dans une auberge et y laisser son nom ?

— Non, Judicateur, bredouilla l'accusé. Je suis d'accord. J'ai simplement voulu m'en assurer définitivement, par une démarche logique.

— Et je continue à dire que votre supposition ne tient pas. Ils n'ont pas franchi les portes, et alors ? Sortir de Lorelia n'est pas si difficile. Des dizaines de contrebandiers le font chaque jour. Nous-mêmes allons et venons à notre guise sans déclarer quoi que ce soit. Où voulez-vous en venir ?

— Je veux dire qu'ils ne pourront plus nous échapper maintenant, quoi qu'ils fassent. S'ils sont toujours en ville, comme je le crois, ils se feront repérer devant une auberge ou à l'une des portes. Et s'ils n'y sont plus, ils y reviendront, que ce soit pour le Petit Palais ou pour embarquer vers Junine. Il suffit de placer quelques hommes sur les quais.

Zamerine apprécia le bien-fondé de cette réflexion, bien qu'il soit lui-même arrivé à la même conclusion depuis longtemps. La seule raison de cet entretien était de vérifier les compétences de son subordonné. Zeanos l'avait déçu. Son temps de réaction par rapport à la situation avait été beaucoup trop long. S'il avait tardé un peu plus encore, les fugitifs auraient presque eu une chance de s'en sortir.

L'Accusateur avait prévu qu'ils s'exileraient aux Baronnies. D'où il tenait ce renseignement, c'était un mystère, même si Zuïa parlait par sa bouche.

Mais toutes ses précisions s'étaient jusqu'à présent révélées exactes. Les fugitifs chercheraient à traverser la mer Médiane, aussi sûr que le soleil se levait à l'aube.

Bien entendu, ils n'auraient jamais l'occasion de poser le pied sur un bateau…

— Vous placerez aussi des hommes à Bénélia, ordonna le judicateur. Il y a une possibilité pour qu'ils embarquent là-bas.

— Entendu, acquiesça Zeanos, trop heureux de s'en tirer.

— J'assisterai avec vous à la prochaine session du Petit Palais. Je suis curieux de voir de quoi ont l'air ces phénomènes… S'ils sont assez fous pour revenir. Mais vous me laisserez parler à votre place, cette fois.

— Comme vous voudrez, Judicateur.

— Oui, exactement. Vous ne direz pas un mot. Pour vous, j'aurai une mission… particulière.

* * *

Yan n'avait jamais vu Corenn aussi nerveuse. Il semblait qu'elle allait passer l'épreuve du magicien, et non pas lui.

La Mère lui demandait de renouveler son exploit. Yan n'était pas certain de le pouvoir.

— J'ai mis presque trois jours la première fois, rappela-t-il. Ça devrait m'en prendre au moins deux pour recommencer. Je suppose qu'on ne va pas passer deux jours cachés dans la forêt…

C'était plus une question qu'une véritable supposition. Yan se demandait si la Mère ne l'obligerait pas réellement à se concentrer pendant deux jours. L'expérience comptait beaucoup pour elle.

— Non, rassure-toi, ça devrait aller beaucoup plus vite, si tu as déjà réussi. Chaque fois que tu fais appel à ta Volonté, tu la renforces, tu la stimules, tu l'entraînes. Exactement comme un muscle. Et c'est encore plus vrai à la première fois. On dit que ton pouvoir est « révélé ».

Yan nota surtout que Corenn n'était pas encore tout à fait convaincue de son succès. Devant son scepticisme, lui-même en venait parfois à douter. Puis il se rappelait de la bouffée de chaleur, du sang battant ses tempes, et de la puissance virtuelle émanant de son esprit. Ce que Corenn appelait la Volonté, il l'avait déjà ressenti.

Ils s'installèrent à l'endroit habituel, à quelques centaines de pas de la ferme de Raji. Yan avait passé là tellement de décans qu'il s'y sentait comme chez lui. Ce coin de forêt était sien par l'usage.

— Commençons tout de suite, décida Corenn. J'aimerais rejoindre les autres au plus vite.

Le jeune homme comprit que ce n'était pas l'unique motivation de la Mère. Elle était réellement impatiente de le voir à l'œuvre. Comme lui avait dû l'être en assistant à sa démonstration, quelques jours plus tôt.

— Heu… Je peux prendre le reine-lune ?

— Comme tu veux, Yan.

Il choisit bien sûr d'utiliser son pendentif, qui lui avait porté chance la première fois. Il l'installa en position verticale et s'allongea à plat ventre, bien en face, comme il l'avait fait à de nombreuses reprises ces derniers jours.

Il eut d'abord du mal à se concentrer, conscient d'une présence observatrice, malgré l'immobilité et le silence respectueux de Corenn. Puis il glissa peu à peu dans l'état d'hypnose qu'il avait appris à créer.

Son esprit se ferma à tout ce qui n'était pas le reine-lune. Il perdit d'abord le goût, mais les humains ne se servent pas du goût. Puis l'odorat. Il oublia ainsi les parfums sauvages de la forêt lorelienne, les effluves frais de l'herbe grasse et de la terre humide, l'odeur musquée des écorces de feuillus.

Sa conscience du monde extérieur baissait graduellement. Il oublia son propre corps, ignorant le poids de ses jambes sur le sol, la lourdeur de son bassin, le fardeau de son torse sur ses coudes. Il perdit le toucher.

Le craquement des branches, les chants des oiseaux, le vacarme de milliers de pattes et d'ailes s'agitant en tous sens, enfin sa propre respiration, ses battements de cœur perdirent toute identité propre pour se fondre en un grondement sourd, de plus en plus faible, jusqu'à disparaître complètement. Il oublia l'ouïe.

Enfin l'horizon se brouilla, les arbres s'effacèrent, l'herbe ne fut plus qu'une simple impression de couleur, qui se dissipa dans la forêt et le ciel. Yan ne voyait, ne sentait et n'entendait rien d'autre que le petit coquillage bleu. Bientôt, celui-ci disparut également. Yan ne se concentrait plus alors que sur *l'idée* du reine-lune. Son essence. Son esprit.

Le plus dur restait à venir. Le jeune homme se réjouissait déjà d'être parvenu à ce stade dès la première tentative, sans se déconcentrer, sans devoir recommencer. Mais il lui fallait maintenant agir sur le coquillage par sa simple Volonté.

Là était la vraie magie.

Il puisa en lui la force nécessaire. Et rassembla cette puissance autour de l'image de Léti, la plus forte de ses motivations.

C'est à cette phase que le cœur se mettait à battre plus fort. Sa respiration s'accélérait. Ses mains tremblaient. Tout son corps se réchauffait, se crispait, il en perdait le contrôle.

Mais tout cela, il ne le sentait pas encore. Il le devinait, il le savait, mais ne le vivrait physiquement qu'après avoir lancé sa Volonté, quand le reste du monde s'imposerait à lui de nouveau. Et même alors, ça ne serait qu'un souvenir. Ce que son corps connaissait en ce moment, Yan ne le ressentait pas, car il n'y était plus.

Il lâcha enfin sa Volonté et domina suffisamment le flot d'émotions qui l'envahit pour reprendre d'abord conscience de ses yeux. Le reine-lune trembla légèrement, puis bascula avant de se faire soulever par un courant invisible qui le projeta un pied plus loin.

Yan s'ouvrit alors à la réalité, trop vite, emporté par la joie. Le goût, l'odorat, le toucher et l'ouïe lui revinrent en un instant de souffrance, pendant lequel tous ses sens parurent amplifiés. Son esprit les accorda avant qu'il ne hurle de douleur. Puis son corps fut à son tour à la torture, passant d'un état de fièvre à une langueur terrible. S'il était virtuellement puissant juste avant, il se trouvait à présent excessivement faible, et glacé jusqu'aux os.

Il avait déjà ressenti cela sur la falaise de l'île Ji. Et aussi après son premier succès dans l'épreuve. Il savait simplement devoir attendre que son esprit reprenne le contrôle, que son cœur mette de l'ordre dans ce chaos. S'il se levait, s'il faisait le moindre mouvement brusque, des vertiges le prendraient et il vomirait à coup sûr.

Quand il fut à peu près réchauffé, il se redressa et s'adossa au tronc le plus proche. C'est seulement à ce moment qu'il se souvint de Corenn.

La Mère affichait une expression grave. Elle prit son poignet pour mesurer les battements de son cœur.

— Ça va aller

Yan sourit et acquiesça. Il se sentait bien. De mieux en mieux même. Il s'estima assez fort pour parler.

— Ça dépend, en fait, dit-il d'une voix essoufflée. Vous me donnez mon diplôme, ou pas ?

— Tu es officiellement apprenti-magicien ! Si tu en as envie, bien sûr…

— Oui. J'en ai envie. On peut le dire à Léti, maintenant ?

— Et tout de suite, encore !

Elle l'aida à se lever et ils reprirent doucement le chemin de la ferme de Raji.

— Combien de temps ça a pris ? Je ne m'en souviens pas.

— Quelques décilles, tout au plus. Pas trois jours, en tout cas !

Yan opina et réfléchit. Pendant sa concentration, il avait également perdu toute notion du temps. Si Corenn avait prétendu qu'un décan s'était écoulé, il l'aurait crue sans douter le moins du monde.

— Heu… Comment dois-je vous appeler, maintenant : « Maître », ou quoi ?

— Mais non, bien sûr que non ! Fais comme d'habitude !

— Bien. Heu… Dame Corenn, ne vous vexez pas, mais… Qu'allez-vous m'apprendre, au juste ? Je veux dire, je sais utiliser ma Volonté, n'est-ce pas ?

La Mère laissa fleurir un grand sourire sur son visage. Yan était intelligent, doué, mais il garderait toujours une certaine naïveté qui n'était pas déplaisante.

— Beaucoup, beaucoup de choses, mon jeune ami. Ce que tu connais de la magie n'est qu'une goutte d'eau dans la mer. Je vais te faire boire tellement de tasses que certaines auront le goût des sables du fond !

Yan ne posa plus aucune question. Si Corenn avait voulu l'impressionner, c'était réussi.

* * *

— Non ! Non, Bowbaq ! Qu'est-ce que c'est que ce coup ? On dirait que tu as peur de casser ton bâton !

Grigán prenait maintenant son rôle de maître d'armes très au sérieux. Mais si l'élève Léti était toujours motivée, l'élève Bowbaq avait besoin d'être stimulé, encouragé, grondé même parfois. Le géant se pliait à l'exercice sans joie, et n'était visiblement pas doué pour le maniement des armes, malgré sa grande force physique. Il manipulait un lourd rondin de feuillu comme s'il s'agissait d'un serpent ensommeillé à ne réveiller sous aucun prétexte.

— J'ai peur de te faire mal, mon ami, avoua-t-il en se peignant la barbe de ses gros doigts maladroits. Et si un de mes coups passait sans que tu puisses le bloquer ?

Le guerrier hocha la tête d'un air désespéré. Le bâton était la première arme qu'il avait appris à utiliser, comme tous les Ramgriths, puisque les lois de Griteh interdisaient aux enfants de porter une lame avant leur dixième année. Les chances que Bowbaq puisse le surprendre étaient minimes, mais cet argument ne suffirait pas à convaincre le géant.

— Tant pis ! Ce serait de ma faute, pas de la tienne ! En fait, je serais même fier de toi.

— Il devrait peut-être s'entraîner avec un mannequin, suggéra Rey qui assistait à la scène.

— Je n'ai jamais vu quelqu'un se faire attaquer par un épouvantail, objecta le guerrier. Je doute qu'on puisse tirer quoi que ce soit d'un sac de paille. À part apprendre à taper comme un sourd…

— Ça soulage, parfois. On pourrait l'habiller de ma tunique zü. Ça motiverait sûrement Bowbaq, conclut l'acteur d'humeur joyeuse.

— Il aurait peur d'abîmer la paille ! renchérit Léti qui attendait son tour.

— C'est ma fête, je vois, remarqua le géant sans se vexer de ces taquineries innocentes.

— Je me demande ce qu'on pourrait lire dans l'esprit d'un mannequin, ajouta Rey. Certainement la frustration de ne pouvoir rendre les coups.

Ils rirent tous de la plaisanterie, sauf Grigán qui s'impatientait de pouvoir reprendre la leçon. Mais il n'en eut pas l'occasion, l'arrivée de Corenn et Yan causant une nouvelle interruption. La Mère rassembla son petit groupe autour d'eux.

— J'ai une déclaration importante à vous faire, dit-elle simplement. C'est une bonne nouvelle.

— Vous allez prendre Yan en Union, proposa Rey sans aucun sérieux.

— Non. Je vais le prendre comme apprenti.

— Dans quel domaine ?

— La magie.

Ah ! D'accord. C'était une plaisanterie. Rey donna une bourrade à Bowbaq et s'en retourna vers son tas de paille. Les autres ne le suivirent pas.

— Je m'en doutais un peu, en fait, annonça Grigán. L'arbalète cassée, c'était vous !

— Oui.

— C'est vrai, Corenn ? interrogea le géant. Tu es *magicienne* ?

— Oui. Enfin, c'est un grand mot. Disons que je connais la plupart des principes… et que je ne les utilise que très rarement.

Les héritiers avaient vu tellement de choses étranges, ces derniers jours, qu'ils acceptèrent celle-ci assez facilement. Les Ramgriths ne croient pas en la magie, mais Grigán avait déjà rencontré plusieurs personnes douées de ce talent, au cours de ses voyages. Il avait reconnu l'existence de ce pouvoir depuis longtemps. Que Corenn en dispose, qu'elle l'enseigne à Yan n'était qu'une coïncidence heureuse qui ne pouvait que s'avérer utile.

Pour Bowbaq, la magie faisait partie des choses jugées *impolies* par son peuple. Non conformes. Dangereuses. Son existence n'était pas mise en doute, mais le pouvoir était craint et respecté, au même titre que les dieux, les démons et les animaux sacrés. Cependant, le géant avait souvent dû réviser ses convictions au cours des derniers jours. Les Arques se trompaient peut-être *aussi* sur la magie. Si Corenn l'utilisait, ça ne pouvait être une si mauvaise chose.

— Bowbaq lit dans les pensées, Corenn est magicienne… J'ai une déclaration à vous faire, annonça Rey. Je dispose aussi d'un grand talent. Je peux toucher mon nez avec ma langue.

— Vous vous croyez drôle ? demanda Grigán.

— Corenn, poursuivit Rey, j'ai rencontré tellement de farceurs que je vais avoir besoin d'une preuve. Si vous me faites une démonstration, je vous promets de ne plus rien dire… au moins jusqu'à la fin de la journée.

La Mère eut un petit sourire, prit la main de l'acteur et posa une pièce sur sa paume. L'instant d'après, le petit disque de métal flottait dans les airs.

— Je vais me chercher un bâillon, annonça Rey sans se démonter.

Ma Volonté se réveille, songea Corenn. Son pouvoir était resté en sommeil bien trop longtemps, et la moindre utilisation qu'elle en faisait la fatiguait énormément. Pourtant, ce n'était que la troisième fois en quelques jours, et cela paraissait déjà plus facile. Elle se promit d'appliquer à elle-même les bons conseils qu'elle dispensait à Yan. Elle s'exercerait avec lui.

Elle gardait ce secret depuis si longtemps, pour le bien du Matriarcat, que de le dévoiler enfin la soulageait énormément. Les héritiers étaient maintenant plus unis que jamais. Chacun s'était ouvert aux autres. Ils partageaient tout, et le partageraient toujours.

Yan avait jusque-là gardé le silence. Léti aussi. Ils s'observaient à la dérobée, comme deux étrangers que l'on viendrait de présenter l'un à l'autre.

Comme tous guettaient la réaction de la jeune femme, elle se força à dire quelque chose.

— Je suis contente pour toi, Yan. Vraiment contente.

L'expression de son visage prouvait le contraire. Léti connaissait depuis toujours les pouvoirs de sa tante. Elle n'avait rien contre la magie, hormis son caractère secret qui empêchait d'en parler librement. Mais Yan, qu'elle avait cru retrouver un peu la veille, allait encore changer. Penser différemment, évoluer. *S'éloigner* un peu plus chaque jour. Non, elle n'était pas heureuse qu'il apprenne la magie. Où était le temps heureux de leur vie tranquille à Eza ?

— Reprenons les exercices, maintenant, demanda-t-elle à Grigán, clôturant ainsi la conversation.

Sa voix était forte, mais son regard trouble. Les héritiers se dispersèrent.

* * *

Malgré ses protestations, Raji était allé rencontrer l'homme dont Corenn avait rapporté la proposition. Il s'agissait d'un marchand goranais cherchant à écouler de la *liqueur du centenaire* en passant outre les taxes de circulation loreliennes. Les deux hommes s'étaient entendus, et l'affaire augurait d'un bon bénéfice pour le petit contrebandier.

À la grande surprise des héritiers, Raji les invita à vider quelques godets pour fêter l'événement. Si ses hôtes lui avaient causé beaucoup de soucis, il reconnaissait aussi leur devoir quelque chose. Rey ne s'était pas trompé sur lui. Raji était, à sa façon, un homme honnête.

— Des *frères* sont venus interroger Bellec, au *Cochon romin*, annonça-t-il alors qu'ils étaient réunis sous le porche de la petite ferme.

S'il n'a rien dit, c'est uniquement pour protéger le souterrain. J'aime autant vous prévenir…

— La Guilde, murmura Grigán. C'était prévisible. Ils vont fouiller toute la ville.

Le contrebandier n'avait pas l'air soucieux. Il habitait à plusieurs milles de Lorelia et n'avait jamais été inquiété, ni par la Guilde, ni par les collecteurs royaux. Les héritiers étaient en sécurité… pour le moment.

— Raji, demanda le guerrier, voudriez-vous nous rendre un petit service ? Nous trouver un bateau pour les Petits Royaumes. Au prochain septime. Avec discrétion, bien sûr.

Le petit homme accepta sans rechigner, tout à la joie de sa récente bonne affaire, et trop heureux du départ imminent de ses hôtes. Il connaissait pour avoir travaillé avec eux quelques capitaines qui ne posaient pas de questions.

L'aventure était lancée. Les héritiers espéraient avoir pris la bonne décision.

* * *

Les quelques jours les séparant d'une nouvelle rencontre avec les Züu passèrent très vite. Entre autres occupations, les héritiers mirent à profit ce repos forcé pour faire l'inventaire de leurs ressources et de leur équipement.

Grigán, Corenn, Yan et Léti faisaient déjà plus ou moins bourse commune. La pratique fut « officialisée », et Bowbaq et Rey se joignirent à eux sans hésitation. Leurs intérêts étant communs, il serait plus facile de rassembler leurs fonds dans une seule bourse. On pourrait toujours redistribuer l'argent en cas de dénouement rapide.

Corenn fut tacitement choisie comme trésorière ; il semblait clair pour tout le monde qu'elle était la plus à même de s'acquitter de cette tâche. Sa première action fut de noter précisément ce que chacun apportait à la bourse commune, prévenant ainsi toute mésentente future. La Mère déclara enfin que son propre versement était un don fait à la *communauté des héritiers*, et qu'elle renonçait à tout droit sur cet argent. Comme son trésor était le plus important, les autres applaudirent son geste et firent la même promesse. Rey fut le dernier à se décider. L'acteur avait encore du mal à faire taire son individualisme.

Une fois ce problème embarrassant résolu, les héritiers s'occupèrent de compléter leur équipement. Ils ignoraient totalement où cette aventure pourrait les mener, mais ce qu'ils avaient vécu jusqu'à présent les encourageait à envisager toutes les situations. Aussi se munirent-ils de gourdes, de nourritures variées, de sacs solides, de chausses renforcées, de corde, de couvertures, de lampes, de multiples outils, échangeant toutes ces marchandises contre leurs chevaux avec Raji.

La communauté possédait déjà la plupart de ces objets, mais en nombre limité ou en mauvais état. Les articles du contrebandier étaient de la meilleure qualité connue, provenant des villes, provinces ou pays dont c'était la spécialité. Chacun était un petit chef-d'œuvre artisanal de solidité et de finition. Grigán lui-même abandonna quelques pièces de son équipement pour les remplacer par des merveilles issues de l'entrepôt.

Rey marchanda longuement avec Raji, faisant valoir le prix exorbitant de son hospitalité, et réussit finalement à obtenir des conditions plutôt avantageuses. Les héritiers choisirent alors quelques objets supplémentaires, dont une masse d'armes sifflante que Grigán mit de force dans les mains de Bowbaq, et un glaive goranais de belle facture pour Léti. Par la suite, et ce malgré les protestations de Corenn, on ne vit plus la jeune femme sans le fourreau verni battant sa cuisse.

Tout compte fait, quand les héritiers auraient payé leurs entrées au Petit Palais, l'avance pour le bateau réservé par Raji et le prix nécessaire au projet secret de Grigán, il leur resterait à peine de quoi rejoindre Junine. Il leur faudrait trouver un moyen quelconque de renflouer leurs finances, songea Corenn. Comme s'ils n'avaient pas assez d'ennuis comme ça…

Cette courte décade fut aussi mise à profit pour parfaire les apprentissages. Grigán se contentait pour l'instant de petits exercices, assaut, parade et riposte, plus destinés à mettre au jour les défauts de Léti et de Bowbaq qu'à vraiment leur enseigner quelque chose. L'important était de les habituer à leurs nouvelles armes. Le reste viendrait plus tard.

Rey demanda à assister aux leçons de Yan, mais ces longs moments de concentration l'ennuyèrent rapidement, et il donna bientôt sa préférence au cours de combat de Grigán. Il était bien plus amusant de railler le guerrier que de déranger les trop sérieux Yan et Corenn.

De plus, les premières leçons de magie se passèrent plutôt mal. Yan les repoussa pendant trois jours en prétextant des maux de tête. Il finit par céder à l'insistance de la Mère et se prêta une nouvelle fois à l'expérience, qui se solda par un échec. Il abandonna aussitôt et échoua encore le lendemain.

— Yan, que t'arrive-t-il ? finit par lui demander Corenn. On dirait que ça ne t'intéresse plus. Tu veux toujours apprendre ?

Elle avait posé cette question avec toute la gentillesse dont elle était capable, sachant que la moindre parole brusque pouvait faire prendre une décision irréfléchie au jeune homme morose.

— Je ne sais pas, répondit-il enfin. Je ne sais pas si ça peut servir à quelque chose.

La Mère n'ajouta rien, se contentant d'annoncer la fin de la leçon. Ils devraient en reparler.

Corenn eut ce soir-là une longue conversation avec sa nièce. Yan ne sut jamais au juste ce qu'elles se dirent... Mais Léti vint le retrouver aussitôt après, alors qu'il contemplait les étoiles, seul à son habitude. Elle s'assit auprès de lui et ils restèrent sans rien dire pendant un long moment.

— J'espère que tu t'appliques, dans tes leçons de magie, déclara-t-elle soudain. J'ai hâte que tu me montres quelques tours.

Le jeune homme la dévisagea sans cacher sa surprise. Léti était sincère.

— Ta tante crie beaucoup moins que Grigán, lui avoua-t-il en souriant. Et elle ne me demande jamais de lui taper dessus.

Ils rirent nerveusement, se libérant ainsi de toute la tension accumulée ces derniers jours. Et ils parlèrent longtemps. Ils se confièrent leurs impressions, leurs craintes, leurs sentiments, en évitant toutefois celui qui les concernait tous deux. Ils jouaient à s'aimer. Comme autrefois, à Eza.

Le lendemain, Yan réussit brillamment l'exercice. Il apprendrait tout ce que Corenn voudrait bien lui enseigner. Sa formation allait enfin commencer.

Mais ils n'en eurent guère l'occasion. Ce jour était sixte. Le marché du Petit Palais était pour le lendemain.

* * *

Les trois coups marquant comme il se doit le troisième décan venaient juste d'être frappés, à l'une des cloches du quartier, que Taris la Verte Oreille repérait enfin les types recherchés par les Züu. Ils sortaient en file indienne de l'auberge miteuse qu'il était chargé de surveiller, *Le Cochon romin*. Le *frère* osait à peine y croire. La récompense serait pour lui !

Il se cala dans un coin d'ombre et feignit de dormir, tout en surveillant le groupe hétéroclite. Quatre hommes et deux femmes, dont une Kaulienne entre deux âges et un Ramgrith moustachu. Aucun doute, c'était bien eux.

Taris se demandait comment il avait pu les manquer. Sa surveillance n'avait pas toujours été parfaite, peut-être, mais il semblait tout de même étrange qu'il n'ait vu aucun des fugitifs *entrer* dans l'auberge. Surtout chargés de sacs et de fontes de voyage comme ils l'étaient.

Bien sûr, il garderait cela pour lui. Darlane n'aimait pas ne pas comprendre, et ce n'était pas Taris la Verte Oreille qui allait le provoquer. Il s'en tiendrait simplement aux faits : il avait repéré les fugitifs, il devait toucher la récompense due.

Les consignes étaient de les suivre, puis de venir faire un rapport au moment le plus opportun. Taris trouva le moment suffisamment opportun. Le bruit courait que cette bande était composée de chasseurs de Züu. Si ces types pouvaient venir à bout des tueurs rouges, il n'allait sûrement pas s'y frotter seul.

Darlane, le chef de la Guilde lorelienne, fut donc averti moins d'un décime après. Il alla lui-même prévenir Zamerine au Petit Palais, dans l'espoir de s'attirer les faveurs, sinon la protection, de l'assassin fanatique. Les héritiers n'étaient même pas encore en vue du bâtiment qu'on les y attendait déjà.

Le judicateur écouta le rapport du malfrat d'une oreille distraite. Tout cela était navrant. Il avait presque espéré un peu de résistance de la part de ses adversaires.

— Ainsi, tout est dit, déclara-t-il. Ces inconscients auront reçu la sentence de Zuïa avant l'apogée. Une page est tournée.

— Mais… Et s'ils embarquent ? se permit de remarquer le chef des *frères*. D'après mes informations, ils sont chargés de bagages.

— Nous savons tout cela depuis longtemps, réfuta Zamerine sur un ton las. Ils vont monter sur *L'Ambassadeur*, en partance pour Lineh, réservé pour eux il y a six jours, paiement d'avance et pas de questions. Ils n'ont aucune chance, répéta-t-il. Soit ils embarquent et ils meurent, soit ils viennent ici et ils meurent.

* * *

Les héritiers devaient, comme la première fois, se diviser en deux groupes. Grigán, Corenn et Bowbaq se rendraient au Petit Palais, tandis que Yan, Rey et Léti les attendraient dans le bateau… dès qu'ils se seraient acquittés de leur mission.

Le moment de la séparation fut difficile. Chacun pensait voir peut-être les autres pour la dernière fois, ce que la paix relative de ces derniers jours avait fait oublier. Grigán abrégea les « À tout à l'heure » qui se transformaient peu à peu en adieux, et entraîna Corenn et Bowbaq à sa suite, laissant leur part de chargement aux trois plus jeunes membres du groupe.

— J'espère qu'ils ne feront pas de bêtises, marmonna le guerrier. Ils râlent plus haut que des mercenaires aguerris, mais ils sont aussi naïfs que des bébés.

Corenn sourit de cette remarque. Sous ses airs bourrus, Grigán était plein de prévenances. Il en donnait un peu plus la preuve chaque jour.

— Et si vous en adoptiez un ? proposa-t-elle.

— Quoi ?

— Yan est orphelin, vous savez. Et Léti aussi, d'une certaine manière. Après tout, je ne suis pas réellement sa tante.

— Reyan aussi, ajouta innocemment Bowbaq.

— J'aurai tout entendu, décidément. Adopter ce m'as-tu-vu prétentieux et cynique qui n'a de respect pour rien ni personne ! Je préférerais encore embrasser Zuïa.

Le guerrier ne pouvait que répondre de cette façon. La Mère devinait trop de choses, et il en était heureux et irrité à la fois. L'idée lui avait déjà traversé l'esprit de fonder une famille avec Corenn et Léti… Mais il s'interdisait d'y penser. Ces choses n'étaient pas pour lui. Il n'en avait pas le droit.

Il s'aperçut soudain que Bowbaq respirait bruyamment, suffoquant presque, alors qu'ils traversaient le marché de la place des Cavaliers.

— Bowbaq ? Ça va ?

— Ça va, répondit le géant, pourtant de plus en plus blême. C'est… tous ces gens. Il y en a tellement. Non, je ne me sens pas bien, à vrai dire.

— Nous sommes bientôt arrivés, dit Corenn en le prenant par le bras. Tu pourras quand même…

— Oui, oui. Ça ira.

Bowbaq se maudit intérieurement. Pour la première fois, il pouvait se rendre utile au groupe, vraiment utile... Ce n'était pas le moment de faiblir.

— Tu as peur de la foule, remarqua Corenn. Ce n'est pas grave. Ça passera avec le temps. Mais tu aurais dû me le dire.

— Je ne pensais pas qu'il y aurait *tant de gens*, s'excusa le géant en haletant. Ça me fait une impression de... *saleté*.

— Ce n'est pas grave, répéta Grigán pour le calmer. On arrive.

Ils patientèrent quelques instants devant le palais, le temps que Bowbaq reprenne ses esprits. Heureusement, ce fut assez rapide. Le géant s'habituait déjà aux nuisances de la foule.

— Allons-y, décida-t-il soudain, alors qu'il avait à peine repris quelques couleurs. Je vais nous aider. Je vais le faire.

Ils s'engagèrent sous le haut porche protégeant l'entrée du Petit Palais. Les jelenis de garde s'écartèrent le temps de les laisser passer, puis donnèrent de la bride à leurs chiens, empêchant quiconque d'entrer... ou de sortir.

* * *

— On aurait dû acheter l'âne de Raji, déclara Rey en soufflant sous le poids de son double chargement. Cette marche forcée serait devenue une vraie promenade.

— Et on n'aurait eu aucun mal à expliquer la présence de l'âne dans une auberge, railla Yan, plaisantant malgré sa fatigue.

— Eh ! Toi, le magicien ! Tu ne pourrais pas nous faire voler jusqu'au port ?

— J'aimerais bien que ce soit possible.

— Juste moi, alors ! Je vous attendrai là-bas, c'est promis.

Mieux valait ne pas répondre. Dans un échange de plaisanteries, Rey avait toujours le dernier mot.

— Ça ne doit plus être très loin, quand même ? interrogea Léti.

— Trois rues après celle qui descend. Suivez-moi !

Yan et son amie s'engouffrèrent à la suite de Rey dans une ruelle sombre et étroite, semblable à dix autres qu'ils avaient déjà empruntées. L'acteur trouvait beaucoup d'avantage à les faire passer par les voies les plus petites. Ils coupaient au plus court, avaient moins de chances de se faire repérer, et cela lui permettait d'étaler sa connaissance de la grande cité lorelienne. Mais cette ruelle était une ruelle de trop.

Une porte basse s'ouvrit juste derrière Yan, cédant le passage à deux hommes armés de poignards. Deux autres apparurent simultanément à l'autre extrémité, bloquant la seule issue.

Léti sentit sa colère monter tandis que Yan la poussait vers le centre de la ruelle. Il posa son chargement à terre et se plaça résolument entre la jeune femme et les malfrats.

Rey n'avait pas bougé d'un pouce. Il fixait les deux hommes lui faisant face, une expression grave sur le visage.

Ça n'était pas prévu, songea Léti. Ils avaient envisagé beaucoup de situations, auxquelles Grigán avait trouvé autant de solutions, mais ça n'était pas prévu.

— Que voulez-vous ? demanda Yan sur un ton aussi neutre que possible.

Il voulait à tout prix éviter de les provoquer.

— Quelle question, c'qu'on veut ! répondit un des malfrats. C'est not' rue, ici. Faut payer l'passage pour les marchandises.

Léti dégaina son glaive, en songeant que Yan n'était même pas armé. Rey semblait quant à lui dépassé par les événements ; il restait immobile, peut-être figé par la peur. Ils allaient perdre ce combat à coup sûr…

— C'est combien, l'passage ? demanda Yan en se mettant à la portée de ces extorqueurs.

— Toutes les marchandises, répondit un autre, déclenchant de gros rires parmi ses comparses.

Soudain Rey se mit à hurler comme un dément. Véritablement *hurler*. Il jeta son chargement au sol, empoigna sa rapière et courut droit sur les hommes devant lui, les yeux fous, la langue sortant de sa bouche grande ouverte.

Les deux malfrats firent un pas en arrière, puis un autre, chacun essayant de se placer derrière son complice. Quand Rey ne fut plus qu'à quelques pas sans avoir ralenti l'allure, ils tournèrent le dos et s'enfuirent sans demander leur reste.

L'acteur les poursuivit et disparut bientôt de la vue de ses amis, toujours poussant des hurlements. Les malfrats restants s'interrogeaient du regard, indécis.

— Il va revenir, vous savez, prévint Yan en désignant l'autre bout de la rue.

Les deux hommes ne se le firent pas répéter. Ils tournèrent les talons et s'éloignèrent rapidement. À quatre contre trois, l'affaire en valait la peine, mais à deux contre un fou dangereux, elle perdait tout son intérêt.

Rey réapparut peu après, un large sourire aux lèvres. Yan et Léti avaient déjà ramassé la plupart des sacs.

— Qu'as-tu fait de ces types ? demanda Yan alors qu'ils couraient vers le port.

— Je les ai laissés partir, bien sûr. Pour faire bonne contenance, j'ai tout de même saccagé un étalage. Alors, ne traînons pas dans le coin.

Yan imagina sans peine un Rey hurlant et donnant de grands coups de pied rageurs dans des caisses de légumes. Si tous leurs problèmes pouvaient se résoudre ainsi, la vie serait plus facile… Mais il n'en était rien.

Ils ignoraient même ce qui les attendait sur le port.

* * *

Grigán était un grand voyageur, c'était peu de le dire. Il s'habituait à tout et se sentait chez lui n'importe où. Ce n'était que sa troisième visite au Petit Palais, mais les murs de marbre, les escaliers gigantesques et les plafonds embellis de peintures lui semblaient déjà trop familiers.

C'était différent pour Corenn, dont l'esprit d'analyse trouvait de l'intérêt à tout, même dans l'observation de choses mille fois vues. Quand il s'agissait d'un des bâtiments les plus prestigieux de la capitale lorelienne, sa curiosité s'avérait insatiable.

Il en allait tout autrement encore pour Bowbaq. Le géant était bouche bée devant les dimensions de la construction, qu'il avait du mal à croire de main humaine. Il se demanda un instant s'il n'était pas *impoli* de fouler aux pieds le sol immaculé de l'entrée. Mais comme Grigán et Corenn n'avaient montré aucune hésitation, il les rejoignit sans tarder, essayant toutefois de se faire le plus discret possible. Peine perdue. Sa grande taille attirait les regards de tous les jelenis… et de leurs bêtes.

Que les Loreliens admettent des chiens dans un bâtiment aussi beau lui semblait également *impoli.* Même s'il avait un profond respect pour la gent animale, Bowbaq n'aurait jamais songé à laisser Mir pénétrer dans son chalet de rondins, par exemple. Alors, dans ce palais !

Le scribe de corvée à l'accueil dut les reconnaître, car il fut étonnamment efficace dans les procédures d'admission. Si bien qu'ils eurent leurs laissez-passer avant même que les jelenis ne leur aient retiré leurs armes. Comme la première fois, Grigán donna aux gardes le glaive qu'il portait le long de la cuisse.

— Pourquoi gardez-vous le fourreau ? le questionna un Lorelien soupçonneux.

— C'est un objet de collection, répondit le guerrier. Il m'a coûté une fortune. Je n'ai aucune envie qu'un autre le ramasse « par erreur ».

Le garde acquiesça et les laissa passer. Il était bien dans les habitudes des visiteurs du palais de faire étalage de leurs richesses.

— Eh bien, nous y voilà, annonça Corenn en s'avançant dans le parc intérieur.

Elle se mit aussitôt en quête des Züu, tandis que Grigán faisait le compte des archers et des jelenis de la place, comme il l'avait fait la première fois. Bowbaq contempla avec des sentiments mitigés le parfait arrangement des plantes du jardin. Ici, la nature était traitée en esclave. Certes, le résultat était beau… Il ne sut pourtant décider si une telle pratique était *impolie* ou pas.

Un homme grassouillet et au regard fuyant s'approcha d'eux avec circonspection. Corenn s'apprêta à refuser une offre de services, mais il s'agissait de tout autre chose.

— Heu… Les prêtres vous attendent, annonça-t-il sans autre introduction. Là-bas, derrière ce bouquet d'arbres.

L'homme s'éloigna sans les quitter des yeux, et Grigán lui rendit la pareille jusqu'à ce qu'il ait quitté le jardin. Qui que soit cet homme, il craignait les héritiers. Ou ne voulait pas être mêlé à ce qu'on leur réservait…

Corenn s'avança docilement dans la direction indiquée, Bowbaq lui emboîtant le pas. Le cœur du géant battait si fort qu'il s'imaginait que tout le monde pouvait l'entendre.

Grigán les rattrapa et prit la tête de la file, sa main posée sur le fourreau de son glaive, suivant le réflexe de toute une vie. Les Züu n'avaient certainement pas choisi cet endroit innocemment, remarqua-t-il alors qu'ils approchaient. Les arbres masquaient la scène sur tout un côté. Et ils se trouvaient à proximité du portique, ce qui signifiait que, à des intervalles de temps réguliers correspondant aux patrouilles des jelenis, cette partie du jardin était absolument sans surveillance.

Le guerrier contourna résolument le bosquet, montrant ainsi sa résolution et son courage. Il ne les craignait pas. Il craignait seulement ce qu'ils pouvaient faire à ses amis.

— Vous êtes venus en force, remarqua le tueur le plus âgé, confortablement installé sur une pierre prévue à cet effet.

Son regard pesait évidemment sur Bowbaq. Cette déclaration se voulait drôle.

— Vous aussi, rétorqua Grigán, avec un signe de tête vers les deux acolytes du tueur.

L'un d'eux n'était autre que leur interlocuteur de la décade précédente. Il n'eut pas même un signe de tête à leur intention, gardant les yeux fixes, la mâchoire crispée, les mains croisées dans le dos, comme son comparse.

Grigán se demandait ce qu'ils pouvaient cacher dans leurs paumes. Le fait qu'ils restent debout derrière leur maître n'était pas pour le rassurer.

— Vous êtes Corenn de Kaul, n'est-ce pas ? demanda le Zü. Et Grigán Derkel de Griteh, et bien sûr Bowbaq du clan de l'Oiseau. Où sont les autres ?

— Vous comprendrez que nous ne puissions répondre, répondit Corenn en s'installant face au tueur. À qui ai-je l'honneur ?

— Judicateur Zamerine. Chef spirituel des messagers loreliens. De moins en moins nombreux par votre faute, précisa-t-il.

Bowbaq avait du mal à le croire. Cet homme avouait *publiquement* être un tueur zü ! Il est vrai qu'ils ne semblaient guère inquiétés, en plein cœur de Lorelia, arborant tuniques rouges et crânes rasés. La morale régnant dans les Hauts-Royaumes était vraiment étrange...

— Il n'est pas de notre volonté d'assassiner vos fidèles, rappela Corenn. Vous le savez bien. Tous, ici, n'avons qu'une idée en tête, c'est de mettre un terme à ce conflit.

— C'est impossible. Mon subordonné vous l'a déjà dit. Même si vous n'aviez jamais causé de tort aux messagers, la sentence devrait être appliquée. C'est d'autant plus vrai maintenant que c'est devenu une affaire *personnelle*.

— Nous ferions une donation généreuse au culte, si vous nous accordiez un délai. C'est la raison de cette nouvelle rencontre.

— La déesse n'est pas un simple magistrat esclave des lois humaines. Cette clémence déguisée vous est, bien sûr, refusée. Tel est le jugement de Zuïa.

Corenn ne s'était pas vraiment attendue à un succès, mais elle fut tout de même déçue. Grigán s'agita auprès d'elle. Le guerrier lui faisait signe de prendre un peu de distance avec les tueurs. Une fois que Bowbaq serait intervenu, la rencontre avait de fortes chances de dégénérer en bataille… Même les précautions des gardes loreliens ne pourraient pas empêcher les Züu de se ruer sur les héritiers.

La Mère passa en revue ses arguments, mais il n'y avait plus grand-chose à tenter face à l'hostilité affichée de Zamerine. Elle allait donner le signal à Bowbaq, et advienne que pourrait.

Elle tendit un parchemin au Zü, qui l'accepta avec répugnance.

— Je persiste à penser que nous pouvons trouver un terrain d'entente. Peut-être pourriez-vous faire passer cette lettre à… notre *ennemi*.

Le Zü déplia la missive sans aucune délicatesse. La feuille était vierge. *Quelqu'un s'introduisait dans ses pensées ! Le géant Bowbaq. Il fouillait dans ses souvenirs, creusait, cherchait, observait tout ce que Zamerine connaissait de l'Accusateur.*

— Tuez-les ! ordonna-t-il à ses hommes, fermant son esprit à cette intrusion qui le mettait hors de lui.

Les Züu firent un pas vers eux en levant les mains, mais celles-ci étaient vides. L'un se jeta sur Corenn, l'autre sur Grigán. L'adversaire de la Mère lui offrit soudain un sourire étrange. Un sourire *d'acier*.

Les tueurs étaient armés de mâchoires de métal. Aux dents *empoisonnées*, sans aucun doute. Le Zü renversa Corenn sur le dos et approcha son visage de son cou. Les dents monstrueuses semblaient tellement grandes et effilées qu'elle ne comprenait pas comment le tueur avait pu garder la bouche fermée. Elle fit cette remarque sans y penser, toute son énergie étant consacrée à empêcher le Zü de la mordre. Mais l'homme s'acharnait sur elle comme un loup sur une proie blessée, cherchant à atteindre n'importe quel endroit qu'elle aurait laissé assez longtemps à sa portée.

Le corps du tueur se fit soudain moins lourd. Quelque chose le souleva. Le Zü passa une langue inutile à travers les mâchoires aux reflets d'argent, incapable d'émettre autre chose que des grondements accentuant encore sa ressemblance avec une bête.

Bowbaq. Bowbaq venait de soulever le Zü d'une seule main, par l'encolure, comme il l'aurait fait d'un chat.

Le géant ferma son autre main et la lança au milieu du visage ennemi. À ce moment, le Nordique n'était ni gentil ni philosophe. Il était simplement en colère. Très en colère.

Grigán avait d'abord repoussé son adversaire d'un coup de pied en pleine poitrine. Puis porté la main au fourreau de son glaive. Le Zü n'était revenu que pour s'empaler sur une fine lame longue d'un pied et demi, que le guerrier avait tirée d'un secret de la moulure.

Tout s'était passé très vite. La victime de Grigán s'écroulait au sol alors que celle de Bowbaq, libérée de l'étreinte du géant, tentait d'arrêter le sang coulant de son nez.

Les gardes allaient intervenir. C'était la première fois que se produisait une lutte à mort dans l'enceinte du palais. Mais passé le moment d'indécision, ils allaient *forcément* intervenir. Déjà Grigán entendait la course des archers sur les balcons supérieurs, cherchant à trouver un angle de tir à travers ces arbres mal placés. Pour eux, savoir qui avait commencé n'était pas le plus important. Leurs ordres étaient de clouer au sol quiconque se mêlant d'une rixe. Il était même possible qu'ils épargnent les Züu pour ne pas se retrouver sur la liste noire des fanatiques.

Des jelenis accouraient, retenant leurs dogues à grand-peine. Ils ne pouvaient prendre le risque que les chiens blessent d'autres personnes que les coupables. C'était là-dessus que les héritiers pouvaient jouer.

Bowbaq atteint l'esprit du premier dogue avant même que son maître n'apparaisse. Le message de l'Arque fut clair : *danger*. Le concept le plus puissant de l'esprit animal.

Comme prévu, le chien réagit violemment à cette intrusion dans son esprit et il éprouva tout d'abord une rage meurtrière envers le géant. Mais le mot danger était trop puissant, son commandement trop impérieux, pour être ignoré. Le dogue n'eut plus qu'une volonté : fuir, fuir loin de l'humain *danger*.

Le jelenis perdit tout contrôle sur l'animal et dut faire appel à toutes ses forces pour le retenir. Ce fut insuffisant, et le garde s'écroula avant d'être traîné sur le sol par la chaîne qui le reliait à sa bête, ajoutant ainsi à la panique.

Corenn s'était relevée entre-temps. Elle vérifia que Grigán tenait en respect les deux Züu de son poignard, et se mit en quête des archers. Ils représentaient le point faible de leur plan. Si les héritiers ne parvenaient à s'en faire comprendre, tout le reste n'aurait servi à rien.

La Mère en avisa un qui s'était suffisamment rapproché pour pouvoir tirer. Elle lui fit de grands signes, montrant qu'elle n'avait pas d'arme et qu'ils ne cherchaient pas à résister. Mais l'homme ignora tout cela et encocha une flèche.

Corenn lança sa Volonté plus vite qu'elle ne s'en serait crue capable. La corde de l'arc cassa dans un claquement sec, fouettant violemment le visage du garde trop zélé. Mais la magicienne ne pourrait pas renouveler de sitôt cet exploit. La langueur l'envahit et elle suivit avec difficulté Grigán et Bowbaq qui s'éloignaient.

Le guerrier ne quitta pas des yeux les tueurs rouges, bien qu'ils ne fissent aucun geste. L'homme blessé au nez avait ôté sa mâchoire d'acier et attendait les ordres de son maître. Le judicateur Zamerine observait leur fuite en souriant. Sa défaite ne semblait pas le contrarier.

Il doit avoir prévu autre chose, songea Grigán. Le guerrier espérait ne pas s'être trompé. Il pensait bien sûr au bateau où Yan et Léti devaient les attendre…

Bowbaq atteignait l'esprit de chaque dogue passant à portée de vue, immobilisant ainsi autant de jelenis. Le jardin du Petit Palais s'était transformé en une cour bruyante de jappements, de rappels et de cris scandalisés des négociants.

En courant de buisson en buisson, les héritiers parvinrent à la sortie – déjà encombrée – sans subir d'attaques de la part des archers. Aucun n'osait plus tirer la moindre flèche dans cette panique, de toute façon. Les risques de bavure étaient trop grands.

Bowbaq fit reculer la foule en excitant deux des chiens de l'entrée. Ils s'engagèrent dans le passage ainsi libéré et se précipitèrent vers la sortie.

— Vous ne pouvez pas partir maintenant, s'opposa un jelenis dont le chien avait encore l'esprit tranquille.

Grigán n'attendit pas l'intervention du géant et poussa violemment le garde surpris, qui tomba à la renverse sur sa bête. Le dogue réputé hargneux n'apprécia aucunement ce mauvais traitement, mais les héritiers ne prirent pas le temps d'assister à sa vengeance.

L'instant d'après, ils étaient dehors. Une petite foule s'était massée à l'entrée du bâtiment, curieuse de voir ce qui causait ce vacarme, pourtant grandement masqué par celui du marché. Elle se dispersa à la vue du poignard de Grigán, à l'exception d'un homme qui rejoignit le groupe.

— Vous avez été longs, protesta Rey pour la forme. Encore un peu et j'étais obligé de venir vous aider.

— Tout va bien ? demanda Corenn avec inquiétude.

— Tout va bien. Les Züu nous attendent sûrement dans la cale de *L'Ambassadeur*, et nous embarquons sur *L'Othenor*, que la communauté des héritiers vient d'acheter à un prix raisonnable, par l'intermédiaire de votre serviteur.

— Ne perdons pas de temps. Ils vont vite s'apercevoir de la supercherie.

— Juste un instant.

Rey entra dans le palais à la grande surprise de ses compagnons. De son simple regard, Grigán empêcha les curieux de s'approcher, tout en pestant contre les fantaisies du comédien.

Corenn décida de mettre à profit ce temps mort pour satisfaire sa curiosité.

— Bowbaq, connais-tu le nom de notre ennemi ?

Le géant hocha la tête en signe de négation. Sa déception faisait peine à voir.

— Les Züu ne le connaissent pas, déclara-t-il. Ils l'appellent simplement *l'Accusateur*.

Corenn acquiesça tristement, remettant à plus tard l'étude des maigres informations qu'il avait pu obtenir. Tant pis. Ils auraient tout au moins essayé…

De l'intérieur leur parvinrent des éclats de voix, des protestations, bientôt couvertes par des hurlements de dément. Grigán jura et s'apprêta à retourner dans le palais, mais Rey fut de retour, indemne, avant qu'il n'en ait l'occasion. L'acteur portait à grand-peine le lourd coffre au trésor du scribe. Les droits d'entrée de tous les négociants du Petit Palais. Des centaines de terces d'or.

— Une compensation, expliqua-t-il. Pour les biens injustement enlevés à mon aïeul.

Personne n'y trouva rien à redire. Les héritiers étaient seuls. Ils ne pouvaient compter que sur eux-mêmes. Depuis cent dix-huit ans.

LIVRE IV

LE SAVOIR INHUMAIN

L'OTHENOR ÉTAIT UNE FELOUQUE DE PÊCHE prévue pour un équipage de neuf personnes. Les six membres du groupe étaient donc à leur aise. Mais il n'était conçu que pour des expéditions de deux ou trois jours, aussi l'architecte et l'armateur avaient-ils fait peu d'efforts pour le confort des passagers. Les héritiers envisageaient, eux, un voyage de presque une décade.

Le navire ne comportait que deux cabines : celle du capitaine, que les hommes cédèrent courtoisement à Léti et Corenn, et celle de l'équipage, qui ne contenait d'autre aménagement que huit hamacs crasseux. Une petite pièce dissimulant un pot faisait office de lieu d'aisance, et une autre contiguë aux cabines rassemblait les fonctions de salle à manger, de salle de repos *et* de cuisine.

L'essentiel de la cale était consacré à la remise des filets et paniers de l'ancien propriétaire. Une grande partie restait vide et accueillait en temps ordinaire le fruit de la pêche. Dans la soute étaient rangés barils d'eau douce, salaisons et quantité de bouteilles de spiritueux dont Rey étudia la qualité pendant toute la durée de la traversée. Enfin, de nombreux coffres aménagés dans le faux-pont abritaient gréements et voilures de rechange.

Les héritiers avaient acheté ce bâtiment par l'intermédiaire de Rey le jour même de leur embarquement. Cette décision n'était pas sans risques, puisqu'ils auraient très bien pu ne trouver aucun vendeur. Mais Lorelia était le plus grand port du monde connu, et l'acteur proposait de payer l'intégralité sans délai. Finalement, ils étaient tombés sur quatre bâtiments correspondant à leurs besoins, et jeté leur dévolu sur *L'Othenor*, suivant les conseils de Yan.

Ils avaient quitté le port très rapidement. Les douaniers et collecteurs royaux ne s'intéressaient guère qu'aux bateaux à l'arrivée, préférant aussi les navires de commerce aux chalutiers. Si bien qu'ils dépassèrent le dernier phare de Zeanos sans avoir été inquiétés le moins du monde.

Si neuf personnes étaient peut-être nécessaires aux opérations de pêche, il n'en fallait pas tant pour gouverner et gérer les voiles de l'unique mât de l'embarcation. Naviguant depuis leur plus jeune âge, Yan et Léti en savaient assez pour manœuvrer de manière honorable. Rey lui-même mit la main à la pâte sans toutefois pouvoir cacher à quel point il détestait cela. Les autres firent de leur mieux pour se rendre utiles, jusqu'à s'être suffisamment éloignés des côtes.

Ce n'est qu'à ce moment qu'ils prirent le temps de se narrer leurs aventures. Chacun trembla pour les autres, à retardement, réalisant à quels périls ils avaient échappé. Ils partagèrent la déception de Bowbaq de n'avoir pu lire le nom de *l'Accusateur* dans l'esprit des Züu. Enfin, Rey fit le compte du trésor qu'il avait volé au Petit Palais. La somme était impressionnante.

— Nous sommes des pirates, maintenant ! annonça-t-il gaiement, non sans une certaine excitation.

Bowbaq fut malade toute la première journée, tandis que Grigán jouait au pirate de vigie. Le guerrier craignait que les Züu ou la flotte lorelienne ne les prennent en chasse. Mais ils avaient agi avec tellement de rapidité qu'il faudrait du temps à leurs poursuivants pour comprendre et se lancer à leur poursuite.

Rey commença par fouiller systématiquement toutes les caches du navire, désireux d'inventorier avec exactitude ce qu'ils avaient acquis avec le bateau. Mais il ne trouva rien de vraiment intéressant, et commença dès lors à s'ennuyer. Le comédien allait trouver le voyage très long.

Léti et Corenn améliorèrent avec beaucoup de réussite le confort des pièces habitables. Dans les cabines, elles réussirent presque l'exploit de faire disparaître l'odeur de marée dont le moindre clou était imprégné. *Presque*. Il allait leur falloir supporter cela pendant plusieurs jours.

Yan, nommé capitaine de fortune, inspecta le gréement et la voilure avec beaucoup de sérieux. Il n'était jusque-là jamais monté sur un bâtiment de cette taille, mais eut tôt fait d'utiliser son intelligence et son expérience des voiliers pour tirer le meilleur parti des possibilités de la felouque.

Les héritiers avaient tout d'abord navigué plein sud, cherchant simplement à fuir Lorelia. Une fois en pleine mer, Yan manœuvra le gouvernail et prit le cap est-sud-est, vers Galen, la ville la plus au nord des Baronnies et située à l'embouchure de l'Ubese. Ils remonteraient de là le fleuve paisible jusqu'à Junine.

Ils seraient alors de nouveau en danger, devraient improviser, se battre peut-être... Mais à ce moment, ils ne songeaient qu'à la chance d'avoir déjà survécu à tant de périls... et au répit dont ils disposaient avant les prochains.

* * *

— J'ignore pour les autres Züu, déclara Bowbaq alors qu'ils passaient en revue les événements du Petit Palais. Mais Zamerine, leur chef, ne sait rien. Il appelle simplement notre ennemi : l'Accusateur.

Les héritiers s'étaient réunis dans la salle commune pour leur premier repas à bord de *L'Othenor*. Ils se préparaient aussi à y passer leur première nuit, et luttaient contre le malaise engendré par ce nouveau décor. Bientôt, cet embarras disparaîtrait et ils iraient et viendraient sur le bateau comme chez eux. Ce n'était pas la première fois qu'ils vivaient quelque chose de nouveau. Et sûrement pas la dernière... Il suffisait d'être patient.

— Je crois qu'ils appellent tous leurs clients comme ça, malheureusement, précisa Rey. Ce qui ne nous renseigne pas beaucoup !

— Est-ce que tu n'aurais pas vu autre chose ? Le Zü a peut-être pensé à *lorelien*, par exemple. L'Accusateur serait lorelien. Quelque chose comme ça ?

Le géant réfléchit à la question de Corenn. Il tentait de remettre en ordre des pensées qui n'étaient pas les siennes, qu'il n'avait perçues que quelques instants, et dont les plus complexes étaient dans une langue qu'il ne connaissait pas.

— Eh bien, peut-être... Je me rappelle d'une image. Un souvenir de Zamerine concernant un visage. Celui de l'Accusateur, sûrement.

Ils laissèrent Bowbaq se concentrer, gardant le silence malgré les dizaines de questions qui leur brûlaient les lèvres. Si la description s'avérait assez précise, Corenn ou Grigán pourraient peut-être reconnaître l'individu comme un héritier. Car ils étaient toujours convaincus qu'il était l'un d'eux. Il semblait au courant de trop de choses.

— Je ne sais pas si… si Zamerine l'a vu, ou si c'est ainsi qu'il l'imagine, reprit Bowbaq. Je pense qu'il l'a rencontré, parce que l'image avait des détails plus précis que les décors qu'on peut voir dans un rêve, par exemple. Il lui a certainement parlé, mais il…

— Tu vas nous le dire, oui ? l'interrompit Rey en feignant la colère. À *quoi* il *ressemble* ?

L'acteur plaisantait, mais son impatience était bien réelle, comme l'était celle de ses compagnons.

— Oh ! pardon. Mais ce n'est pas intéressant, vous savez. Il a pensé à quelqu'un masqué par un… un genre de casque. Vous savez, une sorte de chaudron…

— Un heaume, répondit Grigán avec déception. Tu n'as rien vu de son visage.

— Eh non. Je vous l'aurais dit tout de suite.

Les héritiers méditèrent quelques instants sur cette nouvelle désillusion. Si la chance leur avait souvent souri en les maintenant en vie, leur quête semblait plutôt placée sous une mauvaise étoile.

Le géant faisait des efforts pour trouver une information intéressante, mais plus il réfléchissait, plus il avait du mal à différencier les bribes de cette vision fugace des produits de son imagination. Dans quelques jours, il aurait tout oublié. Tout ce qu'il pouvait remarquer, il devait le faire maintenant.

— C'est un homme, j'en suis sûr, annonça-t-il en gardant les yeux fermés. Zamerine se souvient de lui marchant et gesticulant. Il est… en bonne santé, je veux dire, il ne lui manque aucun membre.

— Mais… c'est moi ! s'écria Rey avec horreur, aussitôt encouragé au silence par ses amis.

— Comment est-il habillé ? demanda Corenn.

— Il a… une sorte de tunique de métal. Comme celle de Grigán, mais plus épaisse. Il la porte sous une toge.

— Une cotte de mailles ! Où y a-t-il la guerre, en ce moment ?

— Dans les Bas-Royaumes, répondit Grigán en soupirant. Et dans les provinces romines. Et à Jezeba. Et peut-être aussi au *val Guerrier*. Il peut être soldat ou mercenaire, tout aussi bien qu'un simple marchand méfiant.

— Décris-nous le heaume, demanda Corenn sans se décourager.

Bowbaq se concentra plus encore. On lui posait des questions précises sur une image aperçue quelques instants, et qu'il n'avait pas étudiée en détail parce que trop occupé à chercher un simple nom.

— Je crois… Il y a un ruban noué tout autour. Plutôt large, de couleur noire. Ensuite, il n'y a que deux fentes pour les yeux, et des petits trous devant la bouche et les oreilles. C'est tout. Il se compose d'une seule pièce. Comme un chaudron, j'avais raison.

La Mère se tourna vers Grigán pour l'interroger.

— Un heaume goranais, annonça le guerrier sans hésitation. Mais ça ne signifie rien. On peut aussi bien en trouver à Lorelia, par exemple. Le ruban est censé indiquer les armes du porteur, mais à ma connaissance, aucune famille ne porte le noir sur son blason.

— C'est même interdit, ajouta Rey avec assurance. J'ai eu l'ennuyeux privilège d'étudier l'héraldique. Les armoiries couleur de nuit sont devenues l'apanage des ennemis déclarés de l'empereur. Bannis, rebelles et autres conspirateurs…

— Combien de nos suspects sont goranais ?

Corenn consulta les listes morbides qu'elle avait établies. Sauf erreur ou omission, le sort de vingt-deux héritiers seulement restait inconnu, sur les soixante et onze que la Mère avait recensés dans les dernières générations.

Elle n'annonça son résultat qu'après l'avoir vérifié à deux reprises.

— Aucun. Tous les Goranais de ma liste ont été tués par les Züu.

Grigán se laissa aller à un juron. Leur quête ne progressait pas d'un pouce, alors que leur ennemi semblait disposer de moyens inépuisables. S'ils ne trouvaient pas quelques renseignements à Junine, ils seraient bien contraints de renoncer. De s'enterrer quelque part, en espérant voir le plus tard possible un Zü les tirer brutalement du sommeil.

* * *

Garder le cap de *L'Othenor* requérant peu de manœuvres, Yan eut tout loisir de se consacrer à ses leçons de magie. Ce n'était pas pour lui une simple manière de passer le temps, comme la campagne de pêche dans laquelle se lancèrent Bowbaq et Rey dès le deuxième jour. Non, c'était de nouveau une passion, que les encouragements de Léti avaient grandement contribué à attiser.

Corenn était dans le même état d'esprit. Elle pressentait ses propres progrès, mais là n'était pas sa plus grande motivation. La Volonté de Yan semblait si puissante… La plus forte qu'elle eût jamais rencontrée ; elle était curieuse de voir de quoi il serait capable, quand il aurait appris à l'utiliser.

Mais les choses n'avaient pas été faites dans l'ordre. Yan avait montré son pouvoir avant de prouver sa patience. La Mère se devait d'y remédier. Il allait devoir travailler l'un et l'autre.

Ils s'isolèrent dans la cabine dite du capitaine, non pas pour garder un secret qui n'avait plus de raison d'être, mais pour pouvoir étudier et se concentrer dans les meilleures conditions. Leurs compagnons le comprirent parfaitement et nul ne songea à les déranger. Grigán sauta même sur l'occasion pour donner son propre cours à Léti. Si Corenn tolérait ces leçons de combat, le guerrier savait qu'elle ne les appréciait guère, et il faisait son possible pour l'empêcher d'y assister.

— Par quoi commençons-nous ? demanda Yan à son professeur, dès qu'ils furent installés.

— Tu as des questions à poser ?

— Des tas. Tellement que je ne sais par laquelle commencer…

— Je souhaite pouvoir répondre à chacune, et j'espère répondre juste. Après tout, ce que je sais n'est peut-être que mensonges que je répands à mon insu… La magie est mystérieuse, même pour les magiciens.

— Vous dites bien que ce que vous allez m'apprendre est peut-être *faux* ?

Yan n'avait pas employé un ton agressif, mais sa surprise était évidente. La base de tout enseignement, songea Corenn. *Je ne possède pas forcément la vérité. Mets en doute ce que je t'enseigne. Réfléchis, et tu auras appris.*

— Les… techniques, si on peut appeler ainsi l'utilisation de la Volonté, fonctionnent parfaitement. Mais les explications qui vont de pair ne sont que des interprétations généralement acceptées, ou tout à fait personnelles. Rien ne prouve qu'elles soient exactes.

Le jeune homme acquiesça, s'imprégnant du sens de ces paroles. Au cours de ses différents apprentissages, jamais un maître n'avait remis son savoir en question.

Tu doutes, Yan. Ton enseignement vient de commencer, pensa la Mère avec amusement.

— J'ai ma première question, annonça-t-il en plissant les yeux. Vous m'aviez dit que seul un petit nombre de personnes disposaient du pouvoir. Puis vous avez prétendu le contraire quand j'ai déclaré avoir réussi. Que dois-je croire ?

— C'est un des sujets délicats, justement. Peut-être même le plus contesté. L'origine de la magie ? La qualité des magiciens ? Certains prétendent faire partie d'un petit groupe d'élus, qui seraient seuls capables d'utiliser la Volonté. Parmi ceux-là, il en est qui expliquent leur pouvoir par la foi qu'ils portent à un culte. *Ma* théorie est que chacun possède cette force en soi, mais qu'elle ne peut se révéler qu'à des occasions particulières. Et même alors, il faut avoir assez de patience et… d'intelligence, disons-le, pour apprendre à la contrôler et à l'utiliser.

— Si c'est votre théorie, pourquoi avoir d'abord prétendu le contraire ?

— Parce que si je t'avais dit « Chacun peut y arriver, il suffit d'insister », tu n'aurais pas *réellement* essayé. Et tu aurais fini par te décourager, m'en vouloir, t'en vouloir, en vouloir à tout le monde de ton échec. Crois-en mon expérience.

Yan hocha la tête en souriant. Corenn avait sûrement raison. Il imaginait sans peine qu'on puisse réagir ainsi.

— Pour en finir avec ta question, il existe une troisième possibilité : le pouvoir serait plus ou moins héréditaire. Mais d'une façon tellement anarchique qu'on ne peut décemment appeler ça une règle… Ma propre grand-mère, la fille des émissaires Tiramis et Yon, était magicienne. Ma tante, la mère de Norine, l'était aussi. Mais ni ma cousine, ni Léti n'ont montré la moindre disposition.

— Aucun de mes aïeuls n'était magicien, à ce que je sache. Cette théorie ne tient pas debout, ou alors suivant des règles plutôt complexes.

— Nous sommes d'accord. Te voilà dans le grand cercle des polémistes !

— Vous connaissez beaucoup d'autres magiciens ?

— J'en connais trois. Deux Kauliennes que j'ai formées, et un vieil ami de Crek avec qui je correspondais plus ou moins régulièrement. On ne peut pas afficher ce genre de faculté au grand jour, malheureusement. Tu en feras l'expérience. Alors, il est difficile de créer des relations avec des semblables…

Yan avait de toute façon décidé de garder le secret. Il passait déjà suffisamment pour un garçon étrange, et n'allait pas s'afficher ouvertement en phénomène que la superstition des esprits faibles ne tarderait pas à juger dangereux.

— On commence la leçon ? demanda-t-il avec impatience.

— Elle est déjà commencée, jeune homme. On ne va pas passer tout notre temps à faire bouger des coquillages. Avant d'apprendre à utiliser ta Volonté, tu dois apprendre à la connaître. À la respecter. Et crois-moi, c'est moins une question de philosophie que de *sécurité*.

* * *

Grigán avait lui aussi décidé de passer aux choses sérieuses. Les premières leçons données à Léti avaient eu pour but de la décourager. Les suivantes avaient permis au guerrier de juger des défauts de la jeune femme, et de réfléchir à la manière de les corriger. Il était maintenant suffisamment sûr de son élève et de lui-même pour commencer un véritable enseignement.

Léti attendait ses instructions, debout sur le pont de la felouque balancée au gré des vagues et caressée par le soleil. Ils n'étaient qu'à deux jours de navigation des Hauts-Royaumes, mais l'astre roi se faisait déjà plus clément en ces eaux qu'il n'était à Lorelia à l'approche de la froide saison de la Terre.

La jeune femme patientait en s'essayant à diverses jongleries avec son glaive. Elle était la seule à porter son arme à bord. Grigán lui-même ne s'inquiétait de sa lame courbe qu'à la nuit tombée, le guerrier ne pouvant trouver le sommeil s'il n'avait de quoi se défendre à portée de main. Mais Léti conservait le lourd fourreau qui la griffait sans arrêt du matin au soir.

Elle avait sacrifié sa tunique de travail kaulienne, aussi déchirée et tachée que des vêtements pouvaient l'être après trois décades de voyage, pour se confectionner des pantalons coupés aux genoux et une chemise ample à manches courtes. Une telle tenue aurait été vue d'un mauvais œil à Kaul, mais donnait à la jeune femme une plus grande liberté de mouvement, ce dont elle avait besoin. Grigán était heureux qu'elle eut pris ces initiatives sans avoir eu à les lui suggérer, mais il avait bien d'autres conseils à lui donner…

— Tes cheveux, Léti. Attache-les chaque fois qu'il y a un risque. C'est une prise trop facile.

La jeune femme caressa, en réfléchissant, les longs cheveux bruns qui tombaient en cascades douces le long de sa nuque. Elle entreprit sur-le-champ d'en faire une queue, qu'elle roula sur elle-même et fixa à l'aide d'un bandeau. Ce n'était pas une coiffure de charme, mais le guerrier en apprécia les avantages en connaisseur.

— À partir d'aujourd'hui, tous nos exercices vont illustrer l'une de ces trois règles : *main sûre, pied ferme, esprit vif.*

La jeune femme acquiesça simplement. Quand le guerrier lui enseignait quelque chose, elle restait silencieuse pendant presque toute la leçon, buvant ses paroles et réservant ses forces pour l'entraînement. Tout cela était très respectueux, mais Grigán s'était tout de même attendu à une petite réaction de sa part. Il avait eu beaucoup de mal à formuler ces trois règles, et aurait aimé qu'on leur accorde un peu plus d'intérêt.

— Chaque faute que tu commets peut s'expliquer par le non-respect d'une de ces règles. Si tu perds un combat, ce n'est pas parce que ton adversaire est meilleur que toi : c'est parce qu'il est meilleur à ce *moment-là.* Qu'il a une main plus sûre, un pied plus ferme, un esprit plus vif. Tu dois travailler pour perdre tes défauts, et apprendre à trouver ceux des autres.

Léti acquiesça encore avec une expression très sérieuse. Grigán ne comprenait pas qu'elle reste ainsi sans réaction. C'était pourtant simple : son exposé était clair, et la jeune femme n'avait, de ce fait, aucune question à poser.

— Démonstration, décida le guerrier, plus à l'aise dans la pratique que dans la théorie. Mets-toi en garde.

Léti obéit, un peu surprise. C'était la première fois qu'elle participait à un exercice où ils étaient tous deux armés. Elle pensa à l'éventualité d'une blessure accidentelle, mais repoussa cette idée en se sermonnant. Grigán savait ce qu'il faisait.

Elle se mit en garde gauchement, copiant la posture de son maître d'armes. Mais si cette position convenait parfaitement à l'usage d'une lame courbe de quatre pieds, elle était inadaptée pour un petit glaive goranais. Grigán allongea simplement le bras et frappa la lame de Léti de son cimeterre. Dans l'instant qu'il fallut à la jeune femme pour redresser son glaive, le guerrier fit un pas en avant et maintint la pointe de son arme à un pouce de la gorge de son élève.

— Main sûre, annonça-t-il gravement.

Il se remit en position, aussitôt imité par Léti, qui adopta instinctivement une meilleure posture. Il lança une attaque semblable, mais la jeune femme tint bon et conserva sa garde sans fléchir. Grigán accéléra alors le mouvement, alternant un assaut vers les jambes et un autre vers la tête. Léti fit de son mieux pour les parer, bien qu'elle n'eût jamais appris à le faire. Elle recula inconsciemment d'un petit pas à chaque fois, jusqu'à ce que le guerrier la surprenne en lançant deux attaques consécutives vers ses jambes. Par réflexe, elle fit un petit saut en arrière mais se rétablit mal et tomba à la renverse. Grigán menaça de nouveau la gorge de son élève de sa lame.

— Pied ferme.

— Et esprit vif, j'ai compris, se vexa-t-elle. Si on passait plutôt à la leçon ?

— N'as-tu rien appris de tout cela ?

La jeune femme se releva, le visage fermé. Elle jeta un regard à Bowbaq et Rey qui pêchaient à l'autre bout du pont. Mais les deux hommes ne s'intéressaient guère aux combattants pour le moment. Tant mieux. Personne ne l'avait vue échouer si lamentablement.

— Vous ne m'aurez pas une troisième fois, promit-elle au guerrier, sur un ton défiant.

— Un combat n'est jamais gagné d'avance, Léti. Ni pour moi ni pour toi. Si tu résistes, j'en serai le premier heureux. Mais ça m'étonnerait que tu parviennes jamais à quoi que ce soit, conclut-il sur un ton méprisant, au grand étonnement de la jeune femme.

Ils se remirent en garde en silence. Léti n'avait jamais été aussi humiliée. Comme Grigán restait immobile, elle lança la première attaque instinctivement, sans avoir la moindre idée de ce qu'elle faisait.

Le guerrier s'y attendait. Il attrapa le bras de la jeune femme avant qu'il eût fini sa course et pointa une fois de plus sa lame vers son élève.

— Esprit vif, dit-il en souriant. Toi, tu as l'esprit lourd de colère.

— Vous m'avez délibérément provoquée ! C'est… c'est dégoûtant ! C'est de la triche !

— C'est peu honorable, d'accord, mais ce n'est pas une tricherie. Dans un combat, une seule règle compte : celle qui dit que le moins abîmé a gagné. Je suis là pour t'apprendre à te défendre, pas pour faire de l'escrime de parade.

Léti se massait le poignet en méditant sur les paroles du guerrier. Il avait toujours *main ferme*, c'était chose certaine. Il avait de drôles de manières de traiter ses élèves, aussi ! Mais, par-dessus tout, il avait raison.

— D'accord, d'accord. Vous avez gagné trois fois. Et maintenant, qu'est-ce qu'on fait ?

— On commence… par le début, bien sûr. Tenir ton arme. Rester debout. Dans un combat, nous sommes aussi vulnérables que des bébés. Je vais déjà te réapprendre à marcher.

* * *

Rey avait déniché une vieille lune-à-cordes à laquelle deux cordes manquaient, justement, dans une des soutes de proue de la felouque. Pour tromper son ennui, il avait entrepris de la remettre en état, et était fier de présenter son œuvre au matin de leur troisième journée en mer.

Les lignes de pêche sonnaient nettement moins bien que les cordes traditionnelles, mais n'étaient pas à ce point discordantes pour dissuader l'acteur de se lancer dans un récital de chansons paillardes, au grand amusement de Yan et Léti.

— Tu pourrais peut-être composer une ballade sur les sages de Ji, proposa Léti, émerveillée par le talent de son ami.

— J'y ai déjà pensé… Mais je n'aime pas les chansons tristes.

L'acteur s'était rembruni. Il ne voyait toujours que les aspects négatifs, la « malédiction » de l'expérience de leurs ancêtres. Comment la plupart s'étaient retrouvés dépossédés de leurs terres, de leurs titres, de leurs situations. Quel secret méritait un tel sacrifice ?

— Je crois que nous allons croiser un autre bateau, annonça soudain Bowbaq.

Ses compagnons le rejoignirent à la proue en toute hâte. Il y avait bien un navire, petit point sur l'horizon céruléen de la mer Médiane. On ne pouvait pas en apprendre grand-chose.

— Il vient des Petits Royaumes, remarqua Grigán, ce n'est pas bien grave. Je serais plus inquiet d'en trouver un dans notre sillage.

— Je pensais que la côte entre Lineh et Galen était le paradis des pirates…

Les héritiers échangèrent des regards inquiets. Ce que Rey venait d'annoncer, chacun l'avait déjà entendu au moins une fois d'une autre source. Ce n'était que trop vrai.

— Nous sommes loin de Lineh, décida Corenn. Il doit s'agir d'un navire marchand.

Le reste de la journée s'écoula très lentement, les héritiers se relayant pour observer l'approche du bâtiment. Il fut rapidement évident qu'ils se croiseraient bientôt. Chacun formait des vœux pour que la rencontre se passe sans heurts.

La distance diminuant, on put enfin reconnaître une frégate junéenne, ce qui était bon signe puisque la baronnie était réputée pour son pacifisme. Tout risque n'était pourtant pas exclu.

— On essaie de les éviter ?

— Ça ne servirait à rien, ils sont beaucoup plus rapides. Ils nous rattraperont sans problème s'ils le désirent. Et s'ils sont innocents et nous ignorent, nous aurons perdu une excellente occasion d'obtenir des renseignements.

Bowbaq apprécia le bien-fondé de la réponse de Corenn. Ils avaient dû quitter Lorelia dans une telle précipitation qu'ils ignoraient même si la reine Séhane, motif principal de leur voyage, était toujours en vie. Question primordiale à laquelle il leur fallait une réponse au plus tôt…

Il apparut rapidement que les Junéens allaient passer sans les accoster. Aussi les héritiers prirent-ils les devants en faisant des signes au navire marchand, dont la coque surplombait la leur de plus de deux pas.

L'équipage junéen fit des signes en retour et s'affaira sur le pont. La frégate ralentit sa course pour dériver jusqu'à la felouque. Une amarre fut lancée pour maintenir les navires à proximité l'un de l'autre.

— Vous avez des ennuis ? demanda un gros homme au teint cuivré, en se penchant vers les héritiers.

Il s'était adressé à eux en lorelien. Grigán lui répondit en haut junéen pour s'attirer sa sympathie.

— Un rat a trouvé bon de crever dans notre eau douce. Si vous aviez un baril ou deux à nous vendre… On ne peut plus supporter la liqueur, conclut-il en plaisantant.

Le gros homme rit de bon cœur et fit un geste à deux de ses hommes, qui disparurent dans la cale de la frégate. Grigán étant le seul à parler le junéen, les héritiers se contentaient de sourire, impatients d'avoir sa traduction.

— Vous venez de Junine ? demanda-t-il d'un ton anodin.

— Vous êtes observateur, vous, lança le gros homme en riant de plus belle.

— Tout va bien, là-bas ? J'ai entendu dire que la succession se passait plutôt mal.

— Toujours les mêmes histoires. Depuis que la reine n'est plus en âge d'avoir des enfants, les intrigues vont bon train. Malgré les Traités, tous les barons aimeraient bien ajouter notre belle terre à leurs domaines. On dit que la longévité de Séhane en agace plus d'un… Tant pis pour eux ! Tant mieux pour nous !

— J'ai entendu dire qu'on avait essayé de l'assassiner ?

— Si c'est vrai, c'est resté secret. Jamais on n'aurait permis ça. Le peuple aurait reconduit les barons aux frontières à coups de dague dans le lard, passez-moi l'expression !

Les deux hommes du Junéen firent leur apparition, portant à grand-peine une énorme barrique d'eau. D'autres les aidèrent à l'attacher à un treuil.

— Il ne s'agissait pas d'un baron, reprit Grigán. J'ai entendu dire qu'un Zü avait tenté de pénétrer dans le palais.

— Ça m'étonnerait. Ou bien alors, il faudrait qu'il soit vraiment fortiche. Même une souris n'entre pas au Château-Brisé avant d'avoir prouvé sa bonne foi. Alors, un tueur rouge, vous pensez bien !

— Vous ne les aimez pas non plus, à Junine, hein ?

— Sûrement pas ! Ce n'est pas chez nous qu'on les laisserait se promener avec une dague empoisonnée, comme à Goran ou à Lorelia. Et même sans dague, d'ailleurs !

La barrique fut descendue jusqu'à la felouque, et Yan et Bowbaq entreprirent de la détacher sans avoir pourtant compris un traître mot de la conversation. Grigán descendit quelques instants dans la soute et en revint avec une bourse pleine et un tonnelet de liqueur, qu'il fixa aux cordes libres du treuil, malgré les refus polis du capitaine junéen. L'homme les avait beaucoup aidés. Peut-être pas comme il l'imaginait… Mais les héritiers lui étaient redevables.

Les équipages se saluèrent et les navires reprirent leurs directions respectives. Grigán résuma la conversation, faisant naître joie et soulagement chez ses compagnons. Les Züu n'étaient pas à Junine. La reine n'était pas leur mystérieux ennemi. Elle allait pouvoir les aider à l'identifier. Peut-être même à trouver d'autres héritiers… s'il en restait encore.

* * *

Chacune des leçons de Corenn était pour Yan un moment privilégié. La Mère parvenait toujours à le captiver, aussi étrange, gênant ou ennuyeux que le sujet du jour pût paraître de prime abord.

Le jeune homme n'avait pas fait appel à sa Volonté depuis plusieurs jours, mais il en apprenait plus sur la magie en discutant avec Corenn qu'en s'entraînant à déplacer des petits objets par la pensée. La Mère lui avait même demandé de renoncer à ces exercices pendant quelque temps. Ce qu'elle enseignait lui donnait de toute façon suffisamment matière à occuper son esprit.

Ils avaient passé plusieurs décans à évoquer une certaine *éthique* de la magie, pas utile en soi, mais qui permettrait à Yan de mieux comprendre les thèmes plus « techniques » que Corenn aborderait plus tard. Le jeune homme appréciait beaucoup ces jeux mentaux. Corenn le rendait plus... intelligent. Plus sensible encore qu'il ne l'était déjà.

Certaines réflexions l'avaient poursuivi tard dans son sommeil, tant leur impact avait été fort sur son esprit. Il s'en remémora quelques-unes :

— Avec ta Volonté, disait la Mère, il te sera plus facile de *pousser* que d'*attirer*. Plus facile d'abattre que d'élever. Plus facile de détruire que de bâtir.

« Avec juste un peu de rage, tu peux faire exploser un rocher en poussières. Mais il te faudra beaucoup, beaucoup de sérénité pour le reconstruire. C'est cela qui est beau.

« La sérénité *est* la magie. La patience, la réflexion, la modération sont la magie. Utiliser la colère pour attiser sa Volonté est une aberration. Pire, c'est dangereux...

« Le corps est la limite normale à la folie d'un homme, à sa fureur, à sa soif de chaos. La Volonté libère l'esprit. Elle lui permet de franchir cette limite. Si l'esprit est à ce moment destructeur, les effets seront dévastateurs. Et n'épargneront ni le corps, ni la raison du coupable.

« Ne te sers jamais de la Volonté sous l'emprise de la colère, de la souffrance, ou du vin, avait-elle conclu avec gravité.

Corenn l'avait impressionné. Le jeune homme réfléchit longuement à cet avertissement plein de sagesse. Il n'était pas près de l'oublier.

Une autre fois :

— La magie ne crée rien. Tout ce qu'on en tire, tout ce qu'on en fait, est déjà là, quelque part, autour de nous. Si tu faisais grandir une montagne, tu l'aurais simplement déplacée de sous la terre à la surface. Si tu faisais pousser une fleur, tu aurais simplement nourri une graine qui se trouvait non loin.

— On peut faire *ça* ? avait-il demandé avec surprise.

— Bien sûr. Tout ce que ton esprit peut imaginer, tu peux le faire. Sauf *créer*. Cela reste le privilège des dieux. Et défaire l'œuvre du temps. C'est la plus grande de toutes les forces qui dirigent le monde. Même les dieux doivent s'y plier…

« Ce qui s'est déjà produit est inchangeable. Les dieux peuvent sûrement ressusciter un homme des siècles après sa mort, puisque les prêtres nous disent qu'ils l'ont fait. Mais même les éternels ne peuvent rien contre le fait qu'il soit mort dans le passé…

Ce genre de réflexions rendait Yan lunatique pour la journée. Corenn savait aller un peu vite en besogne dans son enseignement. Cela faisait beaucoup de choses à comprendre et à accepter en trop peu de temps, pour un simple pêcheur de quinze ans. Mais ce pêcheur n'avait rien d'un idiot. Et Corenn se sentait pressée par les événements. Combien de jours encore, avant que les Züu ou une autre catastrophe ne réduisent leurs projets à néant ?

Elle devait enseigner au jeune homme le plus de choses possible, dans un délai des plus courts. Pas parce que ça pouvait se révéler utile dans leur quête… Simplement, parce que Yan possédait un tel talent qu'il eût été criminel de le laisser à l'état brut.

— Raconte-moi encore ce que tu as ressenti après avoir lancé ta Volonté, demanda la Mère. Le moment douloureux.

Le jeune homme n'eut aucun mal à se rappeler cette expérience, déjà vécue quatre fois et très désagréable.

— C'était comme si… le reste du monde se jetait sur moi. Brutalement. Un peu comme au réveil, mais en beaucoup plus déplaisant. On a l'impression de faire une chute libre et de brûler vif en même temps. Les yeux piquent, les oreilles bourdonnent…

— Ça, ça ne dure pas longtemps, l'interrompit Corenn. Je t'apprendrai comment moins souffrir de cette phase. Parle-moi plutôt de ce que tu as ressenti *après*.

— Une grande faiblesse, répondit-il aussitôt. Je n'avais jamais été aussi fatigué. Et j'avais plutôt froid, si ce n'était pas une coïncidence…

— Absolument pas. C'est tout à fait ça. La *langueur*. C'est ainsi que l'on nomme ce que tu as ressenti.

Yan attendit la suite avec impatience. Il connaissait l'expression qu'affichait Corenn. La Mère était sur le point de lui confier un autre des principes de la magie.

— Par ta Volonté, ton esprit envoie une force qui agit sur ta cible. Cette force est puisée dans ton propre corps. La *langueur* en est le contrecoup. Plus ce que tu tentes est difficile, plus tu seras affaibli. On appelle aussi ça le *retour de sort*. Il marque la véritable frontière des possibilités de la magie.

— Ça passe assez vite, heureusement, nota Yan. Il suffit de rester calme un petit moment…

— Dans l'état de langueur, ton esprit vole de la force à tout ce qui t'entoure, jusqu'à ramener ton corps à un seuil tolérable. L'herbe, la terre, les arbres volent à leur tour de la force à leurs voisins, et l'échange se poursuit ainsi jusqu'à ta cible où reste un *surplus* de force. Alors, l'équilibre se fait.

— C'est une de vos théories personnelles, n'est-ce pas ? Je reconnais votre style !

— Je ne répondrai pas, dit Corenn en souriant. Apprends ce que tu crois être juste.

— C'est sûrement vrai, décida Yan. J'aime bien cette idée d'échanger un peu de vie avec les arbres.

La Mère n'avait jamais vu les choses de cette façon. C'était une belle image. Mais là n'était pas le sujet de la leçon. Yan devait apprendre à se méfier de sa Volonté. À la redouter, même. Elle se composa une expression plus sérieuse, et reprit ses explications sur un ton grave.

— Yan, la langueur peut être *mortelle*. Si un jour ta Volonté dépassait ta raison, si tu l'élevais à un point tel qu'elle échappe à ton contrôle, à ton instinct de survie, elle tirerait toute force de ton corps pour se satisfaire. Tu connaîtrais une agonie horrible, violente et douloureuse. Reste toujours conscient de ta fragilité. Ne demande pas à ton esprit de faire des choses dont ton corps serait incapable.

Le jeune homme acquiesça avec effroi. Corenn lui avait donné tellement d'avertissements, ces derniers jours, qu'il lui faudrait beaucoup de motivation pour faire encore appel à son pouvoir.

— Faire pousser une fleur en un instant est vraiment impossible, alors, remarqua-t-il. À moins d'accepter d'en mourir.

— Il existe une autre possibilité… Mais elle demande beaucoup de maîtrise, beaucoup de sérénité. Il suffit de puiser la force nécessaire à ton sort non pas en toi, mais dans ce qui t'entoure.

Yan eut un petit sifflement admiratif. Il avait déjà beaucoup de difficulté à puiser de la force en lui-même.

— Vous l'avez déjà fait ?

— Partiellement. Je m'efforce de transformer ça en habitude. Ça me sera indispensable, si jamais j'atteins l'âge d'une aïeule. Il n'y a pas beaucoup de force à tirer d'un vieux corps, malheureusement, alors que l'esprit y est plus puissant que jamais.

Yan chercha à imaginer Corenn en aïeule ridée et voûtée. Elle serait à coup sûr la femme la plus respectée du Matriarcat. Le chef de leur gouvernement. Leur reine symbolique, en quelque sorte. C'est ce qui se serait peut-être produit, si les Züu n'avaient bouleversé leurs vies…

— Vous m'apprendrez cela aussi ? demanda le jeune homme avec espoir.

Corenn acquiesça en souriant. Elle allait tout lui apprendre, de toute façon. Avant quelques décades, Yan serait aussi bon magicien qu'elle.

* * *

Ils arrivèrent en vue de Galen au matin du sixième jour de leur voyage, correspondant au dès de la décade du Chasseur, le jour du Faon. C'était un peu en avance sur leurs prévisions, mais ils ne pouvaient que s'en réjouir. La mer leur avait été clémente, et les quelques notions de navigation de Yan s'étaient révélées suffisantes pour leur assurer une traversée sans histoires.

Ils croisèrent de plus en plus de bateaux en approchant de l'embouchure de l'Ubese. Frégates commerciales, goélettes, felouques, canots, galiotes, caboteurs et autres voiliers, bien sûr, mais aussi plusieurs trirèmes de guerre à l'éperon menaçant. Heureusement, ces dernières n'étaient là que pour défendre la ville contre d'éventuels pirates trop audacieux.

Les héritiers passèrent la journée sur le pont, profitant des rayons d'un soleil particulièrement généreux envers les Bas-Royaumes. Yan et Rey se chargèrent des quelques manœuvres requises pour s'engager sur le fleuve, tandis que leurs compagnons devisaient tranquillement en observant les alentours.

— On devrait toujours naviguer comme ça, proposa Léti. Peu de soucis, aucune menace, toujours au calme…

— Toute la vie sur un bateau ? Quelle horreur !

— Je suis d'accord avec Bowbaq, intervint Rey. On s'ennuie beaucoup trop.

— Et on ne serait pas en sécurité pour autant, relança Grigán. Échapper aux Züu pour finir esclave chez des pirates ! Ou noyé dans une tempête !

— Vous ne trouvez pas bizarre qu'on puisse s'engager comme ça sur le fleuve ? demanda Yan. Je veux dire, sans que personne nous demande quoi que ce soit ?

Le guerrier changea de poste d'observation avant de lui répondre.

— Non ! Le fleuve est à tout le monde, heureusement. Ils ne peuvent pas empêcher les bateaux de circuler, à moins de vouloir déclencher une guerre civile. Plusieurs baronnies bordent l'Ubese, et celle de Galen n'en est pas plus propriétaire qu'une autre.

Yan nota avec amusement que, malgré ses déclarations, le guerrier épiait tous les bateaux qu'ils croisaient.

— Vous êtes déjà allé à Junine ?

— Deux fois. Je n'ai jamais vu un peuple aussi chauvin. Le monde entier pourrait être à feu et à sang qu'ils trouveraient toujours plus importants leurs petits problèmes intérieurs. Mais qu'un grappin soit lancé sur leurs murailles, et il n'y a pas de combattants plus acharnés à défendre leur bout de terre.

— C'est pratiquement la plus petite des Baronnies, ajouta Corenn. Les barons l'ont choisie comme capitale et y ont regroupé les administrations communes aux Petits Royaumes. On dit aussi que c'est la plus belle.

— Je suis de cet avis. Les barons y viennent autant pour parlementer que pour rivaliser dans des parties de chasse remarquables. Yan, j'aurai peut-être l'occasion de te montrer un *acchor*, conclut le guerrier en désignant sa cicatrice.

Ils dépassèrent Galen sans même s'en rendre compte. L'embouchure du fleuve était suffisamment large pour qu'ils passent au loin, et seuls les premiers bâtiments du port étaient discernables, si bien qu'ils ne virent pas grand-chose du plus septentrional des Petits Royaumes. *L'Othenor* glissa bientôt entre deux rives verdoyantes dont l'apparition d'un village ou d'un moulin cassait parfois la monotonie.

L'Ubese était une vraie route commerciale, et les héritiers y croisaient presque autant de bateaux qu'à proximité de Galen. La plupart n'étaient que des chalands à voilure réduite mais contribuaient à mettre de l'animation. Léti répondait poliment à tous les saluts que les marins lui adressaient.

— Les gens d'ici ne sont pas habitués à voir une femme porter le glaive, remarqua Grigán. Ils ne sont pas aussi ouverts qu'à Lorelia. Tu devrais peut-être l'enlever quelques jours.

— Pas question. Eux n'ont qu'à s'habituer.

— Oh, je ne pense pas qu'ils soient choqués, précisa Rey avec malice. Ils te voient plutôt comme une étrangère, un peu sauvageonne, un peu… libertine. Ça leur donne des idées.

Léti rougit jusqu'aux oreilles sans répondre. Elle ne rendit plus leurs saluts aux équipages des chalands. Quelques-uns leur lancèrent des railleries que Grigán refusa de traduire.

L'Othenor fit son entrée dans le lac de Junine vers la fin du cinquième décan. Grigán se félicitait qu'ils eussent abordé la capitale avant la tombée de la nuit. Alors que le bateau glissait doucement vers l'entrée du port, les héritiers purent se faire une petite idée de la beauté réelle de la baronnie.

Elle n'avait rien à voir avec les terres désolées des alentours immédiats de Lorelia, ou de la garrigue pauvre du Sud kaulien. Junine s'était développée au cœur de collines couvertes d'une végétation luxuriante. Ici, aucun des traditionnels, bien que respectables, arbres loreliens, feuillus, lubilliers, buissons de séda ou noyaudiers. Les Petits Royaumes étaient le territoire des pins acides, des majeurs, des moäls, des masque-ciel, des grules et de l'herbe-lune, aux tons aussi variés qu'il existait d'étoiles dans le ciel.

De multiples tours crénelées et jaunies se détachaient sur ce fond bariolé, attestant des richesses et de la défiance des habitants de la cité. Tous les barons étaient rois ; et Junine étant la capitale de leur communauté, tous y possédaient au moins une demeure qu'ils avaient voulue digne de leur rang. Si bien que même du point de vue du lac, on apercevait de nombreux palais ayant peu à envier à celui où les héritiers avaient frôlé la mort.

Yan guida sans difficulté la felouque vers l'intérieur du port, à l'aise sur les eaux calmes du fleuve. Ils se rangèrent doucement le long d'un quai où reposaient déjà plusieurs embarcations de même taille. Grigán fut le premier à sauter à terre, avec une souplesse qui aurait surpris même chez un homme plus jeune. Il s'assura efficacement des amarres, permettant ainsi aux autres de le rejoindre. Bowbaq fut le suivant.

Le géant avait une envie furieuse de se coucher à plat sur le sol pour en vérifier la consistance à pleines mains. Il l'aurait sûrement fait s'ils avaient accosté à un endroit plus désert. Six jours en pleine mer ne l'avaient pas guéri de sa peur de l'océan. Il avait seulement appris à porter son regard vers le ciel plutôt que dans les profondeurs marines. Il était plus heureux de la fin de cette traversée que n'importe lequel de ses compagnons.

Les héritiers furent bientôt tous descendus. Après plusieurs séances d'entraînement à la fameuse règle du *pied ferme* de Grigán, Léti trouva étrange ce sol qui n'oscillait pas sous le vent.

Grigán se fit indiquer le chemin de la capitainerie et s'éloigna avec Corenn pour s'acquitter des droits de mouillage. Pour rester discrets, les héritiers devaient respecter les lois junéennes. Il était hors de question de répéter les événements de Lorelia, où ils étaient maintenant recherchés par les Züu, la Grande Guilde et les gardes loreliens.

Yan détailla les rues droites et spacieuses, les solides maisons de pierre aux allures de châteaux forts, les tours crénelées des demeures royales. Voilà donc Junine. Une autre contrée. Un autre continent.

Il n'était pas certain qu'ils y trouvent de l'aide, ni même du repos. Mais dans l'inconscient du jeune homme, ce n'était pas le plus important. Un autre pays, soit. Mais c'était toujours la même aventure, la même quête qu'il poursuivait avec Léti, Corenn et quelques inconnus qui étaient devenus en trois décades des amis plus proches qu'il n'avait jamais rêvé en avoir un jour.

Quelques ombres venaient toutefois obscurcir cette belle image. Le souvenir de Léti suspendue dans le vide, par exemple. Yan s'efforçait de ne pas y penser. Mais dans le calme de la nuit, au moment où l'esprit se libère des mirages de l'existence, il se rappelait avec angoisse que ce voyage n'était rien d'autre qu'une course. Une course où ils perdaient peu à peu du terrain. Une course contre la mort.

* * *

Il était bien trop tard pour demander une audience à Séhane, et les héritiers n'étaient pas pressés au point de s'y précipiter dès leur arrivée. Les gardes les auraient probablement refoulés à la simple vue de leurs frusques, de toute façon.

Corenn proposa de passer cette première nuit dans les Baronnies à l'auberge, ce qui fut accepté à l'unanimité. Tous voulaient oublier les odeurs de marée des cabines de *L'Othenor*. La Mère rappela aussi qu'ils auraient enfin l'occasion de prendre un bain, luxe sans pareil pour ces fugitifs qui se lavaient dans un seau depuis les caves de Raji.

Motivés par ces promesses de confort, ils rassemblèrent vite leurs paquetages, laissant sur le bateau l'inutile et l'encombrant. L'avenir était incertain et les héritiers devaient être prêts à fuir à tout moment, peut-être même en abandonnant *L'Othenor*. Grigán n'eut pas besoin de formuler cette précaution. Tous l'avaient simplement à l'esprit.

Rey eut un problème de conscience avec le trésor qu'il avait volé au Petit Palais : il était trop lourd pour être emporté entièrement en toute discrétion. Il en fut effroyablement peiné…

Il emplit à craquer sa bourse et tous les espaces libres de ses sacs. Il distribua des poignées entières de pièces à ses compagnons, qui eurent eux-mêmes bien du mal à leur trouver de la place. Les terces d'or loreliens étaient beaux, certes, mais bien plus lourds et imposants que les petites trois-reines kauliennes. L'acteur finit par dissimuler le reste du trésor dans deux cachettes séparées sous le pont. Il rejoignit enfin les autres sur le quai en peinant sous son chargement. Malgré tout, il souriait.

Junine accueillait beaucoup d'étrangers, aussi ses habitants ne prêtèrent-ils guère attention à l'étrange procession qui s'avançait dans ses rues. Seuls Bowbaq et Léti attirèrent quelques regards, l'un par sa taille, l'autre par son glaive. Yan ne se gêna pas pour observer ces badauds à loisir.

Le peuple junéen était de toute évidence épargné par la misère. Hommes et femmes étaient pour la plupart vêtus d'une simple robe longue, vêtement adéquat pour supporter la chaleur. Mais les étoffes étaient fines et ouvragées, et beaucoup portaient des bijoux de riche apparence. Yan en conclut aussi que la ville était suffisamment tranquille pour qu'on n'y risque pas de se faire détrousser dans une impasse.

De nombreuses échoppes d'artisans bordaient la rue qu'ils remontaient, barbiers, tonneliers, veneurs et autres spécialités, dont les fameux viticulteurs à l'art célèbre jusque dans les Hauts-Royaumes. Rey se promit de faire provision de vin vert avant de reprendre la mer.

Ils choisirent de s'arrêter au *Vent du soir*, qui semblait une auberge propre et respectable. Plus en tout cas que les quelques tavernes laissées pour compte du quartier du port. Grigán se chargea des transactions et les héritiers s'installèrent dans des chambres douillettes, avec un lit digne de ce nom.

Corenn demanda qu'on leur fasse chauffer un bain, permettant ainsi à l'aubergiste de leur montrer un système typiquement junéen, et qui faisait la fierté de son établissement. Il avait détourné une source d'eau claire par des canaux enfermés dans le sol. Il suffisait d'entretenir un brasier à l'endroit prévu à cet effet pour obtenir un flot chaud et continu s'écoulant dans un bassin au sous-sol. Le bain était donc toujours propre et tiède, et les héritiers en abusèrent tour à tour avec délices. Bowbaq ne cessa de s'émerveiller devant cette idée et réfléchit à la façon de l'adapter chez lui.

Un par un, ils descendirent s'installer dans la salle commune du bas, se délectant par avance d'un repas sans viande séchée, mets dont ils avaient eu plus que leur part ces derniers jours. Il ne manqua bientôt plus que Léti. C'est à cette occasion que se produisit le seul événement fâcheux de la soirée.

La jeune femme descendit bien après tout le monde. Elle avait passé beaucoup de temps à nouer ses cheveux dans une coiffure élégante, cherchant un compromis entre les conseils de son maître d'armes et son désir naturel de plaire. Le résultat était magnifique. Elle avait aussi changé de vêtements et passé une légère tunique kaulienne qui lui allait parfaitement. Elle avait toutefois conservé glaive et fourreau le long de sa cuisse. Ce détail fut certainement à l'origine de l'incident.

Deux hommes attablés entre l'escalier et les héritiers l'interpellèrent d'une voix interrogative. Léti ne parlant pas junéen, elle se contenta de rendre un léger sourire et un signe d'incompréhension. Les deux hommes éclatèrent d'un rire gras qui lui rappela immédiatement celui des *frères* de l'île Ji. Ils avaient trop bu. Elle fit un pas pour s'éloigner mais l'un des hommes se leva devant elle, sans brutalité, mais lui barrant pourtant le passage.

Yan, Rey et Bowbaq étaient déjà debout et prêts à intervenir. Grigán n'avait pas bougé.

— Ne faites rien, demanda-t-il discrètement.

Les trois hommes se rassirent sans comprendre la réaction du guerrier, habitués qu'ils étaient à lui faire confiance dans ce genre de situation. Ils observèrent la scène en silence sans pouvoir réprimer un sentiment de lâcheté. Yan se promit de bondir sur le premier qui toucherait à son amie, quoi qu'en pense Grigán.

Léti redoublait d'efforts polis pour faire comprendre qu'elle voulait passer, mais l'homme aviné se moquait d'elle en échangeant des plaisanteries avec son complice. De sa position, elle ne voyait pas ses compagnons. Mais elle n'avait besoin d'aucune aide, de toute manière. La décade précédente, elle avait égorgé un tueur zü. Ces ivrognes ne lui faisaient pas peur.

Après la manière polie, restait la manière forte. Elle poussa l'homme sur le côté, sans violence mais assez fermement pour pouvoir passer. Elle souriait encore, à ce moment. Mais son visage se ferma soudain quand le Junéen attrapa son poignet. Elle se rejeta en arrière dans un réflexe, plaçant son pied devant les jambes de son adversaire, qui s'écroula à plat ventre en lâchant prise. *Pied ferme. Esprit vif.*

Elle enjamba l'homme avec un petit geste d'excuse, mais en caressant la poignée de son glaive. Les ivrognes ne riaient plus et avaient l'œil mauvais. Yan et Bowbaq se décidèrent à escorter leur amie jusqu'à leur table. La vue du géant ôta toute idée belliqueuse aux Junéens.

Grigán rangea enfin le poignard qu'il tenait sous la table. Il était heureux de ne pas avoir eu besoin de l'utiliser.

— Tu t'en es bien sortie. À vrai dire, j'aurais été moins patient que toi avec ces deux idiots.

Léti remercia son professeur d'un simple signe de tête. C'était la première fois que Grigán se fendait d'un compliment. Mais ils étaient tous deux trop fiers pour exprimer clairement leur nouvelle affection.

* * *

Le lendemain, Corenn et Grigán se rendirent très tôt au palais de Séhane pour demander audience. Le guerrier connaissait suffisamment la ville pour les guider jusqu'à la demeure royale, dont on repérait de toute façon les tours immenses de n'importe quel point de vue des environs.

Le palais avait pour nom Château-Brisé. Il ressemblait effectivement plus à un manoir fortifié qu'à un des luxueux hôtels loreliens. Il n'était plus *brisé* depuis longtemps, prêt au contraire à soutenir les sièges les plus difficiles. L'usage avait conservé le nom donné à la bâtisse avant le Premier Traité des Baronnies. Junine avait à l'époque subi tellement d'assauts que le château avait été rasé et reconstruit plusieurs fois.

Ces nouvelles murailles n'avaient jamais faibli, et Corenn en étudia l'architecture avec admiration. Ils pénétrèrent dans une première enceinte, passant une lourde porte de bois heureusement ouverte, et encadrée de deux tours massives. Cette cour intérieure était aussi grande que la place de Grand'Maison à Kaul. S'y abritaient corps de garde, écuries et enclos divers, ateliers des artisans royaux, administrations… Seuls les soldats dormaient à l'intérieur de l'enceinte, les personnes employées par la reine ne pouvant toutes loger au Château-Brisé. Mais le nombre de ses dépendances en faisait une petite ville dans la ville.

Ils firent moins de vingt pas vers l'entrée de la deuxième enceinte avant qu'un garde ne les interpelle d'un air soupçonneux. La succession les rendait plus méfiants encore que de coutume. Grigán demanda l'office des chambellans et le garde les escorta jusqu'à l'un des plus grands bâtiments, aussi soucieux de les aider que de garder un œil sur eux.

Ils prirent place dans une file d'attente qui s'étirait déjà sur une dizaine de pas. Tous ces gens voulaient rencontrer Séhane ou lui transmettre un message. La reine était à l'écoute de son peuple et cela semblait lui réussir. Mais les chambellans, s'ils étudiaient patiemment les requêtes, accédaient à peu de demandes d'audience. La reine est fatiguée, répondaient-ils. Elle est très occupée à mettre au point un nouveau traité avec les barons. Votre affaire peut très bien être entendue par tel ou tel magistrat. Et les Junéens repartaient avec une déception visible. Ils auraient aimé voir leur reine.

Enfin vint le tour de Corenn et Grigán. Le chambellan eut un petit reniflement méprisant envers ces étrangers qui se mêlaient des affaires du royaume, mais il les enjoignit à présenter tout de même leur requête.

— Nous voulons rencontrer Sa Majesté, annonça Corenn en ithare.

— Pour quel motif? demanda l'homme d'une voix lasse.

— Il m'est impossible de le dire. Je mettrais en danger Sa Majesté en m'expliquant devant tant d'oreilles étrangères.

L'homme leva un sourcil étonné et dévisagea la Mère et le guerrier.

— Vous devez savoir qu'une plaisanterie de ce genre vous coûterait plusieurs jours de prison.

— Ce n'est pas une plaisanterie, malheureusement.

Le chambellan les gratifia d'un nouveau reniflement méprisant et se leva pour échanger quelques mots avec un des gardes placés derrière lui. Corenn pouvait sentir l'agitation de Grigán. Ils étaient normalement en territoire ami… mais le guerrier supportait mal le regard soupçonneux d'un homme armé d'une pique, qu'il fût ou non un allié potentiel.

Le chambellan les entraîna dans une petite pièce derrière son bureau et verrouilla la porte. Cet endroit semblait prévu pour ce genre d'occasion. Il n'y avait aucune fenêtre, aucune faille dans les parois permettant une indiscrétion. Quatre chaises grossières composaient tout le mobilier. Les trois personnages y prirent place avec l'expression sérieuse requise par la situation.

— Dites-m'en un peu plus, maintenant.

— Sans vouloir vous offenser, je doute que vous y entendiez quoi que ce soit. Notre affaire n'est connue que de la reine et je suis convaincue qu'elle tient à ce secret.

— Je suis habilité à décider si une affaire nécessite l'intervention de Sa Majesté. À vous de me convaincre.

Grigán soupira bruyamment. Cette situation lui rappelait sur de nombreux points les entretiens du Petit Palais.

— Dites-lui simplement que nous sommes des héritiers, demanda la Mère. Je m'appelle Corenn. Elle comprendra et nous recevra.

Cette dernière phrase était plus l'expression d'un espoir que d'une certitude. Mais la Mère n'en laissa rien deviner.

Le chambellan les fixa pendant quelques instants, attendant peut-être d'autres explications. Le mot « héritier » sonnait fort dans son oreille, alors que la succession était le principal sujet de préoccupation de tous les Junéens. Il finit par se décider à agir.

— Restez ici.

L'ordre était inutile. Et le garde placé devant la porte, aperçu par Grigán alors que le chambellan sortait, aurait veillé de toute façon à ce qu'il soit respecté.

— Qu'en pensez-vous ?

— Elle nous rencontrera, affirma la Mère. Ne serait-ce que par curiosité.

Mais l'attente qui suivit cet échange fut plutôt longue. Grigán se retrouva bientôt à faire les cent pas en se lissant la moustache, signe incontestable de sa nervosité. S'ils ne s'étaient pas attendus à ce que ce soit facile, ils n'avaient jamais douté d'obtenir au moins une audience… jusqu'à présent.

Le chambellan fut enfin de retour. À cet instant, avec sa robe ouvragée et son air fouineur, Grigán lui trouva quelques ressemblances avec un Zü. Mais il fit taire sa méfiance pour l'écouter.

— Vous venez de l'île Ji ? demanda l'homme avec intérêt.

— Oui.

— Sa Majesté accepte de vous rencontrer.

Corenn poussa un soupir de soulagement. Ils avaient franchi la mer dans cet unique but. Échouer maintenant aurait été bien trop frustrant. Séhane était leur meilleure chance de progresser dans leur quête… La seule, en fait.

— Quand ?

— Ce soir. Combien êtes-vous ?

La Mère interrogea Grigán du regard. Il n'y avait aucune raison de cacher leur nombre, mais cette question semblait incongrue.

— Sa Majesté pense que d'autres vous accompagnent, précisa le chambellan. Vous allez avoir l'honneur de partager sa table. J'ai besoin de ce renseignement pour le transmettre à l'intendant des cuisines.

— Nous sommes six, se décida Corenn.

Le reste de l'entretien fut consacré à la mise au point des quelques détails indispensables à cette cérémonie. Parmi eux, l'interdiction absolue de porter une arme. Grigán prévint qu'il porterait tout de même un glaive, qu'il remettrait aux gardes avant la rencontre. Le chambellan accepta à contrecœur.

Le guerrier avait un mauvais pressentiment. Le genre d'intuition qui l'avait souvent tiré de mauvais coups. Dans une autre situation, il aurait tout simplement quitté la ville… mais le danger n'était pas moins grand ailleurs.

* * *

Un homme au visage peint marche sur une terre grasse. Il a fait un très long voyage pour rencontrer un autre homme qu'il considère comme inférieur. C'est une terrible humiliation.

Zuïa est impitoyable, songe-t-il. Elle n'a aucune clémence pour ceux qui trahissent sa confiance. Pour les fautifs, comme moi. Ce voyage est mon châtiment.

Des guerriers au faciès étrange et à l'armement singulier s'écartent pour lui céder le passage. Aucun d'eux ne peut supporter son regard sombre, seule étincelle de vie dans le visage grimé à l'image d'un crâne. L'homme sait que la plupart vouent à la mort un culte superstitieux. Il en croise au moins deux cents qui psalmodient une formule magique pour lutter contre l'« œil noir ». Bientôt, tout le campement résonne d'une litanie grave et monotone, répétée dix fois par les milliers de guerriers, archers, cavaliers et autres porteurs d'acier que *l'Accusateur* a réunis autour de lui.

L'homme n'a que mépris pour eux. Il s'empresse de rejoindre le groupe de tentes abritant les capitaines. Il n'est jamais venu ici. Mais l'Accusateur ne peut être que là.

Il se faufile sous la toile tendue sans que les gardes ne fassent un geste pour l'en empêcher. Ils auraient signé là leur arrêt de mort. L'homme regrette qu'ils aient renoncé.

— Zamerine, annonce une voix que le Zü reconnaît aussitôt, bien qu'il ne l'ait entendue qu'une fois. Vous venez me rendre compte de l'échec de vos misérables petits porteurs de dague ?

La voix appartient à un homme confortablement installé dans un fauteuil magnifique, confort déplacé dans un campement militaire. L'homme porte une épaisse cotte de mailles et un heaume ceint d'un large bandeau noir. Il n'est ni grand, ni petit, ni gros, ni maigre. Zamerine ne lui connaît pas de nom. C'est juste l'Accusateur.

Il ne répond pas à l'attaque, car ils ne sont pas seuls. Un deuxième homme toise le Zü d'un air méprisant. Il est du même peuple que les milliers de guerriers occupant la place. Rien que pour cela, Zamerine lui rend son regard. Ce barbare est le plus grand être humain qu'il ait jamais rencontré. Plus grand, même, que le fugitif nommé Bowbaq. Et sa force semble en proportion. Mais une simple égratignure de sa *hati* l'enverrait au sol en peu de temps.

Le géant dit quelques mots à l'Accusateur dans une des langues étranges employées en ces lieux. Les deux hommes éclatent de rire, et le géant sort sans se soucier autrement de Zamerine.

Maintenant, le tueur peut parler.

— Que Zuïa exprime sa justice par votre bouche ne vous donne pas le pouvoir de m'insulter en toute impunité. Je vous conseille *fortement* de ne pas recommencer.

L'Accusateur se lève d'un bond et se rue vers Zamerine. Il suffit d'un instant au Zü pour placer sa *hati* entre eux.

— Donnez-moi cette dague ! hurle l'Accusateur. Donnez-moi ça !

— Vous savez que je ne le ferai jamais.

L'Accusateur recule d'un pas et présente sa main vide. L'instant d'après, Zamerine tend la lame à son adversaire, refusant pourtant cet acte de toutes ses forces. L'Accusateur a fait *pression* sur son esprit. Et il continue à le diriger comme une marionnette, le forçant à assister à un étrange spectacle.

L'Accusateur enlève le gant gauche de sa cotte de mailles. Sa peau est ridée et tachée par la vieillesse. Ses doigts sont malingres mais vigoureux. Et il ne tremble pas quand il s'enfonce violemment la *hati* dans le poignet.

— Vos poisons ne me font *rien* ! hurle-t-il. Vous n'êtes *rien* ! Ne venez pas me dire, ici, au milieu de mon armée, ce que je peux faire ou pas. Je peux contrôler le monde entier ! Vous comprenez ? J'ai *tous* les pouvoirs !

Il tourne ensuite le dos à Zamerine, le temps de remettre son gant et de reprendre ses esprits. Il replace la dague dans les mains du tueur et le libère de sa pression mentale. Le Zü n'a jamais connu une expérience aussi traumatisante. L'Accusateur le paralysait par la seule force de son esprit. Non, il n'avait pas fait le voyage pour rencontrer un simple mortel.

Quelques instants passent, silence absolu après cette scène intense. L'Accusateur revient enfin au sujet.

— Alors. Où en êtes-vous de notre petite affaire ?

Zamerine lui fait un rapport détaillé, soulagé de voir les choses reprendre leur cours normal, même si le quotidien d'un tueur zü est fait d'intrigues, de traques et d'assassinats.

— Il est pratiquement certain que les éléments les plus coriaces sont à Junine, conclut-il. Je comptais m'y rendre moi-même. Pour mettre un terme définitif à cette histoire.

— Ce ne sera pas nécessaire, mon petit Zü-zü. Vous serez bien plus utile ici. Car vous restez, n'est-ce pas ?

Zamerine se souvint de l'étau d'acier sur son esprit, annihilant tout son libre arbitre. Cette question n'en était pas une. S'il ne voulait pas devenir esclave de l'Accusateur, il devait devenir son allié.

— Si je puis vous aider…

— Vous ne le regretterez pas. Je sais récompenser mes amis, conclut l'homme casqué avec une intonation troublante, peut-être moqueuse.

— Et… les fugitifs ?

— Ils sont déjà morts. Je vais leur envoyer quelque chose de bien plus redoutable que vos gamins en tunique rouge.

L'Accusateur savourait ce moment à l'avance. Sa créature dormait depuis trop longtemps. Il était temps de la réveiller.

* * *

Les héritiers se préparèrent longuement en prévision de leur rencontre avec la reine Séhane. La nouvelle les avait emplis de joie, aussi Grigán n'avait-il pas eu le cœur de leur faire part de ses pressentiments. Cette première journée dans les Baronnies leur parut bien longue, impatients qu'ils étaient d'arriver au soir.

Léti et Corenn visitèrent plusieurs échoppes de tailleurs et de cordonniers et rapportèrent classiques robes longues junéennes et chausses à lacets pour chacun des membres du groupe. Grigán remercia ses amies de l'attention mais tint à conserver son habit de cuir noir, qu'il se contenta de lustrer pour en chasser le sel accumulé sur *L'Othenor*.

Rey s'essaya à sa nouvelle richesse, faisant plusieurs achats qu'il ne dévoila qu'au dernier moment. L'acteur s'était vêtu des pieds à la tête selon les coutumes de la noblesse lorelienne. Léti restait béate devant la cape légère et la chemise ouvragée de son ami, à tel point que Yan se sentit parfaitement ridicule avec la robe locale. Le fait que Bowbaq était plus ridicule encore ne suffisait pas à le consoler.

Léti décida d'emporter son glaive, elle aussi, bien que le fourreau n'en soit pas truqué comme celui de Grigán. Au cours des derniers jours, elle s'y était tellement habituée qu'elle se serait sentie vulnérable sans le contact de l'acier contre sa cuisse. Et Léti ne voulait plus jamais se sentir vulnérable.

Le petit groupe se mit en marche à l'approche du septième décan, moment convenu pour la rencontre. Les Junéens lancèrent bien quelques regards intrigués à cette étrange procession, mais sans y accorder plus d'intérêt que nécessaire. Et les héritiers parvinrent aux abords du palais sans encombre.

Le chambellan qui leur avait servi d'intermédiaire les attendait à l'entrée de la première enceinte. Il les salua courtoisement et les guida jusqu'à la citadelle, escorté par quatre gardes rigides munis des piques traditionnelles.

Ce déploiement de forces parut démesuré à Grigán, mais il ne savait rien, après tout, des coutumes de Château-Brisé. Il se laissa donc conduire avec ses compagnons à l'intérieur de la seconde enceinte, puis dans le château lui-même.

Ni l'architecture, ni la décoration n'empruntaient au luxe prétentieux des palais loreliens. La demeure royale était accueillante mais sobre, immense mais intelligemment bâtie. Un château prestigieux, mais aussi un endroit où l'on travaillait beaucoup.

Les héritiers traversèrent plusieurs pièces à la suite du chambellan, jusqu'à ce qu'il leur désigne une porte anodine au fond d'un couloir.

— Sa Majesté vous rejoindra dans quelques instants. Vous devez maintenant laisser vos armes aux gardes.

Léti attendit la réaction de Grigán avant de s'exécuter. Le guerrier abandonna sa lame en conservant, bien entendu, le fourreau. Les Junéens ne se méfièrent absolument pas. Ils parurent même plus détendus. Que fallait-il en penser ?

Corenn poussa la porte et s'engagea dans ce qui était une salle de réception. Un feu brûlait dans l'âtre d'une immense cheminée, car malgré la douceur du soleil en ce pays, il faisait frais à l'intérieur du château. Sept chaises somptueuses étaient installées autour d'une table non moins remarquable, couverte d'autant de services de porcelaine et de couverts d'argent le plus fin. Les murs s'ornaient de trophées de chasse, de tableaux et de tapisseries magnifiques, représentant plusieurs événements importants de l'histoire de la baronnie, dont la signature du Premier Traité.

Les héritiers patientèrent en examinant ces merveilles. Grigán désigna à Yan une tête d'*acchor* avec une joie non dissimulée. Le jeune homme se demanda si l'artisan auteur du trophée avait quelque penchant pour le sensationnel, ou s'il avait simplement conservé « l'expression » de l'animal au moment de sa mort. C'était en tout cas une bête terrifiante. Une sorte de loup géant, armé en plus de défenses de sanglier. Yan crut reconnaître le même cuir que celui de l'habit de Grigán, mais n'eut pas le temps de l'interroger. La porte venait de s'ouvrir.

Une femme âgée et vêtue de la classique robe junéenne s'avança au milieu de la pièce, escortée de près par deux gardes bien bâtis. Les seules choses qui la différenciaient des gens du commun étaient peut-être sa coiffure ouvragée et la couronne légère qu'elle soutenait.

— Vous n'êtes pas Séhane, affirma Corenn à la grande surprise de ses compagnons. J'ai dit l'avoir déjà rencontrée, et ce n'est pas un mensonge.

La femme se tourna vers le garde le plus proche, indécise sur la conduite à tenir. Grigán fit un pas en arrière en portant la main à son fourreau. Ses craintes prenaient corps.

Comme le silence de l'inconnue se prolongeait, une autre femme fit son entrée. Elle semblait très fatiguée, à tel point que marcher même lui était difficile. Les gardes s'écartèrent avec respect de son chemin. Elle ne portait pas de couronne, mais c'était bien la reine.

— Dame Corenn, salua-t-elle d'une voix chevrotante. Je suis heureuse de vous revoir.

— Majesté, fit la Mère avec une courte révérence. Vous m'honorez par ce souvenir.

— Oh ! Ma mémoire n'est pas aussi parfaite que vous voulez le faire croire. C'est bien à cause d'elle que j'ai dû recourir à ce stratagème. Je craignais de ne point vous reconnaître et de me laisser abuser… Mais le son de votre voix m'a tout de suite convaincue.

Séhane remercia les gardes et la dame de compagnie qui avait si courageusement joué son rôle, quoique assez mal. Elle savait n'avoir rien à craindre de Corenn. Elle pourrait sûrement faire confiance à ses amis.

La Mère se chargea des présentations avec la déférence et le respect dus à une souveraine. Mais cette dernière ne l'entendait pas de cette oreille.

— Corenn, pendant nos entretiens, à Kaul, vous m'appeliez Séhane. J'ai donc tellement vieilli, pour perdre votre amitié ?

Le personnage plut tout de suite aux membres du groupe. Bien que reine, et plus âgée qu'aucun d'entre eux, Séhane était elle aussi une héritière. Son aïeul le roi Arkane avait vécu l'expérience de l'île Ji, et en était revenu manchot. Son silence l'avait fait mettre au ban par ses pairs. Il avait souffert et transmis une part de cette souffrance aux générations suivantes. Sans qu'aucun de ses descendants ait jamais eu le choix. Comme eux, Séhane subissait cette étrange malédiction. Ils ne se connaissaient pas, n'avaient peut-être que cette chose en commun, mais elle suffisait amplement à les rapprocher.

À la différence près que Séhane n'avait jamais participé aux fêtes du jour du Hibou. Qu'elle ignorait totalement ce qui se produisait sur l'île Ji à cette occasion. Et qu'elle n'avait pas été, jusqu'à présent tout au moins, menacée par les Züu.

— Vous vous êtes entourés de beaucoup de mystères pour me rencontrer. Je suppose qu'il y a une raison à cela…

— La pire des raisons, Séhane. Nous sommes en danger, et nous pensons que vous l'êtes aussi.

La reine écouta attentivement Corenn rendre compte de la guerre qu'avaient lancée les Züu contre les héritiers. Elle lui donna tous les détails, de leurs aventures personnelles aux événements du Petit Palais, en passant par les épisodes de Berce. Elle ne s'interrompit que pour laisser les servantes apporter les plats quand ils passèrent à table. À la fin du récit, Séhane en savait autant qu'eux… *Presque* autant, Corenn ayant volontairement omis de mentionner leur escapade sur l'île Ji.

— C'est une histoire terrifiante, commenta la reine. Qui peut bien être ce mystérieux ennemi ? Pourquoi s'en prend-il aux héritiers ?

— Nous cherchons les réponses, Séhane. Nous devons trouver d'autres survivants. Quelqu'un sait peut-être quelque chose.

— Ceci pourrait alors être d'une grande aide, commença la reine en tirant un parchemin d'une de ses poches. Je l'ai reçu par un bateau en provenance de Mestèbe, il y a quelques jours. J'ai pensé un moment que vous pourriez en être l'auteur, mais je sais maintenant que non.

Corenn s'empara fébrilement du papier que Séhane lui tendait, et le parcourut avec avidité. Il n'y avait que quelques mots en langue ithare.

— C'est peut-être un espoir, annonça-t-elle. Je lis « Majesté, si le nom de Ji vous évoque une malédiction, alors nous pouvons nous aider. Faites-moi parvenir un message par l'oiseau qui, j'espère, aura survécu au voyage. » Plus loin… « Si vous vivez en paix, alors ne cherchez pas à savoir. Dans tous les cas, puisse Eurydis entendre vos prières. » Ce n'est pas signé. Je suppose que cette missive était accompagnée d'une espèce quelconque de biset voyageur ?

— En effet. Ça vous apprend quelque chose ?

Les héritiers échangèrent des regards curieux. C'était pour eux d'une grande nouveauté.

Corenn passa mentalement en revue les noms des quelques héritiers ayant peut-être survécu. Mais elle n'avait aucun moyen de deviner l'auteur de ce message. Et pourquoi l'envoyer à Séhane, qui était la moins impliquée de l'affaire ?

— Vous avez déjà répondu ? s'enquit Grigán avec inquiétude.

— Non. Je vis plus ou moins en paix ; j'ai suivi le conseil. L'oiseau est quelque part, dans ma volière.

— Il nous faut répondre sans tarder… si vous le permettez.

— Évidemment. Je vais tout de suite demander qu'on m'apporte le biset. J'espère qu'il n'est pas trop tard pour prévenir cet inconnu du danger.

— Au ton de sa lettre, je parie qu'il est au courant, ironisa Rey. Quand on commence à invoquer les dieux comme ça, c'est qu'on a vu la mort de près.

L'acteur était lui aussi tellement excité par ce petit événement qu'il en oubliait toute retenue. Mais Séhane ne releva pas. Rey se souvint alors qu'on la disait mourante et rougit de confusion, ce qui ne lui arrivait pas souvent.

L'oiseau fut apporté par un serviteur et les héritiers choisirent avec soin les mots qui allaient composer leur message, obligatoirement court. Ils le fixèrent ensuite à la patte du volatile et le lâchèrent par une fenêtre. Ils eurent le temps de le voir s'orienter avant de prendre la direction du nord.

La missive leur avait apporté un peu d'espoir. Ils espéraient en rendre à son auteur.

Un oiseau volait vers Mestèbe, porteur d'un message « Venez à Junine. Soyez discret. Des amis vous attendent. »

* * *

Séhane offrit aux héritiers de les héberger à Château-Brisé pendant toute la durée de leur séjour à Junine. Son hospitalité était sincère, la proposition amicale, aussi acceptèrent-ils sans hésiter. Grigán y voyait surtout un intérêt stratégique, mais les autres se réjouissaient simplement des beaux jours à venir.

— Passer des caves d'un contrebandier à une chambre royale, voilà ce que j'appelle de la promotion sociale, plaisanta Rey. Je me demande où nous serons à la décade prochaine.

La boutade eut un succès mitigé. Tout le monde se demandait *vraiment* de quoi l'avenir serait fait. Il serait sûrement bien moins souriant.

Séhane devait être prodigue de ses bienfaits, car les serviteurs alertés mirent un temps record à préparer chambres et loges pour ses invités. Ce genre d'événement devait être courant dans le palais junéen.

La reine envoya trois hommes chercher les paquetages de ses amis à leur auberge, avec leur permission. Grigán et Rey se proposèrent pour les accompagner. L'acteur n'imaginait pas un instant confier son sac d'or à un serviteur inconnu, aussi honnête qu'il puisse paraître.

La répartition des chambres fut l'occasion d'un court moment d'embarras, l'intendant ayant besoin de savoir s'il y avait des couples parmi les hôtes de la reine. Il n'y en avait aucun, *officiellement*, mais Léti n'aimait pas l'idée de dormir seule dans une pièce immense, et aurait bien demandé à Yan de lui faire un peu de place. Comme deux amis, bien entendu. Ils l'avaient fait si souvent…

Mais c'était à Eza, ou dans les campements de fortune du petit groupe d'héritiers. Ici, sa demande aurait certainement paru déplacée. Comme le silence s'éternisait, l'intendant s'en voulut d'avoir posé cette question. Elle ne lui avait pourtant pas semblé si indiscrète !

— J'aimerais avoir ma nièce près de moi, cette nuit, intervint Corenn. Je vieillis, malheureusement, et supporte mal de changer de lit. Sa présence me tranquilliserait.

Léti rit sous cape du mensonge de la Mère, et lui présenta un sourire plein de gratitude. Corenn semblait toujours tout comprendre. Léti maudissait sa peur de la solitude, mais au moins les autres n'en savaient rien.

Grigán et Rey furent bientôt de retour, et les héritiers prirent congé de Séhane, chacun avec quelques phrases de remerciement. C'était la première fois que quelqu'un leur offrait son aide, entièrement, généreusement.

Cette nuit-là, Léti rêva que les Züu avaient disparu, que l'île Ji était engloutie par la mer. Elle rêva que Yan demandait sa Promesse et qu'ils s'installaient au Château-Brisé avec leurs amis, pour toujours.

Le soleil brillait fort le lendemain matin. Mais elle le trouva bien terne. Aucun de ses rêves n'avait la moindre chance de se réaliser.

Sauf, peut-être, la partie concernant les Züu. Elle se vêtit rapidement et s'empara du glaive qu'on lui avait rendu, décidée à prendre une nouvelle leçon avec Grigán. Les Züu pouvaient disparaître. Ça n'était qu'une question de *pied ferme, main sûre et esprit vif.*

* * *

Séhane fit prévenir ses amis qu'elle serait occupée toute la journée et s'excusa en leur assignant un intendant à temps complet, chargé de veiller à leur bien-être. Les héritiers purent vérifier, dans les jours suivants, que la reine consacrait toute son énergie à régler les affaires intérieures de Junine et, à un certain niveau, des Baronnies tout entières. L'opiniâtreté de cette femme âgée et malade renforça leur estime à son égard.

Leur intendant était un Junéen de pure souche, fier et à l'expression parfois méprisante, mais toujours poli et serviable dans ses paroles et dans ses actes. Il avait pour nom Crépel, et avait été choisi pour sa maîtrise parfaite de la langue ithare, seul idiome commun aux héritiers.

Le premier vœu que Léti et Grigán lui adressèrent fut de leur trouver un endroit approprié à leur entraînement. Crépel ne fit aucun commentaire et les mena tout simplement à la salle d'armes du château. Le guerrier avait tiré Bowbaq à leur suite, et Rey s'y était joint de lui-même. Aucun n'eut à le regretter.

La salle était si grande qu'on pouvait même s'y exercer au tir à l'arc. Aux murs étaient accrochées toutes sortes d'armes : épées, glaives, poignards, dagues, haches, masses, fléaux et autres produits du génie destructeur de l'homme. Grigán eut même la surprise de ne pas reconnaître certaines pièces, que le responsable des lieux désigna comme un chardon, une *lowa* et un cracheur, toutes armes originaires des peuples estiens de l'autre côté du Rideau.

La salle recelait aussi de nombreux coffres contenant armes de jets, boucliers, armures légères, épaisses tenues d'exercice…

— Nous ne les utiliserons pas, prévint Grigán. En temps normal, tu n'en aurais pas. Je ne veux pas te donner de mauvaises habitudes.

Léti acquiesça simplement, comme elle le faisait quand elle endossait son rôle d'élève. Il y avait bien longtemps qu'elle ne mettait plus en doute les décisions du guerrier… pendant ses cours, tout au moins.

— Vous pourriez aussi la tuer tout de suite, se moqua Rey. C'est ce que vous feriez, en temps normal, non ?

— En temps normal, il y a bien longtemps que je me serais débarrassé de votre pesante présence à mes côtés.

— On dit que nos aïeuls étaient les meilleurs amis du monde, continua Rey sans se démonter. Rafa Derkel et Reyan l'Ancien. Ça ne vous fait pas réfléchir ? Vous ne voulez pas faire un effort pour m'apprécier *un peu* ?

— Je ne vous ai encore jamais frappé. Ça me paraît une preuve suffisante d'affection, ou en tout cas de mes efforts.

Léti se désintéressa de cette conversation stérile pour se rapprocher de Bowbaq. Quand l'acteur et le guerrier se lançaient dans ce genre de joute verbale, cela durait souvent un bon moment. Rey finissait par avoir le dernier mot et mettre Grigán de mauvaise humeur, à la grande joie du Lorelien.

— Je ne savais pas qu'il existait tellement de sortes d'armes, déclara Bowbaq avec tristesse.

Le géant était plongé dans l'examen d'un *chardon*. C'était un poignard à large lame, munie de deux rangées de pointes sur ses tranchants. En se retirant, l'acier devait causer des blessures atroces, difficiles à soigner.

— Les *méchants* utilisent ce genre de choses, affirma Léti, autant pour se convaincre elle-même que pour rassurer le géant. Si nous devons apprendre à tenir une arme, c'est pour éviter d'en être victime.

— Peut-être. Peut-être pas… répondit Bowbaq avec gravité.

Il continua sa promenade, suivi en silence par la jeune femme. Son regard tomba bientôt sur un tableau de taille modeste – à peine un pas de long – mais dont le sujet fourmillait de détails.

Le cœur battant d'émotion, Bowbaq n'échangea qu'un regard avec Léti avant d'appeler Crépel auprès d'eux.

— Cette toile, que représente-t-elle ?

— C'est le roi Arkane, répondit l'intendant en désignant un des nombreux personnages de la scène. La dernière fois qu'on l'ait vu, avant qu'il se fasse enlever par les Loreliens. Il a abdiqué juste après sa libération, survenue deux lunes plus tard, sans jamais rien expliquer. On dit que ce tableau représente le dernier moment où il fut vraiment heureux.

Léti appela Grigán et Rey auprès d'eux, et les héritiers contemplèrent la scène avec intérêt. Presque cent vingt ans avant ce jour, un artiste avait accompagné son roi sur une petite île lorelienne, avait tracé quelques esquisses, puis concrétisé son sujet sur un tableau.

La pose était sûrement imaginaire. Jamais les héritiers, pourtant les mieux informés à ce sujet, n'en avaient entendu parler. Mais elle était plausible.

La toile représentait les sages émissaires de l'île Ji. Debout et le front haut, onze personnages tournaient le dos au petit labyrinthe rocailleux si familier aux héritiers, dans une vision d'artiste sensible à l'importance du moment.

Rey se débarrassa de Crépel en l'envoyant quérir Corenn et Yan, et les héritiers entreprirent, avec beaucoup d'émotion, de mettre un nom sur chacun des personnages. Léti sentit son cœur se serrer devant l'image de Tiramis, seule femme de la scène, et donc nécessairement son ancêtre. Le Kaulien à ses côtés devait être Yon. Ils reconnurent sans peine Moboq d'Arkarie, presque aussi grand mais non moins barbu que Bowbaq. Ils nommèrent aussi Rafa de Griteh et Ssa-Vez de Jezeba, assez typiquement vêtus pour qu'il n'y ait pas le moindre doute.

L'homme en robe de prêtre était forcément Maz Achem de la Sainte-Cité. Ne restaient que quatre personnages. Le plus âgé pouvait être Saat l'Économe, conseiller du prince Vanamel. Rey indiqua sans hésitation le duc de Kercyan pour en avoir déjà vu plusieurs portraits. L'autre personnage portant cape de noblesse était donc le prince goranais Vanamel.

Ainsi, le onzième ne pouvait être que Nol l'Étrange. Celui qui, en fait, était à l'origine de tout.

Chacun pensait lire une profonde tristesse dans ses yeux. Mais comment une toile vieille de douze décennies pourrait-elle montrer un détail aussi subtil ?

* * *

— Mon arrière-grand-père, le roi Arkane, a caché cette toile dès son retour à Junine, annonça Séhane. Mon grand-père ne s'en est jamais soucié, et mon père n'a malheureusement pas vécu assez longtemps pour apporter sa touche personnelle à la décoration du château. En fait, elle n'a été retrouvée que l'année dernière. Mais elle représente une scène dont je n'aime guère me souvenir... J'ai donc demandé qu'on la présente dans une salle où j'ai peu d'occasions de me rendre.

La reine avait pris du temps libre pour profiter d'une promenade avec Corenn sur les remparts du château. La Mère avait immédiatement questionné Séhane sur l'étrange tableau de la salle d'armes.

— Savez-vous où on l'a retrouvé ?

— Je sais à quoi vous pensez, Corenn. Arkane aurait pu dissimuler d'autres choses, un objet en rapport avec la mystérieuse aventure des sages de l'île Ji. Malheureusement, il n'y avait rien d'autre que cette toile.

La Mère ne cacha pas sa déception. Effectivement, elle avait escompté trouver un nouvel indice pouvant les mener au secret de l'île, et ainsi à l'identité de *l'Accusateur*. Encore un espoir anéanti en quelques instants...

Le sujet étant épuisé, Corenn en aborda un autre, qui lui tenait beaucoup à cœur.

— Avez-vous des nouvelles de Kaul ? J'en suis partie depuis plus de trois décades, et n'ai aucune idée de ce qui s'y passe.

— Mes informations sont bien maigres, j'en ai peur, par rapport à vos attentes. Je crois que votre Aïeule a été souffrante quelques jours. Il ne m'est revenu aucun autre bruit de troubles dans le Matriarcat. Voulez-vous envoyer un message à vos amies ? Un de mes vaisseaux pourrait s'en charger…

— Merci, Séhane, de cette offre généreuse. Mais ce serait bien trop dangereux pour nous, pour les Mères, et même pour votre messager. Les Züu et la Grande Guilde ont sûrement des oreilles à Kaul, maintenant. Nous devons éviter toute relation avec ce qui fut notre quotidien.

— Vous êtes quelqu'un de sage, Corenn, apprécia la reine.

Elle ajouta, après quelques instants de silence :

— Voudriez-vous m'épauler à la prochaine assemblée des barons ? Ne refusez pas, s'il vous plaît, j'ai grand besoin de bons conseils. Les rois sont tous plus jeunes, plus ambitieux, et parfois plus malins que moi. Ils se jetteront sur mon beau pays comme des loups affamés, après ma disparition. Corenn, les Junéens méritent d'être *heureux*.

La Mère accepta, bien sûr. Après réflexion, le problème de Séhane était bien plus grave, sa portée beaucoup plus grande que le malheur des héritiers, qui ne concernait finalement qu'un *petit nombre* d'humains.

En apparence, en tout cas…

* * *

Après le repas de l'apogée, Corenn et Yan s'isolèrent dans une des nombreuses études du Château-Brisé pour une nouvelle leçon de magie. Ils prirent bien soin de vérifier l'isolation des lieux, car dans les Petits Royaumes le pouvoir de la Volonté était considéré comme une monstruosité. Séhane n'aurait certainement pas permis que l'on chasse, ou pire que l'on brûle ses invités pour cause de sorcellerie, mais mieux valait rester discret.

À l'expression réfléchie de la Mère, Yan comprit qu'elle allait lui livrer un autre principe fondamental de la magie. Cette discipline semblait sans fin. À l'issue de chaque leçon, le jeune homme se demandait ce que Corenn pourrait bien lui apprendre encore. Et la Mère le surprenait à chaque fois.

Elle se concentra quelques instants pour chercher ses mots. Et le cours commença.

— Tu sais maintenant que le pouvoir ne crée rien. La force nécessaire à l'accomplissement de ta Volonté, tu la puises en toi, ou dans ce qui t'entoure. Le reste n'est qu'une lutte de pouvoir entre ton esprit et celui de ta cible.

Yan acquiesça lentement. Il savait, et Corenn également, que ce n'était pas aussi simple que dans son résumé de quelques phrases. Mais il s'agissait simplement d'une introduction.

— Je te propose maintenant d'aller un peu plus loin, dans la définition de cet *esprit*. En fait, dans la définition de toute chose, objet, animal, être humain, grain de poussière ou étoile. D'après moi, tous sont pareils.

Ça, c'était de la définition. Yan ne fit pas l'erreur de commenter tout de suite.

— Tous sont semblables, répéta la Mère. Tous se composent des mêmes éléments. Ou plutôt, des mêmes *élémentaires* magiques. Seules les proportions changent. Jusque-là, tu me suis ?

— Bien sûr. La magie, c'est comme la cuisine, répondit Yan avec un sourire.

— C'est un peu vrai, en fait, concéda Corenn. Mais si nous n'avons que *quatre* ingrédients, les mélanges sont infinis. Et les recettes, forcément, plus nombreuses encore.

— Il n'y a pas de *feu* en nous, objecta Yan qui avait déjà saisi de quels ingrédients il s'agissait.

— Bien sûr que si. Pas au sens où tu l'entends, pas une petite flammèche qui brûlerait quelque part, entre le bout de tes ongles et la pointe de tes cheveux. Vraiment quelque chose de… spirituel. De magique !

« Tout ton être, tout le mien, n'importe quel élément de l'univers se compose entièrement d'un mélange du Feu, de l'Eau, de la Terre et du Vent. Il n'est rien auquel un de ces éléments manquerait. Les cieux les plus hauts ont l'odeur de la Terre profonde. L'Océan insondable peut s'embraser par son propre Feu. Ce n'est qu'une question de Volonté.

« La Terre est la *matière*, le palpable, le corps en d'autres termes. Elle est aussi l'ensemble des forces qui joignent et éloignent les choses entre elles. En faisant tomber ton coquillage, tu as fait agir ta Volonté sur sa composante Terre. La Terre est ma spécialité. Ce sera la tienne.

« Le Vent est *l'esprit*. L'âme, la pensée. C'est la plus complexe des disciplines. La plus méconnue. Qui peut se vanter de connaître la nature humaine, la pensée animale, le devenir de l'âme pendant le sommeil, ou après la mort ? Seul un magicien qui saurait toutes ces choses pourrait se déclarer spécialiste de la composante du Vent.

« L'Eau est la *vie*. L'élément indispensable qui permet à ton corps de se mouvoir, et à ton esprit de raisonner. Sans Eau, on pourrait aussi bien appeler *Yan* ce mur ou cette table. Ils ne peuvent ni bouger d'eux-mêmes, ni réfléchir.

— D'après vos dires, j'en conclus qu'on peut soigner des gens par la magie ?

— Certains prétendent l'avoir fait. Je ne m'y suis jamais risquée, par peur d'aggraver blessures et maladies. Et la langueur en retour d'un tel sort doit être terrassante.

Yan laissa de côté le sujet pour le moment. L'exposé de Corenn n'était pas terminé.

— Et… le Feu ?

— Le Feu, répéta la Mère avec gravité. Eh bien, le Feu… est la tendance de toute chose à devenir *autre chose*. Le Feu te change de bébé en enfant, puis d'enfant en homme. Le Feu te fait vieillir. Le Feu te fait mourir. Le Feu transforme ton corps en nourriture pour le reste du monde, lui-même dévoré par son propre Feu. Le Feu est l'agent le plus efficace du temps. C'est la plus dangereuse des disciplines, Yan. Celle que l'on appelle *magie noire*.

* * *

Grigán avait demandé à l'un des gardes de Séhane d'être l'adversaire de Léti le temps d'un exercice. L'idée ne plaisait guère au Junéen, mais une requête d'un des invités de la reine était comme un ordre de Séhane elle-même, aussi se plia-t-il à la volonté du guerrier, à la condition qu'ils enfilent tous deux les lourdes tenues d'entraînement.

Les épées n'étaient pas les armes préférées des Junéens, surtout réputés pour leur cavalerie aux lances puissantes. L'homme accepta de s'équiper d'un glaive goranais semblable à celui de Léti le temps de l'exercice. Et la leçon commença.

Léti repoussa facilement les deux ou trois premiers assauts timides du garde, et Grigán exhorta l'homme à être plus agressif. La jeune femme se contenta dans un premier temps de défendre, tout en observant les manœuvres de son adversaire, comme elle avait appris à le faire.

Elle feignit une faiblesse à contrer les attaques aux jambes. *Esprit vif.* L'homme tomba dans le piège et y concentra ses assauts.

Après quelques-uns de ces échanges, Léti cessa de simuler un manque de souplesse et fit un simple pas de côté pour éviter la lame. *Pied ferme.* Le glaive frotta tout de même contre son mollet, mais la jeune femme avait appris à ne plus craindre les blessures. Elle se fendit avec agilité et pointa sa lame vers le cœur du garde médusé. *Main sûre.*

Grigán remercia le Junéen et le rendit à ses activités, malgré les demandes répétées de l'homme pour une revanche. Rey et Bowbaq félicitèrent Léti avec sincérité. La jeune femme était également heureuse. Fière. *Maintenant*, elle avait une chance de se défendre. Maintenant, elle pouvait protéger les siens.

Grigán ne la laissa pas pavoiser longtemps. Il s'arma de sa lame courbe et lui demanda de se mettre en garde. Léti obéit sans hésiter, reconnaissante envers le guerrier pour son enseignement.

Elle mena son deuxième combat de la journée, beaucoup moins facile. Forts de leur connaissance mutuelle, les adversaires lançaient peu d'assauts, se contentant de petits pas de côté, de petits chocs entre les lames.

Chaque coup doit avoir un but, disait Grigán. *Parade, ou riposte. Le reste n'est que fatigue inutile.* Comme tous deux suivaient cette règle, le combat serait gagné par le premier à lancer une attaque assez rapide ou surprenante.

L'expérience du guerrier fut bien sûr décisive. Il fit tournoyer sa lame en un mouvement si effrayant que Léti déplaça instinctivement son glaive pour se protéger, alors que le mouvement de Grigán ne la menaçait pas réellement. L'instant d'après, le guerrier la heurtait brutalement de l'épaule en bloquant son poignet. Léti se retrouva projetée au sol et désarmée.

— C'est cruel de lui faire ça maintenant, bondit Rey qui avait suivi la scène avec attention. Vous auriez pu lui laisser savourer un peu sa victoire.

— La vie est comme ça, répondit Grigán sur un ton neutre. Dans un vrai combat, on ne se fait pas de cadeaux.

Il tendit la main et aida Léti à se relever. La jeune femme n'en voulait pas au guerrier, son enseignement avait fait ses preuves. Elle s'en voulait à elle-même. Et y trouva une résolution renouvelée de progresser, et de progresser encore.

Mais Rey avait d'autres objections. La défaite de Léti l'avait touché personnellement.

— Et le combat est inégal, continua-t-il. Votre lame est plus longue d'un pied. Et son glaive est bien trop lourd ! Que voulez-vous qu'elle fasse de cette matraque pour brutes épaisses ?

Grigán ne répondit pas et entraîna l'acteur un peu à l'écart, afin qu'ils ne soient pas entendus de la jeune femme.

— Vous voulez bien faire, Reyan, mais vous troublez mon cours. Léti doit se rendre compte par elle-même de ce genre de choses. C'est une expérience qu'on ne peut pas lui donner, elle doit l'acquérir. Je n'ai pas choisi son arme. Elle doit apprendre à faire la différence.

— Comment voulez-vous qu'elle compare, si elle ne connaît jamais que ce glaive ?

Cette évidence énoncée, Rey tourna le dos à Grigán et quitta la salle d'exercice, au grand soulagement du guerrier. Mais l'acteur revint peu de temps après muni de sa rapière, qu'il flanqua dans les mains de Léti.

— Essaie ça. Voilà ce que j'appelle une arme. Tu n'as pas besoin d'avoir la force de Bowbaq pour la manier, au moins. Juste un peu de dextérité et de vitesse.

Léti se tourna vers Grigán, qui haussa les épaules puis acquiesça. Elle empoigna alors la légère épée lorelienne, saisissant aussitôt les avantages d'une telle lame. Plus longue, plus légère, plus tranchante, requérant moins de puissance. Tout ce qu'il lui fallait.

Elle remercia Rey d'un sourire enjôleur. L'acteur se vantait souvent de son indépendance, voire de son individualisme. Mais il avait aussi pris goût à l'amitié.

* * *

Les barons commencèrent à affluer au Château-Brisé à partir du sixte de la décade du Chasseur. Dès lors, Séhane eut encore moins de temps à consacrer à ses amis. Elle enchaînait audience sur audience, visites de courtoisie ou rencontres officielles. Les rares moments de liberté qu'elle s'accordait, elle les passait avec Corenn, évoquant certains sujets politiques épineux dont sa propre succession n'était pas le moindre.

La reine négligeait ce problème depuis trop longtemps. Il n'était certes pas facile de réfléchir sur sa propre mort, mais la prospérité du royaume passait par la stabilité de son gouvernement. Si la succession n'était pas réglée et acceptée, unanimement, par le peuple *et* par les barons, Junine serait bientôt en proie à une guerre civile qui s'étendrait peut-être à toutes les Baronnies. La fin des Traités. La fin de tout ce pour quoi elle avait œuvré.

Au plus profond d'elle-même, Séhane avait toujours cru que le roi lui survivrait. Qu'il s'unirait à une autre femme, qui lui donnerait des enfants. Mais Urio l'avait laissée seule onze ans plus tôt. Et il y avait eu tant à faire, depuis, qu'elle n'avait pu se consacrer à ce problème majeur. À qui devait-elle transmettre sa charge ?

— J'ai souvent songé à vous copier, Corenn. À copier le Matriarcat. Laisser le peuple choisir ses dirigeants… La solution la moins injuste, en vérité. Mais les barons s'y opposeront de toutes leurs forces. Ils ne sont pas encore prêts. Et il vaut mieux pour les Junéens faire partie des Petits Royaumes, que devenir les *dissidents junéens.*

Corenn partageait toujours les opinions de Séhane. La reine avait suffisamment réfléchi au problème pour ne pas prendre de mauvaise décision. Malheureusement, elle n'en avait toujours pas trouvé de bonne non plus, et en était bouleversée. Séhane aurait fait une Aïeule kaulienne hors du commun.

— J'ai trop ajourné ma décision. Le peuple est inquiet, et les barons impatients. Ils ne repartiront pas sans savoir, cette fois. Je ne leur donne pas tort…

— Quels sont vos choix, Séhane ? Que pouvez-vous décider, réellement ?

— Je peux désigner l'un des barons comme mon successeur, mais les Junéens n'en suivront aucun. Ou transmettre la couronne à l'un des miens, ce qui, cette fois, contrariera les barons. Quoi que je décide, les Petits Royaumes risquent de s'enflammer dans les trois lunes qui suivront ma disparition…

— Mais quelle est *votre* préférence ? Avez-vous un nom en tête, quelqu'un d'assez digne ?

— Quelqu'un, oui. Il se nomme Perbas. Il est mon régisseur depuis plus de quinze ans. C'est un homme honnête, passionné, et qui connaît les affaires du royaume aussi bien que moi. Mieux, peut-être. Et il a un fils qui semble suivre la même voie que lui. Le candidat idéal. Mais comment le faire accepter de mes pairs ? Il lui faudra quelques années d'exercice du pouvoir avant qu'il n'ose s'affirmer en égal devant les barons. Or, c'est au début qu'il en aura besoin.

Corenn commençait à envisager une possibilité. Elle allait pouvoir montrer sa gratitude à Séhane.

— Les Junéens sont plutôt superstitieux, non? demanda-t-elle d'un air malicieux. Les barons aussi, je crois?

— Aucun ne briserait branche de moäl, Corenn. Mais que voulez-vous dire?

— Présentez Perbas comme votre successeur *devant les dieux*. Ça le mettra à l'abri des attaques suffisamment longtemps pour qu'il s'endurcisse, personne n'osant mettre en doute la légitimité de ses droits au trône.

— Une supercherie? s'exclama Séhane.

Son ton était celui de la surprise, mais son regard était pensif. La reine jaugea l'idée en quelques instants. Elle n'était pas si mauvaise. C'était peut-être même une très bonne idée.

— Je vous croyais gardienne des traditions, Corenn, lança-t-elle en souriant. N'est-ce point là un procédé peu respectueux?

— *Même les pingres doivent manger,* Séhane. J'ai souvent outrepassé les lois du Matriarcat dans le seul but de les faire respecter. Vous ne le ferez pas pour un profit personnel: vous le ferez pour le bien de votre peuple.

— J'envie votre assurance. *Je* suis la vieille femme, et vous parlez avec sagesse et philosophie.

— J'ignore si c'est de la sagesse. Mais ces dernières décades ont été plus intenses qu'une vie… et me font porter un regard différent sur le monde. Ce n'est pourtant pas quelque chose d'enviable, croyez-moi.

Corenn ne pouvait lui raconter l'expédition de l'île Ji, l'étrange porte ouverte sur un autre monde, le mystère des enfants démoniaques. Mais Séhane connaissait le reste de l'histoire, et cela suffisait amplement à la faire compatir au désarroi que la Mère laissait parfois transparaître sur son visage. Quand elle pensait n'être vue de personne.

* * *

Les préparatifs de la « supercherie » ne furent pas longs. Séhane eut d'abord un long entretien avec Perbas. Le régisseur des affaires du royaume en sortit pâle comme l'écume. La reine ne lui avait jusqu'alors pas parlé de son projet, et il convenait d'abord de voir s'il accepterait la couronne.

Le Junéen demanda une nuit pour réfléchir, et vint trouver Séhane le lendemain, aussi tôt que le permettait l'étiquette, pour accepter cet honneur et cette charge. La reine avait tellement fait vibrer sa fibre patriotique qu'en refusant il se serait rendu coupable, à ses yeux, de la pire des trahisons. Il insista néanmoins pour faire promettre à Séhane de mourir le plus tard possible.

Restait à donner un caractère sacré à son élévation. Corenn repoussa vite l'idée de payer un quelconque devin ou théoricien peu scrupuleux, auquel on ferait répéter ce qu'on voudrait. L'astuce serait trop facilement déjouable… et une bien meilleure solution s'offrait à elles.

Quelques-uns des barons se déplaçaient toujours en compagnie de leur astrologue, ou voyant personnel. Pour donner du poids à leur message, Corenn et Séhane devaient utiliser l'un de ces hommes.

— C'est impossible, objecta la reine. Quel que soit le prix qu'on puisse leur offrir, ils finiraient par se vendre à leur maître. Le risque est trop grand.

Corenn révéla alors ses pouvoirs magiques à son amie. Loin de s'étonner, Séhane comprit aussitôt ce qu'elle projetait. Effectivement, cela pouvait marcher.

Les détails étaient au point. Ne restait plus qu'à attendre l'assemblée des barons. Elle eut lieu le soir même, Séhane requérant la présence de tous ses pairs pour une déclaration de la plus haute importance. Bien que cette demande fût tardive, tous se précipitèrent au Château-Brisé avec curiosité.

Séhane, Corenn et Perbas ne pénétrèrent dans l'immense auditoire qu'après l'arrivée du dernier baron. Les plus ambitieux virent d'un mauvais œil la compagnie du régisseur et de cette nouvelle conseillère à leur assemblée. Ils oubliaient qu'eux-mêmes étaient souvent accompagnés d'un, de deux, voire de trois individus. Les Baronnies étaient au nombre de dix-neuf, mais plus de quarante personnes dévisageaient alors Séhane, avec plus ou moins d'impatience.

— Pairs des Petits Royaumes, mes amis, déclara-t-elle solennellement. Vous devinez les raisons qui m'ont poussée à vous réunir aujourd'hui. Il s'agit, bien entendu, de régler une fois pour toutes les conditions de ma succession. Il en va de la stabilité de Junine, comme de celle des Baronnies tout entières.

Elle fit une longue pause, marquant ainsi le caractère officiel de sa déclaration. Tous étaient suspendus à ses lèvres.

— À ce jour, aucun des barons n'est mort sans descendance. J'aurai bientôt le triste privilège d'être la première. Mais les Traités doivent survivre à la lignée d'Arkane. Junine doit poursuivre son histoire *dans, avec* et *pour* les Baronnies. Et Junine doit aussi rester *junéenne.*

Comme il fallait s'y attendre, quelques barons éclatèrent en protestations virulentes. La plupart des pairs étaient aussi respectueux des Traités que pouvait l'être Séhane. Mais quelques-uns avaient espéré hériter un jour de Junine et de ses richesses. La reine avait repoussé tellement de tentatives de corruption, ces dernières lunes, qu'elle n'aurait pu se résoudre à choisir un successeur parmi les barons. Ils avaient très bien compris « Junine doit rester junéenne. »

— Pairs des Petits Royaumes, écoutez-moi. Les Traités sont fragiles. Ils ne reposent, après tout, que sur une simple alliance militaire. Si l'un de vous venait à posséder un territoire deux fois plus grand, produisant deux fois plus de richesses, pensez-vous réellement que les choses resteraient telles qu'on les connaît ?

Quelques-uns hochèrent la tête en signe de négation. Les plus sages. Séhane devait convaincre les autres.

— Notre armée commune serait déséquilibrée. Les hommes de la « Grande Baronnie » y seraient plus nombreux, plus présents à nos frontières. Les autres, moins intégrés, s'en désintéresseraient peu à peu pour regagner leurs foyers. Un jour prochain, les Yussa passeront la Louvelle, et il n'y aura peut-être personne pour les repousser. Ce n'est pas ce que je veux. Ce n'est pas ce que vous voulez.

Elle avait de nouveau capté leur attention. Corenn tressaillit à la mention des Yussa. Il s'agissait des troupes mercenaires à la solde d'Aleb, l'ennemi personnel de Grigán. Mère Eurydis, les héritiers avaient tellement d'ennemis…

— J'ai choisi Perbas d'Ubressa, régisseur du royaume et grand clerc des Baronnies, comme successeur légitime aux droits et à la charge de la couronne de Junine. À ma mort, il prendra le nom de Perbas de Junine et sa lignée lui succédera sur le trône. Barons, vous connaissez sa valeur et sa loyauté. Je vous demande de l'accueillir dès aujourd'hui comme un pair.

— Il n'est même pas noble ! protesta Adémir, le roi de Far. Vous ne pouvez pas lui donner le trône !

— La couronne de Junine sera une noblesse plus que suffisante, répondit Séhane avec une logique spécieuse.

— Comment pouvez-vous faire ça ? s'entêta Adémir. Donner Junine à un gueux ! Je m'y oppose formellement !

— Les Traités ne vous donnent pas droit d'intervenir dans les affaires de mon royaume, rappela Séhane d'une voix tranchante. Vous devez reconnaître ma décision en tant que pair des Baronnies, ou quitter l'alliance.

Le roi balaya la salle du regard, à la recherche d'un soutien quelconque. Plusieurs étaient prêts à le suivre dans sa rébellion. Il ne manquait qu'un prétexte.

— Consultons les augures ! lança-t-il. Si les dieux sont favorables, je m'inclinerai.

Il ne dit pas ce qu'il ferait en cas contraire. Mais tout se déroulait comme prévu. Corenn commença à se concentrer. Elle ne savait pas encore ce qu'elle aurait à faire, mais elle était prête.

Le roi de Far fit signe à l'un des membres de sa suite. Une vieille femme s'avança au centre de l'auditoire. Elle était très ridée et complètement chauve, ce qui lui donnait l'air d'une poire de Wastille beaucoup trop mûre. Elle salua gauchement l'assemblée et sortit quatre morceaux d'ivoire d'une petite bourse en cuir brodée de signes cabalistiques.

La divination par les dés ithares. Très bien. Ce sera facile, pensa Corenn.

La voyante s'agenouilla et psalmodia diverses incantations normalement destinées à attirer l'attention des dieux sur elle. Avec une dextérité surprenante, elle plaça les quatre dés entre ses deux pouces joints et attendit une question.

— Est-il juste que Perbas monte sur le trône de Junine ? demanda le roi de Far.

C'était habile. La figure symbolique du « oui absolu » des dés était rarement tirée. Beaucoup de résultats seraient des réponses mitigées, difficiles à interpréter. On pouvait faire confiance à la voyante pour complaire à son maître.

Elle jeta les dés d'un geste brusque et les petits cubes d'ivoire roulèrent sur le sol. Corenn n'avait jamais lancé sa Volonté aussi vite. Elle put redresser deux des objets sans que cela paraisse étrange.

— Deux fois les jumeaux, et un triangle, annonça le roi de Galen, penché sur la scène. Les dieux donnent leur accord.

— Le triangle est celui du Feu, objecta Adémir. Les *démons* sont favorables. Et le Vent est sur le dé de la Terre. La situation est temporaire, et demande plus ample réflexion.

Corenn avait du mal à croire que ces rois puissent procéder à des décisions politiques d'après le résultat d'un lancer de dés. Mais chacun semblait prendre très au sérieux les talents de la voyante. On finit par lui demander son interprétation.

La vieille femme était restée immobile. Sur son visage monta une drôle d'expression, comme une grimace que l'on essaie vainement de retenir. Sa bouche s'ouvrit, libérant un filet de salive, alors qu'un râle montait de sa gorge.

Les personnes les plus proches s'écartèrent, au contraire de Corenn qui se précipita à son aide. La Mère secoua la voyante, la gifla même, mais la vieille femme n'eut aucune réaction pendant de longs instants.

Soudain, elle agrippa les épaules de Corenn avec une vigueur surprenante. Planta son visage près du sien. La fixa dans les yeux. Et parla. Mais ça ne pouvait être sa voix. C'était une voix d'homme fatiguée par l'âge et déformée par la haine.

— *Les héritiers vont mourir...* cracha-t-elle. *Bientôt. Vous allez tous mourir...*

Elle prononça cette dernière phrase avec un accent de folie, finissant sur un gloussement ridicule et effrayant en même temps. Deux hommes vinrent enfin à l'aide de Corenn, incapable de se libérer de l'étreinte d'acier de la vieille femme. Ils l'emmenèrent dans une autre pièce. La voyante avait perdu la raison.

— Qu'a-t-elle voulu dire ? marmonnèrent les barons. Séhane n'a pas d'enfant. S'agit-il de Perbas ? Mais alors, pourquoi dire « les héritiers » ?

Personne n'avait aimé cette scène, pas même ceux qui auraient pu l'utiliser pour servir leurs intérêts.

Corenn était évidemment la plus choquée. Elle ne savait que trop bien, elle, à qui ces paroles s'adressaient.

* * *

Les jours se succédèrent sans que se manifeste l'auteur de la mystérieuse missive adressée à Séhane. Six jours étaient peut-être insuffisants, pour faire le trajet jusqu'à Junine depuis Mestèbe, si toutefois l'inconnu s'abritait réellement dans la ville romine. Mais les héritiers étaient de plus en plus impatients. Le message ne disait-il pas « Nous pouvons nous aider » ?

Ils évitaient de penser à l'étrange incident de l'assemblée des barons. La transe de la vieille femme n'avait pas été feinte, car elle n'avait toujours pas recouvré ses esprits. Corenn voulait croire que la voyante avait été droguée par un excellent spécialiste, dans le but de leur faire commettre des fautes, ou de les détourner de leur quête. Quelque chose de plausible. À la portée d'un mortel.

Dans le cas contraire, cela voudrait dire que leur ennemi possédait des pouvoirs dangereux, auprès desquels la menace des Züu était presque risible… Comme, par exemple, celui de les retrouver où qu'ils fussent. Que pouvaient-ils faire, sinon attendre et attendre encore ?

Ce temps libre, Corenn et Grigán le mirent bien sûr à profit pour faire progresser leurs élèves. Le guerrier réussit même à inculquer quelques parades à Bowbaq, au bâton et à la masse, bien que le géant ne se prêtât à ces exercices qu'avec une résignation pitoyable.

Pour sa part, Rey se fit quelques ennemis chez les gardes de Séhane, en gagnant plusieurs parties de dés aux enjeux démesurés. Aucun des héritiers ne parvenait à comprendre pourquoi il s'entêtait à jouer pour de l'argent, alors qu'il possédait assez de terces pour s'offrir un palais.

Pas dupes, Grigán et Corenn le soupçonnèrent aussi de s'être fait quelques amies chez les servantes de Séhane. Certains gloussements et clins d'œil complices étaient plus révélateurs qu'une confession signée. Les héritiers se fichaient comme d'une peau de margolin de ce que Rey faisait de ses nuits, tant que ça ne devenait pas une source de problèmes pour eux ou Séhane. Heureusement, dans les Baronnies, la morale était assez libre à ce sujet.

Le nones de la décade du Chasseur, le jour du Cheval, allait briser la douce monotonie dans laquelle ils s'installaient peu à peu. C'était une journée *spéciale*. Celle de la nouvelle année de Léti ; la dix-septième.

La jeune femme passa les décans d'avant l'apogée en prières et méditations, comme le préconisait le culte eurydien. Léti n'était pas excessivement dévote, mais elle s'était toujours acquittée des devoirs de la nouvelle année avec beaucoup d'application. Il s'agissait de faire le point sur soi-même, sur ses agissements, et de voir comment on pouvait s'améliorer… avec l'aide de la déesse, bien sûr.

Léti sortit de son isolement avec une expression triste. Peu de bonnes choses lui étaient arrivées dans l'année écoulée. Et elle ne voyait pas comment l'avenir lui permettrait de faire mieux.

De toute façon, ses amis avaient décrété cette journée comme sienne, et ils firent tant d'efforts pour lui faire plaisir qu'ils réussirent à lui faire oublier ses peines pour un temps.

Rey lui offrit une représentation d'une comédie classique des Hauts-Royaumes, *L'Infortune de Favel*. La pièce comprenait peu de textes, reposant surtout sur les mimiques burlesques du personnage principal. L'acteur recruta de force Yan et Bowbaq en se contentant de décrire leurs rôles en quelques mots, si bien que le spectacle présenté n'eut plus grand-chose à voir avec le texte original. Mais le jeu superbement maîtrisé de Rey et les improvisations maladroites de Yan et Bowbaq eurent l'effet escompté : faire rire Léti jusqu'aux larmes.

Vint ensuite le moment des cadeaux. Une coutume junéenne veut que les amis de l'intéressé se déclarent en lui offrant un présent à l'occasion de sa nouvelle année. Cette anecdote donnée par Séhane quelques jours plus tôt avait fait son chemin dans les esprits des héritiers. Et Léti eut la surprise de voir chacun lui mettre dans les bras l'un ou l'autre objet, dissimulé ou non sous un emballage.

Séhane lui offrit le tableau des émissaires, jusqu'alors présenté dans la salle d'armes, et que la jeune femme contemplait chaque jour pendant de longs moments. Cette toile n'avait pas de prix à ses yeux, et elle se confondit en remerciements. Mais elle n'était pas au bout de ses surprises.

Rey lui offrit une superbe rapière lorelienne, semblable à celle qu'il avait prêtée à Léti. Grigán examina l'arme avec appréhension mais n'y trouva rien à redire. C'était un objet magnifique, l'œuvre d'un artisan consciencieux. L'acteur évita toutefois de croiser le regard réprobateur de Corenn.

Léti examina ensuite le petit cheval sculpté que Bowbaq lui avait remis. C'était un bel objet, et elle le remercia sincèrement. Mais le géant expliqua en s'embrouillant que ça n'était pas le vrai cadeau. C'était le symbole d'une promesse, celle de domestiquer l'animal qu'elle voudrait bien lui indiquer. La jeune femme savait le procédé long et difficile, même pour un *erjak*, et que le lien d'amitié qu'il tresserait entre elle et l'animal serait extrêmement solide. C'était un cadeau merveilleux.

Corenn lui offrit un livre épais, magnifiquement recouvert et relié avec soin. Léti le feuilleta avec intérêt, mais il y avait peu d'illustrations.

— C'est superbe, tante Corenn. Mais je ne sais pas lire…

— Demande à Yan de t'apprendre ! Je suis certaine que ces écrits t'intéresseront.

Léti acquiesça en souriant. Ça lui faisait deux bonnes raisons de se mettre au travail. Corenn l'avait bien compris. La Mère parvenait toujours à ses fins.

Elle ouvrit ensuite le lourd sac de toile grossière que lui avait remis Grigán. Elle ne put retenir un cri de joie en y découvrant un habit de cuir noir, semblable à celui du guerrier, sans les vingt années d'usures et de rapiècements. Grigán avait préparé cette surprise longtemps à l'avance. Il avait demandé à une des couturières du château d'estimer les mensurations de Léti, puis passé commande de ces vêtements onéreux chez un des tanneurs de la ville.

La jeune femme admira la façon dont l'artisan avait intégré des pièces de métal sous le cuir, renforcé les coutures, travaillé à la solidité de l'ensemble. Elle ne résista pas à l'envie de l'essayer immédiatement et passa le tout par-dessus ses propres vêtements.

— Tu es une vraie guerrière, maintenant, plaisanta Yan.

— Elle pourrait passer pour votre fille, ainsi, remarqua Rey. Vous ne l'auriez pas un peu fait exprès ?

— J'ai juste voulu lui offrir quelque chose d'utile, se défendit Grigán.

Le guerrier rougit néanmoins jusqu'aux oreilles. Jamais les héritiers ne l'avaient vu ainsi. Léti le remercia chaleureusement et passa au paquet qu'elle avait gardé pour la fin : celui de Yan.

Elle tremblait presque en dénouant l'étoffe serrée sur un petit objet. Les choses allaient mieux, entre elle et lui, depuis cette conversation avec sa tante Corenn. Mais Yan restait toujours… comme distant. Il s'était fâché avec elle le jour de la Promesse et n'avait jamais manifesté de regrets. Il était son ami, mais n'était-il que cela ?

Le paquet ouvert dévoila un collier en mailles finement ciselées, auxquelles pendait un médaillon singulier : une opale polie renfermant un petit papier doré.

— Le collier est d'argent pur, précisa Rey. Quoi ? Yan n'osera jamais le dire, alors je le fais pour lui !

Léti remercia Yan en minaudant, au grand embarras de son ami. Mais elle avait deux questions à lui poser.

— Comment as-tu fait pour mettre le papier dans l'opale ?

— Ben… un peu par magie, en fait, répondit le jeune homme gêné.

C'était la première fois qu'il faisait la preuve de son pouvoir devant une autre personne que Corenn. Même la Mère n'était pas au courant.

Elle opina avec admiration. À ce point de sa formation, Yan était déjà capable de choses surprenantes.

Ils furent interrompus par l'arrivée de Crépel, leur intendant. Pour qu'il dérange ainsi Séhane, la chose devait être importante.

— Majesté… Une Maz venue de Mestèbe vous demande audience. Je pense que c'est la personne que vous attendiez.

Les héritiers bondirent comme un seul homme à cette nouvelle. Il leur fallait rencontrer cette femme au plus vite.

Léti n'eut pas l'occasion de poser sa deuxième question. Elle se consola en songeant que c'était peut-être mieux ainsi.

Elle rêva souvent à ce que Yan avait pu écrire sur le petit papier doré de son médaillon.

* * *

Symboliquement, Séhane reçut sa visiteuse dans la salle où les émissaires survivants de l'île Ji s'étaient réunis pour la première fois, un an après leur retour. Arkane de Junine, Tiramis et Yon de Kaul, Maz Achem d'Ith, Reyan l'Ancien, Rafa Derkel, le sage Moboq, aujourd'hui représentés par autant de descendants… subissant la même malédiction.

L'étrangère avait refusé de donner son nom, mais les chambellans, avertis de l'arrivée prochaine d'un visiteur de Mestèbe, avaient réagi avec efficacité et prévenu la reine sans délai. Et les héritiers impatients attendaient de rencontrer ce nouveau membre potentiel de leur communauté.

Leur entretien devait rester secret, aussi Séhane avait-elle renvoyé ses gardes, comptant sur Grigán et ses compagnons pour assurer leur protection en cas de besoin. Il n'y avait guère de danger, mais le guerrier accepta cette mission avec fierté.

La porte s'ouvrit sur Crépel qui laissa entrer la visiteuse et quitta aussitôt la pièce sans la moindre parole. Tous les regards convergèrent vers la nouvelle arrivée.

Si elle n'était pas Maz, elle en avait en tout cas l'apparence. Une longue robe aux symboles de la déesse Eurydis l'habillait du cou aux chevilles. Son visage était caché par un sévère masque ithare aux couleurs ternes, et ses cheveux blonds prisonniers d'une légère étoffe reposant sur sa nuque. Elle ne portait aucun bijou. Et ne prononça aucun mot.

— Bienvenue, déclara Séhane en allant à sa rencontre. Parlez sans crainte. Tous, ici, sommes vos amis.

Malgré cette annonce, Grigán serra la reine de très près, la jugeant inconsciente de s'exposer ainsi à cette inconnue.

— Êtes-vous notre correspondante de Mestèbe ? demanda Corenn.

La Maz se tourna vers la Mère, et réfléchit un instant avant de répondre.

— Oui, c'est moi.

— Comprenez, Maz, que nous devons prendre des précautions. Nous avons besoin de vérifier vos dires. Aussi, que ma question ne vous offense pas : que disait votre message ?

Devant le silence de l'étrangère, Corenn ajouta :

— Nous l'avons tous lu. Nous sommes tous concernés. N'ayez aucune crainte.

— « Majesté, si le nom de Ji vous évoque une malédiction, alors nous pouvons nous aider. Faites-moi parvenir un message par l'oiseau qui, j'espère, aura survécu au voyage. » Voilà ce que j'ai écrit.

— Bienvenue, Maz Lana. Tel est bien votre nom, n'est-ce pas ? Vous êtes la descendante de Maz Achem. Une héritière.

Corenn connaissait si bien les listes en sa possession qu'elle avait facilement découvert l'identité de l'étrangère, après ces quelques instants passés avec elle. Et ce, bien que la Maz n'eût jamais participé aux réunions du jour du Hibou.

Encore méfiante, Lana restait silencieuse.

— D'après mes informations, vous aviez été tuée à Ith, continua Corenn. Par les Züu, je suppose. Je suis heureuse de voir qu'il n'en est rien.

— Nous leur avons échappé aussi, intervint Bowbaq.

— Vous avez tous été attaqués par des Züu ? s'étonna Lana.

— Une ou deux fois, marmonna Grigán.

— J'en ai tué un, précisa Léti. Rey en a tué deux. Bowbaq, trois, avec son lion des neiges. Grigán en est déjà à sept, dit-elle en désignant chacun des intéressés.

— Je ne veux pas que tu tiennes ce genre de comptes, rappela le guerrier.

Lana dévisageait tour à tour chacun des personnages l'entourant, en se demandant dans quelle bande de fous elle venait d'arriver. Ces gens semblaient violents, très loin de la Morale d'Eurydis. Inexplicablement, elle se sentit en sécurité parmi eux.

— Je suis Lana de Lioner d'Ith, annonça-t-elle posément. Je suis bien la descendante de Maz Achem. Et heureuse de trouver enfin des amis.

Tous l'acclamèrent et se présentèrent. Des centaines de questions leur brûlaient les lèvres. Mais pour l'instant, ils goûtaient simplement la joie de ces retrouvailles… familiales.

Seul Rey gardait encore ses distances. Il en donna bientôt la raison, quand vint son tour de se présenter.

— Je voudrais simplement vérifier une petite chose, déclara-t-il. Voir s'il n'y a pas un visage peint sous ce masque.

— C'est un masque religieux ! s'offusqua Léti.

— C'est même un masque de deuil, précisa Lana. Mais ce jeune homme a raison. Je devrais me découvrir, ne serait-ce que par respect pour Sa Majesté.

Joignant le geste à la parole, elle dénoua le ruban servant d'attache au masque et ôta celui-ci, exposant ainsi son visage à tous les regards. Elle libéra pareillement ses cheveux.

Elle était divinement belle. Plus belle que Léti, même, concéda Yan intérieurement. Mais ce charme supplémentaire venait des quelques années qui les séparaient, donnant à la Maz un petit côté femme mûre, que Léti aurait un jour à son tour.

— Reyan ! Vous n'avez pas une quelconque plaisanterie à lancer, cette fois ?

Grigán observait, amusé, l'expression ébahie de l'acteur. Le Lorelien tenta de reprendre contenance, mais il était trop tard : tous avaient deviné en lui surprise, admiration et *convoitise*.

— J'espère que vous ne m'en voudrez pas, Lana, bafouilla-t-il avec embarras.

Yan se sentit plus proche encore de l'acteur, dès ce jour. Rey venait de tomber amoureux.

* * *

Ils avaient tellement de choses à se dire… Ils décidèrent d'écouter d'abord l'histoire de Lana, puis chacun lui résumerait en quelques phrases son périple personnel. Mais le récit de la Maz allait suffire à alimenter la conversation jusque tard dans la nuit. Ses révélations étaient stupéfiantes.

Elle raconta comment elle s'était passionnée pour son ancêtre Maz Achem. Comment elle avait pris connaissance de l'étrange expérience de l'île Ji. Comment Achem était devenu, après son retour à Ith, un réformiste enragé de l'enseignement d'Eurydis.

— Il voulait un culte plus expansionniste, plus agressif. La conversion de nos civilisations à la Morale de la déesse se faisait beaucoup trop lentement à son goût.

— Je ne vois pas là une raison suffisante de lui retirer son Maz, remarqua Corenn, qui connaissait bien l'histoire des émissaires.

— Achem prônait une croisade. *Pour* Eurydis, mais aussi contre tous les cultes démonistes. Vous imaginez un Maz demandant au Grand Temple de lever des troupes ? Pour partir en guerre contre les fidèles de K'lur, de Phrias et les autres dieux noirs ?

Les héritiers se dévisagèrent avec angoisse. Lana venait de leur livrer une information importante. Qui tendait à confirmer l'une de leurs théories les plus sombres : le pays derrière la porte était celui des démons.

Ils envisagèrent un instant de partager ce qu'ils savaient sur l'île Ji, les portes, l'autre monde. Mais ils étaient liés par leur serment. Et ne connaissaient Lana que depuis quelques décans. Peut-être plus tard...

La Maz perçut leur trouble, mais continua son récit. Le plus important restait encore à dire.

— Mes recherches ne m'ont pas appris grand-chose de plus. Je me suis peu à peu désintéressée du sujet, jusqu'au jour où mes parents sont tombés gravement malades.

Elle laissa passer un silence, par respect pour les défunts, mais aussi pour ménager son effet.

— Sur son lit de mort, mon père me fit promettre de brûler le journal de Maz Achem, s'il tombait un jour entre mes mains.

Les héritiers dévisageaient la Maz avec émoi. Cette nouvelle résonnait de tellement d'espoirs que personne n'osait poser les questions qui lui brûlaient les lèvres. Séhane, jusque-là moins concernée, prit les devants.

— Vous avez trouvé ce journal ?

— Non. Je ne suis même pas certaine qu'il existe. Je pensais le trouver à Mestèbe, mais je m'étais trompée.

— Comment être sûr que son contenu est intéressant, de toute façon ? demanda Grigán. Achem a très bien pu ne pas parler de Ji.

— On dit à Ith qu'il en a lu certains passages aux Emaz. Son renvoi du Temple ne serait survenu qu'à cette occasion.

— Ça peut très bien être un tas d'élucubrations théologiques, répliqua le guerrier.

— Le croyez-vous ?

Grigán ne répondit pas. Comme les autres, il voulait croire que ce journal était leur meilleur espoir, mais craignait une nouvelle déception.

Corenn avait l'intuition que toutes les réponses s'y trouveraient. Maz Achem y avait tout consigné. Depuis cent dix-huit ans, leur serment était orphelin.

— Vous avez une autre piste que Mestèbe, devina la Mère.

— Effectivement. Je sais *qui* pourra me confirmer l'existence de ce journal, et m'indiquer son emplacement.

— Qui, à part un mort ? demanda Rey.

— Un dieu.

— Mais bien sûr ! plaisanta l'acteur. On aurait dû y penser plus tôt ! Peut-être même qu'il pourrait nous présenter à Eurydis. On pourrait faire une partie de dés en vidant des gobelets. Pourquoi pas ?

— Je suis sérieuse, reprit Lana. De toute évidence, vous n'avez pas la foi. Mais les dieux vivent dans notre monde, cachés parmi les hommes, c'est un fait.

— Oh, moi ! Si vous avez en plus son adresse exacte, je vous suis sans discuter. J'ai vu tellement de choses bizarres, dans ce groupe, que plus rien ne va m'étonner. Il n'est pas trop cher, au moins ?

— C'est *Usul*.

Rey retrouva tout son sérieux. Il courait peu de légendes flatteuses sur Usul.

— Le dieu des Guoris, commenta Grigán. Le Beau Pays.

— Vous y êtes déjà allé ? demanda Lana avec espoir.

— J'y ai un ami. Mais les indigènes ne laissent personne poser le pied sur leur île Sacrée. En admettant qu'il y ait vraiment un dieu, vous ne pourrez jamais le voir.

— Nous devons essayer, décida Corenn. Lana est *Maz*. Cela les impressionnera peut-être.

— Ce ne sont pas de gentils sauvages un peu naïfs, expliqua Grigán. Ils possèdent au moins autant de bateaux de guerre que les Loreliens, même s'ils voyagent peu. L'île Sacrée est plus défendue que Grand'Terre elle-même. Trop dangereux.

— Et en admettant qu'on puisse rencontrer Usul, par je ne sais quel prodige, et qu'il connaisse réellement les réponses, pourquoi nous les donnerait-il ?

— Il y a beaucoup de problèmes, concéda Lana à Rey. Mais je ne vois pas d'autre solution. J'ai besoin de votre aide…

Ils réfléchirent au bien-fondé de cette remarque. Avant l'arrivée de Lana, ils étaient désemparés. L'espoir qu'elle avait apporté, même bien maigre, même situé sur une route dangereuse, leur donnait au moins une petite chance.

— Je propose que nous y allions, décida Corenn. Beaucoup de nos questions sont restées trop longtemps sans réponses. Si nous réussissons à rencontrer Usul, il nous livrera également le nom de notre ennemi.

Les héritiers acquiescèrent en silence, donnant ainsi leur accord. Leur quête devenait de plus en plus difficile.

* * *

Une ombre plane dans la nuit. Elle pourrait ramener son voyage à un instant, mais se plaît à le faire durer un peu. Il y a longtemps qu'elle n'a pas connu une telle liberté. Elle vole au ras des vagues de la mer Médiane, plonge parfois sous la surface, sans que sa vitesse en soit ralentie, sans même troubler l'eau. L'ombre n'a pas encore pris corps. Elle n'est qu'esprit.

L'ombre est incapable d'apprécier le spectacle paisible des flots s'étendant jusqu'à l'horizon. Pour elle, il s'agit simplement d'un nouveau décor. Plus étrange que ceux qu'elle a déjà connus. Mais pas plus beau ou plus laid. Car *toute chose* est triste et laide. L'ombre ne conçoit pas qu'il puisse en être autrement. Autrefois, peut-être. Dans un lointain passé. Mais plus maintenant.

L'ombre glisse sur la mer sombre, fend la nuit à une vitesse vertigineuse. Déjà, le décor se transforme. Elle approche de son but. L'horizon se soulève et devient terre ferme. L'ombre ralentit encore pour gagner du temps. Elle survole des constructions humaines. Elle écoute l'espace d'un instant les pensées d'un millier de mortels, puis les rejette avec mépris. *Ils* sont les responsables. Maîtres et esclaves en même temps. L'ombre les hait.

Elle survole forêts et montagnes, chemins et rivières, villages et cités. Par jeu, elle suit les reliefs, plongeant et grimpant sans jamais toucher le sol. Elle traverse un troupeau d'aurochs sauvages comme s'ils n'existaient pas. En fait, l'ombre ignore que ce sont des aurochs sauvages, et ne s'en soucie guère. Mais l'instant d'après, alors qu'elle est déjà à vingt lieues de là, elle entend toujours les gémissements affolés des bêtes visitées par son esprit. Agaçant. Alors elle les tue de sa seule pensée.

L'ombre est surprise. Étrange sentiment. Ces efforts la fatiguent. Sa puissance diminue, son vol se fait plus difficile. Elle ne se serait pas crue si fragile. Elle doit se hâter de mener à bien sa mission, pour retourner auprès de son ami.

L'ombre se transfère directement à destination, espérant ménager sa puissance. Mais c'était un mauvais calcul. Elle est fatiguée, maintenant. Le sommeil la tente. Heureusement, ce sera bientôt terminé. Elle écoute quelques esprits mortels et y puise assez de force pour la tenir éveillée.

Elle traverse une construction humaine épaisse de deux pas. Ce n'est pas difficile. Le mur ne garde même pas trace de son passage. Elle en franchit trois, cinq, neuf autres, et arrive à la partie la plus agréable de sa mission.

Elle se penche sur une forme allongée. Un humain en plein sommeil. L'ombre déteste tous les humains.

Elle sait qu'elle n'aura plus assez de force pour tous les tuer par l'esprit. Alors, elle décide de se matérialiser. Elle choisit une forme assez petite pour tenir dans le bâtiment des humains, et assez forte pour les vaincre. La première forme qui lui vient à l'esprit. Voilà.

La réalité s'impose à elle avec brutalité. La forme grogne sourdement devant la laideur du monde humain. Elle se penche sur le corps endormi et lui casse le cou d'un seul bras monstrueux. L'humain ne s'est même pas réveillé. Il ne se réveillera jamais plus.

La forme se dirige d'un pas lourd vers la porte et l'arrache de ses gonds. Un humain qui se trouvait derrière hurle de terreur. Ce n'est pas l'un de ceux qu'elle doit tuer cette nuit. Mais la forme le tue quand même en écrasant sa tête entre huit doigts griffus. La peur et la souffrance de l'homme lui redonnent un peu de puissance. Elle l'apprécie avec un raclement de gorge satisfait.

D'autres humains apparaissent bientôt. Certains sont ses ennemis. Les autres crient et s'enfuient. La forme doit les tuer tous. Cette nuit sera un vrai banquet de peur et de souffrance.

Quelque chose lui cogne le dos. La forme se retourne en faisant siffler ses griffes dans l'air. Mais elle ne déchire rien. L'humain qui l'assaille a réussi à l'esquiver et lance un nouveau coup qui lui tranche la main. La forme la fait repousser aussitôt et s'ajoute un troisième bras.

Ces efforts la fatiguent. Elle est somnolente. L'humain la frappe deux fois encore avant qu'elle ne réagisse et le repousse d'un violent coup de patte. Mais d'autres humains la frappent dans le dos. L'ombre se dit qu'elle aurait dû choisir une autre forme. Elle s'ajoute un œil derrière la tête, et fait jaillir une queue de son dos. Mais elle n'a plus assez d'énergie pour réparer la forme et repousser les humains en même temps.

Elle est fatiguée. Elle a sommeil. Ces humains l'ennuient.

Elle se dématérialise et regagne la mer. Elle n'était pas assez reposée pour cette mission. Elle reviendra bientôt. Chaque journée passée augmente sa force. Elle reviendra.

* * *

Corenn ne laissa Léti sortir de la chambre qu'après les dernières clameurs de combat. Mais d'autres les avaient remplacées, tout aussi cruelles, tout aussi tristes : « La reine est morte ! La reine est morte ! »

Léti bondit dans le couloir dès que sa tante eut libéré le passage. Elle n'était pas près de lui pardonner ça. Corenn avait délibérément verrouillé la porte et refusé d'ouvrir à sa nièce, alors que du couloir résonnaient bruits de lutte et grondements de fauve. Yan, Grigán et les autres se battaient peut-être pour leur survie, et Corenn lui ordonnait de rester là

La scène confirma ses craintes. Grigán était devant la chambre de la reine, à moitié vêtu seulement, sa lame courbe en main. Il se tenait le bras en grimaçant, mais ne saignait pas. Bras cassé !

Bowbaq était présent, lui aussi. Il contemplait le cadavre d'un garde de la reine avec une fascination morbide. L'homme avait eu la tête… écrasée. Léti détourna son regard avant d'avoir un haut-le-cœur.

Yan arriva presque en même temps qu'elle. Il s'était d'abord rendu à la chambre qu'elle partageait avec sa tante pour s'assurer de leur survie. Corenn et Maz Lana le suivaient de peu.

Rey arriva bon dernier. Il se trouvait dans l'aile des servantes ; les nouvelles de la mort de Séhane venaient seulement d'y parvenir.

Les héritiers contemplèrent la scène avec tristesse, soulagés malgré tout de ne pas être plus endeuillés. Des intendants, des chambellans, des gens de tous les services de Séhane affluaient vers la chambre de la reine, y passaient quelques instants, et en sortaient le visage en larmes. Parmi les héritiers, seule Corenn eut le courage de cette visite. Pour la première fois, ils virent la Mère pleurer.

— Mais qu'est-ce qui s'est passé, ici ? demanda Rey en avisant le cadavre du garde.

Grigán et Bowbaq, les seuls héritiers présents pendant le combat, se dévisagèrent en silence. D'autres gardes avaient lutté contre la… *chose*. Mais ils étaient perdus dans la foule, ou peut-être devenus fous.

— Partons, demanda le guerrier, massant toujours son bras douloureux. Les choses vont devenir compliquées, ici. Nous nous expliquerons plus tard. Quand ça sera plus clair pour moi, aussi.

Les héritiers se rendirent aussitôt dans leurs chambres et rassemblèrent leurs paquetages. Personne ne se méprit sur l'ordre de Grigán. Il voulait bien sûr dire « Quittons Junine. »

Seule, Lana attendit devant la chambre de la reine. Aucun des autres ne doutait que ce meurtre fût lié à l'histoire de l'île Ji. Ainsi, songea-t-elle, voilà ce qui l'attendait un jour ou l'autre. Elle aurait la nuque brisée dans son sommeil. Sage Eurydis, pourquoi tant de souffrances ? Pourquoi lutter sans cesse, puisque la mort finit toujours par gagner ?

— Dépêchez-vous, Lana, lança une voix. Si vous êtes en retard, Grigán vous fera ramer jusqu'à Grand'Terre.

La Maz se retourna et sourit au nommé Rey, qui trouvait encore la force de plaisanter dans un moment pareil… À moins qu'il n'en ressentît le besoin.

Le comédien était revenu pour la chercher. Son sort lui importait. C'était peut-être ça, la vie. L'affection des autres.

— Je vous suis, dit-elle simplement.

L'instant d'avant, sa décision n'était pas prise. Les mots étaient sortis sans qu'elle réfléchisse. Mais elle venait de lier définitivement son destin à la quête des héritiers.

* * *

Dans la confusion qui régnait au Château-Brisé, les héritiers en sortirent sans trop de peine. Ce qui était un comble, puisque toutes les issues auraient dû être bloquées, toutes les pièces fouillées, l'identité de chacun vérifiée. Mais les Junéens étaient tout à leur douleur.

Les gardes se réunissaient, çà et là, dans les couloirs, dans les cantines, dans les tours, auprès des rares qui avaient *vu*. Ceux qui savaient. Et les théories allaient bon train. Ce n'est pas de piquiers dont Junine avait besoin cette nuit. C'était d'exorcistes et de chasseurs de sorciers…

Les héritiers parlaient peu. On sonna les cors, au château, pour annoncer le décès de la reine. Les Junéens sortirent dans les rues pour manifester leur tristesse et satisfaire leur curiosité. Mais personne ne savait rien. Séhane avait succombé à la vieillesse, supposait-on. C'est ce que l'on dirait bientôt dans toutes les Baronnies, tous les Bas-Royaumes, puis tout le monde connu. Seuls deux ou trois gardes continueraient de répandre une histoire étrange, que personne ne croirait avant qu'un siècle soit passé, et que cette histoire soit devenue légende.

Une fois encore, l'agitation des rues aida les héritiers dans leur fuite. Le voyage jusqu'au port leur parut très court. Quelques Junéens trouvèrent étrange ce petit groupe d'étrangers marchant à vive allure, dans la direction opposée à celle du château, et portant armes et bagages. Mais si ces gens avaient été coupables de quelque chose, on les aurait déjà arrêtés, supposaient-ils. Et les héritiers s'éloignaient.

Plusieurs fois, Bowbaq s'immobilisa pour scruter un coin de rue noyé dans l'ombre. Il se tournait ensuite vers Grigán, qui répondait invariablement : « Il n'y a rien. C'est parti. » Le géant reprenait alors sa marche avec toutes les précautions du monde. Yan remarqua qu'il n'avait pas lâché sa masse d'armes depuis la chambre de Séhane. Que cet homme au pacifisme prononcé ressente un tel besoin de se protéger glaça d'effroi le jeune Kaulien.

L'Othenor était toujours à quai. Ils avaient pris soin de l'inspecter régulièrement, pendant leur séjour au Château-Brisé, et s'étaient occupés de l'entretien courant et de le charger d'eau et de vivres. La felouque avait toujours été prête à partir.

L'odeur de marée rappela à Léti les espoirs qu'ils avaient fondés en débarquant à Junine. Bien ambitieux… Leur groupe comptait certes un nouveau membre. Mais leur ennemi avait, une fois encore, tué dans les rangs des héritiers.

Il paierait pour cela.

Léti se jura, devant Eurydis, devant tous les dieux prêts à l'entendre, qu'elle chercherait par tous les moyens à punir l'homme qui avait lancé les Züu contre eux. L'homme qui leur avait pris Séhane.

Elle se rappela soudain le tableau offert par son amie. Il était resté au château. Qu'importe. Elle viendrait le rechercher une fois libérée de son vœu. Quand Séhane serait vengée.

Rey détacha les amarres et bondit sur le pont, alors que la felouque s'éloignait déjà du quai. Yan avait déployé toutes les voiles et manœuvrait pour quitter le port au plus vite. Fin du confort et de la sécurité relative de Château-Brisé, pensa-t-il. Ils étaient à nouveau en fuite.

Les ténèbres se refermèrent peu à peu sur *L'Othenor*, comme ils s'éloignaient vers le centre du lac. Bowbaq voulut allumer des lanternes, mais Grigán s'y opposa tant qu'ils seraient en vue de Junine. Le géant blêmit d'angoisse.

— Tu as déjà peur de l'eau et de la foule, remarqua Rey un peu durement. Tu n'as pas aussi peur du noir, quand même ?

— Tu aurais peur, toi aussi, si tu avais vu, répondit le géant sans méchanceté.

— Bowbaq a été très courageux, confirma Grigán. S'il ne m'avait pas aidé…

— Mais qu'est-ce qui s'est passé, à la fin ?

Grigán scruta longuement les ténèbres avant de répondre.

— Je préfère attendre l'aube pour en parler. J'aimerais que personne ne s'endorme cette nuit. De toute façon, je suppose qu'aucun d'entre nous n'a sommeil… Ne restez pas seuls, non plus. Le mieux serait que nous restions tous sur le pont.

Chacun retint ses questions et s'installa de son mieux. La nuit se maquillait d'étoiles. Le fleuve bruissait doucement. L'air était doux et le vent discret. La nature ignorait totalement leurs malheurs.

Le guerrier s'approcha de Lana, gêné par l'étrangeté de la requête qu'il allait lui présenter.

— Euh, Lana… Vous êtes bien Maz, n'est-ce pas ? Si vous voulez dire une prière pour nous, quelque chose pour nous protéger des démons, ou je ne sais quoi… c'est le moment.

Elle acquiesça lentement, effrayée par le ton inquiet de Grigán. Et fit la plus fervente des prières à Eurydis.

Elle demanda aussi à la déesse de guider l'esprit de Séhane auprès d'elle. Dans une vallée magnifique, pleine d'enfants rieurs.

* * *

— C'était un *Mog'lur*, dit Bowbaq pour la deuxième fois. Un démon guerrier. *J'ai vu un Mog'lur !* répéta-t-il avec incrédulité.

— Tu lui as même tapé dessus, rappela Grigán amusé. N'importe comment, sans réfléchir, mais tu lui as tapé dessus.

— D'accord, d'accord, interrompit Léti. Mais allez-vous enfin nous dire à quoi il ressemblait ?

Le guerrier et le géant s'interrogèrent du regard. Il faisait jour, maintenant, mais ce souvenir était toujours aussi effrayant. *L'Othenor* avait remonté le fleuve toute la nuit et jusqu'au deuxième décan. Il avait laissé Galen derrière lui et voguait maintenant plein nord-ouest, vers le détroit de Manive, d'où il prendrait la direction du Beau Pays. Le danger semblait lointain. Les héritiers demandaient les réponses précises qu'ils avaient imaginées toute la nuit. Mais Grigán et Bowbaq étaient incapables de les fournir.

— C'était grand, très grand. Très fort, aussi.

— Entièrement noir. Pas sombre ou foncé, non. *Noir.*

— C'était nu, aussi. Mais ça n'avait pas de sexe. Sa peau… n'était pas vraiment de la peau. Il n'y avait ni poils ni plumes. C'était… autre chose.

— Des écailles de poisson ? plaisanta Rey, avant que le regard choqué de Lana ne l'encourage au silence.

— Mais c'était quoi ? insista Léti. Un homme ou une bête ?

— Je ne sais pas. Les deux en même temps. Ça dépend à quel moment.

— Sa forme changeait tout le temps. Il lui poussait des yeux et des bras comme des champignons. Il se tenait comme un homme, mais bougeait comme un fauve.

— Un Mog'lur, conclut Bowbaq avec assurance.

Avoir classé l'étrange apparition dans la mythologie arque aidait le géant à mieux l'accepter. C'était toujours aussi terrible, mais moins angoissant.

— Vous avez déjà entendu parler de Mog'lur, Lana ? demanda Corenn.

— Non, avoua la Maz. Mais le *Livre de la Sage* mentionne peu de démons. Sans vouloir vous offenser, Bowbaq, je pense que les Mog'lurs sont une particularité des légendes d'Arkarie.

— Et du Château-Brisé, ajouta Rey avec cynisme.

— Je suis contente que tu aies pu aider Grigán, Bowbaq, félicita Léti en regrettant de n'avoir pu le faire.

— J'avais tellement peur, répondit le géant dans un murmure. J'ai vu le démon le faire tomber. J'ai couru et frappé de toutes mes forces. Des gardes de Séhane sont venus m'aider. Mais les blessures du monstre se refermaient à chaque fois. Il ne saignait pas. Puis il s'est fait pousser un œil de plus. J'ai pensé qu'on ne gagnerait jamais. Et soudain il a tout simplement disparu.

— Vous l'avez peut-être tué ?

— Non, répondirent d'une seule voix le géant et le guerrier. À mon avis, *on ne pouvait pas* le tuer, ajouta Grigán.

Bowbaq avisa le bras que le guerrier tenait en écharpe. Il n'était pas cassé, par chance, mais affreusement contusionné. C'était la première fois que le géant voyait Grigán se faire blesser. Et ce n'était pas pour le rassurer.

— Les Züu ne peuvent pas franchir le glacier qui les sépare de ma famille, annonça-t-il sérieusement. Mais le Mog'lur… Lui, il peut aller partout. Il faut qu'on trouve notre ennemi *très vite*, maintenant.

C'était une supplication. Chacun espérait qu'il n'était pas déjà trop tard pour la femme et les enfants de Bowbaq. Corenn se leva et fit quelques pas en réfléchissant.

— La mort de Séhane n'a peut-être aucun rapport avec Ji, remarqua Yan avec logique, bien qu'il ne crût pas lui-même en son idée.

— Après l'avertissement de l'assemblée des barons, ça m'étonnerait que ce soit une coïncidence. Et ça concorde assez avec nos théories sur les portes et l'autre monde.

Les héritiers s'observèrent avec des yeux ronds. Corenn venait de mentionner les mystères de l'île Ji devant Lana, sans ambiguïté et à voix haute. Elle avait trahi son vœu.

— Le serment est orphelin depuis longtemps, rappela la Mère, comme lisant dans leurs pensées. Et je pense que la situation est assez grave pour qu'on fasse une exception. Lana est aussi impliquée que nous, maintenant. Il est préférable qu'elle sache pourquoi nous sommes en danger.

Ils acquiescèrent, et la Maz se prépara, le cœur battant, à entendre les secrets des héritiers. Elle les prévoyait intéressants. Ils furent des plus troublants.

— J'aurais voulu voir ça, murmura-t-elle quand s'acheva le récit de l'épisode de la grande porte.

— C'était magnifique, avoua Rey. Vraiment stimulant. Mais nous en sommes tous sortis un peu tristes.

— Pourquoi ?

— Mystère. Une impression de paradis perdu, quelque chose comme ça. La frustration de ne pouvoir y entrer.

— Qu'y a-t-il derrière la porte, à votre avis ? demanda Grigán à la Maz.

— Je ne sais pas. *Le Livre de la Sage* mentionne beaucoup d'endroits merveilleux qui pourraient être celui-ci. Quelques légendes également, dans les textes annexes, mais je ne les ai guère étudiées. Elles n'apportent pas grand-chose à la Morale.

— Dommage. Vous vous rappelez quelques-unes de ces légendes ?

— Elles ne nous aideront pas beaucoup, j'en ai bien peur. Je crois que l'une parlait d'enfants maudits prisonniers d'un pays merveilleux… Une autre affirmait l'existence d'un peuple très ancien, caché dans les montagnes et protégé des dieux… Une autre encore parlait d'esprits qui se réincarnaient en enfants. Mais ne vous fiez pas à ma mémoire.

— Vous ne connaissez aucune légende parlant d'un pays des démons ? demanda Bowbaq.

La Maz écarquilla les yeux d'effroi. La question lui avait fait réaliser le danger qu'ils couraient réellement. Comment n'y avait-elle pas pensé plus tôt ?

— Le *Jal'karu*, annonça-t-elle avec gravité. Le sol où naissent et grandissent les dieux noirs. Il est dans le *Livre*.

C'était l'une des pires craintes des héritiers. Mais cela resterait une supposition tant qu'ils n'auraient pas lu le journal de Maz Achem.

— Jal'karu, ce n'est pas un nom ithare, remarqua Yan. Ça ressemble assez au Mog'lur de Bowbaq.

— C'est vrai. Vous connaissez son origine ? demanda Corenn.

— Ethèque, répondit la Maz avec certitude. C'est dans les premiers cahiers du Livre. Ceux recopiés d'après la tradition orale.

— Les dessins de la porte de Ji étaient de la même origine. Ceux de la grande arche d'Arkarie également. Les Ethèques les ont peut-être construites. Il faudra se renseigner sur eux.

Les autres se demandèrent comment Corenn comptait se renseigner sur le plus vieux peuple du monde connu, disparu depuis des dizaines d'éons. La Mère avait son idée sur la question. Passant par un voyage spécial comportant, comme tout ce qui était susceptible de les aider, un certain danger.

* * *

Deux jours passèrent sans que les héritiers soient inquiétés. Le bras de Grigán le faisait toujours souffrir, mais il trouva d'autres exercices pour satisfaire la soif de progression de Léti. La jeune femme, maintenant équipée de sa rapière et de son armure neuves, était devenue un combattant plus qu'honorable. Le guerrier la savait assez douée pour se transformer en quelqu'un de *redoutable.*

Corenn et Yan s'isolèrent de nouveau pour parler magie. La Mère promit qu'ils passeraient à des cours techniques après, peut-être, avoir rencontré Usul. Le jeune homme arrivait en effet à la fin de sa formation théorique, et il lui tardait de mettre en œuvre son nouveau savoir.

Rey se découvrit une nouvelle passion pour le culte eurydien. En fait, ce n'était que prétexte à une cour assidue auprès de Lana, mais la Maz faisait semblant de ne pas s'en apercevoir, et dissertait avec lui pendant des décans entiers de la quête universelle de la Morale. Aucun ne s'avisa de dénoncer l'acteur comme le membre du groupe au passé le moins en accord avec ces principes vertueux.

Bowbaq restait plus silencieux encore que d'habitude. Son combat contre le Mog'lur l'avait choqué plus profondément, même, que les événements de l'île Ji. Cette fois, sa famille était en danger, et le géant se remettait en question. Le troisième jour de leur voyage allait voir un changement majeur dans son caractère.

L'Othenor quittait la mer Médiane pour celle de Romine, et les héritiers s'étaient réunis sur le pont pour évoquer leur proche destination. Corenn et Grigán en savaient assez pour satisfaire leur curiosité, et ils écoutaient, Bowbaq compris, les chefs du groupe partager leurs connaissances.

Le Beau Pays était un ensemble d'archipels rassemblant plus de cent trente îles de tailles diverses. Toutes appartenaient au peuple des Guoris, à la civilisation peu avancée, mais aux richesses inépuisables.

Les Guoris avaient subi nombre d'assauts des Romins, au nord, au temps des Deux Empires. Si le Beau Pays était resté libre, c'est parce que chaque île devait être conquise puis tenue au prix de nombreuses pertes, ce qui demandait aux envahisseurs beaucoup de temps et de moyens. L'enjeu n'en valait finalement pas la peine, et les Romins avaient renoncé. Mais les Guoris avaient retenu la leçon.

Ce n'était pas un peuple guerrier. Ses seules excursions se résumaient à un commerce irrégulier avec les Baronnies et le sultanat de Jezeba. Mais ils consacrèrent alors leurs maigres bénéfices à la création d'une flotte de guerre suffisante pour faire hésiter n'importe quel envahisseur.

L'argent vint rapidement à manquer, pour entretenir ces navires et les équipages de mercenaires qu'ils recrutèrent peu à peu. Ils eurent alors l'idée de *louer* quelques-unes de leurs îles tellement convoitées. Les locataires seraient seuls maîtres de leur terre, et protégés par une flotte disposant d'autant de moyens supplémentaires.

Ce fut un succès inespéré : un tiers des îles du Beau Pays étaient maintenant habitées par des Loreliens, Goranais, Romins, Jez, Junéens, assez riches pour payer l'extravagant loyer annuel demandé par les indigènes. La flotte était entièrement mercenaire. Et les Guoris avaient repris leur mode de vie tribal, peu soucieux du reste du monde, entassant une fortune qu'ils n'entamaient qu'à peine.

— Mon ami y habite depuis plus de trente ans, précisa Grigán. Lui pourra peut-être nous arranger une visite sur leur île Sacrée.

— D'où connaissez-vous un pareil nanti ? s'étonna Rey.

— Je l'ai tiré d'un mauvais coup, à Manive, il y a une dizaine d'années. Des vide-goussets. Il a été plus que reconnaissant. Il s'appelle Zarbone.

— *Zarbone ?* répéta l'acteur d'une voix méfiante.

— Il n'est pas Zü. C'est un Goranais.

— D'où vient sa fortune ?

— Franchement, je ne sais pas. Je crois qu'il a beaucoup de terres au Grand Empire. Il fait le commerce d'antiquités, aussi. C'est un maniaque de la collection. Il a d'ailleurs rebaptisé son île *Collection*.

— J'aimerais beaucoup avoir ma propre île, annonça Léti rêveusement.

— Tu n'aimerais pas tes voisins, prévint Grigán. Les Züu ont une île au Beau Pays. Les Valipondes aussi. Et Zarbone pense que l'îlot le plus proche du sien cache un temple sacrificiel de K'lur.

— Il n'en est pas certain ?

— Bien sûr que non ! Les locataires sont maîtres chez eux, mais il leur est interdit de poser le pied ailleurs. Nous-mêmes, pour rencontrer

Zarbone, devrons passer par les mercenaires des Guoris. Le Beau Pays est l'endroit le plus protégé du monde connu !

— Espérons qu'il le soit plus, en tout cas, que le palais de Séhane, remarqua Rey.

C'est à ce moment que Bowbaq se leva d'un bond, une expression de surprise sur le visage. Ses compagnons comprirent tout de suite que ça n'avait aucun rapport avec la conversation. Le géant écoutait quelque chose, mais les autres n'entendaient rien.

— On me parle ! murmura-t-il avec gravité. Dans mon esprit. Un erjak !

Ils se précipitèrent pour observer l'horizon. Il y avait bien un autre bateau en vue, mais il était à plusieurs lieues de la felouque.

— On peut atteindre ton esprit de si loin ? s'étonna Léti.

— Non, répondit Bowbaq d'un air absent, troublé par la voix intérieure. Pas un humain. Un erjak animal. C'est la première fois qu'un animal engage le dialogue ! annonça-t-il avec un sourire réjoui.

Le géant scruta les flots sombres avec espoir. Il craignait moins cette immense étendue d'eau. Après avoir affronté un Mog'lur, le danger de la noyade lui paraissait risible.

— Que dit-il ? interrogea Yan, alors que chacun cherchait à discerner quelque chose sous la surface.

— Il dit : jeu, répondit Bowbaq d'une voix pleine d'émotion. C'est un message d'amitié. Il faut que je le voie. Il faut que je lui réponde !

— Là ! annonça Grigán, dont les yeux étaient plus perçants que n'importe qui. Des dauphins gyoles.

Un groupe de quatre individus précédait la felouque d'une cinquantaine de pas. Bowbaq se précipita à la proue et contempla avec admiration ces animaux qui faisaient preuve d'une intelligence aussi grande que la sienne.

Il se concentra et atteignit l'esprit du plus proche. L'animal n'eut pas la réaction habituelle de rejet.

— Il me comprend ! s'exclama le géant, des larmes dans les yeux. Il demande pourquoi les humains ne répondent jamais !

Les héritiers observèrent le Nordique avec envie. Ils ne connaîtraient jamais pareille expérience.

Bowbaq songea qu'il pourrait sûrement atteindre l'*esprit profond* de son nouvel ami… Mais il renonça, à l'idée de l'avalanche de sensations marines qui allait le submerger.

Les dauphins escortèrent la felouque un bon moment, jusqu'à ce que *L'Othenor* croise l'autre navire. C'est à ce moment que les choses se gâtèrent.

Bowbaq sentit le choc du harpon dans sa chair. Comme s'il l'avait reçu à la place du dauphin. Comme s'il partageait son esprit profond.

Il percevait la souffrance de l'animal agonisant, alors que l'équipage du baleinier tirait sa proie à lui. Il entendait les cris de désespoir et d'incompréhension des autres dauphins, dans son esprit comme dans ses oreilles.

— Yan, peux-tu nous rapprocher de ce bateau ? demanda-t-il, sourcils froncés.

Le jeune homme s'exécuta aussitôt. Quoi que projetât son ami le géant, il était d'accord.

— Ça ne sert à rien, Bowbaq, essaya Grigán qui sentait venir l'orage. Ces types ne font que leur métier.

— Ce n'est même pas pour se nourrir, alors, grommela l'Arque, encore plus furieux. Juste pour de l'argent !

Comme *L'Othenor* s'approchait du baleinier, l'équipage de ce dernier s'agita. Une douzaine d'hommes au teint hâlé se massèrent sur le pont, les armes à la main. Et le baleinier changea lui aussi de cap pour venir à leur rencontre.

— Par tous les dieux et leurs putains ! s'exclama Rey, oubliant la présence de Lana. Ils vont nous aborder, en plus ! Ce sont des pirates !

— Si on s'était contenté de passer, ils nous auraient laissés tranquilles, râla Grigán en allant chercher sa lame courbe.

Il ramena aussi son arc et la masse d'armes de Bowbaq, mais le géant les refusa d'un air écœuré.

— Merci, mon ami. Tu avais raison de dire… que j'ai le devoir de me défendre. Mais avec une arme, ça n'est pas juste. Les animaux n'en ont pas. Je veux bien me battre, mais sans arme.

— Si tu es mains nues et que ton adversaire a une épée, ce n'est pas ce que j'appelle un combat juste non plus !

— Grigán, vous avez bien regardé la taille de ses poings ? railla Rey. Pour qui est-ce injuste ?

Corenn et Lana descendirent s'abriter sous le pont, suivant les ordres du guerrier. Léti prit fermement position, malgré les injonctions de sa tante à les accompagner. Yan s'arma du glaive inutilisé de Léti. Son cœur battait à tout rompre, comme celui de ses compagnons.

Il crut un instant que les choses allaient s'arranger. Ils n'allaient tout de même pas se jeter les uns sur les autres…

C'est pourtant ce qui arriva. Trois des pirates sautèrent sur *L'Othenor* dès que les deux coques furent assez proches. Grigán mit une flèche dans la gorge du premier, et Rey un carreau d'arbalète dans le ventre du second, qui bascula et tomba par-dessus bord.

Bowbaq attrapa le troisième par sa cheville et le retourna la tête en bas. Il entendait toujours la douleur et l'incompréhension du dauphin. Il fit faire deux tours à l'homme au-dessus de sa tête et le lança vers le baleinier, puis bondit sur le pont ennemi.

Les héritiers se regardaient avec surprise. Jamais Bowbaq ne s'était montré aussi déterminé. Il avait projeté trois hommes par-dessus bord avant même que Rey et Léti ne le rejoignent. Grigán se chargea, flèche après flèche, de tenir à distance les pirates aux armes les plus menaçantes pour le géant non protégé. Léti en blessa deux qui se jetaient sur elle, avec une facilité qui la remplit d'une joie sauvage. Mais elle s'appliqua aussitôt à reprendre son calme. *Esprit vif.*

Quelques instants après le début du combat, il ne restait plus sur le pont du baleinier que cinq pirates valides, se tenant à bonne distance de leurs adversaires. Léti et Rey revinrent sur la felouque mais Bowbaq n'en avait pas fini. Il libéra le dauphin blessé qui s'enfuit avec le peu de forces qui lui restaient. Puis disparut dans la cale, au grand désarroi de Grigán qui ne pouvait pas le couvrir là-bas. Mais le géant rejoignit ses compagnons peu après, avec une expression très satisfaite.

Le baleinier fut entièrement avalé par les flots avant même que *L'Othenor* eût parcouru une demi-lieue.

— Tu as fait un trou de quelle taille, au juste ? demanda Yan avec amusement, heureux qu'ils s'en soient tirés à si bon compte.

— Juste assez grand pour qu'ils ne puissent pas le reboucher, répondit le géant apaisé, avec un clin d'œil.

— C'est un peu cruel, non ? remarqua timidement Lana. Ces hommes vont avoir du mal à rejoindre la côte…

— Ils n'ont qu'à demander de l'aide aux dauphins.

Mais Bowbaq ne pouvait pas rester cynique très longtemps.

— Ils ont une chaloupe de secours, ajouta-t-il. Je l'ai détachée avant de revenir. Mais ça leur donnera une leçon.

— On n'avait vraiment pas besoin de cette aventure, tout de même, commenta Corenn.

— Mais si ! Les héros coulent *toujours* les pirates, conclut Rey avec un humour qu'il était le seul à comprendre.

* * *

Ils arrivèrent en vue des premières îles du Beau Pays à l'apogée du quatrième jour. S'ils avaient dû se rendre dans une des terres les plus à l'ouest, le voyage leur aurait pris deux jours de plus. Heureusement, Collection se situait, d'après les souvenirs de Grigán, au sud de Grand'Terre, la capitale et île la plus vaste des archipels.

L'Othenor n'avait pas encore tout à fait dépassé la première bande sableuse qu'une caraque s'interposait pour lui barrer le chemin. Les héritiers attendirent calmement qu'elle vienne à leur rencontre.

— À ton avis, Bowbaq, il faut un trou de quelle taille pour faire couler ce bateau ?

Le géant haussa les épaules sans répondre à la plaisanterie de Rey. Avec le recul, il était un peu honteux de son récent débordement de violence, et l'acteur ne perdait pas une occasion de le taquiner à ce sujet.

La caraque ainsi que son équipage étaient d'origine jez, mais employés par le roi et pour le service du Beau Pays, aussi le capitaine s'adressa-t-il à eux en langue guori. Aucun des héritiers ne la parlait, et Grigán choisit de répondre en jezac, idiome qu'il était une fois encore seul à connaître.

— Nous désirons nous rendre à Collection. Le gouverneur est notre ami. C'est une simple visite de courtoisie.

Le locataire de chaque île portait le titre de gouverneur, ce qui était proche de la vérité, puisqu'il régnait véritablement sur sa bande de terre comme mandaté de tous les pouvoirs du roi des Guoris.

L'indifférence de Grigán amadoua les mercenaires.

— Est-il prévenu de votre arrivée ? s'enquit le capitaine jez.

— Malheureusement, non. Mais je suis certain qu'il sera ravi de nous recevoir.

Grigán espérait ne pas être démenti. Il y avait plus de deux ans qu'il n'avait revu Zarbone. Ce dernier pourrait même très bien n'être plus de ce monde…

Le capitaine mercenaire se proposa pour leur servir d'escorte, ce qui était plus un ordre qu'une attention. Et Yan commença de guider la felouque à la suite de la caraque.

Corenn remarqua sans y réfléchir que leur petit groupe d'héritiers ne comprenait aucun Jez. Aucun descendant du chef Ssa-Vez. Comme il n'y avait aucun descendant du prince Vanamel, ou de son conseiller Saat l'Économe. Les trois émissaires de l'île Ji qui avaient succombé au voyage. Coïncidence ? Ou pouvait-on trouver une explication, aussi complexe qu'elle puisse être ?

Elle fit soudain le rapprochement avec d'autres éléments, qui s'imbriquèrent bientôt pour former une théorie. Cette soudaine clairvoyance la glaça d'effroi. Et si Séhane était morte… par accident

La reine avait longtemps été épargnée par les attaques des Züu. Leur ennemi l'avait peut-être préservée quelques décades, dans le seul but de tendre un piège aux survivants qui ne manqueraient pas de se rassembler à Junine. Mais peut-être aussi… que Séhane n'était pas sur la liste noire ?

La Mère rassembla aussitôt ses amis pour débattre de l'idée. Les héritiers avaient appris à estimer l'intelligence de Corenn, depuis le début de ce long voyage, et l'écoutèrent avec beaucoup d'attention.

— Les réunions du jour du Hibou n'ont jamais accueilli que les enfants conçus *après* le retour des sages, annonça-t-elle avec excitation. Procédons par élimination. Les Goranais Vanamel et Saat n'ont pas survécu, et aucun n'avait d'enfants. Leur cas est le plus facile. Mais les autres ?

« Arkane de Junine et le chef Ssa-Vez de Jezeba étaient les seuls à être pères *avant* d'embarquer pour Ji. Vez n'est jamais revenu. Ses descendants ont toujours boudé les réunions, et la génération actuelle ignore sûrement toute l'histoire.

« Reste Arkane. Il avait un fils, Thomé. Il n'en a pas eu d'autres. Thomé a participé à quelques réunions, mais en a éloigné ses propres enfants, et Séhane aurait elle aussi ignoré notre existence si les faits et gestes du roi des Baronnies pouvaient être oubliés.

« Les Züu ne s'en sont pas pris à elle. Elle n'a été en danger qu'après notre rencontre. Elle serait peut-être toujours en vie si nous avions évité Junine, mais nous n'aurons jamais assez de larmes et de regrets pour changer le passé.

« Car les autres, nous tous ici, Yan mis à part, descendons d'enfants conçus après le retour des émissaires. Notre ennemi cherche seulement à éliminer ceux-là. Je pense que Séhane n'a été tuée qu'en *prévention*, pour l'empêcher de nous aider davantage.

— Mais encore ? interrogea Lana.

— Je ne sais pas. Lorsque nous l'aurons découvert, nous saurons comment lutter. Et ce n'est toujours qu'une théorie. Si les héritiers de Vez ont été attaqués, elle tombe à l'eau.

— Sauf si notre ennemi veut brouiller les pistes, ou qu'il manque de renseignements, ou qu'il ne veuille prendre aucun risque, remarqua Rey. En fait, nous n'en savons pas plus qu'avant. Sans vous offenser, Corenn.

— Il y a tellement de choses que nous ignorons... soupira la Mère. Qui est l'Accusateur, et pourquoi ? Où mènent les portes ? Comment fonctionnent-elles ?

— Qu'ont vécu nos ancêtres ? renchérit Lana.

— Qui était Nol ? ajouta Léti. Et le Mog'lur ?

— Pourquoi Bowbaq est-il si grand ? plaisanta Rey.

Son intervention les détendit un peu, et il fut récompensé par quelques sourires. Mais les esprits restaient comme noyés dans un brouillard tenace et angoissant. S'ils ne trouvaient pas rapidement quelques réponses, ils y disparaîtraient à jamais.

* * *

La caraque guidait *L'Othenor* à bonne allure. Les Jez connaissaient bien les eaux des archipels, leurs courants, leurs récifs et leurs bandes sableuses, et ils naviguaient sans hésitation dans le labyrinthe d'îles nommé Beau Pays, empruntant des bras de mer où les héritiers auraient hésité à s'engager d'eux-mêmes.

Le capitaine mercenaire ne reprit la peine de leur adresser la parole qu'à une seule occasion. Lana tressaillit en entendant la traduction de Grigán. Le Jez lisait-il dans leurs pensées ?

— Il nous défend d'aller sur cette île, là-bas, répéta le guerrier pour ses compagnons. Il s'agit de l'île Sacrée des Guoris, bien sûr.

— Je pensais qu'il était interdit de poser le pied sur quelque île que ce soit, de toute façon ? lança Rey.

— En fait, il nous prévient de ne pas même en *approcher*. Ce serait un endroit... affreusement dangereux. Ça me surprend beaucoup.

Ils contemplèrent la terre isolée, couverte d'une épaisse végétation, et dont le seul relief était un sommet pelé culminant à quelques centaines de pas.

— Ça devient une habitude, pour nous, de visiter des îles interdites, plaisanta Yan.

— Une *spécialité*, même, précisa Rey avec un air guindé.

— Au moins, il n'y aura pas de Züu sur celle-là.

Ils essayèrent de ne pas penser à ce qu'ils pourraient y trouver d'autre. Les légendes courant sur Usul ne s'achevaient pas toutes dramatiquement, mais les thèmes de la mort et de la folie y revenaient quand même souvent.

Lana avait lu quelque part que les mortels succombaient parfois à l'immense connaissance du dieu. À son savoir inhumain. Usul était Celui qui Sait. Comme Eurydis était Celle qui Guide. La Maz ne parvenait pas à comprendre comment le Savoir, une des trois vertus du culte de la Sage, pouvait être source de tourment.

— L'île n'est pas censée être gardée ? s'étonna Corenn. Il n'y a aucun navire, et il ne me semble pas voir non plus d'habitations dans les terres.

— J'étais en train de me dire la même chose, réfléchit Grigán. À mon dernier passage, l'endroit fourmillait de vaisseaux. Je me demande ce que cela signifie…

— C'est mieux ainsi, affirma Bowbaq avec conviction. Ça sera plus facile.

— Pas sûr…

Le guerrier scruta l'île de son regard d'aigle pendant un bon moment encore, espérant y discerner un mouvement. Mais en vain. Elle disparut bientôt derrière une autre terre, se soustrayant à tout examen.

Ils parvinrent à Collection à la fin du jour. Un Jez donna de la corne, et un vieil homme portant barbe blanche et un simple pagne apparut peu de temps après sur la plage, avant de s'avancer sur le ponton de bois. Deux Jez le rejoignirent dans une chaloupe pour lui annoncer la visite d'un certain ami ramgrith. L'homme fit de grands gestes de salutations en direction de *L'Othenor* et les mercenaires partirent rapidement, leur tâche accomplie. Si Zarbone avait démenti Grigán, ou s'il n'avait pas daigné le recevoir, les Jez auraient chassé les héritiers du Beau Pays.

— Son île est *gigantesque* ! s'exclama Léti alors que Yan manœuvrait la felouque jusqu'au ponton. C'est une des plus grandes qu'on ait croisées !

— Il est très, très riche, confirma Grigán d'un air blasé. Mais à part sa passion pour les collections, il vit ici comme un Guori. C'est l'homme le plus étrange que j'aie rencontré. Avant de vous connaître, Reyan, bien sûr.

— Je vous retourne le compliment, répondit simplement l'acteur, pris de court.

L'Othenor accosta doucement et Grigán sauta sur le ponton pour l'amarrer. Il se tourna ensuite vers l'homme maigre à la peau dorée par des décennies de soleil. Zarbone l'étreignit avec enthousiasme.

— Depuis le temps, espèce de Ramgrith mal embouché, traîne-rapière, vieux pirate ! Je pensais qu'Aleb avait fini par t'avoir ! Tu aurais pu venir plus tôt !

L'homme avait lancé toutes ces insultes à Grigán en souriant, sans la moindre arrière-pensée, mais les héritiers n'imaginaient pas le guerrier passer l'éponge sur un tel manque de respect. À leur grande surprise, Grigán rendit l'étreinte à son ami avec une joie sincère.

— Vieux pirate toi-même ! Tu sens tellement la liqueur qu'on est venu guidés par l'odeur !

Zarbone rit de la saillie, et se recomposa une attitude alors que les compagnons de Grigán débarquaient. Le vieil homme parut rougir un peu plus sous sa barbe blanche quand le guerrier lui présenta successivement Léti, Maz Lana et Corenn.

— Pardonnez ma tenue, mes dames, s'excusa-t-il maladroitement. Vous êtes les premières femmes à visiter Collection.

— Merci de vous laisser envahir, maître Zarbone, répondit Corenn. Nous sommes flattées de cet honneur, et espérons vous déranger le moins possible.

— Mais vous êtes les bienvenus ! Je ne manque pas de place, s'exclama-t-il rasséréné, en balayant de la main l'étendue de sa propriété. L'ennuyeux avec une île, voyez-vous, c'est qu'elle soit entourée d'eau. Les visites sont rares !

Zarbone les entraîna sur la plage, puis dans un chemin serpentant à travers une végétation luxuriante. Grigán et lui échangeaient des souvenirs anodins en s'envoyant lazzis et boutades. Rey, qui excellait à ce petit jeu, se mêla bientôt de la conversation.

— On entend beaucoup d'animaux, les interrompit Yan.

— Même des fauves, renchérit Bowbaq, qui avait aussi remarqué l'inhabituel concert de grognements et feulements en tout genre.

— C'est ma collection d'animaux, répondit Zarbone d'un air blasé. À propos, si vous apercevez un genre de gros lézard blanc, long d'à peu près trois pieds, essayez de l'attraper sans lui faire de mal. C'est mon varan d'albâtre, il n'arrête pas de s'échapper. Sur une île, il ne peut pas aller bien loin, mais j'ai peur qu'il ne tombe dans la fosse aux rédostères, ou sur une anguille des sables en pleine ponte.

Il reprit son chemin comme si de rien n'était. Les héritiers l'observèrent avec des yeux ronds. Décidément, chaque étape de ce voyage était une aventure à elle seule.

* * *

Il avait beau habiter sur une île, Zarbone logeait dans une maison qui aurait fait pâlir d'envie la plupart des marchands loreliens. Il avoua qu'elle avait été bâtie par l'ancien gouverneur, et qu'il se contentait de la faire entretenir et de l'aménager selon ses besoins. Il payait grassement le roi des Guoris pour cette valeur ajoutée.

La maison s'étendait sur deux niveaux, mais le plus petit n'était qu'un support, les pièces principales se trouvant à l'étage supérieur. Elle n'était pas en bois, cannes et roseaux tissés, comme les héritiers s'y étaient attendus, mais bien en pierre et en marbre de qualité, qu'il avait obligatoirement fallu apporter du continent. L'opération avait dû s'étendre sur plusieurs années et coûter plus d'or qu'ils n'en verraient jamais. Mais le résultat en valait la peine.

— Des petits chats ! s'écria Léti alors qu'ils approchaient de l'entrée.

— Des chats *nains*, corrigea Zarbone en s'effaçant pour céder le passage. Ils sont censés être plus joueurs, mais ne font que dormir, et dormir encore. Eux ne se posent pas de questions sur le sens de la vie, au moins.

Léti caressa un des matous qui s'étirait langoureusement. De plus près, elle releva de nombreuses différences avec la race commune. Ils ressemblaient plus à des tigres miniatures qu'à de véritables chats. Affamée de tendresse, la petite bête suivit la jeune femme à l'intérieur.

— Si vous en voulez, je vous le donne, annonça le gouverneur. Il y en a tellement sur l'île, maintenant, qu'ils commencent à se battre entre eux. Vous ferez un heureux de celui-là.

La jeune femme remercia Zarbone, mais réserva sa réponse. Comment pourrait-elle s'occuper d'un animal, même si petit ?

Leur hôte les installa sur la terrasse surplombante et leur offrit à boire. Une fois ces civilités respectées, Grigán entra enfin dans le vif du sujet et narra en détail leurs démêlés avec les Züu. Zarbone fut très attentif pendant tout le récit, posant des questions pertinentes, haussant les yeux de surprise devant la détermination des tueurs rouges.

— C'est un magicien, murmura Corenn à Yan. Il a le tic.

— Le tic ?

— Regarde sa façon de désigner les objets en parlant, ou de les fixer. Tu vas comprendre.

Le jeune homme admit, après quelques instants d'examen, que Zarbone était *peut-être* magicien. Maintenant averti, il trouva les mêmes signes chez Corenn. Il se demanda s'il présenterait lui-même de pareilles preuves de son pouvoir.

Le vieil homme comprit rapidement que Grigán lui cachait certains éléments importants de son histoire. Toute la partie surnaturelle, en fait. Il ne s'en offusqua pas. *Vérité cachée est mensonge courtois,* dit le proverbe.

— Vous avez vraiment de gros ennuis, dit-il en constatant l'évidence.

Que penserait-il s'il savait pour le Mog'lur ? remarqua Rey pour lui-même.

— Vous êtes donc traqués par tous les Züu des Hauts-Royaumes, tueurs envoyés par un ennemi inconnu, et dont les motivations ne sont pas moins mystérieuses. Oui, vous avez vraiment de gros ennuis.

— Sans compter le mauvais caractère de Grigán, lança Rey.

— Vous ne pourriez pas vous arrêter de faire le pitre pendant un simple décan ? râla le guerrier.

— Là ! Vous voyez ! ajouta l'acteur, content de lui.

Zarbone ne goûta pas la plaisanterie. S'il était d'humeur joyeuse à l'arrivée des héritiers, il affichait maintenant une expression grave et réfléchie.

— Vous pouvez vous cacher ici, bien sûr. Mais les Züu ont une île à moins de douze milles, et ils finiront par apprendre votre présence, par les Guoris ou les mercenaires.

— Nous ne pouvons pas rester, de toute façon, ajouta Corenn.

Elle songeait à la façon dont le démon les avait retrouvés au Château-Brisé. Ils ne pouvaient espérer se cacher nulle part. Et ils n'avaient pas le droit de mettre Zarbone en danger, comme ils avaient peut-être exposé Séhane.

— Que puis-je faire pour vous aider ? Grigán, tu as besoin d'argent ? proposa-t-il, soudain inspiré.

— Tu m'en as déjà donné beaucoup trop, au cours de toutes ces années. Ne t'inquiète pas, nous avons ce qu'il faut.

— Nous voulons voir Usul, annonça Lana froidement.

Zarbone attendit sans répondre que quelqu'un démente la Maz. Ils ne pouvaient pas avoir réellement ce projet.

— Je vous le déconseille, déclara-t-il enfin. Mieux vaut pour vous affronter les Züu.

— C'est notre seule chance, renchérit Lana. Il nous faut des réponses. Et les Guoris gardent sûrement moins bien leur île Sacrée que les Züu leurs secrets.

— Vous ne comprenez pas, expliqua Zarbone avec gravité. Les Guoris ne gardent pas cette île pour leur seule jouissance. *Eux-mêmes* évitent d'y aller. Si des vaisseaux patrouillent là-bas, c'est pour empêcher quiconque de s'attirer une malédiction.

— Comment peut-on considérer le Savoir comme une malédiction ?

— J'ai entendu des histoires d'hommes dévorés par la curiosité, s'embarquant pour l'île Sacrée. Et j'ai vu quelques-uns de ceux qui avaient eu la chance de revenir. Ils deviennent fous, tout simplement. Ils restent prostrés pendant des jours, des lunes, des années parfois, et finissent par se suicider.

— Eurydis nous aidera, affirma Lana d'une voix qu'elle aurait voulue moins tremblante. Elle me donnera la force.

— Je regrette que vous preniez cette décision, conclut Zarbone avec mélancolie.

Le vieil homme était sûr de lui. Bowbaq sentit sa conviction s'ébranler. Puis il se rappela le Mog'lur et retrouva sa détermination.

— Il n'y a plus de vaisseaux en patrouille, là-bas, dit Grigán. Pourquoi ?

— Je l'ignorais. Il y en avait encore récemment. C'est une mauvaise nouvelle : ça signifie que les Guoris ont trouvé un meilleur moyen de garder la place. Quant à savoir ce que c'est…

Grigán acquiesça en soupirant. Il était arrivé à la même conclusion.

* * *

Léti décida finalement de garder le chat. La petite bête l'avait accompagnée fidèlement toute la soirée, surtout pendant le repas de poisson grillé qu'ils avaient partagé avec Zarbone.

Yan lui suggéra en plaisantant de l'appeler Grenouille, parce qu'il faisait plus de bonds que de pas. La jeune femme trouva cette idée charmante et l'adopta aussitôt. Le groupe d'héritiers s'enrichit donc d'un nouveau membre, un chat nain à l'âge indéterminé que Yan jalousait chaque fois qu'il sautait sur les genoux de Léti.

La jeune femme rappela à Bowbaq sa promesse d'utiliser ses pouvoirs d'erjak sur l'animal de son choix, et le géant affirma qu'il s'en acquitterait avec plaisir. Mais le choix de Léti choqua Rey.

— Pourquoi utiliser ton cadeau sur un *chat*? Tu pourrais demander à Bowbaq de dresser un chien, un loup, un ours, je ne sais pas, quelque chose d'utile?

— J'aurais du mal à prendre un ours sur mes genoux, répliqua Léti ingénument.

L'acteur renonça à la raisonner. Il savait, lui, comment il utiliserait les pouvoirs de Bowbaq ou de Corenn. Il en ferait de l'or, bien sûr. Mais ses amis n'étaient que des campagnards incapables d'apprécier les vraies valeurs des sociétés civilisées.

Zarbone leur fit les honneurs de ses collections. Ils en passèrent plusieurs en revue, des cadrans solaires aux poteries mémissiennes, en passant par les dagues et les manuscrits rares. La visite de la réserve d'animaux fut reportée au lendemain.

Rey lui donna la *hati* qu'il conservait depuis le début de son périple. Cet objet le répugnait et il songeait depuis un moment déjà à s'en débarrasser. Zarbone accepta le présent avec une joie sincère. Il possédait déjà une pièce semblable, mais incomplète. Il prolongea tellement ses remerciements que même Rey en fut gêné.

Corenn se plongea dans les manuscrits dès que la politesse le lui permit, pendant que Léti contemplait les rayonnages chargés de centaines de volumes plus ou moins bien conservés. Tant d'écrits l'impressionnaient.

— Ce serait amusant de trouver quelque chose sur nos ancêtres là-dedans, dit-elle en faisant glisser ses doigts sur les dos bien alignés.

— Il y a quelque chose, se souvint Grigán. Zarbone me l'a montré il y a quelques années. Tu te rappelles…

— Bien sûr, confirma le vieil homme en s'emparant d'un épais volume.

La page était marquée et il retrouva tout de suite le paragraphe. Tous attendaient sa lecture avec impatience.

— C'est dans *Les Cinq Dynasties du sultanat*. Je suis tombé dessus par hasard, en réparant la reliure. Je lis « *Or donc, le sultan Absoura n'avait plus de chef de guerre, depuis qu'il avait envoyé celui-ci le représenter sur l'île Ji en Lorelia, sur les conseils d'un étranger nommé Nol. Jamais l'émissaire n'était reparu, et Absoura fut confronté au problème de choisir un nouveau chef de guerre parmi...* » Le reste est sans intérêt pour vous, j'ai parcouru tout le chapitre. Il n'y pas grand-chose, vous voyez.

— Vous permettez ? demanda Corenn en tendant la main vers le livre.

— Bien sûr.

La Mère parcourut avidement les quelques lignes mentionnant l'aventure de leurs ancêtres. L'émissaire cité ne pouvait être que Ssa-Vez. Pourtant, quelque chose n'allait pas... Lana fùt la première à trouver quoi.

— Je ne me souviens pas d'un sultan nommé Absoura, déclara-t-elle. Mes leçons d'histoire remontent à bien loin, mais je devrais tout de même me rappeler le nom...

Cette remarque fut l'étincelle déclenchant un incendie dans l'esprit de Corenn. La Mère se précipita dans les premières pages du volume et y trouva rapidement ce qu'elle cherchait. C'était plus fort, plus étonnant que tout ce qu'ils avaient vu jusqu'à présent.

— Ce livre est vieux de plus de trois cents ans ! déclara-t-elle avec solennité. Des hommes ont suivi un certain Nol sur l'île Ji deux siècles avant nos aïeuls !

Les héritiers se dévisagèrent avec effarement. Leurs recherches amenaient toujours plus de questions, plus de mystères, et sûrement plus de dangers.

Zarbone demanda le livre et vérifia la date. Corenn avait raison, bien sûr. Il parcourut les dernières pages et confirma que le texte ne mentionnait pas les sultans les plus récents. Il ne pouvait s'agir d'une erreur ; le livre était bel et bien vieux de trois siècles.

— Il est impossible qu'il s'agisse du même Nol, commenta Rey sans assurance.

— Impossible ne veut plus dire grand-chose pour nous, rappela Grigán, imperturbable.

Il ne pouvait pas mentionner devant Zarbone la porte de Ji, l'autre monde, le Mog'lur, mais tous les avaient en mémoire. Ils avaient effectivement franchi depuis longtemps les frontières du réel.

— Qu'est-ce que ça voudrait dire ? demanda Léti. Que des sages sont réunis à Ji depuis des millénaires, peut-être ? Mais pourquoi ?

— Pour prendre la « décision importante » de Nol, rappela la Mère. Mais nous n'avons aucune idée de ce dont il s'agit.

Ils se turent quelques instants, gênés par la présence de Zarbone. Il était hors de question de l'impliquer plus encore dans leur aventure et de mettre sa vie en danger. Ils devraient discuter de cela plus tard.

Corenn jugea toutefois le moment opportun pour leur faire part de son projet.

— Plus que jamais, nous avons besoin d'informations. Je pense que tout le monde est maintenant convaincu de la nécessité de rencontrer Usul, selon l'idée de Lana ?

Ils acquiescèrent gravement, pendant que Zarbone secouait la tête de dépit.

— Si cela s'avère stérile ou insuffisant, je propose d'avoir recours à une autre source de savoir. Beaucoup moins mystérieuse, et sûrement presque aussi fiable.

— C'est quoi ? Un autre dieu ? badina Rey.

— Non. Quelque chose de tout à fait humain. La Bibliothèque éclectique impériale de Romine. Que vous connaissez peut-être mieux sous le nom de *bibliothèque de la tour Profonde*.

— Personne ne peut y entrer, objecta Grigán, suivant son caractère modérateur.

— Elle est hantée, renchérit Lana d'une voix tremblante. On dit que des spectres y veillent depuis des siècles. J'aurais moins peur de rencontrer Usul que d'aller là-bas.

Yan, Léti, Rey et Bowbaq avaient des avis partagés. Si Corenn pensait que cette étape pouvait les aider, alors mieux valait y passer. Et ils avaient survécu à tant de choses déjà qu'une bibliothèque, même hantée, semblerait un endroit bien paisible. Enfin, du moment que la Mère l'avait mentionné, ils étaient déjà convaincus de s'y retrouver un jour prochain, quoi qu'il arrive…

— Je peux vous y faire entrer, annonça Zarbone avec fierté. Si vous le voulez vraiment, je peux vous aider.

— Comment ça ?

— J'ai un ami, à Romine, qui se charge de trouver quelques pièces rares pour ma propre bibliothèque. Je suis sûr qu'il se les procure dans la tour Profonde. Il ne me l'a jamais vraiment dit, mais la façon dont il élude ma question à chaque fois me paraît un aveu suffisant.

— Si c'est vrai, pourquoi nous aiderait-il ?

— Je vais vous écrire une lettre de recommandation. Ça le décidera peut-être. Sinon, proposez-lui de l'or. C'est triste à dire, mais il cherche toujours à amasser des monarques, bien qu'il en possède au moins autant que moi.

Corenn et Grigán remercièrent Zarbone pour son aide. Si quelqu'un pouvait les faire entrer dans la tour Profonde, le projet pouvait être sérieusement envisagé. Lana mourait déjà d'angoisse de rencontrer Usul. Elle devrait bientôt s'accommoder de spectres, en plus !

— Vous ne trouvez pas ça trop facile ? demanda Rey, très sérieusement pour une fois. Nos ancêtres essaient en vain de percer le mystère depuis plus d'un siècle. Nous en avons déjà appris plus qu'eux en quelques décades seulement.

— Vous trouvez ça facile, vous ? s'emporta Grigán.

— Aucun n'a été aussi motivé par les événements que nous, expliqua Corenn. Ce que nous accomplissons, nous sommes poussés à le faire.

— Mais si vous trouvez ça facile, tant mieux pour vous, renchérit le guerrier. Parce qu'à mon avis, le plus dur reste à venir.

* * *

Les héritiers visitèrent la collection d'animaux de Zarbone le lendemain, sauf deux d'entre eux. Yan avait immédiatement abandonné le projet quand Corenn lui avait proposé une nouvelle leçon de magie. Il savait être proche de la fin des cours théoriques, et il lui tardait de passer à la pratique. Léti était déjà une guerrière, alors que lui n'était toujours qu'un apprenti sorcier.

La leçon eut lieu sur la plage, sous le soleil. Corenn transmettait son savoir par la simple parole, ce qui leur permettait de s'installer n'importe où, ou de disserter tout en marchant, ce qu'ils faisaient aujourd'hui.

— T'es-tu jamais demandé pourquoi tu avais réussi l'épreuve avec ton coquillage, et pas avec la pièce ?

— Oui, bien sûr. J'ai d'abord pensé que cette pièce gênait ma concentration. Mais je suppose que l'explication est plus compliquée ! Peut-être la composante Terre du coquillage était-elle plus forte que celle de la pièce, et donc plus facile à infléchir ?

— Ce pourrait être ça, admit Corenn. Mais pour des objets si petits, les différences ne sont pas si grandes qu'elles jouent à ce point sur la réussite ou l'échec d'un sort. Il s'agit d'autre chose. De la *réceptivité* des objets au pouvoir.

Yan écoutait attentivement les explications de la Mère. À la fin de chaque cours, il pensait tout savoir ou presque sur la magie. Mais Corenn apportait sans cesse de nouvelles notions qu'il assimilait de son mieux. Il avait compris depuis longtemps l'intérêt de ces cours magistraux. S'il avait dès le début enchaîné les tours, il serait maintenant comme un homme qui mange des champignons sans les connaître... mort.

— En théorie, continuait la Mère, toute chose est altérable, car comportant les quatre élémentaires. Mais en pratique, les magiciens ont remarqué des différences de réceptivité, même entre deux objets semblables, fabriqués dans le bois d'un arbre unique, par exemple. C'est encore inexpliqué. Cela reste le plus grand mystère de la magie.

Yan ouvrit des yeux ronds. C'était la première fois que la Mère ne lui proposait pas une interprétation, même fantaisiste, de l'un des aspects du pouvoir.

— Certains parlent d'une cinquième composante, reprit-elle. Quelque chose qu'on appellerait *récept*. Mais personne n'arrive vraiment à le définir, ni à expliquer son fonctionnement. Il semble juste que, plus une chose a été l'objet d'attention humaine, plus son récept est fort, et plus il est facile d'y appliquer sa Volonté. Mais même cette règle souffre d'irrégularités et d'exceptions.

— Est-ce que le récept d'un objet varie d'un jour à l'autre ?

— Bonne question, le félicita Corenn. Non, s'il est fort un jour, il l'est toujours le lendemain, ou même l'année suivante. Peut-être change-t-il après quelques siècles, mais personne ne vit assez longtemps pour s'en assurer.

Cela leur rappela l'étrange découverte de la veille. Nol avait peut-être, lui, vécu assez longtemps. L'idée que Nol fût leur ennemi avait traversé les esprits, mais ils évitaient pour l'instant d'en parler, tant les implications étaient pessimistes.

— J'ai entendu quelques rares histoires, toutefois, mentionnant des objets au récept considérable, qui perdaient totalement cette faculté après une manipulation excessive par la Volonté. Les magiciens déclarent ces objets *aboutis*. Ils sont alors insensibles au pouvoir. Mais je n'en ai jamais été témoin.

— Dommage, commenta Yan en contemplant son médaillon.

Il songea à celui qu'il avait offert à Léti. Il n'avait eu aucun mal à faire pénétrer le papier dans l'opale. Le récept de la pierre devait être très grand. L'opale était-elle maintenant *aboutie*? Si oui, ce qu'il avait écrit durerait éternellement. Cette idée lui plaisait beaucoup.

— Tu es maintenant un magicien à part entière, Yan. Tu en sais pratiquement autant que moi. Je n'ai qu'à te rappeler que la véritable puissance n'est pas dans l'utilisation excessive de la Volonté, mais dans l'intelligence avec laquelle tu en uses. La magie ne te place pas au-dessus des autres. Elle t'en rend responsable.

Yan acquiesça avec gravité. Il prenait les conseils de Corenn très au sérieux. Il n'était plus le jeune pêcheur naïf d'un petit village kaulien. C'était un homme qui avait affronté la mort, traversé plusieurs pays, été confronté à des problèmes qu'il n'aurait jamais imaginés. Il était depuis toujours intelligent. Il s'imprégnait maintenant de la sagesse des anciens.

— Bien! Il ne reste plus qu'à trouver ton nom. C'est une coutume, précisa la Mère d'un air enjoué. Que penses-tu de Yan le Curieux?

— Heu… Je ne sais pas… C'est un peu négatif, non? répondit le jeune homme surpris.

— Yan le Fidèle, alors? La règle veut que le maître choisisse le nom de son apprenti, mais je ne voudrais pas en prendre un qui te déplaise.

— Le Curieux sera très bien, affirma-t-il, effrayé par l'éventualité de se faire appeler le Fidèle.

Il se demandait d'où la Mère tirait de pareilles idées. Elle passait d'une conversation sérieuse à la plaisanterie en un temps remarquable.

— Allons donc nous présenter à Zarbone, maître Yan le Curieux. Ce sont des choses qui se font, dans notre confrérie.

Ils trouvèrent le vieil homme au milieu des enclos, vantant la rareté de ses rédostères, bouquetins dorés et autres curiosités qui faisaient la splendeur de sa collection. Léti retenait à grand-peine Grenouille, qui voulait absolument rendre visite à chacun des animaux. Le chat nain était tellement rebelle qu'elle songea à le rebaptiser Reyan.

— Maître Zarbone, annonça la Mère en l'entraînant à l'écart. Je suis Corenn la Sagace, et voici Yan le Curieux. Tous deux spécialistes de la Terre.

— Ravi de vous rencontrer, répondit le gouverneur en jouant le jeu. Je suis Zarbone. Le Collectionneur, bien sûr. Autrefois spécialiste du Vent. Il y a tellement longtemps que je n'ai pas exercé

Ils entamèrent une discussion technique, laissant les autres poursuivre la visite. Yan exultait. Pour la première fois, il avait achevé un apprentissage. Il avait un talent bien à lui. Il faisait partie d'une confrérie

Il avait enfin quelque chose à offrir à Léti.

* * *

Les héritiers embarquèrent le soir même pour l'île Sacrée des Guoris. Leur visite chez Zarbone n'était qu'une étape, et ils ne voulaient pas compromettre plus encore celui qui les avait déjà beaucoup aidés, ne serait-ce que par ses renseignements sur la tour Profonde de Romine.

Lana regardait ces hommes et ces femmes se préparer au départ. Ils l'avaient immédiatement acceptée comme l'une des leurs. Ce qu'elle était, bien sûr, puisqu'elle descendait également des sages de l'île Ji. Mais ils avaient tous en commun une certaine violence, une certaine rage de vivre qu'elle ne pensait pas posséder. Qu'elle enviait presque.

Les quitter était impensable. Ils portaient des armes, se souciaient peu de la Morale d'Eurydis, mais elle avait besoin d'eux, de leur protection, de leur amitié.

Sa préparation se résuma à une longue prière, où elle confia ses craintes et ses regrets d'exposer tellement de gens aux dangers d'une confrontation avec Usul. Elle demanda à la déesse de veiller sur eux. De leur assurer la paix de l'esprit, si les choses venaient à mal tourner. De protéger au moins les plus jeunes.

La prière eurydienne n'était soumise à aucun rituel particulier en dehors des temples. On pouvait s'adresser à la déesse n'importe où, comme on le désirait, tant que c'était avec respect. Lana se contentait généralement de s'asseoir contre un arbre et de fermer les yeux. Elle eut la surprise, en les rouvrant, de trouver Léti à ses côtés.

Étrange spectacle, que celui de cette jeune femme habillée de cuir et d'acier, portant rapière et couteau, priant la déesse de la paix avec autant d'application. *La violence n'est pas dans les cœurs,* songea-t-elle, *mais dans la mémoire*... Léti avait traversé tellement d'épreuves...

La Maz posa doucement la main sur l'épaule de la jeune femme, qui la repoussa par réflexe, avant de découvrir, gênée, qui en était la propriétaire.

— Pardon, je... Je pensais encore à...

— Ce n'est rien, la rassura Lana, imaginant sans mal quel souvenir difficile pouvait la torturer. Nous sommes tous un peu nerveux. Je voulais juste te prévenir que je rentrais.

— Je vous accompagne.

Elles trouvèrent les autres chez Zarbone, où ils devaient prendre un dernier repas en commun avant d'embarquer. Le vieil homme était morose. Il avait consacré toute sa journée à essayer de les dissuader de leur projet, convaincu qu'il les voyait pour la dernière fois…

Les héritiers ne montraient quant à eux aucun signe de regret. Ils quitteraient leur ami en le laissant *vivant*, et c'était déjà une raison de se réjouir. Cette nuit, ils auraient leurs réponses. Cette nuit, ils connaîtraient enfin le nom de leur ennemi. Ils attendaient ce moment depuis si longtemps que les dangers évoqués par les légendes d'Usul semblaient dérisoires.

Et puis, Lana était Maz. Cela les mettait en confiance. Les dieux devaient tout de même avoir une certaine estime pour les Maz, n'est-ce pas ?

Ils ignoraient, bien sûr, que Lana était la plus terrorisée d'entre eux.

Le repas fut vite expédié, et les héritiers se rendirent sur *L'Othenor*, accompagnés de Zarbone qui leur fit ses adieux sur la plage. Grigán lui promit de revenir dès que possible, lorsque leurs problèmes seraient résolus. Le vieil homme évita de faire remarquer que le guerrier nageait dans les ennuis depuis vingt ans sans parvenir à s'en dépêtrer.

Léti dut porter Grenouille jusqu'au bateau, le chat ne trouvant pas amusant de suivre sa maîtresse sur le ponton surplombant la mer. Il dévala aussitôt vers les cabines où il resta très longtemps à jouer dans les hamacs et les couvertures.

Il fut bien le seul à y goûter. Les autres connurent une nuit agitée.

* * *

Zarbone leur avait fourni une carte détaillée de cette partie du Beau Pays, mais la navigation de nuit restait périlleuse. Les héritiers n'avaient allumé aucune lanterne sur *L'Othenor*, et peu de feux signalaient la proximité des îles les plus grandes. Ils avançaient pratiquement à l'aveuglette sous la pâle clarté de la lune mendiante.

Bowbaq sentait revenir ses vieilles angoisses. La mer était plus terrifiante encore à la nuit tombée. La frontière entre les profondeurs et la surface se faisait moins précise. Il imagina qu'ils étaient en train de se perdre dans des flots sombres et inhospitaliers, dont ils ne pourraient jamais ressortir.

Il chercha à émerger de sa rêverie en sautant d'un pied sur l'autre. Sentir la solide réalité du monde l'aidait parfois à se sentir mieux... Mais pas ce soir.

— Je me souviens d'une légende de mon pays, annonça-t-il avec gravité. Elle prétend que l'ombre de la lune révèle la véritable apparence des choses.

Ses amis attendirent en silence de voir où le géant voulait en venir, mais Bowbaq n'ajoutait rien.

— Pourquoi racontes-tu ça ? demanda finalement Rey.

— Je n'ai pas vu l'ombre du Mog'lur, répondit le géant d'une voix pleine de regrets. Je me demande si j'aurais vu celle d'un enfant... En fait, je suis sûr que j'aurais vu l'ombre d'un enfant.

— Ton ombre est celle d'une montagne, déclara Rey, autant pour plaisanter que pour réconforter son ami. Il faudra que les démons se mettent à beaucoup s'ils veulent te faire tomber.

L'acteur reprit ensuite l'affûtage de sa rapière, comme si de rien n'était. Rey avait troqué ses riches vêtements contre ses habits de voyage habituels, plus pratiques. Son attitude exceptionnellement sérieuse laissait deviner qu'il avait, lui aussi, quelques angoisses sur leur avenir.

Sur l'île Ji, il avait échappé de peu à la mort. Il comptait bien survivre également à l'île Sacrée des Guoris.

— Vous voyez que vous pouvez être charmant, lui glissa gentiment Lana à l'oreille.

— Votre ombre à vous est celle d'une femme divinement belle, enchaîna aussitôt l'acteur. Mon ombre aimerait mieux la connaître.

Lana répondit par un sourire gracieux, mais sans joie, avant de s'éloigner. Ce que suggérait Reyan était impossible, même s'ils ne s'étaient trouvés dans une si terrible situation. En tant que Maz, elle ne pouvait se résoudre à une aventure avec un athée. Aussi tentante que fût l'idée...

— Main gauche ! lança Grigán d'une voix basse. À main gauche !

Yan corrigea le cap, se fiant aux indications du guerrier au regard perçant. Grigán était installé à la proue, presque couché sur le pont, et leur servait de vigie. Corenn l'aidait en lui fournissant les indications du plan de Zarbone. La méthode avait bien fonctionné jusqu'alors, mais ils redoutaient encore de se perdre ou de s'échouer sur un banc de sable non signalé.

— Il y a des lumières qui bougent, là-bas ! murmura Léti.

Elle désignait un groupuscule de feux à cinq cents pas à main droite. Ceux qu'ils avaient déjà croisés n'étaient que les éclairages des résidences insulaires. Mais pas cette fois. Les feux mobiles étaient ceux d'un bateau. Les mercenaires de surveillance.

Comme convenu, Yan et Rey amenèrent la voile et laissèrent *L'Othenor* glisser sur son élan, dans le silence le plus complet. Le navire mercenaire s'éloigna tranquillement sans changer de cap. Mais cela prit un peu de temps avant que les héritiers soient vraiment hors de danger. *L'Othenor* avait peut-être beaucoup dérivé.

— Nous avons perdu la route, annonça franchement Grigán après observation.

Les instants suivants parurent très longs à tout le monde. S'ils étaient toujours dans la bonne direction, ils devaient croiser une cathédrale de corail. Grigán la repéra enfin, simple promontoire de deux pas de haut, et ne put retenir un soupir de soulagement.

Corenn consulta de nouveau le plan, bien qu'elle le connût alors pratiquement par cœur. L'île Sacrée des Guoris n'était plus très loin. *Était-ce vraiment une bonne idée ?* se demanda-t-elle pour la centième fois. Puis elle se rappela les mystères menaçants entourant leur quête. Les réponses qu'ils pourraient obtenir d'Usul décideraient de leur salut. Oui, il leur fallait aller là-bas.

— À main gauche après le corail, Yan, chuchota-t-elle à l'adresse du jeune homme.

Yan s'exécuta avec beaucoup de maîtrise. Il était à la fois exalté et anxieux, comme à chaque fois que les héritiers connaissaient un moment important. Exalté par la joie de découvrir, d'apprendre, de vivre. Anxieux, parce que cette existence si nouvellement riche pourrait se trouver écourtée, ou rendue douloureuse, si un malheur arrivait à Léti ou à un autre de ses amis.

Il observa la jeune femme avec tendresse. Elle avait changé, tout comme lui. Il se sentait plus expérimenté, plus adulte. *Elle* était devenue plus forte. Plus dure, aussi. Adulte par les épreuves, sans qu'elle en ait eu le choix.

Il espérait qu'ils n'avaient pas changé au point d'être trop différents. Lui la trouvait plus intéressante et plus belle que jamais. S'il avait appris la magie, c'était surtout pour avoir enfin un talent à lui offrir. Il voulait la protéger, vivre avec elle, rire avec elle, avoir des enfants qui lui ressembleraient. Il le voulait depuis toujours.

Ce n'était pas de l'obsession, mais simplement son idée du bonheur. Yan n'avait aucunement l'intention de harceler Léti sa vie entière, si la jeune femme avouait d'autres projets. Mais dans cette nuit profonde, sur une mer lointaine, alors qu'ils étaient traqués par un ennemi puissant sans aucun endroit où se réfugier, s'accrocher à ses rêves semblait la meilleure chose à faire.

Léti se tourna vers lui et le gratifia d'un sourire affectueux, comme si elle avait pu entendre ses pensées. Oui, songea-t-il avec une détermination renouvelée. La meilleure chose à faire.

* * *

— Nous sommes arrivés, annonça Grigán. L'île est droit devant.

Les héritiers se demandèrent si le guerrier exprimait une affirmation ou une intuition. Il était le seul à voir quelque chose. Mais alors que *L'Othenor* avançait, ils discernèrent peu à peu la masse sombre de l'île Sacrée des Guoris se détachant de quelques centaines de pas sur l'horizon.

— Elle est plus petite que l'île Ji, remarqua Bowbaq avec candeur.

— Usul n'en sera que plus facile à trouver, plaisanta Rey. On n'aura qu'à s'installer sur la plage et hurler « Hé ! Est-ce qu'il y a un dieu, par ici ? Ou c'est sur l'île d'à côté ? »

Lana tressaillit à ce blasphème. Bien qu'elle fût à l'origine de cette idée, elle ne parvenait toujours pas à croire qu'ils allaient rencontrer *un dieu*. Oh, elle était convaincue de son existence : mais c'était une chose de prier dans la quiétude d'un temple, et une autre de s'adresser de vive voix à un être éternel.

Un accord tacite l'avait désignée comme leur porte-parole auprès d'Usul. Elle avait appris consciencieusement la liste de questions préparées sous la direction de Corenn. *Elle* s'adresserait bientôt à un dieu. Elle était morte de peur.

Yan réduit encore la vitesse de *L'Othenor*, sur les conseils de Grigán. Les Guoris avaient pu installer des poutres, rochers ou autres écueils pour faire échouer les bateaux ignorant l'interdiction, comme ils étaient en train de le faire. C'est donc à très faible allure que la felouque s'approcha de l'île.

Ils faisaient de leur mieux pour percer l'obscurité, mais sans résultat. L'intérieur des terres restait indiscernable. Au plus percevaient-ils la lisière entre la végétation et la plage.

L'espoir des héritiers était que les Guoris aient abandonné l'île pour la faire tomber dans l'oubli. Ce qui est accessible à tous n'intéresse personne, et à la génération suivante, il ne serait resté d'Usul que des légendes. Mais les indigènes avaient jusque-là déployé tellement d'efforts pour en tenir tout le monde à l'écart qu'un tel changement de méthode s'avérait peu probable. Ils avaient forcément trouvé un meilleur moyen de tenir les gens à distance du dieu.

La felouque se fut bientôt assez rapprochée pour que Rey jette l'ancre. Ils ne pouvaient risquer d'avancer encore et de s'échouer. La plage n'était plus qu'à cent cinquante pas. Grigán sonda le fond et décida qu'il valait mieux utiliser leur chaloupe, au grand soulagement de Bowbaq qui n'avait aucune envie de se plonger dans l'eau sombre.

La barque était juste assez grande pour quatre personnes, et il fallut deux voyages à Yan pour amener tout le monde à terre. Grigán, Léti et Rey furent les premiers à prendre position, armes à la main et sens en éveil. Les autres les rejoignirent bientôt.

Bowbaq alluma deux lanternes qu'il avait modifiées selon les conseils du guerrier : deux larges planches de bois masquaient la lumière d'un côté pour la réfléchir partiellement de l'autre. Le géant se chargea d'en porter une et confia l'autre à Yan.

— N'oubliez pas de garder la lumière tournée vers l'intérieur de l'île, rappela le guerrier. Et ne la levez pas trop haut. Nous avons juste besoin de voir où nous mettons les pieds. Pas de nous signaler à tout le Beau Pays.

Le groupe se mit en marche, Yan en tête, couvert par Grigán armé de son arc. Lana suivait, protégée par Rey chargé de son arbalète. Venaient ensuite Bowbaq, Corenn, et enfin Léti qui fermait la colonne. Ils avaient adopté sans se consulter une formation stratégique. Grigán remarqua aussi que chacun s'efforçait de faire le moins de bruit possible, sans qu'il ait eu besoin de le demander. Ses compagnons avaient beaucoup appris, songea-t-il avec une certaine satisfaction.

Usul était censé se trouver au sommet du mont surplombant l'île, aussi prirent-ils cette direction. Mais à peine eurent-ils fait vingt pas qu'ils durent s'arrêter.

— J'ai trouvé un cadavre, prévint Yan d'une voix rauque.

Grigán s'accroupit pour examiner la charogne putrescente, causant ainsi beaucoup d'émoi dans une colonie d'asticots implantée depuis plusieurs jours. C'était le cadavre d'un aurochs adulte de belle taille. La bête était presque intacte, à l'exception des dizaines de petites coupures qu'elle présentait sur tout le corps, peut-être faites par des charognards après sa mort.

— Il ne devrait pas y avoir d'aurochs ici, déclara Bowbaq avec trouble. Comment est-ce possible ?

— Mais il n'y a pas d'aurochs ici, Bowbaq, répondit Rey. Pas d'aurochs vivant, en tout cas.

— De quoi est-il mort ? s'enquit Lana. Maladie ?

— Peut-être, répondit simplement le guerrier. Bon, allons-y. J'aimerais quitter cette île au plus tôt.

Grigán avait déjà vu bon nombre de charognes, dans sa vie. Mais jamais il n'avait entendu parler de maladie qui vidât les animaux de leur sang. Cette île comptait au moins une espèce vampire, chauve-souris ou autre.

Il pensait inutile d'inquiéter ses compagnons avec ce détail. Pour une fois, le guerrier se trompait.

* * *

La créature se tourne et s'agite dans son sommeil. Beaucoup d'esprits sont tournés vers elle à cet instant. Certains sont très puissants. Elle les perçoit alors même qu'elle est plongée dans ses rêves les plus profonds.

Elle rêve de franchir la mer, de traverser la nuit, de sentir la peur et la souffrance des humains. C'est un rêve agréable. Mais viennent parfois s'y mêler des images d'enfants, de vallée, de porte, et d'autres choses qu'elle ne comprend pas, dont elle ne se souvient pas. Ces émotions lui déplaisent. Sa haine des humains en est renforcée. Alors, elle chasse ses rêves et se met en quête des esprits qui lui parlent continuellement, comme un bruit de fond dans ses pensées.

Elle décèle tout de suite celui de son ami et en apprécie l'intensité. Mais là n'est pas ce qu'elle cherche. Elle en trouve mille autres facilement et les rejette avec dédain. Ils ne sont pas dignes d'attention. Elle en survole ainsi plusieurs milliers, bavards insipides aux pensées ennuyeuses. Elle sort partiellement de son sommeil et se force à écouter mieux. Elle entend enfin des esprits intéressants, ceux des humains qu'elle aura bientôt à tuer. Ils la détestent. Ils la craignent. La créature s'en réjouit et y puise une nouvelle force.

En se réveillant tout à fait, elle pourrait tuer tout de suite un ou deux de ces humains, par sa simple pensée. Mais il lui faudrait ensuite dormir longtemps, trop longtemps. Et ce ne serait pas amusant. Sa dernière escapade chez les mortels lui a donné le goût du sang. Une distraction comme une autre. Et la créature s'ennuie tellement…

Elle se laisse à nouveau glisser dans le sommeil, se réjouissant des beaux jours à venir. Elle sera bientôt assez forte pour n'avoir plus aucun besoin de dormir. Chaque jour augmente sa puissance.

Comme elle écoute toujours, presque assoupie, elle entend un autre esprit tourné vers elle. Près de ses ennemis humains. Un esprit aux pouvoirs démesurés, beaucoup plus puissants que les siens.

Elle le reconnaît et s'éveille pour de bon. *Usul.* Elle se souvient, maintenant. Elle se rappelle chaque moment. Et la haine la gagne au plus profond de son être, et elle hurle de souffrance et de colère dans la nuit.

* * *

— Vous avez entendu ça ?

Grigán fit s'arrêter la colonne et écouta un moment les bruits de la forêt tropicale de l'île Sacrée. Mais il ne perçut que les hululements de quelques oiseaux nocturnes, et les chants d'une dizaine d'espèces d'insectes insomniaques.

— Qu'avez-vous entendu ? demanda-t-il à Lana, qui avait donné l'alerte.

— Je ne sais pas, à vrai dire, s'excusa la Maz. On aurait dit un cri. J'ai dû me tromper. Je suis trop nerveuse, pardonnez-moi.

— Ne vous excusez pas. Mieux vaut donner dix fausses alertes qu'en ignorer une vraie. N'hésitez pas à recommencer.

Le groupe reprit sa progression et chacun oublia l'incident, sauf Lana qui pensait entendre encore résonner le cri. Puis elle l'oublia elle aussi, son attention toute tournée vers les difficultés de cette marche nocturne, et l'imminence de la rencontre la plus importante de sa vie… peut-être la dernière.

Les héritiers n'avaient pas encore trouvé par quel moyen les Guoris gardaient leur île Sacrée. Jusque-là, tout avait été trop facile. Une nouvelle crainte s'ajoutait à leur trouble : et s'il n'y avait *rien* à garder ? Si l'île n'abritait pas plus de dieu que de margolin volant ?

C'est en ruminant ces pensées pessimistes qu'ils arrivèrent aux premières pentes du mont culminant. Ils étaient maintenant au cœur des terres, et l'animal le plus gros qu'ils avaient croisé était un petit singe mimastin peu courageux. L'île était déserte, mais c'en était presque plus angoissant que si des hommes y avaient patrouillé.

Grigán contempla le mont de pierres et de sable qu'on aurait simplement appelé « colline » sur le continent. La végétation s'y accrochait jusqu'aux trois quarts, laissant aux rochers les honneurs du sommet. Là-haut, ils seraient à découvert. Si danger il y avait, c'était pour bientôt.

— Éteins ta lanterne, Bowbaq, demanda-t-il. Nous n'allons en garder qu'une.

Le géant s'exécuta pendant que Yan disposait une étoffe sur sa propre lampe, diminuant ainsi sa clarté. Un frisson parcourut Bowbaq alors que les ténèbres se refermaient sur le groupe. Il n'avança plus que les poings fermés, sursautant à chaque mouvement ou bruit suspect.

L'escalade n'était pas difficile, la pente étant douce et les plantes pouvant servir de point d'appui. Mais les héritiers progressaient avec tant de précautions qu'ils mirent autant de temps à atteindre les derniers végétaux qu'il en avait fallu pour rejoindre la colline.

Le sommet n'était plus qu'à une cinquantaine de pas, et il n'y avait toujours pas trace d'Usul, ou de quoi que ce soit d'autre. Sentant l'hésitation de Grigán à faire courir un risque au groupe, Corenn s'engagea résolument à découvert, bientôt rattrapée par le reste de la procession.

Ce mont avait dû être un volcan, quelques éons plus tôt. Mais il n'en restait plus d'autre trace que des failles éparses et plus ou moins larges, et un tapis de roches froides depuis les Deux Empires.

— Usul serait venu à notre rencontre, s'il s'était montré un hôte poli, marmonna Rey. Je ne suis pas près de lui refaire l'honneur d'une visite.

— Ça m'étonnerait que nous en ayons l'occasion, de toute façon, répondit Corenn.

Personne n'osa demander ce que la Mère entendait par là. Ce qu'ils ne voulaient surtout pas entendre, c'était Corenn avouer son manque de confiance dans l'avenir. Ils avaient trop besoin de son côté rassurant.

Ils furent au sommet avant de s'en rendre compte. C'était un plateau plus ou moins régulier d'une trentaine de pas de diamètre environ. Grigán scruta lentement les alentours en les menaçant de son arc, où il tenait une flèche encochée depuis qu'ils avaient quitté *L'Othenor*.

— Il n'y a rien, ici, commenta Rey avec dépit. *Uuu-suuul !* appela-t-il une fois, puis une seconde fois un peu plus fort. Nous sommes là ! Tu as de la visite !

— Taisez-vous ! ordonna Grigán sur un ton qu'il n'avait pas employé depuis longtemps. Vous tenez vraiment à ce qu'on se fasse repérer ?

— Mais il n'y a personne, ici, cher ami. Personne !

Léti s'approcha de Lana avec une expression triste. Elle ne voulait pas croire à un nouvel échec, une nouvelle déception.

— Maz… demanda-t-elle avec respect. Où est Usul ? Pourquoi n'est-il pas là ?

Lana haussa doucement les épaules, embarrassée par son ignorance. Que pouvait-elle dire à cette jeune femme qui lui offrait toute sa confiance ?

— J'ai trouvé quelque chose, annonça soudain Yan. Faites attention en approchant.

— Qu'est-ce que c'est ? Un autre cadavre ? demanda Rey.

— Regarde toi-même.

Les héritiers se regroupèrent derrière le jeune homme porteur de l'unique lanterne allumée du groupe. Yan l'approcha du sol, découvrant ainsi les bords rocheux d'un puits à l'apparence profonde. Il en fit le tour avec précaution et annonça son diamètre quatre pas.

— Nous aurions pu y tomber, remarqua Corenn avec effroi. J'aurais dû me douter qu'au sommet d'un ancien volcan, il y avait forcément un puits…

— Vous pensez qu'Usul est là-dedans ?

Tous se tournèrent vers Maz Lana pour connaître l'opinion de la spécialiste. Tant de confiance imméritée la gênait.

— Je ne sais pas, avoua-t-elle. Peut-être.

— Pour une Maz, vous n'avez pas beaucoup la foi, remarqua Rey.

— Vous avez raison. Je crois depuis toujours que les dieux vivent parmi les hommes. Et je crois depuis toujours qu'Usul est prisonnier d'une île du Beau Pays. Alors, *oui*… Celui qui Sait *est* en bas.

Les héritiers se penchèrent sur le puits avec curiosité. Léti y lança un petit caillou, sous les yeux affolés du superstitieux Bowbaq, qui vit là un nouveau sacrilège *impoli* qui ne manquerait pas de leur porter malheur. Le caillou rencontra une surface liquide à peine cinq pas plus bas.

— Il est complètement inondé, annonça Grigán avec frustration. Ce puits est peut-être aussi profond que la colline, mais nous ne le saurons jamais.

Ils contemplèrent le trou sombre avec dépit. Il allait falloir se passer du savoir inhumain d'Usul.

L'eau connut soudain une agitation inexpliquée, et un jet remonta tout le puits pour dépasser d'un pas la tête des héritiers, les arrosant copieusement au passage. Et le calme revint aussi subitement que la vague avait été violente.

— C'est un signe, s'exclama Lana, soudain très excitée. Usul nous fait un signe !

— C'est un phénomène naturel, la contredit Grigán. Ça n'a rien d'un miracle. Une simple coïncidence.

Yan contempla ses amis, leur indécision, et le gouffre sombre qui contenait peut-être toutes les réponses. Il était à un de ces moments de la vie où une simple décision bouleverse à jamais une existence. Il posa la lanterne.

— Je vais descendre, annonça-t-il en se déchaussant.

— Tu es fou ? réagit Léti. Tu ne vas pas descendre là-dedans ! Attendons au moins qu'il fasse jour !

— On ne peut pas prendre ce risque, rappela Grigán. Il faut avoir quitté le Beau Pays avant l'aube.

— Je vais juste descendre de quelques pas sous la surface, expliqua Yan tout en se dévêtant. S'il y a un dieu là-dessous, il faudra bien qu'il me parle, non ? Sinon, nous serons fixés.

Yan s'effrayait lui-même. Il ne parvenait pas à croire ce qu'il était en train de dire, ce qu'il était en train de faire.

— C'est à moi d'y aller, déclara Lana d'une voix tremblante. C'est à moi de courir ce risque.

— Savez-vous nager ? demanda Yan sans s'interrompre.

La Maz ne répondit pas. Elle eut envie de mentir, mais ça aurait été stupide. Si elle descendait dans le puits, elle s'y noierait.

— Moi, je sais nager, précisa Léti. J'y vais.

— Trop tard, dit le jeune homme en s'asseyant au bord du gouffre. Je suis parti.

— Attends, ordonna Grigán.

Le guerrier tira de la besace de Bowbaq une corde épaisse et longue qu'il avait achetée chez Raji. Yan comprit immédiatement et s'entrava sous les aisselles, Grigán fixant l'autre extrémité à un gros rocher.

Le jeune homme eut un sourire pour chacun de ses amis. Seuls Corenn et Rey le lui rendirent, mais uniquement pour l'encourager. Les autres affichaient des expressions défaites et pleines de remords.

Puis Yan passa le reste de son corps dans le vide et commença de descendre le long de la paroi.

La dernière fois qu'il s'était livré à un tel exercice, c'était pour secourir Léti. Mais n'était-ce point un peu la même chose à ce moment ?

Son pied gauche rencontra la surface de l'eau et il s'y laissa glisser doucement, sans pouvoir s'empêcher d'imaginer la présence de quelque monstre aquatique, qui l'entraînerait au plus profond de ces sombres profondeurs pour l'étouffer et le dévorer.

— Elle est froide ! lança-t-il vers le haut du puits, vers la lumière, vers ses amis hors de portée. À tout de suite !

Et il plongea sous la surface.

Léti, Corenn, Grigán, Bowbaq, Rey et Lana comptèrent les instants qui les séparaient de leur ami. Toute leur attention était fixée sur le gouffre sombre qui venait d'avaler Yan.

Ils ne virent pas les paires d'yeux rouges les encercler, de plus en plus nombreux, de plus en plus proches. Avides de sang frais.

* * *

Yan ouvrit les yeux, bien que ce fût inutile. L'obscurité était complète, il ne voyait pas même sa main en la plaçant devant son visage. Il se contenta donc de descendre et descendre encore, en nageant et en prenant appui sur les parois rocheuses, avec la crainte de se cogner de plein front contre un obstacle solide.

La corde le gênait un peu, mais elle était rassurante. L'espoir du jeune homme était de trouver plus bas une poche d'air dans une caverne souterraine, où l'attendrait Usul. S'il en allait autrement, il ne voyait pas ce qu'il pourrait faire. L'air venait déjà à lui manquer, mais il se força à continuer.

Il pensait avoir descendu de dix pas sous la surface, peut-être un peu plus, et n'avait encore rencontré aucun conduit secondaire pouvant le mener à une grotte immergée. Mais il avait très bien pu passer à côté sans le voir. L'idée peu amusante lui vint qu'il aurait peut-être à faire plusieurs plongées pour s'assurer de n'avoir rien manqué. Mais la meilleure chose à faire pour le moment était de gagner le fond, aussi continua-t-il à descendre.

Les parois se firent plus lisses alors que le puits se rétrécissait. Les doigts, les pieds de Yan sentaient parfois quelque glissement étrange, qu'il espérait être le produit de courants sous-marins plutôt que ceux d'une vie peut-être inamicale. Il n'avait déjà plus guère d'espoir de trouver Usul. Il se força pourtant à descendre encore.

Il lui semblait avoir quitté le monde connu. À quelle profondeur était-il descendu ? Au cœur des ténèbres, seule la corde lui rappelait encore où se trouvaient le haut et le bas. Le manque d'air l'enivrait. Mais il insista encore et lança une ultime brasse énergique.

Son visage heurta une surface et il se débattit avec panique. Mais ce n'était que du sable. Il tâtonna aux alentours pour s'en assurer. Il était parvenu au fond.

Il avait un besoin impérieux de respirer. Il scruta l'obscurité, mais ne vit pas mieux que s'il avait gardé les yeux fermés. Alors, il fit un premier mouvement pour remonter…

Une voix profonde et méprisante s'imposa soudain dans son esprit, l'emplissant d'une terreur telle qu'il n'en avait jamais connu.

° Il serait stupide d'être descendu jusqu'ici pour t'enfuir maintenant, déclara Usul. Nous avons beaucoup de choses à nous dire, tous les deux.

* * *

Lana ne put retenir un cri d'effroi lorsque, la première, elle vit les regards incandescents les épiant dans l'obscurité. Les héritiers oublièrent momentanément le gouffre où Yan était descendu pour se consacrer à leur propre problème. Il était de taille. Une cinquantaine de paires d'yeux les encerclaient.

— Ne bougez surtout pas, murmura Grigán en se penchant lentement vers la lanterne.

Il en ôta délicatement l'étoffe qui la couvrait, produisant assez de clarté pour éclairer les premiers individus de la troupe curieuse, avant que ceux-ci ne reculent dans l'obscurité. Mais les héritiers en avaient assez vu pour se faire une idée du danger. Même Grigán en eut la chair de poule.

Leurs visiteurs avaient l'apparence d'énormes rats de plus de deux pieds de haut, debout sur leurs pattes arrières. Ils présentaient deux incisives démesurées sous un museau atrophié et un regard sanguin, ce qui leur donnait un peu l'allure d'enfants mal formés. Leurs pattes supérieures disposaient de griffes qu'ils sortaient et rétractaient comme en un tic nerveux. Enfin, nombre d'entre eux étaient estropiés, ce qui suggérait qu'il ne s'agissait pas d'une espèce de charognards, mais bien de *prédateurs*.

— Qu'est-ce que c'est ? murmura Léti à Bowbaq. Ils sont énormes !

— Je ne sais pas, avoua le géant d'une voix peu assurée. Grigán ?

— Je n'en ai jamais entendu parler. C'est peut-être une espèce des royaumes estiens...

— Les Guoris auraient quand même pu avertir les gens de cette plaisanterie ! grogna Rey.

— Ils l'ont peut-être fait, expliqua Corenn. Chaque Guori sait sûrement le danger qu'il y a à visiter l'île Sacrée. Et nous aussi, maintenant...

Grigán empoigna lentement sa lame courbe, Léti en faisant autant de sa rapière. Rey portait toujours son arbalète.

— Et si on essayait de leur faire peur ? proposa l'acteur.

— Vous trouvez qu'ils ont l'air craintifs, vous ?

De fait, les rats vampires s'enhardissaient, s'approchant par petits bonds jusqu'à la lisière de l'espace éclairé. Quelques-uns commencèrent une étrange danse en courant autour de ce cercle de lumière.

— Ils sont rapides, commenta Léti en déglutissant.

— Ils ont l'air résistants, renchérit Corenn sur un ton grave.

Elle avait failli rajouter : s'ils attaquent, nous sommes perdus.

Pour cette fois, Bowbaq trouva plus sage de s'équiper de sa masse. Grigán tendit un poignard à Corenn qui l'accepta de mauvaise grâce, et un autre à Lana qui le refusa.

— Je vous dis de le prendre, ordonna le guerrier. Si l'une de ces bestioles vous saute à la gorge, vous serez contente de l'avoir.

La Maz prit l'arme avec répugnance, la serrant gauchement de ses deux mains jointes. Les rats s'agitaient de plus en plus, et elle adressa mentalement une fervente prière à Eurydis. Tout le monde doit mourir un jour, pensait-elle. Mais pas comme ça. Pas dévoré par ces bêtes.

Un des rats lança un chant étrange, qui fut bientôt repris par presque tous les individus, causant un vacarme effroyable. Un chicotement fort de cinquante gorges.

— Préparez-vous, avertit le guerrier. Nous allons tenter quelque chose.

Les héritiers s'apprêtèrent à défendre chèrement leur peau. Léti ne se sentait pas sûre d'elle. Elle avait appris à se battre contre des humains, mais que pourrait-elle contre une masse animale forte, rapide et affamée ?

— Rey, appela Grigán. Tue l'une des bestioles les plus éloignées. Avec un peu de chance, elles vont s'entredévorer.

L'acteur épaula son arbalète sans relever que le guerrier venait de le tutoyer pour la première fois. L'heure n'était pas aux mondanités.

— J'espère qu'ils n'ont pas le sens de la famille… murmura-t-il en appuyant sur la détente.

Un des rats cria de douleur et les chants cessèrent. Le vampire blessé roula sur le sol pendant quelques instants en griffant l'air frénétiquement. Les autres se contentaient de tourner la tête pour l'observer de loin. Enfin, deux des bêtes se lancèrent à l'assaut du blessé, y voyant une proie facile. Mais le rat se débattit comme un démon et repoussa ses congénères insuffisamment motivés pour cette bataille.

Le rat blessé se remit debout à grand-peine et cria sa force à l'adresse des autres. Un carreau d'arbalète lui transperçait le ventre, mais il n'avait rien perdu de son agressivité.

Les vampires y virent la faiblesse de leurs proies et avancèrent vers les héritiers.

* * *

Yan avait besoin d'air. De toute urgence. Il avait l'impression que son corps allait exploser d'un instant à l'autre, et savait qu'en ne remontant pas immédiatement, il allait inspirer de l'eau et se noyer.

Pourtant, Usul lui avait parlé. Le *dieu* Usul. Celui qui Sait. Alors, Yan hésitait à regagner la surface, et ce moment d'indécision pouvait lui être fatal. Il était peut-être là, le danger de la curiosité : la soif de connaissance menait les hommes à leur perte.

Soudain, ce besoin d'air disparut. Yan flottait dans les eaux sombres des profondeurs et cessa de lutter pour remonter à la surface. Ses pieds rencontrèrent le sable du fond et il s'y tint debout, hébété. Il crut s'être noyé. Il se demanda s'il n'était pas mort. S'il n'était pas en plein délire. S'il n'avait pas entendu Usul dans l'ivresse précédant son agonie. S'il n'avait pas rêvé tout ça, en fait.

° Les humains sont si prévisibles, déclara le dieu avec regret. Si ennuyeux. Il n'en est pas un qui arriverait jusqu'ici avec un peu d'originalité.

Yan ouvrit la bouche pour répondre, oublieux de sa situation, et l'eau s'y engouffra avidement. Il la recracha dans un réflexe, étonné de ne pas boire la tasse. Puis se souvint qu'il respirait contre nature.

° M'entendez-vous ? pensa-t-il, avec une impression de ridicule. Est-ce vous qui m'évitez la noyade ?

° Bien sûr. En as-tu le pouvoir ? Non, évidemment. Le reste du monde m'est interdit, mais en ces lieux je suis le maître. Aussi, prends bien garde de ne pas m'indisposer.

Yan digéra la surprise avec difficulté. Il venait réellement d'entamer une discussion avec un dieu. C'était plus fort que tout ce qu'il avait déjà vécu.

° Où êtes-vous ?

° Tu désires me voir Les humains regrettent ce vœu, généralement. Le veux-tu vraiment ?

° Oui.

° Bien ! Ce sera distrayant.

La vue de Yan se brouilla alors que l'eau se faisait moins sombre. Il se demanda si c'était l'intensité de la lumière ou sa propre perception qui changeait. Mais cela avait peu d'importance…

Les parois apparurent d'une couleur dorée, comme creusées dans le métal précieux. Yan s'aperçut que le puits finissait bien dans une caverne immergée, comme il s'y était attendu. Elle devait être au moins aussi grande que la base de la colline, mais il ne pouvait en être certain avec sa vue déformée. Il examina toutes les directions, à la recherche d'Usul.

Il crut d'abord que ces eaux ne recelaient aucune vie, avant d'apercevoir à quelque distance un poisson indéterminé. Il continua son inspection sans rien déceler d'autre. Il revint alors poser son regard sur le poisson qui s'était approché. Et hurla d'un cri silencieux dans l'eau calme.

L'animal qui lui avait paru petit à distance s'avérait gigantesque et effrayant. Il s'agissait en fait d'un requin de Talante de plus de dix pas de long. Le prédateur avança droit sur lui pour n'obliquer qu'au dernier moment, laissant Yan paralysé de terreur.

° Les requins ne vivent pas dans l'eau douce ! cria-t-il de toute la force de son esprit.

° Il faut croire que j'ai quelque pouvoir, alors, répondit Usul sur un ton moqueur.

Yan tenta de se rassurer. Apparemment, le dieu n'avait pas l'intention de le tuer. Pas tout de suite, en tout cas.

° Est-ce votre véritable apparence ?

Le dieu ne répondit pas tout de suite.

° Poses-tu *vraiment* cette question ?

° Je ne comprends pas.

° Je suis Celui qui Sait, par la volonté des humains, récita-t-il comme une litanie. Je sais depuis toujours le destin de chaque chose. Mais mon savoir a un prix. Si tu veux des réponses, il te faut les mériter.

° Comment ? demanda Yan avec inquiétude.

° En me *distrayant*. Je connais l'ennui le plus terrible de tous les esprits pensants… Le temps est mon pire geôlier. Je vois s'égrener chaque jour, chaque instant, et ne puis que contempler ce que je sais devoir arriver depuis toujours. Seuls les humains qui me rencontrent apportent un peu d'imprévu.

Yan contempla le dieu-requin qui nageait en cercles autour de lui. Il s'assura discrètement qu'il était toujours attaché à la corde, tout en écoutant les révélations d'Usul.

° Seuls les humains qui connaissent leur destin sont capables de le modifier. Ils sont les seuls acteurs de l'*inconnu*. Et l'inconnu me distrait. Aussi, pour chaque question que tu me poseras, te donnerai-je deux réponses. La deuxième sera une révélation sur ton avenir.

° Comment l'avenir peut-il changer, puisque vous le connaissez depuis toujours ?

° Parce qu'il devient *incertain*, dès qu'il est révélé. Tu peux te précipiter dans un événement annoncé en voulant l'éviter, ou l'altérer définitivement en le désirant pourtant de tout ton cœur. En outre, tout ce qui me concerne personnellement m'est inconnu. J'attendais ta visite, mais j'ignore comment elle s'achèvera. Quand tu es arrivé ici, l'avenir s'est brouillé, pour toi, pour moi, pour tes amis, et même pour une part importante du reste du monde.

° Et si je ne fais rien ? Si j'agis normalement, malgré vos révélations ?

° *Tu ne peux pas* ne rien faire. Dès que tu sais, tu agis autrement. Ne rien faire, c'est déjà faire quelque chose.

Yan essaya de mettre de l'ordre dans ses idées. Il allait devoir faire une sélection très stricte de ses questions. Il n'avait aucune envie de porter plus que de raison la malédiction du savoir inhumain, dont il venait de saisir toute l'étendue.

° J'ai compris les règles, annonça-t-il. Je les accepte. Commençons.

* * *

Grigán courut au-devant des premiers vampires et en faucha trois d'un seul coup de lame, avant qu'ils aient eu le temps de bondir et d'être plus dangereux. Mais les autres passèrent à l'attaque avec autant de vivacité.

Bowbaq se chargea de protéger Corenn et Lana derrière de grands moulinets de sa masse d'armes. Quelques rats tombèrent dans le puits, et Corenn songea avec effroi aux ennuis qui attendaient Yan si ces bêtes savaient nager. Mais la situation était déjà suffisamment désespérée en haut pour qu'elle s'inquiète par avance.

Deux des rats bondirent et s'accrochèrent au bras de Bowbaq, griffant et mordant. Il les arracha avec un grognement de douleur et leur brisa le cou d'une main puissante. Les vampires cessèrent dès lors ce genre d'attaque sur lui, mais il n'en allait pas de même pour les autres héritiers.

Grigán s'était jeté au cœur de la bataille, traçant de sanglants sillons dans les rangs des vampires. Mais ces bêtes étaient d'une telle voracité qu'elles continuaient à s'accrocher, mordre et griffer, même coupées en deux. Leurs dents transperçaient son habit de cuir noir. Leurs griffes se frayaient un chemin entre les plaques de métal protectrices. Après seulement quelques instants de lutte, Grigán avait tué quinze individus, mais il souffrait d'au moins trente blessures plus ou moins profondes. Il battit en retraite vers Bowbaq.

Léti et Rey combattaient côte à côte en se protégeant mutuellement. *Pied ferme*, pensait la jeune femme en envoyant valser l'un des vampires d'un coup de botte. *Esprit vif*, se dit-elle en transperçant d'un seul coup deux rats qui se tenaient trop près l'un de l'autre. *Main sûre*, conclut-elle en empalant en plein vol une bête qui lui sautait à la gorge.

Se concentrer sur les leçons de Grigán l'aidait à ne pas céder à la peur, à garder le contrôle d'elle-même. Elle ne connut qu'un accès de rage pendant lequel sa fureur combative fut décuplée, mais où elle s'exposa trop. Elle se reprit bien vite pour combattre de nouveau efficacement, adroitement, avec une maîtrise qui l'étonnait elle-même.

Mais il fut bientôt évident qu'ils n'auraient pas le dessus. Voyant Grigán reculer, Léti en fit autant, aussitôt suivie de Rey. Les rats hésitèrent à lancer une nouvelle attaque et se regroupèrent comme précédemment, encerclant le petit groupe de proies qu'ils s'étaient choisi.

— Ils vont bien finir par se dévorer entre eux, tout de même, lança Rey en haletant.

Comme ses compagnons, l'acteur saignait de multiples blessures aux bras, aux jambes et au visage. Un cadavre de rat était toujours accroché à son mollet et il le lança vers ses congénères avec un juron.

Les vampires survivants flairèrent les cadavres puis se jetèrent dessus avec violence, aspirant le sang des morts comme celui des blessés dans un horrible bruit de succion.

— Il y en a d'autres qui arrivent, prévint Léti d'une voix cassée.

Grigán les avait vus, lui aussi. Ils avaient affronté cinquante rats, mais c'était au moins deux cents qui montaient à l'assaut de la colline, excités par l'odeur du festin qui s'y déroulait.

— Ils ne vont pas se contenter des cadavres, commenta Bowbaq avec un sang-froid étonnant.

Grigán ramassa la lanterne et s'en servit pour allumer l'autre.

— Essayez de faire du feu, dit-il en ramassant un des vampires morts. Un grand cercle, autour de vous.

— Grigán, que faites-vous ? demanda Corenn d'une voix inquiète.

— Je vais gagner du temps !

Et il s'éloigna à petites foulées, portant la lanterne d'une main et le cadavre ainsi que sa lame dans l'autre. Les rats flairèrent le sang à son passage et tournèrent la tête vers lui, comme ils l'avaient fait pour l'animal blessé par le carreau. Deux bêtes partirent sur sa piste, puis dix, puis trente, puis la plupart des vampires se lancèrent derrière lui, excités par cette chasse.

— Revenez, Grigán ! Je vous en prie ! supplia Corenn, au bord des larmes.

Mais le guerrier ne l'entendait déjà plus.

* * *

° Quelle sera ta première question, jeune humain ?

Yan réfléchit, le cœur battant. Il n'avait aucune envie de se voir révéler un élément trop important de son avenir. Il décida de commencer par une question simple, afin de juger du danger des réponses d'Usul. La question qui les avait amenés sur l'île Sacrée.

° Où se trouve le journal de Maz Achem d'Ith, ancêtre de Maz Lana ?

° Facile. La réponse ne t'apportera pas grand-chose, aussi ne vais-je te révéler qu'un événement mineur de ton existence. Tu prendras en Union ton amie Léti.

Yan encaissa difficilement le choc. Des émotions diverses prirent d'assaut ses pensées. Un événement mineur ? Que seraient les autres ! S'unir avec Léti ? L'avenir changeait quand il était révélé ! Alors, cela arriverait-il, ou pas ?

Il comprenait maintenant parfaitement la malédiction d'Usul. Il eut envie de remonter immédiatement, de rejoindre ses amis, une vie presque normale avec l'inattendu pour seul avenir. Mais ces mêmes amis comptaient sur lui. Usul était leur seule chance d'apprendre et de survivre. Survivre, oui, mais l'esprit torturé…

° Où se trouve le journal de Maz Achem ? répéta Yan, en essayant de dominer ses émotions.

° Dans les archives secrètes du Grand Temple d'Eurydis, ma sœur, dans la Sainte-Cité d'Ith. Je peux te donner l'emplacement exact, mais tu le trouveras si tu t'y rends.

Quelle ironie ! Lana avait parcouru des centaines de lieux pour trouver ce journal alors qu'il était sous ses pieds depuis toujours. Ith serait à coup sûr une de leurs prochaines étapes.

Yan hésita à demander si le journal recelait vraiment quelques informations importantes, mais y renonça. Il fallait être plus direct. Le prix à payer pour les réponses était trop élevé, et il décida de ne plus poser que deux questions.

° Où mène la porte de l'île Ji ?

° Question importante ! commenta le dieu, au grand désespoir de Yan. Comme la réponse concerne tous les humains, je vais te révéler un événement qui en affectera beaucoup. Mais ne te crois pas tiré d'affaire : ton avenir y est étroitement lié. Tes actes peuvent le modifier profondément. Il est rare que je voie un humain à la destinée si influente.

° Quelle est donc cette révélation importante ? s'impatienta Yan, que la proximité du requin rendait de plus en plus nerveux.

Il n'arrivait pas à croire qu'un dieu puisse s'amuser à prendre de telles apparences. Mais Usul cherchait de toute évidence à s'amuser de n'importe quoi.

° Ce que vous appelez le monde connu sera bientôt déchiré par une guerre très meurtrière. Aucun de vos peuples ne sera épargné. Et le Matriarcat de Kaul, et tous les Hauts-Royaumes en général, en seront les grands perdants. Cela aura lieu avant un an.

° Un an ! Mais une guerre contre qui ? Pourquoi ?

° Poses-tu cette question ?

° Non.

Cette discussion était de plus en plus angoissante. Yan avait une furieuse envie de causer du tort à cet annonceur de mauvaises nouvelles. Puis il se rappela où il était, qui il était, et qui se trouvait en face de lui.

° Voici maintenant ta réponse, reprit Usul. Ce qu'il y a derrière la porte, c'est *Jal'dara*. Ou *Jal'karu*, comme tu le désires.

° Mais encore ? C'est peu !

° C'est une réponse suffisante. Sache qu'en t'intéressant aux portes, tu touches directement aux secrets des dieux. Nous n'aimons pas les sacrilèges. J'ai promis de te répondre, je l'ai fait. Mais n'insiste pas.

Yan ne se le fit pas répéter. C'était peut-être réellement suffisant, après tout. Lana avait déjà cité le Jal'karu comme le pays où grandissent les démons. Leur quête prenait une tournure désespérée.

° Je n'ai plus qu'une question. Mais avant de la poser, je voudrais savoir ce que vous ferez de moi ensuite.

° J'ai décidé de te laisser remonter. Tu t'es montré plusieurs fois insolent, mais tu joues un rôle assez important dans l'avenir pour avoir éveillé mon intérêt. Je vais même te faire un cadeau. L'acceptes-tu ?

° Qu'est-ce que c'est ?

° Tu ne le sauras qu'au moment opportun. Acceptes-tu ?

° Est-ce une révélation ?

° Non.

° Alors, j'accepte, déclara Yan, sans savoir s'il n'allait pas le regretter dans l'instant suivant.

Le requin s'approcha doucement, comme il l'avait déjà fait plusieurs fois. Mais il ne changea pas de direction, continuant droit sur le jeune homme. Yan dut faire appel à toute sa volonté pour ne pas s'enfuir. Mais le prédateur se contenta de le frôler, glissant de tout son corps sur le bras gauche du jeune homme.

° Voilà. C'est fait.

° Que m'avez-vous fait ? demanda Yan. Je ne sens rien.

° Tu ne le sauras qu'au moment opportun, te dis-je. Pose ta dernière question.

Le jeune homme rassembla tout son courage. C'était la plus importante de ses questions.

° Qui a lancé les Züu contre nous ?

° Hmm ! Trop facile. En te répondant, je t'aiderai beaucoup. Le prix à payer sera cher, très cher. Es-tu certain de le vouloir ?

° Vous allez m'annoncer ma propre mort ?

° Oh ! Non. Ça ne m'amuse plus depuis longtemps. Il s'agit d'autre chose. Acceptes-tu ?

° Allez-y, demanda le jeune homme, son cœur battant à tout rompre.

° Ton ami Grigán mourra avant un an. Maintenant que tu le sais, comment sera l'avenir ? J'ai hâte de le découvrir.

Yan fut terrassé par la nouvelle. C'est à peine s'il entendit Usul donner le nom de leur ennemi. Cela venait de perdre beaucoup de son intérêt.

* * *

Bowbaq aida le jeune homme exténué à sortir du gouffre. Léti, Rey, Corenn et Lana faisaient cercle autour de lui, attendant ses révélations avec gravité. Yan observa le cercle de flammes qu'ils avaient allumé, les cadavres des rats, et les yeux rouges qui brillaient derrière le feu protecteur.

— Où est Grigán ? demanda-t-il avec inquiétude.

Léti éclata en sanglots, et Lana mena le jeune homme auprès du guerrier allongé. Il souffrait de multiples coupures, dont certaines très profondes, sur tout le corps et même au visage.

— Il est mort ?

— Inconscient, seulement, répondit Corenn d'une voix tremblante. Il s'est pratiquement sacrifié pour nous sauver.

— Il est malade, déclara Rey. Certaines de ces bêtes avaient des yeux bizarres. Il ne mourra pas de ses blessures, mais il faudra l'amener au plus vite chez un guérisseur.

Yan hocha la tête avec tristesse. Le savoir était vraiment une malédiction.

— As-tu vu Usul ? demanda Corenn.

— Oui. Notre ennemi est Saat l'Économe.

— Un des sages émissaires, commenta la Mère avec surprise. Il est toujours en vie…

Yan s'assit près du guerrier et le contempla avec tristesse. Il n'avait pas envie de parler pour l'instant. Mais il y avait encore tellement, tellement de choses à raconter…

PETITE ENCLOPÉDIE ANECDOTIQUE DU MONDE CONNU

ALIOSS

Celui qui Conduit. C'est le dieu ramgrith des pères de famille, des chefs de clan, des rois des grandes tribus. Son culte est réservé aux hommes des castes honorables – guerriers, prêtres, nobles et artisans –, les femmes, les mendiants et les criminels se voyant interdire une simple citation du nom de l'Éternel.

La déesse Aliara remplit un rôle similaire pour la gent féminine des Ramgriths, sans avoir le même prestige. En effet, aucun temple ne peut être construit dans les Bas-Royaumes sans autorisation du roi. Et aucun roi ne permettrait à des femmes de se réunir dans un temple.

ALPHABET ROMIN

C'est l'alphabet le plus complexe encore utilisé dans le monde connu. Il se compose de trente et un signes de base, dont dix-sept peuvent s'accentuer. Mais les quarante-huit signes ainsi obtenus ne sont pas associés à des sonorités. Seules les combinaisons de deux, trois ou plus encore de ces éléments de base forment des syllabes. Et une syllabe s'écrit de différentes manières selon les syllabes qui l'entourent !

Les Romins eux-mêmes utilisent généralement une version simplifiée. L'alphabet original n'est plus utilisé que pour certains textes officiels, et par les musiciens les plus lettrés. En effet, la variation des signes est telle qu'elle permet de transcrire les moindres inflexions de voix, et d'immortaliser ainsi de véritables partitions vocales.

L'alphabet romin est aussi étudié par les érudits de tous les royaumes pour sa rigueur mathématique.

ALT

C'est le plus grand fleuve du monde connu. Il prend sa source dans les plus hautes montagnes du Rideau, traverse le royaume ithare et le Grand Empire, avant de se jeter dans l'océan des Miroirs.

Une légende goranaise prétend que, le moment venu, les morts descendront le cours du fleuve sur d'immenses bateaux fantomatiques et se vengeront des atrocités subies de leur vivant. Régulièrement, il se trouve quelqu'un pour déclarer avoir vu l'avant-garde de l'armée des ténèbres. Certains ports refusent même l'accès à toute embarcation une fois la nuit tombée.

ALUÉN

Bien que les dates exactes soient tombées dans l'oubli, on tient pour sûr qu'Aluén a régné sur Partacle à la fin du huitième éon, pendant la chute de l'Empire ithare.

Alors que ses anciens conquérants se tournaient vers la religion, suite à la deuxième apparition d'Eurydis, les peuples libérés se lançaient dans de meurtrières guerres civiles, ayant pour enjeu les richesses abandonnées par leurs anciens maîtres. On dit qu'Aluén rassembla ainsi un tel trésor qu'il surpassait même celui de l'empereur de Goran.

Mais de ce trésor, on ne trouve aucune trace. La légende veut qu'une partie ait été cachée dans le tombeau de son propriétaire. Mais cette époque est si lointaine qu'il est difficile d'identifier cette sépulture avec exactitude. Sept ont ainsi déjà été fouillées en pure perte. Les chasseurs de trésors ne désespèrent pas pour autant.

AMARICIEN

Les prêtres amariciens sont entièrement dévoués à leur culte. La plupart passent toute leur existence dans l'enceinte d'un temple communautaire, s'appliquant à respecter la tradition religieuse et ses exigences. Quelques amariciens voient dans la conversion la meilleure preuve d'amour envers leur dieu, aussi passent-ils leur temps à parcourir les routes à la recherche d'« âmes à sauver ».

Les amariciens ne reconnaissent pas les théoriciens, qu'ils jugent présomptueux de prétendre pouvoir interpréter la volonté divine.

Les cultes amariciens sont nombreux – peut-être aussi nombreux qu'il y a de villages dans le monde connu – mais le plus répandu dans les Hauts-Royaumes semble être celui du dieu Odrel.

AÒN

Fleuve des Bas-Royaumes, prenant sa source dans les Hauts-de-Jezeba, et se jetant dans la mer de Feu à son embouchure au niveau de la ville de Mythr. La plupart des grandes villes des Bas-Royaumes ont été bâties sur les rives de l'Aòn : La Hacque, bien sûr, mais également Quesraba, Tarul, Irzas…

Une rumeur persistante prétend qu'à la saison chaude, de nombreux prédateurs marins, attirés par les ordures des civilisations humaines, remonteraient le fleuve jusqu'à la capitale et seraient la cause de plusieurs disparitions. Mais même si l'on a relevé quelques accidents mettant en cause des ipovants et, à une occasion, un sagre vorace, ces incursions restent exceptionnelles.

APOGÉE

Le moment où le soleil est au plus haut : midi, dans notre monde. On considère généralement que la fin du troisième décan marque l'apogée.

ARGOS

Les falaises d'Argos sont situées dans les Bas-Royaumes, à l'extrémité orientale de la chaîne des Hauts-de-Jezeba. Elles doivent leur renommée à leur écho, le plus remarquable du monde connu, tant par sa puissance que par les légendes qui courent à son sujet.

L'on dit en effet que l'écho d'Argos est doué de mémoire et que, si l'on se montre suffisamment patient et silencieux, les falaises livreront les secrets séculaires qui leur ont été confiés.

ARQUE

Natif du royaume d'Arkarie. Principale langue parlée dans cette contrée.

AVATAR

Matérialisation ou incarnation d'une divinité sous une autre apparence que la sienne.

BAS-ROYAUMES

Désigne selon les cas les territoires s'étendant au sud de la Louvelle, ou l'ensemble formé par ces mêmes territoires et les Baronnies.

BELLICA

C'est une espèce d'araignée répandue dans les royaumes septentrionaux des Baronnies. Sa morsure n'est pas mortelle pour l'homme, et elle n'est agressive qu'à deux occasions : lorsque son nid est menacé, ou lorsqu'elle est confrontée à l'une de ses pareilles.

Cette particularité en a fait une bête de combat idéale. Les duels d'araignées bellica sont monnaie courante dans les Bas-Royaumes, enjeux de paris enfiévrés et de tournois acharnés.

La lutte à mort opposant deux individus est en elle-même un spectacle impressionnant. En premier lieu, les bêtes larges comme la main se font face, dressées sur leurs quatre pattes arrière, essayant d'intimider l'adversaire de plusieurs manières : mouvements de mandibules, petits sauts nerveux, « chant guerrier » tout en percussions…

Il est toutefois rare que l'un des adversaires abandonne à ce stade. S'ensuit alors une lutte farouche, au cours de laquelle les morsures et les projections de venin et de toile abondent. Les retournements de situation sont fréquents ; on a vu des araignées simuler l'agonie pour surprendre leur adversaire, ou gagner avec plusieurs pattes en moins.

Macabre rituel, le vainqueur dévore toujours la tête du perdant. Uniquement la tête. Une araignée à qui l'on retire ce privilège, même une seule fois, perd toutes ses capacités et se laisse mourir.

BLANC PAYS

Autre nom donné au royaume d'Arkarie.

BROSDA

C'est une divinité dont le culte est surtout répandu au Matriarcat de Kaul. Brosda serait le fils de Xéfalis et d'un reflet d'Echora.

Brosda est le dieu des pêcheurs : son royaume n'est ni celui des eaux, ni celui de la terre, mais celui qui se trouve à la frontière des deux. C'est une divinité neutre, que l'on craint ou que l'on adore selon les endroits et les époques. Quelques histoires de monstres marins – appréciées surtout des enfants – alimentent le culte.

CALENDRIER

Celui utilisé dans les Hauts-Royaumes est le calendrier ithare. Il comporte 338 jours, regroupés en 34 décades et en 4 saisons. L'année commence au jour de l'Eau, marquant le printemps. Deux décades ne comportent que neuf jours au lieu de dix : celles qui précèdent le jour de la Terre et le jour du Feu. On dit être passé à un nouveau jour lorsque le soleil s'est levé.

Chaque jour, ainsi que chaque décade, porte un nom significatif se référant originellement au culte de la déesse Eurydis, que les prêtres moralistes portèrent jusque dans les endroits les plus reculés. Mais l'usage et les années ont opéré des changements plus ou moins profonds selon les régions. Ainsi, le jour du Chien, sans particularité dans le Grand Empire, s'est vu rebaptiser jour du Loup dans les environs de Tolensk, et correspond à une fête locale très attendue. De même, la décade des Foires, débutant au jour du Marchand, est connue de toute éternité par les Loreliens, mais ne représente rien pour les Mémissiens.

Peu de gens connaissent tous les jours du calendrier, et moins encore savent ce qu'ils représentent dans le culte d'Eurydis – mis à part les prêtres, bien sûr. Dans les Hauts-Royaumes, il est utilisé naturellement, comme on parle du jour ou de la nuit, et bon nombre de personnes ignorent même son origine religieuse.

D'autres calendriers sont utilisés dans le monde connu ; ils sont issus de décrets royaux, d'autres cultes que celui de la Sage, ou tout simplement de la tradition tribale. Beaucoup sont à référence lunaire, comme l'ancien calendrier romin : 13 cycles de 26 jours.

CLOCHES (de Leem)

Leem connut à une certaine époque une telle vague de criminalité que la ville semblait sous l'entière domination des voleurs, pilleurs, incendiaires et assassins de tout acabit. On eut beau doubler, puis tripler les rondes de nuit de la garde, les malfaiteurs restaient insaisissables car trop bien organisés.

Le prévôt de l'époque eut alors l'idée d'installer une cloche dans chacune des maisons des principaux personnages de la ville. Lorsque ces hautes gens étaient menacées ou témoins d'un méfait, elles faisaient donner de la cloche et la garde arrivait aussitôt. Pas assez rapidement, en général, les mauvaises graines fuyant dès les premiers coups. Mais c'était déjà un mieux.

L'exemple fut imité par des citadins plus modestes, et l'on vit bientôt bon nombre d'artisans et de marchands équiper leur échoppe d'une cloche. Au bout de quelques années, il en existait tellement à Leem que la criminalité disparut presque entièrement.

Malheureusement, les malfrats trouvèrent une parade, en incendiant chaque maison – en guise de vengeance et d'avertissement – où l'on osait donner de la cloche.

Aujourd'hui, on compte encore plus de six cents maisons équipées de la sorte à Leem… Mais le bronze ne sert plus qu'à l'occasion de rares festivités.

CONCIL

Assemblée des chefs de clans arques.

CONQUE PROLIXE

Cet objet curieux, dont la légende a été répandue par les marins romins au temps des Deux Empires, est aujourd'hui plus souvent mentionné par les plaisantins que par les chasseurs de trésors. Il s'agirait d'un coquillage, du type giron d'Echora, où un démon aurait enfermé la voix d'une femme jugée trop bavarde. Mais même cette malédiction n'avait réussi à faire taire la malheureuse, et l'on dit que tous ceux qui entrent en possession de la relique, une fois leur curiosité assouvie, cherchent à s'en débarrasser tant ce babil incessant est difficile à endurer.

CONSEIL DES MÈRES

Haute assemblée dirigeante du Matriarcat de Kaul. Chacun des villages dispose d'un tel conseil, présidé par la Mère élue, conseillée par l'Aïeule.

CREVASSE

Capitale de l'Arkarie et du clan du Faucon. Rares sont les étrangers au Blanc Pays à y être admis. Ceux qui ont eu cette chance comparent la ville à Lorelia pour sa taille, et à Romine pour la beauté de son architecture.

La légende veut que Crevasse ait été fondée sur l'emplacement de trois mines : une de fer, une de cuivre et, surtout, une mine d'or. De là viendrait la richesse proverbiale des souverains du clan du Faucon, suzerains des deux tiers des rois arques et, par conséquent, régnant sur la plus grande nation du monde connu.

DAÏ

C'est un petit serpent que l'on ne trouvera que dans les Bas-Royaumes, aux abords des reliefs montagneux. L'adulte fait environ deux pieds de long et peut vivre jusqu'à trois années. La couleur de sa peau va de l'ocre au jaune, selon les saisons.

Son venin n'est pas mortel – en quantité normale – mais plonge sa victime dans une transe hallucinatoire euphorisante. En mordant régulièrement ses proies, le daï peut ainsi les conserver vivantes pendant plusieurs décades, dans un état de sommeil profond, à la manière des araignées.

Mais ce poison est une drogue recherchée des humains. L'élevage de serpents daï est une pratique traditionnelle des Bas-Royaumes. Se laisser mordre est même une preuve de grand courage dans certaines tribus – le venin étant difficilement extractible. Mais comme toutes les drogues, celle-ci mène les hommes à leur perte : les récits d'individus morts pour s'être volontairement plongés dans une fosse aux serpents ne sont pas rares.

DARN-TAN

Le seigneur Darn-Tan était comte d'Uliterre, autrefois province lorelienne coincée entre les duchés de Cyr-la-Haute et de Kercyan. Uliterre était alors, pour une raison oubliée depuis, en guerre contre la voisine baronnie d'Elisère, du seigneur Iryc de Vérone.

L'usage voulait que, quelle que soit l'issue du conflit, les seigneurs, leurs familles et leurs demeures soient épargnés. Darn-Tan était connu pour être peu respectueux de cette règle ; quelques années plus tôt, il avait incendié le château du baron d'Orgeraie et pendu un vieillard et ses deux filles. N'ayant aucunement l'intention de laisser la vie sauve à son ennemi, Darn-Tan conçut un piège complexe, misant sur le fait qu'Iryc de Vérone ne pourrait manquer de se méfier et d'éviter une fausse embuscade… pour se précipiter à son insu dans une vraie.

Mais Vérone n'avait aucune malice, et il échappa au piège en agissant comme Darn-Tan ne s'y attendait pas : naïvement.

DÉCADE

Dix jours. Division particulière du calendrier eurydien.

Les jours de chaque décade sont nommés d'après l'ordre chronologique. Le premier jour est prime, le dernier cime. Les autres jours sont, du second au neuvième : dès, terce, quarte, quinte, sixte, septime, octes et nones.

Les décades de la Terre et du Feu, qui ne comportent que neuf jours, ne possèdent pas d'octes. On y passe directement de septime à nones. Les Maz ont fourni une explication religieuse : l'omission des octes symbolise la victoire d'Eurydis sur les huit dragons de Xétame.

DÉCAN

Unité de temps d'origine goranaise, représentant un dixième de jour : environ 2 h 25 dans notre monde. Le premier décan commence au lever du soleil, à l'instant où se termine le dixième du jour précédent. L'apogée se situe généralement vers la fin du troisième décan.

C'est une unité utilisée grossièrement par les ignorants, mais avec beaucoup plus de précision par les savants de toutes les nations, qui se réfèrent non pas à un simple cadran solaire, mais à des calculs indiquant la position du levant sur la ville de Goran, selon les époques de l'année. Cette méthode est aussi la seule permettant de définir avec exactitude les changements de décans de nuit – du septième au dixième.

DÉCENNIE

Dix ans.

DÉCILLE

Unité de temps d'origine goranaise, représentant un dixième de décime : environ 1 minute 26 secondes terriennes. La plupart des gens considèrent qu'il est inutile de mesurer quelque chose qui prend moins d'une décille ; cependant l'unité est elle-même fractionnée en divisions – environ 8 secondes –, puis en battements – moins d'une seconde.

DÉCIME

Unité de temps d'origine goranaise, représentant un dixième de décan : environ 14 minutes terriennes.

DÉS ITHARES

Il s'agit d'un jeu très répandu dans l'ensemble du monde connu. Si son origine reste incertaine, on sait cependant qu'il s'est propagé en même temps que l'armée de l'Empire ithare, au septième et au huitième éon, pour être rapidement adopté par tous les peuples conquis.

Le dé ithare comporte six faces, dont quatre figurent les élémentaires : Eau, Feu, Terre ou Vent. Les deux faces restantes représentent l'un des élémentaires en double et en triple. Il existe donc quatre sortes de dés : un pour le Vent, généralement de couleur blanche ; un pour le Feu, rouge ; un pour la Terre, vert ; et un pour l'Eau, blanc.

Le nombre de dés utilisés change selon les règles du jeu choisi et les arrangements entre participants. Si un seul ensemble de quatre dés – un soldat – est en général suffisant, il n'est pas rare de voir des parties en requérant plusieurs dizaines.

L'étoile, le prophète, l'empereur, les deux frères et le guéjac sont certainement les règles les plus célèbres. Mais il en existe bien d'autres.

DONA

C'est avant tout la déesse des marchands. Fille de Wug et d'Ivie, Dona aurait, d'après la légende, créé l'or, pour s'en recouvrir et dépasser ainsi en beauté sa cousine Isée. Elle fit ensuite cadeau de sa création aux humains, afin que ceux qui – comme elle – étaient défavorisés par le destin puissent surpasser les autres par leur intelligence, symbolisée par la possession du précieux métal.

Malheureusement pour Dona, le jeune dieu Hamsa, qu'elle avait pris pour arbitre, renouvela son admiration pour Isée. Dona résolut alors de mépriser l'avis d'un seul et devint célèbre pour la multitude de ses amants. Elle est ainsi devenue également la déesse du plaisir charnel.

Une coutume lorelienne veut qu'un marchand ayant conclu une affaire lucrative donne l'obole à une jeune fille inconnue, à l'allure pauvre. C'est « la part de Dona ». Cette coutume se perd, malheureusement, les pratiquants du culte estimant que la part revenant au temple où ils sont affiliés est déjà suffisamment démonstrative de leur piété.

Aucun marchand heureux en affaires n'oublierait de glorifier Dona par ses dons, ne serait-ce que pour conserver l'affection de quelques « prêtresses » particulièrement dévouées à la déesse du Plaisir.

EMAZ

Figures principales et hauts responsables du Grand Temple d'Eurydis, c'est-à-dire du culte tout entier. Ils sont au nombre de trente-quatre, la charge se transmettant d'un Emaz à un Maz.

ÉRISSON

Arque. Animal légendaire du Blanc Pays. On le décrit comme un hérisson vigile atteint de gigantisme et pourvu de cornes tout le long de l'épine dorsale, ou comme une tortue capable de projeter des jets de salive si froids qu'ils se changent en dards avant de toucher leur cible. Malgré les différences évidentes entre ces deux descriptions, il se trouve toujours l'un ou l'autre ancien pour affirmer avoir vu l'érisson en chasse, une nuit où la lune était mendiante. Par politesse, les Arques acceptent les deux versions.

ERJAK

Arque. Titre d'un individu qui possède la faculté de communiquer d'esprit à esprit avec les animaux.

ESTIEN

Natif des contrées situées à l'est du Rideau.

EURYDIS

C'est la divinité principale des habitants des Hauts-Royaumes. Le culte d'Eurydis s'est répandu jusque dans les coins les plus reculés du monde connu, sous l'impulsion des moralistes ithares.

La légende de la déesse est depuis toujours liée à l'histoire de la Sainte-Cité. Au sixième éon, le peuple ithare – qui ne portait pas encore ce nom – n'était qu'un regroupement bigarré de tribus plus ou moins nomades, rassemblées au pied du mont Fleuri, un des plus vieux sommets du Rideau. Il est dit que l'union originelle est le fait d'un seul homme, le roi Li'ut des Iths, désireux de créer une nation nouvelle et forte, rassemblant tous les clans indépendants à l'est de l'Alt.

Il consacra toute sa vie à ce rêve, mais la construction de la cité d'Ith – la Sainte-Cité, comme on l'appelle plus souvent de nos jours – mit plus de temps qu'il n'en avait à sa disposition. À sa disparition, les divisions ancestrales resurgirent au grand jour : sans l'art diplomatique de Li'ut, le beau rêve allait s'effondrer.

On dit que la déesse apparut alors au plus jeune fils de Li'ut, lui enjoignant de mener à son terme l'immense travail commencé par son aïeul. Comelk – tel était son nom – remercia la déesse de sa confiance, mais ne croyait pas pouvoir réussir tant étaient grandes les querelles tribales. Eurydis lui demanda alors d'aller quérir pour elle tous les chefs de clan, ce que fit Comelk avec promptitude.

Eurydis parla à chacun d'eux, leur enjoignant de suivre la voie de la sagesse. Tous écoutèrent avec respect, car tout barbares et braillards qu'ils étaient, leurs superstitions et traditions leur faisaient craindre la puissance divine.

Quand Eurydis se fut retirée, les chefs parlèrent et parlèrent longtemps, consultant les anciens et les augures. Tous les problèmes furent abordés, puis résolus, et ils se jurèrent la paix à jamais, sous le nom de l'Alliance ithare.

Les années passèrent, et Ith devint peu à peu une cité de taille honorable, puis vraiment imposante. À cette époque, seule Romine pouvait encore rivaliser avec la capitale du jeune royaume. Les tribus s'étaient mêlées, et les anciennes querelles n'étaient plus que souvenirs. Ith avait tout pour devenir le phare du monde… et elle le devint, mais pas de la bonne manière.

Obnubilés par leur puissance nouvelle, si facilement acquise, les descendants des premières tribus se mirent peu à peu à parler de leur supériorité sur le reste du monde connu, puis quelques-uns eurent envie de la démontrer. Les Ithares se lancèrent dans de petits raids guerriers, puis dans des conflits frontaliers mineurs, pour enfin organiser des campagnes de conquête de plus en plus fréquentes et meurtrières.

À la fin du huitième éon, ils s'étaient rendus maîtres de tout le territoire situé entre le Rideau et le Vélanèse, à l'ouest, et de la mer Médiane aux environs de Crek, au nord. Les Ithares se comportaient comme de véritables conquérants : pillant, brûlant et ravageant sans vergogne, massacrant par milliers…

Un jour, alors que les chefs de guerre se réunissaient une fois de plus pour réfléchir à une invasion du territoire thalitte, Eurydis apparut pour la deuxième fois.

Il est dit qu'elle vint sous la forme d'une fille de douze ans à peine, telle qu'elle est le plus souvent représentée aujourd'hui, mais que plusieurs des vétérans chevronnés qui étaient là crurent mourir de peur tant la colère de la déesse était grande.

Elle ne parla pas, se contentant de planter son regard dans les yeux de chacun des puissants de l'Empire ithare, comme on l'appelait alors. L'avertissement fut suffisant pour les chefs de guerre, qui renoncèrent aussitôt à tout projet de conquête et prirent toutes les résolutions possibles afin que cessent les combats et l'occupation de terres étrangères. Chacun d'eux se sentait personnellement concerné par les changements majeurs qu'il fallait apporter aux modes de vie ithares.

À la génération suivante, tout le peuple ithare était tourné vers la religion. Il connut d'abord de grands malheurs, ses anciennes victimes – comme le jeune peuple goranais – se conduisant à leur tour en bourreaux. Son territoire s'amenuisa, pour revenir à peu près à ce qu'il était à l'origine : c'est-à-dire Ith, ses environs et le port de Maz Nen.

Mais les années passèrent et les Ithares se lancèrent dans une nouvelle forme de conquête, plus conforme sûrement à l'esprit de la déesse : les Maz partirent dans toutes les directions, et jusque dans les endroits les plus reculés du monde connu, afin de porter la Morale d'Eurydis. Ces voyages profitèrent aux peuples les moins évolués, car les Ithares amenaient aussi leur civilisation : calendrier, écriture, arts, techniques… Tout ce qu'ils avaient appris au cours de leurs conquêtes passées.

Quelques théoriciens annoncent maintenant la troisième apparition de la déesse. Bien sûr, elle le fera, puisqu'elle est apparue deux fois. Mais la question principale que se posent les Ithares est : quelle sera la prochaine route à suivre ?

ÉZOMINES

Les pierres ézomines produisent de la lumière. Elles se présentent sous la forme de simples morceaux de quartz, et ne révèlent leur pouvoir que dans l'obscurité.

L'intensité de leur lueur est variable ; certains prétendent avoir vu des pierres éclairer jusqu'à cinquante pas et plus. Mais les plus courantes ne rivalisent pas avec la clarté d'une simple bougie.

La pierre perd son pouvoir une fois brisée. Les érudits se penchent en vain sur le mystère des ézomines depuis des éons. Aucune des théories qui ont été avancées sur l'origine de cette mystérieuse faculté n'a pu être vérifiée.

Ce sont en tout cas des objets très recherchés par les collectionneurs, les aventuriers, aussi bien que par des prospecteurs en quête de fortune rapide.

FOIRES (loreliennes)

Il s'agit d'une des plus vieilles traditions loreliennes. Pendant la dixième décade, allant du jour du Marchand au jour du Graveur, l'entrée et la sortie de toute marchandise – dont le commerce est autorisé par les lois du royaume – sont libres de taxes.

C'est bien sûr le moment que choisissent la plupart des trafiquants occasionnels, artisans éloignés, étrangers ou négociants en produits rares, pour trouver leurs acheteurs.

Les foires attirent en effet beaucoup de monde, dont un tiers environ ne vient pas pour faire affaire, mais simplement pour jouir des nombreuses attractions – spectacles de rue, jeux, banquets et autres – qui y sont proposées. Certaines d'entre elles sont gracieusement offertes par la Couronne, qui profite de l'occasion pour affirmer son prestige.

Les caisses du royaume ne perdent pas au change de toute façon, chaque négociant devant payer son pesant de terces avant de pouvoir installer la moindre échoppe dans la rue. Les contrôles sont stricts, et les contrevenants sévèrement punis : ni plus ni moins que la confiscation immédiate de l'ensemble des marchandises.

Les foires se déroulent aussi dans les autres grandes villes loreliennes : Bénélia, Lermian et Le Pont, avec un certain succès local, mais qui reste peu de choses comparé à celui de la capitale.

FRÈRE

Appellation que se donnent eux-mêmes les membres de la Grande Guilde, et toute guilde de malfrats en général.

Certaines d'entre elles vont jusqu'à rebaptiser leurs nouveaux membres, créent de fausses « familles », etc.

FRUGISSE

La corde à trois bouts de Frugisse tient son nom du légendaire roi magicien qui, dit-on, régna sur Lineh trois éons avant la ratification des Traités des Baronnies. On a décrit l'objet de diverses manières, la plus courante restant celle où trois filins étaient tressés deux à deux à partir de leurs moitiés, créant un cordage singulier de trois parties d'égale longueur. Selon les sources, cette longueur se situe entre six et quatre-vingt-dix-neuf pas.

La corde du roi magicien aurait l'étrange pouvoir de transporter quiconque escalade sa troisième extrémité à n'importe quel endroit où pendrait déjà une corde commune. Mais quand bien même un tel objet existerait vraiment, nul ne saurait aujourd'hui percer les secrets de son fonctionnement.

GISLE

Fleuve marquant partiellement la frontière entre le Matriarcat de Kaul et le royaume lorelien.

GRANDE GUILDE

On désigne sous ce nom le regroupement de la quasi-totalité des organisations criminelles des Hauts-Royaumes. Il ne s'agit pas de quelque chose de structuré ou de hiérarchisé, mais plutôt d'un accord garantissant le respect du territoire ou de l'activité d'une bande par les autres bandes, comme le font les guildes à l'échelle du royaume ou de la cité.

Malgré leurs nombreuses querelles internes, les groupes parviennent quelquefois à mettre en place des opérations combinées, notamment dans la contrebande.

La Grande Guilde ne donne pas officiellement dans l'assassinat, mais plutôt dans l'extorsion, l'enlèvement, l'escroquerie, la contrebande, et bien sûr toutes les formes de vol. Pourtant, on remarque que les organisations naissantes qui refusent de respecter les accords n'ont qu'une existence éphémère…

GRAND'MAISON

C'est le siège du pouvoir du Matriarcat de Kaul. Les Mères y tiennent leurs conseils, mais y ont aussi leurs appartements, ainsi que leurs études. N'importe qui peut venir à Grand'Maison exposer ses doléances ; une quinzaine de personnes sont là en permanence pour les accueillir. À diverses occasions de l'année, les salles de travail et de conseil de Grand'Maison sont ouvertes à tous les curieux.

GRAND'TERRE

Capitale et île la plus importante des archipels du Beau-Pays.

GUILDE DES TROIS-PAS

C'est le nom que l'on donne au regroupement des prostituées de la ville de Lorelia.

Le nom vient du fait que ce « commerce » était autrefois reclus dans le quartier dit de la ville basse. Mais les marchandes de charme étaient si nombreuses que les souteneurs, las des querelles dégénérant fréquemment en bagarres, finirent par attribuer à chacune d'elles une portion de rue mesurant exactement trois pas.

Certains souteneurs ont conservé cette tradition, bien que la plupart des prostituées sévissent maintenant dans le quartier du port, beaucoup plus grand.

HATI

Zü. Dague sacrée des tueurs züu. Le nom complet, tel qu'on le rencontre dans les textes, est zuïaorn'hati, mot à mot : un cil de Zuïa.

La hati est remise par un judicateur aux novices après qu'ils ont rempli leur première mission, généralement à mains nues. Ils deviennent alors des messagers à part entière et gagnent droit de vie et de mort sur leurs compatriotes moins favorisés.

HAUTS-ROYAUMES

Désigne le groupe de contrées composé par le royaume lorelien, le Grand Empire de Goran et le royaume ithare, parfois le royaume de Romine également. Dans les Bas-Royaumes, désigne l'intégralité des pays au nord de la mer Médiane, c'est-à-dire ceux cités précédemment auxquels s'ajoutent le Matriarcat de Kaul et l'Arkarie.

HELANIE

L'une des cinq provinces du royaume de Romine, ayant pour capitale Manive, et comme symbole la rose de Manive.

JELENIS

Lorelien. Le corps des jelenis est le plus ancien des corps de gardes loreliens. Il s'est notamment rendu célèbre dans la protection du roi Kurdalène, au sixième éon.

Les jelenis sont les maîtres-chiens de la cour. Ils possèdent plus de soixante dogues blancs, espèce pourtant pratiquement exterminée en raison de la férocité de ses individus. Chacune de ces bêtes est estimée à plus de quatre cents terces et fait la fierté des monarques en place.

Il est dit qu'un jelenis accompagné de son chien ne peut être vaincu par des adversaires en nombre inférieur à cinq.

JERUSNIE

L'une des cinq provinces du royaume de Romine, ayant pour capitale Jerus, et comme symbole la croix de Jerus.

JEZ
Natif du sultanat de Jezeba.

JEZAC
Langue principale du sultanat de Jezeba.

JUDICATEUR
Chef religieux des messagers de Zuïa.

JUNÉEN
Langue parlée à Junine et dans la plupart des Baronnies. On différencie le haut junéen, langue des actes officiels, du commerce et de la littérature, du petit parler, autrefois un simple argot, mais qui s'est éloigné au fil des années de son modèle d'origine pour former pratiquement une langue à part entière.

KAULI
Langue principale du Matriarcat de Kaul.

KAULIEN
Natif du Matriarcat de Kaul.

KURDALÈNE
Ce roi lorelien est célèbre pour avoir longtemps lutté contre les Züu. Le culte de la déesse justicière, à force de menaces, d'extorsions et de meurtres, avait alors une telle influence sur les nobles et les bourgeois du royaume que le monarque ne pouvait prendre la moindre décision si elle n'était avalisée par les assassins rouges.

À bout de patience, Kurdalène décida un jour d'y mettre fin, et consacra dès lors toute son énergie à l'anéantissement du culte – tout au moins en Lorelia.

Il survécut presque deux années, cloîtré dans une aile de son palais, entouré de gardes triés sur le volet, avant que les Züu ne parviennent à l'assassiner.

LA HACQUE
La légende veut que la cité marchande des Bas-Royaumes ait été fondée par un seigneur lorelien. Il s'agissait plus probablement d'un

groupe d'armateurs fortunés dont le comptoir, sur les rives de l'Aòn, contribua au développement d'un village déjà ancien.

Il reste que la ville, que l'on décrit souvent comme la plus belle des Bas-Royaumes, comprend nombre de bâtiments inspirés de l'architecture lorelienne. Jusqu'au tracé de ses rues, dont certaines rappellent de manière flagrante l'avenue Kurdalène ou celle de Bellouvire.

La Hacque est longtemps restée la seule à échapper aux guerres tribales ravageant cette partie du monde connu. En 878, elle est pourtant tombée sous l'assaut des mercenaires de Yussa d'Aleb le borgne, roi de Griteh et de Quesraba. Depuis, l'on dit qu'il n'est plus de ville libre au sud de la Louvelle.

LERMIAN (rois de)

Lermian était encore, cinq siècles plus tôt, la capitale d'un riche royaume n'ayant rien à envier au Grand Empire naissant, ou au pays lorelien en pleine expansion. La famille royale était sur le trône depuis onze générations, et la dynastie ne semblait pas près de s'éteindre puisque Orosélème, le monarque de l'époque, avait eu trois fils et deux filles de sa femme Fédéris.

Lermian avait traversé sans crise majeure les invasions romines, la domination ithare, puis les campagnes d'expansion goranaises. Il semblait qu'elle résisterait très bien aux tentatives d'influence de Blédévon, roi de Lorelia, visant à annexer ce royaume qui était comme une île dans le sien. Il n'était pas du genre de Blédévon de lancer une armée contre les murailles d'une ville dont il avait besoin comme frontière avec Goran ; Orosélème le savait très bien et s'amusait des jeux d'intimidation, de promesses et d'intrigues du roi lorelien.

Lermian aurait pu devenir – plus qu'aujourd'hui – une cité phare des Hauts-Royaumes si la fatalité n'avait pas frappé ses dirigeants. Orosélème mourut d'un mauvais plat qu'il avait mangé ; son fils aîné ne monta sur le trône que six jours, avant de périr d'une chute du haut de ses murailles. Le cadet régna un peu plus de huit décades, puis disparut purement et simplement. Comme le dernier fils était trop jeune, le prince consort fut désigné comme régent, mais on dut lui enlever cette charge moins d'un an après car il avait perdu la raison suite à une chute de cheval. Le mari de la seconde princesse refusa l'honneur de gérer les affaires du royaume et préféra s'exiler avec son épouse. La reine Fédéris demanda alors à ses conseillers de désigner par vote l'un d'eux comme régent. Un seul se présenta, mais il périt quelques jours plus tard, poignardé dans les rues de la ville par des voleurs.

Plus personne ne voulait assurer la régence. La reine, s'en sentant incapable, finit par accepter les accords proposés par Blédévon, qui faisaient de Lermian un simple duché de Lorelia, le royaume marchand apportant en retour la protection de ses armées.

La malédiction qui pesait sur la dynastie d'Orosélème sembla alors s'arrêter ; la reine Fédéris et son dernier fils échappèrent au trépas.

Il y eut de mauvaises langues pour parler de séries d'assassinats ; certains même mirent en cause le roi Blédévon. Mais le théoricien de la cour lorelienne sut dissiper les doutes en démontrant qu'il était de la volonté des dieux de rassembler les deux royaumes sous une seule couronne.

De ce tragique épisode vient l'expression populaire : aussi mort que les rois de Lermian.

LOUVELLE

Fleuve marquant la frontière entre les Baronnies et les Bas-Royaumes.

LUS'AN

Zü. Dans le culte de Zuïa, lieu mythique où les messagers sont accueillis par la déesse après leur mort. Ils y connaîtront la félicité et assisteront Zuïa dans sa Grande Œuvre.

Lus'an est aussi le nom donné à une petite province de l'île native des assassins. Seuls les judicateurs et leurs esclaves y résident, et l'accès en est interdit aux étrangers. Les rares aventuriers qui s'y sont risqués n'ont jamais été revus.

Les marais du Lus'an gardent prisonniers les esprits des messagers peu méritants, ou ayant trahi la déesse. Ils y errent pour l'éternité dans un ennui indicible.

LUSEND RAMA

Dieu au culte répandu dans le nord des Bas-Royaumes. C'est le dieu des cavaliers, Celui qui Chevauche, protecteur des nomades et des messagers. Il est aussi le gardien des lois régissant ces tribus, et l'on craint sa justice comme on admire son sens de l'honneur.

Le plus souvent, les artistes le peignent monté sur un puissant étalon à la robe noire et au regard aveugle, tel qu'il est décrit dans la Chronique du roi des chevaux, pendant son combat contre les deux géants d'Irimis. Mais on le représente parfois aussi en centaure, en référence au Tasprià, le plus ancien texte religieux des Bas-Royaumes.

MAÏOK
Arque. Maman.

MARGOLIN
Rongeur de taille moyenne – jusqu'à deux pieds de long pour un adulte – dont il existe plusieurs races : le cuivré, le criard, le glouton, entre autres.

Les margolins sont très répandus dans le sud et le centre des Hauts-Royaumes, et se développent aussi bien en plaine qu'en forêt ou en bord de rivière. Généralement considérés comme nuisibles en raison de leur prolifération rapide, de leur agressivité occasionnelle et du mauvais goût de leur chair, ils ne sont appréciés que pour leurs peaux dont les artisans font toutes sortes de fourrures, sacs, cuirs…

MASQUE
Le port du masque fait partie de la vie quotidienne des Ithares. Si le peuple religieux cultive la sobriété quant à son habillement, le masque est au contraire l'objet de toutes les attentions.

Il n'est nullement obligatoire, et sur dix Ithares que l'on rencontrera dans une journée, quatre seulement porteront le masque. Mais la presque totalité des habitants de la Sainte-Cité avouent l'avoir fait à un moment ou à un autre de leur vie, et envisagent de recommencer dans leurs plus vieilles années.

L'explication, très certainement religieuse, s'est perdue dans les couloirs du temps. Le peuple ith, ancêtre des Ithares actuels, avait déjà semblable coutume.

La tradition a été annexée par les prêtres d'Eurydis, qui y ont vu une excellente manière d'accéder à la Tolérance, la troisième vertu de la Sage : effacer les différences, placer les beaux et les moins bien nés sur un pied d'égalité. Cette idée est toujours très contestée, mais les Ithares continuent de porter le masque.

MAZ

Titre honorifique relatif principalement au culte d'Eurydis, mais aussi à d'autres religions, la tradition ayant été reprise.

Le titre ne peut être transmis – à une exception près – que par un Maz à l'un de ses novices, ce dernier l'ayant mérité par son travail et sa dévotion. La transmission doit être validée par le Grand Temple, et prend effet immédiatement, ou à la mort du cesseur, selon l'arrangement. La règle interdit catégoriquement à un Maz de désigner un membre de sa famille.

L'exception consiste en l'élévation spontanée d'un novice, en remerciement d'un service rendu particulièrement grand. Le titre est souvent décerné à titre posthume – et ne peut donc être transmis – comme signe de gratitude pour une vie entière passée au service du culte. Ce pouvoir d'élévation reste le privilège exclusif des Emaz.

Les avantages concrets d'un Maz ne sont pas définis, car variant beaucoup selon les « carrières » de ces prêtres particuliers. Certains exercent de hautes responsabilités dans les principaux lieux du culte ; d'autres ne se voient confier que la formation occasionnelle de quelques novices ; d'autres encore ne seront jamais sollicités.

Le nombre des Maz vivants n'est pas connu, sauf des archivistes du Grand Temple, qui en font la mise à jour continuellement. Beaucoup de prêtres en terre étrangère s'octroient le titre sans le posséder, ce qui ne facilite pas les estimations. Mais la légende veut que les Maz furent à l'origine au nombre de 338, autant qu'il y a de jours ; de même, il y a autant d'Emaz que de décades.

MÈCHE

Petit fleuve entièrement situé dans le Matriarcat de Kaul, dont la capitale est d'ailleurs située sur ses rives. Affluent du Gisle.

MÉLOPÉE LURÉENNE

En ancien ithare, lur signifie guetteur. Mais Lurée est aussi le nom d'une divinité appréciée : Celui qui Veille, sur les nouveau-nés en particulier, et les familles unies en général. Ces deux faits seraient à l'origine de la mélopée luréenne.

Il est dit que tant que ce chant résonnera quelque part dans le monde, il portera bonheur aux personnes ayant récité au moins un couplet dans leur vie. À Ith, la mélopée ne connaît pas de trêve : des volontaires se pressent jour et nuit pour relayer l'une des cinq voix du chœur. Quelques-uns sont sincères, beaucoup, intéressés : mais tous s'acquittent de la tâche avec beaucoup de sérieux quand vient leur tour.

Le culte de Lurée est, comme celui d'Eurydis, une religion moraliste, ce qui est très perceptible dans les textes. Au fil des siècles, les Maz luréens ont ajouté plus de trente couplets aux dix-sept originaux, vantant la charité, la gentillesse, la fidélité, la sobriété et autres qualités honorables. La grande idée est que personne ne peut lire un texte à haute voix sans s'en imprégner un peu : graine au vent parfois donne arbre…

MÉMISSIE

L'une des cinq provinces du royaume de Romine, ayant pour capitale Jidée, et comme symbole le grand papillon de platine.

MERBAL

C'était le chef d'une légendaire bande de brigands, tristement célèbre pour la cruauté et la barbarie de ses membres. Il est certainement difficile, aujourd'hui, de discerner le vrai du faux parmi toutes les histoires horribles qui courent à son sujet. On tient néanmoins pour sûre la particularité morbide qu'avait Merbal de boire un godet de sang de chacune de ses victimes. Cette anecdote serait à la base des croyances de la secte des vampires de Jidée.

MISHRA

Le culte de Mishra est au moins aussi vieux que la Grande Arche sohonne. C'était déjà la déesse principale des Goranais avant que l'armée ithare ne vienne enfin à bout des défenses de la ville, quelque part dans le huitième éon. Elle l'est redevenue à sa libération, lorsque les Ithares ont entièrement abandonné leurs mœurs guerrières pour se tourner vers la religion. Dans la période qui suivit, la cité de Goran devint peu à peu l'empire de Goran puis le Grand Empire, et le culte se développa dans le même temps.

Mishra est la déesse des Causes Justes et de la Liberté. Tout le monde peut se l'approprier. On a vu ainsi des peuples vaincus par le Grand Empire invoquer l'aide de la déesse même de leurs conquérants.

Elle n'a aucune parenté divine connue ; quelques théologiens seulement la présentent comme la sœur de Hamsa. On lui a consacré très peu de grands temples – mis à part, bien sûr, l'impressionnant palais de la Liberté de Goran –, mais de très nombreux croyants vénèrent séparément des représentations miniatures de la déesse ou de son symbole : l'ours.

MOÄL

C'est un arbre poussant exclusivement dans les forêts des Petits Royaumes. Des tentatives ont été faites pour l'implanter ailleurs, sans succès, à la grande incompréhension des herboristes les plus habiles.

Le moäl ressemble beaucoup au très répandu grule, aussi est-il souvent difficile de faire la différence. Pratiquement, celle-ci n'est perceptible qu'au début de la saison de l'Eau, lorsque les branches du moäl se couvrent pendant quelques jours de nombreuses fleurs couleur céladon.

Il est dit qu'après avoir déposé une monnaie d'or au pied d'un moäl, si l'on contemple assez longtemps la lune lorsqu'elle est reine, on fera apparaître le farfadet habitant l'arbre. Ce dernier peut alors échanger la pièce d'or – s'il la trouve assez brillante – contre un vœu.

Même les moins superstitieux reconnaissent que briser une branche de moäl porte malheur.

MONARQUE

Monnaie d'or du royaume de Romine.

MORALISTE

Les prêtres moralistes utilisent les écrits et récits d'origine religieuse pour inculquer à tous les valeurs morales généralement admises comme les plus importantes : la pitié, la tolérance, le savoir, l'honnêteté, le respect, la justice, etc.

Ce sont souvent des enseignants et des philosophes, qui limitent – humblement – leur tâche à l'éducation d'une petite communauté. Le culte moraliste le plus répandu est celui de la déesse Eurydis.

NIAB

Kauli. Le niab est un poisson d'eau profonde qui ne remonte à proximité de la surface qu'à la nuit tombée. Les pêcheurs kauliens se servent d'une grande toile foncée qu'ils tendent sur l'eau entre plusieurs bateaux pour le leurrer. Il ne leur reste plus ensuite qu'à le « cueillir » en plongeant, le niab entrant dans une sorte de somnolence.

De là, l'insulte de niab pour une personne trop crédule, ou qui agit sans réfléchir.

NOMS

L'origine des noms propres est différente, bien sûr, selon le pays natal de son propriétaire. Mais si les noms kauliens, romins ou goranais sont tout simplement des noms répétés depuis des siècles, sans que plus personne ne se soucie de leur provenance, il en va différemment pour d'autres peuples du monde connu.

Une coutume ithare veut que le nom donné à un nouveau-né soit le premier mot qu'il prononce. Comme le moindre babil est considéré comme un mot, incompréhensible des hommes mais significatif pour les dieux, des noms ithares courants sont : Nen, Rôl, Aga et autres onomatopées. L'interprétation est laissée libre aux parents, et il est possible d'assembler plusieurs syllabes. Mais les noms ithares sont souvent très courts et à la prononciation facile.

Le nom des Arques n'est pas définitif. Ils prennent le nom que les autres leur donnent au cours des différentes étapes de la vie. Ainsi, la plupart des bébés s'appellent Gassan (bébé) ou Gassinuë (tout-petit). Les Arques cherchent très tôt des particularités à leurs enfants et les appellent selon ces traits de caractère, jusqu'à ce qu'il soit justifié d'en changer. Ainsi, Prad pour le curieux, Iulane pour la jeune, Ispen pour l'adorable, Bowbaq pour le très grand, etc. Chacun fait de son mieux pour ne pas être affligé d'un nom comme le cruel, le pingre, l'infidèle ou autre qualificatif peu enviable. Bien sûr, la courtoisie du peuple arque l'empêche de désigner quelqu'un par une tare physique, mais cette règle est bien vite oubliée en cas d'inimitié.

Les Züu qui se mettent au service de la déesse justicière changent de nom quand prend fin leur noviciat. En signe d'appartenance totale à Zuïa, ils prennent la lettre « Z » comme initiale, ce qui leur confère aussi une autorité absolue sur les communs du peuple zü.

ODREL

Divinité dont le culte est répandu essentiellement dans les Hauts-Royaumes. D'après la légende, Odrel serait le second fils d'Echora et d'Olibar.

Après une vie entière de travail, un prêtre d'Odrel a rassemblé plus de cinq cent cinquante histoires ayant comme principal sujet le dieu triste, comme on l'appelle parfois. Aucune ne finit bien. La plus célèbre est certainement l'épisode des amours compliquées entre Odrel et une bergère, qui se termine par la mort dramatique de l'humaine et de leurs trois enfants, et la prise de conscience déchirante du dieu qui voudrait les rejoindre dans la mort, seule chose au monde hors de son pouvoir.

Ce prêtre archiviste conclut son travail de cette façon : « Personne n'a eu autant de malheurs qu'Odrel. C'est sûrement pour cela que tous les malchanceux, les infortunés, les démunis ; ceux qui portent le deuil, le poids des regrets, le fardeau du souvenir ; ceux qui ont connu l'injustice, la détresse, la disgrâce, la misère, toutes les épreuves de la vie ; tous ceux-là sont venus, viennent et viendront un jour chercher le réconfort auprès d'Odrel. C'est le seul dieu à même de les comprendre, car le seul à inspirer lui-même de la pitié. »

PAÏOK

Arque. Père. Peut aussi désigner un « protecteur » ou un « guide » : un grand frère, un ami plus expérimenté, un aïeul…

PETITS ROYAUMES

Autre nom donné aux Baronnies.

PHRIAS

C'est le dieu persécuteur. Celui qui est appelé par les mauvaises pensées et les sombres prières des humains envers leurs semblables. Celui qui fait qu'une corde lâche, qu'un chien devient dangereux, que le feu s'échappe de l'âtre, que le sol est glissant. C'est le démon qui se nourrit des haines et qui exauce les plus noires des volontés.

POUSSE

C'est un jeu très physique, populaire au Vieux Pays et dans les Baronnies septentrionales. Il consiste en la lutte de deux individus, debout sur une seule jambe, et appuyés paumes sur les paumes de l'adversaire, doigts recourbés. Le premier qui oblige son adversaire à poser son autre jambe à terre a gagné, sachant que les mains doivent toujours rester les unes contre les autres. La seule manière de vaincre est donc… de pousser de toutes ses forces.

PRESDANIE

L'une des cinq provinces du royaume de Romine, ayant pour capitale Mestèbe, et comme symbole le dauphin gyole.

RAMGRITH

Natif du royaume de Griteh. Langue principale de ce royaume.

REINE-LUNE

Petit coquillage lisse, de forme presque parfaitement ronde, précieux par sa rareté. Il en existe trois sortes connues : le blanc, le plus rencontré, le bleu, moins courant, et enfin le bariolé, rarissime. Les deux derniers ont été pendant un temps utilisés comme monnaie dans certains endroits isolés du Matriarcat de Kaul, et les anciens accepteraient encore quelques-unes de ces coques au cours d'une transaction. Le coquillage est d'ailleurs représenté sur chacune des pièces frappées par le Trésor du Matriarcat, et a donné son nom à la monnaie officielle : la reine, qui existe en pièces de une, trois, dix, trente, et enfin cent. Les pièces de cent, aussi grandes que la main, ne sont pas en circulation normale et ne sont utilisées que comme garantie dans les transactions du Matriarcat avec les autres contrées.

RIDEAU

Le Rideau est la chaîne de montagnes séparant le Grand Empire de Goran et le royaume ithare des contrées de l'est.

ROCHANE

Fleuve prenant sa source dans les monts Brumeux et se jetant dans la mer de Romine. Il traverse l'Hélanie et la Presdanie, et compte sur ses rives deux des plus grandes villes du Vieux Pays : Mestèbe et Trois-Rives.

ROMERIJ

Ville légendaire sur les ruines de laquelle aurait été construite Romine.

SAGE

La Sage : nom quelquefois utilisé pour désigner la déesse Eurydis.

SAGRE

Le sagre vorace, ou requin alpiniste, est un poisson de la mer de Feu que l'on confond facilement avec la murène à tassettes. La taille moyenne d'un adulte se situe entre cinq et sept pas, mais certains témoignages rapportent l'existence d'individus d'une longueur supérieure à dix pas et plus encore, si l'on est prêt à croire les récits des vétérans marins ramythres.

Mais il est de bien plus imposantes créatures et celle-ci n'est pas crainte pour sa taille. Le sagre doit sa notoriété à sa faim insatiable et, surtout, aux multiples crochets rétractiles qu'il possède entre ses écailles inférieures. Ces derniers renferment un venin aux pouvoirs paralysants qui facilitent la constriction de ses proies.

En outre, les crochets du sagre lui permettent, à la manière des chenilles, de se hisser sans bruit à bord des embarcations… ce qui en a fait le prédateur le plus redouté des marins au long cours, et a donné naissance à de nombreuses coutumes. Par exemple, l'usage de la « couronne à clochettes », étroit filet chargé de ferraille que l'on installe autour de la coque. Ou encore, la superstition qui veut que l'on ne prononce plus le nom d'un homme victime d'un sagre avant d'avoir regagné la terre ferme.

SAINTE-CITÉ

Autre nom donné à la ville d'Ith, capitale du royaume ithare. Ce terme sert plus souvent à désigner le quartier religieux, enclave possédant ses propres murailles, lois, et citoyens, et formant une véritable cité dans la cité.

SEMILIA

Principauté indépendante, bien que sous protection lorelienne.

TERCE

Le terce est la monnaie officielle du royaume de Lorelia. On distingue le terce d'argent – d'utilisation la plus courante – du terce d'or, frappé de l'effigie du roi en place.

Les terces d'or loreliens sont réputés pour avoir un degré de pureté inégalé par de semblables monnaies.

L'autre monnaie officielle est le tic, un terce d'argent valant douze tics.

La conversion d'un terce d'or en terces d'argent varie selon le changeur ; toutefois on ne peut estimer la terce d'or à moins de vingt-cinq terces d'argent.

THÉORICIEN

Caste de prêtres dévolus à tous les dieux en général ; plus rarement, à quelques-uns ou à un seul. Les théoriciens s'appliquent à rechercher dans les signes divins l'expression de la volonté des Éternels. Plutôt mal perçus par les grands temples, ils sont très prisés par les cours royales et seigneuriales, où ils font aussi souvent office d'astrologue et de conseiller.

Le plus célèbre fut sans conteste Jéron le Tendre, qui sauva les habitants de Romine de la noyade, malgré l'incrédulité de leur roi.

UBESE

Fleuve prenant sa source dans la chaîne de montagnes dite des Hauts-de-Jezeba. L'Ubese partage les Petits Royaumes, et a longtemps été la plus grande source de conflit à l'intérieur des Baronnies, jusqu'à la ratification du premier des Traités.

C'est un fleuve au cours paisible, assez paresseux pour former un lac sur le plateau de Junine. Un pont fortifié enjambant l'entrée sud du lac protège la capitale de toute agression des Bas-Royaumes par cette voie.

URÆ

Fleuve prenant sa source dans la chaîne des Brantaques et se jetant dans la mer de Romine. Il donne son nom à la province de l'Uranie, et compte sur ses rives Romine, la capitale du Vieux Pays.

L'Uræ a la triste réputation d'être le fleuve le plus sale du monde connu. On dit aussi que la fange de son fond recèle plus de richesses que n'en possède l'empereur de Goran. Bien sûr, ce n'est sûrement qu'une image, visant à exagérer l'impureté des eaux. Mais la légende s'entretient d'elle-même, lorsque des riverains apparaissent nantis d'une soudaine fortune dont ils refusent de donner l'origine.

URANIE

L'une des cinq provinces du royaume de Romine, ayant pour capitale Romine, et comme symbole l'aigle couronné des monts Brumeux.

VAL GUERRIER

C'est le nom donné à la bande de terre située entre les dernières hauteurs du Rideau et l'océan des Miroirs. Le Grand Empire goranais, à l'ouest, et le territoire thalitte, à l'est, en revendiquent la propriété. Le val Guerrier est témoin de leurs affrontements depuis des siècles.

VÉLANÈSE

Fleuve lorelien. La ville du Pont est bâtie sur sa source.

VIEUX PAYS

Autre nom du royaume de Romine.

YÉRIM

L'archipel désigné comme les îles de Yérim n'en comprend plus que deux : Yérim elle-même et l'île basse de Nérim. Deux autres terres, plus petites, ont été englouties pendant l'éruption du Yalma – le volcan principal de l'archipel – alors qu'une cinquième se soulevait pour fusionner avec Yérim et donner sa forme actuelle à l'île principale.

Ces bouleversements remontent à l'année 552. Le Grand Empire s'était implanté sur l'archipel deux siècles plus tôt, sans difficultés puisqu'aucun royaume ne revendiquait ces terres désertes et désolées. Initiateur du projet, l'empereur Uborre envisageait de se lancer à l'assaut des Bas-Royaumes, mais l'idée fut abandonnée devant les difficultés d'entretien du port et du fort construits à la hâte à Yérim.

Goran s'était alors contenté d'y maintenir une petite garnison, ainsi qu'une escadre d'une dizaine de galiotes. L'habitude fut prise de confier cette charge aux soldats les moins méritants, placés sous la responsabilité de baronnets indésirables. On en vint bientôt à aménager le fort en prison, et un nombre croissant de condamnés fut exilé à Yérim sans aucun espoir de retour. La légende veut que ces exclus de la société goranaise – matons comme prisonniers – soient à l'origine de l'héraldique du bandeau noir, symbole des conjurés et des ennemis de l'empereur.

En 552 donc, tirant parti de l'éruption du volcan, les quelque trois mille prisonniers du bagne se révoltèrent, aussitôt rejoints par la moitié du corps militaire en poste. Les combats cessèrent rapidement, mais d'autres éclatèrent bientôt entre les bandes des différents meneurs. C'est dans ce chaos qu'ils découvrirent le gisement de cuivre révélé par l'éruption.

Plutôt que d'abandonner l'île, les Goranais décidèrent alors d'utiliser les galiotes qu'ils avaient épargnées pour commercialiser le minerai et s'approprier définitivement l'archipel, leur seule crainte venant d'une contre-attaque de Goran… Mais il fut bientôt évident que le Grand Empire se souciait peu de cette perte et n'entendait pas risquer d'autres bâtiments dans l'affaire.

Une fois les mines de cuivre épuisées, les marins yérims se tournèrent vers la piraterie, le mercenariat et toutes les sortes de commerce maritime. Trois siècles plus tard, l'île, que l'on désigne encore comme « le bagne de Goran », garde sa réputation d'endroit dangereux.

Remerciements

À Christophe « Jet » Vasseur, pour avoir dessiné la carte d'un monde imaginaire, et baptisé nombre de personnages.

À Laurent Vitou, pour son travail de correction aussi efficace que désintéressé.

À Claire, éternelle première lectrice de mes textes, et critique avisée.

À Stéphane et aux guerriers du clan Mnémos, pour leur patience, leur professionnalisme et leurs encouragements.

Et enfin à tous les lecteurs, parents, amis ou inconnus, qui ont accepté d'y croire. Ce monde vous appartient !

MNÉMOS
Collection Icares

LÉGENDAIRE (Anthologie)
ICARES 2004 (Anthologie)
LES OMBRES DE PETER PAN (Anthologie)
MISSION ALICE (Anthologie)
LA MACHINE À REMONTER LES RÊVES - Les Enfants de Jules Verne (Anthologie)
Ludovic Albar, *Le Songe des Immortels* (QUANTEX, vol. 1)
Ludovic Albar, *La Révolte des Ombres* (QUANTEX, vol. 2)
Ludovic Albar, *La Coexistence* (QUANTEX, vol. 3)
Catherine Asaro, *Point d'Inversion*
Catherine Asaro, *Radiance*
Catherine Asaro, *Quantum Rose*
Catherine Asaro, *Soleil ascendant*
Wayne Barrow, *Bloodsilver*
Ugo Bellagamba & Thomas Day, *Le Double corps du Roi*
Nicolas Bouchard, *Le Réveil d'Ymir*
Nicolas Bouchard, L'EMPIRE DE POUSSIÈRE, vol. 1
Nicolas Bouchard, L'EMPIRE DE POUSSIÈRE, vol. 2
Nicolas Bouchard, L'EMPIRE DE POUSSIÈRE, vol. 3
Nicolas Bouchard, *Les Enfants de Dana*
Steven Brust, *Les Gardes Phénix*
Steven Brust, *Jhereg*
Steven Brust, *Yendi*
Steven Brust, *Teckla*
Steven Brust, *Taltos*
Steven Brust & Megan Lindholm/Robin Hobb, *La Nuit du prédateur*
Richard Canal, *Deloria - La Légende des Frahmabores*
Fabien Clavel, *Les Légions dangereuses*
Fabien Clavel, *L'Antilégende*
Fabien Clavel, *La Cité de Satan*
Thomas Day, *Rêves de guerre*
Thomas Day, *L'Instinct de l'équarrisseur*
Stephen Donaldson, *La Véritable Histoire* (LE CYCLE DES SEUILS, vol. 1)
Stephen Donaldson, *Le Savoir interdit* (LE CYCLE DES SEUILS, vol. 2)
Stephen Donaldson, *L'Éveil du dieu noir* (LE CYCLE DES SEUILS, vol. 3)
Jennie Dorny, *Eridan*
Catherine Dufour, *Le Goût de l'immortalité*
Lynn Flewelling, *Les Maîtres de l'ombre* (NIGHTRUNNER, vol. 1)
Mathieu Gaborit, LES ROYAUMES CRÉPUSCULAIRES : L'INTÉGRALE
David Gemmell, *Le Lion de Macédoine* (LE LION DE MACÉDOINE, vol. 1)
David Gemmell, *Le Prince noir* (LE LION DE MACÉDOINE, vol. 2)
David Gemmell, *Renégats*
Pierre Grimbert, LE SECRET DE JI, vol. 1
Pierre Grimbert, LE SECRET DE JI, vol. 2
Pierre Grimbert, *Les Armes des Garamont* (LA MALERUNE, vol. 1)
Pierre Grimbert/Michel Robert, *Le Dire des Sylphes* (LA MALERUNE, vol. 2)
Pierre Grimbert/Michel Robert, *La Belle Arcane* (LA MALERUNE, vol. 3)
Johan Heliot, *La Lune seule le sait*
Johan Heliot, *La Lune n'est pas pour nous*
Johan Heliot, *La Lune vous salue bien*
Johan Heliot, *Reconquérants*
Johan Heliot, *Faerie Hackers*
Johan Heliot, *Faerie Thriller*
James A. Hetley, *Le Royaume de l'été*
Robert Holdstock, *La Forêt d'émeraude*
Robert Holdstock, *Earthwind*
Robert Holdstock, *Le Bois de Merlin*
Robert Holdstock, *Nécromancien*
Nicolas Jarry, *Le Loup de Deb* (CHRONIQUES DU LOUP DE DEB, vol. 1)
Nicolas Jarry, *La Terre d'Horizon* (CHRONIQUES DU LOUP DE DEB, vol. 2)
Oliver Johnson, *La Forge de ténèbres 1* (LES PORTEURS DE LUMIÈRE, vol. 1)

Oliver Johnson, *La Forge de ténèbres 2* (Les Porteurs de Lumière, vol. 2)
Oliver Johnson, *Les Nations de la nuit 1* (Les Porteurs de Lumière, vol. 3)
Oliver Johnson, *Les Nations de la nuit 2* (Les Porteurs de Lumière, vol. 4)
Michaël Karle, *Le Château sans nom* (Le Domaine de l'ombre, vol. 1)
Michaël Karle, *Le Gouffre de l'enfer* (Le Domaine de l'ombre, vol. 2)
Katarine Kerr, *Le Sortilège de la dague* (Cycle de Deverry, vol. 1)
Katarine Kerr, *Le Sortilège de l'ombre* (Cycle de Deverry, vol. 2)
Katarine Kerr, *Le Sortilège de l'Aube* (Cycle de Deverry, vol. 2)
Garry Kilworth, *Le Manteau des étoiles* (Cycle des Rois Navigateurs, vol. 1)
Garry Kilworth, *Le Temps des guerriers* (Cycle des Rois Navigateurs, vol. 2)
Garry Kilworth, *L* (Cycle des Rois Navigateurs, vol. 1)
Garry Kilworth, *Le Temps des guerriers* (Cycle des Rois Navigateurs, vol. 2)
Laurent Kloetzer, *La Voie du cygne*
Laurent Kloetzer, *Mémoire vagabonde*
Megan Lindholm/Robin Hobb, *Le Dernier Magicien*
Megan Lindholm/Robin Hobb, *Le Vol des Harpies*
Megan Lindholm/Robin Hobb, *Les Ventchanteuses*
Megan Lindholm/Robin Hobb, *La Porte du Limbreth*
Megan Lindholm/Robin Hobb, *Les Roues du destin*
Alexandre Malagoli, La Pierre de Tu-Hadj, vol.1
Alexandre Malagoli, La Pierre de Tu-Hadj, vol. 2
Colin Marchika, La Reine de Vendôme, vol.1
Colin Marchika, La Reine de Vendôme, vol. 2
Colin Marchika, *Les Poubelles du Walhalla*
Colin Marchika, *Les Gardiens d'Aleph-Deux*
Colin Marchika, *À la poursuite de l'Avant-Monde*
Louise Marley, *La Musique de verre*
George R.R. Martin, *Riverdream*
George R.R. Martin, *Le Voyage de Haviland Tuf*
Xavier Mauméjean, *La Ligue des Héros*
Xavier Mauméjean, *L'Ère du dragon*
Xavier Mauméjean, *La Vénus anatomique*
Xavier Mauméjean, *Car je suis Légion*
Patricia A. McKillip, *Les Fantômes d'Ombria*
L.E. Modesitt, *Le Banni de Recluce* (Le Monde de Recluce, vol. 1)
L.E. Modesitt, *L'Empereur d'Hamor* (Le Monde de Recluce, vol. 2)
L.E. Modesitt, *La Mort du chaos* (Le Monde de Recluce, vol. 3)
L.E. Modesitt, *Les Tours du crépuscule 1* (Le Monde de Recluce, vol. 4)
L.E. Modesitt, *Les Tours du crépuscule 2* (Le Monde de Recluce, vol. 5)
L.E. Modesitt, *L'Ordre blanc 1* (Le Monde de Recluce, vol. 5)
L.E. Modesitt, *L'Ordre blanc 2* (Le Monde de Recluce, vol. 6)
Larry Niven, *L'Anneau-Monde*
Larry Niven, *Les Ingénieurs de l'Anneau-Monde*
Larry Niven, *Le Trône de l'Anneau-Monde*
Larry Niven, *Les Enfants de l'Anneau-Monde*
Isabelle Pernot, Les Enfants de Lugheir, vol.1
Isabelle Pernot, Les Enfants de Lugheir, vol.2
Michel Robert, *L'Ange du chaos*
Michel Robert, *Cœur de Loki*
Michel Robert, *Sang-Pitié*
Michel Robert, *Hors-Destin*
Michel Robert, *Belle de Mort*
André-François Ruaud, *La Cité d'en haut*
Sean Russell, *Le Royaume Unique* (La Guerre des Cygnes, vol. 1)
Sean Russell, *La Rivière aux esprits* (La Guerre des Cygnes, vol. 2)
Sean Russell, *L'Île de la bataille* (La Guerre des Cygnes, vol. 3)
Sean Russell, *Les Routes de l'Ombre* (La Guerre des Cygnes, vol. 4)
Pierre Saviste, *Les Héritiers de Ghern Arg* (Ombramère, vol. 1)
Pierre Saviste, *La Marque des Primans* (Ombramère, vol. 2)
Pierre Saviste, *Le Chemin des larmes* (Ombramère, vol. 3)
Pierre Saviste, *La Grande Conjonction* (Ombramère, vol. 4)
Charles Stross, *Crépuscule d'acier*
Charles Stross, *Aube d'acier*
Sheri S. Tepper, *L'Aube du Visiteur*
Roland C. Wagner, *Aventuriers des étoiles*

Achevé d'imprimer en février 2008
sur les presses de la Nouvelle Imprimerie Laballery
58500 Clamecy
Dépôt légal : février 2008
Numéro d'impression : 801214

Imprimé en France